定离

 著

CTS 湖南文艺出版社
HUNAN LITERATURE AND ART PUBLISHING HOUSE

博集天卷
CS-BOOKY

上辈子，你把我困在望天树上六百年，这辈子，你困在我心上还不自知。

重活一世，我一定要坏得不那么明显，坏得低调一点。

目录

天可补，

海可填，

南山可移。

日月既往，

不可复追。

六百年前

　　云霄宗有一棵万年古树，名为望天。

　　望天树树干笔直，耸入云霄，一眼望去根本看不到尽头，枝繁叶茂，好似给天上浮云穿戴了绿纱。

　　师尊秦江澜就居住在望天树上，他如今已有一千六百岁，是云霄宗乃至整个沧澜界修为第一人，据说，他距离飞升仅有一步之遥。

　　"师尊潜心修行，清心寡欲，早已不管世俗事务了。你们过来，在树下给师尊叩头。我们云霄宗新弟子都要在这里参拜师尊的……"

　　树下，一个身着白袍、系着翠玉束腰的精锐弟子招呼新来的弟子们在树下围成一圈，跪下给师尊秦江澜磕头。新入门的弟子对沧澜界修为第一人极为尊重，磕头也磕得扎实，一个个把头磕得嘭嘭响，脑门上都起了红印子。

　　苏竹漪趴在树屋边缘，眯着眼睛从望天树上往下看，隔着那层层叠叠的绿叶子，从缝隙里看到几个小童，她撇嘴道："秦老狗，你们云霄宗的小东西是一代不如一代了。"

　　秦江澜端坐在树屋中央闭目养神，眼皮都没抬一下，压根没搭理苏竹漪。

　　苏竹漪将袖子挽到了肩上，露出圆润光滑的肩头，手臂修长白嫩，乍一看，好像上好的羊脂玉。她晃了两下胳膊，接着伸手指着树下的小童道："就这几个童子，若放到我们魔门，不出三日，便会死绝。"她一边说，一边轻舔嘴唇，笑得极尽妖媚。"我像他们这般年纪之时，可是杀了十个同龄弟子，才得到进入魔门的资格的。"

　　直到此时，秦江澜才缓缓睁眼。

他本来是沉静的，然而睁眼那一刹那，仿佛漫天星辰在他眼中点亮，那眸子里有淡墨青山，有璀璨星河，容纳世间万物，深邃广袤。

"苏竹漪，你听我念了六百年的静心咒，心中却还是如此暴戾嗜杀。"他声音清冷悠远，明明只是普通的一句话，平静的语调，却犹如琴弦拨动，环玉相叩。

听到秦江澜的话，苏竹漪直接在树屋里滚了一圈，她本来趴在树屋边缘，现在仰面躺着，长发如墨般散开，在身下铺了厚厚的一层，更衬得她皮肤白皙，娇艳如花。

她胸口起伏，嘴巴微微张着，笑道："我可是魔道妖女，你还指望我改邪归正？"苏竹漪猛地坐起来。"我经脉尽断，修为全失，活着还有什么意思？秦江澜，不如你杀了我吧。"苏竹漪挪到秦江澜身边，将手轻覆在他脸上，吐气如兰，"还是你舍不得？"

秦江澜没说话，他再次闭眼，面无表情，宛如一座石雕。苏竹漪近距离贴着他，她发现他睫毛特别长，像鸦羽扇。

他的睫毛微微颤着，好似能刷到她脸上一样。

喊，表面镇定，这微颤的睫毛表明他心头早起了波澜。

见状，苏竹漪抿嘴一笑，道："你困了我六百年，我如今修为全失，经脉尽断，哪怕出去也掀不起什么风浪，不如你把我放了，我去找个凡间城镇安度晚年？"

她伸手，挑起秦江澜鬓角的一丝银发。"你看你这些年修为毫无长进，如今大限将至，乃心中有尘，我就是你心中的一抹灰尘，快把我扫了，你就能飞升成仙，享大道永生了。"

"永和三年，长宁村被血罗门屠村，血罗门的人掠走十二个童男童女加以训练，一个月后，正式加入血罗门的只有你一个。"秦江澜淡淡地说。

"血罗门入门考验，不是你死，就是我活，有什么好计较的？"苏竹漪耸耸肩，一脸无所谓地道。

"那年你七岁。"秦江澜没理她，继续道。

苏竹漪冷哼一声，这些话她听得耳朵都起茧子了，他无非再一一细数一遍她的罪状，最后说她罪孽深重，不能放她离开罢了。

"永和七年，永安镇遭魔道偷袭，镇上修真家族苏家满门被灭，无一活口，这些人中有不少是你的血脉亲人。那年，你十一岁。"

"他们害了我外公，逼死了我娘，留我一个人苦苦挣扎，我灭了他们满门多好，以后就不会有谁会感受到像我一样的孤独无助。"她用双手环住了秦江澜的脖颈，"一家人都死光了，黄泉路上有人陪伴，一点不孤单，多好。若有活着的，还得费尽心思复仇，多累啊，你说是不是？"

"永和十五年，南疆小派御灵宗女弟子被万刀剐脸，随后自杀身亡。御灵宗为其报仇，然而一夜之间宗门尽毁。"秦江澜本来神色平淡，说到此处，他忽地抬头，冷冷瞥了苏竹漪一眼。

那一眼，看得苏竹漪心尖都颤了一下，但她依旧轻哼一声，嘴硬道："谁叫她说我狐媚，勾引她师兄，还用鞭子抽我的脸。"她伸手指着自己的脸颊。"你看你看，若这脸上留下鞭痕多可怕。"

那脸颊上红晕如霞，近距离看着，秦江澜心头一跳，黑眸中的冷意也随之柔化了不少。

他不想再看她了。

眼不见为净。

"那年，你十九岁。

"寻道宗王子涵，玉林门张术，古剑派古飞跃……"秦江澜又念出了一串名字。

苏竹漪却没多深的印象了，她只是道："男的？这些男的都说真心喜欢我，愿意为我去死，所以我拿走他们的心，有什么不对吗？"

秦江澜额头青筋微微一跳，六百年了，她的想法居然没有一丝改变，依旧这般强词夺理。

"后来，你为了修复流光镜，屠杀了多少生灵？"

"说得好像你们不杀生一样。"苏竹漪突然伸手抓住了秦江澜的领口，"你这衣服是鲛鳞织就的，杀的不就是深海鲛族？要织成这样一件法宝，怕是得在上千鲛人身上刮鳞才行！"她手一伸，从领口摸进去，触到他那滚烫的肌肤，用手指轻轻刮了几下，在他锁骨处流连一番后，苏竹漪凤目一眯，笑着抓出了他胸口处的坠子。"你这空间法宝渊生珠，也是灵兽乾坤眼珠炼就的。"

秦江澜是盘膝坐在蒲团上的，她直接叉开腿坐在了他双腿上，一只手摸着他头上的束发冠。"这个是风骨所雕，还有你的龙鳞匕首……"

"你屠岛之时，可曾在意过岛上修士？"

"难不成我要在屠岛之时大喊一声'我要灭岛了，你们快离开'？那死的可就是我了，要知道，沧澜界想杀我的人可多了。我每天都过得担惊受怕呢。"

她伸手，轻轻拍了拍秦江澜的脸颊。"秦老狗，活了一千多年，你怎么还

这么天真?"她将红唇凑到他耳边,轻声呢喃,"不杀人,我就得死,死在七岁那年,甚至更早的时候,死在野狗口中。你看,我跟你不一样,我不过是想活而已。"

活得随心所欲,恣意潇洒,天下无人能欺她辱她,再说她半句不是。

只可惜,她失败了。

她被唯一信任的朋友设计陷害,受了重伤,最终被正道围剿,经脉尽断,修为全失。世人皆以为她灰飞烟灭了,谁会想到,那个天底下修为最高的秦江澜会将她救下,把她困在这万丈高空,六百年不曾让她离开一步呢?

"六百零一年前,你在云霄宗苏晴熏身上割了三千六百刀,将她丢入了万蛇窟。"说到这里,秦江澜声音蓦地一冷,望天树的树叶上都瞬间结了一层冰。

"谁叫她背叛我,设伏害我,引我入局?"当年长宁村十二个童男童女,苏竹漪只杀了十个,还有一个,她帮那个人逃了。那个人就是苏晴熏。哪怕后来苏竹漪成了人见人厌的妖女,跟拜入云霄宗的苏晴熏也并非敌人,她把苏晴熏当作朋友。

唯一的那一个。

然而,苏晴熏引她入了正道修士布下的天罗地网。

"秦江澜。"苏竹漪对秦江澜陡然释放出来的冷意毫不在意,她现在修为全失,是受不得冻的,白嫩的肌肤被冻红了,裸露在外的胳膊上结了一层薄霜,然而她根本不管,只是哆哆嗦嗦地靠近秦江澜,将双臂伸到他衣服内取暖。

她将红唇印在了他唇上,从牙缝里挤出一句话来:"你这个道貌岸然的伪君子,苏晴熏可是你唯一的关门弟子呢,你不杀了我为她报仇,反而……"

素手剥下了那件鲛鳞所织的青绿色长袍,她一伸腿,纤足将树屋角落里盛着鲛珠的灯盏踢翻,那鸡蛋大小的珠子离开灯盏台就没了光辉,咕噜噜地滚到了墙角,屋子里的光线骤然变暗,苏竹漪轻啄他的耳垂。"反而,跟我这个妖女厮混呢。"

秦江澜年长苏竹漪三百岁。

血罗门抓童男童女训练之时,他刚刚下山历练,云游到了西北贫瘠之地的长宁村附近。那时候,血罗门有个高手长老在一旁,秦江澜实力有限,只能先救走一个人。在苏竹漪的配合下,他救走了苏晴熏。

等他领着闻讯赶来的同门长辈再来救人的时候,血罗门已经离开那里回了老巢,而苏竹漪也早已不知去向。

后来,她就成了让人闻风丧胆的女魔头。

魔道噬心妖女——苏竹漪。

她是天下人眼中杀人不眨眼的女魔头，也是他秦江澜心中的魔。

从他带着苏晴熏离开的那一刻起，苏竹漪那小小的身影便已刻在他心中。清心寡欲，飞升大乘？秦江澜苦笑了一下，他哪里斩得断这情丝乱麻，哪里离得开这温香蛊毒？

她说得对，他就是个道貌岸然的伪君子。

他猛地翻身，将苏竹漪压在了身下。他清澈如潭的眼睛里有了红丝，像是潭水中出现了红褐色的水藻，纠缠间，平添波涛。他的双臂紧实有力，就那么压着苏竹漪，他用一只手钳着她想要抬起来的臂膀，入手满是滑腻柔软的触感，满手的诱人甜香。

"怎么，想掐死我？"苏竹漪眨眼，她身子柔韧，这会儿被压着也直接抬起头来，伸长脖颈，在秦江澜下巴上飞快地浅啄了一下，"快动手啊，反正，我活得这么累。"

舌尖触到他肌肤的一刹那，苏竹漪察觉到秦江澜身子微微震了一下。他身子微微颤抖，热汗顺着下巴滑下，又落入了颈窝，看着实在有些诱惑人。看他这种状态，好似忍得有些辛苦？

"伪君子，你忍什么？"她被压了身子，腿却还能动，轻轻曲起腿缠在了秦江澜身上，嘴角浮现一抹浅笑。而这时，秦江澜忽地将她打横抱起，放在了他平日里休息的榻上。他呼吸急促，喘息声一声比一声重，他在忍什么？

其实他早就忍不了了。忍是心上刃，他已被这柄刀刮骨刺心数百年。

咦？从前秦江澜就跟一块石头一样，被她挑逗起来有了反应也僵坐不动，像这般主动不曾有过，倒叫苏竹漪有些惊奇，一时傻愣愣地看着他，没有反应过来。

等到一个个吻犹如梅花在她身上绽开，等到身上的衣服彻底滑落，她才回神，咯咯笑了两声，积极地回应他。

"你看，六百年，我没变。"

"你变了。"

苏竹漪这个魔头小时候日子过得很艰难。

因此，她为了变强什么都敢尝试，什么都去看，去学，正道修炼方法、歪门邪道，她都有涉猎，坑蒙拐骗，她无所不用其极，什么都懂一些，哪怕六百年前经脉尽断，她这些年也用一些秘密的法子自己偷偷温养了一些回来。

她被困在望天树上后养了一百年才捡回一条命，后来的五百年嘛，都用来勾引秦江澜了，也就前几年才成功，如今真正吃到嘴里的机会不多，像这般由秦江澜主导还是头一遭。

这样的双修对她是有益处的，她可以通过阴阳调和，汲取微不足道的灵气，当然，不是给她自己，而是给流光镜。

若是给她自己，灵气还没在经脉里转一圈就会被秦江澜发现，但温养流光镜就不一样了，流光镜是传说中的道器，能够抗衡天道规则，秦江澜再厉害，也感觉不到道器的变化。他以为流光镜已经毁了，哪里知道那镜子就嵌在她心上，很快就要彻底修复了。

天可补，海可填，南山可移。日月既往，不可复追。

这世上唯有光阴无情不可逆，而流光镜的功能就是让时光倒转，这种逆天法宝天道不容，因此炼制成功之后就惹得天怒，降下神罚。只是那流光镜岂是轻易便能毁去的？机缘巧合，苏竹漪从几卷上古残卷之中知道流光镜的消息，又花费了足足三百年的时间去寻找它，找到之后为了修复流光镜又花了一百年，屠杀生灵祭镜，眼看就要成功之时，她被正道围剿，险些丧命。

修复流光镜，回到从前，那一切都可以重新开始，她可以提前掠夺资源，避开危险，努力修行，站在修真界巅峰俯瞰众生，到那时，她再无所惧。

苏竹漪脑子里想的都是修复流光镜的事，但这次秦江澜着实有些厉害，让她有些承受不住了，她仰面躺着大口大口地喘气，像是所有的力气都随着他的进犯而消失，在他面前丢盔弃甲了一般。

她从没见过这样的秦江澜。

他从前梳得一丝不苟的髻子散了，垂下几缕发丝在他的脸颊、唇角，平添一股邪气；从前平整得没有一丝褶子的衣袍皱了，被他直接扔到了一边，而她那件轻薄的红衫早被他撕碎了；从前清冷的眸子里像是燃了两团火，烈焰灼心，让她的心也微微发烫了。

苏竹漪觉得自己的意识都有些模糊了，身子随着他起起伏伏，进入了一种从未有过的奇妙之境，好似飘上云端，又好似沉入湖底。她的胸口越来越烫，烫得她的心脏好似着了火。

就在她快要承受不住的时候，一只大手按在了她已经发红的胸口上。

"流光镜，流光镜……"哪怕意识已经有些模糊了，苏竹漪也知道那里不能碰，她把流光镜嵌在自己心上！她拼命挣扎想要挪开那只手，但那手掌就那么紧紧地贴着她，无论她往哪个方向挪，都逃不出他的五指。

丝丝凉气顺着那发烫的掌心进入她的身体，又涌入流光镜。苏竹漪舒服得轻哼了一声，她睁开眼，就看到秦江澜眸子里的火光已经消失了，取而代之的是深不见底的寒潭，清冷冻人。

他清醒了？他察觉到流光镜的存在了？

苏竹漪抬手一抓，想扯过衣服盖住身体，却不料秦江澜猛地伸手将她牢牢锁住，随后哇的一声，喷出一口鲜血，正溅到她胸口上。苏竹漪正惊诧间，就感觉到流光镜微微一动，而下一刻，望天树猛地一晃。

轰隆一声巨响，却是一道闪电劈下，落在了望天树上。

流光镜修复成功了？引出了天道神罚？秦江澜这厮把房子建在望天树上，神罚的威力还得扩大！苏竹漪看着屋外电光闪烁，心里第一次感到惊慌害怕，那样的天罚之威，是如今几乎没修为的她无法抵挡的。

在这时，秦江澜往下一扑，将她直接压在了身下。

他嘴唇翕动，却没发出任何声音。

耳边只有轰隆隆的雷声，整棵望天树被天雷劈断，她的身体滚向树屋的一个角落，随后直接坠下万丈高空。

自始至终，秦江澜都紧紧地抱着她。

她忽然想，若是侥幸未死，云霄宗的那些弟子看到自家师尊跟女魔头搂在一起光溜溜地从树上掉下去，会做何感想？只是下一刻她便明白，他们无法逃生了。

那闪电密织如网，目标正是身怀流光镜的她。

"妖女。"她好似听到秦江澜问她，"若是能够回到从前，你还会……还会入魔道吗？"

"我要做天下第一人，我要求得大道长生，谁敢阻我，我就杀谁。管他正道魔道，这就是我的道。"临死之时，她也想"霸气侧漏"地喊个口号，然而苏竹漪的话在轰隆隆的雷声下显得微不足道，没有丝毫睥睨天下之感。

她还想再说什么，但头越来越疼，眼皮越来越沉，最终再也支撑不住，晕了过去。

身死道消，不管从前如何挣扎求生，最终也是……

难逃一死。

第一章

长宁村

深夜，雨下得很大。

一道雷撕裂夜空，劈在了长宁村村头的大树上，整棵大树被拦腰劈断，有火光从树上冒出，顷刻间被暴雨浇灭。

苏竹漪迷迷糊糊地睁开眼，她发现自己躺在一棵被雷劈断的大树旁边，大半个身子陷在水洼里，雨水打在身上又冰又凉，让她冷得直哆嗦，上下牙齿磨得咯吱咯吱地响。

她死了还是没死？这是被天雷劈断的望天树？

她脑子迷迷瞪瞪的，眼睛也看不清楚，只觉得周身像是被车轮碾过，到处都疼，她勉强支起身子匍匐往前，离开了那个快把她身子吞没的水洼，在一块石头上躺了下来，做完这一切之后，精疲力竭的苏竹漪再次昏了过去……

"滚……滚开……"

迷迷糊糊中，苏竹漪听到一个小女孩的惊叫声，她睁开眼，强烈的光线刺入眼睛，如针扎一般让她眼泪直流。天空被雨洗刷得透亮，泥土的气息扑鼻而来，其中，还夹杂着淡淡的血腥气和一股让她生厌的狗味，她眉头微微一皱，随后用力眨了下眼，将无用的眼泪截断。

待到眼前景色完全清晰，苏竹漪先是一愣，随后低头看了一眼自己的身子。

骨瘦如柴的小小身躯，手臂上很多被狗咬而留下的伤口，破破烂烂的衣服……

她愣愣地看着自己那小小的手掌，呆怔许久之后，仰天大笑起来。

她回来了。

时间回溯，流光镜将她带回了一千多年以前，对的，这里是长宁村，现在的她应该只有五岁，还每天跟狗抢吃的呢……

"不要过来，滚开！"面前背对着苏竹漪，正挥着一根杨柳枝，想要驱赶恶狗的女童只有六七岁，虽然看不到那女童的脸，虽然这已经是一千多年以前发生的事，但苏竹漪记得那女童的样子，记得她当时的表情，甚至记得她的每一个动作……

她是苏晴熏。

血罗门来的时候，苏竹漪全力守护苏晴熏，有人来救人，她把逃生的机会让给了苏晴熏。很多年后，她满手鲜血、杀人无数，却从来不会碰苏晴熏，甚至偶尔会大发善心，放过跟苏晴熏一块的师兄妹，但最后引她入瓮，害她中了埋伏的就是苏晴熏。

苏竹漪眼神锐利如刀，她冷冷地盯着苏晴熏的背影，心道："那时候我到底有多傻，就因为这死丫头拿树枝赶了两下野狗，便把自己的一生、自己的命都赔给她了。"

她在心中冷笑一声后，低头从旁边捡起一颗小石子。

苏竹漪微微曲起手指，只要将这石子弹射出去，就能穿透那单薄的小身体，将苏晴熏早早除去，省得以后见着心烦。她笑得一脸邪性，曲指一弹，就见那石子歪歪扭扭地飞出三尺远，连苏晴熏的一个衣角都没挨到。

苏竹漪："……"

她居然忘了现在的自己根本毫无修为，还想用石子杀人，她也是激动得人都傻了！

扔石子的那点动静激起了野狗的凶性，那野狗嗷呜一声，身子伏低作势欲扑，苏竹漪眉头一皱，耳朵微微一动，听到身后有脚步快速赶来，她把心一横，翻身爬起来喊："我来帮你。"

结果她跑了一步故意往前倒，直接把苏晴熏往正好扑过来的野狗身上撞，正欲欣赏野狗张开大嘴用獠牙撕咬女童的场面之时，苏竹漪忽然觉得胸口一阵钻心剧痛，发出了一声痛苦的惨叫，那动静太大，声音太尖，直接把野狗吓得哆嗦，而她捂着胸口满地打滚，简直疼得生不如死，这到底是怎么了？

也就在这时，一块石头从天而降砸在野狗头上，紧接着一个男子用浑厚的嗓音喝道："滚！"

野狗顿时尿了，夹起尾巴掉头就跑！

来的那男子是苏晴熏的亲爹苏翔，这会儿他大步走上前将苏晴熏上下打量

一遍，确认她没受伤后松了口气，随后又不高兴地道："让你到处乱跑，这附近都是叫花子，你来做什么？"

苏晴熏一脸惊喜，她眸子湿湿的，脆生生地道："爹，我的风筝掉到这边了，过来的时候看到那狗想咬人，就想把狗赶走……"

她低头，看到地上缩成一团的苏竹漪道："爹，她怎么了？"

"别管闲事。"苏翔冷冷地扫了苏竹漪一眼，"这是永安镇苏家本家赶出来的人，若有人看见我们帮她，肯定会惹很大麻烦。"他牵着苏晴熏要走，看苏晴熏杵在原地看着地上的脏丫头没动，他顿时没好气地道："还看，别看了。"

他伸手一拽，将苏晴熏直接托举起来，让她坐在自己肩头，笑呵呵地道："走，回家去，你娘今天烙了饼。"

"嗯。"苏晴熏点点头应声道。

只是在往前走了一段距离之后，她回头看了一眼那在地上蜷缩着的小人，巴掌大的小脸上露出不忍的神色。她想了想，从兜里掏出了一块糖，轻轻地扔在了苏竹漪的脚边。

等到苏晴熏父女二人走远了，苏竹漪胸口的疼痛才减缓，她缓缓撑起身子坐起来，看了一眼地上那块糖，还有恰好跟糖躺在一处的小石子，她伸手，把糖果和石头一起紧紧地捏在了手里。

在原地休息了片刻，苏竹漪缓过气来，她慢腾腾地挪到路边的青石上坐下，把自己单薄的衣服拉开一些，看了一下胸口的位置。

五岁的身子，胸部平平的，跟搓衣板似的，落差还真是大。

她身上没几两肉，瘦得跟皮包骨似的，胸口上有一点红印，看着略有不祥之感。以前苏竹漪身上可没什么胎记，难道那是流光镜？她伸手摸了摸，没感觉到有东西在里头，对了，流光镜去哪儿了？她感觉不到流光镜的存在，难不成用一次就没了？

苏竹漪将胸口的红印子搓了两下，现在不觉得疼了，只是那印子越搓颜色越深，看上去像血沁出来了一样，把身上的黑泥巴和其他脏物搓掉后，那印记的范围扩大了些，看着像是……

她把衣服领口拉得大开，将头埋到袍子里去看，随后一抬头还让本来就破了的袍子绷开了一道口子，苏竹漪气得破口大骂："秦老狗，你真是阴魂不散啊！"

难怪当时他一口血喷在她胸口上！他居然在那么短的时间内，给她下了个逐心咒！

这逐心咒就刻在她胸口上，只要她做出了违反下咒人心愿的事情，她就会受噬心之苦。

不知道秦老狗的心愿到底是什么！

刚刚她想害死苏晴熏，结果心痛得像是被万剑捅了一样，他是不准她杀他的宝贝徒弟呢，还是不准她杀生害人呢？前者稍微好点，如果是后者，苏竹漪觉得她的复仇大业，她的大道长生都受到了致命打击，简直是一盆冷水淋到头上，把她的雄心壮志浇灭了一半。

"好你个秦老狗，临死之前还摆我一道。我祝你被天雷劈成灰，死无葬身之地。"苏竹漪骂了半天，忽然想到若是下咒之人死了，这咒也将不复存在，而现在这咒还好好的，说明秦老狗也活得好好的啊。

一千多年前的秦江澜现在的确活得好好的……

既然时间回溯了，什么都从头来过，那这该死的逐心咒怎么还能存在呢？苏竹漪想不明白，她现在只想马上杀到云霄宗把秦江澜给宰了！她霍地站起来，奈何还没发威呢，就一阵头晕目眩，随后肚子咕咕咕地叫了好几声，真是饿得心慌意乱……

苏竹漪摊开手，看了看手里的两个小东西，良久之后才低低叹了口气。

她分开手指，让手里捏着的小石子从手指缝隙里掉落到地上，接着把糖果拿出来剥开放在了嘴里，嘎巴几下就嚼碎了。

糖是甜的。

甜味在舌尖晕开，清甜的香气布满整个口腔，像是有花在齿间绽放，余味无穷。

苏竹漪仰头看天，许久之后咂咂嘴，道："好，既然你不准我杀你徒弟，我不杀便是，横竖上辈子我也报了仇，要了她的命，这一次，就饶她一命。"

刚刚得到流光镜的那段时间，她曾无数次想过修复流光镜，重生过后要干什么。

若是回到幼年，就提前把那些辱她、害她、避她如蛇蝎的人杀光，神挡杀神，佛挡杀佛。而如今真的重活一回，看着长宁村的小竹楼，她忽然没了那种强烈的想要亲手毁灭的心思。

秦江澜念了六百年的静心咒大概有点效果吧，苏竹漪瞧着长宁村那头一排接一排的竹楼房舍，看着苍翠远山那边的雨后彩虹，眯眼笑了一下。

反正他们都会死，就不用她提前动手了。

苏竹漪站起来理了理袍子，慢腾腾地往河边走，阳光下，她单薄瘦弱的身子投下了一个细细长长的影子，身子羸弱娇小，体内却拥有逆时光的能量。

谁也不会知道，在那小小的脆弱的身体里，隐藏了一个曾满手血腥、让无数人闻风丧胆的女魔头。

一切重新开始，真好。

当然，若是秦江澜死了更好。

一想到胸口上的逐心咒，苏竹漪就觉得头疼。罢了罢了，走一步算一步吧。

到了河边，苏竹漪脱掉破破烂烂的衣服下了水，入水的一瞬间，她身上那厚厚的一层污渍把清澈的河水都染黑了，惊得水下小鱼乱窜。

苏竹漪："……"

她虽是人人憎恶的女魔头，可也是艳压群芳的绝色美人，否则她怎么能诓骗那么多男子，漂亮了一千多年的苏竹漪一朝回到小时候，下水洗澡好似在河里放毒。

若是叫秦江澜知道……

她甩甩头，怎么又想起这人了？她心烦得伸手抓头发，抓得满手油腻。

头发乱得跟鸡窝似的，满头都是打不开的发结，还散发着一股馊味。

她心里头像是爬了虫子一样直犯恶心，手臂上迅速起了一层鸡皮疙瘩。

苏竹漪忍着恶心搓洗身体，洗了足足一个时辰，才把身上的污渍洗掉，只是身上虽然洗干净了，头发却仍是个难题。

从未打理过的头发里都生了虱子，根本没法清理干净。

苏竹漪瞅了一下周围，捡了个薄且棱角锋利的石片打磨了一番，以水面为镜子，自己把头发给割断了，等头发只剩一寸长，她看到自己脑袋上还有疤，索性剃了个光头，这下，虱子也算是清理干净了。

晒在石板上的衣服，这会儿也差不多干了，她把破烂的袍子穿好后，就随便找了个阴凉处坐下休息，双腿盘起，感受了一下这小身体里的灵气。

苏竹漪修炼资质很好，天赋也高。世家子弟从小吃丹药泡草药温养经脉，等到六岁左右，经脉稳固后，方可开始修炼法诀，吸收天地灵气，扩宽经脉，提升修为，开辟识海，结出金丹等。大家都有个认知，修炼不宜过晚，也不能过早，不早于六岁，不晚于二十岁。

过早的话经脉还没长成，贸然引灵气进入经脉，反而会对经脉造成损伤。

苏竹漪上辈子博览群书，找到了个润脉诀，正好是年幼经脉尚未长成时使用的，她这会儿歇了口气，将法诀回忆了一遍后，缓缓闭上眼睛，全身放松，想要进入天人合一的入定状态。静坐青石上，寻灵天地间，引灵气入体，润自身经脉……

往常她一闭眼便可轻松入定，而这次……

肚子咕咕咕地叫个不停，她的胃里头像是点了一把火似的，把她的胃都快烧穿了。

辟谷多年，她都已经忘了饥饿是什么感受，也觉得自己这个修炼千年的大人物，哪里需要把吃饭拉屎放在心上，哪里晓得，这肚子饿得扛不住啊，连入定都无法做到。

苏竹漪低头看了一下四周，在石头缝里找到了一根苦蓟草，这种草里头有微弱灵气，但它味道苦涩，服用过后还会麻痹舌尖，很多人都觉得这是毒草，因此无人采摘。苏竹漪拔了几根草慢慢嚼了吃掉，接着走到了小河边，瞪大眼睛看着河中时不时露出一道影子的小鱼。

修士修炼过后就会开辟识海，元神力量逐渐增强，到最后，元神能化为实质，成为一种令人难以对抗的攻击手段。

那些修为高的、元神强的修士，轻飘飘看你一眼，一个元神威压镇压下来，就好像一道惊雷劈在你脑海之中，一座高山压在你头上，不用动手也能直接杀人。

苏竹漪将之称为瞪谁谁死，她以前杀那些修为很低的修士时，只需要一眼，便能取人性命。然而现在……

她瞪得眼睛都酸了，那鱼还欢快地在水里游来游去。

没道理啊！她有这一千多年的记忆，逐心咒也是真实存在的，而且虽然她的元神的确变虚弱了，但她依然能看到丹田识海的存在，怎么会连条鱼都杀不死呢？

因为身体太弱，若是元神太强的话，身体肯定承受不住，只怕会让她直接爆体而亡，既然流光镜把她带回来了，自然不会让她直接死了，想来她的元神是被封印了力量，只有修为上去了，才能一步一步解开封印。

除了这个，苏竹漪也想不出什么别的原因了。

她认命地去旁边削尖了木棍，站在水边叉鱼，好在多年的杀人经验还在，她的动手能力不差，估摸练习了一刻钟，就顺利叉了条鱼上来，苏竹漪也懒得用火烤，直接把鱼生吃了，待吃饱后，她才开始打坐调息，运转润脉诀。

闭目养神，感悟天地灵气，引气入体，滋养肉身经脉……

然而长宁村位于西北贫瘠之地，虽然有山有水，却连一个灵脉、一汪灵泉都不曾有，因此她冥想许久，才引入了一丝丝灵气，运行一周之后，根本感觉不到什么变化，肚子倒是又饿了。

苏竹漪有点苦恼。她若是重生到年纪更大的时候会方便得多，现在身体太虚弱，又没什么能力，空有修炼法诀，却找不到丁点资源来支持她的修行。

她现在太弱小了，叉个鱼吃都累。

长宁村非常贫瘠，这里的村民鲜有修行的，大都是些凡人。村长就是苏晴熏的父亲，他是永安镇苏家的家奴，因为苏翔祖上有人立功，才被赐了苏姓，后来子孙一代不如一代，就被本家打发到长宁村来守村子。

苏竹漪是被苏家人赶出来的，她在镇上一直被欺负，就避着人走，一路走到了长宁村，这里的村民知道她的身份，都对她避之不及，一口剩饭也不曾给过她，甚至放狗咬她，驱她离开。

苏竹漪坐在青石上感叹，她命怎么那么硬呢？一个小小的女童，被折腾成这样了居然都没死掉，难怪长大了能祸害修真界千年。

长宁村中唯一懂点修行的就是苏翔，不过他连入门都算不上，修炼的也是最底层的炼体术，就是拳头硬点，比普通人生得魁梧些，拳脚功夫厉害些，就没别的了。苏竹漪要修炼的话，待在长宁村肯定不行，这里灵气太少，根本没法修炼。

但如果她现在去永安镇的话，肯定会被撵出来，到底该怎么办呢？去其他地方的话，路途遥远，而且林中野兽太多，以她现在这点本事，强行穿越密林就是去送肉……

重生之前想重生，重生了之后……

苏竹漪站起来仰天长叹："啊呸，讨生活怎么这么难?!"

她一边骂，一边拿着木棍叉了条鱼，等到肚子填饱了，思维也敏捷了一些。苏竹漪忽然想到，既然长宁村穷山恶水的，当初血罗门修士怎么会跑到这山旮旯里来呢？

要知道，从血罗门来的修士里头有一个修为高深的长老，若是单纯想灭了长宁村，挑选弟子，根本不可能派个长老过来，随便来个弟子就能轻松屠村啊。

她用左手托着下巴，用右手揉着太阳穴，坐在青石上苦思冥想，长宁村附近到底有什么呢？之后血罗门里发生了什么重大事件？记忆太模糊，像是起了一层迷雾，她坐在雾中央，四周看不到出路，显得有些迷茫。

血罗门原本算是魔道里的一个二流门派，里头没几个恶名远扬的狠角色。不过话说回来，在苏竹漪之后，血罗门倒是培养了很多修为高深、手段狠辣的弟子，这群人成了血罗门的新生力量，后来使得血罗门跻身一流门派。

一个门派的发展壮大，增进修炼法诀是其一，其二就是提升修炼资源。

苏竹漪当初修炼的时候，血罗门提供的资源倒是挺充足的，但如果他们一直都有这么大的本事，也不至于以前一直是二流门派啊? 修炼资源的数量原本很普通，一下子就变多了，而变多了之后也没囤着资源，悉数用到了弟子身上，培养出了大批血修罗，门派实力顿时有了很大提升……

她手里拿着那木棍，有一下没一下地戳着地面。西北贫瘠之地，长宁村……

她忽然想起以前看到的一本野史，里头有一段写的是五千年前一个手段狠辣的魔修姬无心爱上了一个名门正派的女弟子，把人掳走时被发现，引得宗门大能出手对他进行包围拦截，然而这个魔修手段高明，不仅破除了包围，还带着那女弟子逃往西北方，自那以后他们下落不明，再也无迹可寻。

姬无心是当时的大魔头，身上法宝众多，灵石估计也不会缺，杀了那么多人，储物袋肯定塞得满满当当的。

那名门正派的女弟子既然是修真大派的弟子，还能引得宗门大能出手，身份地位绝对不低，也不可能穷到哪儿去，这两个人若是身殒了，遗物肯定丰厚得很。

难不成那姬无心跟血罗门有关，血罗门修士跑到长宁村找到了姬无心的遗物，所以之后宗门实力大大提升?

苏竹漪越想越觉得有可能，她打定主意，先把长宁村探寻一遍，没准能发现姬无心的遗物，那她称王称霸就指日可待了!

此时天色渐暗，苏竹漪从村后那条小河边慢腾腾地往村里走，住在村口的是个猎户，家里养了二四条猎狗。他住在这里能守着村子，以防有山上的野兽过来袭击村民。

猎户家中无人，门口篱笆院里只拴着一条老狗，想来其他几条猎狗都被他牵上山了。苏竹漪对那老狗有印象，每次她进出村子，都会被那老狗追着咬，后来她捡了个烂木桶，每次经过这里的时候，就把身子藏在木桶里慢腾腾地挪，那老狗年纪大了挺聪明的，它从来不出篱笆院，只要她过了篱笆

院，它就不会追了。

上辈子苏竹漪除了叫噬心妖女，还有个外号叫狗见愁。

她是个睚眦必报的人，小时候被狗咬狠了，她长大了就杀狗，见狗就杀，跟狗长得像的狼也不放过，就连狗獾都惨遭她毒手。当年修真界有个御兽的小门派，新入门的弟子一般会抓一只灵犬缔结契约做灵兽，她看不顺眼，就偷偷把那小门派给灭了。干这事的时候她名声还不响，于是秦江澜找她算账的时候就漏了这一笔。

她站在篱笆外，敛息凝神，将身体里仅有的一丝灵气缓缓注入手中的木棍，随后她微微眯眼，将手中的木棍猛地飞掷出去，那狗后腿一蹬，哼都没哼一声就瞬间毙命，苏竹漪体内的灵气被抽空了，浑身乏力，她连木棍都没捡，绕过篱笆院进了村，潜到了旁边那户人家偷了俩鸡蛋，依然生吃了。

重回年少时，复仇第一步，杀狗偷鸡蛋……

苏竹漪一边吸着鸡蛋清，一边默默地鄙夷了一下自己。

随后她又想，如果姬无心真的逃到了长宁村，那他会死在哪儿呢？

长宁村的村民都睡得早，这会儿天黑了，街道上空无一人，苏竹漪站在村口眺望，只觉得到处灰蒙蒙的，没什么灵气，一点也不像埋着什么重宝的样子。

魔道，魔道……

既然是大魔头的遗物，莫非要血祭才会开启，于是血罗门才会屠村？苏竹漪瞅着村口那棵歪脖子树，很是忧心。若真是魔道传承，需要血祭，苏竹漪是不会有什么心理负担的，她忧心的不是杀人，而是如何才能屠村。

就凭她现在的样子，杀条狗都费尽了力气，还想在短时间内屠村血祭，这也太难了吧？

万事开头难，古人诚不欺我！

长宁村两头都有大树。苏竹漪醒的时候旁边那棵树被雷劈断了，然而那么大的雷雨，村子另外一边的歪脖子老树屁事没有，依旧郁郁葱葱。

那棵老树怕是长了好几千年。

当年血罗门屠村之后放了把火，老树也被烧得精光，火苗蹿到了九天之上，把天边的云都染成了一片绯红。

苏竹漪忽然想起那天，长宁村火光冲天，他们十几个小孩子被人用绳子拴在一起，像是绑了一串小鹌鹑一样，就那么傻愣愣地被吊在空中，看他们生活的村子被大火吞噬，看着那些熟悉的人在火光中痛苦地哀号挣扎，看着那个宁静的村子，变成一个炼狱。

有几个小孩吓晕了过去，清醒的几个也哭得撕心裂肺，唯一保持冷静，一滴眼泪都没掉的，就只有她苏竹漪了。

她对长宁村没感情。

她心头甚至还有一丝快活，是一种奇特的愉悦感，有一股子酥麻从尾骨沿着脊柱一直爬上来，使得她后脖子热腾腾的，让她浑身都发抖，那是兴奋的战栗。所以，她骨子里就是个魔头吧，秦江澜念六百年静心咒就想让她改邪归正，真是痴人说梦。

幼时的苏竹漪在面对屠村，面对死亡的时候，并没有害怕，反而觉得痛快，她觉得兴奋，心道："谁叫你们都欺负我，放狗咬我，现在好了，都死了吧！

"我也要变强，变得像那些人一样有力量，想杀谁就杀谁！"

她沉默冷静，用冰冷的眼神凝视着底下那片火海，打量着那让人血液沸腾的毁灭场面，也正是这份冷静和孤冷，让她在十二个童男童女中脱颖而出，得到了血罗门修士的重点照顾。

如今再看这棵歪脖子老树，回忆起当时的情形，苏竹漪忽然想起来，幼时她并不在意的某些东西，被她遗忘的某些东西，其实里头藏着耐人寻味的秘密。

屠村的时候，火烧了一天一夜，他们这群小孩也被倒挂了整整一天一夜，到最后，只剩下她一个人没有昏过去。她还因此得到了一颗丹药作为奖励，这一点，其他小童都是不知情的。若非这颗丹药，她后头的训练恐怕很难坚持下来，不是意志力不够，而是身体太孱弱。

苏竹漪记得，村子里的其他东西很快被烧光了，而这棵老树却烧了很久，血罗门的修士还时不时结几个印，扔一些东西到树上，等树烧光后，他们还在树底下设了个结界。

当时她看到了，但不知道那些修士在干什么，后来天天挣扎求生，哪里会管树怎样，若不是重回千年前，再次看到这棵老树，她根本想不起来这一茬，而如今想起来了……

苏竹漪走到老树底下，借着月光观察起来。

因为树的年岁太长，村里人觉得老树有灵，在树上缠了很多红布，树底下还插了许多香，只不过现在是夜里，香火都断了。

她伸手摘了一片叶子，用手指将叶子揉碎了，把碎了的叶子拿到鼻尖处嗅了嗅，闻到了一股淡淡的清香，还有一丝灵气在里头，清新得令她深吸了

一口气。

　　长宁村并没有灵泉和灵脉，这里天地间的灵气少得可怜，几乎可以忽略不计，既然如此，为何这老树的叶子里会有灵气呢？天地之间的灵气依然很稀薄，在老树周围也是如此，苏竹漪打量了一下四周，随后蹲下身，用手刨了个坑，挖了点湿泥巴出来。

　　泥巴里也没什么特别的……

　　月光皎洁，透过树叶的间隙洒下，在地上投下一块一块的光斑，苏竹漪掐断一截细细的树根，把它拿起来仔细嗅了一下，果然感觉到了灵气，她用袖子把掐下来的那截树根擦干净，剥了树根的外皮，直接把树根吃了。

　　树根里的灵气比叶子里的还浓一些，明明是普通的树木，并非灵植，却已经有了灵气，且灵气含量相当于低阶的药草，苏竹漪一边嚼一边思考，老树的灵气从何而来呢？

　　天地间的生灵皆可修炼，只不过植物汲取天地灵气修炼的过程更加漫长，受到的限制也更多，毕竟在很长的时间里，它们扎根在地下，根本不能挪动，但一旦修成，实力必然不容小觑。

　　老树本是凡物，机缘巧合下吸纳灵气入体，长久的灵气滋养使得它有了一定的灵智，是以血罗门修士在烧树的时候施展了一些秘术法诀，这才将树精彻底毁掉。

　　这棵老树活了几千年，树根不晓得扎到哪里去了，她要查起来还挺难，不过她暂时倒是有地方待了，每天待在老树旁边观察，吃吃树根树皮，再修炼一下润脉诀，想来比她像没头苍蝇一样乱闯要好得多。想到这里，苏竹漪靠在树下，又扯了两片叶子，她一边嚼一边想，不多时，心头就有了打算。

　　修真界有很多探寻灵气的法宝，其中制作方法最简单的就是寻灵盘，制作起来不费力气，一根铁针，一块磁石，外加一块灵石和一个阵盘即可。在长宁村肯定是买不到这玩意的，毕竟这里的村民大都是普通人，等她的体内有点灵气了，她就可以尝试自己做个寻灵盘。

　　用简陋的寻灵盘来寻宝不切实际，但她可以用其探测这树根里头灵气的浓郁程度，顺藤摸瓜，越靠近那宝藏的地方灵气越浓，这样就能找出宝藏大概的位置。

　　如果真是姬无心的遗物，也就是他的坟的话，他不可能把自己埋在地心深处，她到时候挖挖坑，没准就能把坟给刨出来了。

　　苏竹漪现在只有五岁，累了一天，这会儿靠着大树想事情，想着想着就犯困，眼皮重得撑不起来，倦意上头，苏竹漪坚持不住，缓缓闭上眼睛，不多时就沉沉地睡了过去。

第二日苏竹漪醒来的时候，周围已经有了喧哗之声，她还没睁眼，就感觉到了生人气息，她心道不好，眼睛睁开一道缝，想看看包围圈哪里有缝隙，然后钻出人群逃之夭夭，没想到眼睫毛刚刚动了一下，就听到一个声音道："醒了醒了！"

既然装睡不行，那就……

她猛地睁开眼，打算杀出一道血路，却发现眼前是一碗白粥，一个系着围裙的中年妇人用右手端着粥，左手拿着一双筷子，正一脸温和地看着她。

中年妇人旁边站着个七八岁的男童，他生得唇红齿白、眉眼精致，是个美人坯子。见她醒了，男童一脸不高兴地翻白眼，将手里的馒头递到苏竹漪面前，故作凶狠地道："给你！"

啊？

苏竹漪愣了，现在发生的事情跟她记忆中的事情出入很大啊。以前的她若是被村民发现了，被揍一顿是常有的事。大家都不想她待在长宁村，说她晦气、丧门星来着。

不过下一刻，她就明白了。

"哪里来的小和尚？竟然饿得吃树根了。你师父没教你怎么化缘吗？"

她原本身上脏兮兮的，脸上黑乎乎的，已经看不出皮肤本色，如今洗干净了脸和身子，剃了个光头，衣服虽破，却干净整齐，小小年纪也不辨男女，村里的人就把她当成了个小和尚，故而施了她一碗粥。

她原来之所以会被排斥，其实是因为她是被苏家赶出来的，长宁村的村民胆小怕事，不愿也不敢得罪苏家，还要巴结苏家，才会对她一个孤女落井下石，但撇开了苏竹漪那个身份，没有了得罪苏家的顾虑，也就有人愿意施以援手了。

"秦江澜，你看，这就是你说的善，多虚伪啊。"

苏竹漪在心头冷笑了一下，她做不来伪善，所以从前的她选择了真恶。

不过现在嘛，苏竹漪一舔嘴唇，她甜甜一笑，双手合十，道了一句："阿弥陀佛，多谢施主。"

现在，她选择了白粥和馒头。

"长宁村没有寺庙啊，你是从哪儿来的和尚啊？"她吃着馒头的时候，又

有几个男孩围了过来，其中一个年纪大些，估摸着有十岁，穿一身粗布衣服，裤子上打了好几个补丁，他眉骨处有一道细长的疤，是小时候跟人打架留下的。

对这个少年，苏竹漪有点印象，他是最后一个死的，也就是最后一个被苏竹漪杀掉的，只不过那是一千多年前的事了，苏竹漪早就不记得他的名字了。

"张恩宁，这小和尚长得好俊俏。"一个六七岁的男孩用胳膊肘捅了一下眉骨处有疤的少年，"你家穷，以后肯定讨不到媳妇，不如把这小和尚带回家养着呗。"

"噗……"

苏竹漪一口粥差点喷了出去，她刚抬头，就看到张恩宁一拳打过去，直接把那男孩打倒在地，男孩哇哇大哭，旁边那个给苏竹漪递馒头的男童则撇嘴道："明知道打不过还天天撩他，你蠢不蠢？"

"你娘是狐狸精，专门偷汉子，生个儿子也是野种……"地上那男孩一边哭一边骂，张恩宁冲过去又踹了他两脚，这时候几个村民赶了过来将人拉住，其中一个人大力扇了张恩宁一巴掌，直接把张恩宁的半张脸都打肿了。

看到这里，苏竹漪就明白，为何这个张恩宁能坚持到后头了。

他也有恨。

但他还有娘。

他心里头还有一块地方是柔软的，所以，最后他死了，苏竹漪活了。

"哎，你还没说你是从哪儿来的呢？"馒头少年又说话了。

"普觉寺。"苏竹漪吃饱喝足，去树旁不远处的水井里打了点水把碗洗干净，打算还给那馒头少年，结果就见他摆摆手道："你化缘连个钵都没有，这碗送你了，普觉寺在哪儿啊，在永安镇吗？你怎么来长宁村了？还是一个人来的，天哪！"

"不在永安镇。"苏竹漪摇摇头，"跟永安镇隔了条江，还要翻几座山，属于蓉城地界了。"在他们几个震惊的注视下，苏竹漪低着头，惨然一笑。"我跟师父一块来的，听说这里的神木有灵，特地前来拜访，不料前些日子在翻山之时遇到凶兽，师父他重伤不治圆寂了。"

她活了这么大岁数，编点故事哄小孩子简直信手拈来，说话的时候还红了眼眶，直叫他们几个唏嘘不已。

"那你别太难过，我们这神树可灵了，它会保佑你的。"馒头少年本来凶巴巴的，这会儿语气温柔了一些，"我家虽不宽裕，但一碗粥却是出得起的，日后你若是肚子饿了，就来找我吧。"

他说这话的时候，那个叫张恩宁的明显瞟了那老树一眼，眼神中隐约透出一股不屑来。看来这老树虽然有灵智了，但修行有限，在长宁村的影响力不够啊。

说到这里，馒头少年顿了一下，磨牙道："馒头就没有了……"见小和尚抬头可怜巴巴地瞧着自己，他便道："那……那我分你一半。"他正是长身体的时候，家里人才每天给他一个大白面馒头，今天给了小和尚，他自己就没有了，所以他之前才凶巴巴的，但现在瞧着这小和尚挺可怜，他就动了恻隐之心，虽然舍不得，但还是答应把口粮分出一半。

苏竹漪抿着嘴唇："多谢施主，我吃树根就可以了。"

结果馒头少年眉毛一竖："吃树根怎么行？馒头都给你，都给你可以了吧?!"

苏竹漪："……"

重活一次，她阴错阳差地被当作一个小和尚，处境不像前生那般艰难，这是不是预示着她日后的路线也该调整一下呢？

想到那些正派的伪君子明明也是作恶，却能寻个大义的由头，杀了人还有人拍手称赞，苏竹漪觉得眼前一亮。

她可以坏得不明显，坏得低调一点，披着名门正派的外衣背地里干坏事。哎呀，想想就有点激动呢！

"村东头有个破庙，收拾一下可以住人。"刚刚张恩宁和那嘴巴贱的小孩子打了一架，引来了不少村民，这会儿有村民见了光头苏竹漪，就好心给她指了个地方。

"长宁村可不是什么人都收的，也不打听下他的身份，就这么让他住村子里了？"一个长得很壮实，宽额头，眼小唇厚，年纪看起来三十几岁的妇人不满道，"我们长宁村可不是什么阿猫阿狗都能进的！"

"这么大点的小和尚，留着又怎么了？吃你家米了？"说话的同样是个三十岁上下的妇人，她一边说话一边翻白眼，显然跟之前开口的那人有点龃龉，这会儿冷嘲热讽道，"一点善心都没，活该生不出儿子。"

"你说什么呢？看我不撕烂你的嘴！"说罢，被她嘲讽的妇人立刻像疯了一样冲过去拽她头发，旁边的村民看热闹的看热闹，劝架的劝架，周围一下子就变得闹哄哄的了。

不过这么多人过来，也没有谁把苏竹漪的真实身份给认出来，她坐在大树底下看得目瞪口呆，心道，原来凡人的生活是这样的。

"张婶，徐姑，都别闹了，好好说话。"

有人把两个妇人拉开，那张婶还在念："反正你生不出儿子，不如把这小和尚带过去养，积德行善，没准老天开眼，让你生个儿子出来。"

徐姑的眼睛都瞪红了，一张脸看起来十分狰狞，她长得壮实，一边挣扎一边吼："你还说，你还说……"

旁边的三个男人差点没拉住她，还有个人的脸上被她挠了一下！果真彪悍！

"谁叫你当初占了我家的地，往我院子里泼粪，坏事做多了，就该遭报应！"

"都少说两句！"一个威严的声音吼道，当这声音响起时，村民们立刻安静下来，并向左右分开，给来人让了一条路。

苏翔昂首阔步地走到苏竹漪跟前，将她上上下下打量了一遍。

苏竹漪盘膝而坐，双手合十，轻声念了一段静心咒，随后抬起头来，道了一声："阿弥陀佛。"

这里头唯一可能认出她的人就是苏翔了。

但苏竹漪念的静心咒可是货真价实的咒语，她听秦江澜念了六百年，怎么都不可能记错，她身上有微弱灵气，将这咒语念出来，有一丝凝神静心的效果，就连刚刚还互相撕扯、破口大骂的两个妇人，也都真的安静下来。

苏翔的眼神本威严至极，此番他的眼神柔和了一些。"小师父好，你从何处来，到何处去？为何会出现在长宁村？"

苏竹漪便把之前哄小孩的话重复了一遍，当然添油加醋了几句，使得她的这番说辞没有漏洞。

看苏翔的神色，苏竹漪就觉得他应该已经相信了。

"小师父昨夜到长宁村的？"苏翔沉声道，"昨天夜里，张猎户家的一条猎狗被人打死，除了每年三月商队会过来，其他时间长宁村很少有外人进出，这猎狗死得蹊跷，还需小师父配合检查一下。"

说罢，他转身举起手臂挥了一下，就见那张猎户牵着好几条猎狗杀气腾腾地冲了过来，那几条狗走到苏竹漪跟前，嗅了几圈后非但没龇牙，反而冲她摇尾巴吐舌头，显得十分亲热。见状，苏翔笑了。"这几条狗平素可凶了，看来小师父修身养性，身具灵慧根，连恶狗都愿意亲近。"

苏竹漪浅浅一笑，伸手轻轻摸了一下面前那条大黄狗的头。

那条黄狗本在欢快地甩尾巴，在苏竹漪的手放在它头上的那一刻，它突然夹紧尾巴，随后呜呜两声，在地上趴着怎么都不肯起来了。张猎户喊了两声没喊动它，转头看小和尚一脸呆怔无辜，一头雾水地踹了狗两脚。

"村东头的那间房子我找人打扫一下，小师父暂时可以住在那儿。"苏翔又道。

然而苏竹漪摇头。"听说神木有灵，我与师父千里迢迢前来拜访，没想到师父会遭遇不测，这些日子我打算在此地念经，为师父超度，为村民祈福。"

苏翔脸色一正，冲苏竹漪行了一礼。"那就多谢小师父了。"刚刚那段咒语，他听了觉得神清气爽，便知道小师父是有些真本事的，他是一村之长，也去永安镇见过世面，知道外头能人异士多，不能只看年纪，因此这会儿态度十分恭谨。

见村长行了礼，其他村民也给苏竹漪行了礼，苏竹漪就算是在长宁村安定下来了，她现在哪怕天天躺在树下都没人管了。这么一来，不管是修炼还是探查遗宝都方便多了。

苏竹漪向馒头少年家借了针线，又向另外一户人家借了笔和朱砂，还让村民帮忙弄了一块磁石过来，几乎没费力气，就把制作寻灵盘需要的工具找了大半，唯一差的，也就是一块灵石了。

灵石这东西，普通人家根本没有，村里应该就只有村长苏翔家有，当年苏晴熏身上带了一小块，是她爹当时想交给那些修士换命的，苏竹漪对此还有点印象。这东西不比那些针线磁石，想要过来不容易，她要怎么办才能把灵石弄到手呢？

苏翔怕是自己舍不得用灵石，当传家宝供着，她要潜入苏翔家去偷只怕不现实。

以她现在的实力，强取是不可能的，只能智取。

看着手上蘸了朱砂的笔，苏竹漪咧嘴一笑，坏心又起。

就在昨天，长宁村徐姑家死了人，那徐姑就是上次被人骂坏事做多了生不出儿子那个，她的确不是什么好人，平时喜欢占邻居便宜，也不孝敬公婆，公公早些年死在山上了，昨天死的那个是她婆婆，听说她婆婆是她不给饭吃，被活活饿死的。

这种家务事，连她汉子都不管，旁人没证据，最多也就私下嘀咕几句，说徐姑要遭报应。既然如此，苏竹漪觉得，她应该顺应民心，来好好折腾一下。

若那老人当真是活活饿死的，怨气必然不小。

只不过这怨气若没有受到特定的刺激，一般来说都会自然而然地消散于天地之间，但如果她去添上一把火就不好说了。苏竹漪修的是魔道，魔道里头有个控尸门是专门炼尸的，别的门派收灵兽做打手，而控尸门收的是尸体，横死的越凶的尸体越好，炼制到最后，活尸也能修炼进阶，成为旱魃一类，实力不容小觑。

苏竹漪对此也颇有研究，她现在做不到炼尸，但让尸体诈尸却简单，她画了几张符，又去坟地挑挑拣拣，找了点泥巴裹了片槐树叶子包在符纸里头，接着就在晚上偷偷去了停尸的房间，把纸团塞了老人嘴里。

这里的村民过世，家人是要守夜的，但徐姑家根本没有人守夜，老人的尸体就那么孤零零地被放在一块薄板上，她骨瘦如柴，轻飘飘的，好似一阵风都能吹走。

这都过去一天一夜了，苏竹漪还能感觉到屋子里有未散开的怨气，足以说明，老人生前受了非常大的痛苦和折磨。

苏竹漪把纸团塞在老人嘴里后，那纸团会在尸体腹中化掉，凡人发现不了这点异常，而纸团会在老人肚子里聚集怨气，将那些快要消散的怨气重新收回体内，等老人"吃饱"之后，就该起来活动筋骨了。

这老人生前受了很多罪，怨气极深，到时候诈尸了，苏翔想要对付都难，届时她这个小和尚再出来念经超度，需要一块灵石才能将其制服……

到那时候，苏翔再心疼，这灵石也得出，否则的话，这长宁村能安宁得了？他要前往永安镇求助的话，起码得小半个月，等他跑这么一趟，黄花菜都凉了。

苏竹漪做完这一切后，回到了老树底下，挖了几截树根剥皮吃掉后，修炼了一遍润脉诀，这才把刚刚画符消耗的灵气给补回来，她瞧着时间还早，就继续修炼润脉诀。不知道过了多久，一声凄厉的惨叫打破了黎明前的宁静，本来灰蒙蒙的村子片刻之后就有了火光，她一睁眼，就看到村长苏翔已经穿好衣服冲出了门，朝着惨叫声发出的地方飞奔而去。

"是徐姑家！"

她家隔壁的张婶也披了衣服，搭了个梯子从院墙外往里看，结果看到墙那边发生的情况，直接尖叫一声："诈尸了诈尸了，陆老太吃人了！"

她声音又尖又厉，这一嗓子几乎把整个长宁村的村民都闹醒了。

火把灯笼从各家各户伸出来，在村里头唯一的那条石板街上蜿蜒成了一条火龙，而片刻之后，苏翔喝道："都不要过来，拿东西堵住房门，别让陆老太破门出来!

"涂二狗,把你家的公鸡宰了!

"去叫张猎户过来,牵条黑狗,快!"

看那些村民一个个满脸惊恐,苏竹漪微微勾起嘴角,脸上的笑容一闪而过。

她抬头看了一下天色,月亮都还没有落下,没想到这老太太怨气这么大,不过两个时辰就已经起了尸,看苏翔的样子,估计没讨到便宜,也就是说,这老太太战斗力不俗,想来是起尸之后就吃了活人的缘故。

她闭目养神,打算等会儿再出马,没料到那馒头少年已经跑过来了,冲着她喊:"小和尚小和尚,那边诈尸了,你快去看看。你不是能超度吗?快去帮帮忙!"

说罢,他直接拽着苏竹漪就往前跑,苏竹漪也没反抗,横竖都要过去的,被他拖着,不多时到了诈尸的那家门外,房门口已经堆满了干柴、桌子、椅子等乱七八糟的东西,然而堆了那么多东西,房门依旧被撞得哐哐响。

"天啊,里头那是什么鬼东西?力气这么大!"有村民惊恐地道。

"那陆老太,会不会……会不会跳墙?"话音落下,就有人抬头看了一眼院墙,堵门的人一窝蜂地散开,没人抵着那些东西,房门被撞开了一尺来宽,苏翔连忙用力抵住门,喝道:"刚刚起尸哪里会跳?快挡住门,别让她出来!等天亮了,太阳出来了她就不敢造次,到时候就好杀多了!"

听到这话,周围的村民安心多了,又去抵住房门,只不过那里头的陆老太大概见撞不开门,便开始用指甲抓门,发出嘎吱嘎吱的声音,直叫人头皮发麻,眼看几寸厚的木门都被抓破了几道口子,尖尖的灰色指甲突兀地冒出,卡在门缝里,村民又是一阵惊慌失措。

"天哪,那指甲上有血!"

"不要慌,等天亮!"苏翔沉着地道。就在这时,馒头少年嚷嚷道:"别慌,别慌,我把小师父请来了。"

他一说完,堵门的村民们就自发让出一条道,把苏竹漪推到了最前面。那门后的陆老太受到的阻力减小,硬生生地从里头伸了条胳膊出来,尖尖的指甲有一尺长,险些挠到了苏竹漪的头皮。

苏竹漪:"……"

还好她现在长得矮,不然真要被这一爪抓到了。那可真是偷鸡不成蚀把米,会叫人笑话的吧?

她咳嗽两声，清了清嗓子，皱眉道："怨气冲天，此物不好对付。"

随后苏竹漪掏出一串红豆念珠装模作样地捻了几下。"我年纪尚幼，还没正式修行，只是这两年耳濡目染，看师父除妖驱邪，从他老人家那里学了点皮毛，懂几句驱邪的咒语，只能暂且试试。"

修士都是六岁以后才引气入体，开始正式修炼，苏翔虽然只是个最底层的炼体修士，但这点他还是知道的，因此苏竹漪不能说自己已经学会了什么捉僵尸的本事，免得惹他生疑。

说完，苏竹漪嘀嘀咕咕地念咒，片刻之后，门里动静渐小，村民顿时大喜过望。

等到门内陆老太完全安静下来，苏竹漪一抹头上的虚汗，道："我也不知道效果如何，等天亮了再派几个身强体壮的村民进去看看吧。"

"好。"苏翔答应下来，他和几个壮实的村民守在门口等天亮，苏竹漪则盘腿坐在一张木头桌子上念经，可她念的并不是什么安神咒，而是聚阴咒。

这些村民在苏翔的指挥下可以说是慌而不乱，现在黑狗来了，公鸡也有了，连老树的枝丫都被砍了几截带过来，用神木抽鬼还真挺有效果，等会儿太阳出来了，老太太刚刚形成的活尸恐怕会被村民制服，到时候一把火将其烧了，她就功亏一篑了。

既然做了就要成功，她无论如何也得把灵石弄到手。从袖中掏出一张符纸揉碎，苏竹漪再次念起了聚阴咒。

"我怎么觉得有点凉飕飕的？"一个中年汉子道。

"我也是啊，真吓人，居然会起尸，那里头的活人都没了吧？若人还活着，哪里会一点声音都没有。"

"肯定死了啊，也是报应，谁叫他们之前那么对老人的！"

"被活活咬死啊，想想就害怕，怎么不凉飕飕的……"

留下的村民压低声音聊天，缓解紧张感，时间也就一点一点过去了。

不多时，天边泛起鱼肚白，又过了一会儿，太阳终于从山那头冒了出来，那温暖的阳光，总算是驱散了阴寒，照在人身上暖烘烘的。

"我从来没看太阳这么顺眼过。"一个村民道。

苏竹漪也点点头。"太阳出来了，陆老太肯定虚弱了不少，她畏惧阳光，这会儿应该已经离了院子，在阴凉处藏起来，不知这户人家有没有地窖之类的地方，他们家是封闭的吗？有没有跟其他人家相连的阴凉地方？"

之前屋外有人气，所以陆老太靠着门边不离开，但现在她畏惧光，肯定要躲，就有可能蹿到别的地方去了，要是徐姑家跟谁家只有个什么栅栏门隔着，那就危险了……

苏竹漪说完，就有个汉子脸色发白。"我……我家……我们家后院的墙倒了还没修好呢！我家院子里有棵大树还遮阴！"他越想越怕，直接扯过身边一个瘦弱些的小个子男人道，"你快去通知我家里人，让他们马上出来，别去太阳照不到的地方。我们别磨蹭了，快去捉她吧！"

苏翔抬头看天，凛然道："好，走！"

苏竹漪这次可没走在最前头。大家都以为陆老太怕光，肯定躲起来了，然而苏竹漪知道，陆老太现在还在门后。

陆老太本身怨气重，又得了苏竹漪的助力，起尸后就吃了活人，现在已经不算是最低阶的僵尸了。头顶上聚阴阵汇集的阴气把阳光对她的伤害削弱到了最低，她现在最多有一点不适，却完全不会有什么惧意。

大门被破开的一瞬间，一张青灰色的脸突然出现，紧接着，长长的鬼爪一爪抓出，在最前头的那村民的脸上被划出了一道深深的血痕，他捂着脸痛苦哀号，旁边的村民早已四处逃窜，只有苏翔怒喝一声，跟活尸陆老太缠斗起来。

张猎户取了一盆狗血，直接泼到了活尸身上，活尸身子微微一僵，众人大喜，以为狗血有用，却不料，下一刻陆老太龇了龇牙，身子迅速移动到了张猎户身边，一爪抓碎了他的肩膀……

啧啧，好多血啊。苏竹漪微微眯眼，似有些不忍心看。

一番打斗之后，苏翔身上也挂了彩。他忍住疼痛，问："小师父，为何这活尸如此厉害，可有破解之法？"

苏翔转头看那小和尚，却见他吓得小脸惨白，只知道闭眼念咒，身子瑟瑟发抖。苏翔眸子一暗，冲那些不敢过来的村民喝道："快，我缠住她，你们所有人都去砍神木枝丫，放把火，把这里全烧了！"

这院子不是封闭的，要放火烧屋并不实际，万一大火把陆老太逼急了，她真的从墙那边冲出来，到时候就难以控制了，所以一开始他们没有选择火攻，但如今事态紧急，苏翔只想到了这个办法。

长宁村里能跟这活尸交手的只有他，若他拦不住这活尸，他的老婆孩子也会遭殃……

因此，这个缠住活尸的任务只能由他完成！今日，他怕是要跟这陆老太同

归于尽了。

苏翔的肩膀上被抓出了一道深深的口子，他厉声喝道："还不快去，让全村人都去！"

这一声怒喝犹如闷雷一样炸开，似乎让面色惊惶的小和尚也反应过来，苏竹漪忽然道："师父曾给我留下了个法宝，可以对付这些凶物，只是我一直没有灵石，这法宝没有任何用处，所以我险些忘了。"

她的话一出口，苏翔的双目顿时明亮有神了许多，他连忙又道："快，让云娘和晴熏把家里的灵石取来！"

村里的大部分汉子去砍神木了，也有一部分在徐姑家院子外不远处筑了一道防线，而村里的一些村妇也砍树去了，剩下的几个则把村里的孩子们约束在了远处，她们担心自己丈夫的安全，又不敢靠近，只能远远看着。

这会儿，苏晴熏早就出来了，她想过去找她爹，但被她娘死死抱住不放，正哭得满脸泪痕。

苏翔的吩咐她听到了，也不待别人交代，立刻拔腿往家里跑，她娘云娘追了上去，直接将苏晴熏一把抓住抱在怀中，狂奔回了家。

云娘没有修炼资质，就算知道灵石藏在匣子里也打不开。苏晴熏却知道打开之法，那是他父女俩的小秘密。

回到家中，苏晴熏捧出装有灵石的小匣子并小心打开，那打开的匣子被云娘握在手里。"我送过去，你跟在后面别乱跑！"

为了赶时间，云娘没有抱着苏晴熏一块跑，她越过村民筑的那道防线，冲到了苏竹漪面前，将手里的匣子递给了苏竹漪。"小师父，你看够吗？"

说话的时候她紧张地透过门缝往院子里看，看到苏翔浑身是血，云娘瞬间双膝一软跪倒在地。"小师父，快救人啊！"

苏竹漪看了一下匣子里的三块灵石，直接取出握在手中，随后将早已准备好的一个破铁盘拿出来，手心一点灵气溢出，使得那铁盘像是在发光一样。

她嘀嘀咕咕乱念了几句咒语，接着周身笼罩一层光辉，整个人像离弦之箭一样冲进院内，将手里的铁盘砸向了陆老太。"妖女受死！"

这句话是以前那些正道人士追杀她的时候喊得最多的，她听多了也就下意识说了出来，说完之后，自己倒是乐了一下。这"妖女"跟她，真是相差不止一星半点。

陆老太是她用符咒和秘法刺激起尸的，用的是最简单的控尸术，也就是说，她现在其实是陆老太的主人。这么一番表演过后，她想要的东西已经顺利拿到，陆老太自然也要功成身退。她不打算留陆老太当打手，一来，怕留下什么破绽；二来，陆老太太老，又是饿死的，瘦弱不说，还没有半点修炼资质，现在看着凶，讲阶却艰难，对付这些村民还可以，以后用来对付修士的话就没什么大用了。

陆老太的身子顿住，不躲不闪，那铁盘就正砸到她头上，把她的头砸出一个大口子，却不见一丝血。

看到法器有用，苏翔才松了口气。他浑身都是伤，早已疲惫不堪。

苏竹漪又装模作样地拿了根老树枝条抽了陆老太几下。"师父留下的法器果真有用！"她一脸惊喜，又道，"活尸还是烧了最好，大家把刚刚砍的神木枝丫堆起来放好，把陆老太烧了吧！"

外面柴火堆已架好，也有村民提了油过来直接泼在了树枝上，看到陆老太已经不动了，村长又浑身是血，便有胆子大点的村民冒险上来，把陆老太扛到了柴堆里，接着便有人扔了火把进去，嗖的一下，火苗就蹿了起来。

火光之中，陆老太发出嚯嚯的声音，显得十分痛苦，却无法冲出火堆。

灵石到手，这会儿苏竹漪心头乐开了花，至于受伤了的人，那关她屁事？在她看来，除了害死陆老太的亲属外没死其他人已经算她仁慈了。要知道，放任活尸杀人的话，这村子里的人一个也跑不掉。

六百年的静心咒，到底还是有那么一丁点效果，当然，胸口那还没参透的逐心咒，也让她有所忌惮。

眼看事情完成，苏竹漪打算找个地方把法宝制作完成，到时候就能顺着灵气查找，看看能不能把姬无心的遗物给挖出来了。

她甩了甩袖子，转身就走。事了拂衣去，深藏功与名。

然而就在这时，苏竹漪觉得头顶的阳光有点不对头，聚阴阵早就散了，这光线为何会突兀地暗了不少。

抬头一看，苏竹漪顿时满脸骇然。

"日食！"

这时候怎么会出现天狗食日！

苏竹漪跟陆老太是主仆关系，灵气是连接两人的线，她通过灵气驱动陆老太肚中的灵符，使得陆老太不能反抗，哪怕被火烧得痛苦挣扎，陆老太也没有使出全力冲出火堆。

然而就在日食出现的这一瞬间，灵气细线断了。

苏竹漪的身体内好似嘭的一声炸开了朵花，下一刻，她哇的一声喷出一口

鲜血。

陆老太本身怨气重，被她刺激了一下，现在又赶上了天狗食日，那这个刚刚出炉的活尸，实力会瞬间大增，以致反噬主人。

天杀的，怎么会这么巧！好在那神木火焰威力不俗，陆老太虽然发狂噬主了，一时半会儿却没能出来，只是在火焰之中嘶吼，那吼声尖厉刺耳，刚刚稍稍放松的村民们再次恐慌起来！

"老天，太阳被吃了啊！"

"冤有头债有主，陆老太，你杀了徐姑和你的不孝子就是了，不要找我们麻烦啊！"

"我们没害你啊！"

村里虽然没人直接害陆老太，但其实也是事不关己高高挂起，明明知道徐姑对陆老太不好，却因为徐姑彪悍泼辣，无人过多干涉。只是这会儿，所有人都觉得自己是无辜的，祈求陆老太不要滥杀无辜。

苏竹漪受了反噬，五脏六腑都跟移位了一样，她属于见势不对立刻撒腿就跑的，这会儿已经往村口老树那边跑去了，然而她现在身子弱，腿还短，根本没跑多远，就听到身后无数惨叫声响起。"陆老太出来了，她出来了啊……"

不用回头，苏竹漪就感觉到一阵劲风袭来，她直接趴在地上，随后一滚，再利落地爬起来时，就看到地上被抓出了一道深深的沟壑，那陆老太正挂在旁边房屋的屋檐上，用一双血红的眼睛死死地盯着她。

苏竹漪："……"

"晦气，你先咬谁不好，怎么就恩将仇报盯上我了呢?!"按理说这种僵尸进阶后会就近猎杀，哪里还会管什么主人，失去联系后，她也不会记得当初的主人是谁。刚刚进阶，急需补充血食，一切行为都被身体本能主宰，只知道吃人。

看到陆老太慢腾腾地把脑袋上的铁盘扯下来，苏竹漪只能骂道："他姥姥的，这家伙还记仇！"

现在的陆老太已经能够短距离飞行了，看她眼睛赤红，贴在墙上动作敏捷，苏竹漪便知道，陆老太已经进阶至跳尸。

这真是搬起石头砸自己的脚！

刚刚得到的灵石有三块。

苏竹漪毫不犹豫地将灵石握在手中，打算直接捏碎灵石吸收里头的灵气，她视线紧锁住屋檐上的跳尸，把那老树枝条握在左手中，右手攥着灵石，轻轻一捏。

没碎……硌得手疼。

修士可以直接吸纳灵石里的灵气来修炼，所以灵石的价值一直很高。但灵石的品质有高有低，苏翔家里藏着的这三块就属于最低阶的下品灵石，以往的妖女苏竹漪根本连看都懒得看一眼。灵石很硬，然而会使用灵石的肯定都已经是修士了，不会连灵石都捏不碎。苏竹漪原来劈山裂石不在话下，一双勾魂眼，一张玲珑网，在修真界赫赫有名，现在居然连灵石都捏不碎了……

她体内灵气所剩无几，眼看那跳尸再次扑下，苏竹漪一把扯下几片老树叶子塞到嘴里，将微弱的灵气全部聚集在牙齿上，随后抓起灵石，用尽力气嘎巴咬了一口。

灵石被她咬开了一道口子，她的门牙也碎了。

跳尸一爪子抓到了她肩膀，差点把她的胳膊当萝卜给削了。

灵气入体，苏竹漪忍着疼痛运转心法口诀，手掌上灵气溢出，在跳尸再次攻过来的时候，她身子一矮，从跳尸胯下穿过，随后一掌打在了跳尸屁股上，这是她目前能施展出来威力最大的烈焰掌了。这一掌击出，跳尸嗷嗷惨叫两声，僵直地转过头，看了苏竹漪一眼后，掉转方向，朝其他村民冲了过去。

跳尸陆老太已经有了些许灵智，在看到苏竹漪这块骨头有些难啃后，立刻转移了目标，而等她吸食了别的血食，实力还会继续增加，到时候对付苏竹漪就轻松得多。

苏竹漪现在这么丁点大，她想逃跑，哪里跑得过跳尸！

因此，只能趁那跳尸进阶还未完全成功之际，将她彻底铲除，才能永绝后患！

眼看跳尸朝在地上摔倒的小孩冲了过去，苏竹漪手腕一翻，将些许灵气注入绿叶，使得叶片顿时坚如铁石，化为暗器射出，嗖嗖几下，在空中画出几道绿光，阻了那跳尸一瞬！

随后苏竹漪左右一看，在地上抓了村民扔过来的一把锄头，将舌尖咬破，吐出一口鲜血喷在锄头上，虚空画符，使得三道红线围绕在了跳尸陆老太身后，等做完这一切，她脸色发白、周身乏力，却还是扛着锄头哼哧哼哧地冲了过去！

本来黑乎乎的平凡的铁锄头在她的鲜血喷上去后就变得银亮闪耀，好似有了灵性一般。

苏竹漪一锄头砍在了跳尸身上，那跳尸身体本已经不流血了，被这锄头砍

过之后，竟然有黑血从她七窍中流出，看起来可怖至极，周围的村民原本也有发了狠为保护自己的亲人想上来帮忙的，这会儿看到满脸黑血的陆老太，竟连连后退，完全不敢再上前了。

只有一人上前拖走了那吓晕了的小孩。

苏竹漪的锄头还嵌在跳尸身上。在击中跳尸的一瞬间，她就感觉有些不妙。跳尸的力量比她想象中的还要强一些，明明已经施展了本命秘术，她都已经被逼无奈，把地上的锄头当作本命法宝炼制了，现在对付跳尸仍旧吃力！

就见那跳尸忽地用双手抓住锄头，将苏竹漪整个人带到了空中，随后猛地举起锄头抡了出去，把她重重地往墙上砸。苏竹漪要么松手掉到地上，要么就被抡到墙上，然而现在这锄头是她的本命法宝，若是锄头撞到墙上毁了，她也在劫难逃，因此，她没有松手，在快要撞到墙壁的时候重重一蹬腿……

她利用那反弹的力量倒飞出去，也把锄头给拔了出来，然而她那条腿却折了，眼看跳尸继续靠近，她双腿颤抖，根本站都站不起来。

苏竹漪从来不把求生的希望寄托在旁人身上，她明明腿断了，却咬紧牙关站了起来，拖动锄头，再次将锄头横到了身前，她运转心法，催动最后的灵气打算与跳尸搏命，此时的她整个人都好似在发光。

就在这时，一个声音道："老东西，看这里！"

这种引诱有何用！苏竹漪也听到声音了，但她知道无用，还在心头冷笑了一声。

跳尸根本不会被外界声音影响，能够吸引她的只有血食，然而下一刻，苏竹漪瞪大眼，发现跳尸竟然朝着声音发出的方向冲了过去，喊话的人是馒头少年，他一边喊一边哆嗦，抖得跟筛糠似的。

跳尸行动速度极快，眨眼工夫已经靠近馒头少年，然而就在她冲过去的时候，头顶上的竹篮子里有白花花的东西撒落，落在她身上，瞬间冒了黑烟。

糯米！他们撒了糯米！

与此同时，那个眉骨处有疤的少年张恩宁将手里的东西悉数砸到了跳尸身上，他一边砸，一边吼身边的馒头少年："刚刚叫你尿你不尿，你现在尿什么裤子?!"

糯米加上童子尿，不对，仅仅这两样东西肯定没有这样的效果，但苏竹漪此刻顾不上去分辨这些，她趁着跳尸被困，忍着疼跑过去砍了跳尸一锄头，直接把跳尸砍翻在地，随后又接连砸了好多下，把跳尸脑袋都砸成了肉泥。

她原来杀人如麻，对这点血腥完全没反应，等砸完之后，就看到馒头少年面无血色地瘫软在地，屁股底下有一摊可疑的水渍，就连张恩宁也蹲在一旁吐了个昏天黑地。

苏竹漪一抹脸，道："这跳尸脑袋不砸碎还会起尸，现在没事了，不过还是得烧了她。"

说完之后，她身子一软，用锄头撑着身子都没站稳，整个人直接瘫软在地，接着眼前一黑，什么都不知道了。

苏竹漪是饿醒的。

她醒来的时候发现自己躺在床上，身上还盖着被子，被子上有淡淡的清香，还有一种莫名勾起人回忆的皂角香。只是闻着味道，她也知道这里是哪里。

小时候，苏晴熏帮她撵过狗。

后来因为家里大人禁止，在有人的时候，苏晴熏从来不搭理苏竹漪，然而苏晴熏有时候会偷偷跑到村外头的小河边，在苏竹漪经常待的地方放一块糖，或放小半张饼。

苏晴熏的娘叫云娘，人很勤快，虽然苏晴熏的衣服不多，但每天都穿得干干净净的，身上的衣服都有一股皂角香气，那时候的苏竹漪对这味道熟悉又贪恋，哪怕苏晴熏走很久了，她也能在河边闻到这味道。而每一次闻到，她都会特别高兴，因为这意味着她有好东西可以吃了。

那时候只有苏晴熏帮过她，其他孩子——她记得的都是他们往她身上丢石头。所以她把逃命的机会让给了苏晴熏，而且在她魔道有所成就之后，也对苏晴熏心慈手软。

可惜，最后她还是杀了苏晴熏。

苏竹漪在床上躺了片刻后才挣扎起身，她坐起来后发现自己的腿已经被缠上绷带固定住了，也不太疼了，身上的衣物倒是没换，但之前剩下的那块灵石不见了，她明明揣在兜里的。

苏竹漪四下一摸，没有！

她顿时大惊，难不成她折腾这么久，搞得自己半死不活，到头来还竹篮打水一场空了？

一股无名火瞬间蹿了起来，苏竹漪掀了被子刚要下床，就看到苏晴熏的娘推门进来，她手里抱着一沓东西，那是一套新衣服，衣服上头还放着块灵石，看到这些，苏竹漪才稍稍镇定下来，刚才她都想杀人了。

"小师父，你醒了？肚子饿不饿？"云娘笑呵呵地问，"你都昏迷四天了，

我们给你治了下腿伤，本来打算给你换套干净衣服的，但你双手紧紧护住胸口，加上那锄头立在空中守着你，好似不喜我们触碰，所以就没给你换。"

说到锄头，苏竹漪这才看到床下躺着的本命法宝，随后嘴角一抽，心在滴血。

当年她的本命法宝是玲珑金丝网，是修真界数一数二的极品法器，正中央的金丝乃龙须所炼，其他的金丝也都是非常珍贵的玲珑蚕丝，丝线锋利无比，削铁如泥，一网兜下去，想抓人就抓人，想杀人就能把人绞成碎片，可以直接做肉丸子吃，威力强悍无比。

现在，她的本命法宝变成了锄头，还是农家最常见的那种，然而当时情势危急，她周围根本没有任何称手的东西，都是之前那些村民扛过来的锄头、钉耙、镰刀，她也是没办法，矮子里选高个，把锄头给抓了起来，如今后悔也没用了。

本命法宝倒是可以更换的，但更换过程很复杂，不仅要很多珍贵材料，还必须有高人护法，否则就会伤及元神。一般来说，修士选择本命法宝都会很慎重，因为很多人终其一生，也凑不齐更换本命法宝的材料，更别说找高人护法了。

她心念一动，那锄头就飞到了她床头，点头哈腰的样子，像是个人在鞠躬似的。

还好不是钉耙，不然她哭都没地方哭去……

苏竹漪不想再看，一挥手，锄头就落了地，一锄头下去，还把地面砸了个坑。

云娘看得一惊，就怕这锄头发疯，她抱着衣服过去，忐忑地道："这是去别家要的一套新衣，小师父，你衣服又脏又破，换一身衣服吧。"她又拿出些东西。"这些都是抱你过来的时候从你兜里掉出来的，我也一并放到这里了。你先换衣服清点一下，我让晴薰把粥和斋菜端过来。"

"好。"苏竹漪点头。

灵石还在，苏翔没不要脸地拿回去，那就万事好商量了。

云娘放下东西出去之后，苏竹漪就换了衣服。

穿上衣的时候简单，换裤子稍微麻烦一些，不过她也就断了一条腿，且已经固定好，不太疼了，因此也没怎么折腾。当年刚入血罗门的时候，被毒打受重伤是常有的事，现在这点小伤都不算个事。

她一瘸一拐地走到床边梳妆台前，对着上面的铜镜看了一眼，发现自己面色还好，昏迷几天皮肤白了点，就是眼睛底下有几条青色血管，看着还是体虚。

头发还长了一点，头皮有点淡淡的青色，看着毛茸茸的。

苏竹漪咧嘴一笑，随后笑容直接凝固了。

她上面一排牙齿中间那两个黑窟窿……门牙不见了？想到当时咬灵石弄断了门牙，苏竹漪就觉得无语，她抿紧嘴唇，打定主意以后能不说话就不说话了。照了镜子，苏竹漪又把灵石装好，之前兜里那些零碎她也都收好了，接着就坐下来等饭吃。不多时云娘和苏晴熏就送了吃食过来，她喝了三碗粥，吃了两盘青菜，把肚子都撑圆了，才觉得舒坦。

可惜没肉，真是小气。

转念想到自己现在的身份是小和尚，苏竹漪叹了口气，起身打算回自己那窝。

"小师父是要去哪儿？"

苏竹漪："树！"

哦，苏晴熏懂了。"小师父，你是要回神树底下住吗？你就住在我们家里吧，你的腿还没好呢。"她眨着水汪汪的大眼睛，一派天真地道。

"超度。"苏竹漪说道，她说话的时候都没怎么动嘴皮子，声音显得含糊不清。

苏晴熏还没说话，云娘倒是脸色一变。"那是应该的，这个不能耽搁。"虽然陆老太被烧了，但徐姑家其他人都死了呢，因为害怕再有尸变，他们什么法事都没做，把所有尸体都直接一把火烧了，现在小师父说要超度，云娘当然不会阻止。

"小师父，你真好。"苏晴熏甜甜地说。

苏竹漪没吭声，一脸高深莫测，一瘸一拐地出了门，等到了老树底下，她发现那树下搭了个木屋，那木屋样式就像是以前村子里的土地庙，只不过比那种小庙要大一些，能为人遮风挡雨。

她昏迷了四天，在这四天里，村民已经在老树底下建了个小庙，原本插在树下的香，如今全部点在了小庙前头。

这群人打算干吗？

苏竹漪慢吞吞地走过去，那些忙碌的村民见了她，立刻停下手里的活，冲苏竹漪鞠躬行礼。领头的村长苏翔行礼后，道："小师父，您的大恩大德，长宁村铭记在心，大家想给您建个长生庙，祝您修得长生大道。"他说话的时候其他村民连连点头，只不过也有一些人低下头去，显得有些不自在。

那日面对僵尸陆老太，他们这群大人都跑了，反而是到村里没两天的小和尚拼死保卫村子，若小和尚用法宝轻轻松松把陆老太制服也就罢了，他伤得那么重，浑身是血，却仍旧扛着比他还高的锄头跟僵尸缠斗，这样的英雄气概，却是一群大人都比不上的。

听说小师父刚踏上修行之路，只是跟老师父学了个皮毛。提议建这个庙，大家一来是想安心，二来，是希望小师父日后的修行能更顺利一些，能够修得长生大道，有实力庇佑一方。

这些人打算给自己建个庙？苏竹漪乍一听到这个消息，都有点愣了。

凡人对修士十分敬畏，很多人以为修士就是仙人，实际上二者八竿子打不着，修士不过是吸收了些天地灵气，修了些法术的能人异士罢了，哪里是什么神仙。但凡人不这么想，他们有自己做不了的事，就将希望寄托在所谓的神仙身上，想要改变命运，自己不付出努力却想所谓的神仙大发善心。实际上，修行之路艰难，大家都自顾不暇，哪里还管得了其他人？

不过当年的确有两个人在凡人之中颇为有名，很多人家都供奉着他们的长生牌位，希望求得其庇护，也为其祈福。

其中一个就是秦江澜。他年少时云游四方，降妖伏魔，在凡人中很有威望，大家都尊他为临江仙，还有女子终身不嫁，为他焚香祈福。

另外那个是个女修，名字叫洛樱。她成名比秦江澜早一些，死得也挺早的。

修真界正派以云霄宗为首，其下有四个修真大派，东有东浮上宗，西有古剑派，南有寻道宗，北有丹鹤门。洛樱是古剑派的剑修，她少时体虚，跟着当时古剑派一个出世的长老一直在山中苦修，待到五百年后长老坐化，她才出关下山，五百年间，她将古剑派大部分修行秘籍都参悟了，更是将古剑派的天璇九剑修炼到了第八重，修为深不可测。

洛樱在门派比武时力压群雄，结果掌门觉得她这么厉害，门中修行秘籍她都懂，修为又这么高，刚好宗门新收了一群弟子，就让她挑几个弟子去悉心教导。

她当时只挑了一个少年——青河，悉心教导，小心呵护，结果三百年后教出了个惊才绝艳的人物，跟同一时期的秦江澜齐名，并称江河游龙，剑若惊鸿。然而某一天，那家伙突然偷了古剑派的镇派之宝剑心石跑了，叛出师门遁入魔道，杀人放火、奸淫掳掠，无恶不作，恶名远扬，若他还活着，苏竹漪这后出道的噬心妖女都要被他压上一头。

因为教出了个无恶不作的魔头，洛樱就下了山，入世修行，她行侠仗义，降妖伏魔，救过的修士和凡人不计其数，也就有很多人供奉了她的画像，给她立长生牌位，塑金身，希望洛樱能保他们平安。

苏竹漪曾经灭过一个喜欢跟灵犬缔结契约的小门派，那门派一共也就一百来人，宗门建在一个山头上，占着山上的一汪灵泉，养着百八十条狗。山脚处有个小村子，住了几十户人家，她怕留下线索，便一并屠了，杀人的时候在村里一户人家的正屋里看到了一张画像，画像前的香火都还没断……

他们祭拜的正是洛樱。

白衣似雪，气质清冷如山涧孤月。

然而，那个时候洛樱已经死了近百年。

所以，拜他们有何用？连自己的命都保不住，更何况外人。

苏竹漪看向苏翔，摇了摇头，想故作高深地说一番话推托，刚一张嘴，就想到自己漏风的牙齿，她又把嘴巴闭上，只是哼哼道："不了。"

"这是我们全村人的一点心意，小师父万万不能推辞。"苏翔又道。

苏竹漪见他们执意如此，也就懒得多说什么了，她打算回大树底下坐着，结果走近发现她原来的椅子不见了，旁边的村民连忙道："都搬到屋子里了，虽然小了点，但里头收拾得干净整齐，也能遮风挡雨，小师父，你要在这里超度，我们实在不忍心见你风餐露宿。"

苏竹漪瞄了一眼小庙，想了想，慢吞吞地走了进去。里头挺小，摆了一张床和一套桌椅后便没多大空间了，不过到底比睡草席舒服些，她把门口的帘子放下来，直接坐到了床上，随后把制作寻灵盘的材料拿出来摆到桌上，开始用朱砂画符。

哪怕外头喧嚣无比，她也能瞬间静下心来，做到心无旁骛。

这本事都是原来锻炼出来的，幼时她实力低微，血罗门训练弟子又特别狠，学东西的时候就所有弟子一起学，旁边还有凶兽虎视眈眈，时不时叫几声，先学会的弟子有奖励，规定时间内学不会的弟子直接喂凶兽。这么一段时间下来，哪怕旁边再嘈杂，她也能迅速进入忘我之境，只关心眼前事务，对其他一切都漠不关心。

第二张符刚刚画完，苏竹漪精神稍稍放松，正欲拿出第三张，就听到旁边一个声音道："小师父怎么了？叫了半天都没反应！"

一只手小心翼翼地伸过来，肉乎乎的手指朝着她的眉心靠近，也就在这时，苏竹漪猛地转过头去，一脸杀气地问："做什么？"

馒头少年吓得一屁股坐到地上，愣了片刻后才站起来，捂着胸口道："吓

死我了。"说完他又看了一下手里的袋子，乐道："还好馒头没丢。"

他站起来掏出四个馒头，一个一个摆在桌上。"小师父，这是这几天的馒头。"他又摸了俩鸡蛋放馒头旁边，"谢谢你救了我们全村的人。"

"嗯。"苏竹漪懒得说话，看了一眼桌上的馒头，又斜眼看了下门帘，示意他们出去，不要打搅她画符。

哪里晓得那馒头少年将身边的张恩宁一拉。"小帅父看你呢，你快道谢啊。"

苏竹漪："……"

她看的明明是门帘，不是张恩宁，他什么眼神？什么领悟能力？

被他拉过来的少年张恩宁走了过来，他抿抿唇，道："谢谢小师父，不过要是没我们帮忙，你一个人也对付不了陆老太。"

说得也是，当时苏竹漪都没时间多想，如今看到这俩孩子，她便问："除了糯米和童子尿，你们还用了什么，从哪儿学的啊？"她都没注意，这俩孩子是如何吸引陆老太注意的，若这村子里有懂这方面的理论并且藏得很深的高人，那她还挺担心露馅的，至少现在还不能露馅。

"哈哈哈哈哈……"

"哈哈哈哈……"馒头少年哈哈大笑起来，"小师父，难怪你只哼哼不说话，你的门牙没了啊，说话漏风不？"

苏竹漪："……"

她真是不喜欢小屁孩。

在这时，张恩宁抬手推了笑得打跌的馒头少年一把。"用了他的血。"

听到张恩宁的话，苏竹漪仔细地打量了馒头少年一番。越看，她越是心肝颤，她皱眉，问："夏至月圆之日正午时分出生？"

张恩宁点头。"六年前他出生那日，正好是夏至，恰逢满月，正午时分。"

一年之中夏至阳气最旺，一日之中又是正午阳气最胜，若那天又恰逢月圆，就是传说中的三阳聚顶，在那个时辰生下来的男童基本上修行资质上佳，而且一身正气，曜日精华汇于体内，传闻其血液都有驱邪之功效。

秦江澜就是个"大三阳"。

没想到在这西北贫瘠之地的长宁村还能遇到个"小三阳"。说起来，这馒头少年也就胖了点，若是再瘦些，眉眼处当真能寻到几分秦江澜的影子，难怪初见时，她觉得他有几分眼熟。

还好年龄对不上，这个时候的秦江澜都已经下山历练了。

馒头少年拥有三阳聚顶的资质，如果去修行，也是个大人物啊，可是她原来可从未听说过这么一号人物，这样资质的天才少年，难不成死在她手里了？

"哎，馒头，你这么厉害啊。"苏竹漪招了招手，"过来我瞅瞅。"

"我不叫馒头。我有名字的！"他气哼哼地道，"我叫秦川。"

秦川？还是没印象……不过居然跟秦江澜同姓，还真是奇妙的缘分。

他走过来后，苏竹漪就捏了他的手，她的资质根骨算好的，但是比起秦江澜还差一些，后来她发现了一个功法残篇，名为嫁衣神功，可以夺取别人的修炼资质，但必须在年幼时才可以，那功法她没验证，也不知道是不是真的。

她眼珠子一转，嘴角含笑，亲热地拉着他的小胖手。"馒头啊……"

不料馒头少年猛地抽回手。"我说我叫秦川！是不是我当时给了你夜夜草，你还得管我叫爷爷啊？"

秦川也不敬畏苏竹漪了，气哼哼地道："认识这么久了，我给了小师父那么多吃的，还和小师父一同对抗过陆老太，小师父你居然连我的名字都记不住！"他气鼓鼓地瞪着苏竹漪，越说越委屈了。

"那我叫什么？"苏竹漪指着自己鼻尖问。

"你……你……"大家都叫他"小和尚""小师父"，谁知道他到底叫什么啊？

被苏竹漪这么一追问，秦川心里头的火气也消了。他支支吾吾了一会儿，随后别过头去哼了一声，片刻后又转过头问："你叫什么？"

"贫僧法号无心。"苏竹漪一不小心就借用了那个魔道前辈姬无心的名号。

"你没心啊？"

苏竹漪呵呵一笑，双手合十。"无心无挂，四大皆空。"

无心无挂，四大皆空。

说得倒是好听，但苏竹漪现在那颗心上，还被秦江澜那老狗下了个逐心咒！不过经过这几次害人，她也算明白了秦江澜的心愿，大概是不愿意她害苏晴熏，至于其他人，秦江澜没管。所以她推苏晴熏，想欣赏苏晴熏被野狗撕咬的时候会心如刀绞，而设计陆老太诈尸伤害村民的时候，那逐心咒却毫无反应。

这么想来，秦老狗其实也是个自私鬼嘛。虽然都下了逐心咒，但心愿只是不动他那宝贝徒弟。

啧……

苏竹漪鄙夷地撇嘴，随后又看向面前的秦川。

秦川是个"小三阳"，血液对跳尸有奇效倒是可以解释，但他们是如何把

跳尸吸引过去的呢？就凭路见不平一声吼？

苏竹漪问到这个问题的时候，秦川指着张恩宁道："喏，他把自己的右手割破了，血流得一袖子都是。"

跳尸对血敏感，张恩宁流了很多血，能够把跳尸吸引过去也就说得通了。没想到，在长宁村跳出来帮忙的会是两个孩子，且他们有勇有谋，对自己也够狠，若能成长起来，日后会是修真界有头有脸的人物吧。

只可惜，他们都是短命鬼。所以资质优秀固然好，但活下去才是关键，有多少资质优秀的少年早早夭折，反而是她这个妖女，祸害遗千年。

秦川还欲拉着苏竹漪叨叨，苏竹漪嫌烦，打发他们走了。

等人走了，她想了想，捡了几块石头，又扯了几片老树的叶子，将体内的少许灵气汇集在掌心，手腕一翻，那叶片好似蝴蝶一样从她掌心翩翩飞起，随后又四散落下，在门口的布帘子旁边极有规律地落了地。

接下来，她把石头按照鬼门阵的规律摆好，在门帘这边设了个简单的阵法，俗称鬼打墙。如果有人想进来找她，就会一直在庙门口打转，根本进不来。虽然她修炼不受外界影响，但时不时有人进来看，那还是很不妥当的。

她准备先修炼润脉诀，等体内有少许稳定的灵气了，她就试着把寻灵盘做出来，那寻灵盘炼制方法简单，想来费不了多大力气。

苏竹漪又吃了点树根，等到体内有些灵气了就开始运行润脉诀，那微弱的灵气像是刷子一样扫过她的脉络，一点一点地滋养经脉，虽然每运行一周天，也就是灵气在身体里循环一次后都感觉不出有什么变化，但苏竹漪知道长久坚持下来，她的经脉会比别人的更坚韧，修炼起来也会更顺利。

修炼完毕，苏竹漪开始制作寻灵盘，她花了一个时辰将石盘上的阵法刻好，安上磁石，又把针嵌了进去，接着把体内的灵气一点一点注入阵法，等她全部处理完毕，已经出了一头的热汗。

好在成功了。

看着手里粗糙简陋的寻灵盘，苏竹漪先是咧嘴一笑，随后又有些感叹，当年那些讨好她的男修捧着那么多法宝送她，她都看不上眼，如今这么一个盘子居然能让她打心眼里感到高兴，真是世事难料。

只要把灵石放到盘子中，灵石就会一点一点分解，里头的灵气会受到同类灵气吸引，通过针的转向指引灵气聚集之地。这种盘子是最简易的寻灵盘，用处不大，毕竟修真界的很多地方有灵脉，有灵泉，天地间也有灵气，在那些灵气充裕之地，那针就会抖得跟打摆子一样。然而在这长宁村用它正好，在这里，天地间没有灵气，指针不会乱转。

今天已经晚了，苏竹漪打算明天夜里开始挖。

村子里的村民经过陆老太的事情后都提心吊胆的，晚上没人敢出来，以前巡更的、倒夜香的村民如今都不出现了，她夜里挖坑寻宝正好。

想到这里，她甜甜一笑，脱了鞋打算上床补眠，然而刚刚躺下，就看到她随手放在门边的锄头动了一下。

她如今年幼，饿了会浑身无力，累了就精神疲惫，所以刚刚都没注意到外头的鬼打墙阵法里边困了个人，若不是锄头提醒，她估计就直接睡下了。这天还未亮，谁这么早，悄无声息地摸到这里来，想做什么？

苏竹漪走到门边，扛起锄头，随后小心翼翼地掀开门帘，她素来谨慎，哪怕对手是普通村民，她也会打起十二分精神对付，以防万一，也正是因为这份谨慎，她躲过了很多次危险。

门帘刚刚掀开一道缝隙，就见一坨东西砸了过来。"有暗器！"

手中锄头直接往前一砸，将那东西砸破，顿时一股尿臊味传了出来，苏竹漪被溅了一脸红的黄的，她什么脏臭都忍得，这会儿一脚踢开帘子冲那罪魁祸首冷哼一声，黑着脸问："张恩宁，你三更半夜偷偷摸摸到这里来做什么？"

她指了一下脸上的秽物，一字一顿地道："你——想——死——吗？"

苏竹漪不高兴了。

她不高兴的时候，可是真的会杀人的。哪怕面前的张恩宁只是个十来岁的孩子，只是朝她身上扔了秽物。

张恩宁僵在原地，他也咬牙切齿，一字一顿地回答："我——要——拜——你——为——师。"

苏竹漪："……"

他想拜师不带拜师礼，用布包一坨染了血和尿的秽物带来做什么？不过话说回来，她在门口设的鬼打墙技术性不强，童子尿和"小三阳"的血皆可破，若不是这东西，张恩宁恐怕也走不到她眼前来。

苏竹漪一转眼珠，心道："这家伙不是个善类，居然是有备而来的。"

她本是怒极，这会儿反而沉下心来，淡淡一笑，道："施主不具慧根，凡尘牵挂太重，与我佛无缘。"这小子身后似乎有人指点一般，她之前就有所怀疑，现在也就按捺住了杀心，免得打草惊蛇。

张恩宁定定看她一眼。"我看到了。陆老太尸变是你做的手脚！"

苏竹漪一抬手，锄头上寒光闪现，张恩宁飞快地道："我给秦川留了字条，他会知道我是来找你的。若我死了，就是你杀的。"

苏竹漪抬手摸了摸他的头，做这个动作的时候她不得不踮起脚，将刚刚溅到脸上的秽物抹了他一头，随后才笑眯眯地道："我杀你做什么？"她斜睨了张恩宁一眼。"来来，屋里坐，咱们慢慢说。"

"陆老太生前可怜，死后怨气不散，想要报仇，我帮她达成心愿，才能使怨气消散，可有错？"

张恩宁沉默半晌后答："无错，她儿子和儿媳虐待她，将其活活饿死，他们死有余辜。"

"村民一早发现，若是齐心协力将陆老太制住，也就不会出现后面伤人的事情，说到底是他们贪生怕死。而且长宁村的村民看到陆老太长期受折磨却视而不见，村长苏翔也不教训徐姑，陆老太会将怨气发泄到其他人身上，也并无不妥。因果循环，报应不爽。"

苏竹漪绞尽脑汁还欲再说，就听张恩宁道："道理我明白，我就是想拜你为师。"

哟，苏竹漪倒是乐了，她本来是想诓骗张恩宁，让他受到冲击而心神不宁，随后偷偷给他下个离魂咒，让他看起来像是失魂了似的，慢慢呆傻，没想到这小子这么坚定，而且是个心黑的。

她咳嗽一下，眼神一凛。"我做事之时有仔细查看周围，不可能你在那里我没发现，你背后既然有人指点，何必再来拜我？"

"我没看到你下咒。"张恩宁老实道。

"那你敢诈我！一千多年前的小孩子怎么心眼这么黑了?!"苏竹漪心道。

"但我看到你鬼鬼祟祟去了坟地挖泥巴，又采了槐树叶，前两天还在鬼画符。"张恩宁道，"后来陆老太诈尸，我就怀疑跟你有关。"

"去了坟地，采了槐树叶，怎么就跟诈尸联系上了？"反正她都认了，也不再狡辩，索性问个清楚，苏竹漪嘴角一勾，"既然懂这些，就证明你也是入了门的，你要是说不清楚，我是不会收个来路不明的人当徒弟的。"

"我在我家水井的石壁上捡到一本书。"

原来，前年村里遭了旱灾，水井里的水见了底，水桶打不上来水，他就套着绳子下到井底打水，结果在距离井底三尺位置的石壁上发现了一本书，此书明明常年泡在水里，取出来的时候却一滴水都不沾。

他觉得自己捡到宝贝了，心里头高兴得很，奈何这两年过去，他只翻得开第一页，而第一页就有诈尸方面的记载，他也曾偷偷用坟里的红土和槐树叶试过，也依葫芦画瓢画过两张符，然而一直没有成功，他总觉得缺了什么，却不明白到底缺了何物。

"书呢？"苏竹漪不要脸地一摊手，懒洋洋地问。

"哪怕真是个宝贝，你翻不开，又有何用？"苏竹漪笑了笑，"你翻不开，就学不到里头的本事，学不到本事，你就一辈子离不开长宁村，不能带你娘过好日子。"她顿了一下，又说："我现在实力一般般，对付个跳尸都差点把自己的命赔进去。但是呢，我愿意为了救人而牺牲自己，可见心地不坏，不会拿了你的书就取了你的命，但你要等商队过来，拿给商队里的修士看，那可就说不准了。"

她说这话时，可真是脸不红心不跳，丝毫不觉得心虚。

见张恩宁的嘴唇紧紧抿成一条线，没吭声，苏竹漪又道："道理你都懂，否则也不会到我这儿来了，所以……"她伸手指了指张恩宁的心窝子，用眼神问他："你给还是不给？"

第二章　宝葫芦

张恩宁从怀里掏出一个油纸包，小心翼翼地把那油纸包一层一层地揭开，一脸凝重地把里头的书拿了出来。他递给苏竹漪。"喏，就是这本。"

他翻不开书，守着宝山不能用也毫无办法，倒不如用它来换取更大的利益。道理他都懂，这也是为何每年三月都有商队过来，他却从来没有把书拿出去问过商队的修士，因为他不敢冒险。

苏竹漪接过那本薄薄的书，翻开一页后发现这书是个法宝，书页并不是纸，而是修真界的绿幽石，被炼制过后，用刀切成薄如蝉翼的石片，比纸片还轻薄，再用上好的荧墨石做成笔，将字迹刻在这样的绿幽石片上，便能保存千年乃至万年。

翻开第一页，她看到了"无心"二字，顿时心头一喜。

这本书竟然是她要找的姬无心留下来的，真是踏破铁鞋无觅处，得来全不费工夫！

苏竹漪上下一扫，粗粗看了一遍，发现姬无心只是很随意地记载了一些低阶法术，他是魔道人士，开篇写的就跟起尸有关，张恩宁没骗人，这上面确实有记载。

苏竹漪翻开第二页，上面写着一些探穴之术，当年野史上只说姬无心是个魔道强者，有很多法宝和修炼资源，没仔细说他是哪一派的，苏竹漪这会儿翻了翻，断定姬无心是跟死人打交道的，他擅长探墓控尸发死人财，那些修真强者的墓地大都有法宝传承，也就是修真界人人都想进去捞一笔的秘境传承，姬无心能够推断出秘境位置和开启时间，他不富才怪！

第二页的这些内容苏竹漪都知道，她是个博览群书的人，探穴风水水平也不低，否则，她也挖不到流光镜。她没仔细看，又往下翻，结果翻了两下没翻动，顿时有些无语地撇了下嘴。

"体内有灵气才能翻开这书。"她把书丢回张恩宁手边，"我名为无心，在这世上无牵无挂，自然不会收徒。"看张恩宁脸色微变，苏竹漪又道："但我可以教你个修炼法诀，等你有灵气了，你就可以翻开这本书了。"

张恩宁本来一直很沉稳，但他到底年幼，喜形于色，这会儿眼睛都亮了，惊喜地道："当真？"

苏竹漪点点头，随后话锋一转，拖声拉气地说了句："但是……"

看到张恩宁浓密的眉毛拧成了个"八"字，苏竹漪才幽幽地道："写这本书的是个穷凶极恶的魔修，要知道，修士传承功法都会安排一些考验。正道的大多温和一些，考验道心；至于魔道的嘛，有可能把你折磨得人不人鬼不鬼，你才能得到认可。还有一种可能，这里头不一定是传承，没准就是个陷阱……"

事实上苏竹漪没说假话。

魔修的传承大都凶险，属于死后都不消停，还要祸害一下后来人。苏竹漪上辈子若能寿终正寝，她肯定也得好好设计个陷阱，挖坑给后世修士跳。

"你还想看？"她挑眉问。

张恩宁轻哼一声。"若它要害人，我跟它朝夕相处这么久，早就没命了。"他天生胆大，这会儿并没有因为苏竹漪的话失去勇气，反而道，"你别说那么多废话，快教我！"

她正要说话，就又见一个人掀帘子冲了进来，他一脚踢开苏竹漪的本命锄头，用力推了张恩宁的后背一把，气冲冲地吼："小师父都说了是邪书，你干吗还要学？！"

锄头闪了两下，一副被踹疼了的可怜样。

苏竹漪："……"

秦川每天都起得挺晚的，但他今天就是睡不着，天还没亮就出来了，在以前跟张恩宁偷偷递东西的小洞里找到一张字条，看张恩宁写得有些奇怪就立刻赶了过来，刚好听到小师父说这是邪书，是魔修的法术，没想到张恩宁居然还要学！

张恩宁一时没注意，被推得撞到桌子角，他回头盯着秦川，问："何为正，何为邪？"

"助人就是正，害人就是邪。"秦川正气凛然地道。

"照你这么说，长宁村有几个正的？"张恩宁冷笑一声，"我爹在山上受伤，他们为了自己逃命，不但见死不救，还落井下石，抢走了他的武器，害得他被群狼啃噬而死，他们不是邪？"

秦川愣住。"那只是一场意外，村里的叔叔伯伯说，他们遭遇了狼群，你爹没跑掉。"

"村里头那几个人欺负我们孤儿寡母，见我娘貌美便心生歹意，他们难道不是邪？"

张恩宁眉骨处那个疤，就是前些年跟村里头对他娘动手动脚的村民拼命留下来的。

"远的不说，他们明知陆老太在受苦却不闻不问，到底是正是邪？"

一连串的逼问把秦川逼到了角落，而张恩宁瞪着一双眼睛继续道："你连这些人都不觉得是邪，偏偏要说一本书是邪。"

说罢，他一指墙角的锄头。"锄头可以锄地，也可以杀人。"似是想到上次那锄头把陆老太的脑袋都砸开了花，张恩宁脸色微变，迅速移开眼睛，又道，"同样，功法可以助人，也可以杀人。"

他意味深长地看了苏竹漪一眼。"小师父，你说是不是？"

小子能说会道嘛。

这会儿苏竹漪自然点头。"小施主所言极是。正邪之分，在于一念之间。一念得正，人斯正矣；一念入邪，人斯邪矣。心正，哪怕手中握着邪物，也能行正气，反之亦然。"

"可是那第一页我也看过，教的是让尸体诈尸啊！"秦川仍有些犹豫地道。

"然而上面有写，唯有怨气深重的尸体，才有可能起尸。"张恩宁笑了一下，"惩恶锄奸，替枉死之人复仇，让他们自己复仇，不正是替天行道？"当初因为秦川一身正气，对自己也很好，张恩宁才把这书的秘密告诉了他，也偷偷用他的血来测试过这书，没发现不妥，也没有翻开第二页，如今张恩宁倒有些后悔叫他知道了。

秦川比张恩宁矮半个头，他说不过张恩宁，把头扭到一边。"马上就是新年了，三月份商队就要过来，这次香山梅岭的飞鸿门也有修士过来，说好等我拜入了飞鸿门，来年就想办法也让你入门的……"

飞鸿门，苏竹漪有点印象，在修真界算是一个很不错的二流门派了，门中有近万个弟子，然而一夜之间被洛樱那魔头弟子青河灭了满门。说起来，那时候洛樱刚死不久……

这事在修真界闹出的动静极大，之后修真界正道四大派一齐出手追杀青河，一直没什么进展，反倒是灭门惨案一直持续不断，闹得人心惶惶的，直到一百年后，他们宣布了青河的死讯，有古剑派青河魂灯为证，而修真界自那之后，才没那么多骇人听闻的灭门案。

当初青河是古剑派最杰出的弟子，是跟秦江澜齐名的杰出人物，所以古剑派的人给青河点了魂灯。那魂灯能感应修士元神强度，若修士陨落，元神消散，魂灯也会熄灭，青河的魂灯的确灭了，他自然也死了。

那时候的苏竹漪也就一百多岁，名声还不显，趁着各大门派抓捕青河的时候，她还跑出去偷偷干了一票，灭了那养狗的小门派，栽在了青河身上。说起来，当时那么多灭门惨案，到底有多少是别人浑水摸鱼做的，也真是说不清楚呢。

因此，苏竹漪对飞鸿门印象较深，哪怕隔的时间很久，且是她从未接触过的门派，她也有几分了解，看秦川的眼神又多了点深意。

这孩子留在长宁村的话，长宁村两年后被屠。

这孩子若是跟着商队里的修士去了飞鸿门，飞鸿门也在一年左右的时间内被灭门，不管是留是走，他都逃不了个"死"字，还真是悲催。

看着秦川那张白白胖胖的脸，苏竹漪觉得他脑门上刻了个"衰"字！

"飞鸿门对弟子要求那么高，除非你努力成为里头的精锐弟子，或者有大量灵石，否则要再带人进去太难。"张恩宁冷冷道，"那需要几年？三年五年，十年二十年？我等不了那么久！"

他要保护娘，保护自己，他需要有实力，需要变强。

秦川垂下头，将手握成拳头，许久之后，他才道："好，但是你听好了，若有朝一日你以此行恶，我……我定饶不了你！"说完，他挺直后背，迈大步离开了苏竹漪的小庙。而张恩宁则抿了下唇，道："小师父，请教我。"

苏竹漪出了小庙，扛着锄头就着月光挖了几截树根，再到水井旁边洗干净了树根递给张恩宁。"吃了。"

虽疑惑，但张恩宁仍旧照做了。他吃了过后便随苏竹漪进了屋，在她的吩咐下盘膝坐在了地上。

苏竹漪坐在床上，用手里折的树枝敲了一下床头那小桌，道："修行第一步就是静心，澄心定意，抱元守一，存神固气。你坐那儿，什么时候感觉到体内灵气不再受外界影响，听不到一点外界杂音，我再教你修炼法诀。"

张恩宁点头称是，坐下不动了。

苏竹漪掀开帘子出了门，没走多远，她拿手里的树枝当鞭子反手抽了一记，啪的一下打在布帘子上，随后冷哼了一声，道："就你这样，还叫静心？"

她刚刚出门，张恩宁就转过头来看了一眼。他以为自己动静小，苏竹漪出了门看不见，然而她的锄头还在屋里，她怎么会不知道。

那是她的本命法宝，通过锄头，苏竹漪可以将屋内看得清清楚楚！

张恩宁皱着眉头再次入定，苏竹漪则带着寻灵盘往张恩宁家摸了过去。既然他家有姬无心留下的书，没准也能找到其他的宝藏，怎么都得去走一趟啊。

长宁村村民住的都是竹楼。

张恩宁家在西北方，背后靠着一个土坡，土坡上栽种了几棵小树苗，然而下暴雨的时候，仍会有大量的泥土滚下来，好在土坡不高，虽然会添不少麻烦，但也不至于把竹楼冲垮。

这时候天蒙蒙亮，张恩宁的娘已经起来了，她在木栅栏圈起来的小院里的水井处打水，然后舀水浇门前那一小块菜田。菜田旁边还养着一只老母鸡，正咯咯咯咯地叫，像是要下蛋了。

张氏看着不到三十岁，她的衣服颜色很深，且洗得发白，还打了不少补丁，发髻上也只插了根不起眼的木簪，但即使这等朴素或者说寒酸的打扮也难掩她的秀丽姿容，难怪她会被村里头的其他汉子惦记上。

苏竹漪在院外站着看，她手里头的寻灵盘还没动静，没感觉到这竹楼附近有灵气。

这时，张氏抬头看到了苏竹漪，她脸上顿时扬起笑容。"小师父，怎么到这儿来了？"说完忽然想到了什么，她连忙道，"小师父，你稍等，我去烙几个素饼。"

苏竹漪连忙摇头。"多谢施主，我已经用过早膳了。"

"这次我来是为了感谢张恩宁的，若不是他舍身相助，我也制服不了陆老太。"

听到苏竹漪夸奖自己的儿子，张氏觉得脸上有光，笑容更明艳了一些，寻常凡女能有这等容貌已是十分不错，当然，张氏跟原来的苏竹漪比起来却是相差甚远。

苏竹漪嘴角一勾，甚是自信地邪魅一笑。

然而如今在外人眼里，这个光头小和尚，门牙掉了，只剩下俩漏风的黑洞，这么笑起来，就是自我感觉良好，旁人眼中的"傻白甜"。

张氏乐呵呵地将苏竹漪请到屋里坐，苏竹漪也就从她口中套了些话。

张氏本名姓姜，原本不是长宁村的人，她小时候住在永安镇，她爹是个给人看病的大夫，家境在凡人之中不差，只不过有天不小心得罪了个修士，她爹被直接打死，她娘也悬梁自尽。

那天张氏和哥哥上山采药去了，回去的路上遇到好心的邻居，邻居告诉了他们这个噩耗，让他们赶紧逃走，不要回家，因此两人连家也不敢回，往山里躲。后来，她哥哥为了护她被野兽咬死，她以为自己也活不成了，结果被一个女修救了。

那女修带她回去，惩戒了那作恶的修士，替她父母报了仇。后来她遇到了张恩宁的爹，因为在永安镇已经没了亲人，她便跟着张恩宁的爹定居在了长宁村。

说到此处，张氏的双眼已经含着热泪，她忽然道："小师父，你说我是不是命中带煞，所以才会克死亲人呢？我现在跟恩宁相依为命，我不想他再受到任何伤害了……"

苏竹漪仔细瞧了一下张氏的面相，没看出什么不妥。说到底，是现在这天下凡人命贱，若不小心冲撞了修士，那真是随时都可能送命。苏竹漪原本也杀了不少人，那时候人命在她眼里只是个数字，时不时听到哪里魔修屠城，死伤上万人，哪里兽潮袭村，民不聊生，哪里大能对战，方圆百里寸草不生……

而现在，她眼前是个活生生的凡人，也曾是家中的掌上明珠，也曾拼命挣扎，努力求生……

"知道你为什么还在底层挣扎吗？因为哪怕遭遇了这么多磨难，你怨的不是别人，反而责问自己，是不是因为自己命中带煞，才遇到了这么多灾祸，克死了亲人……"

苏竹漪张了张嘴，没把心里的话说出口。她只是眨眨眼，道："我瞧你的面相没什么不妥，我以前跟师父学过一些风水格局，我在你家中看看有没有什么不妥之处。"

张氏顿时大喜，连忙道："多谢小师父。"

这下，苏竹漪就握着寻灵盘光明正大地在张恩宁家里转了起来。那口水井是她重点观察的对象，仔仔细细看了许久，寻灵盘也没动静。等绕到竹楼背后，苏竹漪发现竹楼左边有条小路，通往后山。

说是后山，其实就是个小土坡，坡上长满了草，有村民在山上放羊。她往

山上慢腾腾地走，等走到了山坡最高处，赫然发现山坡正中央用石头围了个圈，正中间是个圆形石台，她站到石台上远眺，恰好看到村头那棵老树，枝条左右摇晃，随风而动。

手中寻灵盘轻轻抖动，苏竹漪嘴角一勾，眉眼含笑。看来，这姬无心的遗物就在这底下了。

正常情况下，树木向阳的一边会更枝繁叶茂一些，然而那棵千年老树却并非如此，它整棵树都朝着苏竹漪现在所在的地方倾斜，也是这边的树叶更加苍翠，阳光照射下，竟如同翡翠玉石一般。

苏竹漪现在矮得很，她没灵气，也不能飞，站在树下根本看不到这么多，如今在山坡上瞧得远，这才瞧出了点名堂。

石台与树的倾斜方向连成一线，加上寻灵盘抖个不停，还有山上草叶茂盛，连吃草的羊都显得颇有灵性，若是活的年头长些，指不定吃出个灵羊来，只不过它们往往还没修炼出来，就被人宰杀了。

好吧，现在问题来了，怎么才能把这石台挖开？就她现在这小身板，要挖多久？正惆怅时，她忽然心中一动。

她怎么忘了，自己的本命法宝是把锄头啊。

本命法宝是把锄头，虽然说出去有点丢人现眼，但现下倒是能解她燃眉之急。她想到这里就顺着来路下了山，看到路边等着的张氏一脸期盼地看着自己，苏竹漪胡诌："山上那石台垒成圆圈，山低矮背阴，杂草丛生，里头的阴气就聚集在了圈内跑不出去，所以对你家这竹楼有些影响。现在天气不好，等来年春天阳光大好的时候我来做个法事，把那石台毁掉即可。"

小和尚虽然年幼，但说话头头是道，这几日在长宁村做的事也是有目共睹，因此张氏对她极为信服，只是张氏道："以往有村民在石台那儿祭拜呢，说是拜山神的，没想到竟是个聚阴之地。"

听到有村民祭拜，苏竹漪倒有些担心了，若姬无心的墓穴就在那里，还安排了什么东西守墓的话，那东西长年累月受了村民的祭拜，特别是祈福祈愿的话，没准还真能养出个什么神神鬼鬼的怪物来。她现在身体不好，没打算立刻就动手挖坟，本想等到春天找个阳气盛的时间来挖，现在倒觉得不能这么草率了。

身子骨得养好，修为要提升一截，祭品也要备齐，最好把那书再拿过来翻翻看，看后头到底有没有关于此地的记载。

苏竹漪跟张氏道别，在村子里转了转，之后回到大树下，看张恩宁已经进入入定状态，倒对他有些刮目相看了。

这小子，心志倒是坚定。

张恩宁静心养神的时候，苏竹漪也开始修炼润脉诀，就这么枯坐到了傍晚，她收了功，把张恩宁叫起来，赶他回家。

之后的三个月，苏竹漪养好了身子，人也长高了一点，她的头依然剃得光溜溜的，身上穿的也不是普通的袍子，而是村民给她做的小僧袍，罩个红袈裟，更衬得她冰雪可爱。小和尚在村里人气很旺，庙门口也是香火不断。

苏竹漪："……"

自己不上进改变命运，反而跑来求这屁大点的小和尚指点迷津的，想学点石成金之术的，还有想生儿子的，这帮村民也是没救了，啧啧……

这段时间，苏竹漪画了不少符，她将画的符烧成灰，把符灰偷偷倒到了村民的水井里头，给长宁村的村民都下了咒，这些村民都是凡人，要设计控制他们不难，若挖坟那天真的需要祭品，那她肯定会吹响竹笛，毫不犹豫地把所有人都驱赶过来，让他们排着队去送死。

还有一个月，商队就会到村子里来了。

她得在那些修士到来之前把事情办好，然后早早离开长宁村，到时候穿过长宁村旁边的破林子，找个灵气浓郁的地方躲起来修炼，届时海阔凭鱼跃，天高任鸟飞！

这三个月，张恩宁也学了修炼口诀，能够引气入体了，苏竹漪引他入了门，之后就懒得管他，至于他跟着那书能学多少，最后学成个什么鬼样子，都不在苏竹漪关心的范围内，她如今唯一牵挂的，就是山上那石台而已。

这日天光大好，紫气东来。苏竹漪扛着锄头上了山，在石台的四个方位点上蜡烛，又在石台上撒了三十六个铜钱。

接着，她拿出了一个替身草人，咬破手指，挤了点血滴在草人身上。若等下遇到危险，这替身草人是可以救她命的。

苏竹漪准备好这一切就不动了，她盘膝坐下，在石台边念起了静心咒。

这是秦江澜念了六百年的咒语，她以前从未学过，却能轻而易举地念出来，似乎当时秦江澜的语速和咬字也被她模仿了一样，此时念起来，还有秦江澜的说话腔调。他还是影响到了她……

想到秦江澜，苏竹漪微微皱眉。

有的人一辈子就顺风顺水，这时候的秦江澜刚刚下山，正是意气风发的

时候。

而她，哪怕重活一世，也是从底层爬起，危险重重，说起来，还真有几分不公。

等到正午时分，苏竹漪直接一脚将垒成圈的石头踢开，接着扛起本命锄头，在石台中央直接砸了下去。

锄头锋利，不多时就将石台砸碎，苏竹漪看四方蜡烛燃得好好的，没有熄灭，心头稍稍松了口气。她继续往下挖，不多时就挖出了个大坑，然而坑底下啥都没有，看来挖得还不够深。这会儿坑快比她高了，苏竹漪从坑里爬了出来，用灵气催动本命法宝继续挖，挖着挖着，忽然觉得有些不对头。

天上飘来一朵云。

它将头顶上空明晃晃的太阳完全遮住，也就是眨眼的工夫，瓢泼大雨倾盆而下，瞬间将蜡烛浇灭了。苏竹漪站在坑边有些愣了，她怎么都没想明白，这天气为何会变得如此之快，快到让人无法接受。

发愣那瞬息工夫，滚滚雷声又来了，只见一道闪电从天而降，径直落在了她挖出的土坑之中，在坑里的本命法宝屁事都没，只是被吓得飞出来瑟瑟发抖，但坑里头被劈出了个黑黢黢的洞，雨水灌到洞中，像是一条隐藏在黑暗之中的张大嘴吸水的恶龙……

这不对劲！

上次突然出现的天狗食日是这样，这次的陡然变天也是这样，她明明卜算过，根本不会犯这样的错误，除非……除非天道不容她。

她想起了那古籍上对流光镜的记载。

回溯岁月，逆天改命，天地不容。如今她回来了，她的一举一动都有可能改变很多人的命数，所以，天道不容她，会想方设法地给她制造难题，抹杀她这个异类。然而天地有正气，天道有规则，不会无缘无故害她死，只会给她增加难度。

苏竹漪觉得头有点疼。

她想了想，反应迅速地后退一步，直接把周围的石头块推到了刚刚挖好的坑里，此时苏竹漪不敢再探那地洞，指不定还会生出什么幺蛾子，就在她打算填了坑避避风头之际，忽觉地动山摇。

竟然还地动了？她脚下裂开一道大口子，整个人还未来得及跑开，就直接从那口子滚了进去，口袋里装的竹笛也摔了出去，苏竹漪眼睁睁地看着那竹笛被一块石头压碎了，也就是说，她准备好的祭品没了。

她被石头砸了头，一下子有些昏昏沉沉的，跌跌撞撞滚了一圈，最终落入了那个黑黢黢的洞，一进去，她就感觉自己的身子泡在了冰凉彻骨的寒水里，冷得她连打了几个喷嚏，恨恨骂了一句贼老天。

这里头到底有什么在等着她？苏竹漪搓了搓手，将灵气聚集在眼睛处，小心翼翼地四处张望起来。

然后，她看到不远处有一点白莹莹的光……

苏竹漪抬头看了一眼，压根看不到天，不知道这洞到底有多深。她吸了吸鼻子，只闻到周围一股子泥腥味。

她现在体内灵气稀少，也没材料捣鼓飞行法宝，本命法宝是锄头，也弱得很，现在根本不能载她飞行，也就是说，苏竹漪此刻出不了这深不可测的黑洞。

她若是不找条出路，指不定就困在这里头饿死了，苏竹漪检查了一下，身上能保命的替身草人还在，于是，她没多犹豫，招了招手，让锄头在前头探路，随后往那发光的方向走了过去。

光点看着近，实际远得很。

苏竹漪走动的时候发现脚下的泥里有很多根须藤蔓，她弯腰掐了一截，感觉到了灵气，心头就有了谱。看来这里的确埋着灵物，村口那老树就是扎根在此，吸收到灵气的。

只是不知道是不是真的跟姬无心有关了。

继续往前走了一段路，苏竹漪才觉得这洞口越来越窄小，到最后，就像是一条地道似的，只有她个头那么高。她现在身量小得很，若是一个成年人进来，这一段路只能猫着身子过。

然而把最窄的口子过去了，前路又豁然开朗起来，越走越宽，好似要看到出路了一样。只是那莹莹的白光一直在她眼前闪耀，距离不远不近，好像她这半天都没挪动一步一样。

她也没着急，继续往前走，累了在原地休息片刻，扯几根树根出来嚼了，又继续往前走，还坐下修炼润脉诀，不多时，就看到那光点稍稍近了一些。

等注意到那光点的动静之后，苏竹漪就确定了，这里头有个幻阵，那光点就是个诱饵。

苏竹漪好歹是活了一千多年的魔头，虽然现在的肉身跟个弱鸡似的，但她

的元神很强，所以不会被迷惑，看那光点，就是个光点。但对其他人来说，那光点就是诱惑。

是他们心中的执念，想要抓住的任何东西，财宝、美人、实力或者其他，是人心中的一切愿望。

为了追逐愿望而不停奔跑，明明看到自己梦寐以求的一切唾手可得，然而怎么都抓不住，拼命追逐，直到死为止。而现在她不为所动，所以那光点就自己找上门来了。

光点是一座碧绿色的石莲台，石莲台上放着一只玉囚牛，苏竹漪在看到那石莲台和玉囚牛的瞬间脸色微变，随即想到了血罗门当时屠村血祭和用手印结界焚烧老树的场景。这石莲台是个祭台，第一眼看到的时候，苏竹漪就感觉到了上头的阴煞气，但这种祭台上摆的是玉囚牛，所以这祭台并非一般的祭台，而是阵灵台，用来守护陵墓的。

苏竹漪仔细打量了玉囚牛一番，她发现那玉囚牛晶莹剔透，珠光圆润，透过玉石看到里面有个小圆点，应该是个阵法。等注意到这些时，她的神色才有些变化。她如果没有看错，这只玉囚牛里有一个灵脉。

修真界有灵山，有灵泉。

这只玉囚牛里封着一座灵山，这无疑是个巨宝，然而苏竹漪不敢碰，这种祭台是天地灵气所汇集的，不会主动害人，但人心中如果起了贪念，想要抢走或者破坏玉囚牛，那基本上就没命了。玉囚牛勾人心欲望的能力不弱，苏竹漪的元神虽然封印了，却心志坚定，见过了大风大浪，她不会被这么一点幻象迷惑。当然，真正原因是她实力弱，沾之即死，还是保命要紧，谁晓得这里头有什么，毕竟她的替身草人只有一个……

苏竹漪没碰玉囚牛，继续往前走，不多时又看到了一座石莲台，上面摆的是睚眦，同样，里头也有个灵脉，看那色泽，应该是压着一汪灵泉。等看到其他几座石莲台时，苏竹漪肯定了自己的想法。虽然她目前只看到了五座石莲台，但她可以肯定，这里的石莲台共有九座。

龙生九子，九个龙子，摆放在九座石莲台上，九座石莲台分别为"鉴临台""定落台""星吮台""坤殂台""真仙台""合仗台""空榻台""空虞台"和"燧门台"，九座石莲台组成鏊龙阵，目的是以山河之灵捍卫墓葬。山有灵，水有灵，只不过想要养成山河之灵极为艰难，没有数十万年难以成功，一旦修成，便直接飞升，论其实力的话，想来比当初天下第一的秦江澜都要厉害一些，毕竟秦江澜到最后也没渡过飞升雷劫。

真正修成的山河之灵，那是只存在于传说之中，根本招惹不得的，而錾龙阵阵法内的山河之灵，属于人为创造的，实力要差上一截，但随着时间的流逝，漫长的岁月过去，也能养出个强悍无比的灵物来。是灵物，而不是妖魔鬼怪！

那布置这墓穴之人用錾龙阵养出这个灵物的目的是什么？仅仅为了守墓可不需要费这么大周折。

不多时，苏竹漪就走到了地洞尽头，她看到最后一座石莲台放在一具很大的朱红色棺木之上，那棺木有门板那么宽，横着躺上三人也绰绰有余。难不成，养灵物还真是用来守棺木的？

这么看来，这棺木里头真有可能是姬无心。毕竟姬无心是个专业盗墓的，天天跟墓穴、死人打交道，最擅长的就是这个。

姬无心是五千年前的风云人物。

然而，五千年的时间是养不出山河之灵。所以她走到这里只看到了九座石莲台，根本没遇到什么阻拦就走到了棺木附近。

呃，也不是没什么阻拦，幻阵的诱惑算一个，不过对元神强一些的人来说都没什么效果吧，姬无心这个魔道高手，居然这么心慈手软？她在这方面也是个老手，在洞里还真没看到别的陷阱了。

苏竹漪现在已经到地洞尽头了，这里没有出口，倒回去她也爬不出黑洞，靠吃树根吸收的那微弱的灵气，怕是在这洞里待个十年二十年，连驱使锄头御器飞行都做不到，唯一的希望，也就是找到姬无心的宝藏，快速进阶了。

以她的经验和资质，还有元神强度，只要有足够的灵气，短时间内修为就可以大大提升。

苏竹漪让锄头飞到了棺木前，而她自己，则捏紧了手里的替身草人。

就在锄头飞过去的一刹那，棺木四周忽然亮了。原来那棺木四角都有白烛，在锄头靠近的瞬间，烛火唰的一下点燃。与此同时，棺木上的石莲台微微发光，上头那只玉螭吻也微微泛光，随后口吐人言。

"我已发誓不再造杀孽，小光头，这里不是你该来的地方，你走吧。"

女魔头心中不悦。什么小光头，别人都叫她小和尚好吗？比小光头好听多了！

当年若是有人把她骂得这么难听她是要动手杀人的，最不济也得拔了对方的舌头，然而现在，掂量了一下自己的实力，苏竹漪默默忍了。

叫小光头就叫小光头吧，总比叫小秃子好。

那声音低沉沙哑，听起来十分疲惫。苏竹漪瞄了一眼玉螭吻，心头有了数。那居然是缕残魂。

一缕残魂寄存在玉螭吻当中，还有原主的意识，足以说明这姬无心果然是个人物，实力强悍得很呢。

"我也不想来啊，是闪电在地上劈了个坑，接着又地动了，我才掉下来的。"苏竹漪胡说八道。

"你不怕？"那个声音又响起。

苏竹漪有点惊慌，连忙道："你不是说不再造杀孽？"

"以你这点微弱灵气，连修炼入门都算不上，也破不开我的无定葫芦，想来，你能进来这里，也是有缘。"那声音说到这里，叹了口气道，"小光头，我们做个交易。"

无定葫芦！她居然掉在无定葫芦里了。

无定葫芦是姬无心的成名法宝，能将一切活物吸到葫芦之中炼化成尸水，而他用尸水给自己养的活尸浸身，便能让活尸实力大增。

她居然就这么掉到葫芦里了，难怪一路过来，两头宽阔，中间窄小，可不就是个葫芦模样。

人在葫芦中，不得不低头。苏竹漪皱眉，问："什么交易？"

"我可以给你灵石教你修炼，助你离开此地，但你得用我教你的方法，帮我修复无定葫芦。"怕苏竹漪听不懂，姬无心的那缕残魂还解释了一下。

这无定葫芦设了封印，人和畜生都进不来，但现在葫芦被雷劈开个口子，若不修复的话，可能还会有人掉进来。

人和畜生进不来，但是植物可以进来。难怪了，山河之灵要养在天地之间，不可能成长于完全封闭的环境当中，所以村头那老树的根须才会机缘巧合扎根进来，受了不少益处。

"我修为这么低，连入门都算不上，能修复你的无定葫芦吗？"苏竹漪微微侧头，问。

"无定葫芦是仙器，本就可以自行恢复，只是我不想出现任何意外。葫芦被雷劈开，自然有灵气外泄，若运气不好被强者发现，我做的一切就功亏一篑了……"

"你要做什么？"苏竹漪绷着小脸，显得很冷静，"要是你干坏事，我怎么能帮你。"

一个女魔头大义凛然地说出这种话，她也不脸红……

056

"我说过，我不再造杀孽了。我已立誓，若违背誓言，必将五雷轰顶，不得好死。"

苏竹漪沉默了一下，道："可你已经死了。"

她话音落下，石莲台上的玉螭吻微微一动，随后哈哈笑了两声："噢，我差点忘了。"

那残魂顿了一下，缓缓道："不是坏事。为了洗尽身上杀孽，我是自尽的。我所做的一切，只是想让我的孩子能够有机会复活，重新看看外面的天地。"

什么？

姬无心居然是自杀的！

姬无心算是魔道里头最杰出的人物了，他只是个散修，无门无派，却实力高强，一个人拥有的灵石法宝比一个修真大宗门拥有的还多。当初为了捉拿他，四大派都出动了，结果还是让他给跑了，不仅跑了，他还带着正派美貌女修一起跑了，简直是啪啪啪地打了那些正道人士的脸。

他在魔道的名声，是后来的青河和苏竹漪都不及的。

毕竟姬无心除了狠，除了强，他还富！

而洛樱那徒弟青河和她苏竹漪姬无心一比，就穷得跟叫花子一样了。

可这么一个魔道巅峰人物，居然是自尽的？还说是为了赎罪不再造杀孽，看着那玉螭吻，苏竹漪眼神中多了几分鄙夷。

明明可以称霸天下，他却偏偏要自杀……

就在苏竹漪腹诽之时，那缕残魂又道："小光头，你看了就明白了。"

话音落下，忽然有一道光线从玉螭吻上冒出，没入了苏竹漪的眉心，这是简单的共魂之术，能够让她看到一些他想给她看的画面，没多大危险。

苏竹漪识货，便站在原地没动。

下一刻，她就看到了一男一女，男的生得俊逸风流，穿个青色褂子也掩不住一身贵气，女的布衣钗裙，长相清纯，笑容甜美，说话做事的时候透着一股子娇憨气。

他们身上穿的都是凡间衣物，看着像凡人。然而看他们双目清澈，眸中隐有流光浮动，还能感受到淡淡的神魂威压，苏竹漪就知道这是两个修士，且修为不低，能让她的元神感觉到威压，只怕修为比她高上少许。

这就是姬无心和他掳走的那个正道女修啊？

看两人好似还挺恩爱，那女修不是被掳走的，而是自愿跟着他走的？

姬无心当初被正道围攻，看样子是受了伤，那女修的身子骨也不太好，

两个人跟寻常凡人一样生活，每天男的打猎，女的操持家务。他们从来不使用法术，生火都用打火石，看着挺让人吃惊的。

两人就在这贫瘠的长宁村安居下来，一年之后，他们有了个孩子。

因为女修本就身子骨不好，生孩子更是让她虚弱了许多，整整折腾一宿，她才运转灵气，把孩子生了出来，而男婴一生出来，苏竹漪就看出了不妥。

男婴面色青紫，结合女修身上原本的症状，苏竹漪就明白，女修此前中了毒，还是修真界号称最可怕的一日断魂浮游清。修真界有很多猛烈无比的毒药，能让人痛苦不堪，生不如死，按道理说，最可怕的毒药怎么都轮不到它，然而它被认为最可怕也挺有道理，因为中了这毒之后，修士就不能再运转灵气。

一旦运转灵气，就必定在一日之内毒发身亡。一个人拥有力量之后，却再也不能施展力量，一旦施展就会死亡，这种感觉，说起来还真的挺生不如死的。明明有一身修为，却只能做个凡人。然而修真界灵气的运用无处不在，哪怕天天提防克制，也经常会误用灵气，结果自然是等死。

就好比现在，为了保住孩子，女修用了灵气，结果就是孩子保住了，她的命却保不住了。

而这留下来的孩子，也因为母体羸弱，身子中毒而先天体弱，一副早夭之相。

看到这里，那缕残魂的声音再次响了起来："我妻子为了保住孩子强行催动了灵气，我没来得及阻止。"

"我儿子身体太羸弱，连一丝风都吹不得，哪怕用灵丹妙药养着，他每天也要忍受病痛的折磨。即便如此，他也没有活过四岁。"

"我曾自诩天下第一，然而这样的我，却连妻子和孩子都保不住，最终落了个这样的下场。"他想，天道是存在的，天理昭昭，报应不爽。

姬无心的残魂忽然低声笑了。"悟儿他一直想去看看外面的天地，我想满足他的愿望。所以，我想把他养成山河之灵。"

他在孩子临死时施展了抽魂之术，将孩子的元神封印起来，而后用阵法养山河之灵，这样养出来的山河之灵前期都是没意识的，刚好孩子年纪尚小，还有至纯至善之心，所以若是一直被封在阵法当中，万年之后，便能成为山河之灵的意识，到那时候，孩子就能够自由自在地飞翔，看外面的大千世界，繁花如锦。

事实上，姬无心是可以把孩子的尸体炼成活尸的，这是他最擅长的，但他不想那么做，他的孩子那么小，那么单纯，他不想他的孩子变成人人喊打、人人害怕的魔物。最重要的是，他孩子的元神那么虚弱，他怕一个不小心，孩子的意识就会消散。

听到这里，苏竹漪内心真是掀起了惊涛骇浪。

姬无心那缕残魂的话苏竹漪信了七八分，只是她没想到一个大魔头，居然也有这样的拳拳爱子之心。要养山河之灵是不能主动杀生的，难怪他说自己不会再造杀孽了。不过同样地，若是主动破坏石莲台，也就是主动阻止山河之灵出生，也必会受到惩罚，所以现在苏竹漪要破坏石莲台，将其取走根本不可能。于是乎，她就只剩下跟姬无心合作这一条路。

他把灵石拿出来供她修炼，而她帮助他修复无定葫芦，将这里再次封印起来。横竖錾龙阵的九座石莲台她不能碰，倒不如先拿能用的东西。

"灵石在棺材下方……"姬无心的残魂刚刚开口，忽然又是一阵地动山摇，而这一次，大地再次裂开口子，一道雷劈下，竟然直接击中了棺材。

苏竹漪简直惊呆了，有没有这么巧？朱红棺盖从中间裂开，露出了棺材里头的尸骨。苏竹漪看到里头躺着三具尸骨，一男一女两个大人居左右两侧，中间躺着一个小孩。

五千年过去，尸体都已经成了白骨。其中女性尸骨平躺，小孩的尸骨蜷缩侧卧，男性尸骨则伸着手，将妻子和孩子都抱在怀中。

刚刚那道雷不仅击中了棺材，还劈断了姬无心尸骨的手臂，将小孩身上压着的一块圆形石头也给击碎了。

苏竹漪看到这里的时候，心头登时有了不好的预感。

就在这时，姬无心的那一缕残魂发出了怒吼，他叫道："为什么，为什么，为什么会这样？"

那圆形石头里封着的就是小孩虚弱的元神。

然而现在，封印被雷电击碎，小孩的元神自然而然地飘了出来，下意识地回到了自己的尸骨当中……

又是一声惊雷响，石莲台不停抖动，整个葫芦洞地动山摇，大量冰冷的雨水灌入洞中，只是瞬间就将葫芦底部灌了水，苏竹漪长得矮，那灌进来的水差点把她直接淹没了，她连忙爬到棺材上，踩着棺盖。

"为什么，为什么，为什么，悟儿是无辜的！"

姬无心的残魂再次狂啸，与此同时，那座石莲台剧烈震动，上面的玉螭吻飞入空中，嘭的一下打在了苏竹漪的额头上，就这么一下，直接在她额头上砸了个坑，血流如注。她被砸得头破血流，手里紧紧握着的替身草人居然直接

碎了。

也就是说，若不是这替身草人替她挡了一命，她就被这一下给砸死了！

堂堂女魔头重生，居然就这么莫名其妙地死了一回？

"我就这么死了？"

苏竹漪一摸额头，摸了一手的血，她脑袋晕乎乎的，站都站不稳，下意识挪了两步，结果忘记那棺盖中间被劈开了，于是乎，她就一个不小心直接滚进了棺材里，血洒了一路。

苏竹漪连忙爬起来，这么一爬，却没爬动。

她的腰被一双手紧紧抱住，一瞬间，饶是见多识广、天不怕地不怕的苏竹漪也浑身一哆嗦，只觉得一股寒气从脚底生出，瞬间沁入心肺。

她低头，恰好看到两根细细的手臂骨正死死勒在她腰上。

五千年的骷髅，元神刚刚回到体内，又恰好沾了人气人血，并且在鏊龙阵阵眼，这是要诈尸诈出个鬼王啊，苏竹漪身上汗毛根根竖起，她拼命挣扎也挣脱不得，微微转头，就看到了两个黑乎乎的眼眶。

她看着小骷髅，小骷髅也看着她……

"吾命休矣！"

人人都想时光倒流重生，然而真正重生了，却发现根本没想象中那么顺利，她回到了最弱小的时候，以前的对手只是人，现在还多了个不怀好意的贼老天。

娘啊，早知道她不回来了，还不如跟着秦江澜混日子呢，好歹有吃有穿，身边还有个养眼的美男子……

在死亡面前，女魔头的豪情万丈瞬间崩塌了，说到底她那些年能够活下来，特别是早期的时候，够狠是个原因，最主要的一个原因，是她够不要脸……

连起来就是"够狠够不要脸"。

别人曾问她："你的骨气呢？"

她答："给狗吃了。"

在活着和脸皮前，苏竹漪绝对会选前者。

五千年的老怪物诈尸，肯定是有灵智的，不会是陆老太那样只知道吃血食的低等蠢物。想到这里，苏竹漪哆哆嗦嗦地说："骷髅小哥，咱有话好好说，成吗？"

小骷髅没说话，倒是旁边姬无心的残魂又开始惨号起来。

姬无心费尽心思，为的就是让自己的儿子最后能变成山河之灵，强大，无拘无束，自由自在……

没想到，现在被天雷劈得功亏一篑，而自己的儿子变成了一个怪物，甚至连肉身都没有，只有一个骨头架子，森森白骨，血肉全无。

为何是五雷轰顶，偏偏是雷劈的，这是老天不容他，老天在惩罚他吗？

"老天，你有报应就报应到我身上，我儿子是无辜的！"姬无心的残魂情绪很不稳定，九座石莲台此时已经聚集在了一处，在头顶上空飞速撞来撞去，苏竹漪本来是想爬出去的，但这会儿她也不敢冒头，怕被乱飞的石莲台再次砸死了，至于抱着她的腰却没吭声的骷髅……

至少他现在没有杀她，好歹是可以商量的吧？

姬无心其实早已经死了，留在这玉螭吻里头的只是一缕残魂，为守护阵法而存在，为养育山河之灵而生，如今阵法毁了，封魂石碎了，孩子直接成了大凶之物，那缕残魂在狂啸间变得越来越疯狂，他凄厉的叫声震得苏竹漪头晕目眩，然而她不敢就这么晕了，若是真倒下去，指不定在昏迷之中就被啃得干干净净……

她咬破舌尖，强打起精神，想把锁在腰上的手臂骨头给掰开。

姬无心的残魂说灵石在棺材底下，说明那底下有藏身之地，或许还有出路跟村口那老树相连，不管怎样，她都不能坐以待毙，至于那直勾勾看着自己的小骷髅，反正他没动手，就当他是傻了吧……

苏竹漪把箍住自己的手臂骨头给掰开了，她现在年纪小，身子也小，动作很是利索，找到空隙避开了石莲台，随后一下子矮着身子躲到了棺材旁边，接着用肩膀抵着棺材用力推，体内灵气全部运转起来，本命法宝锄头则把棺材往上撬动，一人一锄头合力之下，才把棺材往旁边推了不到一尺的距离。

棺材底下确实内有乾坤，刚露出这么一点缝，苏竹漪就感觉到了扑面而来的灵气。然而就在她打算继续努力推然后跳下去的时候，忽然感觉身子一轻，整个人直接飞到了空中，却见一座石莲台上的睚眦身形变大，用爪子将她拎到了空中。

睚眦虽然是玉做的，但此刻它利爪坚硬，将苏竹漪拎在空中，爪子一收拢，苏竹漪就疼得倒吸了两口凉气，她的血滴答滴答地掉下去，她被提在空中，能够看到自己的血像雨一样落下，滴落在堆积着淤泥的污水中。

滴答滴答，血落下，那抹红缓缓晕开，氤氲成纱，使得她视线所及之处都

带了一片暗红色。恍惚回到了从前，也是同现在一般大小的年纪，她被人吊在空中，看长宁村的村民被杀死，看那个村子在烈火中焚成灰烬。

苏竹漪以为自己重活一次，会有更好的机缘，她知道未来会发生什么，知道那些宝藏藏在哪儿，所以，她一定会成为天下第一人，无人再能欺她辱她，然而她都快忘了，从前的她每一天都过得心惊，若稍有不慎，她可能就送了命。

其实她没忘，她还曾笑着告诉过秦江澜，若是她不狠，她很有可能早就死了，死在七岁那年，甚至是死在野狗口中……

流光镜啊流光镜，怎么就把她带回了最糟糕最底层的时候呢？

难不成她今日会丧命于此？那可真是应了她当时的话。

利爪再次收拢，现在的苏竹漪根本无力反抗，她那锄头想要过来拼命，被另一座石莲台压着，这会儿锄柄都断了一截，根本无力救援。苏竹漪的意识渐渐模糊，心中忽然有些遗憾和怅然……

她跟秦江澜朝夕相处了整整六百年。

她虽口口声声说要杀了秦老狗泄愤，但实际上，她更想把那个高高在上的正道假正经拉下水，撩拨他，调戏他，让他成为自己的裙下之臣，然后踹了他，高高扬着下巴告诉他："我不喜欢你，你滚……"

她了解他。毕竟秦江澜容貌出尘，就连那方面也是天赋异禀，她可舍不得就这么杀了。

脑子迷迷糊糊的，苏竹漪好似看见了秦江澜的脸，她抿嘴一笑："呵，秦老狗，今生，我们怕是见不了面啦，没有我这个妖女，你……你能渡劫飞升的吧……"

喉咙里咳出一口血，苏竹漪只觉得那利爪已经抓进了她的心脏，然而就在这时，她心脏犹如火烧，与此同时，她的身上竟然噌地涌出了一股剑气，直接劈在了睚眦身上，斩断了它的利爪……

"秦江澜！"

那剑气苏竹漪再熟悉不过，正是秦江澜的成名剑法松风剑法，如松劲，如风迅，剑气一出，一道绿芒闪现在眼前，好似青松苍翠，愈挫弥坚，哪怕经历风雪的涤荡洗礼，依旧宁折不弯。世人都说秦江澜的剑跟他的人一样刚正不阿，然而苏竹漪一直心头鄙夷，他那么正直，那么清贵，到最后不还是被她搞到手了……

然而此时再见到那剑气，苏竹漪欣喜若狂，她艰难地扭头，却没有看见熟悉的清隽身影踏光而来。

秦江澜不在这里。

刚刚发出剑气的是她胸口的逐心咒!

他到底是什么意思?

不过现在的苏竹漪没有时间去考虑秦江澜到底是什么意思了,睚眦被一剑劈裂后,里头束缚着的灵泉竟然涌了出来,并且涌向了棺木之中。

本来这阵法就是拘了这些天地灵脉供养其中的小骷髅的,只不过在阵法的控制下,这是一个缓慢的过程,然而现在睚眦被劈裂,里头那消耗了将近一半的灵泉直接冲向了棺木,那棺木再沉重也禁不住这么巨大的冲击,整个棺木都漂浮起来,而里头的尸骨更是被冲得七零八落,不成人形。

反倒是苏竹漪,因为还被睚眦的另外那只爪子拎着胳膊,没有受到灵泉冲击……

但她知道,若说刚才姬无心的残魂还有所压制,现在,他已经完全失去了意识,因为棺材被冲毁,里头他和他爱妻的尸骨都毁了。

眼看死亡的阴影再次笼罩头顶,苏竹漪忍不住捂着胸口高声叫道:"秦江澜救我!"

逐心咒毫无反应!

难不成那剑气还他娘的是一次性消耗品啊……

苏竹漪呸地吐出一口血沫,她实在想不出别的办法,只好直接强行运转心法,勉强施展了一招擒拿术,从翻腾汹涌的灵泉当中抓了一道水线过来,紧接着吸收到体内,飞速地运转心法吸收灵气,待到灵气吸收得差不多了,她将灵气汇集于双脚,与此同时一掌打出,竟是想趁着姬无心的残魂狂乱没空理她之时,断臂逃走……

然而就在此时,姬无心的残魂控制的睚眦动了,神魂威压瞬间压下,睚眦直接张开了嘴,朝着苏竹漪的头颅咬了下去……

"说好的不再造杀孽了呢!"元神高度紧绷之下,好似识海之中的封印随之减弱不少,苏竹漪的识海剧烈震动,身上也猛地迸射出了强烈的神魂威压,使得睚眦的动作稍稍一滞,只是这并不能阻止姬无心残魂的杀意,睚眦嘶吼两声,再次靠了过去!

千钧一发之际,一个软软的声音道:"咔嗒咔嗒,你不要伤害小姐姐!"

小骷髅从水里冒出个头,他捡起了苏竹漪的本命法宝,艰难地抱在手上,幸亏那锄柄断了一截,否则锄柄太长,他压根不好抓。

"放手，不然……不然我打你了。"小骷髅挥动锄头甩了出去，结果没打着睚眦，他自己的手臂骨反倒跟锄头一块飞出去了。

睚眦像是被下了定身咒，瞬间不动了。它的嘴依然张着，停在距离苏竹漪的小光头不到两寸的地方，再没有前进一步。

它没有咬下去。

所有石莲台都转移了目标，上面的玉石雕刻都掉转了头，头朝着小骷髅的方向，并围在了小骷髅周围。

小骷髅吓得直哆嗦，全身的骨头都在颤，下颌骨都快掉了，他说："你要吃我吗？我……我长得瘦，身上没几两肉。"

苏竹漪的脑子像快炸了一样，然而她听到这话，仍扯起嘴角勉强笑了一下。

"你确实是一丝肉都没，完全是个骨头架子嘛……"

她一咧嘴，就疼得吸了口气，就这么一点动静，睚眦又转过头，视线落在了她身上。

结果就听到那小骷髅着急地喊："那你先吃我，先吃我，只是我告诉你，我爹爹可厉害了，他马上就过来了，要是看到你害人，肯定饶不了你。"

也就在这时，抓着苏竹漪的爪子终于松开了。

苏竹漪直接跌落在水中，只是那水是灵泉，因此她泡在水里反而舒服一些，伤口的血都止住了。

"悟儿。"

"咔嗒咔嗒，我爹来了！"小骷髅兴奋地道，"你快逃跑吧，我爹来啦！"

"悟儿……"姬无心的残魂渐渐恢复了平静，那只睚眦眼睛里涌出了少许清泉，好似双目在流泪一样，它看着小骷髅道，"悟儿，你醒了，真好。"

这么一个大凶物吸了人血诈尸，居然还能保持天真善良，真是不可思议。他生前难道一点点怨气和不甘都没有？

"咔嗒咔嗒，爹爹，你在哪儿啊？你说只要我醒过来，就带我去外面看蝴蝶的。"

是的，五千年前，悟儿快要闭眼的时候，姬无心伤心欲绝，抱着他，让他不要睡，醒过来，只要他醒过来，就带他出去看蝴蝶的，原来，他一直记得。

五千年了，五千年了啊……

睚眦长啸一声，无定葫芦从中间直接破开，然后陡然缩小，变得像只小船一样，驮着小骷髅和苏竹漪飞出了地底深坑。

外面依然下着暴雨，电闪雷鸣，苏竹漪本就是个落汤鸡，这会儿被大雨冲得眼睛都睁不开，她只听到那小骷髅又说："这就是下雨吗？那就是闪电吗？爹爹，我是不是睡太久，所以饿得没肉了呀？"

他问："我吃东西会长高吗，会长出肉来吗？"

"会的。"姬无心的残魂说。

只是他看不到了。他当时为了赎罪而自尽，留有一缕残魂守护阵法，这缕残魂是依附阵法存在的，如今阵法被破坏，残魂也会随之消散。毕竟，他已经死了，元神也已经湮灭，只剩下这一缕依附阵法而生的意识而已。

"悟儿。"

"嗯？爹爹，你在哪里啊？"小骷髅不怕淋雨，伸着手想接雨水，然而他只有骨头，根本握不住雨水，不过他依旧很开心，高兴地拍起了手，左右手骨头还很贴合地对准一起拍，拍得啪嗒啪嗒响。

"爹和娘要出远门，你跟着小姐姐好不好？"姬无心的残魂说完，苏竹漪就感觉一道神魂威压再次施加了过来，只不过这次温和得多，没有给她什么压力。

"小光头，你也算个修士，入了修炼这扇大门，无定葫芦下压着大量的修炼资源，那些东西我都送给你，但你必须发誓，好好照顾悟儿。"

苏竹漪一听，乐了，连忙道："好，我答应你。"

发个誓嘛，反正这骷髅架子不伤人，而且不用吃东西，养就养呗！

"那你认主吧。"

啥？苏竹漪转瞬明白了姬无心残魂的意思，他是要她给一个骷髅架子当奴仆，认那小骷髅为主！这怎么可能?！

苏竹漪梗着脖子要拒绝，然而威压往下一压，她的脖子都快被压断了，她立刻改口，诺诺道："前辈，你说了算。"

姬无心的残魂把小骷髅叫过来，说："悟儿，爹爹教你和小姐姐唱歌。"

"咔嗒咔嗒，好啊！"小骷髅一高兴，下巴直接掉了，他愣了一瞬，自己弄两下又接了上去。苏竹漪这才后知后觉地意识到，他把刚才直接丢出去的手臂骨也捡回来接好了，刚刚他拍巴掌的时候她都没反应过来。

姬无心教的歌，自然是主仆契约的咒语。

苏竹漪人在屋檐下，不得不低头，眼看着不同意就得死，在尊严和性命之间，她肯定选后者，没有命了，以后哪里有机会找场子说尊严呢？她跟着姬无

心哼哼，随后看到姬无心指导小骷髅伸出手，她也只能被迫把手伸出去，小骷髅手指轻轻一扎，就在她掌心扎了个小洞，小骷髅一惊，连声说对不起，苏竹漪被威压压着不能说什么，立主仆契约之时，仆人本身就要立血誓的。

然而契约缔结并未成功。

她和小骷髅身上都没有发光，也没有感觉到一道联系将他们的元神拴在一起。这是怎么回事？

就在苏竹漪有些迷惑的时候，她听到姬无心的残魂叹息一声："原来……原来他已经认你为主。"

听到这话，苏竹漪才发现，她的丹田识海里头已经多了只小骷髅！按理说，小骷髅实力远远超过她，她是不可能收服小骷髅的，然而这骷髅没有半点邪性，沾了她的血后苏醒，就直接对她亲近，在那阵法中搂着她的时候，无意识地就认了主。只不过他这种认主没有契约束缚，而他实力高强，若是不打算认了，还能轻易脱离苏竹漪的掌控。

最重要的是，小骷髅实力太强，远远超过苏竹漪，以至于苏竹漪此前都没注意到识海里头多了他，现在也压根命令不了他。

"好好照顾他。"姬无心的残魂说。

姬无心本来是魔道大能，擅长炼尸，他炼制的尸体最后跟活人一般，凶猛无比，又具有自己的意识，长得也俊美无匹，只是这种修炼大都血腥歹毒，离不了其他活人的皮肉骨。所以，现在的他想不出任何办法能让心思纯净的悟儿再次拥有肉身，像个正常人一样生活在阳光下。

"无定葫芦就是他的家，这葫芦就交给你保管。"苏竹漪的手指头流了血，这会儿那血滴到了无定葫芦上，紧接着，那个如小船一样的葫芦就缩到花生米大小，葫芦嘴上还有个红绳圈，正好套在她的手指头上。

无定葫芦！无定葫芦！

姬无心的成名法宝，天下第一的魔器无定葫芦，就这么到她手里了？

苏竹漪心头狂喜，简直被这天上掉下来的馅饼砸得头晕目眩，大难不死必有后福！

"里头的东西你都不能碰，等到悟儿有了肉身，且没有变成凶物，这葫芦里的石莲台才会属于你。"

听到这话，苏竹漪的心都凉了半截。

这种死了五千年的烂骨头，根本没听说有什么方法能够使其重新长出肉身复活，除非走邪路，养个活尸出来。若要正儿八经地起死回生，那不跟流光镜一样了？只有道器才能做到吧？

也就是说，姬无心的残魂给了她一张馅饼，然而这馅饼她压根吃不了。

"悟儿。"苏竹漪感觉到身上的威压变轻了。

姬无心的那缕残魂越来越微弱，已经快要消散在风雨之中了。

"杨柳儿活，抽陀螺；

杨柳儿青，放空钟；

杨柳儿死，踢毽子……"

姬无心的残魂唱起了哄孩子的童谣，他的声音明明很轻，在瓢泼大雨之中，却显得那么清晰分明。苏竹漪已经没多少幼时的记忆了，她只记得自己小时候的悲惨，早已忘记在更早之前，她也曾咿咿呀呀地跟着娘亲哼唱过歌。

她的娘，是个温柔又懦弱的女子吧？在被那贱男人污蔑背叛之后，竟然连亲生女儿都不顾，自己跳了井。她的脑海之中浮现出一个淡淡的身影，然而她看不清那女子的脸，因为苏竹漪早就不记得她娘到底是什么模样了。

至于她的渣爹，则被她亲手杀了，然而这个时候，他还活得好好的呢。

她忽然很羡慕那只小骷髅，他有这样一心爱着他的爹和娘。一个人生他之时宁愿放弃自己的生命，另一个人倾尽全力自杀赎罪，只是想要他成为山河之灵，无拘无束。

这样的亲情，是苏竹漪重活一辈子也无法得到的。她的娘因为男人而死，却没想过因为女儿而活。

她的爹更是恶心至极。

小骷髅所拥有的，是她不曾拥有，也永远不会拥有的，苏竹漪听着那轻快的歌声，心头微微一涩。

然而就在这时，姬无心的残魂停了下来，他问："悟儿，你喜欢风吗？"

"喜欢！"小骷髅高兴地回答。他以前都不敢出门，一丝风都不能吹。

姬无心残魂的声音里有了一丝笑意："那正好，爹和娘，都在风里。"

话音落下，再无声息。九座石莲台在空中盘旋一阵，齐齐飞到了无定葫芦当中。

姬无心的残魂彻底消散了，消散在大地之间，消散在风雨之中。小骷髅傻愣愣地站在原地，喊了几声爹之后都没人应答，他转头看向苏竹漪，问："小姐姐，因为我喜欢风，所以我爹爹去风里了吗？"

苏竹漪："……"

看这孩子的骨骼，死之前也就四岁的样子吧？而且还是很瘦弱的那种孩子，她伸手比画了一下，这小骷髅比自己还矮一个头呢，年纪小好啊，啥都不

懂，好忽悠。

"是啊，他在风里，就能时刻陪着你了。"在这个问题上，苏竹漪倒是没乱开腔，她说完后，把葫芦揣到兜里，强打起精神又钻回了之前那坑里。

先前走了那么一人段路，都是在葫芦内，现在在外头，能直接下到坑底。苏竹漪摸索到棺材底下，看到那下头有大量灵石，登时高兴得眼睛都红了，她直接拿出无定葫芦，开始装灵石。

然而装了一小半，苏竹漪就装不动了，她发现更多的灵石已经被村口那老树扎了根，老树的树根都扎在了灵石当中，且树根密密麻麻地纠结在一块，成了一张网，将大部分灵石和法宝都紧紧地揽在了网兜里。

她用锄头去挖也根本挖不动。

为啥这些灵石要装在无定葫芦外头呢？现在被那老树给抢了先。

苏竹漪思索了一下，觉得自己大概明白了。养育山河之灵要的是天地灵气，对这些灵石法宝没啥需求，且不能在密闭的空间里，所以那无定葫芦本身就有缝隙，是姬无心不得不留的。他又担心有人在机缘巧合之下摸到那缝隙，进入无定葫芦破坏阵法，所以在阵法之中他设计了诱惑心神的陷阱，等到后头他的残魂出现，许诺将棺材底下的法宝灵石给那人，那人自然会从棺材底下出去，这一出去就到了外头，离开了无定葫芦，要想再进去就是痴心妄想了。

发生这种事的概率很低，几乎不可能发生，但姬无心把这几乎不可能发生的事情都考虑到了，为的就是万无一失，结果哪儿晓得老天开眼，直接劈了几道天雷，不但把无定葫芦都劈开了口子，还连棺材和封魂石一并给炸了，于是乎，他做的一切，都化为了泡影。

真是千算万算，算不过老天不长眼。

上辈子姬无心肯定也没成功，不然的话，血罗门不会屠村和烧毁老树，只是不知道他上辈子又是怎么失败的呢？还有这小骷髅，上辈子他出现过吗？

没听说过，想来是没有的。

苏竹漪一边想一边挖地，挖了半天也没破开老树树根一点口子，她本来就受伤不轻，哪怕泡了灵泉也没恢复多少，之后又淋了雨，这会儿折腾这么久实在有些坚持不住，只能用锄头撑着地，一瘸一拐地爬出了坑。她刚出去，就看到其中一根树根犹如蛇一般扭动起来，不多时，树根卷起大量泥土，填回了坑里。顷刻间，那坑就完全消失，这山坡上变得平平整整，哪里看得出曾经有个坑！

苏竹漪看得目瞪口呆!

这老树自己把坑填了? 苏竹漪一直以为这老树只是因为吸收灵气而活得长一些, 最多有点微弱的灵识, 毕竟她天天挖树根吃, 也没见它发脾气。

如今看来, 它距离成精已经不远了。难怪当初血罗门杀它费了那么大的劲。

若是刚刚她在坑里的时候它就开始填土, 她这会儿已经被活埋了。

这老树……

它没有杀她。

第三章

真灵界

苏竹漪站在被填掉的坑旁边，心情有些复杂。

这会儿天渐渐放晴，雨停了，云散了，太阳冒了个头，天被雨水洗得太蓝，苏竹漪都觉得阳光有些刺眼，她伸手挡在额前，看那太阳的位置，估摸着从掉到坑里到现在也就过了两个时辰。

好累，回去休息一下吧……

虽然只挖到了一小部分的灵石，但目前够用了，用灵石修炼能让她的修为上升一大截，穿过那隐藏凶兽的密林，离开长宁村这山旮旯完全没问题，她也就有了出去闯荡的实力和资本。

这一趟虽说十分凶险，但好歹没白来。苏竹漪挂着锄头喘了两口气，随后用锄头当拐杖，慢腾腾地往前走，刚走了没两步，苏竹漪发现腰部被拽住，她一扭头，就看到那只小骷髅正瞅着她。

明明只是个骨头架子，眼珠子也没有，就有两个黑窟窿，却好似能让人感受到他可怜巴巴的视线，只可惜，苏竹漪是个铁石心肠的人。

苏竹漪伸手去拍那只挂在腰上的爪子，结果还没用多大力呢，那爪子直接被她拍断了，只剩个手骨挂在她腰上，手指头扣在袈裟上，看着还挺阴森。

小骷髅似乎愣了一下，随后自己把手骨给捡了回去，在那儿捣鼓几下后才接好，他也没不高兴，忽地仰头大声喊："天哪！你看你看，小姐姐，你看……"

他看着单纯可爱，但实际上是养了五千年的灵物，神魂力量十分强大，苏竹漪哪怕元神没被封印，也就修炼了一千多年，更何况现在的她元神被封印了，虚弱得很，根本无法抵挡小骷髅元神的力量。以至于苏竹漪不得不随着他的声音而仰头，那是威压，但又不是威压，好似有一股力量在牵引着她，使得她将头抬了起来，看向了小骷髅所指的方向。

小骷髅不仅在阵法之中养育了五千年，还接受了长宁村村民的不少香火，所以他的话语之中，已经有了一种让人无法抗拒的奇特力量。

"彩虹，彩虹，小姐姐，那是雨后彩虹……"

苏竹漪："……"

苏竹漪仰得脖子都快断了，她恨不得把那小骷髅的脑袋给掰下来！她皱眉，冷声道："看完没？我累了。"

"哦哦。"小骷髅兴奋地点点头，一用力下巴又掉了，他嘀咕道，"小姐姐，我怎么这么弱啊？"

"因为你爹本身就没想过让你回到尸骨当中，那骨头都放了五千年了，自然脆得很。"苏竹漪心道，但没说这些，反正说了他也不懂。她只是说："我不叫小姐姐，我有名字的。"

"哦，那你叫什么名字？"把下巴接回去，小骷髅又伸手抓了苏竹漪的衣服，他对外界的事物充满了好奇，然而又有一点害怕，这会儿用手轻轻揪着苏竹漪的衣服，怕苏竹漪又拍他的手，更怕她丢下他不管了。

"小师父。"苏竹漪道。长宁村的人都叫她小师父，他们看不出她是女儿身，但姬无心的残魂和这小骷髅都看得出来，她不希望他叫错了引起什么麻烦。不过转念又想到这小骷髅若是出现在村子里，没准能把人吓死。她想了想，指着无定葫芦道："小骷髅。"

"小师父姐姐，我也有名字的，我叫姬悟心。"

"你爹起名真随性省心……"她心道。

"悟心，到葫芦里来，你现在体弱，能出来看看天就不错了，待一会儿就要进去好好休养，知道吗？"这小骷髅是认了主的，苏竹漪暂时丢不掉，她也不能放他在外头乱转，小骷髅那骨头架子脆弱得跟豆腐似的，被人打散架就麻烦了。

他现在没怨气，当真养出点怨气可就完了，真不知道这天底下有谁能制得住他。苏竹漪是不会这么忧心天下人的，她主要是怕小骷髅真成凶物了，第一个要对付的就是她，陆老太就是血淋淋的例子啊。

"噢。"姬悟心从小就听话，这会儿也没反对，想着进葫芦，结果身子就真的进了葫芦。

苏竹漪刚松了口气，就发现那无定葫芦里伸出只手骨，依旧抓着她的袖子。"小师父，我害怕。"苏竹漪没办法，只能将无定葫芦套在手腕上，然后塞到袖子里，也就由着那只骷髅爪子抓着自己的袖子了。

"有外人的时候不要吱声。"苏竹漪叮嘱道，"你太瘦了，会吓着别人。"

"噢，好的。"小骷髅很懂事，倒是让苏竹漪省心不少。她回去之后发现那暴风雨并没有对老树下的小庙造成多大危害，也不知道是不是被老树护着的缘故。

苏竹漪进了小庙，换了身干净衣服，接着又取出无定葫芦，打算从里头拿块灵石出来修炼养伤。

神识往无定葫芦内一扫，苏竹漪整个人都愣住了。

她刚刚挖的灵石呢？

然后她就看到小骷髅拿着一块灵石放嘴里，那灵石进去之后咕咚一声往下掉，却没有掉出他的身体，好似他周身有个结界，将灵石兜在了他身体当中，随后就见那灵石像是化了一般，变成了碧绿的液体，一点一点地沁入他的骨头，本来还有些暗黄的骨架一点一点变得滋润，像是在发黄的老骨头上刷了一层白漆一样。

"你把我辛辛苦苦挖来的灵石全吃了？"苏竹漪恨得牙根痒痒，她直接抢起锄头，恨不得立刻把那小骷髅砸得稀巴烂。

小骷髅受了惊吓，愣愣地站在原地，下巴掉了都忘记接上去，黑洞洞的眼窟窿里都有气泡冒出来，他怯怯地道："小师父，我刚刚……刚刚不知道为什么就特别饿。"

他很饿，想法也简单，饿了就吃东西啊，闻着那亮晶晶的石头，身体感觉好舒服，吃着也很香，像炒豆子似的。

他生前就没见过他爹以外的真人，只是从爹爹弄出来的幻象里看过假的人和物，也没有跟其他人相处的经验，这会儿站在原地，两个眼窟窿像趵突泉似的往外冒水，手还伸到肚子里掏了掏，掏出两块灵石来，小心翼翼地递给苏竹漪。"没吃完，还剩了两块。"

他能自由进出无定葫芦，心中有了想法，人已经出了葫芦，将手伸在苏竹漪面前，微微颤抖，战战兢兢的模样看着挺可怜，然而苏竹漪是个没同情心的，她一把夺过仅剩的两块灵石，随后气急败坏地一掌拍出，就在掌心快要碰到小骷髅的那一瞬间，苏竹漪将手掌收拢成拳，随后才缓缓张开，在他脑袋上轻拍了两下。"食物要分享知道吗？不能一个人吃独食。你吃了我挖的灵石，就把你的东西也分给我一些吧。"

这骷髅吃了灵石过后一点不脆弱了，看那骨骼的色泽，现在怕是比精铁更坚硬，她这一掌打下去，受伤的是自己！

苏竹漪指了指无定葫芦。"葫芦里的那几座石莲台，分我一点怎么样？"

"好！"小骷髅立刻答应，苏竹漪顿时心头狂喜，然而下一秒，她就听到小骷髅沮丧地道，"那个东西我搬不动。"

苏竹漪："……"

她憋了一肚子火无处发泄，只能看着小骷髅干瞪眼，恨恨地磨了下牙，随后捏着仅剩的两块灵石坐回了床上。

身上还带着伤，处理伤口要紧。苏竹漪把衣服扒开，看了一下身上被睚眦抓出来的伤，皱了下眉，随后开始吸收灵石内的灵气，用灵气来温养伤口。

她阴沉着脸闭目休养，压根没打算理那个偷吃灵石的小骷髅，她宁愿那小骷髅吃化尸水，吃什么灵石啊，难不成以后她还得找灵石喂他？看他饭量那么大，一口气吃了百来块灵石，苏竹漪都不敢想象，真带着这小骷髅，她以后的日子会苦成什么样子。

骷髅比她强，认主也是单方面的，他随时可以离开，因此苏竹漪决定冷落他，让他快点自己滚。

拿着无定葫芦滚，滚得越远越好，老子不稀罕。

彻底吸收完灵气已经是三天之后。

这三天，苏竹漪身上的伤已经完全恢复，修为也突飞猛进，直接跃入了炼气三层。现在的她体内有了可以调动的灵气，身体力量也增强不少，要独自闯过那片林子应该不难。

若是那些灵石还在，她闭关一个月，必定能突破炼气期，直接进入下一个阶段凝神期，进入凝神期后，她就能将本命法宝重新炼制一下，使得它可以载人短距离飞行，那样的话，离开长宁村更是简单至极，她还能直接去永安镇，灭了苏家满门！

她那渣爹也不过是炼气九层而已，上一世，她灭掉苏家满门的时候，也才满十一岁。

可惜啊可惜，这一切都让这该死的小骷髅给吃没了。

苏竹漪在床上坐了三天。

小骷髅就在床底下坐了三天，他靠着床坐着一动不动，手里拿着苏竹漪的鞋，俩窟窿眼盯着自己的胳膊，心心念念想长肉。苏竹漪一睁眼他就感觉到了，扭头一脸期待地看着苏竹漪，并把手中的鞋子递了过去。"小师父，你醒啦。"

他以前体弱，经常一睡三五天，每次醒来他爹爹就在旁边守着，因此根本没觉得苏竹漪坐这么久有什么不对，也丝毫不觉得自己等着有什么不对。

他很开心，脸上露出了大大的笑容，明明是只骷髅，苏竹漪却从他的脸上看到了欣喜，别说，咧开的嘴角还有点可爱。只不过再可爱也改变不了他讨人嫌，是个拖油瓶的事实，苏竹漪看着这小骷髅，心里头开始琢磨，该怎样才能把这家伙给处理掉呢？

就在她思考法子的时候，苏竹漪忽然觉得胸口有点发热，逐心咒又怎么了？好似胸口被剑刺了一下，苏竹漪疼得脸色发白，直接从床头栽了下来。小骷髅见状顿时急了，他如今骨头很硬，将苏竹漪接住后抱回床上放好，还用爪子抓着她的手，道："吹吹，吹吹就不疼了。"

以前他也有疼得受不了的时候，他爹爹就是这么安抚他的。

小骷髅吹了两下，发现苏竹漪死死揪着胸口，他便觉得是那里疼，得揉揉，于是伸出手去碰了一下，没想到刚碰到那处位置，就觉得骨头好似被冷水浸了一下，紧接着他周身冒光，浑身上下的骨头都在抖，发出咔嗒咔嗒的声响……

"小……小姐姐……"他怕极了，却没有松手。

小姐姐是在忍受这样的疼痛吗？他这样抓着她，能替她分担吗？看到苏竹漪的痛苦好似减轻了一些，小骷髅便紧紧按着她的胸口没有松手，也就在此时，他身上的光芒越来越亮，好似有惊鸿剑光环绕其身，而下一刻，他发出一声尖叫，脚底下出现一圈一圈的光纹，随后整个人原地消失了。

待小骷髅消失，苏竹漪的胸口也没了光芒，她缓过气来，扒拉开衣服看，发现胸口的逐心咒颜色变得暗淡了许多。原本那鲜艳的红色变成了淡粉色，像是在胸口上画了一朵桃花似的。

秦江澜到底在这逐心咒里留了些什么鬼东西？小骷髅又去哪儿了？

总不可能是逐心咒这么厉害，她想把小骷髅给踹了，逐心咒就把小骷髅给弄没了吧？

到底去哪儿了呢？苏竹漪百思不得其解，最后，她也懒得再想，打算收拾东西离开长宁村了。

是夜，七星连珠。

秦江澜端坐于阵法当中。

他身侧摊着一本古卷，上面描述的是异界召唤之法。此前，他并不知道，修士飞升过后会进入新的天地，而他万万没想到的是，流光镜回溯岁月，会将他带到一个跟从前完全不同的真灵界。

这里没有凡人，所有生灵皆可修行。

这里没有云霄宗。

这里没有长宁村苏竹漪。好在，他曾下过逐心咒。

他本打算尽快修炼飞升，越过界湖回到原来的世界，却没想到，逐心咒接连异动，说明苏竹漪一直处于危险之中。

“不杀人，我就得死，死在七岁那年，甚至更早的时候，死在野狗口中……”

想起她轻描淡写说过的话，秦江澜的心蓦地一痛。

修士实力不够，没办法离开真灵界，但他们有一种秘法，可以将其他界的生灵召唤到真灵界当中来，因为有逐心咒，将苏竹漪成功带过来的可能性很大。

秦江澜料想过自己会失败，但他没想到会错得这么离谱……

看到阵中哇哇大哭，哭得下颌骨都掉了的小骷髅，一直面无表情的秦江澜轻轻一皱眉头，他冷声道：“鬼物?! ”

“鬼物?! ”看到陡然出现在自己眼前的骨头架子，秦江澜眼神一凛。

他明明召唤的是身上被他下了逐心咒的苏竹漪。现在为何会出现一只小骷髅？若不是一眼能看出小骷髅是个实力强悍的男孩，他都怀疑这是不是苏竹漪了。毕竟，一千三百年前的苏竹漪也只是个五岁出头的小女孩。

流光镜将他带回了一千三百年前。

现在的他骨龄刚好三百岁，刚刚下山不久，一路降妖伏魔，这个时候，他还没去西北长宁村。流光镜把他带回了从前，却将他带到了另外一片天地。

这骷髅肯定就在苏竹漪身边，甚至可能正在伤害她，又接触到了逐心咒，难不成是在挖心？想到这里，秦江澜的心仿佛被重重捏了一下，一时来不及思考其他事，他目寒如霜，挥出手中利剑，斩在了骷髅身上。

三百岁的秦江澜，其剑道已经有所成就了，现在的他就是修为低了一些，但一身的剑道领悟还在，剑意自然不容小觑，苍松迎雪，绿意盎然。然而剑光落到小骷髅身上，却连一丝划痕都没留下。

不过被砍了一剑，小骷髅倒是没哇哇大哭了，他呆呆地站在原地，仰着头用一双黑窟窿眼愣愣地看着秦江澜，好半晌才回过神，随后又伤心地哭了起来，一边哭一边喊："爹爹，小姐姐，小姐姐……"

直到此时，秦江澜才发现这骷髅虽然是鬼物，但身上没有半点凶戾之气，骷髅身上传来的气息干净纯粹，根本不像个凶物。最重要的是，这骷髅实力很强，哭声里带着威压，若这骷髅要杀苏竹漪，苏竹漪根本活不下来。还有这骷髅刚刚喊了小姐姐，听到这个称呼，秦江澜心念一动，他收了剑，眉头舒展开，问："你的小姐姐是谁？"

小骷髅一边哭一边答："就是小姐姐。"

"可有名字？"

"小师父。"

秦江澜："……"

"刚刚跟你在一起的是谁？"这骷髅看着单纯至极，真不知是如何养出来的，若是跟着苏竹漪长歪了到处杀人放火，不晓得会改变多少人的命数，届时，天道更加难容她。

"是小姐姐啊，她睡醒过后，胸口疼。"听到这个回答，秦江澜更加肯定苏竹漪此前是跟小骷髅在一块了，难不成是因为小骷髅实力更强，所以这异界召唤就把他给抓过来了？而他叫苏竹漪小姐姐，足以说明他们关系不错，小骷髅实力又这么强……

该不会是苏竹漪费尽心思收了一个强大的鬼物做手下吧？此前逐心咒异动，也是她在收服鬼物前遇到了危险吧。这么说，她好不容易找到个可靠的帮手，却被秦江澜阴错阳差给唤走了。

秦江澜："……"

苏竹漪这会儿大概正气得跳脚吧，眼前浮现出她气急败坏的脸，秦江澜嘴角微微勾起，那笑容犹如水中花影，水波轻荡，涟漪晕开，花就揉碎了散在水中央。秦江澜眸色渐深，视线落在了古卷之上。

现在的苏竹漪太弱小，基本没有什么自保能力，偏偏她野心又大，不甘居于人下，哪怕重生前想的也是做天下第一人，谁挡杀谁……

他得把苏竹漪的小骷髅送回去，然而古卷之上，并没有记载送回之法。

现在应该怎么办呢？看着依旧在哭，一边哭一边用手骨托着自己下颌骨的小骷髅，秦江澜走到小骷髅跟前，看着个头不到自己腰的小骷髅，他蹲下身，跟小骷髅平视，将声音放低了一些："别哭了，我是你小姐姐的朋友，这段时间你先跟着我，我想办法带你找她。"

他容貌出尘，声音清冷，话语中却有一种能让人心静的安抚力量。

小骷髅歪头看他，哭得停不下来，声音倒是小了一些，但依旧抽抽噎噎的。

秦江澜没哄过小孩，他刚刚一时情急之下砍了小骷髅一剑，心头是有些愧疚的，加之小骷髅喊苏竹漪小姐姐，秦江澜爱屋及乌，对这骷髅鬼物就有了容忍之心，这会儿犹豫了一瞬，他伸出手，轻轻摸了一下小骷髅的头。

小骷髅抬头用黑洞洞的眼眶瞅着他，半晌之后才道："饿。"

饿了，得吃灵石。

秦江澜有灵石，赶紧递了几块过去。若这小骷髅只吃灵石的话，五岁的苏竹漪养起来还挺困难的，秦江澜默默地想。

小骷髅吃完了还在抽噎，他说："叔叔，你给我唱个歌吧。"他站定。"爹爹给我唱歌，我就不哭了。"

秦江澜："……"

苏竹漪是小姐姐，他就是叔叔了。虽然这么叫并没什么问题，但是，他心头总归有了那么一丝淡淡的不悦。

他凝神看向小骷髅，心道：苏竹漪是怎么受得了这小骷髅的呢？哭哭啼啼，吃灵石，还要人唱歌，以苏竹漪那脾气，指不定得一脚把它踹散架了。转念想到五岁的苏竹漪那么弱，她纵然有心，怕是也奈何不了这小骷髅吧。

"我不会。"他是云霄宗的师尊，弟子眼中无所不能的师尊，念得了咒语，掐得了法诀，呼风唤雨，剑斩山河，却从未开口唱过一句歌。倒是那女魔头，在他念静心咒的时候，天天在树屋里哼着悠扬婉转的小调。

"不会可以学，我教你啊。"

……

"叔叔，你唱错了。"

……

"又错了……"

大抵是咒语念得太多，秦江澜唱曲就跟念咒一样，根本没什么音调起伏，从来没落在该有的调子上。他一直不知道，自己也有这么笨拙无力的时候，好似舌头都抻不直了。

下意识地哼起了苏竹漪天天哼的那小曲，秦江澜发现，他大概只有哼这首听了六百年的曲子时，声音里才会起波澜吧……

天上星辰密布，夜色朦胧。

一个长衫玉立的剑修跟一个个头只到他大腿的小骷髅结伴前行，剑修一袭黑衣，唯有发上的翠绿发带显眼，像是发髻上落了两片青竹叶，小骷髅骨骼如玉，全身上下都闪亮亮的，在夜里发出莹莹的光。脚步无声，唯有风声沙沙作响。

"我爹爹……爹爹……爹爹爹……"小骷髅没舌头，说话不打结，但是下巴碰得咔嗒咔嗒响。

"嗯？"

"在风里陪着我呢，哈哈哈。"小骷髅看着秦江澜的手，忽然抬起爪子，轻轻地捏住了秦江澜的袖子。

秦江澜微微一顿，随后大掌伸出，握住了小骷髅的一截小手骨。

一路向前，小骷髅还不懂孤单，他已满腹思念。

第四章

七连山

长宁村的夜晚十分安静，张猎户死后，连狗叫声都不再有。

苏竹漪收拾好东西准备走人了。她带了两身衣服，还有之前做的一些小玩意、画的一沓符，然后就没啥可带的了。本来想着做一个替身草人再上路，但一来时间紧，二来材料也收不齐。

商队快来了，正好这次商队里头还有正道飞鸿门修士过来收弟子，她的女儿身自然瞒不住，所谓小和尚的谎言一戳就破，而且此前她在村民的水井里下了符咒，虽然没派上用场，但井水里到底加了料，她要去处理也麻烦，哪怕下了暴雨，也会留下些蛛丝马迹，索性懒得管了，直接离开就是。

等一个月后，她都跑到天涯海角了，那些修士即便察觉出什么，难不成还到处找她？再者，飞鸿门蹦跶不了几天，就会被洛樱那徒弟给灭门，哪儿有机会再去找她麻烦……

她没想过跟任何人告别，横竖都是要死的人，何必多费口舌。流光镜本来就是天道不容的道器，她回来已是逆天而行，改的命数越多，自身遭劫只怕越深，苏竹漪又没有半点舍己为人之心，她没主动杀人已经不错了。要知道，重生前，她对欺辱过她的长宁村村民毫无感情，恨不得直接抬手把他们给灭了，如今，她懒得动手。

苏竹漪掀了帘子出门，她看到老柳树的柳条都垂到了小庙门口，刚刚出去，她的头便碰到了一截柔软的枝条。如今是二月末，长宁村的其他植物还是光秃秃的，老柳树却发了新芽，那鲜嫩的翠绿色新芽在夜色下隐隐发光。

苏竹漪看到碰了自己额头的柳条，一撇嘴，把那嫩芽直接掐下来放嘴里嚼

了，还嘀咕了两句："新芽里的灵气比老叶子多啊，灵石吸收得很好吧……"

一路上野兽不少，找不到灵草的话还挺麻烦，不如挖一些老树根带着充饥。

她掐了叶子，又挖了一些树根塞到包袱里，做完这一切后，老柳树也没啥反应，苏竹漪都觉得老树得抽她了，毕竟她挖了那么多树根，然而，它并没有那么做……

只是一阵风吹过，满树嫩叶摇得沙沙响，那些叶子像是玉石一样，在星光下熠熠生辉。

苏竹漪没有储物袋，背着个沉甸甸的包袱已经走出了一丈远，那柳条犹如垂下的万千丝绦，依旧悬挂在她头顶上空，轻轻摇晃，剪着夜风。

她想了想，又回到了老树底下，绕着老树转了一圈，视线落在老树身上的小洞上。那小洞外头有暗纹，像是长了个耳朵似的。苏竹漪把手指头伸进去掏了掏，随后把本命锄头拎出来，将它变小之后，拿在手里掂了好几下。

她现在炼气三层了，也能把锄头缩到巴掌大小，苏竹漪啧啧两声，握着小锄头开始在树上刻字了。

"不飞则已，一飞冲天；不鸣则已，一鸣惊人。苏竹漪。"

苏竹漪刻了字后，老树依旧沙沙地摇叶子，她便低头，冲着那树洞小声道："看你识相，告诉你个秘密。"

"大概还有一年半，会有恶人害你，一把火将你烧得精光。"说完，她拍了拍老树的树干，笑眯眯地道，"好好修炼，早日成精。"

老树再怎么厉害，这一年半载的时间也长不出脚来跑掉。

血罗门修士肯定会来，那它就一定跑不掉。这样一来，即便她泄露了天机，也改不了啥命数吧。

假模假式地提了个醒，苏竹漪乐滋滋地背着包袱摸黑出了长宁村，她沿着村外的小溪往前走，丝丝灵气注入双脚，天蒙蒙亮时，她便已经到了七连山。

苏竹漪没有选择去永安镇，如果没记错的话，素月宗这一两年也会纳新，而穿过七连山再走上个把月，就能到素月宗所在的素芳城。

素月宗是个女修门派，苏竹漪选这个宗门没别的原因，就是宗主有钱有靠山，门下弟子福利好。

就是这么简单！

素月宗只能算修真界一个三流门派。

但是呢，素月宗的宗主曲凝素是东浮上宗一个长老的老情人，不仅如此，她跟魔道隐血门的一个长老暗地里也有一腿，这就使得素月宗后台极硬，宗门弟子修炼资源十分丰富。

素月宗的弟子每月都能领十块上品灵石和一瓶养气丹，这等财大气粗，比起那些一流的大宗门也不差。若是能进去混几年，她的修为就能突飞猛进，到时候再根据前世的经验去探秘境，得传承，恣意潇洒，问鼎天下。

要去素月宗，首先得翻过七连山。

七连山又叫七仙女山。

相传七连山那边原本是一片海，很久很久之前，海里出现了一条恶蛟。恶蛟翻云覆雨，残害百姓，还掀起惊涛骇浪，意图水淹万里河山。七位仙门仙子从天而降，与那恶蛟激斗了七天七夜，最终将其击杀，然而恶蛟临死时掀起海浪，死也要拉万千凡人垫背。

于是七位仙女化作大山填海，救了周围的数万凡人，牺牲了自己，拯救了苍生。

苏竹漪抬头看向远山，伸手数了一下，一、二、三、四、五、六、七，果然有七座山峰，远远看着也的确有人形轮廓，难怪那些凡人会编出这么个故事来。

这深山里没什么高阶灵物，凶猛的野兽倒是不少，张恩宁他爹就是在这山里头打猎被群狼咬死的。苏竹漪若是一重生就走这条路，这会儿估计被啃得骨头渣子都不剩下。虽说没有高阶灵物，不过这七连山上有一种彩墨花，每年三四月间就会长在半山腰上，像是给青山束了一条彩色腰带。

长宁村的村民们则称其为仙子的束腰。

咋不叫仙子的抹胸呢？

彩墨花是女修炼制养颜丹需要的一味药，商队之所以每年都会来长宁村，为的就是低价收一些彩墨花。

上辈子的苏竹漪不曾吃过养颜丹，她那张脸还真用不着。

现在还是二月底，七连山上的彩墨花还没长出来，远远看过去就是黑沉沉的一片，像是蛰伏在那儿的巨兽，随时准备择人而噬。苏竹漪左手拿着根树根当零嘴，右手握着锄头，顺着打猎的村民留下来的山间小路上了山，她得连翻七座山，才能到山那边的镇子上，运气好的话，三五日的时间应该能到。

上山的路很偏僻，荒草丛生，杂草都有她个头那么高。当然，这也是她目

前太矮了的缘故。苏竹漪把锄头变大了以开路，杂草都被锄头给推平了，前行的速度倒也不慢。她爬到半山腰的时候，就感觉到周围有一些凶兽的气息了。

就连树上都挂着野猴子，野猴子一路尾随着她。

整整一个冬天，这林中野兽怕是都没填饱过肚子，乍一看到这么丁点大个小人，又养得水灵灵细皮嫩肉的，一看就挺好吃，自然不愿放过。然而熬过了寒冬的野兽大都聪明警觉，能感受到她身上那股若有若无的气势，虽然想吃得很，却没有轻易动手，只是一路偷偷尾随她，打算观察一番再下手。

苏竹漪走了一夜，肚子也有点饿了，光吃树根虽然能让体内有灵气，但是饱腹感却是没有的，她现在修为还低，并未辟谷，这会儿肚子饿了，索性找了个干净点的地方坐下，抬起小腿揉了揉脚脖子，随后捡了块石头，眯着眼睛看了看天，将石头放到眼睛前面瞄了瞄，就看到藏在树叶后头的那只猴身子缩了一下，躲到了树干背后。

她曲指一弹，却不是射猴，而是用石头砸向天上一只鸟。

猴子肉不好吃，还是烤只鸟吧。

等苏竹漪把被砸死了的鸟捡回来，利落地拔了毛之后，身后跟着的数道凶兽气息瞬间消失了，她呵呵笑了两声，用灵气掐了个御火诀，点燃一堆干草，把鸟烤了吃掉。

等到吃完后，苏竹漪发现树上那只猴还在，顿时有些诧异了。

刚刚跟在后头的凶兽都跑了，那猴子藏在树上抖得跟筛糠似的，周围的树叶都不停晃动，足以证明猴子怕得厉害，然而它居然没跑，还打算跟着她？

猴子算是很聪明的动物了，也有灵猴修炼成精，当年魔道有个修士训练了一只灵猴抢东西，在秘境里头夺宝采药的时候，那猴子手脚利落，速度又快，别人抓一样东西，猴子能抓五样，四只爪子一爪子抓一个，尾巴还能卷一个，速度快得叫人瞠目结舌。

偏那魔道修士打架不行逃命在行，一眨眼，主人和猴子都消失了，简直气得其他人牙根痒。

那修士叫啥名字苏竹漪想不起来了，她就记得那只头上有一撮红毛的黑猴。

树上这只猴子是金丝猴，黑眼珠滴溜溜地转，看着就挺机灵的。

注意到它眼中隐隐有灵光浮动，苏竹漪心头有些诧异，没想到，这猴子还是只灵猴，就是机缘巧合吃了灵草或者吸收了灵气，体质跟普通的野兽不同，产生了变异的猴子。看它眼中的光晕，怕是有人类修士炼气初期的实力了，这种猴子初期若是没有谁引导，只会按照本能修炼，它的行动会更加敏捷，爪子也尖利一些。

也就是说，苏竹漪若用刚刚砸鸟的力道和速度砸它肯定是砸不到的，它抖得那么起劲，肯定有诈。

似乎感觉到苏竹漪已经好奇地打量自己了，而且并没有露出杀意，那猴子慢慢地从树叶子底下冒出了头，将手里头的一块石头砸向苏竹漪。

它扔过来的石头是红色的，普通棋子大小，上头隐隐有灵气浮动。苏竹漪伸手一抓，便将那石头抓到手里，用手指摩擦了两下，捏着石头做出一副沉思状。

小猴子吱吱地叫，又丢了石头砸她。

这次的石头是橙色的，上面的灵气更充足一些。砸了人，猴子往旁边的大树上跳，还冲苏竹漪龇牙咧嘴，好似在挑衅她一样。见苏竹漪没动，它砸出了第三块石头。这一次的石头是翠绿色的，上面的灵气更加浓郁了，就好似一块切碎了的灵石一般。

它扔完之后又大叫起来，一边叫一边在两棵树上蹦来蹦去，显得十分急躁。

哟，又是挑衅，又是利诱，这猴子是打算把她引到哪儿去？

苏竹漪不是真正的小孩子，她活了一千多岁，自觉没什么把戏没见过，难不成还会被只猴子诓骗了？

很明显，猴子想把她引到某个地方去。

若她是冲动易怒的脾气，又或者见了灵石眼开，这会儿早追过去找猴子拼命了。然而苏竹漪愣是站在原地没动，等那猴子丢了第四块，第五块……

又等了一会儿，苏竹漪发现猴子开始急躁地丢树叶了，也就明白它身上没有那种有灵气的石头了，于是她冲树上那猴子挥了挥手，还很俏皮地眨眨眼，咯咯笑了两声，道："谢啦，我先走一步。"

说完，苏竹漪潇洒地转身走了，压根没受那猴子引诱。上辈子她可没听说过七连山有什么宝物现世，死猴子一看就没安好心，她才不会上当。

见苏竹漪转身就走，树上的金丝猴顿时气得龇牙咧嘴，抓着树藤荡过来，伸出利爪，还没碰到苏竹漪，就看到一柄锄头从天而降，直接斩断了它抓着的藤蔓，猴子霎时从空中跌落，然而它身手敏捷，竟在跌下的瞬间用后爪踩在锄头上用力一蹬，身子再次跃上高空，抓住树干转了两圈，接着冲苏竹漪哇啦哇啦地吼了起来。

它一吼，锄头就与它对峙，明明是想打猴子，但因为锄头造型比较奇特，

就像是在跟猴子鞠躬似的，那猴子想追苏竹漪，奈何被锄头给拦住，它急得抓耳挠腮，眼睛都红了，然而始终没法突破锄头的阻拦，金丝猴伸长脖子看着走远的苏竹漪，最终放弃，它挠了锄头一爪子后转身跳到了别的树上，几个起落就消失不见了。

而等猴子跑远，苏竹漪一招手，把本命法宝给唤了回来，她也没有收起来，而是让那锄头立在自己身后。

当年很多女修爱美，喜欢买那种有光环的法宝，佩带之后繁花如锦，仙气飘飘。曾有个男人为了讨她欢心，送了她一个法宝叫月潮汐，把那月潮汐带在身上，她行走时身后有月影，足下有浮光。

而现在嘛，她足下有荒草，背后有锄头。

真是叫人唏嘘不已啊。

苏竹漪叹息一声继续往前，到傍晚的时候她又翻了两座山，七座山她已经征服了三座，还剩下四座山的路程，她就能到对面的镇上。这么看来，最多三天时间，她就能抵达山下的镇子。

猴子扔的这些石头换点金子应该没问题，到时候她用金子去镇上租辆马车，到素月宗的时间还能提前几天呢。

又走了一段路，太阳西沉，密林之中没了光线，苏竹漪找了个山洞休息，她在洞口布置了个简易的阵法，又让本命法宝出来警戒，随后就地坐下，盘膝修炼。

一夜无事。

翌日清晨，苏竹漪出了山洞，准备再次翻山越岭。她刚走到洞口，就发现洞口阵法附近的杂草有被别的动物踩踏过的痕迹，苏竹漪以神识一扫，就看到山洞右边角落的杂草丛中缩着一只小兽。

小兽埋了大半截身子在土里头，只露了半个脑袋，这会儿倒是没看她，瞅着另外的方向，耳朵一抖一抖的，紧接着它的头越来越低，似乎要完全埋到土里了。

瞧着是只寻宝鼠。

寻宝鼠是修士最爱养的灵兽，其原理跟苏竹漪之前做的寻灵盘类似，但是寻宝鼠比寻灵盘要厉害得多。寻宝鼠按照皮毛颜色有品阶之分，银色为最优，灰色为最次，面前这只寻宝鼠是灰毛的，属于低阶灵兽，能探测灵气的范围很小，灵智也不高。

不过寻宝鼠有个特点，若是耳朵一直抖个不停的话，就证明它附近有宝物，只要跟着它跑，必有所获。

苏竹漪一撇嘴，掉头就走。她以神识瞄到寻宝鼠的耳朵瞬间停止了抖动，它似乎很惊讶为何她一点没关注它，随后又疯狂抖了起来，刨土也格外卖力，后腿一直蹬，溅了不少泥土出来。

这些都是低阶灵兽，虽然已经很聪明了，但灵智还是不够的。

不管是那只金丝猴，还是这只寻宝鼠，它们都有同一个目的，那就是把她引到某个地方去。

然而七连山穷山恶水，每年商队过来，都会有几个修士随同前来，若山中当真有机缘，能轮得到她？她上辈子从未听说过七连山有宝物现世，现在嘛，这些拙劣的手段在她面前就跟小孩子过家家似的，实在是太没吸引力了。

她没理那只寻宝鼠，背着包袱继续往前，不多时就爬到了第四座山的半山腰。

七连山第四座山居于正中，比其他几座山要矮得多，山上树木稀疏，好多地方都只有岩石，看着光秃秃的。明明头顶日头不大，也一点都不晒人，但这座山就是比其他山热，好像有一股热气从地底下冒出来，烧得人心头生出一把火。

苏竹漪爬到半山腰就已经出了一身汗，她没用灵气屏障隔绝热气，毕竟现在灵气少，要省着用，因此自己就跟在蒸笼里似的，衣服都能拧出水来。山不高，却很陡峭，这一路走得艰难，等到下山的时候已经是傍晚了。第四座山太热，晚上在这儿歇息肯定难受，苏竹漪就打算继续爬，到第五座山去看看，她钻进林子没多久，就感觉到身后又冒出几条尾巴来。

这次尾随她的野兽有些不一样。

苏竹漪感觉到了杀意。不是那种跟着她想看看这块骨头能不能啃下的杀意，而是聚在一起，一定要将她撕裂的那种杀意。

苏竹漪用神识环视了一下周围，她催动灵气形成一个小小的灵气屏障，随后掏出了自己准备的一沓纸符。在那群凶兽进攻之前，苏竹漪将手中纸符弹出，纸符在它们潜伏的地方直接嘭嘭炸开，一时间四周都是嘭嘭的声响，黑雾瞬间弥漫开，而她则将灵气聚于脚底飞奔向前，并选了一处凹地趴下，再次撒下三张隐匿符！

苏竹漪如今体内灵气少得可怜，她画的符的威力自然也差，只能通过其他方法来增加符咒的威力。

三张隐匿符上所绘的符文并不完全一致，叠加使用后会效果大增。她缩在凹地里，看到从黑雾里跑出来的凶兽，苏竹漪便有些庆幸自己躲得及时了。

即使被她的符咒炸了一波，现在冒出来的野兽也有上百只之多。

要是寻常野兽也就算了，偏偏这里头还有数只灵兽。此前的那只金丝猴正蹲在一头狼的身上，那只寻宝鼠也在，除此以外，还有一只鹰和一头熊。它们本都是很寻常的山间野兽，并没有灵兽血脉，想要修成灵兽得有机缘，没想到在七连山一下能遇到这么多灵兽，难不成，这些灵兽当真发现了什么宝物，得了灵气一起修行，现在就组团来打劫了？

它们的实力跟人类的炼气期修士差不多，苏竹漪现在就炼气三层，且年纪太小，本身体力也弱，如果跟它们硬拼，绝对没有好下场，跑也跑不过它们，躲起来实属明智之举。

她趴在凹地处一动不动，就看到那几只低阶灵兽左顾右盼，似乎很好奇为什么人会不见了。

苏竹漪对自己的隐匿符有信心，她的符咒想瞒过那些高阶修士不可能，但瞒过几只低阶灵兽轻而易举，现在，只需等它们散开就好。

她坐在凹地里也没休息，而是开始打坐调息，怎晓得一天过去，那些灵兽居然还在，一副要跟她耗到天荒地老的模样。她沉住气，又开始运转心法，等修炼一日后再看，野兽散了一半，灵兽也少了几只，但剩下的那些依旧虎视眈眈，她头顶的那只灵鹰在低空盘旋，一双眼珠子闪着幽幽寒光。

苏竹漪的心蓦地一沉。

她叠加使用的隐匿符，最多能坚持三天。

三天之后，符纸上的灵气彻底消失，就会失去藏身的作用。隐匿符比之前撒的爆裂符要难绘制得多，她一共就有五张，现在用掉了三张，还剩下两张，而头顶上的灵鹰一直在附近盘旋，不肯离开，足以说明它对这附近有所怀疑，这还是三张符叠加的隐匿效果，若之后只剩下了两张，她不敢保证不会被发现。

这群灵兽怎么就盯上她了呢？难道就因为她身上有灵气，是个小修士，肉会比较好吃？

多想无益，还是看看如何才能脱身。

要想顺利跑掉，头顶上那只灵鹰她是肯定要干掉的，不然有它在，她很难藏得住。同理，那头狼她也要杀了，那狼速度快，攻击力也强，不除就是祸患。而熊速度慢，她跑了熊追不上，猴子战斗力很低，它应该是这群灵兽的军师，至于寻宝鼠，完全可以忽略不计。

现在离开的是狼和寻宝鼠，留下守着的是熊、鹰和猴子。

摸了一下手腕上挂着的无定葫芦，苏竹漪心想，要是这葫芦能用就好了，可惜这葫芦只是小骷髅的藏身之所，她只是个保管者，根本用不了葫芦，如今小骷髅不见了，这葫芦她碰一下都难受，更不要说用了。

若能驱使此物，直接把这些凶兽吸进宝葫芦，眨眼间就能将它们化成一摊血水，哪里用得着她操心。

多想无益，事不宜迟，不能继续拖下去。

瞄到那灵鹰再次盘旋到她头顶最低处，苏竹漪突然施展出擒拿术，拽着灵鹰往下一扯，而锄头则变大飞出，直接拦住了熊，苏竹漪用灵气将灵鹰拽下后，立刻施展烈焰掌打在了灵鹰右翅上，她这一下调动了体内大部分灵气，直接将灵鹰右翅烧了个窟窿，紧接着她以手为刀，想要直接将灵鹰劈开，却没想到，瞬间的工夫，灵鹰身上的羽毛就坚硬如铁，她一记手刀劈下，灵鹰没事，自己的手却血流如注。

看来这灵鹰修炼的就是它的羽毛，只不过它的羽毛并非时刻都是坚硬的，只有遇到危险时，它注入灵气，羽毛才会变得坚硬，刚刚若不是她突然袭击，很可能破不开灵鹰羽毛的防御机制。

苏竹漪心一狠，顾不得手疼，直接伸出两指挖了灵鹰的眼珠子，而这时，擒拿术的束缚力量彻底消失，灵鹰尖叫一声，扑腾仅剩的左翅，用尖嘴朝着苏竹漪脑袋啄了过去。

苏竹漪身上的灵气屏障险些被直接击溃了。

她松了手，调动剩下的灵气汇集在脚底，随后没管本命法宝，拼命往前跑。猴子一直吱吱叫着追，但刚刚她攻击灵鹰的手段太血腥，将其震慑到了，它没敢下去跟苏竹漪硬碰硬，而是不停地拿东西砸她，力度也非常强劲，几次下来，苏竹漪本来快破碎的灵气屏障彻底被击溃，而她将灵气都汇集在了脚底，根本没有足够的灵气再去支撑一个防御屏障了。

那群狼速度快若闪电，快要追上来了。

她现在体内灵气所剩不多，无法再与群狼对抗，本命法宝被那熊抓在了手中，也拦不住熊多久……

苏竹漪心头暗骂了一声晦气，哪怕被砸得满头包，她也没去管那猴子，而是又往前猛地一跳，随后就地一滚，再次捏碎了一张隐匿符。那几只灵兽里最擅长侦察的就是那只灵鹰，如今灵鹰翅膀折了眼也瞎了，一张隐匿符便能有效

躲避追踪。她捏碎符咒后原地消失，随后一招手，把差点被熊掰成两截的本命法宝给唤了回来。

等做完这一切后，苏竹漪大口大口地喘气，她缩在角落里，只觉得格外憋屈。

想她这恶名在外的噬心妖女，现在竟然落到这步田地，一群低阶灵兽也能追得她满山逃窜，真是人生如戏。

不一会儿，那些狼追了上来，只不过它们在附近转了许久也没发现她，苏竹漪也就放下心来，开始检查自己的伤势。

她伤得不重，但头上被石头砸出了包，后背、肩膀都有淤青，那鹰当时被她用擒拿术拖拽下来，然而挣扎之时它用爪子在她身上抓了几道血痕，当时情势危急，她都没觉得疼，如今解开衣服一看，有一道都深可见骨了。

她从包袱里掏出树根一点一点慢慢地嚼，用微弱的灵气去给伤口止血，草草处理了一下全身的伤口，苏竹漪就已经精疲力竭，灵气全部耗尽，浑身虚弱无力。

单张隐匿符可以用十天，她还有两张，可以藏身二十天，在这二十天中，只要她想办法再除掉那头狼，脱身就没问题了。

既然剩下的这几只灵兽发现不了她，苏竹漪就放心地养伤了，她一边养伤修炼一边观察，打算找到合适的时间动手，这一等就是十五天，她身上的伤恢复得七七八八，灵气也恢复至充盈，是时候决一死战了！

这日，留守原地的有狼、熊和猴子。

苏竹漪依旧打算让本命法宝拦住熊，自己击杀狼，然而就在她准备动手之时，她听到一个声音道："师兄，这里居然有寻宝鼠。"

"我们跟过去看看吧。"

不仅她听到了，守着她的灵兽也听到了，随后，苏竹漪就看到了不可思议的一幕，那猴子突然跳到了狼的头上，吱吱叫了几声，包围了她大半个月的兽群居然迅速散开，朝着寻宝鼠的方向追了过去。

就这样放弃了？

它们就这么散了？刚刚说话的两人应该是修士，实力比现在的她高出不少，这些灵兽肯定不是那两个修士的对手，但它们居然毫不犹豫地过去了？

虽然有些疑惑，但苏竹漪还是挺高兴的，不管怎样，有人把兽群引开就好，她从角落里出来，将灵气汇集在脚底，拼命地往第五座山跑，不多时就翻过了山顶。

下山速度更快，直奔第六峰。

到了第六峰山脚，苏竹漪正要一鼓作气继续爬，忽然感觉脚下猛地震动。

与此同时，她看到第四峰上一道剑光从地底冒出，直冲上天。天上还有个飞行法宝，法宝上面穿着红白相间的弟子服的修士跟下饺子一样咕噜噜地往下掉，尖叫声、求救声响彻天际，让苏竹漪都头皮一麻！

"有封印，谁触动了封印？快跑……啊！"

啊！当年香山梅岭飞鸿门的修士就喜欢穿一身红白相间、好似梅花的长衫，那些修士是飞鸿门的弟子。

他们被寻宝鼠引过去触动了七连山的封印，然后放出了什么凶物？为何前世她从未听说过这么一段？七连山里到底有什么，为何上辈子一点消息都没传出来过？当初苏竹漪他们被血罗门带走也是从七连山上飞过去的，根本没有任何异常啊！

苏竹漪拼了命地往前跑，然而脚下的大地开裂，整个大地如波浪一般起伏，她明明在往前跑，不多时却又返回了原地，不仅如此，她还发现自己不知不觉中了鬼打墙，竟然绕回了第四峰，周围一片炙热，好似地底有一条火龙冒出，要将周围的一切彻底吞噬。

又来了，她到底是有多倒霉啊……

然而就在这时，一个清冷的女声叱道："何方妖孽？竟敢在此作祟！"

苏竹漪抬头，看到一个女修御剑而过，剑若流星，人如皎月。

女子着一袭白袍，花容月貌，饶是自诩美貌天下第一的妖女苏竹漪，也不得不承认这女子与最美时候的自己不相上下。

她比画像上更好看，如空谷幽兰，山涧孤月。

她是古剑派洛樱。

没想到，她竟然能见到古剑派洛樱，活的，不是画像。

上辈子，有两个美人在修真界极其有名。她们并非同一个时代的人，却同样出名，报出名号，全天下几乎无人不知，无人不晓。一个侠名远播，一个臭名昭著。

一个死了，却活在许多人心里。

一个活着，无数人却巴不得她死。

此刻见到活着的洛樱，苏竹漪倒是小小地震惊了一下，不过她也没机会感慨，只觉得脚下突然踩空，大地瞬间裂开，她整个人直接跌进了那几尺宽的裂

缝当中。苏竹漪手中的锄头变大，她一锄头砍在裂缝边缘，只是还没来得及松口气，锄头接触到的土壤瞬间松垮滑落，周遭土地快速裂开，她根本无法找到一个着力点。

千钧一发之际，头上数道剑光唰唰而至，那雪亮的剑光落在她脚下，寒意逼人，竟冻结成霜，形成了如白霜一样的阶梯，苏竹漪的足尖踩到剑霜，借了那阶梯的力量缓冲，不仅缓解了下坠的趋势，身子还往上方弹起飞出，苏竹漪大喜，再次挥出本命锄头，挂在了倒下的正好卡在缝隙之间的一棵树上，她抓着锄柄左右一荡，借着那力道飞出了地缝。

然而就在她飞出去的那一刻，地底深处突然传出一声长啸，那声音尖厉刺耳，震得苏竹漪头晕目眩，好似有一股火随着那啸声从地底喷出，热浪席卷而来，将她体内灵气瞬间蒸发殆尽。

她的身体再次不受控制地往下坠落。

不仅是她，她甚至看到那白衣的洛樱也从天上掉了下来。

就好像黑夜里唯一的圆月从空中坠落，沉入深海，此后光线尽失，万物销声匿迹。

苏竹漪不知道自己将跌进哪里，在那一瞬间，她脑海之中闪现了很多画面，像是一只手在布满尘土的镜子上细细擦拭，那些记忆深处早已蒙尘的人和事，渐渐露出了原本的面貌。

洛樱死的时候，她还小，还在长宁村讨饭，跟野狗抢食，挖树皮充饥。她没见过洛樱，也不知道洛樱什么时候死的，但她长大后听过很多洛樱的故事，知道洛樱死的时候，迎春花刚刚开。

洛樱死后一年，飞鸿门被青河灭门。

飞鸿门被灭门仅仅是一个开始，此后百年时间，她那徒弟青河不晓得灭掉多少门派，杀的人也难以计数。

现在，苏竹漪不仅撞见了飞鸿门弟子，还看到了洛樱，她在二月底出来的，在七连山上耽搁了半个多月，现在已经是三月，迎春花也开了……

这么多条件撞到一起，苏竹漪还想不明白就是傻了。

这次七连山异动，洛樱死了。

洛樱上辈子就死在这里，死在了七连山里，而她的死跟飞鸿门弟子有关，以至于她那徒弟青河灭掉的第一个门派就是飞鸿门！

青河是在为洛樱报仇吗？这七连山下到底封印着什么，连洛樱都会死在这里？要知道，刚刚洛樱那几道剑气展现出来的实力，根本不比千年后的秦江澜弱。她的剑气已经化实，能在空中形成可以踩踏的冰霜阶梯，这样的剑道实力，跟巅峰时期的秦江澜相差无几。

但是，这样厉害的洛樱，竟然折在了七连山里，而事情的真相还被掩盖，使得后世的其他人根本不知道七连山里到底藏了什么秘密。

哐的一声响，苏竹漪撞到了一块坚硬的东西，她的后背被撞得火辣辣地疼，但这一下撞击缓解了她下落的趋势，她勉强稳住身形，用神识仔细地扫了一下地面，接着扭转身子，在空中强行滑动一段距离，最终跌到了冰凉彻骨的地下水当中。

咚的一声，苏竹漪重重扎到水中，她两腿拼命往下蹬，不多时便浮出水面，紧接着游向岸边，爬到岸上后，她才稍稍喘了口气。不远处还有一具飞鸿门弟子的尸体，那人在上方时灵气被烧干了，没有灵气就不能飞，也保护不了自己，结果摔得脑浆迸裂，直接丧命。苏竹漪艰难地走到尸体旁边，仔细搜了一下尸体，从他身上摸出了一个储物袋。

主人死了，储物袋也就没了禁制，她直接打开查看，找到了一块中品灵石和一小瓶丹药，虽然穷酸得很，但有总比没有好。刚刚从上面掉下来时，她的包袱掉了，里头可以用来补充灵气的树根自然也没了，这一小瓶灵气丹倒是解了她的燃眉之急。

拿出一颗丹药服下，苏竹漪坐在血肉模糊的尸体旁快速处理了一下身上的伤，稍稍恢复之后，她便开始打量起四周来。

周围黑漆漆的，眼睛能看见的范围也就三尺远。刚刚分出一点神识去试探，就好似有一声长啸在她的脑海之中炸开，震得苏竹漪头晕眼花，双耳开始渗血。

她不敢继续施展神识，只能瞪大眼睛仔仔细细地搜索周围。

脚下地面光滑平整，寸草不生。

明明前面就是地下河，但她脚底下踩着的土地光秃秃的，一点青苔都没有。苏竹漪好奇地蹲下，伸手摸了一下地面，她发现地面有点烫，好似被火烤着一般。然而旁边的河水却冰凉刺骨，到底是何原因，能让这样的寒冷和酷热结合在一起，又没有半点雾气呢？

苏竹漪在原地转了几圈，没有看到任何阵法，坐以待毙不是苏竹漪的生存之道，她略一思考，打算顺着地下河水流的方向往前走。

沿河而行，大约走了一里路，她看到前面有了光，循着光找过去，苏竹漪看到了好几个人。

　　飞鸿门的弟子点了一堆篝火，十几个弟子围在火堆边，气氛显得有些沉闷。

　　洛樱独自坐在一旁，她的白袍上沾了血迹，显然受了伤。她此时闭着眼睛，飞剑插在她身前，已经冻成了一根冰柱子，而她周围的那一片地方都起了一层霜，以她为中心，冰霜覆盖了一片圆形区域。

　　看她这样子，好似剑道有损。这才使得她的剑气无法自控，将周围的一片区域都影响了，想来这也是飞鸿门弟子不敢靠近洛樱的原因，否则的话，以洛樱的身份地位，那些飞鸿门弟子围着的就不是火堆，而是洛樱了。

　　是过去跟他们一块，还是独自闯荡呢？

　　如果是上辈子的噬心妖女苏竹漪，这种时候她肯定不会跟一群正道人士，特别是正道中的巅峰人物待在一块的，然而现在，她只是个小孩，是个刚刚跨入修真大门，只有炼气实力的小娃娃，跟他们待在一块没有问题吧？

　　苏竹漪又往前走了几步，她的出现引起了飞鸿门弟子的注意，其中一个女修问道："你是谁？怎么会在这里？"

　　这女修的声音有点耳熟，但苏竹漪一时没想起来在哪儿听过。

　　"我本想翻过七连山去拜师学艺，然而翻山的时候，山突然裂开了，我就从一道裂口处掉了下来。"苏竹漪没隐瞒，怯怯地问，"仙长们，这……这是哪儿，我们还能出去吗？"

　　她话音刚落，问话的修士还未回答，角落里有个躺着的人挣扎着坐起来，那人看到苏竹漪后眼睛一亮，一脸惊喜地道："小师父，你也在这儿！"

　　他受了伤，胳膊和腿都断了，因为坐起来动作太大疼得龇牙咧嘴，他倒吸了几口凉气，随后又闷声道："小师父，你怎么不告而别了呢?！"

　　是长宁村的馒头少年！叫什么来着？哦，秦川！

　　在秦川喊她小师父的一瞬间，飞鸿门修士看她的眼神就变得不那么单纯了，她能感觉到其中几个修士审视的目光，还有若有若无的敌意，苏竹漪顿时明白，她在长宁村做的事情可能露出了马脚，被飞鸿门的弟子给发现了。

　　该死的"小三阳"，跟秦江澜那个"大三阳"一样，专门克她的。

　　飞鸿门的修士仔细地打量苏竹漪，随后好几个修士的脸色微微一变。村民们雕的小和尚五官并不真切，若不是秦川提起来，他们都没想过面前这女童会是那个小和尚。

　　"你就是那个小师父，魔道余孽，你师父是谁？"先前问话的女修冷哼一声，"明明是个女童，还说自己是和尚，诓骗村民给你塑金身，还在井水里下

092

失魂咒，年纪虽小，心思却如此歹毒！"

"刘真师姐，其中肯定有什么误会，小师父救过我们村的人。当初陆老太诈尸……"秦川连忙解释，他怎么都不相信无心小师父会害人。当初小师父浑身是血，跟陆老太战斗的情形依旧牢牢地印在他脑海之中，秦川不相信小师父会作恶。

"凡人诈尸十分艰难，没准你说的那僵尸，就是她养出来的。"刘真看着秦川道，"小师弟，你不知人心险恶，魔道修士哪怕年纪小，心思也歹毒得狠。既然她自称无心，没准就是五千年前那罪大恶极的魔头姬无心的传人。"

说到这里，刘真又语气急促地道："对了，姬无心就擅长控尸！"

这么一说，刘真更是觉得自己的猜测八九不离十了，她的法宝是套在手上的一串铃铛，这会儿她直接抬起手摇动起来，她一边摇铃一边道："是不是你设计害我们，把我们引到这里到底是何居心？"

苏竹漪终于想起来这刘真的声音在哪儿听过了。她不就是那个发现了寻宝鼠，然后追着寻宝鼠过去触动了封印，引发山崩地裂的女修吗？

就是这白痴把大家害成这副样子的，她还敢在这里胡说八道！

若是从前的她，抬手就撕烂这白痴的嘴！然而现在，苏竹漪只能一脸茫然地道："姐姐，你说什么？我没听明白。"

"装疯卖傻！"因为体内灵气干了，刘真发现她摇动手上的铃铛也没什么威力，便放下手，直接抽出腰上软剑，朝着苏竹漪一剑劈了过去。

苏竹漪压根没动。因为她看到一直闭目养神的洛樱睁了眼。

洛樱目光如霜，只是淡淡扫了刘真一眼。

刘真被她那一眼看得浑身发寒，握剑的手都在轻颤。

"这里的封印有上万年的时间，与她无关。"洛樱微微侧头，瞥了苏竹漪一眼，淡淡道。

她很冷，不苟言笑，眉宇间尽是淡漠疏离。

苏竹漪一直以为这个行侠仗义、帮助了无数人的女修必定是慈眉善目、温和善良的，却没想到，她真人会这么孤冷。

不论是说话的语气，还是她的眼神，都让人觉得冷若冰霜，极难亲近。

果然是百闻不如一见啊……

秦江澜原来就算是修真界里最不苟言笑的了，原来洛樱更胜一筹，简直是从头到尾都面无表情，冷若冰霜。相比起来，自己这个女魔头每天都笑吟吟

的，笑里藏刀也就是这样的吧。

"飞鸿门辰天见过洛前辈，家师飞鸿门顾鸿华，曾受过前辈恩惠。"刘真被洛樱那一眼看得浑身发寒，战战兢兢的，不敢再开口，她身边那个年纪大些、长得剑眉星目的男子越众而出，态度恭谨地行了大礼。

辰天随后又道："就算封印与她无关，长宁村村民的水井里被人下过失魂咒也是真的，这与她脱不了干系。"

呵呵，这两个人就是刚刚那一对狗男女，难怪声音她听着耳熟。

苏竹漪微微侧头，根本没回应这个话题，而是道："大哥，大姐，刚刚在地面上我听到过你们的声音，你们跟着寻宝鼠过去发现了什么才触动封印的，不如给我们详细说说，看看能不能找到点线索？"

苏竹漪这么一说，数道视线齐刷刷地落在了辰天和刘真身上，其中飞鸿门的一个圆脸少女语气不太好地问："刚刚询问的时候，你们怎么啥都不说？我们都飞在天上，刘真你偏偏要进山里玩，你们到底碰了什么才会触动封印？这里的封印这么凶戾，你们要是拿了不该拿的东西，就快拿出来放回去！"

相比长宁村水井里的失魂咒，大家更关心的是自身现在的处境。

"你少胡说八道！什么寻宝鼠！"刘真狡辩道，"我哪儿碰到过什么封印，肯定是你这小魔头设计把我们困进来的。"只不过她的话并没有任何说服力，就连她的同门此刻也不信任她。

被一双双眼睛恶狠狠地盯着，刘真有些招架不住了，她只能道："我们是看到了一只寻宝鼠……后来……后来……"

眼看她声音越来越低，显得有些底气不足，辰天接过了话茬："后来我们追到了七连山最矮的第四峰，那座山很热，我们以前从天上飞过并没有任何异常，踩在地上才觉得酷热难当。"

他们跟着寻宝鼠跑到了一个洞口，看到一些彩色的小石头，堆满了整整一个山洞，虽然很多石头灵气微弱，根本比不上灵石，但也有一些灵气很充足，比起上品灵石也不差。

发现了这样的宝物，两人自然开心得不得了，立刻拿出法宝去装小石头，装了一大半之后，山洞里头露出了一根很长的铁钉，那铁钉上生满了绿锈，看着十分古旧。

本来他们对那铁钉没什么想法，也没打算去碰，没想到之前那只寻宝鼠突然蹦了出来，跳到铁钉上把自己扎死了。鲜血顺着铁钉流下，上面的铁锈被血水清洗，露出了原本的色泽。

"铁钉变亮后，我的扶摇剑就有了反应，震动嗡鸣不停。"刘真摸了一下自己的软剑，"我发现那铁钉是玄精密铁，所以，当时脑子一热，就想把铁钉带回去打造一柄仙剑。"

"师兄的手刚刚触到那铁钉，掌心就被烫伤了，烙了一个很深的印记。"刘真说到这里声音都颤抖起来，"明明那铁钉很光滑的，但师兄的手掌心被烙了一个奇怪的符文，我们当时有点担心，就打算退出山洞，没想到刚动了一下，就地动山摇了。"

整个山洞瞬间崩塌，而他们也直接坠入地底裂缝。

"如果说那铁钉是镇压封印之物的，我们并没有损坏铁钉，也没把铁钉拔起来。"辰天说到这里，又看向秦川，"你们这里好像有个关于七连山的传说，这里又叫七仙女山？"

秦川是个还没开始修炼的凡人，纵然资质好，目前也只是个普通人，坠入裂缝的时候被师兄护着仍旧摔断了胳膊和腿，他本是很虚弱疲惫的，在见到苏竹漪的时候才勉强坐起来，而现在提到七仙女山，他立刻打起精神，将七仙女山的传说给大家讲述了一遍。

末了，他还问："难道传说是真的，这地底镇压着一条恶蛟？现在我们听到的尖啸，是那恶蛟发出的声音吗？"

此话一出，飞鸿门修士短暂地沉默了，苏竹漪也没吭声，她只是盯着辰天的手看，很想看看辰天手上被铁钉烙下的印记是怎么回事，只有看清楚了，才好做推测。

可惜现在她不敢用神识，用了就好似被万剑扎脑疼得不行，辰天的手藏在袖中，她哪里看得见。

于是，苏竹漪下意识地瞄了洛樱一眼。

也就在此时，洛樱开了口："将你的手掌摊开，我看看上面的烙印。"

洛樱开口，辰天自然不敢不从，他走到洛樱身前，没有越过她脚下的冰霜，站在冰霜外围将手摊开，本是想伸到前面一些的，结果手一至那冰霜上空就感觉寒风刺骨，他只能迅速收回手，把手放在了冰霜界限之外。

辰天掌心是道符文，符文乃是一笔勾成的，蜿蜒成龙。

大家见了那符文，都有些认可七连山的传说了，觉得这底下压着快要飞升成龙的恶蛟，然而苏竹漪只是撇了下嘴，不管其他人能不能活着出去，这个辰天绝对是活不成了。

他手掌心那道符文乍一看是龙，然而里头却用阵法隐匿了一个人形，且那

人形不是别人，就是他自己。这种符其实就是个烙印，意思是他已经被打了烙印，是个祭品。

苏竹漪看出来了，洛樱也看出来了。

洛樱微微垂目，随后伸手，以五指向虚空一抓，她身前那冻得跟冰柱子一样的飞剑抖动两下，嗡鸣一声之后飞入她的手中。飞剑落到她手中的一瞬间，剑周冰雪融化，露出了银亮的剑身。此时苏竹漪才发现，洛樱的飞剑上刻有龙纹，隐隐可见有龙影在剑身上游动。

洛樱将手指贴在剑身上，轻轻一弹。

飞剑立刻发出一声轻啸，犹如龙吟。

而下一刻，地底又有一声尖啸传出，震得周围碎石滚落，飞鸿门弟子脸色惨白，苏竹漪更是嘴角溢血。

但洛樱受到的冲击似乎更大，她脚下的冰霜悉数碎裂，手中的剑也颤抖不停，好似被巨力砍了一道，险些折断一般。

她以双手握剑，稳住剑身，停顿片刻才道："不是恶蛟。"

洛樱目视远方，缓缓道："是剑。"

七连山下镇压的不是恶蛟，而是一柄剑。

那些尖啸声并非龙吟，而是剑鸣。

"是剑？"飞鸿门也是有剑修的，这会儿听闻七连山底下镇的是剑，那两个剑修眼睛都亮了。

恶蛟是凶猛的灵兽，杀人不眨眼的那种，然而剑可不同，剑会择主。

恶蛟是霉运，剑是机缘。

这两人炙热的眼神洛樱自然注意到了，她缓缓摇头："是一柄邪剑。如果我没有猜错的话，是那柄龙泉剑。"

龙泉剑！听到"龙泉剑"这三个字，苏竹漪的心都哆嗦了一下。这龙泉剑的名字，她在古籍上看到过。如果说流光镜是道器，那这龙泉剑距离道器也不远了。铸剑的大师是个疯子，当年他用了最好的材料，千年铸成一剑，然而他并不满足，先是让自己的妻子和儿女跳进了熔炉祭剑，后又祭了全族，最后自己还投身熔炉殉葬。剑成那日，飞沙走石，方圆千里的一切化为齑粉，整个修真城池被剑威瞬间抹去，只一瞬间，就痛饮十万人血。

这一柄大凶之剑，将当时的修真界搅得腥风血雨，至于后来如何，古籍上却没有记载。

没想到，她重活这一回，居然能遇到龙泉剑！

　　对了，洛樱手里那剑名为潜龙剑，用的材料和铸造方法跟龙泉剑一模一样，同样打造了千年，是后人仿造龙泉剑铸的，只不过没有人祭剑，因此它不是凶剑。即便如此，这柄剑也是修真界数一数二的仙剑，洛樱死后，潜龙剑也不知所终。

　　洛樱手里握着潜龙剑，她说七连山底下镇压的是龙泉剑，那就八九不离十了。

　　苏竹漪瞧见飞鸿门弟子个个一脸茫然，显然都不知道龙泉剑的威名，她也懒得解释，寻了个角落坐下，有些心烦意乱。

　　如果是龙泉剑的话就麻烦了。它蛰伏了很久，不停地用煞气冲击封印，终于等到了封印松动。一缕煞气从封印中溢出，改变了这山里的几只普通野兽，让它们成了自己的爪牙，替它寻找祭品。但毕竟封印没破，它释放出的煞气太微弱，只能控制野兽，很难在短时间内影响人。

　　本来，七连山因为地处偏僻，很少会遇到修士在地面穿行，所以它想找到合适的祭品吃吃也不容易，遇到苏竹漪这有点灵气的小修士，几只灵兽哪里肯放弃，天天追着她，哪儿晓得她不上当，根本不受引诱。

　　本来苏竹漪的灵气已经恢复了，之前也解决了那只擅长追踪的鹰，正打算接着干掉那头狼，等解决了狼她就能顺利离开，不会遇到这档子事了，哪儿晓得会遇到两个飞鸿门的二愣子，被一点诱惑引进山洞，动摇了封印不说，还把自己摆上了祭桌，然而辰天现在还没死，那龙泉剑是在等什么呢？

　　上辈子，她并没有听说龙泉剑现世，七连山也无异动，证明最后封印没破，龙泉剑再次被彻底镇压。

　　从前是七仙子镇压了龙泉剑，这次换成了洛樱，所以洛樱死了？

　　苏竹漪不知道过程，但她清楚结局，这会儿她虽然觉得挨着洛樱更安全，但又担心自己衰神附体，被必死的洛樱给牵连了。因此她缩在一角，跟洛樱保持不远不近的距离，相比起来，她跟飞鸿门的弟子还稍微要近一些。

　　"洛前辈，既然这地底埋的是剑，那我们是不是要去寻找一番，只要能收服那飞剑，一切问题不就迎刃而解了？"

　　"要收服飞剑，一般都要进行剑意比拼。"另外那个飞鸿门剑修沉吟一下，"刚刚连洛前辈都被震伤了，想要收服飞剑恐怕很难。"

　　"可若不去试试，我们怎么出去？"两人争执间，辰天忽然闷哼一声，他掌心一阵剧痛，好似被烈焰焚烧一般，就在此时，洛樱手起剑落，一剑斩到了辰天手臂上。

众人都被这样的变故惊呆了，然而更让人惊讶的是，洛樱那一剑斩在他的手臂上，辰天的手臂根本没有受伤，反而是洛樱的剑被震开了。

"我的手臂……"辰天怔怔地看着自己的手臂，随后发出一声惨号。

没用的，此刻他们已经在地底，在龙泉剑的地盘上，而辰天被打上了祭品的烙印，根本是死路一条。苏竹漪低垂着头，表现出一副很惊恐的模样，心头却是千回百转。

龙泉剑是凶剑，需要祭品满足它的欲望。它是剑，对祭品也有要求，它喜欢的恐怕是剑修，酷爱吞噬的应该是剑意。

洛樱剑道造诣那么高，若她以身祭剑，很有可能让龙泉剑暂时消停下来，这样一来，其他人就有机会活着出去！

上辈子，洛樱以身祭剑，换得飞鸿门其他弟子安全，而青河得知洛樱死亡的真相，所以屠了整个飞鸿门。对了，他之后杀的那些人会不会都是受过洛樱恩惠之人呢？

洛樱帮助过的人实在太多了，也不是每一个接受了她的帮助的人都会大声说出来，因此当时大家都没往这个方面想，如今这么一联系，苏竹漪就觉得自己的猜测有些靠谱，顿时更心烦了。

若是这次洛樱以身祭剑，苏竹漪活着出去了，日后肯定会被青河追杀到天涯海角，真让人左右为难啊。就在苏竹漪思索问题的时候，飞鸿门修士那边异变陡生。

只听那辰天连连惨号，声音痛苦至极，好似被活剐了一般。他在惨叫，飞鸿门其他修士也惊叫连连，哭声不断……

正道这些小辈就是一惊一乍的，禁不起一点风吹雨打，遇到危险大喊大叫能有用？

苏竹漪在心头冷笑，她淡定得很，不慌不忙地抬头瞄了一眼，就看到辰天整个人化作了一摊血水，那血水中看着有些锈迹，像是铁锈一般。

只是眨眼间，一个活生生的人就变成了一摊血水，只留了一套红白相间的弟子服铺在地上。飞鸿门弟子惊恐万状，个个面白如纸，跌跌撞撞地朝着洛樱这边跑。

"洛前辈，怎么会这样？"

"洛前辈，救命啊，师兄死了，我是不是也要死了！"刘真脸上早已没了骄横，她满脸泪痕，神色慌张，身子抖得有些间歇性抽搐了。

洛樱缓缓站了起来，她脸上依旧没有什么表情，只是道："先找到龙泉剑剑身所在位置。"

龙泉剑的煞气将封印冲开了一道裂缝，而他们现在实际上已经处于封印当中，当时就是从封印被冲开的裂缝里掉下来的，现在，他们也只能找到裂缝，再想办法飞出去了。

那裂缝，必定在龙泉剑剑身附近。

洛樱持剑顺着水流方向继续往前，飞鸿门的弟子紧紧跟在她身后，他们倒还顾念同门情谊，一个弟子扶起了瑟瑟发抖的刘真，另外一个弟子背起了不能动弹的秦川，至于死掉了的辰天，却没人敢多看一眼了。

等他们稍微走远了一些，苏竹漪就摸到了那摊血水边，用锄头把那堆衣服里的储物袋给挑了出来。

龙泉剑吃祭品只吃人，又不碰他身上的东西，苏竹漪是个雁过拔毛的，如今她穷困潦倒，根本没什么修炼资源，自然能捡一点是一点。那袋子里有十几块灵石，还有几件下品法宝，辰天比之前那个弟子要有钱多了。至于之前说的那些彩色石头，辰天身上竟然一块都没有，想来石头全部装在刘真身上，那女修从头到尾都没把石头拿出来给大家看，说她胆小如鼠吧，在这方面倒还沉得住气。

苏竹漪把这个储物袋塞进之前那个储物袋里，随后一路小跑跟上了队伍。

他们顺着水流流向走了整整三个时辰，明明是一直顺着水流的方向走的，到最后却又回到了原地。飞鸿门刘真在看到辰天衣服的时候，再度惊慌失措，其他修士也是一脸凝重，而苏竹漪跟着晃了这么一圈，心头已经有点数了。

潜龙剑取潜龙在渊的意思，本身是柄寒霜剑。洛樱的潜龙剑是仿造龙泉剑打造的，所以她那柄剑自带寒霜，一般人很难驾驭。同样，若是当年龙泉剑没有用那么多人殉葬，它应该也是一柄寒霜剑，然而那铸剑师先是让妻子儿女跳进熔炉，之后将全族投至炉中殉葬，最后又以身祭剑。剑成那日它杀了那么多生灵，导致煞气十足，怨气凝结成邪火，能将寒霜化成水。

这就使得镇压在七连山下的龙泉剑剑身滚烫，周围却有寒冷泉水。这周围的泉水，其实相当于龙泉剑的剑意，类似潜龙剑剑身上布满的霜，他们顺着水流的方向走，可不就是绕着这龙泉剑转了一圈，最终当然会回到原地。

所以也不用去找什么剑了，这剑就被他们踩在脚底下呢。辰天是祭品，他死的地方，估计就是龙泉剑剑身所在之处，也是煞气最浓的地方，也就是说，被龙泉剑冲开的封印裂缝应该就在那里。

封印封的是剑，不是人。

他们从辰天死亡的地方往上飞，没准就能逃出升天，然而问题来了，大家

身上的灵气在掉下来的时候都被那灼热的气息给吞噬干净了，没有灵气自己不能飞，飞行法宝也用不了，就算用丹药补充了灵气，离地三尺热浪就席卷而来，会把体内灵气再次焚烧殆尽，因此他们想要上去自然极为艰难。同理，他们既然已经掉下来了，哪怕身上还没戳那印记，也被龙泉剑默认为祭品了，到嘴的肥肉想飞？

只怕没那么简单。

在苏竹漪思索的时候，洛樱已经走到了辰天死亡的地方。她直接踩在了那套衣服上，踩上之后就站定不动，脸上没有什么表情，连眉头都不曾皱。

飞鸿门的修士连看都不敢看的地方，一袭白衣的洛樱就静静踩踏于其上。她静默片刻，忽地反手斩出一剑，苏竹漪心头一跳，难不成洛樱虽看出了那位置不妥，却跟自己所想的方向不同，打算攻击那里，想要斩去龙泉剑的煞气？不行，这样岂不是弄巧成拙？洛樱可能会把裂缝扩大，甚至破坏掉封印！

苏竹漪心急如焚，然而下一刻，她瞪大眼睛，被眼前的情形震慑在当场。

洛樱那一剑并非斩向地下，而是斩向了自己的胳膊。

她胳膊上鲜血涌出，顺着潜龙剑剑身流下，缓缓滴入那堆衣服当中。

献祭！

洛樱真的在献祭，她在用自己的血去喂养那龙泉剑！洛樱以血饲剑之后，右手再次挥剑，一道道寒霜在空中凝结成实体，堆叠而上，形成了一道道阶梯。

她脸色苍白，嘴唇却格外红艳，此时声音有些沙哑，她低声道："上去。"

苏竹漪立刻明白了洛樱的意思。

她速度极快，踩上了洛樱用寒霜剑意形成的阶梯，那台阶很高，她身材矮小，爬起来挺困难的，只能用锄头挂在上面一道剑意上，然后借力往上攀，接着继续往上……

看到苏竹漪的动作，飞鸿门的修士终于也反应过来，他们个个人高马大的，修为也比她高，哪怕这会儿灵气都不能用，动作也比苏竹漪灵敏得多，几个人瞬间越过了她，踩着飞剑剑意一路往高处飞奔。

苏竹漪还被刘真踩了肩，刘真直接以她当垫脚石，往上蹿出了好几步。苏竹漪虽然憋气，但这会儿不是报复的时机，眼看那冰霜阶梯在融化，她不敢停下，飞快地甩着锄头往上爬。

这个时候逃命在即，没有人管那个手脚跌断、无法动弹的秦川。

秦川躺在地上没动，他仰头，呆呆看着自己的师兄和师姐越爬越高，只剩下了一个个小白点，看着小师父挂在半途中，也在卖力地往上爬。等到完全看不见最高处的人了，秦川慢慢地爬到了洛樱身边，他问："前辈，我能帮您什么忙吗？我的血好像也挺厉害的。"

看到洛樱流了那么多血，面色苍白如纸，秦川慢慢挪动自己的断腿，猛地朝止了血的伤口拍了一掌，任由鲜血流向了那堆衣服。他疼得大叫，五官皱成了一团。

一直面无表情的洛樱微微低头，静静看了秦川一眼。她眼神幽冷，即便此刻眼里含着春雪，也没有之前那么凛冽了。

随后她轻轻跺脚，手一抓一扔，将秦川直接抛向了高空，与此同时，她冷声道："带他上去，否则我撤了剑意。"

上面的人顿时慌了。

他们现在是借助洛樱的剑意往上爬的，一旦洛樱撤去剑意，所有人就都会跌下来，因此洛樱话音落下，在秦川附近的那个飞鸿门修士立刻抓住了秦川，那修士感觉脚下的阶梯好似凝实了一些，顿时欣喜若狂，觉得自己抓对了。

然而眼看着已经看到了一线天光，忽然，左右两侧的墙壁上出现了几道黑影。

"既然来了，就别走了。"

"留下来陪我啊……"

空中出现了七个人影，四女三男，看着并无实体，好似飞天幻影一般，看他们的神态举止，还有身上的煞气，无疑是魔修。

什么七仙女，明明是七个煞气腾腾的魔修，以恶制恶，以毒攻毒！

在前面眼看就要逃出生天的飞鸿门修士的整个头颅被一道寒光削下，鲜血喷了被他提着的秦川一脸。秦川从高处一路往下坠落，中间的飞鸿门弟子自顾不暇，在快要跌到苏竹漪附近的时候，苏竹漪瞧见了秦川的眼睛。

他眼里有热泪，却并无恐惧，眼神清澈干净如初雪。不过是个少年，在这等情况下，他还保持着清醒，流淌着热血。

他也看着她，目光相接时，星眸好似微微亮起。

有鲜血洒落在苏竹漪脸上，滚烫得吓人，宛如火星溅落在皮肤上，让她瞬间想起了故人。

不愧是"小三阳"的血。

救了秦川，就能赢得洛樱的好感，他们想要出去，只能靠洛樱！

只是电光石火这一瞬间，苏竹漪脑子里已经转过了数个念头，她在秦川坠落到身边的一刹那，猛地挥出锄头钩住了他的身子，因为秦川比她沉得多，下坠的力量更沉，苏竹漪被他拖得往下掉了好几道阶梯，她只能用手抓着冰霜阶梯，于是左手顿时被划得稀烂，血肉翻卷！

秦川本来咬牙忍着疼，再次被救起后，泪如雨下，哽咽道："小……小师父……"

苏竹漪没心思跟个哭包叙旧。

她发现洛樱毫不犹豫地斩断了自己的左臂，整条胳膊都落到了衣服堆里作为祭品，渐渐消失不见。

下一刻，洛樱整个人飞到空中，一把挥出手中潜龙剑，一条银白巨龙咆哮而出，从地底飞入高空，银龙呼啸而至，那围绕在飞鸿门弟子周围的七个黑影被剑光碾碎，而银龙飞升的巨大力道也使得他们受到冲击，直接被撞到封印之外。

苏竹漪和秦川也飞了出去，她都已经看到了头顶上方洒落的青灰色亮光。

外面已经天亮了。

好似朝阳洒了进来，照得人身上有一股淡淡暖意，她低头，明明已经看不见地底，却好似看到了一个浑身是血的独臂女修，正站在那里，仰头看天。

原来，这世上真有这样的人，将自己的生死置之度外，不顾一切地救人。

真好。苏竹漪咧嘴一笑。

这样的傻子多一点，她活命的机会也就更大一些了嘛。

然而就在这时，又一声尖啸从地底传了出来，那声音将洛樱的银龙震得几乎破碎，也震得苏竹漪大口呕血，五脏六腑都好似移了位置，一条黑色火龙从地底钻出，狰狞地朝她伸出了龙爪。

火龙炙热难当，好似要将她身体里的血肉彻底烧干。在火龙即将吞噬苏竹漪的一瞬间，她胸口沉寂许久的逐心咒再次动了！

松风剑气一片幽绿，撞向了那黑色火龙。然而在撞到的那一瞬间，火龙稍稍一滞，随后接连发出了巨大咆哮，苏竹漪完全坚持不住，身子犹如断了线的风筝一样往下掉，而她眼角的余光瞄到那即将溃散的银龙用龙头顶住了秦川。

它在消散之前，用尽最后的力气，将秦川顶出了裂缝，撞到了封印之外。

"小三阳"得救了呢……

苏竹漪仰面朝天，看着秦川飞出了封印，飞到了那一束温暖的光线当中，而她，则再次坠入地底深渊。那些被银龙打散的魔修阴影纷纷重聚起来，遮挡住了她头顶所有的光。

最后关头，洛樱救了他们两个人中的一个。

苏竹漪忽然想起很多年前，秦江澜只能救一个人的时候，他救走了苏晴熏。虽然那一次是她主动提的，过程不同，但结果是一样的。

她是被舍弃的那一个。

从一开始被娘舍弃，就注定了她一生会被舍弃吗？

苏竹漪觉得有点头晕。

她以前从来不会想这些乱七八糟的东西，哪怕被全天下人舍弃，她也能坚强地活下来。大概是被那些煞气影响了心神吧，她心想，否则的话，她怎么会因为这一丁点事联想那么多，甚至想起了秦江澜的脸。

同样是从高空坠落。

她忽然想起那时候，秦江澜牢牢地护着她。

六百年的时间，她曾天真地以为变的人只有他，而她没变。

呵呵……

真是不想承认，那个冷血无情的噬心妖女，其实也曾有过心动的瞬间。

即将落地的那一刹那，苏竹漪感觉自己被人用一只手接住，随后她和接住她的人一同滚了好几圈，直接跌到了冰冷的泉水当中，也就在这时，泉水之中有漩涡出现，将她和洛樱猛地往下一拽。

被那人用一只胳膊牢牢护着，苏竹漪倒没觉得有多冷，只是她昏昏沉沉的，实在有些撑不住，终于两眼一黑，直接昏了过去。

真灵界。

秦江澜正站在一个巨大的落地书架前面。

他正在翻看一个玉简，疯狂地吸收真灵界的信息，恶补他从前并不知道的知识。

这天下有大大小小很多界面，修士渡劫飞升过后，就会前往灵气更充裕的地方，真灵界就在他原本所在的那片天地之上。而走出了原来的小世界，进入了更广阔的天地之后，修士们就会像他现在一样明白这天底下还有不同的世界，而异界召唤阵法也就被一些能够越界行走的大能给琢磨了出来。

秦江澜当时了解得不深，他现在还有些庆幸召唤过来的是小骷髅，而不是苏竹漪。

　　因为如果召唤过来的是苏竹漪，那她根本不能承受穿越界面的压力，也就是说，若他当真把苏竹漪召唤了过来，那她只能是一具尸体。他查阅了很多关于异界召唤的古籍，都没有看到将召唤过来的生物送回去的方法。

　　秦江澜看书的时候，小骷髅就坐在他脚边，背靠着书架。

　　小骷髅也捧着一本泛黄的纸书，时不时用手指骨轻轻挑起书页，小心翼翼地翻页。

　　虽然有些无聊，但他依旧没有打搅秦江澜。因为他知道，秦江澜想在书上找方法，找到小姐姐。

　　小骷髅用一只手托着下颌骨，用另一只手翻着书，看着看着，忽然扭头看了一眼身侧的秦江澜，他发现秦江澜脸色有些发白，用手捂着胸口，双眉紧锁，眉宇间有深深的忧虑。

　　"小叔叔，你怎么了？"

　　逐心咒又动了。苏竹漪她……

　　她到底又做了什么？这么快又将自己置于险境，使得他的松风剑气再次被动催发。到底如何才能将小骷髅送回去？这种异界召唤阵法很少有人施展，他是从古卷里发现的，询问了几个所谓的大能也没得到答案，而秦江澜现在的修为已经是元婴中期了，在原本那片天地中是极为逆天的了，在这真灵界却只能算是普通，他暂时没办法跟更多的大能修士对上话。

　　秦江澜轻轻按着胸口的位置，他指节修长，轻轻按压，许久之后才松手，将手伸向了旁边的玉简。实际上这里的书都是些用处不大的古籍、修真界历史传记传说等，没有珍贵的修炼功法丹方，因此价格并不昂贵。但秦江澜翻看了太多的玉简，还得养着小骷髅，以至于他最近也有些捉襟见肘了。

　　身上还有三块灵石。

　　不知道是不是因为最近小骷髅灵石吃得少了，秦江澜觉得他的骨头没原来那么亮了。

　　秦江澜从前是云霄宗的师尊，从来没缺过任何修炼资源，身上用的法宝无一不是仙品，如今的他，着一身普通的袍子，连灵石都紧缺得很。他薄唇微抿，心中打定主意，出去之后得找办法赚取灵石了。

　　这真灵界，目前他能实行的快速赚取灵石的方法应该是打擂台吧？将手从玉简边挪开，秦江澜正打算叫小骷髅回到灵兽袋里，就听到小骷髅脆生生地道："小叔叔，我……我觉得我好像有点不对劲。"

　　事实上，这几天他都觉得自己有点不对劲，但小叔叔一直在认真看书，他很自觉地没有打搅小叔叔。

但是现在，那种异样感让他有点害怕，他不由自主地伸出手抓住了秦江澜的袍子下摆。

他用另外那只手摸了摸自己的几根肋骨，一根接一根地摸了一遍，随后道："小叔叔，我……我是不是要消失了？"

他仰头，用黑洞洞的窟窿眼盯着秦江澜看。"我也会去风里吗？"

秦江澜猛地发现，小骷髅的身体渐渐变得透明。他的脚下有一圈淡淡的光晕，与他之前来时的光一模一样。

难怪古籍上并没有关于将异界生灵送回去的方法的任何记载！

因为不需要任何方法，属于异界的生灵最终都会返回异界，每一次召唤需要耗费大量的资源和心血，偏偏召唤过来后，不久那生灵就会消失，因此这异界召唤阵法对很多人来说都是得不偿失的，最终被舍弃，成为一个无用之阵。

现在，小骷髅要回去了。

明明只是两个窟窿眼，秦江澜却从中看到了恐惧，他本来有很多话想要让小骷髅传达，这时候却软了心肠，秦江澜用手摸着小骷髅的头，安抚他道："别怕，你要回小姐姐身边了，好好保护她，知道吗？"

小骷髅连连点头，也就是在这一瞬间，他的身体化为虚无，千钧一发之际，秦江澜扯下了头发上的发带，直接缠在了小骷髅的手臂上。片刻之后，小骷髅彻底消失，连同他一起消失的，还有秦江澜头发上的绿色发带。

没有了发带，他满头青丝如瀑而下，平素将头发束得一丝不苟，看着高贵冷情的秦江澜，在这一刻，眉眼好似因为低垂的黑发而变得柔和了许多。

他看着小骷髅离开的地方，目中有清潭映月，潋滟生波。

秦江澜嘴角缓缓勾起了一抹浅笑，哪怕逆流了千年的时光，天涯海角相隔，他们依旧有了联系。

时间太匆匆，他身上稍微珍贵一点的东西都换了灵石养小骷髅，只剩下那条发带，既是他贴身系着的物品，也是个法宝。他闭眼，斩断了与法宝的神魂联系，等苏竹漪拿到发带之时，那发带就是无主之物，她可以直接使用了。

那发带上有他的气息，那个小妖女，她会感觉得到吗？

然而下一刻，秦江澜笑容一僵，悟儿一直叫他小叔叔，他竟从未告诉过悟儿自己的名字！若她真没感受到他的气息，岂不是根本不知道是他，不知道他还在？！

她会感觉到吧？

她是个没心没肺的人。

她没感情，也不曾爱过人。

秦江澜眉头都拧成了个"川"字，他看着面前一排一排的玉简，心乱如麻，曾经高高在上的师尊，此刻却紧张兮兮地看着玉简一个一个地数了过去："会，不会，会，不会……"

数了很久之后，他才哑然失笑。

总有那么一个人，会乱他心神。

上辈子渡不过，这辈子，更是渡不过了。

他成不了仙。

只能做个俗人。

苏竹漪不知道自己昏迷了多久。

她醒了之后发现自己躺在一个气泡里，跟洛樱待在一起。

周围是冰冷的泉水，而她们处在一个圆形的气泡当中，与外界的阴寒隔绝，最让她惊讶的是，这气泡里有桌椅，桌子上放着一个剑柄，还有一个长方形的石头镇纸，下面压着一片发黄的枯叶。

四周的泉水本质上是龙泉剑的剑意，剑意里怎么会有这么一片地方呢？苏竹漪下意识地去看洛樱，她一动，洛樱就睁开了眼，洛樱静静地瞥了她一眼，道："龙泉剑是邪剑，残害无数生灵，外面的七个魔修镇压剑身，以恶制恶，而里面的剑意却是由一个正道剑修镇压的，他牺牲自己，封住了龙泉剑的剑意。"

洛樱左边的胳膊齐肩断了，本来修士若是断了胳膊断了腿不算什么严重的伤，服用生肌丹就能让断骨重生，但她是主动献祭胳膊的，献祭的对象还是传说中的凶剑龙泉剑，因此，她那左臂恐怕长不回来了。除非龙泉剑毁，否则她的胳膊就没有恢复的可能。哪怕是用丹药长出，也会直接被龙泉剑吞噬。

只要龙泉剑存在一天，洛樱就不会拥有左臂。但她神色淡然，脸上依旧没有任何表情，说完话之后，她深深地凝视了苏竹漪一眼，片刻后道："那片叶子彻底枯黄的时候，就是封印破开，龙泉剑重现天日之时。"

她说了这么多，都没说到关键地方。

苏竹漪站起来，向四处打量了一番，随后走到桌边，想把剑柄拿起来看看有什么线索。洛樱的话她是相信的，既然这是牺牲自己封印了龙泉剑的那个正道大能留下来的剑柄，基本上是不会害人的。

没想到手还没触到剑柄，她就听洛樱道："心术不正之人，碰了那剑柄会受伤。"

苏竹漪的手微微一顿，随后她扭头看着洛樱。她扯了扯嘴角，笑着道："洛前辈说什么呀？"她现在才这么大点，刚刚在上头好歹拉了秦川一把，手都被剑意割得血肉模糊，这洛樱居然说她心术不正。

洛樱没有回话，只是静静地看着苏竹漪。洛樱那双眼睛特别干净清冷，像漫天的冰雪，任何污迹在洁白无瑕的冰天雪地里都无所遁形。

苏竹漪不知道自己是哪里露馅了，明明此前洛樱还替自己说话来着，不过现在看洛樱的眼神，苏竹漪明白她的确知道了些什么，便无所谓地耸了耸肩膀，笑着道："我心术不正，前辈却是全天下最有名望的好人，你好人做到底，送佛送到西，不如想个法子送我出去呗？"

若洛樱要杀她，肯定早动手了，刚才她掉下来的时候洛樱根本就不会救她。她现在还活着，说明洛樱是个烂好人，哪怕知道她苏竹漪心术不正，依然要救她。既然如此，她也不担心洛樱要她的命了，没皮没脸地继续道："剑意这东西，只要人还在，元神没有崩溃，体内有一点灵气就能施展得出，不如你再弄出一条银龙，把我送出裂缝，前辈。待我出去之后，一定给你立个长生牌位，洗心革面，重新做人，心术要多正就有多正。"

她表情诚恳，就差痛哭流涕地说自己一定会痛改前非了。

洛樱没说话，仍是用那双清澈的眼睛看着她。

苏竹漪："……"

洛樱的这双眼睛还能元神攻击啊？总觉得自己被洛樱看得浑身不自在，饶是苏竹漪的脸皮如城墙一般厚，这会儿也有些诡异地发烫了。苏竹漪眼珠一转，泪水溢出眼眶，她哽咽道："前辈，我还年轻，我这么小，我……我不想死……"

洛樱轻轻闭上眼，淡淡地道："你身上有剑气。"

哎？这牛头不对马嘴的话是什么意思？

"之前在外面的时候，你身上透出一道剑气，所以我可以将那孩子推出封印，却救不了你。"洛樱顿了一下，"龙泉剑最喜欢的祭品，自然是剑气。"她的眼睛再次睁开，轻轻斜了苏竹漪一眼，这一眼让她变得有风情多了，苏竹漪脑子有点蒙，心头还下意识闪过一个念头，洛樱果真生得极美，神情稍微生动一点，就添色不少。

"你那剑气绿意盎然，无坚不摧，龙泉剑很喜欢。"洛樱又说，"所以之前我只能把那孩子送出去，现在也一样。"

苏竹漪是个恶人，所以她一直只信自己。洛樱救她，她高兴但不会感激；洛樱不救她，她也不会因此而产生恨意。

她作恶不救人，自然也不会觉得别人应该救她。所以秦川出去了，她掉下来了，她压根没想过要问为什么。

她没想到会从洛樱这里得到答案。

苏竹漪不傻。

她刚刚被美色晃眼心思飘远，现在反应过来只想骂人。

"秦老狗！秦老狗！秦老狗！"这个诨号她在心头喊了无数遍，她恨得咬牙切齿，双手都握紧成拳。

他生来就是克她的，亏她之前掉下来的时候，脑子里想的还是他的脸。

如果不是逐心咒上的松风剑气，她现在绝对已经逃出去了，跟飞鸿门的那些弟子一块出了封印，怎么会落到这里？洛樱最后都死在这儿了，她都没出去，自己还有机会活命？

苏竹漪深吸一口气，让自己勉强平静下来，颤声问道："难道没有别的方法出去了？"她一边问，一边打量四周，随后一咬牙，忍着疼痛将神识施展开，也就在神识放出的一刹那，龙泉剑啸声再次出现，震得她哇地喷出一口鲜血。

她用袖子抹掉嘴角的血迹，随后抬手拿起了桌上的镇纸。

肉眼看不出来，然而用神识一扫，她就发现这镇纸并非普通的石头，里头有阵法。她拿起镇纸的一刹那，便听到一个浑厚的声音从镇纸里传了出来。

"龙泉剑是大凶之剑，万万不可让其出世。若你能听到这段话，证明你剑气不俗，且心怀正气，还请为了天下苍生，镇住这柄邪剑。"

秦江澜是正道大能，他的松风剑气也是正气凛然宁折不弯的，有什么样的人，就会有什么样的剑气，因为她施展出了那样的剑气，所以吸引了龙泉剑，再次坠下深渊，滚到龙泉剑的剑意深潭之中，又进了这正道大能的气泡，现在被他告知，要以身祭剑，镇住龙泉剑？

什么玩意！

本来她以为能找个出路，哪儿晓得竟然是这么一段话。她心头不悦，将镇纸扔回桌上，而这时，那声音又响了起来："龙泉剑是大凶之剑，万万不可让其出世。若你能听到这段话，证明你剑气不俗，且心怀正气，还请为了天下苍生，镇住这柄邪剑……"

就不能说点别的？

"那位前辈以身镇压龙泉剑，肉身元神皆灰飞烟灭，没有一缕残魂留下，所以只能用留声阵法保留一点声音。不然他无法留下一缕残魂，也就没办法跟后人交流。"

洛樱再次开口："他只留下了这一段话。"

苏竹漪心情焦虑，她没有搭理洛樱，一个人在角落里坐下。

上辈子，洛樱死了。

现在局势很明朗，上辈子，洛樱在救出飞鸿门的修士之后，也来到了这里，然后她为了天下苍生，学那正道大能以身祭了龙泉剑。

然而苏竹漪不想死，她也没法去祭剑。

可这里根本没有任何出路。密封的气泡，气泡外面是龙泉剑剑意所成的深潭，还有火龙在深潭里游走，好似下一刻就要冲破这个气泡，她处境艰难，一时想不出任何化险为夷的方法。

就算是上辈子全盛时期的她，困在这里头也无法活着出去。

洛樱出不去，哪怕是秦江澜来了，他也出不去。

更何况是现在只有炼气三层的她。

苏竹漪很狂躁，心头邪火在燃烧，戾气深重了许多，然而就在这时，一段熟悉的静心咒响起，她稍稍一愣，随后竟然笑了。她寻了个位置坐下，说："你们这些正道大能，都喜欢念这段咒语是不是？"

洛樱念的静心咒跟秦江澜念的是同一段，他们的语调极为相似，两人的音色都很好听，秦江澜的声音清冷有磁性，洛樱的声音有一点沙哑，若柔和婉转一些就会十分勾人，偏偏她语调平淡，毫无起伏，这点跟秦江澜也一模一样。

见这小女童很快就平静下来，洛樱也不再念咒了，她回答："我有个徒弟，他小小年纪就心存戾气，跟你一样，我时常念咒给他听。"

青河？

跟秦江澜齐名的那个青河，本以为他是之后才长歪的，原来从小就是个歪的。不过洛樱聪慧，好似有一双洞彻人心的眼睛，难不成，她当初之所以会挑选青河当徒弟，就是因为看出来青河是个歪的？

苏竹漪好奇，直接问道。

没想到洛樱点点头："嗯。"

"我本以为已经把他教好了，因为在他心里，我已经感受不到从前的凶戾和阴暗。"她说起青河的时候，语气依旧是平缓的，哪怕说到青河最终偷了剑心石叛出师门，洛樱也没什么情绪波动。

她很平静，平静得让苏竹漪都觉得有些不对劲了。青河是她唯一的弟子，唯一细心呵护的弟子叛出了师门，她说起来的时候，声音里没有一点波澜，好似漠不关心。但若说她是个冷漠的人，又怎么会救了那么多人，最后为了救人而牺牲自己呢？

"你好像不怎么关心你那徒弟嘛。"苏竹漪试探着道。

不料洛樱突然抬起头来，怔怔地道："他说我没心，对任何人都一样。"

这话就有点耐人寻味了。

苏竹漪见惯了儿女情长，一瞬间就有了猜测，莫非那小坏蛋青河被洛樱感化，并且爱上了自己的师父，哪儿晓得师父对谁都好，任何人都救，心中有大爱没小爱，他求爱不成，一气之下将幼年时心中的恶给放了出来，或者是想得到师父的关注，引师父出山，所以他不仅偷了剑心石，还跑到外头为非作歹？

就在这时，洛樱又道："我确实没心。"

"当年，为了练剑，师父让我把心献给了剑心石。"一瞬间，她眼神里终于有了一丝迷茫，"他是怎么看出来的呢？"

洛樱……她其实年纪也不大呢，而且在她人生的前些年，她只是在山里练剑，跟唯一的师父朝夕相处，而在那之后，她也只是跟唯一的徒弟青河朝夕相对，她其实是一个很简单的人。

简单到苏竹漪有点想笑。他是怎么看出来的呢？

苏竹漪笑出了声。哎哟，如果青河真喜欢洛樱，那他这辈子就算完了。

洛樱她没心嘛……

说她有情，却也无情。

洛樱说了这么多，有些累了。

她缓缓闭上眼，潜龙剑依旧悬在她身前，剑身雪亮透薄，能清晰地看到一条银龙在剑内游动，而飞剑时不时绕着洛樱摇晃一圈，好似在守护主人一般。

苏竹漪的锄头这会儿也飞在她面前立着，时不时点头哈腰一下，两相对比，她有点心疼自己。

洛樱休息了，苏竹漪也不知道该干吗。

说起来，她虽然在生死边缘挣扎过很多回，却从来没有哪一次这么无力过。

她从来不会放弃求生的希望，然而这一次，她真的不知道应该从哪里着手。她将小小的气泡仔仔细细地打量了好几遍，最终，视线仍落在了坐在那里休息的洛樱身上。

只有洛樱能给她一线生机。

如果洛樱以身祭剑，在邪剑被镇住，而她自己濒死的瞬间将苏竹漪扔出去的话，那苏竹漪就有活命的可能。除此以外，苏竹漪觉得自己想不出任何别的办法。

她盯着洛樱看的时候，忽然发现洛樱的潜龙剑轻轻震动起来，随后苏竹漪猛地站了起来，她本来是靠着桌子坐的，这一下直接撞到了桌子角，桌上那镇纸里的声音再次响起："龙泉剑是大凶之剑……"

"闭嘴！"然而那是个留声石，一有震动就会发声，它会不停地重复这段话，不说完就不会停下来。

气泡外，一条通体乌黑的龙缓缓游了过来。说它是龙，但它并没有实体。

它通体墨色，明明处于寒冰泉中，身上却有熊熊火焰，那是那些殉剑人的怨气，死于剑下的亡魂的怨念凝结在一起，形成了这样吞噬一切的阴魂之火。它游到了气泡边缘，忽地撞向了气泡。

苏竹漪发现气泡被撞得东倒西歪，桌上那片枯叶险些落地。她清楚地看到枯叶上出现了一道细细的裂纹，顿时大惊失色，糟了，封印要破了吗？

这封印若是破了，都不用主动祭剑，剑一出封印就会直接把她给宰了，连点肉渣滓都不剩下。当年剑成那日，这剑就痛饮了十万人的血呢。

苏竹漪身上还有几张爆裂符，她如今修为那么弱，也想不出别的办法，索性扔了张符出去，结果那符连气泡都出不去，就直接轻飘飘地落了地，根本没办法丢到攻击目标上，自然也就不会爆炸了。

就在这时，洛樱一伸右手，五指微曲一抓，潜龙剑飞到她手中，她一个旋身，一剑斩出，便有冰雪游龙冲出气泡，与外面那墨龙撞在一处。

苏竹漪明白了。

这里是龙泉剑中，要比拼的自然是剑意。所以其他攻击都无法奏效，根本碰都碰不到墨龙，只有洛樱的剑意能够对那条墨龙造成伤害。

剑意有形，两条龙疯狂撕咬，不多时，洛樱的银龙将那墨龙吞噬，然而还

没缓上一口气，苏竹漪发现周围有了越来越多的墨龙。哪里是龙？密密麻麻的，简直跟过江之鲫一样了。

"看来不能再拖了。"洛樱面色发白，嘴唇也变成了乌红色，她终于皱眉，扭头问苏竹漪，"你身上还有灵石、丹药吗？"

"有有有！"这会儿生死攸关，苏竹漪才不会心疼那几块灵石。她把从尸体上扒拉的储物袋都拿出来，将里头的灵石、丹药一股脑倒出来递给了洛樱，眼看洛樱快速捏碎灵石服下丹药也没啥好转，她把包里剩下的几根树根，还有那几只灵兽砸得她满头包的小石头也都拿了出来，随后才道："就这些了。"

洛樱看到那些石头，道："这不能用。这是魂石。被龙泉剑杀掉的人，魂魄被吸到剑内，被邪火烤成了石头，虽然看着有灵气，但若吸收至体内，极有可能走火入魔，最后还会被这邪剑影响心神，自己走到它面前献祭。"

苏竹漪自诩见多识广，却是不知道这石头还有这样的猫腻。若她真用了这石头，岂不就是自己找死？那飞鸿门的刘真还装了那么多石头出去，不晓得会搞出多少事，不过上辈子她根本没见过这种石头出现在修真界，也没掀起什么风浪，难不成刘真出去没多久，就被青河给杀了？

现在不是想那些的时候，苏竹漪道："前辈，现在应该怎么办？"

"等下你拿着剑，站在那个位置。"洛樱指着气泡一角道。

苏竹漪一头雾水，心道："拿着你的潜龙剑？潜龙剑是认主的，我去拿不被削断胳膊才怪！"

"我稍做恢复，等下会以身祭剑，我元神消失的那一瞬间，潜龙剑就会变成无主之剑，我会施展最后的剑意，能不能出去，就看你的造化了。"

苏竹漪还没提，洛樱就说出了这样的话，这让她稍稍一怔，随后她默不作声地站到了洛樱所指的位置，挨着桌子，正好盯着桌上的枯叶。

她静静地站在原地，眼睛紧紧盯着那片叶子，只觉得心跳如擂鼓，是死是活，端看接下来的一瞬间了，所以，她才这么紧张吧。

外界，那些墨龙虎视眈眈地冲击着气泡，枯叶上出现了越来越多的裂纹，好似下一刻就会彻底破碎成灰，被风一吹，就会消散。

苏竹漪听到了一声痛苦的闷哼，这样痛苦压抑的声音，从前的她听到后心中绝对不会起任何波澜，甚至会觉得愉悦。从什么时候开始的呢？从她被吊在空中，看长宁村村民痛苦哀号之时，她对这样的痛苦就有了一种特殊的情感，看别人受苦，看自己憎恨的人痛苦，她的内心会愉悦和舒坦，然而这一次，她的脊背绷紧，好似脊梁骨被人戳着一样。

苏竹漪终于忍不住，偷偷回头看了一眼。

她看到洛樱拿起了那个剑柄，洛樱握着剑柄在舞剑。

洛樱每挥出一剑，她的身上就多出一道剑伤，那白得似雪的袍子，此时已经被她的鲜血染红了大半，而她的潜龙剑绕着她飞行却无法靠近她，剑身轻颤，发出了一声接一声的啸鸣。

那剑声越来越低，好似在呜咽。

洛樱的鲜血染透了白衣，发髻散落，如瀑长发曳地。如浓墨重彩泼于纸上，在这小小的气泡内，渲染出一幅瑰丽夺目的画。

这一幕很美。

洛樱比她见过的任何人都要美，苏竹漪一直是极为自信和自恋的，她从来都认为自己的容貌天下第一，然而此时，她心中已经生出了自愧不如之感，不仅是容貌，还有一些别的东西，她从未有过的东西。

此时此刻，她的眼睛好似被刺痛了一样。

苏竹漪眨了下眼睛，问："青河心术不正，你要教他，我心术不正，你要救我，现在，你又要救天下苍生，洛樱，你有没有想过自己？"

这世上怎么有这么傻的人？

想到此前她呆呆地问"他是怎么看出来的呢？"，苏竹漪微微抿唇，心道："呵，傻得可笑。"

洛樱依旧在舞剑。她身上的伤越来越多，血流得越来越多，在地上蜿蜒成河，那片枯黄的叶子，终于有了一些绿意。然而气泡外的墨龙全部狂躁起来，它们不断吞噬附近的小龙，体形变得越来越大。

苏竹漪以为洛樱没时间回答她了，却没想到，洛樱忽然抬头道："你会变成这样的人，是因为你遇到了太多这样的人。"

她握着剑柄的手不停颤抖，却难得地冲苏竹漪笑了一下，她大概以前很少笑，或者是因为此刻太过痛苦，那笑容很僵硬，比哭还难看，硬生生破坏了她此刻那血染的妖异美感。"你还小，我会尽力……"

又一剑刺出，她脚下一滑，直接摔倒在地，却仍有声音传来："让……你……活……着。"

"哦，那谢谢了。"苏竹漪猛地转过头，闭眼不再看。

然而就在这时，咚的一声响，好似有重物砸在地面上。紧接着一个声音道："啊啊啊，好多血啊，流了好多血啊，小姐姐，我好怕啊……"

苏竹漪腰身一紧，她一低头，就看到了两条牢牢抱着她腰肢的手臂骨。来人的手臂上还缠了条绿丝带，看着有些灵气，也不知道他从哪儿弄来的。

她侧过头，就看到小骷髅哇哇大叫，因为叫得太久，下颌骨又掉了。

苏竹漪："……"

这小骷髅不是消失了吗，咋又回来了？

"松手！"被他这么死死勒住，等下洛樱的银龙没办法把她送出去怎么办？

"哦哦，小姐姐，那个大姐姐流了好多血，她要死了吗？"他怯怯地伸头过去，眼眸动了一下，好似刚刚睁眼，随后他紧紧地抓住苏竹漪的手，拖着她往前走。

说好留在那个位置的，离开那里的话她成功出去的概率就更低了！然而小骷髅实力很强，他要拖着苏竹漪走，苏竹漪压根就站不住。

就见他死死抓住苏竹漪，蹲下身去扶洛樱，一边扶一边道："小姐姐，我怕血，我头晕……"

洛樱倒下一时半会儿没法动，但那剑柄却还在动，他想要将她从地上拽起来，却让洛樱伤上加伤。小骷髅见了，顿时伸出手去抓住那剑柄，将它扔到了一边。

洛樱："……"

祭剑中断了。

苏竹漪："……"

总感觉有什么不对，小骷髅刚刚破坏了什么？嗯？

洛樱以身祭剑被中断了，她浑身都是剑伤，被小骷髅扶起来后，她靠着桌腿，看到外头突然散开的墨龙，它们好似被一股强大的力量冲散了，洛樱脸上表情显得有点蒙。她半晌才回神，目光落在小骷髅身上。

这骷髅很明显是鬼物。但他身上的气息特别干净纯粹，干净到连龙泉剑里的冤魂都避之不及。

真是个好骷髅呢。她低低咳嗽了一声，示意小骷髅自己没事，他才慢慢地挪开。

他明明害怕血，却依旧用小手搀扶着她。而这样一只小骷髅，喜欢黏着那个小女孩。

苏竹漪也注意到了外面的动静，她瞬间就明白过来，顿时欣喜若狂，看小骷髅顺眼多了。

　　小骷髅虽然还没成为山河之灵，但他起码算半个山河之灵啊，这种至纯至善的灵物恰好是龙泉剑里怨气的克星，只是看他们谁的力量更强了。小骷髅只养了五千年，龙泉剑的时间更长，杀的人也有千千万万个，这么一看，小骷髅怕是落在下风了。

　　苏竹漪盯着小骷髅看，小骷髅伸手抱住她胳膊，脑袋在她肩膀上蹭了两下，随后解下手臂上的绿丝带，说："小姐姐，你看，好看吗？"

　　他挥了两下绿丝带，呵呵笑了两声："小叔叔送给我的。"

　　"小叔叔？"苏竹漪好奇，"小叔叔是谁？"

　　"是小叔叔啊。"小骷髅天真地回答。

　　这丝带看着有灵气，她之前神识受损，这会儿瞧不出这丝带到底是个什么法宝，便道："这是做什么的，是储物法宝，还是攻击法宝？"

　　很多女修喜欢用丝带做武器，打起来好看，杀伤力也不弱，但这丝带是碧绿色的，又只有短短一截，不知道有什么用。

　　就见小骷髅将缠在手臂上的丝带取下来，用手把丝带拉直，随后绑在了自己的脑袋上，绕额头缠了一圈，还打了个结。

　　"发带？"

　　苏竹漪愣了一下，随后呵呵笑了两声："谁脑袋上戴抹绿啊？"

　　"小叔叔就一直用这个束发啊。"小骷髅一本正经地道。

　　小骷髅的小叔叔，公的！大概是跟他相似的灵物，所以欣赏水平也如此奇特，喜欢头戴绿？苏竹漪没去拿小骷髅的发带，而是走到了洛樱身边，说："前辈，你也看到了，小骷髅他……"

　　"小姐姐，我叫悟儿。"

　　"悟儿他纯洁无瑕，算是半个山河之灵，你们一个有灵气，至纯至善，一个有剑意，联手镇压龙泉剑的话，能成功吧？"苏竹漪蹲在洛樱面前，"我是悟儿的主人，我们联手镇压这龙泉剑如何？"

　　"好。"能活着，其实谁也不想死。

　　刚刚那一瞬间的接触，悟儿将剑柄直接从洛樱手里夺走，她就已经清楚他的实力了。这样的实力，要将龙泉剑再次封印并不困难，洛樱看了一眼外面被冲散的怨气，知道暂时不会有危险，道："我稍做恢复，现在的我，就算用自己的剑，怕是也施展不出剑意。"

　　而祭祀时用的剑柄，实则在透支她的生命力，所以她才能不断地施展出剑意，这极大地伤到了她自己。

115

这就是以身祭剑。

她很钦佩那位牺牲了自己的大能。想来外面那七个煞气腾腾的、被用来镇压剑身的魔修也与他有关。

"好。"苏竹漪点头答应，随后跟小骷髅坐到了一起。

"悟儿，你这些天去哪儿了？我到处找你。"她撒起谎来那叫一个脸不红心不跳。

"小叔叔说我被他召唤过去啦，他也在找方法送我回来呢。"悟儿抱住了苏竹漪的胳膊，"小姐姐，我也想你，小叔叔最爱看书了，都没时间陪我玩。"

说到玩，悟儿好似窟窿眼都被点亮了，额头上缠着的绿丝带也亮得扎眼。他兴奋得手舞足蹈。"我要去看山，看水，抓蝴蝶，听风，听雨，听唱曲……"

"好好好，我都陪你去。"苏竹漪打断了小骷髅的话，接着道，"等下，那个白衣服的姐姐会舞剑，你呢，就抓住那个剑柄站着别动，等你做好这件事，我就带你去看山看水好不好？"

"好啊。一动也不能动吗？"悟儿认真地问。

苏竹漪点头："我让你动，你才能动。"

"好的，明白啦。"他用力点头，下巴都快磕掉了。

又过了大约两个时辰，洛樱站起来，握紧了潜龙剑。她依然很虚弱，但勉强施展出剑意没有太大问题。她动了之后，苏竹漪就吩咐小骷髅去拿剑柄，在小骷髅的手碰到剑柄的一瞬间，外面那些凌乱散落的墨色小龙四处逃窜，本来就已经分散的墨龙好似继续被切割撕裂，只剩下了星星点点像小蝌蚪一样大的黑气。

桌上那片枯叶好似染上新绿，从叶柄到叶脉，一点一点地润了色，注了水，好似被雨水冲洗过的树叶，干净清透，叶片里充满生机的脉络清晰可见。眼看叶片就要全部变为清新的绿色，忽然，气泡外已经变得微小的怨气再次疯狂地涌了过来，拼命撞击气泡，并不断融合在一起。

哐哐哐的声音响起，周围的泉水立刻翻腾汹涌，好似有一条水龙在其中挣扎不休。

巨大的龙啸声传出，洛樱反应极快，将手中的潜龙剑一翻转，潜龙剑发出一声清鸣挡了那龙啸，然而苏竹漪仍旧受到冲击，呕出血来，也就在这时，呆呆地站在原地，觉得有点无力，好似身体里的力气被抽走，骨头都酥了的小骷髅哇哇大哭起来，他的哭声洪亮，直接把龙啸都给压了下去。

"小姐姐，你吐血了，小姐姐，你不要死！"

　　他想跑过去看小姐姐怎么样了，刚要迈出一步又想起她之前说的话，只能一边抽噎一边问："小姐姐，我能动了吗？"

　　苏竹漪用袖子擦嘴，喝道："别动！"

　　"嘤。"本来就抽噎着，被这么一吼，小骷髅的哭声被迫收住，结果就成了一声嘤嘤。

　　泉水外，两条龙出现在了气泡外。

　　一条是怨气凝结的黑色阴魂火龙。

　　一条是龙泉剑本来的剑身化成的龙。

　　两条龙同时撞击气泡，那气泡被顶得左右摇晃，瞬间布满裂纹。

　　洛樱本来就失血过多，这会儿直接燃寿血祭，使手中潜龙剑接连斩出三剑，而这时，那原本的叶子枯萎的部分只剩下了一点，龙泉剑马上就要被再次封印了。

　　也就是这最后的关键时刻，龙泉剑拼命挣扎，终于将气泡撞碎。苏竹漪觉得浑身冰凉，那冰冷的泉水直接冻得她发僵，好似血液都停止流动了一般。

　　"成了！"洛樱挥出了最后一剑，一条银龙从地底冒出，将苏竹漪顶在龙头上，载着她和洛樱冲出了封印。

　　"悟儿是你的灵物，快把他唤回来。"

　　认主之物，主人离开后可以直接把灵物收回来，因此洛樱并不担心悟儿的安危，她说完这句话后精疲力竭，彻底昏死过去，而苏竹漪坐在龙头上，看着底下的那只骷髅。

　　封印恢复了，只是说那龙泉剑无法冲出封印，但现在，小骷髅还在封印里头。不知道是不是因为龙泉剑感受到了危险，苏竹漪发现她为了看得更清楚下意识地用了神识，却没有再次感到那撕裂元神的痛苦，她清楚地看到，小骷髅还站在原地，仰头看着天空。

　　封印恢复了，绿叶融入了桌上的镇纸，那明明是块留声石，却将绿叶牢牢封锁，不留一丝缝隙。而两条龙撞破气泡，直接撞向了小骷髅。他将剑柄叼在嘴里，以左右手各抵着一条龙，然而龙泉剑的威力太大，他的左手臂骨折断了，身了也被靠拢的两条龙挤压。

　　此时的龙已经不再是龙，而好似两堵黑墙在逐渐靠拢，要将中间那白白的小骷髅碾成粉末。

　　然而在靠近小骷髅的时候，受到小骷髅自身灵气的影响，那两堵黑墙其实也在颤抖，在变薄。

若是双方两败俱伤之时，这龙泉剑岂不是容易被收服了？

那一瞬间，苏竹漪有个疯狂的念头，若是小骷髅祭了剑，她是不是就有机会收服龙泉剑了？上辈子小骷髅都没出现，她把他带出来就是违了天道，所以，现在让一切回到正轨吧。还有身边昏倒了的洛樱……

苏竹漪的心在颤，她忍着没去看洛樱。

她的眼睛盯着那深渊地底。

深渊地底有一双黑洞洞的窟窿眼盯着她。

她知道，小骷髅能看见她。

他在等。

他在等她说"悟儿，好了，你可以动啦"。然后，他就飞奔过来，说："我没动，小姐姐，你要带我去看山看水哟。"

"小姐姐，小姐姐，小姐姐……"

银龙带着她冲出了地底，她再次看到了头顶上的天光。明明是春日暖阳，那光却照得她浑身发寒，眼睛刺痛。

苏竹漪一眨眼，有一滴泪珠坠落，她愣住，随后趴下身子，拿出无定葫芦，将葫芦口对准裂缝，冲着那黑黢黢的洞口大声喊："你可以动了，快回来！"

她已经看不见小骷髅了。

然而就在喊完的一瞬间，苏竹漪感觉到一道光飞入了葫芦口，正要松口气，她就惊慌地发现洛樱的银龙剑意再也无法支撑她俩，而她因为趴下身子往洞口探，在落下那一瞬间被一股力道轻轻往下一拽。如果刚刚她身形是正的，就能借助本命法宝跳出去，现在她像倒栽葱一样地下去了！

就在这时，有一个身影从高空落下，来人直接拎住了她的脚脖子，将她往上一甩。

苏竹漪这一次终于彻底飞出了裂缝，被挂在了一棵歪倒的大树上。她看到洛樱躺在不远处，明明荒山野岭的，洛樱的身下还垫着一条虎皮垫子。

难道说，洛樱的徒弟青河来了？

青河，刚刚把她甩出来的是青河！

青河是个杀人不眨眼的灭门狂魔。

也就是洛樱死后的百年时间，被他灭掉的门派，证据确凿的都有七八个，就算是末流门派也有几百号人呢，更何况他灭的还有个二流巅峰门派，本来那

118

二流门派差点可以提升一个档次，跟修真界四大派齐名的。

也不知道青河是如何做到的。就算他当时很优秀，跟秦江澜不相上下，但这时候他们也就三百岁出头，青河比秦江澜还小一些，修为连元婴都不到，很难做到那一步吧？

虽然刚刚青河把她丢了出来，救了她的命，但苏竹漪知道青河是个煞神，所以她挣扎着从树上慢慢滑下去，一步一步瘸着腿往洛樱身边挪。

也就在这时，身后轰隆一声巨响，苏竹漪猛地转头，就看到着一身黑衣的男子从裂缝中冲了出来，他黑衣黑发，神色凶戾，一双眼睛微微泛红，周身杀气腾腾，好似从尸山血海里杀出了一条血路的恶魔。

"洛樱，你徒弟这么恐怖，你居然还说当时把他教好了，心里头感觉不到阴暗？"苏竹漪心道。

这阴暗，谁都能一眼看出他是魔修，还是那种丧心病狂走火入魔杀人杀得怨气缠身快要丧失神志的魔头好不好？

眼看被魔头盯上，苏竹漪感觉到杀意呼啸而来，好似置身于冰窖之中，他身后煞气凝结成刀，斩向了苏竹漪，就在千钧一发之际，小骷髅从无定葫芦里跑了出来，伸出手抓住了刀柄。

咔嗒一声响，他刚刚在葫芦里接上的手骨又断了。而苏竹漪则猛地一跃，扑到了洛樱的旁边，一边把自己的身子藏在洛樱的身下，遮得严严实实，一边道："洛前辈，快醒醒，你徒弟要杀人了。

"洛前辈，你徒弟疯了。

"洛前辈，我在封印之中跟你相依为命，好不容易才活下来，怎晓得刚一出来，就要被你徒弟砍成两半，洛前辈……"

她在那里干号，还拼命挤出了点泪，而浑身煞气的青河神情异常痛苦，他缓缓地走到了洛樱的身边，身后的剑猛地拔高，剑形变大，宛如一条漆黑的火龙。

苏竹漪心头咯噔一下。

难道说，龙泉剑认主了？

龙泉剑居然认主了，认了青河为主！

难怪，她之前一直想不明白，跟秦江澜齐名的青河怎么突然就有了那么大能耐，能够灭了那么多门派，原来他收了龙泉剑！他收了龙泉剑的话实力大增，邪性又强，灭点门派简直是小意思，毕竟那是柄极凶之剑，杀的人成千上万。

龙泉剑那么凶残，青河刚刚收服龙泉剑，他还能不能保持理智？苏竹漪躲在洛樱身下，手心脚心都在出汗。眼看青河逼近，苏竹漪只觉得那煞气里带着黏稠的血腥气，让她呼吸都不顺畅了。

也就在这时，青河脚步一顿。难道说他看到他师父，看到他心爱的女人，找回了一点理智？

然而下一刻，苏竹漪就发现，不是青河不走了，而是小骷髅抱住了青河的大腿。就好似以前他用双手紧紧搂住苏竹漪的腰一样，此刻小骷髅抱着青河的腿，说："不要伤害小姐姐和大姐姐，小叔叔叫我保护好小姐姐，我答应了小叔叔的。"

小骷髅的左手臂之前被折断了，这会儿还没恢复，右手只有三根手指骨，正紧紧地掐着青河的腿，手指骨刺破了青河的衣袍，扎了仨窟窿。

青河身后的黑剑再次凝结成形，直接往下坠落，正对着小骷髅的头顶，苏竹漪也顾不了那么多，重重拍了洛樱一掌，洛樱本来昏迷不醒，这会儿吃痛，无意识地发出了一声闷哼。

那声音让青河身后的剑微微一顿，他神色挣扎，喉咙里发出一声又一声好似龙啸的低吼，显得十分痛苦。而就在这时，洛樱的潜龙剑轻鸣回应，不似之前在地底遇到龙泉剑时那般的惊啸声，它的剑鸣柔和了很多，霜雪如花，纷纷落下，落英缤纷。

有效果！

苏竹漪不敢再拍洛樱，因为洛樱现在太虚弱，她怕再用力拍一巴掌就把人给拍死了，若真拍死了，那她就等着被青河砍成十八段吧。苏竹漪想了想，掐了一下洛樱腰上的肉，一旋一拧，大声道："洛前辈，你徒弟要杀人了！"

洛樱微微一动，她长长的睫毛抖了两下，好似要转醒。

就在她微微动了的一瞬间，青河周身的戾气全消，飘浮在他身后的黑气也收回体内，他目色渐渐清明，正要往前走，低头看到抱着他大腿的小骷髅，将一只手按在小骷髅头上。"放手，我不杀人。"

"哦。"小骷髅果然松了手，其实他本来就没什么力气，抱着特别累，早就有些坚持不住。这会儿松开手，他低头在草丛里看了看，把断掉的一根手指骨捡起来，却发现没法像以前一样拼起来，手指头无法复原，小骷髅一时有些慌了。两个窟窿眼又往外冒水，但是因为担忧，忍着没哭出声。

还有小手指骨没找到呢，在哪儿呢？他的头晕乎乎的，身子骨也软绵绵的，没力气，好像骨头都快散架了一样。他会变成一堆骨头吗？想到这里，他更想哭了。

而另外一边，青河已经走到了洛樱身边。

青河长得很漂亮，是那种漂亮乖巧的俊俏长相，他有一张娃娃脸。只是眉毛略粗，眉头微挑，这眉毛显得他有些英气，把那张漂亮的脸也衬得很有男子气概。不过他的长相没有秦江澜那么大气，换句话说，他们俩一个是小兰花，一个是高山雪莲。

如果青河脸色不是那么阴沉的话，也能算个漂亮阳光的美男子了。只可惜，他虽然目色清明了，但神情还是十分阴郁。那紧抿的薄唇好似藏着杀机，随时都会张嘴，露出尖利獠牙。

"出来！"青河冷声道。

苏竹漪抓着洛樱腰间的束带，不敢松手。

"出来！"这一次，他声音里带了点神魂威压。苏竹漪慢腾腾地挪了一下，这么一动，洛樱再次发出一声闷哼，而下一刻，苏竹漪惊悚地发现，青河变脸了。

他那阴郁的神情瞬间消失不见，紧紧抿成一线的嘴唇微微翘起，露出一抹浅笑，还露出了一颗小虎牙，一个杀气腾腾的魔头，眨眼就成了个阳光英俊的少年郎？

苏竹漪："……"

果然厉害，这变脸的本事，跟她也不相上下了。

洛樱睁开眼，看到面前站着的青河，眉头微微一皱。

青河脸上笑容一滞，随后他装作什么都没注意到的样子往前走一步，在洛樱面前蹲下。"师父，你没事吧？"

洛樱没吭声。

青河又道："师父，我知道错了，我愿意回门派接受惩罚。"

他错了。

在感觉到师父气若游丝、魂灯微弱的那一瞬间，他就知道自己错得离谱。他不敢想象，若是师父陨落了，他会变成什么样子。一想到那种可怕的可能，他的内心就一阵绞痛。

"师父，我们回去吧。"

洛樱微微动了下嘴唇，但是没发出声音。青河将头低下，把耳朵凑到了她唇边，说："师父，你大声些。"他在接住洛樱的时候就已经给她喂了药，只是她伤得实在太重了，不仅如此，她还失去了左臂。为了救那群人，她自己斩断

了左臂。他身上有了龙泉剑，当时发生了什么，青河一清二楚。

为什么？她要为了那些无关紧要的人，险些送了自己的命？一想到她差点就陨落了，青河的心尖都在颤。

他的耳朵离洛樱极近，近得好似贴到了她的唇，感受到了她唇上的温度。

苏竹漪在一旁看着，默默地挪了几步，把注意力转移到了小骷髅身上。

她看到小骷髅低头盯着地转来转去，口中念念有词，走过去一问，是他的小手指骨掉了没找到，正觉得奇怪，这样的小骷髅还能找不到自己的骨头，就看到小骷髅身子摇晃两下，直接倒了下去。

她下意识地伸手，将小骷髅抱住，扶他到一边坐下。接着她又看到了地上的小手指骨，捡起来递给了他。

小骷髅没有昏迷，只是有点虚弱，觉得眼前有好多小姐姐在转，他数来数去没数过来，差点数花了眼。

直到此时，苏竹漪才仔细地打量起了小骷髅，他的骨头有些发黄，左边第四根肋骨居然断了，苏竹漪知道，那个位置是心脏的位置。虽然小骷髅已经是鬼物了，一个骨头架子压根没内脏，但他伤了元气，也会表现在心脏周围。

小骷髅一直捏着小手指骨，过了一会儿，那小手指骨才长回了他自己手上，他见状高兴许多，然而一低头，看到自己断掉的肋骨又伤心了："小姐姐，这里是不是好不了呢？"

"我感觉这里要很久才能好。"那断裂处的缺口说窄也并不窄，恰好能伸进去一个小指头，他不习惯，手指头老伸进去卡在缺口里，"看着好难看。"

苏竹漪听到他的话，视线从下往上移，接着一抬手，把他头顶的绿丝带给取了下来。

丝带入手那一瞬间，她忽然有一丝迷惘。这绿丝带，竟带给她一股熟悉的感觉。她正回忆间，小骷髅嗷嗷叫："小姐姐，你为什么把丝带取下来啊？"

苏竹漪就懒得想那么多了，她把丝带缠在了小骷髅断裂的肋骨上，顺手打了个歪歪扭扭的蝴蝶结。"这样就挡住了，你是男孩子，头上不能戴绿。"

"可是小叔叔就把这个绑在头上啊。"小骷髅依然不能理解。

呃……

"你不是怕难看吗？戴在头上就难看。"她总不能跟一个这么点大的骷髅解释头上戴绿的深意。

"可是小叔叔戴着就好看。"

苏竹漪难得收了脾气，对他友善了一些，就听到他聒噪个不停，顿时有些烦，松了手问："那你觉得我好看吗？"

"好看。"算小骷髅识相！

"她呢？"苏竹漪指了一下被青河抱起来的洛樱，问。

"也好看。"小骷髅连连点头。

苏竹漪又指着青河问："那他呢？"

这会儿洛樱再次昏睡过去，青河又变得阴沉至极，脸黑得跟锅底似的，身后的剑影还十分狰狞，将他的脸映得有些扭曲，完全不能称为好看。

然而小骷髅又点头："好看呀。"

苏竹漪："……"

就小骷髅和他那什么小叔叔的审美，知道什么叫不好看？脑袋上顶坨狗屎小骷髅都觉得好看。

她撇撇嘴，懒得搭理他了。而这时，小骷髅又指着自己肋骨上的绿丝带问："这个是蝴蝶吗？不像啊！"

"这个是蝴蝶结！"

苏竹漪刚说完，就听青河道："这个是绿疙瘩。"

她抬头，就看到青河手一抬，身边出现了一个像扇子一样的飞行法宝，他把洛樱放上去后，过来蹲下身，把苏竹漪打的结解开，重新打了个结。

绿丝带在他手中穿行，形成了两个对称的小翅膀，比苏竹漪那个歪歪斜斜的蝴蝶结看起来漂亮多了。

"真的是蝴蝶啊。"小骷髅也很给面子地赞叹道。

打完了蝴蝶结，青河伸手指了指扇子，冲苏竹漪道："上去。"

"上去干吗？"苏竹漪心念一动，虽然青河很凶残，但现在能够压制他凶性的洛樱还在，她可以找青河寻求帮助，比如搭乘他的飞行法宝去素月宗啊！若是能搭法宝过去，一炷香的时间就能到，能节省太多时间，还不会有危险。

于是她立刻扬起头，甜甜一笑道："这位大哥，你看在洛前辈的面子上，送我去素月宗好不好？"

不料青河眉头一拧，阴沉沉地道："叫我师兄。"

"哎？"

"刚刚师父说，带你回古剑派，悉心教导，好好呵护。"青河嫌弃地看着苏竹漪，咬牙切齿地道。

苏竹漪讪笑一下："大哥，你说笑呢？"

去古剑派？那怎么行！简直荒谬，绝对不能去！本来就有洛樱和小骷髅的

命被改了，若是自己去了古剑派，以后怎么沿着上辈子的轨迹杀人做妖女？她上辈子认识个古剑派的亲传弟子，知道古剑派是一个很古老保守的门派，门下弟子要花一百年的时间养剑心，百年内不得下山，也就是说，她要是进去了，一百年都不能出山。

到时候永安镇苏家如何灭？多少人的命会更改？

她会被天雷劈成渣渣的吧！

哪怕是去别的正道门派也好，绝对不能去古剑派，更不能拜洛樱为师。

她都不敢想，就算侥幸躲过了天道，在山上修炼了一百年，以后下了山想大展拳脚，闯秘境杀人夺宝，屁股后头追着个心中有大爱的师父和一个凶神恶煞的师兄，她动起手来该有多艰难，还没杀人呢，就被抓回去受罚了吧?!

宁死不从，绝对不能去古剑派。

"不去？"青河脸色稍稍缓和了，他轻哼一声，"那好，你不去我也不强求。"

不去正好，本来他跟师父二人在古剑派的落雪峰上相依为命，过着二人世界，完全不想有第三个人打搅。

"再会。"说完，青河足尖一点，跳上扇面，打了个响指后，扇子飞入高空，眨眼间就只剩下了一个小点，它飞起来的一瞬间扇了很大的风，吹得苏竹漪都差点没站稳，用双手牢牢抱住了旁边一棵歪倒的树才没被吹飞，等到扇子彻底消失，她呸地吐出嘴里的树叶和泥沙，暗暗骂了两句。

不就是没答应拜师嘛，不捎她一程就算了，居然还拿扇子扇她！

青河如今实力不俗，御器飞行怎么可能搞得飞沙走石，很明显，他是故意的。

在他心里洛樱天下第一，而她苏竹漪居然敢拒绝洛樱，他就故意给了她点颜色看。"哼，明明心里头窃喜呢，还让老子吃土。"苏竹漪脸色阴郁至极，她重活这一遭，被天道给揉来捏去，明明知晓未来天下事，却也没比上辈子活得好多少。

简直晦气。

又呸呸两声，她才将嘴里的泥沙吐干净，苏竹漪打算掏出树根补补，伸手摸了摸，恍然大悟，她之前把灵石丹药甚至树根全给了洛樱，如今一点可以补充灵气的东西都没有，而她本来就受伤不轻，这会儿疲惫不堪，想要走出七连山实在是太难了。

好在这里山崩地裂闹出了很大的动静，周围没有凶兽出没，但也没有其他小兽，她想填饱肚子很不容易。在大树底下坐下，刚休息了一会儿，她就看到头顶上出现了一片红云。

青河踩着扇子一脸阴沉地飞了回来，他看着在树底下蜷缩着的苏竹漪，喝道："上来。"也不待她同意，施展出擒拿手一抓一提，像拎小鸡一样把她抓到手中，扔到了扇面上。

他师父刚刚又醒了一次。

看到只有他俩在飞行法宝上，她眉头皱了起来。他照实说那小女娃不想做她徒弟，哪儿晓得他师父忽然打起精神坐起来，看着七连山的方向，眼神清冷幽邃。

她没说话，但青河理解她的意思。

洛樱素来都是面无表情的，旁人无法从她脸上看出她的任何心境变化，但青河可以，他跟洛樱朝夕相处了那么多年，她脸上一个细微的表情，眼神里稍微多点东西，他都能察觉得到。

她明明没说话，青河也知道她的意思。

哪怕那小女娃不想加入古剑派，他也不能就那么把一个浑身是伤精疲力竭的女童扔在山上。

于是，在洛樱的注视下，青河驱使扇子返回七连山，看到青河的动作，洛樱放心地闭眼。她实在是太虚弱了，因为心头牵挂着苏竹漪和小骷髅，所以意识没有完全松懈下来，这会儿得到了青河的保证，她才睡了过去。

青河把苏竹漪拎到扇面上，问："你要去素月宗？"

苏竹漪点头："对，听说素月宗最近在收徒，只收女弟子，我想去试试。"

"当真不入古剑派？"

"不入。"苏竹漪斩钉截铁地回答。

"好，我送你过去。"他说完扔给苏竹漪一颗丹药，随后又从储物法宝里拿出一个储物袋，扔给了苏竹漪。

苏竹漪看那储物袋上的花纹，就知道这不是他的，那红白相间的颜色，倒像是飞鸿门弟子的储物袋，之前她从尸体上捡到的储物袋就跟这个长得很相似。

难道说，这会儿青河已经杀了几个飞鸿门的修士了？

苏竹漪心头有数，却不会傻到去拆穿他，她接过储物袋一看，发现里头还有十几块灵石。她把储物袋打开看了这么一眼，已经回了无定葫芦的小骷髅就钻了出来，眼巴巴地瞅着苏竹漪手里的储物袋。

苏竹漪被小骷髅的窟窿眼盯得浑身发毛，掏出一块灵石递给了小骷髅。

他吧唧一口咬碎灵石，一眨眼就吃光了。

吃完了他继续眼巴巴地瞅着苏竹漪，用小手指骨钩着袋子。他太饿了，饿得心慌意乱，身上骨头都酥脆了，刚刚还捏出了点粉末，小骷髅以前生病了难受，就怕爹爹担心，现在小姐姐浑身都是伤，看着虚弱疲惫，所以他躲在葫芦里头，都没敢说自己难受。

实际上在葫芦内待着倒是很舒服，但灵石对小骷髅的吸引力莫名地大，就跟吃糖一样，他忍不住。

苏竹漪又递给他一块，眼睁睁地看着那块灵石一眨眼没了。

这些灵石只是中品灵石，他吃了其实苏竹漪也不心疼，只是看他吃灵石让她想到了当初葫芦内她千辛万苦挖的上品灵石，一百多块呢，被小骷髅一下子吃得只剩两块，她就有点糟心，总得训练一下他，每天控制食量，不能有多少就全吃了吧？不然她以后还怎么混？

想到这里，苏竹漪无视了小骷髅可怜巴巴的眼神，还伸手拍打了一下他钩在袋子上的小手指骨。

哪儿晓得刚刚这么一动，就听到青河冷冰冰地说："给他。"

他站在她背后，煞气都快凝结成冰了。

苏竹漪也不是吓大的，她憋着口气，笑着道："你灵石多，这么点灵石哪儿够？他一顿能吃几百块呢。"

她心道："给他，可以啊，你再出点灵石呗？"

"没有。"

"那个储物袋是我杀了人捡的。"青河直勾勾地看着苏竹漪，"师父在，我不杀人。"

师父不在，就杀人如麻了是吧？

刚好身上没灵石了，不然他连储物袋都不会捡。而现在既然答应了要跟他师父回古曲派受罚，估计以后几百年都难得下山一次，也用不着灵石了。所以他才把储物袋给了她。

而现在，自然是给那小骷髅了。

他收了龙泉剑，在封印里发生的事情他都通过龙泉剑知道了，也就知道，若不是这只小骷髅，他师父怕是没办法活着出来，因此，他对这小骷髅难得有几分温柔。

而且，靠近这小骷髅，他体内龙泉剑的邪性便会减弱，这也是他虽然很嫌弃苏竹漪，却没有直接拒绝她入古剑派的原因，不想让他师父不高兴只是其中的原因之一。

苏竹漪呵呵一笑："那就算了。"随后把整个储物袋丢给了小骷髅，自己在扇子边缘坐下了。

小骷髅喉咙里发出咕噜的声音，那是他在咽口水，他把灵石都倒出来摆好，数来数去数了一半出来，快速地塞到了嘴里，接着恋恋不舍地把另外一半装回了储物袋，又悄悄地塞到了苏竹漪手里。

"小姐姐，你也吃。"说罢，为了不再看那储物袋，他直接钻进了无定葫芦，躲在葫芦深处，短时间不打算出去了。

青河又道："他吃灵石，你怎么养得起他？"

"他那么厉害，能自己找吃的啊。"这次封印里发生的事情让苏竹漪意识到小骷髅有多强，既然这么厉害，弄点灵石还不简单？既然他控制得住自己，给她留了一半，就说明他还蛮听话懂事，到时候他出去猎杀灵兽，去灵山探宝挖灵矿，自己只要在家躺着数灵石就好了。

以他的本事，哪怕是吃一半留一半，苏竹漪也觉得自己衣食无忧了。这么一想，把小骷髅带在身边也是一件美事。

青河想了想，认同了苏竹漪的话。"你倒是有本事。怎么收服他的？"

苏竹漪不答反问："那你怎么收服龙泉剑的？"

青河微微一怔，冷冷地道："我是铸剑师后人。"

难怪……他才进去那么一小会儿，龙泉剑就认他做主人。这真是……天意啊！

没想到，当年那铸剑师还有血脉延续至今。

"你呢？"青河阴沉着脸继续问。

苏竹漪摸了一下头，习惯性地想做一个妖媚撩人的动作，忽然意识到自己头发才一寸长，随后她斜睨青河一眼："因为我美啊。"

"呵。"青河冷笑一声，没有继续追问，在洛樱身边盘膝坐下。

他很虔诚地坐在那里，面前那女子好似他全部的信仰，是他藏在心底的珍宝。

他看着她的眼神充满了深情，随后他将手掌轻轻贴在她额头上方一寸处，将灵气输至她体内。

苏竹漪道："你不能把她当成高贵的仙女。不对，你可以把她当成仙女。"她顿了一下，又说："但你要做的不是膜拜，而是亵渎。"

时不时调调情，让她心里头起点波澜，什么师徒禁忌，都是浮云。

苏竹漪这魔道妖女，勾引名门弟子手到擒来，现在的青河和洛樱，不就是她和秦江澜调了个位置？只要青河不要脸地天天撩人，还怕洛樱不动心？

只是想到这里，苏竹漪忽地愣住，她怎么忘了，洛樱真的没有心。

就在这时，青河将灵气输送完毕，猛地回头，眼神犹如刀光剑影，让歪在扇子上坐姿妖娆的苏竹漪浑身一寒，半个身子好似被火烫了一般。

"若再胡言乱语……"他身后黑剑阴影再现，"碎尸万段。"

苏竹漪："……"

呸，活该他讨不着媳妇！

此后一路无话。

扇子是把红折扇，上面用墨画了青松。

青松临着悬崖边，迎风劲舞，傲然挺立。苏竹漪本是坐着调息的，她把剩下的几块灵石都用了，才让身上的伤势恢复了七七八八，如今灵石消耗完，她也就从修炼状态中脱离出来，打量了一下四周。

她将视线落在了那青松上，忽然心头生了点感慨。

她的胸口还刻着逐心咒。

在遇到危险的时候，松风剑气会出现，替她挡住危险。秦江澜其实是好心，但他天生就是来克她的，明明是好意救她，却总能折腾出一些破事。

苏竹漪知道秦江澜喜欢她。

他一开始对她有愧疚，因为愧疚，所以关注；因为愧疚，所以容忍。而她成了有手段的妖女之后，总是利用那点愧疚去撩拨他，从而获得一些实际的好处，两个人纠缠了那么久，到上辈子的最后时刻，都是缠在一起的呢。

这一世的秦江澜已经下山历练了，他游历到哪里了呢？

假如没有了在长宁村的遇见，没有了两个女童他只救走了一个的开始，他就不会对她有愧疚之心，自然不会关注她了。想到这里，苏竹漪眉头拧了起来，她忽然发现，如果没有了那样的开头，要勾走秦江澜的心还挺难。

一想到秦江澜这辈子可能不会爱上自己了，苏竹漪就莫名有点不舒服，心头不爽利，她看着扇子上的青松，又瞥了一眼虔诚地坐在洛樱旁边成了"望师父石"的青河，犹豫了一下，笑着问："哎，青河大哥，一直以来你都被秦江澜压了一头，现在得了这机缘，日后秦江澜就不能跟你相提并论了吧？"

青河虽然跟秦江澜并称江河游龙，剑若惊鸿，但实际上，秦江澜在修真界的地位要高一些，而青河成名没多久就入了魔，在洛樱死后更是化身灭门狂魔，自然再没有人把他们相提并论了。但在那之前，他们一直是绑在一起的。

提起当代最优秀的剑修，人们必定会说，云霄江澜，古剑青河。这是连永安镇上的人都知道的，因此苏竹漪觉得自己这么问并不突兀。没想到青河侧头瞥了她一眼。"秦江澜是谁？"

苏竹漪愣住，只觉得一颗心莫名狂跳，她有些惊讶地问："云霄宗，秦江澜。"

青河冷笑一声："无名之辈，未曾听说。"他神情难得有些倨傲，好似在说，一个名不见经传的人，还能跟他相提并论？

怎么可能?! 流光镜回溯岁月，她回到了一千多年前，其他的都未曾有什么变化，怎么会没有秦江澜呢？她身上有逐心咒，还有松风剑气，这难道不能说明秦江澜的存在？

可秦江澜去哪儿了呢？

明明前世他这时候已经成名，名头比青河还大些，怎么可能没有他？还是说青河一颗心都扑在了洛樱身上，所以对其他人都漠不关心，也就不知道那个压了他一头的秦江澜？

这么一想，苏竹漪心头踏实多了。然而下一刻，青河又补了一刀，他说："我们古剑派弟子跟云霄宗的弟子切磋过剑法，年轻一辈中我已无对手，云霄宗作为天下第一剑宗的地位快要保不住了。"

他的师父洛樱剑法出神入化，云霄宗已经找不出对手来了。而他又胜了云霄宗的那些年轻弟子，如今古剑派崛起，隐隐有压过云霄宗的趋势。

在他心里，他师父洛樱剑法天下第一，于是，他这个做弟子的也要做到最好，至于什么云霄宗秦江澜，他压根没听说过。

面前这小女娃说他不如别人，简直是……找死。

连他身后的黑剑都蠢蠢欲动，好似要从身体里飞出，他将手握成拳，将那股戾气收至体内，随后道："前面不远就是素芳城，后会无期。"

说罢，他竟直接踹了苏竹漪一脚，把她从扇子上踹了下去。

好在他没做得太出格，在苏竹漪快要落地时，他用一股清风稍稍托了她一下，使得她没有摔趴下，而是一屁股跌坐在了地上。

苏竹漪这次没骂人。

129

她被刚刚听到的消息震惊了，一时有点蒙，坐在地上没动弹。

没有秦江澜！

没有秦江澜！

青河不至于骗她。也就是说，这辈子，真的没有秦江澜。

道器，流光镜是道器，要成功修复它并进行岁月回溯很艰难，所以当年她造了那么多杀孽也没成功，后来慢慢温养了它六百年，突然就被雷劈了。

说实话，当时的她压根没想过流光镜会在那个时候发挥作用。

流光镜要成功施展需要祭品，需要强大的祭品，想到了此前洛樱的以身祭剑，苏竹漪脑子里猛地蹦出个念头，秦江澜做了什么？

他好似知道什么，在天雷劈下来的时候都没怎么慌乱。

他还问她："若是能够回到从前，你还会……还会入魔道吗？"

当时她怎么回答的呢？

苏竹漪一时有些恍惚，她不记得自己怎么回答的了，她脑子里只有一个声音在叫嚣：秦江澜知道，他知道会回到从前！

连把流光镜藏在心上的她都不知道，他却知道。

因为他把自己献祭了，所以流光镜才能发挥作用，把她带回了从前？

一个自愿献祭，距离飞升只有一步之遥的修士，这样的祭品，远远胜过她曾经所屠的岛上生灵。

内心的震撼让苏竹漪大脑一片空白，她坐在原地，许久都没挪动一下，她从不曾想过，她之所以会回来，是因为秦江澜。

她也未曾想过，这辈子，不会再有秦江澜。

可是逐心咒还在啊，松风剑气还在啊，他……怎么会不在呢？

她扒开自己的衣服，看到胸口那浅淡的红痕，忽然发现，那红印子越来越淡了。此前还犹如一朵桃花，现在，好似一颗淡淡的痣。呵，他还想成为她心头的朱砂痣吗？

明明应该冷笑一声的，她却笑不出来。彼此相伴了那么多年，她一睁眼看见的就是他，也只有他，每天听到的只有他的声音，伴着他的静心咒入眠。

他是她的紧箍咒，也是她的避风港。而今，那个占据了她生命整整六百年的人不见了。

也就在这时，一个软软的声音道："小姐姐，你怎么啦？你……你别哭啊。"哭？她怎么会哭?! 她巴不得他不得好死！

苏竹漪眨了下眼，她感觉有泪水从眼里滑落，稍稍一怔，随后扯着嘴角笑了一下："没怎么。"

"秦老狗，死都死了，偏偏还要在我心里留道痕，上辈子睡了那么优秀的男人，眼界也高了，难不成，这辈子叫我去当姑子？"

真是给老子添堵。

"你为什么哭啊，是哪里疼吗？"小骷髅关切地看着她，随后把头凑过去，呼呼地吹了两口气。

"不是，是风把沙子吹到了我眼睛里。"苏竹漪把眼泪憋了回去，她冷哼一声站起来，看了一下四周，发现自己在一个小土坡上，前面不远就是素芳城的城门，走路的话最多一刻钟就到了。

"是爹爹吹的吗？"小骷髅像小大人一样将爪子背到身后，道，"风真调皮。"

苏竹漪笑了一下："是挺调皮的，我们要进城了，你先去葫芦里待着。"

"嗯！"小姐姐说过，他太瘦了，怕吓着别人。小骷髅钻进了葫芦，将脑袋凑到葫芦口，偷偷瞄着外头。

苏竹漪很快调整心情，大步迈向了城门。"既然这机会是你给我换回来的，那我就好好活着，恣意逍遥，也能让你死得其所。"

然而片刻后，她又灰溜溜地回来了。

"没灵石，一边去，进什么城！"

"小姑娘，看到没，那边有座玉虚山，山上有灵兽，你若是运气好，能猎到只灵兽，还能挖到灵珠，就能缴纳这入城费啦。"

人在屋檐下，不得不低头。

苏竹漪没有灵石，缴纳不了入城费，守城的修士不让她进门。她上辈子后来成了女魔头，哪里缴过什么入城费，早就忘了还有入城费这事，若是记得，她还能留一块灵石，然而现在，她身上是一块灵石都没了。

连城门都进不去，自然也就没办法去报名加入素月宗了。

不过好在她有小骷髅，弄点灵石应该不难。因此苏竹漪没犹豫，直接朝玉虚山的方向去了。而等她走后，那两个给她指点怎么取得入城费的修士对视一眼，呵呵笑了两声，朝着玉虚山的方向，尾随苏竹漪过去了。

守城的修士睁一只眼闭一只眼，权当没看见。

"如今合欢宗也在收弟子，那小女娃虽然头发短，但五官生得不错，捉去卖给合欢宗，也能卖个好价钱。"

"嗯，是好货。"素月宗资源多，这次收徒吸引了很多女修过来报名，碰到单身的修为低的女修，他们就会偷偷掳走，这种事他们已经干过很多次，算是轻车熟路了。

"真是个好苗子，最近抓的那几个女修，都没这丫头漂亮，以后长大了，不晓得有多销魂……"两人一边说，一边远远跟在苏竹漪后头，这里好歹是素月宗的地盘，在城门口动手着实不妥，因此，他们离得挺远，免得引起什么不必要的麻烦。但去了玉虚山，素月宗就管不着了，他们也就可以立刻动手了。

两人不担心一个年纪这么大点的小女娃能有多大本事，要知道，修真界里都要六岁才开始修行，这小女娃也就五六岁的样子，能修出什么水平来？这种一个人来的，不知道哪个小村里出来的女娃，肯定没啥背景，被捉走了都不会有人来找。他们也不担心是那种离家出走的修真世家子弟，因为若是那种孩子，也看不上素月宗这种门派，不会巴巴地跑到这里来。

苏竹漪刚刚被秦江澜的消息搅得有些心神不宁，也没注意身后远处跟着人，她埋着头往前走，一刻也没停下。

玉虚山看着近，站在城门外就能看到山峰，然而走过去还是有很远的距离，苏竹漪走了大半天才到玉虚山脚下，她到的时候头顶上的太阳都落到了山下。她仰头看，玉虚山高且陡峭，整座山峰都隐藏在云雾当中，这样的山，倒算得上是一座灵山了。

素月宗能够依着玉虚山建城，那东浮上宗的大能对自己的小情人倒是舍得。

她脸上本来带着笑，然而想到这里，笑容蓦地一僵。

秦江澜比他更舍得，为了个妖女，舍了命。

说什么流光镜回溯岁月天道不容，那么大个活人都没了，岂不是这天道最大的变数？既然如此，她还在意什么改命不改命的？

横竖，此时的天下，已经不是从前那个天下了。

素月宗根基浅，哪怕有东浮上宗做靠山，目前也没办法把整座灵山据为己有，禁止其他人上山捕猎。玉虚山人人皆可去，但去了是死是活，那就跟素月宗完全没关系了。这种灵山一般在山腰下会安全一些，山巅上就危机四伏了。

苏竹漪现在不打算去闯山巅，她在半山腰逛逛就好。

上山有一条青石小路，这会儿路上没有行人。

苏竹漪心绪纷乱，上山的时候走得慢，经过这几次冲击后她神识封印松动了一些，能通过神识看到远方，因此苏竹漪没在山上乱窜，她去杀只灵兽挖颗灵珠就好，有了入城费一切好说。

就在神识施展而出之时，她立刻发现之前在城门口给她指路的那两个修士跟在她后头，两人说说笑笑，神情猥琐，时不时抬头朝她的方向瞄上一眼，一看就心怀不轨。

那两个修士都只有炼气初期，也就只能欺负刚刚入门的新人了。莫非，他们在打自己的主意？

苏竹漪身上还剩下几张隐匿符，她一个闪身藏到大树背后，随后用上一张隐匿符，将自己的气息隐蔽起来。接着她唤出本命法宝，将其紧握在手中。

"咦，那死丫头怎么不见了？"

"难道被她发现了？怎么可能？快追！"

"到嘴的鸭子可不能让她飞了！"两人立刻运转灵气，脚底生风地一路狂奔，他们修为不高，都不能御器飞行，但跑起来速度很快。

就在其中一人靠近苏竹漪藏身的大树之时，苏竹漪直接一锄头抡了过去，紧接着打出一记烈焰掌，正中那男修心窝。她五指成爪，用力一掏……

没把心脏掏出来，只是把他胸口的衣衫给抓破了。

苏竹漪被称为噬心妖女可不是浪得虚名，因为她上辈子早期攻击的时候很擅长掏心挖肺一击毙命，倒不是她有变态的吃心癖好，而是修士的心脏和丹田识海都是灵气流转的关键地方，想要出其不意地攻击丹田识海很难，而心脏位置就要好抓得多。在血罗门的时候，他们这些弟子跟养蛊似的被关在一起，互相攻击，只能存活一个，所以杀人一定要用最快的速度，最狠的手段，她就练出了这么一个"白骨爪"。

而后来她收服了玲珑金丝网，就很少这么做了。只不过那时候她又是大美人，擅长勾引男人的心，于是噬心妖女这名号就这么一直叫了下来。

现在苏竹漪一击没中，锄头倒是把人砸得头破血流，那修士惨号一声，神色狰狞，双手抓住了苏竹漪戳到他心窝的手，用力一掰！苏竹漪将灵气注入手上，但大家都是炼气初期，体内灵气差不多，而成年男子本身力气要大得多，这一下让苏竹漪吃痛，她一抬腿，用力蹬在了他裆部，待他松手去护着身下时，苏竹漪一个闪退移开，正好避开了另外那个修士的攻击。

对付一个小女娃都要偷袭，真是没出息。

"快，抓住她，给我往死里打！"之前那个修士满脸是血，弓着身子叫道。

另外那个修士把手中带骨刺的长鞭抽得啪啪响，他有规律地左右移动步伐，渐渐足下带了风。

苏竹漪眼睛微微一眯，哟，这修士虽然只有炼气初期，但有了个下品法宝，还掌握了几门功法，脚踩的是在修真界有颇多人修炼的步法步履如飞，这步法苏竹漪上辈子在小时候就练过。

他步法越来越快，渐渐眼前就出现了残影。

苏竹漪将锄头横在身前，她动作也利落，几次下来，都成功避开了对方抽过来的鞭子，但是这样不行，光躲开鞭子还不够，她还得制住他，否则等之前那修士稍做恢复，她被两人夹击就讨不到好了。毕竟，她现在体内灵气少，只有炼气三层的修为，个头小体力差，不适合持久战斗。

苏竹漪把心一横，算准了他下一步将会落地的位置，直接将灵气聚集在脚底，勉强施展移形换位瞬移过去，紧接着直接用锄头砸那人的头，而她这样做的时候，对方的鞭子刚好卷了过来，缠在了苏竹漪的脖子上。

鞭子犹如一条蛇紧紧勒住了她的脖子，几乎让她窒息。

锄头一击命中，他受了重创，手更加用力，鞭子上的骨刺都扎到了苏竹漪的肉里，她脖子上顿时血流如注，很疼，但她没发出一丝声音。她一边控制锄头继续施压，一边挣扎着想要挣脱鞭子。

苏竹漪心脏狂跳，她不知道，松风剑气会不会继续出现，为何没有出现，是因为对方的实力太低，以至于无法引出剑气？

她呼吸都有些困难了，视线也有些模糊，但她仍旧努力驱使着锄头，眼看那男修也越来越虚弱，谁生谁死，只在一线之间……

小骷髅在无定葫芦里休息。

苏竹漪在外头走了大半天，他趴在葫芦口就看了大半天，后来因为太累了，昏昏沉沉地睡着了。镇压龙泉剑的时候，他消耗了太多的力量，以至于现在骨头都还是黄的。无定葫芦内那几座石莲台里有山河灵脉，葫芦内灵气浓郁，他趴在那儿休息也觉得舒服，躺着躺着就意识模糊，稀里糊涂地做了个美梦。

正吧唧嘴吃着糖呢，忽然觉得不太甜，还有一股熟悉的血腥气，小骷髅一睁眼，就看到小姐姐的脖子被一条长长的鞭子缠住，满脖子都是血。

他立刻出了葫芦，大声喊："不要伤害小姐姐！"

苏竹漪都说不清楚话，只能呜呜地喊。好在小骷髅是认主了的，这会儿领会了她的意思，大声喊："不许动！"

那个捂着裤裆哀号了半天，好不容易缓过来要上去帮忙的修士看到小骷髅，整个人都愣在原地，大喝了一声："鬼物！这附近有正道宗门，你一个魔修如此嚣张，你……"

他话没说完，脑袋上就插了柄锄头。

勒紧她脖子的修士本来就虚弱得只剩下一口气，现在被小骷髅放出的威压压制不能动弹，而苏竹漪将锄头直接砸向了那个喊叫的修士，随后将脖子上缠着的鞭子硬生生地扯了出来，那些骨刺从肉里扯出，脖子上鲜血直流，但她没呻吟一声，一张脸平静得有些吓人。

本来心头就不舒服，还有人找上门来送死！

她扯下鞭子，直接把鞭子套在了那个原本执鞭的修士脖子上，以牙还牙，以眼还眼，明明她年纪小身子也矮，却绞住了对方的脖子死死地往下拽，随后双手用力拉扯，活生生地把人给绞断了气。

等杀了这人，苏竹漪一身是血、满脸煞气地走到了那个被锄头砸中的男修身旁，那男修受了重伤动弹不得，但意识还清醒，此时脸上有血又有泪，他连连求饶道："小祖宗，饶命啊！"

谁能想到，一个看起来五六岁的女童，竟然如此可怕，她脖子上全是血，一步一步走来，宛如从尸山血海里爬出来的恶魔，眼睛里的杀气将一个成年男子吓得屁滚尿流。

苏竹漪甩了一下手里的鞭子。

那鞭子比她人长多了，抽在地上打出一道血痕。大部分是刚刚被她绞死的那个男修的血，然而，其中亦有她自己的血。

"为什么盯上我？"苏竹漪冷声问道。

"饶命，我再也不敢了……"男修号啕大哭，"我只是想把姑娘带到更适合你发展的宗门去啊，最近还有个只收女弟子的宗门在收徒，所以……所以……"

被那双阴沉的眼睛盯着，他不敢撒谎，只能期望她年纪小不知道合欢宗，把这事情糊弄过去。

"合欢宗？"合欢宗是魔道一个挺有名的女修门派，修炼的都是些采阳补阴的功法，里面的女弟子个个御男无数。上辈子那个合欢宗宗主成天说服她加入合欢宗来着。他还天天批评宗门里的女弟子，明明自小修行的是魅功，却比不上血罗门里杀出来的恶心妖女。

嗯，合欢宗虽然只收女弟子，但现任宗主却是个男人，上辈子跟苏竹漪还算是泛泛之交。

听到她直接说出了合欢宗的名字，男修登时心头咯噔了一下。

"我知道了。"苏竹漪将手一抬，唤回锄头，随后举起锄头直接往下砸，然而就在这时，一只小手拽住了她的胳膊。

小骷髅都看傻了，他没想到，小姐姐会那么做……

他很害怕这样的小姐姐。刚刚她已经让那个人气息全无了，现在，小姐姐还要把这个人杀掉吗？小骷髅紧紧抓着苏竹漪的胳膊。"小姐姐，小姐姐，小姐姐……"

"松手。"苏竹漪冷冷地道。

小骷髅力气很大，被他钳制住的那只胳膊都动不了，苏竹漪回头瞥了他一眼，恶狠狠地道："松手！"

"不要杀他好不好？"小骷髅很单纯，他很珍惜生命，总觉得将有生气的东西变成死物，是很可怕的事，而现在，小姐姐做了很可怕的事情，她还要继续做下去。

"我最后说一次，松手！"苏竹漪声音很冷，眼神更冷。

小骷髅依旧死死地拽着她不放。苏竹漪冷笑一声，没有再举锄头，而是用没被小骷髅拽住的左手握住了小骷髅的手指骨，她知道小骷髅现在的骨头很脆，于是她很用力地捏，一点一点地把那根手指骨捏成了粉末。

随后，飞在空中的锄头猛地坠落，重重砸在了地上那修士的头上，因为是从高空坠落，力道又大，他脑袋被砸开了花，脑浆迸裂而出，大量黄黄白白的液体都溅到了小骷髅身上。

苏竹漪杀完人，又开始搜尸，摸出了两个储物袋，里头加起来一共一百多块下品灵石。

都是炼气初期的修士，她也没想过能从他们身上搜到好东西，她把一块灵石捏碎了吸收掉，稍稍止住了脖子上的血，随后站起身，把两具尸体都拖到了草丛里。

她做这一切的时候，小骷髅愣愣地站在原地，他没看苏竹漪，只是看着自己的手。

接好没多久的小手指骨被捏碎了。

他很想哭，却忍着没哭。

苏竹漪把尸体藏好后，又把套在手腕上的无定葫芦解了下来，她没说话，而是把小葫芦挂在了树枝上，随后一言不发地往前走。小骷髅这下反应过来了，他飞快地跑到了苏竹漪旁边，直接抱住了她的腿，然后一屁股坐在地上，两条腿刚好卡住苏竹漪的脚。

"小姐姐……"

苏竹漪深吸一口气。"他们能杀我，我就不能杀他们？他们杀我的时候，你怎么不去抱住他们的胳膊，等到我杀人的时候，你就来阻止我？"

小骷髅出来得晚，之前苏竹漪差一点就被鞭子缠死了，她是个女魔头，其实习惯于自救，没考虑过要等别人来救，所以那时候她自己拼命挣扎，跟那个修士对抗，一时都没想到要把小骷髅叫出来。

在她濒死，脖子上都是血的时候，他出来了。

出来了，也帮了忙，哪怕来得晚，好歹他也出来了，苏竹漪还是很高兴有这么一个帮手的，心头打定主意以后对他好一点，却没想到，在她杀人的时候，他会拦住她。

这么善良的鬼物，跟她八字不合，看着就糟心。

"他们要杀小姐姐，所以小姐姐就要杀他们吗？"小骷髅抱着苏竹漪的腿不松开，怯怯地问。

"是！"

胆敢打她的主意，那就别怪她出手狠辣，不留活口。

"嗯，我知道了。"小骷髅点点头道。他反应是很快的，相比起来，他更能接受那两个人失去生气。他害怕小姐姐失去生气，若是小姐姐死了，那肯定更可怕了。

小叔叔也跟他说过，要他好好保护小姐姐的。

虽然他还是有些害怕，但……是他们先欺负小姐姐的，所以小姐姐才打死他们，好像……好像也没那么难以接受了……

小骷髅仰着头看苏竹漪。"小姐姐，下次我不拦你了。"他咧开嘴，勉强挤出个笑容来，"下次有人欺负你，我……我就打死他们！"他扬起手，做了个要打人的动作，像是拍苍蝇一样往下拍，手掌上缺了根指头，正是被苏竹漪捏碎了的小手指骨。

既然这么快就觉悟了，那就暂且带着他吧。

苏竹漪把刚刚得到的灵石分出一部分给了小骷髅，道："你那骨头能长出来，多吃点灵石，或者一直待在葫芦里就好。"无定葫芦里灵气充裕，是上好的修炼之地，整个天下几乎无其他处能与其媲美，若是她能进去修炼就好了，

可惜，那是姬无心给他儿子的，她压根用不了。

"嗯。"小骷髅重重点头应道。

小骷髅现在是张白纸，好好调教一下，还是堪当大用的，苏竹漪心想。

第五章

师妹

同一时刻，青河正低着头挨训。

其实洛樱脸上没表情，根本看不出怒意，语气也很平缓，但青河就是知道，他师父不高兴了。

她在训斥他。

然而对方的确不愿意入古剑派，他师父并不是会强求别人的人。

洛樱从不勉强任何人做任何事。所以青河不明白，为何他师父对那女童那么执着，她一醒来没看到人，神情都凝重了许多。

"你也看到了，那小女孩身边有只骷髅，虽是鬼物，却单纯善良。"洛樱看着青河，缓缓道。

"他很强大。"洛樱说到此处，微微转头，视线投向远方。此刻月上柳梢，天边星辰闪耀，她脑海中出现了那白白净净小骷髅的样子，眼睛稍稍弯了一下。

他师父想到那骷髅，心情会很愉快。青河敏锐地捕捉到了这一点，立刻觉得自己应该把那骷髅给抢过来，拴在他师父眼皮子底下，天天逗他师父开心。

"他很干净。"洛樱又说，"很容易被影响。"

小骷髅还是一张白纸，会长成什么样子，取决于那个养他的人。纸上是青山绿水，繁花如锦，还是尸横遍野，满目疮痍，全看那执笔作画之人。

洛樱想把苏竹漪收到门下，不仅是因为苏竹漪本身，还有一个更重要的原因，就是小骷髅悟儿。

若他为恶，天底下能制住他的人就没多少了。

所以，还是放到眼皮子底下吧。洛樱看了一眼青河，唇间溢出一声幽幽叹息。

青河甚少看到他师父发出这样的叹息声，登时有些慌了，道："那我们暂时不回古剑派，先跟着她，想办法说服她加入古剑派？"他说得倒是诚恳，然而想的却是，既然他师父要收这个徒弟，那就甭管那小女娃乐意不乐意了，哪怕她不愿意，绑也要绑上山。

是心甘情愿地答应拜师，还是直接去死，青河相信，她看着挺聪明的，应该懂得如何选择。

"嗯，暂且看看。她想加入什么门派？"洛樱问。若是能加入个修心的正道门派也不错，她确实不愿意勉强他人。

"素月宗。"洛樱听到之后，眉头微微一皱。

她下山好几年了，也曾多次见过素月宗女修仗势欺人，那里并非什么好去处。

"先不回宗门了，去素月宗看看。"洛樱吩咐道。

"是，师父。"

这边，玉虚山上，苏竹漪给了小骷髅几块下品灵石当豆子吃，然后她把那两个人储物袋里的东西仔细清点了一下，将所有东西归类放好。

素芳城的入城费还挺贵的，一人一块中品灵石。一块中品灵石就是一百块下品灵石，而她刚刚杀了两个人，也才找到了一百多块下品灵石，给了小骷髅几块，自己用了几块，如今只剩下了九十块。

那两个穷鬼，身上的灵石连入城费都不够。看他们眼底青黑，一副纵欲过度的模样，只怕黑着心肝赚来的灵石都花在了女人身上，这素芳城内什么最多？自然是漂亮女人最多了。

入城费不够，还得在山上转转找点资源。以素芳城入城的费用来看，那素月宗报名费只怕也不便宜，毕竟素月宗宗门靠山大，门下弟子资源多，哪怕报名费再高，也有很多人削尖了脑袋往里头钻，东浮上宗那老不修的小情人倒是个有头脑的。

苏竹漪走了几步，她想到了什么，忽地站住了。

小骷髅抓着她的袖子跟着她走，这会儿见她停下来，怯怯地问："怎么了，怎么了？有鬼吗？"

此时天色彻底暗了，山林中树叶茂盛，月光都洒不下来，林间小路压根看不清楚，伸手不见五指。

小骷髅明明实力那么强，偏偏怕黑。

怕黑就算了，他还怕鬼。

苏竹漪都不晓得说什么才好——"你自己恐怕就是这世上最强大的鬼物了，一副骨头架子，还说自己怕鬼……"

她任由他扯着自己袖子，转过头看着他道："你有小葫芦可以睡，但小姐姐呢，只能待在荒郊野岭，还得担心有坏人，我想到那边的城里。城里有好多好吃的和好玩的。"

"嗯，我也想去。"说到吃的和玩的，小骷髅眼眶子都在发光。一副白莹莹的骨头架子，眼眶里冒出像磷火一样的光，这副模样能把其他走夜路的人魂给吓丢了。

"要进去得有灵石或者灵珠，就是你之前吃的那种糖。"苏竹漪又道，"现在灵石一时半会儿弄不来，我们可以去弄灵珠。这样，你去杀几只灵兽，凶猛点的，我们挖到灵珠就可以进城了。"

"杀？"小骷髅愣住，随后摇摇头，"我不杀生，我怕……怕……"

"怕什么，我教你，你体内有一股气对吧？想象着把气聚到手上，一手抓过去就行了。"苏竹漪伸出手，五指抓拢，做了下插入抓取的动作。

"爹爹说不能杀生的，我们要行善积德。"小骷髅又摇头道。

要养成山河之灵最好是不要造杀孽，然而现在小骷髅都成了鬼物，跟山河之灵没缘了，还坚持不杀生做什么？又不是叫他杀人，现在谁不杀灵兽？那些正道修士也得通过跟灵兽战斗来提高自身实力，同样，人类修士也是很多高阶灵兽喜欢的食物。进山来寻求资源的修士，也不晓得有多少葬身在了灵兽肚子里。

不是我杀你，就是你吃我，各凭本事罢了。

如今小骷髅有一身本事，他偏偏说不杀生，苏竹漪看着他就觉得心烦。他这鬼物，怕黑、怕血就算了，现在还来个不杀生，她养他何用？

她直接抬手打掉了小骷髅的手，感受到前面有低阶灵兽的气息，苏竹漪几个跳跃就跑到了前头，小骷髅害怕得很，站在原地没动，眼泪又掉下来了。

他在原地站了许久，抽抽噎噎地循着苏竹漪跳跃的方向跑，这会儿他倒是不怕黑了，只怕跟丢了小姐姐，都忘了他可以直接瞬间返回小葫芦。追到苏竹漪也不过须臾的工夫，追到之后，他又扯住了苏竹漪的袖子。"小姐姐，我去。"

眼泪在眼眶里打转，他结结巴巴地道："我去杀……杀……生。"

"哦，那你去吧。"

小骷髅的实力很强，在这山里头怕是没什么对手，只要他愿意，杀几只灵兽简直轻而易举。苏竹漪能不自己动手自然愿意省点力气，她随意看了下四周，找了个避风的地方坐下。"你去吧，我在这儿等你。"

顿了一下，苏竹漪道："若是遇到危险，就直接返回无定葫芦，知道了吗？"

"嗯。"听到小姐姐担心自己，小骷髅心里头高兴了一点。然而他一步三回头地往前走，走着走着，就看到小姐姐已经闭目养神了，天色那么黑，树林也阴森森的，心里头那点高兴又变成了胆怯，小骷髅努力把窟窿眼瞪得更大些，小心翼翼地上了山，他倒是看到了很多灵兽，然而那些灵兽看到他就跑得飞快，要去追吗？追哪一只呢？

好苦恼啊！

小骷髅走后，苏竹漪运转心法修炼，她不担心小骷髅的安危，就他那实力，随便往哪儿一站，威压一放出来，这山上那些灵兽就都得跪了。她一边修炼一边等，等到日上三竿了也不见小骷髅回来，苏竹漪觉得有些奇怪，神识微微放开，勉强能看清远方的景物。

她看到小骷髅从山上下来，将两只手背在身后，好似攥着什么东西。因为被他攥在手里，而他实力又比苏竹漪强得多，所以苏竹漪也看不到他的手里攥着什么。

不过他那小手能藏得下什么，肯定是灵珠。

小伙子不错嘛，嘴上说不杀生，动作却利落得很，连灵珠都挖出来了，本来她还以为要自己动手的，如今看来，孺子可教也。

想当年血罗门抓去的那些少男少女在家里的时候，好多人也是连鸡都没杀过，蚂蚁都没捏死过一只，结果呢，没几天就开始杀人了。

你不杀别人，自己就得死。

所以，开杀戒就是这么简单粗暴。

"回来了，过来。"苏竹漪招了招手，唤小骷髅过来，还很贴心地送上了一块灵石。

小骷髅没接，他将双手藏在背后，怯怯地看着苏竹漪，道："小姐姐，小姐姐，我……我找了很久……"

嗯？

苏竹漪勾了勾手指。"找到了什么？拿出来我看看。"

小骷髅犹豫了半天，终于把手伸到了前面，慢慢地在苏竹漪眼前摊开了。

苏竹漪："……"

她看着小骷髅手心上的蝉蜕，已经不知道说什么好了，内心很想咆哮，脸上的肉都好像被拉扯绷紧了一样。

蝉蜕，蝉蜕，让他杀生，他居然拿了一个蝉蜕过来逗我！！

"呵呵……"苏竹漪笑了两声，牙齿磨得咯吱咯吱响。她其实想过，不要逼得太急，哪怕他掐朵花回来，苏竹漪也能想得通，毕竟对他来说，世间万物都是有生命力的，都充满了勃勃生机，是他一直所向往的，也就是说，哪怕他掐了朵花，也算是迈出了第一步。

结果，他拿了个蝉蜕。

现在刚刚到春天，他找个去年的蝉蜕，确实得找很久，这一点，小骷髅倒是没撒谎……

苏竹漪简直不知道说什么才好。她静静地凝视着小骷髅，看得小骷髅浑身都不自在起来，他扭了几下身子，低着头小声问："小姐姐，不可以吗？"

苏竹漪又呵呵笑了两声。"可以，怎么不可以，这样，你去抓只活物过来吧，我们不杀生了。"

苏竹漪将小骷髅手里的蝉蜕拿过来，放进储物袋里。"我没生气，这个我先收着，你去带只活的过来，越好看越好，可以吗？"

"噢。"小骷髅点点头，再次上了山。

等他走远，苏竹漪觉得自己咧着的嘴角都僵了。

苏竹漪对小骷髅都没脾气了。

他不杀生，行，他把活的带过来，她来杀！

一般来说，灵山上的高阶灵兽分为两种，一种是特别大的，另一种就是特别好看的。让他挑好看的抓，肯定能挖出灵珠来，有灵珠了，进城的费用，还有之后打点的费用自然也就有了。

她眼巴巴地坐在树下等，没等多久，就看到小骷髅飞奔下山。

他手里抱着一团黄黄的东西，乐颠颠地朝她的方向扑来，因为太高兴，下颌骨都快笑掉了，跑动的时候还发出咔嗒咔嗒的声响。

只是他手里抱着的那团毛茸茸的小东西到底是什么？

不知为何，苏竹漪心头起了不好的预感。

小骷髅速度奇快，眨眼间已经跑到她跟前，他将手里毛茸茸的小东西递到了苏竹漪面前。"小姐姐，你看，可爱吗？"他咧开的嘴都合不拢了，这会儿

献宝似的把手里的狗崽子全方位地展示给苏竹漪看，"我觉得好好看，跟爹爹以前给我看的黄狗一模一样，我们叫它笑笑怎么样？"

他把黄狗举到头顶。"小姐姐，你看，笑笑！"

苏竹漪笑不出来，她最讨厌的动物就是狗，杀得最多的也是狗。面前这只还是只低阶杂毛灵犬，它到底哪一点好看了！

苏竹漪抬手将黄狗夺过来，狗一落到她手里就拼命挣扎，显然是感觉到了危险。苏竹漪手腕一翻，烈焰掌直接拍下，然而就在这时，小骷髅忽地伸出手，将手指戳在了她掌心。

她掌心上的火焰瞬间熄灭，手心都被扎破了皮，流了一点血。

小骷髅抢过黄狗，眼眶里又开始掉眼泪。"小姐姐，我不是故意的，你别……别打笑笑。"他把黄狗抱在怀里，"我刚刚在山上，看到它爹娘都死了，就剩它藏在洞里。"

其实小骷髅也知道小黄狗不是最好看的，但他就是不舍得把它丢下。

他爹爹以前说，很多人都会养狗看家护院，他还听到过狗叫，不是在他爹爹给他的梦里听到的，而是在他清醒的时候，真正听到的声音，所以他一直很喜欢狗。

他和小姐姐也可以养狗，到时候，他就可以和笑笑一起保护小姐姐啦。

苏竹漪觉得自己头很疼，小骷髅说话对她有影响，他在认真恳求的时候，会在无形之中带着点威压，限制人的言行，以至于现在的她，想动手宰了那狗崽子都有些困难，因此苏竹漪指了指那狗，又伸手指了指自己，静静地看着小骷髅，冷声道："我很讨厌狗，闻不得半点狗味，我和它，你只能选一个。"

她表情阴沉严肃，表明了她的态度。

小骷髅怔怔地站在原地，隔了许久，他抽抽噎噎地抱着小狗去一旁蹲着了。

苏竹漪："……"

其实她以为小骷髅会选她来着，看来人不如狗。

不过话说回来，本来小骷髅认她做主人就不受任何契约束缚，想走就走，既然他选了狗，那他们分道扬镳就好，她其实也不怎么待见没半点用的小骷髅，养在身边只是个累赘。

她把无定葫芦取下扔到了小骷髅屁股后头，随后头也不回地往前走。

至此桥归桥，路归路，分道扬镳，形同陌路。

苏竹漪把无定葫芦扔给了小骷髅，跟他分开了。

她没离开玉虚山，因为现在入城费还不够。她杀了跟自己实力相当的两个成年男修，其实身体疲惫得很，脖子上的伤太重，哪怕吸收了一些灵石止了血，脖子上被骨刺扎的窟窿也没恢复，看着跟马蜂窝似的，有些硌硬人。

原本指望小骷髅去猎灵兽，自己稍做休息，哪儿晓得没指望得上他，她还是只能靠自己。

苏竹漪蹲在一边埋伏，费了些力气杀了只二阶赤尾狐，她杀死了狐狸，狐狸也咬伤了她的胳膊，她衣袖全碎，血肉模糊。

伤口看着骇人，然而苏竹漪就跟不知道疼一样，眉头都没皱一下，她用锄头利落地剥皮掏心，从二阶赤尾狐的血肉堆中掏出了一颗灰白色的灵珠。

握着锄头的时候她想，一个实力强大的高阶鬼物，若是不能为己所用，为己分忧，其实还不如一把锄头。

道不同不相为谋，她以后还得活下去，少不了猎杀灵兽、杀人，若是小骷髅接受不了，指不定哪天见她杀人的时候就爆发了，要惩恶扬善替天行道，别没把他调教出来，反而把自己的命搭进去，那就可笑了。

苏竹漪是怕死的。

在她的思维当中，很多时候就是别人不死，自己就得死，所以她信奉的是斩草除根，一个不留。而她的想法跟小骷髅实在是差得太远了。

既然如此，还是分开得好，反正那小骷髅也死不了，这世上能对付得了他的人没几个，反而是她，一只二阶赤尾狐也能让她受伤。

处理好狐狸之后，苏竹漪伸手拍了自己的锄头两下。

锄头微微泛光，冲着苏竹漪点头哈腰。

苏竹漪嘴角一勾，露出了一个很纯粹的浅笑。

锄头就锄头吧，至少，它会不离不弃地陪伴她左右，为她所用。难得地，苏竹漪看自己的本命法宝锄头顺眼了一些。

她把灵珠擦干净，拿到手上掂了掂。

灵珠相当于灵兽内丹，常年被灵气温养，这样一颗灰白色的灵珠，也值得上十几二十几块下品灵石，她将身上的灵石凑在一起，勉强够入城费了。

她是懂人情世故的，不是当真只有六岁，自然明白入了城也得打点，因此苏竹漪没休息，止了血，用少许灵气将身上的血腥处理干净后，她又开始捕猎了。

不过这回走了很远，苏竹漪都没遇见一只灵兽，好在她运气不错，找到了

一株灵药草，这种药草为了保护自己，将灵气藏于根茎当中，叶片上一点灵气都没有，外观跟一种普通的野草几乎一模一样，混在底层的大多修士恐怕都不认得，才让她捡了漏。

所以，魔修不能只杀人，还得多看书啊。

等挖了灵珠采了草，苏竹漪就径直去了素芳城。那狐狸皮毛被她简单处理了一下，弄成了一条围脖，系在脖子上，也算是遮住了脖子上坑坑洼洼的伤。

她没有注意到，小骷髅悟儿抱着那小黄狗，一直偷偷跟在她身后。

小骷髅实力很强，也很聪明。

小姐姐说把体内的那股气汇集到手上，就能把什么都抓穿，他就想着，把体内的那股气遍布全身，让小姐姐看不到自己和小黄狗。他这么想，也就这么做了，一个简单的灵气防御结界就此诞生，因为他实力强，灵气浓郁，明明是个连法诀都没有的结界，隐匿效果却绝佳，哪怕是金丹期修士来了也难以察觉。

小骷髅用灵气把自己全身裹住，还把小黄狗也裹住了，结果他就发现小姐姐当真没注意到他，他还偷偷跑到她面前走了几步，小姐姐都没反应，这让他稍微放了心，嘴角刚一咧开，就想到小姐姐不搭理自己了，又垂头丧气起来。

小黄狗笑笑是低阶灵犬，现在只是有些灵智，但它还是知道自己舒服不舒服的，这会儿被小骷髅抱在怀里，它缩成一团一动不敢动，动了还疼，小骷髅全身都是骨头，硌得慌。

一副骷髅加一条狗就这么跟在苏竹漪旁边，小骷髅偷偷伸出手指，像往常一样，做了一个捉她袖子的动作，然而没有真正捉到，还差了那么一点距离。

他看到小姐姐埋伏起来，跟狐狸搏斗。

他看到她挖灵珠出来，拍了拍锄头，还对锄头笑。

因为锄头帮了小姐姐，所以小姐姐很高兴吗？

虽然看着狐狸失去生气他有些害怕，觉得那血腥场面让他不太舒服，但看到小姐姐的笑，好像一切都没那么可怕了。

小姐姐笑得真好看。

小骷髅也跟着苏竹漪一起打量灵珠，那灵珠，就是他吃的那种糖吗？

仔细看了一眼，虽然颜色不对，但给他的感觉是差不多的。

所以，他其实早就杀生了。

他吃了那么多的糖，小骷髅很难过，他坐在地上发呆，眼看着小姐姐把东西收好往城门那边去了，他也顾不得伤心，抱着小黄狗迈着骨头腿追了过去，他踩着小姐姐的影子往前走，走着走着，就好像烦恼都忘掉了一样。

这会儿是正午，入城要排队。

守城的还是昨天那个修士——桑阶，他也是炼气期的修为。他看到苏竹漪回来了，而熟悉的那两个人牙子却没出现，倒是有些惊讶，时不时偷瞄苏竹漪一眼。他是个男的，素月宗不收男弟子，但是呢，素月宗外门收了男修做侍卫，也有很多男仆。桑阶只是个男仆，他虽是守城修士，但谁会跑到素芳城来闹事？说是守城，其实他只是负责在门口登记和收灵石。

这小女娃能活着回来，说明她是有点实力和背景的。

同样，小女娃活着回来，而那两个人牙子没回来，就说明她不仅有实力，还很狠。那两个没回来的人，肯定已经死了。

这么大点的孩子，直接杀了两个成年男子，这不仅得有实力，还得有手段，心狠手辣。

最重要的是，她脸长得好，是个美人坯子。

在素月宗什么人最能出头？美人。

这么一想，他就打定主意要跟小女娃搞好关系了。

因此，轮到苏竹漪的时候，桑阶就显得十分热情。

他连灵珠都没收，直接要了九十块下品灵石，苏竹漪见他是昨天那个守城修士，对他心头的想法揣摩得八九不离十，也没跟他客气，笑吟吟地道：“大哥哥，我想加入素月宗，要什么条件呢？要交多少灵石？是不是还要考核啊？”

她甜甜一笑，哪怕头上头发只有一寸来长，依旧冰雪可爱，五官无一不精致。

桑阶也好脾气地指点她：“现在正在收徒，你进去之后沿着朱雀大街一直往前走，走大约一里路后，就能看到正中央有一个水池，水池中有朵金色的芙蓉花，上空还有一轮圆月，那里就是素月宗纳新的地方了，特别显眼，很好找的。”

“素月宗纳新的确要收取灵石，不过是看脸收取的，长得好就不贵，长得不好，就多收一些。”

呵呵，看脸吃饭。

素月宗这宗门她喜欢！苏竹漪心里头满意极了。只可惜上辈子东浮上宗那老不修最后走火入魔了，素月宗没了靠山，以前又得罪了不少人，一夜之间就被众多人给瓜分了，不过那也是几百年之后的事情，苏竹漪压根不担心。

跟古剑派那古板门派相比，素月宗简直是个安乐窝。目前对她来说，最好的选择就是这里。至于进去以后入门弟子的内部争斗，她堂堂魔道噬心妖女会整治不了那些小丫头？简直笑话。

"谢谢大哥哥。"苏竹漪又甜甜一笑，她说完之后跟守城的修士道别，随后进了城。

原本桑阶打算跟着她一块过去的，结果没走两步，忽然觉得前方凉飕飕的，又止了步，算了，好歹留下了个好印象，反正她肯定会入门的，以后有的是机会。

小骷髅抱着小黄狗跟在了苏竹漪屁股后头，他发现自己跟小黄狗说话也没人听得到，这会儿自顾自地叨叨起来。

"刚刚我看到了，那个人一直偷偷看小姐姐。

"眼神跟之前那个咬小姐姐的狐狸差不多。

"还想跟着小姐姐走……

"哼，小叔叔让我保护好小姐姐！"

他浑然忘了，小姐姐说过分道扬镳的话。

朱雀大街很显眼，街中央立了个朱雀雕像，火红火红的。她沿着大街往前走，不多时就看到了芙蓉花和半空中的圆月，这芙蓉花是金琉丝炼制而成的，圆月用的是星光石，看得苏竹漪眼前一亮。

素月宗，果然大手笔，金琉丝和星光石都算修真界里挺宝贵的炼器材料，竟然被她们拿来做装饰。上辈子素月宗被瓜分的时候，她在秘境里头杀人夺宝，错过了分这块肥肉的机会，现在想想，还真是可惜哟。

不过这次，她绝对不会错过了。

想到这里，苏竹漪抿嘴一笑，大步迈向了前方正中央的芙蓉花。

她觉得自己肯定不用缴纳灵石。

哼，只看脸，这天底下还有谁能比得上她？

魔道第一美人的名号，可不是随便什么阿猫阿狗都配得上的！

素芳城是个四四方方的城池，在修真城池里头并不算大的，但胜在有钱，一座城修得跟仙宫一样了。

城中有朱雀和玄武两条街，在正中间交会处有个圆形石台，上面摆放的就是芙蓉花。

通往摆放芙蓉花的路上行人不多，苏竹漪踩着玉石阶走到了芙蓉花旁边，向左右看了看，没瞧见有人。不过下一瞬，她就感觉到脚底下有灵气涌出，应是传送阵法启动了。

苏竹漪心头有谱，她没乱动，极为自信地负手而立。

须臾间，芙蓉花上起了浓雾，将苏竹漪整个人淹没。雾气散尽时，她已消失。

小骷髅呆呆地跟在苏竹漪后头，这会儿整个人都蒙了，他在原地打转，小姐姐去哪儿了呀？骨头踩在阵法上一点反应都没有，他吸了吸鼻子，抱着小狗朝着有苏竹漪气息的方向追了过去。

素月宗并不在素芳城内。它的宗门所在地距离素芳城有百里远，临海而建，背靠香山。

苏竹漪落地后就感觉到了略带咸湿的海风，还听到了海浪拍打礁石的声音，一抬头，天空一群海鸟飞过，扑腾翅膀落在了房檐上。

当年在高高的望天树上也能看到远方的海，犹如天空一般湛蓝，天海连成一线。

她曾坐在那树屋边缘，将脚伸到屋子外晃荡，跟秦江澜说，羡慕海上飞鸟的自由。

结果秦江澜只是让她把脚收到屋子里。她不肯，他还捉了她的脚踝，把她的双脚抱起放在了树屋的地板上。他衣袖宽大，隔着大袖，她也能感觉到他手上的温度。

当时他说什么来着？

"外面冷，屋子里有结界。"那时候的她修为尽失，身上的伤也没好，不能吹太久冷风。说起来，若不是秦江澜拿最好的灵药给她续命，她哪里活得了那么久，哪里等得到流光镜修复……

一不小心又想到他了。

苏竹漪甩甩头，开始打量四周。

虽说知道素月宗有钱有靠山，但此时亲眼看见，苏竹漪心头还是小小地震撼了一下。

这里的位置在修真界里算不上多好，毕竟灵气充裕的仙山福地都被大宗门给占了，但这里的一砖一瓦都是炼器材料，都有灵气，以阵法组合在一起，把一块灵气一般般的地方都营造出了洞天福地的氛围，瞧那亭台下的碧蓝海水之中撒着大量的仙竹花花瓣，被海浪一波一波地卷起来，又一波一波地退回去，真是奢侈至极。

仙竹花能炼制凝神丹，价钱可不便宜。

她落地后没人来接，就四下看了看，横竖这亭子建在海上，前面只有一条路，苏竹漪也不胆怯，直接沿着小路往前走，没过多久就看到了一朵芙蓉花，哟，又有个传送阵。

她径直走过去，又被瞬间传送走，这次就到了香山上。

香山红叶多，还有一股淡淡的香气，苏竹漪从前就略有耳闻，如今亲眼所见，倒也就那么回事。这香气，她吸了吸鼻子，显然是在山上种了地伏草，那种草是长在地底下的，且有一股淡淡幽香，见识少的人以为是山上美人多，所以整座山都香了，其实跟那些女修有屁关系，还不是底下的草香。

她属于博览群书那一类人，对这一切都看得很淡，因此从进了素月宗就表现得很镇定大气，好似名门子弟一般。

苏竹漪又走了一段路，来到了一个庭院之中，庭院里空荡荡的，只摆放了两面打磨得很光滑的石头镜子，她继续往前，就看到一个手里拿着把玉尺的红衣女修笑着走了过来，红衣女修笑吟吟地道："小姑娘，你是来报名的吗？"

那玉尺是测修炼资质的，看来这红衣女修就是负责纳新的人了。

不然呢？苏竹漪心头如此想，脸上也回了个笑，甜甜地道："是啊，美人姐姐，您就是素月宗的弟子吗？"

"我叫红琴，是接引你的师姐。"红琴说完，指着两面石头镜子道，"来，到镜子前照照，我看你适合走什么路子。"

听到红琴的话，苏竹漪心头满意极了。

看，人已经进了素月宗，红琴都没提灵石的事情，自己这张脸果然争气。

苏竹漪在红琴的指引下站到了左边的镜子前。

她看到镜中的自己，稍稍愣了一下。

"师妹好生镇定，我当年看到这浮生镜都惊呆了。"

苏竹漪回以一笑："师姐，我是看傻了。"

她笑，镜子里的她也笑了。

那笑容绽开，让见惯了美人的红琴都稍稍一愣，红琴知道小姑娘生得好看，一路经过传送阵都被其他人放行了，没要她的灵石，却没想到，这小女娃能漂亮成这样。

镜子里的她是成年后的她。

其实素月宗不怎么看资质，她们先测的不是资质，而是容貌。然而新人弟子年纪大都很小，模样没长开，谁知道以后长什么样？

有很多小时候冰雪可爱的娃娃，长着长着就长歪了，倒不是变丑了，而是平庸了，泯没于人群中。所以素月宗弄了两面浮生镜，这镜子是修真界最擅长画骨画皮，以画入道的元婴期修士神笔张良和他的好朋友炼器大师司空钰一同炼制而成的，能够根据她们的骨头和五官，展示出人生中最美时候的样子。

浮生如梦，梦中的女子，保持在最美的时候。

而面前这个脑袋上头发只有一寸来长的小姑娘，长大后，居然会美成这样。左边的浮生镜内，她穿的是红衣，气质妖魅，镜中女子微微一笑，竟让红琴都心头一跳，好似要被那双眼睛勾走了魂一样。

苏竹漪也看着镜中的自己，那里头的她，比前世的她还要美上三分。毕竟她前世开始那些年过得很难，身上经常有伤，戾气也重，美得没有这么纯粹。

她知道自己未来会是什么样子，因此看到了也不惊讶，凑过去看了又看，问："这就是以后的我啊？"她瞪大眼睛，镜子里的美人也瞪大了眼睛，她做鬼脸，里头的人也跟着做鬼脸，这气氛一下子就活泛了。红琴镇定下来，笑着道："再来看这边。"

苏竹漪又跟着她站到了右边的镜子前。

右边的镜子里，她穿的是一袭白衣，神情略显清冷。这是不同风格的美，前一种是妖娆妩媚，后一种是圣洁高贵。前一种热情如火，后一种如山涧孤月。

苏竹漪微微一笑。

镜子里的她同样嘴角浅浅一勾，积雪融了，桃花开了，人心乱了。

红琴呆呆地站在原地，捂着扑通扑通跳的胸口，良久后才移开视线，她看着苏竹漪道："妖精哟，你这个……甚难抉择呀，我都不知道该怎么建议你了。"

素月宗宗门不大，分为听海阁和闻香岭，新入门的弟子都会根据浮生镜显出的样子选择适合自己的路线，妖娆的就去听海阁，清纯的就去闻香岭，像苏竹漪这样的，红琴还真不知道她应该去哪儿好。

能长成这样，都不用玉尺测资质了，哪怕她资质再烂，素月宗也肯定会把人收下来。

想到这里，红琴道："小师妹，你且在此稍候片刻，我去禀明宗主，看她让你去哪边。"

苏竹漪点头，冲红琴拱手作揖，道："那就多谢师姐了。"

红琴走之前抬手一挥，就备了桌椅和灵果。苏竹漪坐着等，心道：这素月宗还真能靠脸吃饭，真是适合她。

而此时，红琴已经到了素月宗宗主曲凝素房中。

"宗主，今年门内入了个好苗子。"

她眼前是一片竹林，竹林中粉红纱幔翻飞，那纱幔底下有一个女子懒懒地靠在榻上，手握着一把团扇，修长的食指钩着红线，正在扇面上绣花。

红琴与宗主隔了一片竹林，根本看不见宗主的脸，只知那女子剪影唯美，遥遥看着，宗主举手投足皆是风情，隔着粉红纱幔，那抬手的动作也是分外诱人。

宗主媚功又有精进，红琴只看了一眼，就觉得心跳如擂鼓。她是女子，都会看得分神。只是低头的时候，她又想起刚刚在镜子里看到的小师妹的模样，更是唏嘘不已，那小师妹，真是绝色，长大后，怕是比宗主还要美上三分。当然，这话她只能在心里想想，是绝对不敢说出口的。

绣完一朵红梅，曲凝素微微抬眼，柔声问："有多好？听海阁和闻香岭寻芳师收了她几块灵石？"

红琴答："她们都没收。"

"哦？"曲凝素柳眉微挑，"那你收了多少？"

红琴又道："弟子也未曾收取她灵石。"

曲凝素这下来了兴趣，她坐起身，从枕畔取了面镜子出来，对着镜子看了看，就看到了浮生镜里头刚刚出现过的苏竹漪的脸。

这一看，倒叫她呼吸都屏住了。

"果真绝色呢。"她喃喃道。

"宗主，您看是送她去听海阁还是闻香岭呢？"红琴问。

"送去合欢宗吧。"曲凝素将镜子倒扣扔到床上，漫不经心地道。

听到她的话，红琴顿时愣住，随后立刻反应了过来。素月宗只收长得好看的女弟子是不错，但若那女弟子长得比宗主还好看……

红琴心头一颤，她怎么脑子没转过弯？自己跑来触宗主霉头。

"弟子遵命。"红琴出了一身的汗，领命过后正欲退下，就听宗主又道："等等。"

曲凝素摊开手，看了看手上的蔻丹，微微抿唇，道："不用送到合欢宗去，随便寻个由头划破她的脸，再扔出去吧。"她以手托腮，又道："嗯，就用红颜枯。"

红琴只觉得浑身发寒，刚刚因紧张流出的汗都凉了。她点头应下，走远后双腿都还在微微发颤。恰好这时，一直伺候宗主的亲传弟子曲静瑶跟了出来。"红琴师姐，你今天可闯下大祸了。"

"居然把那么污糟的丫头领过来碍师父的眼。"曲静瑶皱着眉头道，"等下可要处理得漂漂亮亮的，否则红琴师姐怕是要去刑堂领罚了。"

"师妹教训得是。"红琴低着头，没有反驳她。

曲静瑶是她们这一批女修里头长得最标致的一个，然而她资质很差，如今修为也不高，所以其实大家都不是很服她。奈何宗主欣赏她，破例把她收为亲传弟子，去哪儿都把她带在身边，她经常出入那些大宗门，跟那些青年才俊都有接触，叫人羡慕不已。红琴跟她尤其不对付，因为她们俩看上了同一个男人——云霄宗现在那风头最劲的剑修。

本以为来了这个好苗子，宗主会放弃曲静瑶培养那小丫头，哪儿晓得……

那丫头模样太好了，比宗主还好，以至于宗主都容不下她。

红琴深吸一口气，默默去药房取了红颜枯出来，若是划破了她的脸，再用上红颜枯，她那张脸就将一辈子都好不了，丑陋无颜，犹如恶鬼。

苏竹漪把盘子里的灵果都吃光了，也没见红琴回来。

她倒是有耐心，没有不耐烦，还四处转了转，发现这院子里头就只有两面浮生镜，就凑过去在浮生镜前照了又照，对自己的容貌满意得不行。

又等了一会儿，就见红琴笑吟吟地出来了，只听她道："恭喜小师妹了，宗主打算将小师妹收入门下，亲自教导呢。"

呃，被宗主亲自教导？虽然靠山大了，但也有不利的地方，她只想在素月宗待段时间混点资源，等她有实力了就要出去闯荡，自立门户，算是叛出师门，若是成了宗主的亲传弟子了，她虽不怕，却也觉得会添不少麻烦。

不过这时候，她肯定没办法拒绝，便道："那真是太好了。"

接着，就听红琴又道："你也知道，要入我素月宗是有规矩的，恭喜小师妹加入宗门，一共是一百块上品灵石，还请小师妹缴纳入门费。"

若是身上灵石不够，偏偏又自信，跑来闯素月宗的，那就对不起了，肯定

会受到惩罚。这女童也就五六岁的年纪，若是这么处理，传出去也不会污了素月宗的名声，希望宗主对此满意，不要迁怒于她。

苏竹漪一听她这么说，心头就咯噔了一下。

一百块上品灵石，这可不是一般人能拿得出来的。红琴这么喊价，摆明是不打算收她入门的，并且要坑她一把。明明刚刚还好好的，一直都很热情地叫她小师妹，结果这么一请示宗主，就请示出问题了？

看来问题出在宗主身上。

苏竹漪脑子转得快，上辈子，她没跟几百年后就被瓜分了的素月宗打过交道，只知道素月宗宗主貌美有靠山，宗门资源丰富，入了其门下灵石管够，宗内也出了不少挺有名气的美人，只不过最后都被宗主给压了下去。请示了宗主，宗主赶她走，莫非觉得她的容貌太美，给那劳什子宗主造成了威胁？

这么一想倒是说得过去，毕竟那宗主也是个靠脸靠男人的。

素月宗竟然不能待了，苏竹漪心道此地不宜久留，转身就走，却见那红琴变了脸色。"你这丫头，难不成身上没带够灵石就敢来闯素月宗？"她柳眉倒竖，"你可知道，若是坏了规矩，是要受严惩的！"

说罢，一柄飞刀被甩了出来，苏竹漪眼疾手快，脚下施展了步法步履如飞，即便如此，那飞刀也擦着她脸颊飞过，在她脸上留下了一道血痕。

晦气，她算是明白了，这素月宗宗主竟打算毁她容貌！

光这么一刀肯定不行，只要有灵气，伤痕就能很快复原，红琴肯定有后手！硬拼她现在根本不是其对手，眼看红琴手中出现一个药瓶子，苏竹漪瞪大眼睛，厉声道："大胆，你可知我是谁？竟敢出手伤我！"

她一路过来都没有东张西望，看着也是气度不凡，并不像平常人家的孩子，明明年纪这么小，还没到六岁适合修炼的年纪，现在体内就有了灵气，好似有了炼气初期的实力，红琴心念急转，倒是被她吼得稍稍停顿了一下。

等等，得把对方的后台给诈出来才行，想到这里，红琴冷笑一声："不管你是谁，来了我素月宗，就得守我素月宗的规矩！"

说罢，她打开手中药瓶，苏竹漪闻得那药香，顿时浑身发寒，红颜枯，竟然是红颜枯，这素月宗的人下手好狠！

她立时大声道："我师父是古剑派洛樱，你敢动我？我师父和师兄定当铲平你这歹毒邪恶的素月宗！"

如今形势危急，她硬拼不行，必须自救，光搬出洛樱的名头完全不够。

听到是洛樱，红琴顿时嗤笑一声，她完全不怕了，洛樱只有一个弟子，怎么会多出一个小丫头？再者，洛樱的弟子，身上总不能连一百块上品灵石都没有。

而这时，苏竹漪冷哼一声。"你们素月宗跟合欢宗私底下的龌龊事，你以为没人知道？东浮上宗那老不修偷偷拿少女当作炉鼎修炼的事情，你以为瞒得住天下人？"苏竹漪朗声道，"师父早就在查你们了，这次派我来做卧底，没想到你们这么快就露出马脚！若你敢动我一根毫毛，师父就知道到底发生了什么，到时候，东浮上宗自身难保，更何况你们小小素月宗！"

她说的这些事都是真的，是上辈子发生过的，所以苏竹漪知道她的话肯定会起到作用。她一个小女娃怎么可能知道这么私密的丑事？只有一个可能，她背后有人，是她背后的人查到的。

洛樱那个四处行侠仗义的女大能，正好背这个锅！

天上，青河驱着扇子刚刚飞到素月宗香山上空，恰好听到了苏竹漪的喊话。

青河："……"

呵，说谎也说得理直气壮，把人都唬住了，小小年纪，心眼挺多。

把这么个讨嫌的家伙弄到眼皮底下放着，真的好吗？

"哪儿来的无耻小儿？竟敢污蔑素月宗跟魔道合欢宗勾结，还敢诋毁东浮上宗，找死！"红琴还没说话，就听一个人厉声喝道。

红琴听到这声音双膝一软，直接跪倒在地。"宗主！"

苏竹漪心头其实还有点慌，今天说不好就交待在这儿了，但她面上镇定，直视那走过来的红衣女子，丝毫不惧其威压，与她对视，并道："我师父替我点了心血魂灯，我找不找死不劳你操心，你要找死，就别怪我没提醒你了。"

她站在原地，趾高气扬地抬着下巴，看向那红衣宗主的眼神里充满了轻蔑。好一个蛇蝎美人，不过跟她比，还是差了几分。

见她如此狂傲，曲凝素心头微微不安，眼神也游移不定。

洛樱在天底下名声极好，她说的话不需要证据都有很多人相信，而面前这女童到底是不是洛樱的徒弟呢？明明全天下人都知道洛樱只收了一个弟子。

然而这小丫头在她的威压下仍旧眼神澄澈，心有底气，搞不好是真的。

曲凝素微微一笑。"听说洛樱在她那徒弟青河身上留了一道寒霜剑气。既然你是她新收的小徒弟，她也该好好呵护你才是。"说罢，曲凝素一抬手，手中已经握了一柄长剑，"我这人不喜舞刀弄剑，剑术不精，但引出一道剑气还

是可以的。"

她手中的青色长剑在阳光下泛着冷光。

青光薄而透，里面还出现了一缕绯色，被她一舞，那绯色像是泼墨一样散开，化作了漫天云霞。"此剑名为流霞，小丫头，你接好了。"

苏竹漪胸口一紧，然而她依旧镇定地道："待师父的潜龙剑的剑气斩断了你那流霞剑，你别哭就好！"寒霜剑气她肯定没有，松风剑气倒是有一道，但时灵时不灵，她心想："这样的关键时刻，秦江澜，你千万别再坑我了，到时候我给你立牌位，每天早晚各给你上三炷清香。"

曲凝素脸上笑容一滞，她不再说话，使手中流霞剑朝苏竹漪斩了过去。

苏竹漪嘴角勾出一抹冷笑，眼睁睁看那飞剑过来也纹丝不动。她在赌，赌曲凝素虚晃一招，不敢真的砍她；她也在赌，赌曲凝素真的刺来，引出松风剑气。

秦江澜的松风剑气不比洛樱的寒霜剑气弱，只要松风剑气出来，那流霞剑必断无疑。

飞剑将至，剑中流霞好似冲到了她眼前，映入她双眸，在长长的睫毛上镀了一层朦胧的金色，使得那双如黑曜石一样的眼睛之中流光溢彩。

哐的一声响！

流霞剑被斩断，成了两截，苏竹漪没有感觉到松风剑气，她一抬头，就看到天上飘着的那团红云。

"什么人？"红琴的法宝就是一张琴，她拨动琴弦，神情戒备。

"青河。"青河手中无剑，迎风立于扇面上，声音冰冷。

真的是古剑派，真的是青河！

曲凝素的飞剑被斩断，她脸色有些不好，这会儿勉强笑了一下。"原来真的是古剑派的小道友，刚刚若有得罪之处，还请见谅。只不过……"她仰头，冲青河嫣然一笑，"我们素月宗也算是正道名门，古剑派小友污我宗门名声，还是得给个交代。"

她就不信，他们能查到任何蛛丝马迹！若是这小丫头真的进了门派，被她收在身边，潜伏几年，没准还能让这小丫头抓到点把柄，然而现在，这小丫头还没入门派，断然不会有任何证据。

曲凝素柔声质问，却见上空掉下柄飞剑，重重落在院中，将地面都砸出个大坑，这样的实力，这样的剑气，让她脸色大变。

"你……"

"滚！"青河心情不佳。他师父以身祭剑，身上那些剑伤一直没办法恢复，她的一只胳膊也没了，而这些都跟他体内的龙泉剑有关。在他师父昏迷后，他体内戾气躁动，一路过来险些难以压制，在路上因为压制龙泉剑的煞气而耽搁了一些时间，如今虽然稍稍平复，但他情绪极不稳定，稍不注意，就会动手伤人。

曲凝素看着头上的煞神，真是气得心中呕血。闯了她的地盘，还喊她滚？她心中怒意滔天，面上却挂了个浅笑。"来者是客，我们先去准备些灵果和美酒，还请稍候片刻。"

说罢，曲凝素转身就走，红琴跟在后头，也沉着脸忙不迭地滚了。

等人走了，青河抬手罩了个结界，对苏竹漪道："师父重伤昏迷，不能在外奔波，需要回去好好休养，你也跟我回去。"

苏竹漪脸色一变，还未开口拒绝，就听青河继续道："落雪峰有灵泉灵脉，灵气浓郁，是上好的修炼之地。"

"师父只收了我们两个弟子，整座落雪峰的修炼资源皆为你所用。你可以轻轻松松地修炼进阶，也有足够的灵石养小骷髅。不必为生存费心。"末了，青河侧头看了一眼身后睡着的洛樱，神色温柔了几分，他继续道，"师父祭剑受了重伤，她没精力约束你。而我……"

他重新看向苏竹漪："我没空理你。古剑派的其他修士，没资格管你。"

哟，听起来条件还不错。只是……天上能掉馅饼？肯定事出有因。她不蠢，脑子一转就猜到了。

苏竹漪想了想道："你们这么想我拜入古剑派，是因为小骷髅吧？只可惜，我跟他已经分道扬镳了。"哪怕条件再好，她也不想去。青河身上有龙泉剑，一不小心就会走火入魔。到时候，整座落雪峰上只有一个重伤昏迷的洛樱，一个随时都会变成杀人不眨眼的大魔头的青河，她待在那里，真是嫌命长。

分道扬镳？

青河的视线落在苏竹漪身侧，他伸手一指。"他在你旁边。"

苏竹漪愣住，下意识地喊了一声："悟儿？"

就见身侧露出了一个骷髅头，那头就在她脸颊边，他还张着嘴喘气，一副累坏了的模样。

苏竹漪是从传送阵过来的。

她踩了两个传送阵，才从素芳城来到了素月宗的香山上。素月宗的传送阵就是为了把活人送到宗门里头来，还有寻芳师在阵法前操控，小骷髅这个隐匿了身形的死物踩上去压根没用，他懂的也不多，只能循着气息跑，在素芳城打

了好几个转，跋山涉水追到了这里。

正好看到陌生的漂亮姐姐离开，而自家小姐姐脸上有道血痕，他就踮起脚，想要吹一吹。

本来跑累了有些喘，小骷髅刚要吹口气，就听到小姐姐叫自己的名字，他聚集在头顶的灵气屏障立刻散了，脑袋就露了出来。本来身上的也想散的，转念一想小姐姐不喜欢狗，于是，他就只露了一个头，抱着狗的身子没露出来。

苏竹漪都闻到狗味了。

她皱眉："狗呢？"

"啊，在……在这儿。"小姐姐一问，他就露了馅，怯怯地把小黄狗给放了出来。

"我很讨厌狗。"苏竹漪看着悟儿道，"我小时候差点被野狗吃了，既然你又偷偷跟了过来，我还是那句话，我和它，你只能选一个。"

苏竹漪觉得自己对狗的厌恶和憎恨都刻在骨子里了，她现在都还记得，当年被狗啃咬时有多痛。

她在长宁村的村头被一条野狗撕咬，痛得撕心裂肺地惨叫，声音把夜的宁静打破了。她希望有人能帮帮她，哪怕是扔一块石头，也能将野狗驱走。然而她只听到一个声音不耐烦地吼："大半夜的，还让不让人睡了！"

她都不记得自己是怎么与野狗搏命的了，但她还记得那时候的疼，那时候的恨，从野狗牙齿侵入了她的骨头和血肉，哪怕过了一辈子，她依然牢牢记得。

小骷髅抱着那狗，她杀不了。

她可以不杀狗，但同样，她也不会带着小骷髅，再养一条狗。

说完，苏竹漪回头看青河："你们想要的是悟儿，既然如此，就带着他和狗走吧，不要再来烦我。"

青河没想到苏竹漪把事情看得这么透彻。

他眼神微闪，说："从此以后，没有狗能咬你，没有人能欺你。不管从前你经历过什么不幸，以后，都不会了。"他静静地看着苏竹漪。"你是洛樱的徒弟。"

顿了一下，他又道："是我的师妹。"

那一年，他站在一群新人弟子当中，缩在队伍最后，衣服底下，全是淤青和还未恢复的伤口，眼睛里藏着愤怒和不屈。

他师父着一袭白衣，越过人群走到他跟前，低头问他："你愿意做我的徒弟吗？

"不管从前你经历过什么不幸，以后，都不会了。"

158

她静静地看着他，面无表情，语气平静，然而那时候，他觉得那单薄的身影，好似身后巍峨的雪山，一轮红日从山巅跃出，将拦在他眼前的一切污浊和阴暗都彻底驱散了。

此前，苏竹漪不愿意去古剑派还有个很重要的原因。

入门一百年不能下山，下山的时候，很多事情都改变了，变数太大，恐遭天谴。只是现在，自从知道这天底下没有了秦江澜，她就明白此间天下已经不是原来的天下，也就对所谓的变数不太在意了。

小骷髅出现，洛樱没死。

洛樱不死，青河就不会到处灭人满门。他不灭门，很多人就会活下来。

如今改变的事情太多，好似把天都捅了个洞，她已经完全扭转不回来了。既然如此，那就不管了吧。

她现在实力太差，有个地方能安心修炼也好，只要灵石丹药够用，一百年的时间，苏竹漪觉得自己修炼到金丹期乃至元婴期都没有问题，到时候她再下山，别说区区一个素月宗，就算是遇到了四大派，甚至云霄宗，她也不惧。

有了实力，什么都好说。

想到这些，苏竹漪对去古剑派倒也没那么排斥了。

然而对狗，她依旧是排斥的。

青河早已经把红扇降了下来，苏竹漪走过去，挨着扇面站着，喊了他一声师兄。

青河微微颔首，并没开口说话。

小骷髅知道要坐飞行法宝了，也眼巴巴地跑过来，他刚刚走了很久的路，脚趾骨踩了好多泥巴和小石子，突然很想有鞋穿，看着自己的脚丫子，小骷髅眼眶动了动。

苏竹漪伸手一拦，做了个禁止靠近的动作。

小骷髅看懂了，抱着狗崽子站在原地，还退后了两步。

"扔下狗，跟我一道。"苏竹漪说，"要不就抱着狗，滚。"

青河看她一眼，没说什么多余的话。很多时候事情都不能两全其美，她讨厌狗，也说明了缘由，小骷髅却偏偏要带着狗往她眼皮底下凑，她会不高兴也是理所当然。

师父挺喜欢小骷髅的。

但事实上，青河不喜欢。相比那单纯善良的骨头架子，他会觉得黑心的师

妹更顺眼一些。不过既然师父喜欢小骷髅，而小骷髅又救了师父的命，他肯定会对小骷髅温和一些。

嗯，尽量……

苏竹漪说完后，就看到小骷髅在原地发呆，接着他往后退了好几步，抱着狗滚了。

骨头架子在地上打滚，还连滚了好几个石阶。手里的狗没抱住，被他松开了，那黄狗也挺机灵的，居然蜷缩成一团，咕噜噜地跟着滚了几下，最后，两个家伙都滚到浮生镜前，撞到镜子才停下。

他抱着小狗真的滚了。

滚了一圈后又滚了回去，滚得全身骨头咔咔咔地响。那小狗也滚得晕头转向，还朝苏竹漪的方向小跑了两步，待感受到苏竹漪的眼神后，呜咽一声，直接吓尿了。

小骷髅用灵气将地上的狗尿清理干净，他浑身的骨头都滚得脏兮兮的，肋骨上缠着的蝴蝶结也松散了，绿色丝带随风飘舞。他仰着头问苏竹漪："小姐姐，我滚完了，可以跟你一起了吗？"他没休息，也没进葫芦里，小手指骨还没长出来，这会儿他伸着四根指头放在苏竹漪面前，食指上还挂着小葫芦。

她让他滚，他就真的滚了。

苏竹漪忽然说不出什么话来，心想："明明道不同不相为谋，你却偏偏来跟我挤一条道！那我带你一条路走到黑，你以后可别后悔！"

眼前丝带随风飞舞，颜色嫩绿，好似婆娑竹叶，苏竹漪的目光落在小骷髅身上，紧抿嘴唇没有开口。

就在这时，青河幽幽地道："落雪峰很大。"

常年积雪，神识受限，若她不想看见那狗，那狗就能一辈子都不出现在她眼前。

苏竹漪懂青河的意思。

她都一千多岁的人了，杀狗也杀了那么多年，这次，她就稍稍退让这么一小步吧。看到小骷髅眼眶里盛满的光，还有身上的黑泥巴，苏竹漪接过无定葫芦收到袖内，她盯着小骷髅，面无表情地说："我一点狗味都不想闻到。"

小骷髅立刻把狗包得严严实实的，他本打算把狗藏在小葫芦里，奈何他自己能进去，小狗却进不去，尝试好几次，小狗都被摔在了地上，因此他意识到狗是进不去那葫芦的。

等苏竹漪和小骷髅都上了飞行法宝后，青河驱动扇子返回古剑派，他那扇子飞行速度很快，眨眼间就将素月宗、素芳城抛在身后，越过山川，飞过江河，乘着清风，载着苏竹漪走向了一条与上一世完全不同的路。

呵，若是秦江澜还在，怎么都想不到，她会去古剑派，拜了洛樱为师吧。

明明最后时刻，她还说自己要做个大魔头，谁挡她她就杀谁的。哪儿晓得人算不如天算，她回到了最弱小的时候，兜兜转转，竟然去了古剑派。

她其实不喜欢用剑。不过好在她懂的修炼方法多，正道魔道的都有，也不一定非得练剑，当真浪费一百年时间养剑心，只怕她傻了才会那么干。

躺在扇子上的苏竹漪，已经在思考应该先修炼什么功法好了。

苏竹漪这个人啊，在望天树上待了六百年，随时随地都在撩拨秦江澜，因此她一坐下，不是在修炼，就是摆出一副没骨头的样子，懒洋洋地靠着。哪怕现在年纪小了，一放松下来，她也是那副软趴趴的样子，就那么侧躺在扇子上，用一只手撑着头，用脚尖一点一点的。

"坐没坐相。"

听到青河训斥，苏竹漪回过神，她被训了也丝毫不当回事，盘拢双腿，看着青河道："师兄，落雪峰修炼资源管够？"

"嗯。"

"师父大概多久才会醒啊？"苏竹漪又问。她瞄了一下洛樱，龙泉剑不灭，洛樱身上的伤恢复得就极为缓慢，断掉的胳膊更是长不回来，这龙泉剑又跟青河绑在了一起，可真是够虐心的。

"等我彻底压制了龙泉剑。"

"师父昏迷之前是不是叫你照顾我？"苏竹漪眯了下眼，继续问。

青河有些不耐烦，答："是。"

"那我先列个单子，索天草给我来一百斤，红菱石、灵虚花、明悟子……"她报了一连串的材料名字，青河听了，沉默片刻道："替身草人？"

"你想炼制高阶的替身草人？"他顿了一下，"用不上。"

"用得上。"苏竹漪重重地点了下头，抑扬顿挫地道，"我怕死。若有人欺负我，你会给我出头的吧？"

清河沉着脸说："是！"

"若有天雷劈下来，你给我挡挡呗？"苏竹漪又开始了死皮赖脸磨人功。

"雷劫，他人不能插手，否则威力加倍。"青河身后黑乎乎的剑影都快冒出来了。

"别人的雷劫。"苏竹漪补充。她如今捅了天大的娄子，少不得杞人忧天。

"落不到你头上。"青河冷言。

苏竹漪不信，她觉得老天不长眼，肯定得劈歪。不过她也看出来青河已经没多少耐心了，便识趣地闭了嘴。

这时，她就听身侧小骷髅道："小姐姐，我替你挡。"他站在苏竹漪面前，用手挡在她额前给她遮了光。"小姐姐，要是有天雷劈下来，我替你挡。"

没有一丝肉的小手骨能遮多少光？

头顶的阳光被莹白的指骨切碎洒进她眼眸，炙热又刺目的光线变得零碎且温柔。

苏竹漪看着面前的小骷髅，莞尔一笑。

古剑派是修真界历史悠久的一个门派。

作为四大派之一的古剑派建在群山之巅，云层之中，宗门造型就是一柄飞剑，相传是当年开山祖师爷的佩剑，数万年间悬浮于天上，威震四方。

飞剑底下有一座主峰和六座次峰，主峰是掌门所在地，次峰各峰主就是古剑派六位长老。而七座山峰外还有群山连绵，那些山依然属于古剑派，最外边是外门弟子的居住地，越往内，弟子的身份地位也就越高。

一般来说，只需报上自己住哪座山，大家就知道他在门中的地位如何了。

洛樱的落雪峰不在七峰之列，整座雪山位于飞剑之上，常年云雾不散，积雪不化。

青河驱着扇子回到了古剑派，他那片红云极为醒目，一飘过去就惊动了古剑派那些大能，大家纷纷围在了飞剑下方，打算问个究竟。

"青河，你还有脸回来！"一个中年剑修手持长剑，厉声喝道。

苏竹漪这会儿倒是规规矩矩地坐在扇子上，她在打量古剑派这些人。哟，刚刚喊话的这个人她看着眼熟，上辈子他好似被她坑过。

"青河，交出剑心石！"哈，这个女剑修不就是那个以长辈名义教训秦江澜，结果被松风剑气惊得变脸的那个吗？她有个宝贝徒弟一直喜欢秦江澜，有次试炼的时候跟秦老狗在秘境里待了一夜，次日就不惜自污清白要跟秦江澜成亲，被拒之后还消沉了很久呢。

"落雪峰本来是镇守剑心石的，你竟然监守自盗，你师父就是这么教你的吗？"那女修正骂得起劲时，青河一眼望了过去。

青河的眼神好似冻刀子一样，冰到了她的骨头缝里，插入之后又像是沸水一般滚烫，叫她立时噤声，不敢再多说一句。

默默观察的苏竹漪心头暗爽——师兄这么厉害，连长老都敢正面冲撞，那她以后岂不是能在古剑派里横着走？

"剑心石我带回来了，正要放回落雪峰。"青河看到门中长老也不行礼，他扭头看向掌门，"师父又收了一个弟子。"他微微挪开步子，将坐在后头的苏竹漪给露了出来。"还请掌门派人安排一下，弟子服、修炼资源……"他顿了一下，"师父吩咐过，按照我的份额来。"

"你师父她……"古剑派掌门段林舒稍稍迟疑了一下，视线投到了扇面的屏风后面，他感觉到了那里有洛樱的气息，而洛樱好似身体有些不妥，同样，眼前的青河也有一种说不出的古怪味道，引得自己的本命飞剑都微微震动。

"师父受了点伤，需要静养。"苏竹漪探了个头出来，甜甜地道。她扯了下青河的袖子，说："师兄师兄，快带我去看看我们的落雪峰。"接着又道："弟子苏竹漪见过掌门和各位前辈，我们先告辞啦。"

青河微微一怔，随后一声不吭地驱动扇子飞上了天空，而待他飞走后，之前那质问他的女修便问："掌门，青河偷走剑心石触犯门规，就这么让他回去？"

段林舒双眉紧锁，听到她问，便回了一句："云峰主，落雪峰的事情我们都不能插手，这是门规，他犯了规矩，就得由他师父洛樱去惩戒。"

"洛樱处事公正，她会给大家一个交代的。"又一个修士道。

青河驱动扇子飞到了剑上，直接朝着落雪峰而去。苏竹漪叫出了悟儿，让他抱着青河的大腿站着。青河额头上青筋一跳一跳的，在接触到小骷髅的一瞬间，他的心才稍稍平复下来。

在刚刚跟古剑派掌门对话的时候，青河身上的邪剑就开始蠢蠢欲动，这里到处都是飞剑，还都是剑修，就好像狼跑到了羊圈里，以至于那龙泉剑又躁动起来，青河就显得有些浮躁了，而那云峰主还指责他师父。

若继续跟他们斗儿句嘴，只怕他情绪一上来，就压制不住那柄凶剑，所以苏竹漪看到不妥便立刻出声，如今回了落雪峰，她才松了一口气。在青河没有找到彻底压制龙泉剑的方法的时候，他最好不要露面。若是一时失控，让邪剑作祟，那麻烦就大了，只怕那时候连洛樱都保不住他。

邪剑之主一旦出现，天下修士，人人得而诛之。

　　落雪峰是座灵气充裕的雪山，不过他们其实都没有住在山上，而是住在山脚，山脚有三五间茅草房，就是洛樱和青河平日生活的地方。

　　青河小心翼翼地将洛樱抱回了房间，他没空管苏竹漪，苏竹漪让小骷髅带那狗崽子去玩，把狗崽子扔远点，至少得让她闻不到狗味才行，于是小骷髅就抱着小狗走了，等到大家都走了，苏竹漪才慢腾腾地往前迈步。

　　她脚下是云海，一路走过去连自己的鞋面都看不到，不过倒是有很多灵草灵木隐在云雾之中，那雾气把四周的东西都变得朦朦胧胧，显得有些如梦似幻。苏竹漪一直往前走，走了很久后，看到一截剑尖。这就是古剑派的根基——一柄悬在空中的飞剑，飞剑上驮着落雪峰，洛樱自幼在落雪峰长大，以剑入道。

　　这悬在天空的剑被云海包裹着，只有剑尖这一处没有云雾，这里据说是古剑派优秀弟子感悟剑意的地方，他们每三年举行一次门派比武，胜了的人就能来这里，面朝云海，背靠雪山，坐于飞剑剑尖，感悟剑意。

　　苏竹漪当年认识一个古剑派修士，其实她原本连那人的名字都不记得，但秦江澜数她罪行的时候总得念上一念，于是她也就记住了那人的名字——古飞跃。忽然，苏竹漪觉得，秦江澜念这些名字的时候，莫不是在吃醋？她都不记得了，他还能记得那么清楚。

　　古飞跃算是古剑派的一个优秀弟子了，曾在这剑尖上坐过一个月，并一直引以为傲，而现在，苏竹漪坐到了剑尖上，她将双脚伸到了外头左右晃，只觉得风很凉，吹得她脚上汗毛竖起，起了一层鸡皮疙瘩。

　　静坐了一会儿，返回的时候，苏竹漪在路上用锄头挖了块大点的石头，扛回去之后叫青河给切得平平整整，随后她在上面刻上了秦江澜的名字。

　　说好要给他立个牌位上香的，既然如今不用颠沛流离，可以安心修炼了，她还是给他刻个碑吧。

　　看到苏竹漪像模像样地刻了碑，还问他要了三炷香插上，青河难得地多问了一句："你爹？"

　　苏竹漪："……"

　　她摇摇头，却又点点头："宛如再生父母。"

　　上辈子她修为尽失，就是靠着秦江澜给她续命的，这重活一回的机会，也是他给的，可不就是宛如再生父母了。

　　"你住这间房。"青河指着离得稍远的那间小茅草房道。

　　"嗯。"苏竹漪在这方面完全不挑，天当被子地当床的日子过得多了，有间小茅草房也不错。

"弟子服也送过来了，修炼玉简跟衣服放在一处，每个月掌门会派人送来一百块上品灵石和一瓶聚气丹，你好好修炼。我最近打算闭关一段时间。"青河确实没空管她，只有他体内那柄邪剑被彻底压制住，他师父身上的剑伤才会好，所以他现在是一刻都耽误不起。

"好！"

"师父房间里的花每天都要换。"青河站在洛樱房前，继续道，"她喜欢梅花。"

"早晚都要换安神香，龙泉剑的煞气还残留在她的剑伤里，若不点安神香，她睡不好。"

"哦。"

"若是师父醒了，就说我已经将剑心石放回原位，甘愿受罚。"青河又道。

"好吧。"苏竹漪点点头，问，"还有什么要交代的吗？"

"明天他们会送替身草人过来，我跟藏峰的峰主说了。"青河顿了一下，"你实力不够，自己炼制不出高阶替身草人，我让他们拿两个过来，已经付了灵石，你直接收下即可。"

"多谢师兄。"

"落雪峰上有很多灵草，你能采到的就是你的。"说完，青河转身离开，苏竹漪则走到了他给她安排的那间茅草房前，推门而入，就看到正中间桌子上放着的弟子服和修炼玉简，以及一袋子灵石和一瓶丹药。

这样的生活，是从前的她难以想象的。

那时候的她在血罗门里，为了一块灵石、一颗丹药，双手都得沾满鲜血，甚至可以说，每一颗丹药都是一条命，而现在，这些东西就放在那儿，她只需要伸手去取就好。

果真不一样了。她想了想，把灵石分成两堆，一堆自己揣着，另外一堆就直接丢进了无定葫芦，这是分给小骷髅的糖。

次日清晨，寂静的雪峰外传来一阵喧哗声。

苏竹漪以为是来送替身草人的，正想着送替身草人怎么弄出这么大阵仗，毕竟落雪峰上神识是受到限制的，苏竹漪也不知道到底来了多少人，只觉吵得很，宛如麻雀闹林。

她从窗口往外一看，眉头一下就拧起来。

只见落雪峰外来了很多不速之客。

那群穿着玄袍、衣襟袖口皆绣了云纹的很明显是东浮上宗的修士，跟他们挨着站的有几个容貌姣好的女修，其中有两个女修苏竹漪见过，是那个接引她的红琴和素月宗宗主。难道因为她说出了素月宗的那些龌龊事但是没证据，所以素月宗搬出了靠山，跑来古剑派兴师问罪了？

这么大点事也弄不出这么大阵仗，毕竟她现在还年幼，说的话不能当真，自己打上门来才真是小题大做。苏竹漪视线一转，目光落到另一边那三五个修士身上，神色微微一变。那着墨绿长衫、腰佩长剑的修士是云霄宗的弟子，领头那个佩剑上有金色剑穗的修士是云霄宗长老。

把云霄宗长老都请来了，莫非跟青河有关？

剑气！青河一剑斩断了素月宗宗主的流霞剑，自然有剑气，他们从那剑气中看出不妥，以此为由，找上了古剑派落雪峰。现在洛樱昏迷不醒，青河正在压制龙泉剑，若是这些人上山搜查，发现青河身上的诡异之处，定然不会放过他。

苏竹漪拿出无定葫芦，唤出了小骷髅："去找青河，死死地抱着他，用你体内的灵气裹住他，就像藏着你那条狗一样，你做得到吗？"

"嗯。"小骷髅点点头，他昨天晚上吃了好多糖，又在无定葫芦里休息了一夜，现在精神头十足，直接奔青河那儿去了。而这时，苏竹漪才从房间里出去，她出去后看到曲凝素，道："又是你，你来这儿做什么？"苏竹漪恨恨地看她一眼。"又想划破我的脸吗？"

此话一出，便叫周围的修士面色一滞，曲凝素面色稍显尴尬，随后轻笑一声。"昨日夜里我睡不安稳，去找了丹药师瞧，是煞气入体，我左思右想，也只有古剑派青河斩了我一剑，倒没想到，这一剑，倒斩出了血煞来。洛樱是天下第一的剑修，侠名远播，怎么会教出个煞气腾腾的魔头来？此事事关重大，我也不敢随意污蔑人，只好拿着断剑去请云霄宗大能查看……"说到这里，她转头看向云霄宗那长老，"柳长老，您怎么看？"

柳长老拂袖而立，他沉声道："邪气入体，剑意凶戾，死在他剑下的冤魂只怕不计其数。此子已堕入魔道！"

古剑派掌门段林舒眉头紧拧，落雪峰的青河是年轻一辈最杰出的剑修，甚至力压云霄宗，如今他们说青河邪气入体，堕入魔道，本来他是绝对不信的，但昨天见面时本命法宝的异动和那种古怪感让他心中生疑，他倒是有几分担忧了。

苏竹漪呵呵一笑。"你这老头满嘴胡说八道，我师兄才三百岁出头，下山才多久，死在他剑下的冤魂不计其数，还是你不识数？云霄宗的弟子比剑比不过，比不要脸肯定能赢。"她笑吟吟地看向掌门，"掌门，您说是不是？"

段林舒只能道："话可不能乱说，青河是我们古剑派最优秀的弟子，是洛樱教出来的孩子，剑道造诣高深，他名声在外，可不是谁都能随意抹黑的。"若说之前他还担心，但这柳老头居然说青河剑下冤魂无数，这就过分了，青河除了以前跟云霄宗比试的时候下过山，也就偷了剑心石后，在外面闯荡了几年，虽伤过不少人，也惹了不少乱子，但杀人却是没有的事。

如果当真杀人如麻，那他还能藏得住？再者，现在的青河不过金丹期而已，怎么可能剑下无数冤魂。

"哼！那就叫那青河出来对峙，让老夫亲自试试他的剑意。"柳长老额头青筋直跳，他不屑跟小孩一般见识，所以那女娃说他不识数，他都没动怒，但他眼神极准，那断剑处透出的煞气不会有错，现在段林舒如此说，分明是不信他。

就在他话音落下之时，一道惊鸿剑光从天而落，那剑光雪亮，犹如一条霜雪游龙呼啸而过，惊得柳长老面色大骇，连退数步，饶是如此，他也落了满头霜花。

青河踏云而来，他冷冷地瞥了柳长老一眼，道："这剑意，你看如何？"

青河手中并无剑。

众人看到他手上无剑，更是震惊。

"天璇九剑你已经修炼到第七重了！"段林舒眼睛一亮，"果然是天纵奇才。"

就是如今古剑派剑道第一人洛樱也才把天璇九剑修炼到第八重而已。她修炼到第八重出关的时候是五百岁，如今青河三百余岁就到了第七重，或许日后能超过洛樱。想到这里，段林舒嘴角噙着抹笑意，他转头问云霄宗柳长老："这剑意之中，可有血煞？"

古剑派是养剑心的，剑意如其人，此剑意干净透彻，如银龙出水，里头哪儿有什么煞气。难不成是索月宗跟东浮上宗联合起来动的手脚，将那流霞剑处理过，让他上当？柳长老面色铁青，云霄宗是天下第一宗，凌驾于四大派之上，但这些年宗门弟子修为平平，没有出一个惊才绝艳的人物，以至于最近几次门派比试都没有占到上风，本来他那弟子资质绝佳，剑道不俗，结果古剑派又出了个青河，死死压了他弟子一头。

所以真相是东浮上宗设了这么个局来挑拨关系！难怪找上他来，柳长老在心头苦笑，他知道自己脾气大，一点就着，若是其他长老，肯定会认真调查一番，不会中了这局。

柳长老深吸一口气，凝视青河。"青河好剑法，不愧是洛樱那丫头教出来的弟子，今日之事是我不对……"他从袖子里掏出个玉匣子，"正好老夫身上有一小块霜魄，你且收下，算是我赔礼道歉。"

霜魄？对洛樱的寒霜剑意很有用，虽然只有一小块，但也价值不菲，最重要的是适用，很适合洛樱养潜龙剑。

青河也没跟他客气，接过玉匣子道了声"多谢"。

柳长老掏了东西就说了声"告辞"，领着云霄宗的几个修士走了，只是他临走之时狠狠瞪了东浮上宗的修士一眼，他脾气大，是个藏不住事的，这也就表明他把东浮上宗给记恨上了，那东浮上宗的修士脸色难看，视线落在曲凝素身上，随后一扫而过。

就在这时，青河忽然道："小师妹，送客。"

没头没脑的一句话，让正乐呵呵地笑着的掌门嘴角一僵，苏竹漪反应快，立刻道："我师父在休养，你们这么多人闹哄哄地跑过来干什么？再不走我就要撵人了。"

她现在年纪小，可以任性，大家都是名门正派，德高望重的，不能跟她这小姑娘一般见识，这会儿没办法，只能被她撵走。

等把人都赶走了，苏竹漪就发现青河身子立刻垮了，他整个人弯腰缩在那里，十分狼狈。

小骷髅刚刚用大量灵气包裹住了他。在小骷髅的帮助下，他自身元神占了上风，将龙泉剑几乎完全压制，本来是件喜事，但青河忽然发现，他跟龙泉剑不是简单的主仆关系。

那龙泉剑已经融入了他的骨血，他是铸剑师的后人，当年铸剑师全族投入了熔炉，那柄剑里有他祖上亲族的血肉，现在，龙泉剑还融入了他的骨血。龙泉剑被压制，他的身体也随之虚弱崩溃，刚刚那一剑耗尽了他体内的所有灵气，若是再支撑一会儿，他就该倒下了。

也就是说，一直不停消耗他师父生气的不只是龙泉剑。

还有他自己。他会渐渐被邪剑控制，最终成为那柄剑的一部分。

人即剑，剑即人。

"师兄，你怎么了？"苏竹漪凑过去问。

"我是人，我不是剑。"

青河一把推开苏竹漪，跌跌撞撞地冲到房内，他沉默而坐，呼吸全无，宛如一具死物。

苏竹漪咂咂嘴，她在房门口站了一会儿，又唤了悟儿出来，看小骷髅没什么不妥后，问："刚刚你帮他的时候，他怎么了？"

"他身上的气息跟封印里头的黑妖怪是一样的。"

悟儿是半个山河之灵，对这些有感应，听到他这么说，苏竹漪就明白了。

看来青河上辈子是在洛樱死后才大开杀戒的。他身上有龙泉剑，杀戮的欲望会无限扩大，干出那么多灭门惨案不稀奇。但最后他莫名其妙死了，要么是跟龙泉剑同归于尽了，要么是他的意识被龙泉剑彻底吞噬，他成了剑的一部分。所以他死后，只传出了魂灯熄灭的消息，大家却不知他是如何死的，死在哪里。

苏竹漪倾向前一个猜测，因为如果是后者，那柄邪剑在他死后应该还在，但那之后近千年，她都没听说过龙泉剑的消息。就证明那剑消停了近千年，要么被重新封印起来，要么被毁掉了。不管是被封印还是被毁，都跟青河有关。这么一看，青河这个魔头当得也并非他所愿。

刚刚青河说他不是剑，他是人。

也就是说，那龙泉剑不是简单地认主，他是铸剑师的后人，那铸剑师大概要将他也变成剑的一部分，然后一家人祖宗十八代团聚，一起相亲相爱了。

这也不是没办法解啊，苏竹漪敲了敲门，在外头喊："师兄，既然剑跟你合二为一了，我倒有个好方法能驱除那剑的邪气。"

龙泉剑那种杀戮欲望极强的凶剑，要么找山河之灵来镇压，这个找不到，悟儿只能算半个，以正压邪，就跟封印里那大能用自己镇压剑身一个道理。

要么找个污秽之地，以秽压邪。当时那个大能找了七个魔头以恶制恶，但现在青河已经跟那剑合二为一了，就完全没那么麻烦。不需要弄那么复杂的封印把剑封锁起来，因为现在青河就是那柄剑。他有意志，目前可以控制自己的行为。

"师兄，你去凡间找个年代久远的粪坑，在里头泡上个三五十载，就可以了。"

这是书上说的，到底有没有效果，苏竹漪还真不知道，不过有法子总比没有好吧。

屋内紧闭双目的青河睁了眼。

169

苏竹漪是感觉不到他的动静的，却适时说了一句："要不试试？"

青河："……"

苏竹漪说完之后就回了自己的屋子，她写了个材料单子送到藏峰，随后就开始修炼了。

第六章

拨乱反正

光阴似箭，日月如梭。

对修真者来说，十年光阴也只在弹指一挥间。

苏竹漪如今已有十六岁，偌大的落雪峰上只有她一个人，日子过得很是逍遥。她一年前就已经筑基期大圆满了，一直没冲击金丹。实在是准备得不够充分，她不敢冒险。

自从上次古剑派一个弟子渡金丹劫，天雷劈歪，落到了落雪峰之后，苏竹漪就去找掌门要了个清单，上面详细列了门中弟子大约什么时间渡劫，她好提前做准备。

别人的雷劫那贼老天却铆着劲来劈她，她自己的雷劫肯定要慎之又慎，于是这一年来，她都没怎么闭关修炼，而是在准备渡劫用的东西。

这日清早，她先是去洛樱师父房里，把梅花换了新鲜的，接着点了安神香，出门后在秦江澜的石碑前点了三炷清香，还顺手放了个从树上摘的红果子。等做完这些后，她跟小骷髅在落雪峰上转了一圈，采了一些灵草回去炼丹。

小骷髅穿了衣服鞋袜，苏竹漪教他穿了线，给了他布，衣服鞋袜全都是他自己缝的。他没长高，也没长肉，但每天在山里蹿，上午跟着苏竹漪，下午跟着同样穿着他做的衣服的笑笑撒丫子跑，晚上在葫芦里把狗味清理得干干净净，第二天又去找苏竹漪，每天过得乐呵呵的。

炼丹还需几味药草，苏竹漪采完灵草后便去了藏峰领药草，她过去后就报了一串药草名，那藏峰的弟子连忙给她装好，态度客气得不行。

等人走了，还在那儿排队的新入门的弟子就问："刚刚那个师姐是谁啊？长得好美。"

"是落雪峰上的人。"

这么一说，大家顿时明白了。

落雪峰算是古剑派圣地所在，古剑派剑道第一人洛樱就住在落雪峰上。

洛樱一共收了两个徒弟，这两个徒弟都极为有名。

他们一个怕生，一个怕死。大徒弟青河怕见生人，以前就不喜与人接触，这十年间更是没露过面，每次去问，他师妹都说师兄闭关不见客。怕生的青河剑术高超，天璇九剑已经修炼到了第七重，整个古剑派比他的剑术高的只有一个，那就是他师父洛樱。就连掌门也才修炼到第七重，几位长老里头还有第六重的。

小徒弟怕死，每月到藏峰都会领取大量炼制替身草人的材料，十年间月月如此，从不间断。据说她的储物袋里都是替身草人，曾有人见过她扎的草人，栩栩如生，比那些专门炼制法宝的大师扎得还好。这么一个怕死的美人还是剑修，只怕她那剑都是软的，遇见敌人还没开打，人和剑就已经开始抖了。

古剑派新入门的弟子会花上百年养剑心，但是一般养几年剑心之后就会有点眉目了，但那美人养十年了连剑心的一点苗头都没有，到底是有多怕死，才会连剑心都养不出来？

"原来是她啊。"新入门的弟子喃喃道，"美则美矣，可是没有一颗坚韧的心，如何能踏上长生大道？"

按理说，他是该鄙夷这种贪生怕死之人的，可是一想到那张脸，就什么话都说不出口了。他遥遥看向苏竹漪走远的方向，好似一片白月光洒落在林间小道上，半晌都没移开眼。

苏竹漪回了落雪峰。

她先是炼了炉丹，接着扎了两个草人，依然没有做出她想要的效果，苏竹漪把草人随手扔在了墙角。

替身草人这东西对很多人来说是个鸡肋。首先，有什么样的修为，就只能用什么样的草人，人的修为必须跟草人的修为相符，草人才能做其替身。

也就是说，炼气期的修士只能用低阶的草人，虽然高阶草人用着更保险，但带在身上也没用，完全起不到转嫁危险的效果。然而通常情况下，炼气期的修士遇到生死攸关的境地，哪怕有两条命也不够死的，结果往往就是草人碎了，自己也挂了。加上炼制低阶和中阶的替身草人的时候要把自己的毛发加在里头，如果没有信得过的炼器师，一般人不敢放心地把自己的毛发交出去，免得一不小心被下了咒。高阶的替身草人倒是不需要毛发，却不是一般人买得起和用得上的。

苏竹漪现在的修为是筑基期大圆满，她身上有两个高阶替身草人，是当年青河让藏峰的弟子送过来的，然而送来后，苏竹漪才想起来，自己修为没到元婴期，压根用不了。

她只能用中阶的替身草人。但她总觉得不保险，老想把中阶的草人弄出高阶的效果来。当年她在书上看到过，有的替身草人炼制出来会有草心，宛如活物，这样的草人连天道都瞒得住，连雷劫都能躲开，苏竹漪便一直在扎草人，扎了整整十年，这门手艺都能出去赚灵石了，她的储物袋里堆满了草人，也没炼制出一个有草心的草人来。好在材料不用自己找，她用起来也不心疼。

草人没扎成功，苏竹漪又开始修炼，她最近只练外功，不敢修炼心法，免得一不小心就突破了。她也没学剑，而是把烈焰掌修到了满重，步法无影无踪也完全掌握了，大擒拿术、冰雪连天、移花接木等功法她都掌握得很好，虽说她没学剑，但真动起手来，古剑派年轻一辈弟子无人能在她手底下撑过三招。

她修炼完就到了傍晚，踩着天边最后一道阳光出了房门，她给洛樱房间里换了梅花，重新点了安神香，点香的时候看了一眼床上的洛樱，洛樱的气色尚可，身上的剑伤也已经痊愈，恢复得还不错。

看得出来，青河这些年除煞效果明显，洛樱快醒了，估计他也快回来了吧。

出了房间，苏竹漪就看到一道剑影飞了过来，她见是掌门，就站定乖乖行了个礼："落雪峰苏竹漪参见掌门。"

落雪峰是古剑派禁地，只有掌门才能没限制地直接到他们的茅草屋附近来，而目前也只有掌门段林舒知道，洛樱受了重伤，青河为了替师父找疗伤圣药，远走天涯。

那伤他瞧过，当时看到的时候震惊极了。洛樱身体内有煞气，好似邪气入体，那煞气在不断吞噬她的生气，使得她一直好不了。想到当时东浮上宗和索月宗的人找上门，说是青河斩的那一剑有问题，青河已入魔。结果青河剑意干净纯粹，使得谎言被戳穿，当时段林舒还挺气愤，后来见了洛樱身上的伤，他就沉默了。

他觉得，那一剑应该是洛樱斩的。青河跟着洛樱学剑，连剑意都跟她如出

一辙，而洛樱的侠义心肠又是出了名的，所以他们都只想到了青河，压根没往洛樱身上想。

不过他也看出来了，洛樱不是入了魔道，而是被凶煞的兵器所侵染，她应该是在镇压邪物的时候被侵蚀了。得到了肯定的答案后，段林舒心情万分沉重。他对洛樱的伤无能为力，只能希望她在落雪峰上好好养着，这里灵气浓郁，又有先祖剑意滋养，总能让她慢慢好转。

至于青河出去找驱除煞气的仙丹，段林舒是没有对其抱多大信心的，但不管怎样，落雪峰剑心石是古剑派根基所在，段林舒肯定要时刻关注着洛樱的情况，而这秘密，他也得小心隐藏下去，不能让其他人知道洛樱伤重难愈，更不能让其他人知道洛樱煞气缠身。

"小竹啊，你师父最近如何？"

"还行吧。"苏竹漪答。

"你师兄可曾有说何时回归？"

苏竹漪摇头："未曾。"

段林舒有点头疼了。"小竹，你的剑心领悟得怎么样了？"明明她的师父、师兄都那么厉害，天生就是御剑的人，怎么到了小师妹这里就变成了这样，对剑道一窍不通呢？她天天待在落雪峰，都没能感悟到一丝剑心。

苏竹漪低下头，满脸愁苦地道："还没领悟……"

段林舒叹了口气。古剑派的天璇九剑剑诀是以剑心为基础的，所以古剑派的弟子要先养剑心，有了剑心，就能学剑法。但若是一点剑心都没有的话，天璇九剑第一重她都施展不出来。

天下剑修宗门每三十年会进行一次剑道比试，其中尤以古剑派和云霄宗的参与人数最多。三十年前，青河以一人之力，力压云霄宗年轻一辈所有剑修，让古剑派扬眉吐气了一回，然而现在，古剑派没有一个拿得出手的新人，云霄宗却出了个惊才绝艳的人物，传言比青河更优秀。

弟子比试剑法是按年龄分段的，分别为一百岁以下，一百岁到三百岁，三百岁以上这三个年龄段。青河要是不回来，他们这次怕是要全军覆没。到时候，新人弟子们去剑冢选剑，他们也就落了下风。

"云霄宗这回出了个秦江澜，年纪只比你大一些，修为已经到了筑基中期，沧澜剑诀他也修炼到了第四重，听说他马上就会领悟出属于自己的剑意了。这次比剑，我们恐怕会输得很惨。"段林舒感叹道。

其实，云霄宗是凌驾于四大派之上的天下第一宗，门下收罗更多资质优秀的弟子也在情理之中，但自从古剑派出了洛樱和青河之后，他们的名声水涨船高，若是一下子输得太惨，面子上有些不好看。

然而这也是没办法的事，不能强求。

段林舒幽幽地叹口气，又道："不知为何，总觉得那小子的名字有些耳熟。"他说完之后看了一眼苏竹漪，结果看到她瞪大眼睛呆呆地站在那里，有些好奇地问："怎么，你认识那小子？"越过苏竹漪，看到她身后那石碑，段林舒的眼睛也睁大了，难怪觉得熟悉，那石碑上刻着的方方正正的三个字，可不正是"秦江澜"！

苏竹漪以前一直都规规矩矩的，跟掌门说话也低着头，一副被掌门威严震慑乖巧听话的模样，她此时猛地抬起头来，身上无端出现了一股让段林舒都有些惊讶的气势，他好似能感觉到淡淡的威压，面前那乖巧的女娃，好似陡然换了一张面孔一般。

"你说那秦江澜现在多大？"

"十七八岁的样子吧。他才筑基期，跟云霄宗金丹期的那个许凌风比剑都没落下风，不过你师兄这次若是不回来的话，那许凌风就该拿三百岁以上年龄段的第一了。"段林舒正视她一眼，认真地回答道。

十七八岁？苏竹漪低下头，周身的气势一下子就散了，她低头喃喃道："这怎么可能呢？"

云霄宗的秦江澜年长她三百岁，所以老，她最讨厌狗，所以她给他取了个诨名叫秦老狗。她喊得高兴，天天在他耳边喊，以至于后来一叫秦老狗，他还回个头或者侧个脸，算是默认了这个称呼。

秦江澜、许凌风、青河明明是同龄人，然而现在，秦江澜却变成跟她一般大了？

她以为他成了祭品，牺牲了，天天早晚给他各上三炷香，结果是他晚出生了三百年？但这怎么可能呢？难不成流光镜还能改写人生天命？苏竹漪脑子有点蒙。

她突然抬头，道："掌门，我要参加这次的比试。"

古剑派弟子入门百年内不得私自下山，有阵法有结界，守门的看得也紧，苏竹漪原来还想偷偷溜出去看看，结果发现做不到，也就放弃了。但如果是参加这种比试的话不算在其中。

"你没有剑心。"段林舒叹了口气道。他知道苏竹漪修为不差，如今也筑基了，但他下意识地觉得苏竹漪这修为是用丹药灵石堆上去的，毕竟每月落雪峰

的修炼资源不少，有几个峰主还表示过不满。用了那么多修炼资源，还不能筑基也说不过去，而她怕死也是出了名的，连他都略有耳闻，可以想象，若她去参加剑道比试，只怕一登台腿就软了。

"一会儿就有了。"苏竹漪回答。她比掌门矮，此番微微仰头，用一双水汪汪的大眼睛注视着他，那眼神看得段林舒都有些不忍心拒绝了。

段林舒："……"

他皱了下眉头："这个，得等你师父醒了再做定夺，古剑派历来门规如此，我虽然是掌门，却也管不到落雪峰的事。"直接拒绝不太好，段林舒给自己找了个好理由，委婉地表示不能让她去参加比试。笑话，输了不丢人，一上台就吓晕了才丢人！

没想到苏竹漪又道："一会儿她就醒了。"

恰在此时，屋内一个平缓的声音传来："你想去？"

"嗯。"

"想去就去吧。"

洛樱醒了。她这十年间断断续续地醒过几次，而最近这段时间虽没睁眼，但她对外界已经有了感知，意识回笼，丹田识海渐渐恢复。秦江澜是苏竹漪的心结，洛樱知道苏竹漪每天给她点了安神香后，还会在秦江澜的石碑前上香，碎碎念一段时间。每次在那个时候，苏竹漪的神色都既奇异又生动，这些是洛樱未曾体会过的，或怒或笑，喜怒形于色。

所以在这件事情上，洛樱不会拘着她。她想去，那就去吧。

苏竹漪一早就发现了洛樱身上的变化，她知道洛樱差不多该醒了，只是没想到会醒得这么恰到好处。

既然洛樱醒了，那青河也该回来了。

回来的青河，应该是一个很有味道的青河吧……

到时候，她跟青河一块去比试，若那秦江澜是真的，不如让她师兄打晕了他带回来；若不是真的，苏竹漪眼神一暗，她会叫他死得很难看。

这一次剑道比试是在三个月后，正好在云霄宗举行，是他们的主场。

苏竹漪要参加的话，就只剩下三个月的时间养剑心了。不过她是洛樱的弟子，仅凭这个身份，想要个名额也是轻而易举的事，只是到时候连剑都不会用，丢的不仅是古剑派的脸，还有损洛樱天下第一剑修的名声。

掌门段林舒看着苏竹漪，心想，算了，好歹有张好看的脸，没准大家光顾

176

着看脸，也就不计较她剑法好坏了呢。

洛樱本就生得好看，收了个女弟子更是美貌，明明这天下女修都长得不差，各有各的特色，然而把她们放一块，人群中一眼就能看到这女弟子，轮廓、五官都恰到好处，只能说是上天厚爱了。

段林舒进门看望了洛樱，瞧见她气色不错，也就放了心，叮嘱她好好休养后就下了山。他走之前还跟苏竹漪打了声招呼，结果苏竹漪坐在石碑前压根没搭理他，他没说什么，摇摇头走了，心里头还在想，那秦江澜跟苏竹漪什么关系，难不成是青梅竹马，只是苏竹漪误以为对方已经死了？真是让人浮想联翩啊。

苏竹漪对着石碑发了会儿呆。

说真的，在询问青河，得知没有秦江澜这个人的时候，她真的以为秦江澜以身祭了流光镜，所以人没了。

她上辈子对秦江澜就有那么一点动心，等意识到这一点后，她就把他放在了心上，时不时翻出来想一想，把回忆拎出来晒一晒，这个人就和他那逐心咒一样刻在了她心上。而把一份感情放在死人身上，对她这样的人来说是挺不错的，死人不会变心，不会跟她有利益冲突，不会出来阻她的道，不会突然倒戈，从背后给她一刀。所以，她这些年就算意识到自己对上辈子那秦老狗有些念念不忘，却也没太当回事，毕竟她那么忙，能用来追忆他的时间不多。

难道一切是她自己想太多，把自己太当回事了？

这么一想，真是满脸的尴尬。就在这时，她旁边有个果子凭空出现，递到了她眼前。

苏竹漪接过果子啃了一口，然后直接将果子砸在了石碑上，那石碑上染了红红的果汁，像是有血从碑上流下来，接着流到了刻着的名字上。

"小姐姐，你不喜欢吃吗？"苏竹漪面前先出现了一只手，接着又冒出了身子和头，小骷髅现在随时随地都把身子藏一半，若离开落雪峰去了其他峰，能把人给活活吓死。好在他听话，规矩得很，从来不乱跑，也不会在外人面前现身。

"挺好吃的，我就是给他也尝尝。"苏竹漪指着石碑上的名字道。她本来心情已经平复了，然而说这话的时候心头莫名一酸，就算这个"秦江澜"的确是秦江澜，但只要他没有前世的记忆，那他就不再是他了，也能当作死了吧。

"秦江澜是什么人呢？"小骷髅又问。

"一个很好看的人。"苏竹漪沉吟一下，只回了这么一句话。长得好看，身

177

材还好，肌肉紧实有力之类少儿不宜的话，还是不告诉小骷髅了。

"我以后可以长成很好看的人吗？"小骷髅满怀期待地看着苏竹漪。苏竹漪点了点头："你会比他长得还好看，但是要过很久，你不要着急。"小骷髅要肉身，除了用他人的皮肉骨喂养他这种炼尸的邪法以外，苏竹漪唯一想到的办法就是夺舍。

然而小骷髅是被当作山河之灵养的，元神无比强大，能找到一个容纳他元神的肉身夺舍不容易，所以他当时只能回自己的身体里，也就是骨头架子当中。而夺舍是要灭掉原身元神的，以小骷髅的品性也完全不可能。恰好遇到一个刚刚断气的大能？这可能性更低了。

所以说实在的，苏竹漪真不知道怎么才能让那骨头架子长出肉来，但朝夕相处了这么多年，她也不忍心让他彻底失望，万一失望变成绝望，绝望产生负能量，而后怨气爆发，那她就控制不住了。于是苏竹漪便含糊地说了个答案。

"嗯，我不急，有小姐姐陪着我呢。"悟儿说完，又隐了身形，"既然秦江澜也喜欢吃这个果子，那我再去采一些过来，每天也给他带几个，还要去采梅花给大姐姐呢……"

他说着说着就跑了，苏竹漪站起来微微耸了下肩，她去房间里取了柄普通的铁剑，随后就抱着剑坐在古剑派那柄大剑的剑尖处了。

剑修修炼到后头有个境界，叫手中无剑，心中有剑。

古剑派反其道而行之，让修士先养剑心，心中有剑，手中任何兵器都能是剑。他们这个修炼方式旁人学不来，因为古剑派老祖传了块剑心石下来，这剑心石，能帮助门下弟子先养出剑心。

至于为何能成功，反正祖传的，谁也不知道原因，苏竹漪也算上知天文、下知地理，但她也看不透这剑心石。不得不说，修真界有些老祖实力真是强悍，当然，他们那个时代灵气更浓郁，修炼资源更充沛也是一个原因。

对于剑心颜色，众多修士说法不一。有人说自己的剑心是红的，有人说是黄的，反正各种各样的颜色都有。洛樱的剑心是银的，青河的她不知道，苏竹漪觉得自己没准能养个黑的出来。

苏竹漪抱着剑坐了一宿，她好似做了个梦。梦里有人朝她斩了一剑，她立刻挥动手中铁剑去挡，手中铁剑还没碰到那飞剑呢，一道碧绿剑气已经从她身上发出，将那飞剑直接击溃，成了点点星光，那细碎光点犹如萤火虫一样布满整个空间，她下意识伸手一抓，随后浑身打了个哆嗦，将下巴搁在了剑柄上。

她抱着剑在大剑剑尖上睡着了，双脚在剑尖外垂着，被风吹醒了。

不过大功告成，她养出了剑心，是绿的。不过那剑心怎么看都跟松风剑气有关。然而苏竹漪没想太多，目前来说有了就行，反正她也不打算当真做剑修，意思一下就可以了。

回去的路上，苏竹漪看到青河的房门开着，看来他回来了。路过他房门口的时候，苏竹漪吸了吸鼻子，不过没嗅到什么味。

想来也是，洛樱昨天就醒了，以青河对他师父牵肠挂肚的程度，在洛樱醒的时候，他就该回来了，结果青河愣是拖到了次日清晨才回来，这说明他回来之前肯定沐浴熏香了，也不知道他在哪条河里洗的澡，是不是污了一河的水。

"师妹。"

苏竹漪本来没打算跟青河打招呼来着，毕竟他们之前并没有怎么交流过，同门情谊并不深，哪儿晓得青河会从房内走出，他一袭白衣似雪，踩着清晨的第一缕阳光出了房门，眉梢眼角都镀了层淡淡的金色，将他锐利的眉峰都柔化了许多。

以前苏竹漪不明白为何洛樱长年累月穿白衣，青河在外面穿黑的，回来就穿白的，自从来了落雪峰，她就明白了。

她上辈子喜欢耀眼的红、明亮的紫，觉得那些颜色才衬得上她。此前也去藏峰托人从外头买了条红绸百褶裙，她拿到裙子的第二天就穿一身大红色上山去采药，结果被一群高阶灵兽追得嗷嗷叫，若不是小骷髅帮忙，她有可能被自家后山的灵兽给咬死了。

白雪皑皑的落雪峰，一坨红多扎眼，那山上藏了不少高阶灵兽，她穿成这样简直就是上山去挑衅的。

结果就是，苏竹漪在落雪峰再也没穿过白色以外的衣裙了。她每日打扮得格外寡淡，头上最多缀一朵小花，一点没有她前世的妖女之风，想想也是有点"心塞"。

苏竹漪瞄了一眼青河，他长得倒是不错，若是从前的她肯定要费点心思为自己谋利，不过这辈子她不用这么干了，一来不用撩，二来撩不动。

苏竹漪："有事？"

一般来说，青河会开口，绝对是问关于洛樱的事，苏竹漪心知肚明。

青河将她上下打量一遍，语气不满地问："你要去参加剑道比试？"

咦，难道她还能想错了？

"嗯。"苏竹漪点头。

"将天璇九剑修炼到第三重。"说到这里，青河眉头一皱，"你已经筑基期大圆满了，直接冲击金丹境界。不去则罢，去了，就不能丢师父的脸。"他师父是天下剑术第一人，她教出来的徒弟，也必须是年轻一辈中的第一。他做到了，而现在苏竹漪要去参加比试，那她也必须是第一。若天下第一剑修教出来的徒弟连剑都不会用，青河可以想象，到时候那些人会如何说。

他容不得别人说他师父半句不是。

三个月，把天璇九剑修炼到第三重？

苏竹漪虽然自己不练剑，但对古剑派的天璇九剑是十分了解的，就是青河，修炼到第三重也花了三年的时间，现在要她三个月就修炼到第三重？还要她冲击金丹之境？

苏竹漪斜睨他一眼，懒得搭理他，径直往前走，打算回房间。

没想到她身后飞来数道剑气，苏竹漪施展无影无踪步法避开，随后道："青河，我手里抓着你的把柄，我劝你悠着点。"

青河身上还有龙泉剑，一传出去，不只是青河，还有洛樱，甚至整个古剑派都会受到牵连，少管闲事。

"你身上有鬼物，大家彼此彼此。"青河再次催发数道剑气，这一次的剑气比之前的速度更快。

苏竹漪连忙运转灵气，脚下步伐更快。然而那剑气铺天盖地，苏竹漪现在的实力比青河弱，一时无法完全躲避，身上立时被割出了数道口子，而青河则在她面前练剑。"这是第一重，学会了，你就能从剑阵里出来了。"

他演练了一遍后就打算离开。

离开的时候他抬手罩了个结界。"师父刚醒，神识还很虚弱，发现不了你，别想着等她来救。"话音刚落，青河面无表情的脸上露出了一抹愕然之色，他确实没有想到，苏竹漪能这么快从剑阵中出来。

天璇九剑第一重，她已经会了。

闯出剑阵的第一时间，苏竹漪就扯开嗓子大喊："师父，师兄欺负我。"她满脸是泪，衣衫上有血，这副样子，实在是叫人百口莫辩，青河一惊，转头去看，结果就发觉身体一僵，竟被贴了张高阶定身咒。

身后哪儿有师父，分明是苏竹漪使的诈。她也算摸到了他的命脉，只要提及师父，他就会分神。

"虽然我修为比你差，但我也不是软柿子，由不得你拿捏的。"苏竹漪乐呵呵地笑了两声，"怎么着？你刚刚刺了我多少剑，我现在就一剑一剑补回来，

180

来而不往非礼也。"哪怕他现在是她名义上的师兄，她也不会有半分手软。

一个是前世凶神恶煞的灭门狂魔。

一个是前世臭名昭著的噬心妖女。

这两个现在都是洛樱的徒弟。

洛樱睁开了眼。

她醒了，刚刚打坐调息了一个周天，还没缓口气，就看到外头两个徒弟剑拔弩张地对峙，洛樱闪身飞出房门，落至两人身前，轻叱："跪下。"

醒来的洛樱依旧很美，眉目如画，肤若凝脂。但现在的她仅有一只胳膊，半边袖子空荡荡的，里头什么都没有。

青河眸色一暗："师父，弟子知错。"

洛樱："我当初是这么教你剑法的吗？"

青河明明中了定身咒，这会儿却缓缓地跪倒在地，他声音都在颤抖："不是。"

那时候师父一遍又一遍耐心地教他，只要他说没看明白，她就会继续演练，从来没有不耐烦过。师父舞剑的时候，漫天飞雪，她就好似在雪花中跳舞一样。

"弟子知错，甘愿受罚。"说罢，青河身上突然多了几道剑伤，那是他自己割的，苏竹漪数了一下，他身上一共有十道剑伤，跟她身上的伤口一样多，位置都一模一样，一道不差。

见他如此，苏竹漪也跪了下来，直接道："弟子也有错。"青河对自己那么狠，她气也出了，在师父面前，还是给他点面子。他最在乎的就是洛樱对他的态度了吧。

洛樱不语，随后轻声念了一段静心咒。

那熟悉的调子响起来，苏竹漪又想到了秦江澜，她心里头的火气渐渐熄了，还有一丝怅然。然而就在这时，她听到了小骷髅惊慌失措的喊叫声。

苏竹漪顾不得许多，直接朝小骷髅的方向飞了过去，她现在能够御器飞行了，只不过很少飞，因为她那本命法宝是锄头，哪怕这十年来被她重新炼制过，也改动不大，依旧是个锄头，飞起来实在是太难看，但现在，苏竹漪管不得那么多了。

她飞到了落雪峰半山腰，看到了那条狂吠的黄狗。虽然十年来大家一直都待在这落雪峰上，但苏竹漪一次都没看到过它，小骷髅把它藏得很好，因为她

不喜欢，所以苏竹漪就真的没看到过它一眼。

"悟儿！"

"小姐姐！"悟儿的脚已经消失了，他的身子飘在半空中，显得十分惊惧。他身下有个阵法，看到那阵法，苏竹漪想起了他上一次失踪的情景，于是她连忙安抚他道："别慌，是不是你那小叔叔又找你了？"

都过去了十年，小骷髅天天漫山遍野地跑，都快把那小叔叔给忘了，如今听到苏竹漪提起来，才恍然大悟："啊，是小叔叔找我了吗？"

"啊！小姐姐，我没给小叔叔准备礼物！"小骷髅急得快哭了。当时他回来，小叔叔还给他送了条绿丝带呢，他现在都还把它缠在肋骨上，每天都会打一个很漂亮的蝴蝶结。

苏竹漪一想，将发髻上别的一朵石榴石花取下来扔给了他。"就这个了。"

小骷髅那小叔叔不是送小骷髅绿丝带了吗？小骷髅还他一朵红花。上一次，小骷髅是迅速消失的，为何这次会这么缓慢地消失呢？苏竹漪觉得有些奇怪，不过她也没想太多，只是道："好好玩啊。"

一回生，二回熟嘛，她都习惯了。

小骷髅笑了，不过转头看到黄狗，又道："小姐姐，不要打笑笑。"

笑笑就是那条狗。

别说，苏竹漪是打算等小骷髅走了就把狗宰了的。她扭头看了一眼那大黄狗，正好看到它那双黑黝黝的小眼睛正安静地看着她，眸子湿湿的，蓄着很多泪，刚刚以为小骷髅出事，这狗一边叫，一边哭……

这与她记忆里的狗有很大的差别，那在黑暗里发光的恐怖双眼，曾布满了她儿时的噩梦。

小骷髅只剩下一个头了，他还在喊："小姐姐，不要打笑笑。"

黄狗缩在地上，明明已经长得高大威猛了，却努力把自己缩成一个球。

"嗯。"她点点头，算是答应了。

真灵界。

秦江澜花了十年的时间才将召唤阵法的材料再次凑齐。没想到，这一次用的时间更长，这说明那鬼物变得比从前更强了。因为更强大，所以召唤的时间也更久，他是苏竹漪养的鬼物，他越强，苏竹漪也就越安全吧，这几年，秦江澜都没感应到逐心咒有异动了。

渐渐地，小骷髅出现在了阵法之中。

他看到秦江澜，立刻高高兴兴地扑了过去，还将手里的小红花递给了秦江澜。"小叔叔，这是回礼。"

小红花上有苏竹漪的气息，秦江澜嘴角微微一勾，露出一抹浅笑。他得加快修炼速度，尽快离开这里了。

"她有没有带什么话给我？"他费尽心力把小骷髅再叫过来，只是为了问这句话。

然而小骷髅没回答，而是自顾自地解开了衣服，把系在肋骨上的绿丝带露出来给他看。"小叔叔，你送我的绿丝带我一直戴着呢，小姐姐让我绑在这里，是青河哥哥教我打的蝴蝶结。"

秦江澜："……"

青河？那个曾经跟他齐名的古剑派青河？苏竹漪怎么会跟青河走在一块？苏竹漪回去的时候只有五岁，难不成，这一世，青河救了她，还教小骷髅打蝴蝶结？秦江澜眉头皱起，心中略有不安。

"小叔叔，小姐姐说这个不能戴在头上，戴在头上是戴绿帽。"

秦江澜再次无言，抽了抽嘴角。他头上还有一条嫩绿如竹叶的发带，是上次给了小骷髅之后他自己重新炼制的，这会儿更衬得他脸有点绿。

绿丝带一直在小骷髅身上，该不会……苏竹漪根本不知道他还在？

他眸色暗沉，低声问："她有提过我吗？"

他脸上没有多余的表情，显得很平静，然而睫毛轻颤，声音里有细微的慌乱："她可曾提到过秦江澜？"

"小叔叔，你叫秦江澜啊。有啊，我们家门前还立了块碑，上面刻的就是秦江澜的名字。"说起秦江澜，小骷髅就有说不完的话，"小姐姐每天早晚各上三炷香，还给石碑红果子吃，青河大哥哥问秦江澜是不是小姐姐的爹，小姐姐说是……"

秦江澜："……"

他一颗心好似被她那双手狠狠攥紧，一时间都有些呼吸不畅了。

"是……是再生父母。"

心塬起伏不定，犹如潮起潮落，汹涌翻腾，秦江澜抬头看向远方，眸子里明明灭灭，许久，他牵了悟儿的手。"不急，你慢慢说给我听。"

"小姐姐她还说了……秦江澜是一个很好看的人。"小骷髅甜甜地道，"我以后也要长成小叔叔你这样好看的人呢。"

凉风习习，月影浮波。

一阵清风吹过，抚平了心中涟漪。他逆光行走，淡淡的笑意藏在暗影之中，如夜间幽昙，只现一瞬间，就已足够惊艳，令皎洁月华也黯然失色。

"悟儿。"

"嗯？"

"我很想她。"

"想谁呀？"

"你的小姐姐。"

"啊，正好，我也是啊。"小骷髅天真地回答。

秦江澜："……"

小骷髅走了，苏竹漪看了那黄狗一眼，道："在落雪峰找口吃的不难，你最近自己找地方藏起来，别让我看见你。"她抬手做了个向下劈的动作。"否则，死。"

黄狗笑笑叫了一声，夹着尾巴跑了，它在雪地上踩出了一串梅花印子，渐渐延伸向远方。

要参加剑道比试，首先得有剑。

平时练剑用的普通铁剑不行，被别人的飞剑一下削成几截，还怎么切磋？这世上锻造出来的飞剑千千万，但好剑却不多，仙剑更是屈指可数。

苏竹漪知道的仙剑只有两柄，一柄是秦江澜的松风剑，另一柄就是洛樱的潜龙剑。至于目前青河身上的龙泉剑，它是一柄凶剑，也可以称为魔剑，威力倒是胜过了洛樱的仙剑。

这三柄剑都不是现世的人锻造的。秦江澜的松风剑是他少年时在剑冢里得到的。

洛樱的潜龙剑是前人仿造传说中的龙泉剑打造的，是她师父传给她的。至于青河的龙泉剑，那就是传说中的飞剑了。

要想得到一柄好剑甚至仙剑，只能去剑冢里面找。

在剑修眼中，剑都是有生命的，飞剑有灵。不知道从什么时候开始，有剑修自觉寿元将尽，却没有遇到合适的传人，就会把与其相伴一生的飞剑埋葬起来，这就成了最开始的剑冢。后来，那些有灵的飞剑不知从何时开始聚集在一起，剑修陨落之后，无主的飞剑就会重新回到剑冢，等待有缘人。

天下剑修之所以每三十年比试一次，是因为那剑冢每三十年开启一回。

　　且有资格进去挑选飞剑的剑修骨龄不能超过一百岁，若是超过了一百岁还想硬闯进去，一种可能是他强大到逆天，可以毁灭剑冢，但那剑冢里可是有仙剑的，哪怕是上一世的秦江澜，也对付不了那么多飞剑，而真正爱剑之人，对剑冢会心存敬畏，剑道大成者也不会去破坏剑冢，因为那里也是他的飞剑的归宿。还有一种可能，就是实力不强硬闯的，进去直接就被万千飞剑给削成肉渣，所以久而久之，就没有超过一百岁的修士不要命地想闯剑冢了。

　　青河原来的剑也是在剑冢里找到的，他那剑也不差，是一柄高阶灵剑，仅次于仙剑的存在，若是青河能长长久久地养着那飞剑，与它人剑合一，没准飞剑也能渡劫，成为仙剑。只不过现在青河融合了龙泉剑，他那飞剑算是毁了，空有剑身，再无剑灵。

　　苏竹漪上辈子是魔头，她喜欢的是能快速进阶、威力强大、能很快看出成果的功法，对剑道敬而远之。因为大多数剑修相比其他修士来说前期很弱，需要门中长辈关照，否则的话，那点实力真不够看的。同样，优秀的剑修后期非常强大，一剑破万法，比如洛樱，比如秦江澜。但对很多人来说，前期太弱就意味着死，所以很少有散修学剑，剑修都是在宗门的庇护下成长起来的，比如古剑派弟子，修行没有一百年都不许下山。

　　现在的话，她学剑也只是做做样子，所以对飞剑并没有特别的要求。

　　桌上摆了三柄飞剑，都是青河给她找来的，让她自己慢慢挑。

　　洛樱脸上没什么表情，她静静地坐在旁边，注视着苏竹漪，随后视线一扫，看了青河一眼。

　　就见青河指着那排飞剑数过去："清风、落雪、紫电，你要哪个？"

　　修真界的宝物分为法宝、灵宝和仙宝，其中又有低、中、高品阶之分，而现在她面前这三柄剑，两柄是中阶法宝，一柄是高阶法宝，都不是灵剑，更不用说仙剑了。

　　苏竹漪随手拿了清风剑，她还没说话，一直没吭声的洛樱忽然开了口："竹漪。"

　　"师父。"

　　"此前多次见你使用一件法宝，那法宝我从未见过，但你年幼时它曾护你于左右，可是你的本命法宝？"在封印底下洛樱见过苏竹漪的法宝，昨日又见她唤出法宝飞行，洛樱就放了心上，故而问道。

　　苏竹漪："……"

　　她都不好意思说那是锄头。

洛樱自幼在仙山上长大，所以她根本不认识锄头！

"是本命法宝，低阶。"苏竹漪在洛樱的注视下，把锄头叫了出来，那锄头一出来就点头哈腰的，样子看起来十分诡异。她这几年把锄头的木头柄给换了，锄头也用炼器材料加固了一层，但底子就在那儿，根基不能动，所以现在色泽、材质看着要好了一些，奇特的造型却没办法更改。

她笑呵呵地看着洛樱："师父，你看什么时候能帮我把本命法宝换了？"

"确实有些弱了。"看着那本命法宝，洛樱点头，"待我修为恢复一些，就想办法替你更换。"

能够替人更换本命法宝的大能至少得修炼到了元婴期，而且要被足够信任才行，这世上勉强能让她信任的也只有洛樱了。当时在封印底下，洛樱以身祭剑的样子触动了她，她依然记得，洛樱浑身是血，自断一臂，也要将他们送出去的模样。

苏竹漪笑着正要回答，就感觉背后凉飕飕的，头皮都有点发麻，她立刻道："师父，你好好养伤，我这个不着急。"她讪笑两声，一字一顿地道："一——点——也——不——急。"

"嗯。这几天我亲自教你剑法。"洛樱又道。

"不用了，师父，你好好养伤，师兄教得很好，他今天早上可有耐心了。"苏竹漪连忙道。

洛樱又看向了青河。

青河直视洛樱，声音有些低沉："师父，我已经知道错了。"

两人对视许久，久得苏竹漪都感觉有点凉飕飕的。洛樱这人啊，不爱说话，喜欢用眼睛看人，而且不知道是不是没心的缘故，她像能从眼睛里看到别人的内心一般，用那双干净透彻，犹如冰凉湖水的眼睛打量人，洞彻人心。

苏竹漪就不爱跟洛樱对视，总觉得跟她对视的时候自己会心虚。

然而青河显然摸清楚了洛樱的脾气，洛樱看他的时候，他从来不移开眼。

啧啧，眉目可以传情，青河总不可能是被师父看着看着，看出深情来了吧？

片刻后，洛樱终于点点头，而苏竹漪拿了清风剑和青河一起出了房间，她跟青河并肩走了没多久，就见青河停了下来，道："今天我教你天璇九剑第二重。"

他演练完一遍后，问："会了吗？"

苏竹漪摇头。

青河又比画了一遍，随后收剑，转身走人。

一遍不行来两遍，两遍不行直接走人！

"这就是你说的耐心啊？你到底有什么底气跟师父对视了那么久还不心虚的？你别教我剑法了，教我这个怎么样？"苏竹漪腹诽，不过她也没多说什么，转身回了房间。

喊，懒得跟自己打不过的三百多岁小屁孩一般见识。

三个月转瞬即逝。

这三个月，苏竹漪依然没有突破金丹期，不过她觉得自己压制不了多久了，总觉得头顶上有一片阴云，好似雷劫随时会劈下来。

她心中不安，想去问师父，结果被青河拦了路，不让她打搅师父清修，于是她转而问青河："我记得以前修士自己不冲击境界的话，不会有雷劫，对吧？为何我总觉得最近头顶上阴云密布的。"

青河："最近是阴天，谁头上都是阴云密布的。"

苏竹漪还欲说什么，就听青河道："明日大家一起下山，前往云霄宗。"

苏竹漪立刻闭了嘴。

这三个月，她其实是无心修炼的，因为她迫切地想知道，那个秦江澜到底是谁，他到底是不是她心头的那个人，如果是，那他有没有前世的记忆。

她想知道答案，也算了却心头一个执念。本没有那么执着，却因为不知道答案，反而念念不忘。

次日，苏竹漪出了房门，她没有穿一身白，也没穿古剑派弟子服，而是穿了那条她托人从外面买的红裙，一袭红裙曳地，惊心动魄，如天上云霞，误落了人间。

她的头发也不似从前那般用一根木簪简单束着，而是绾了发髻，配了珠钗。十六岁的苏竹漪面容略显青涩，但她眼波之中已经有了惑人的媚，那是介于清纯与妖娆之间的媚，随着她一颦一笑而楚楚动人。

苏竹漪对自己的相貌极有自信，出门见了师兄青河，还下意识地冲他嫣然一笑。

然后……

就听他说："这次去云霄宗，你代表古剑派，去换弟子服。"

"师父虽然是落雪峰传人，不受古剑派门规束缚，但她严于律己，从不违规。"青河神情清冷，声音里透着不容置疑的威严。

“我若是不换呢？”

“那你就别想看见秦江澜。”说这话时，青河将“秦江澜”三个字咬重了几分。

苏竹漪：“……”

真是晦气！不得已，她只能回去换了弟子服，从天边的火烧云变成了田里的小白菜。穿了弟子服，头上繁复的发髻就显得累赘了，她只能拆了头发，绾了个道髻，以前别在头上的石榴石花给了小骷髅，苏竹漪头上就一点装饰都没了，她这些年也没下过山，就找藏峰的人带了件衣服和几件首饰，现在都戴不了，只能清汤寡水地去见秦江澜了。

她从来没在他面前打扮得这么素雅过。哪怕在云霄宗的望天树上，她说要穿什么颜色什么样式的衣服，他也都会满足她。

所以那时候的她爱穿的是那种薄纱，时不时露点香肩臂膀，在他眼皮子底下晃。

晃得那个清心寡欲的人哟，最终化身为狼。

此生再见，不知又是何种光景了呢。

而这次下山，苏竹漪心头还藏着一个目的。

她想知道，因为流光镜，因为她，这天下究竟改变了多少。

血罗门有没有崛起，西北长宁村有没有被毁灭，这天下轨迹，是否还与前世一样，又或者说，已经完全不同了。

这一切，都要她亲自去确认，方可安心。

古剑派跟云霄宗离得远，他们一行人大清早出发，黄昏时才到了云霄宗。

灵舟上，苏竹漪有心跟其他师兄弟打个招呼，毕竟她这人擅长利用一切人脉，奈何她身边跟着的是青河，明明都是同门，愣是没人敢靠近青河三尺之内。

青河这人完全有两张面孔，在落雪峰着一身白衣，看着阳光俊朗，一出来整个人都显得阴森起来，没有年轻人的朝气，坐在那儿犹如一截朽木，看着就死气沉沉的。不过他跟龙泉剑融为一体，现在身上没什么煞气已经极为难得了。

快靠近云霄宗的时候，苏竹漪老远就看到了那棵望天树。

她在树上生活了六百年，对那望天树再熟悉不过，此时看见它，她起身站到了灵舟船舷边，用手撑在船舷上抬头望，眸子里微微闪光。

她睫毛又长又翘，像是两把小扇子，黄昏的碎金洒在长睫上，好似小扇子上绣了星星点点的花，扇子一摇，还能摇出金粉来。

迎着柔和的晚霞，在众人眼中，落雪峰那个怕死的小师妹美得让人恍神，美得叫人移不开眼，他们好似被下了失魂咒，一时都呆呆地看着，把口中正在说的话都忘了。

这样的美人，谁舍得她死？好似怕死也不是什么丢人的事了。

而这时，终于有人鼓起勇气走上前去，结结巴巴地道："小师妹，你在看望天树吗？"小师妹跟青河离得近，他走过去觉得战战兢兢的，好似青河那边的天气都凉一些，灵舟甲板上都结了层冰，然而眼前的美人实在太让他心悦，他硬着头皮鼓起勇气也得上前去说几句话，否则的话，晚上肯定会彻夜不眠。

苏竹漪转头，就看到了一张有些熟悉的脸，好似在哪儿见过。

"我乃藏峰古飞跃，小师妹十年苦修未曾下山，想来未曾听过我的名号。"

原来是古飞跃，这辈子提前见了，现在的古飞跃极为年轻，面容也青涩多了，苏竹漪本身没将这些男人放在心上，所以刚看到只觉得眼熟，也不知是谁，但一说名字，她就想起来了。

苏竹漪笑了一下。"原来是古师兄，久仰大名。"她回头看了一眼望天树，"那树叫望天树吗？一眼看上去，都看不到头。"

此时哪怕用神识去看，都看不到望天树的顶端。

"是啊，听说望天树能直达仙界，是云霄宗的根基所在。"古飞跃道。

苏竹漪咯咯笑了两声："那住在望天树上的，可不就是仙人了？"她声音娇滴滴的，但不是那种矫揉造作的娇嫩，好似加了蜜糖一样软糯，甜丝丝的，听得人心里头透着甜味，甜而不腻，只听那声音，都叫人舒服。

"云霄宗的望天树上可不能住人，那是云霄宗禁地呢。就跟我们的落雪峰一样，寻常弟子是不能进落雪峰的。"古飞跃说道，"师妹能被洛前辈收入门下，当真是大造化，日后定能剑道大乘。"

跟古飞跃说了会儿话，成功让古飞跃对自己好感倍增，苏竹漪瞧着灵舟停下，老老实实地回到了青河身边，跟青河一块下了灵舟。只不过临走之时她还不忘回眸一笑，恰好跟古飞跃对视一眼，随后才有些含羞带怯地移开眼。

哪怕苏竹漪心里头惦记着秦江澜，她也不介意其他男子对自己产生好感，没准哪天就能用上了呢，更何况，这个还是前世被她迷得神魂颠倒的男人，资质也不差。

等转过脸去，苏竹漪眸子里的笑意就完全消失了，身旁的青河瞥了她一眼，面无表情地继续往前走。

云霄宗这样的大宗门，底蕴深厚，培养出来的弟子自然不差，接引他们的弟子彬彬有礼，将他们带到了早已安排好的客房。客房依山傍水，房间极为雅致，灵气也十分浓郁。

苏竹漪坐不住，在古剑派拂柳峰长老柳如眉跟云霄宗修士交谈的时候，她就在房间外打转，等他们说完了，苏竹漪直接走了过去，她此时摇身一变，成了个倨傲任性的小丫头，扬着下巴问那人："听说你们云霄宗出了个惊才绝艳的剑修，自称胜过了我青河师兄，我倒要见识见识，他到底有多厉害。"

柳如眉瞪她一眼，低声喝道："苏竹漪，还不退下，像什么话？"

她不服气地哼了一声，提着剑就往前冲，一边冲一边问："秦江澜在哪儿？我要见识见识他的剑到底有多厉害！"路上遇到个云霄宗的弟子，她气呼呼地上去拦人。"哎，你去告诉秦江澜，就说我苏竹漪要提前会会他，让他跟我比一比。"

她皮肤雪白，脸颊上红通通的，像是扑了晚霞，哪怕天色暗了，那晚霞也在她脸上流连忘返，好似不愿离开。她头上发髻有些散了，垂下一丝秀发贴在脸颊上，又被风吹到了唇边，少女的娇蛮因那动人的脸而变得充满了攻击性，将被拦路男子的火气都扑灭了。

他看得眼睛都直了，等反应过来的时候，有些尴尬地别过头，随后又转过脸道："这位道友是要找秦师弟，我……我去帮你问问。"

苏竹漪找上这个人是有原因的。云霄宗弟子穿的弟子服都差不多，但腰间的玉佩却是不同的，且衣襟上绣的望天树的绿色也有深浅差别，只有仔细观察才发现得了，面前这人的玉佩上是仙鹤图纹，应该是云霄宗松鹤谷那一脉，望天树的颜色又是深绿色，是松鹤谷那鹤老的亲传弟子，跟秦江澜应该是同一个师父，自然能跟秦江澜说上话，把人给叫出来。

苏竹漪做这些事的时候没避着人。青河一直跟在她身后，没有开口说话，亦没有阻拦，只是眼眸结冰，目光锐利如刀。

旁边一并跟过来的柳如眉在青河身上无形的压力下觉得有些冷飕飕的，看着苏竹漪如此任性，几次想出声呵斥，都在青河的威压之下打了退堂鼓。

偏偏苏竹漪就跟没事人一样，她知道青河在看她，要她注意言行举止，不能丢师父的颜面，可她偏偏不在乎。

青河的眼刀子她接得住！接得多了，自然就习惯了呗！

不多时，被她叫住的云霄宗弟子就扯着个十七八岁的年轻剑修过来了。

远远看到那青衣男子的第一眼，苏竹漪的脑子就轰的一声炸开了，她足尖一点，几个起落，身子犹如燕子一般跃到了他面前，一直面无表情的秦江澜猛地抬头，看到那抹嫩如春日柳条的浅碧色撞了过来，在靠近他的一瞬间，柳条化作利剑，杀机毕现。

他脸色微变，直觉对方有杀意，飞剑已然出鞘，周遭实力强大的几个修士感觉到了她身上的杀意，脸色大变，而实力差些的则是一头雾水，旁边那个拽着秦江澜的师兄还笑呵呵地看着苏竹漪，压根没察觉她的杀意。"我把人给你带来了……"

苏竹漪在最后关头卸去了一身戾气，控制住了自己心中的杀意，眉头蹙起，问："你叫秦江澜？"

"在下秦川，字江澜。"

当年长宁村那个"小三阳"居然进了云霄宗，成了秦江澜。

原来是圆脸小胖墩，如今他脸上的婴儿肥早已退去，剑眉星目，鼻梁高挺，如松如竹。看得久了，苏竹漪恍惚了一瞬，这清俊的眉眼里有几分淡淡的熟悉感，竟跟她记忆里的秦江澜有三分相似，仿佛故人站在身前。

她闭眼，压下那荒唐的念头，眼眸再次睁开时，杀机重现。

苏竹漪直接一把揪起秦川的衣襟，将他的衣服都揪起了褶子，她动作太快了，出手迅速犹如闪电，快到秦川都没躲过，而秦川身边那师兄也傻了眼，连连道："有话好好说。"

这时，青河上前一步，冷冷地道："师妹。"

古剑派柳长老这才反应过来，训斥道："苏竹漪，你这是做什么？"

就见苏竹漪松了手，轻轻抚平了秦川衣衫上的褶子，笑着道："没什么，认错了人。"

不料，秦川忽然问道："你是青河的师妹？那你就是洛樱前辈的徒弟？"

秦川知道洛樱，当年在封印之下，洛樱以身祭剑，小师父用锄头抓住了他，将他带出封印，然而最后，只有他出来了。小师父掉到了裂缝之中，洛前辈也没有出来。

当时他大脑一片空白，被一个师兄拽着往前跑，没想到跑了没多远，他就感觉到一股热血喷溅在了脸上和身上，转头一看，身边师兄的头颅直接飞了出

去，身子还在往前，头却没了。

秦川之前受了一连串的刺激，早已神经紧绷，此时那师兄的头颅飞出，成为压垮他的最后一根稻草，秦川直接晕了过去，醒来时是半夜，他在山里乱转，误打误撞走出了七连山。之后就大病了一场，在街上熬了大半个月，闭目等死的时候，被像闲云野鹤一般在外云游的师父给捡了回去，他加入云霄宗，成了剑修。

他因为受了刺激，起初遗忘了很多事，等想起来已经是三年后。他问他师父，洛樱是否安好，结果他师父说洛樱一直好好的，根本没听说过有什么不妥，再追问七连山，他师父也说没听到什么不对劲的地方，秦川总觉得那时候的经历好似一场梦。他又想起长宁村和飞鸿门，他师父自然答不上来，却答应他去问问看，结果一个月后传回来的消息叫秦川如遭雷击。

长宁村化作一片废墟，飞鸿门也被灭了满门。

秦川央着他师父带他返回长宁村，他看到曾经生活过的村子没有一丝生气，那里被夷为平地，几乎什么都没剩下。房子没了，水井没了，村头的神树没了，家也没了……

他失去了亲人，也失去了最好的朋友，还失去了街坊邻居，他刚想起他们没多久，结果就再次永远地失去他们了。

他把自己遭遇的事情告诉了他师父。

然而他们去七连山仔仔细细地查探过，根本没发现有封印，也没有什么凶剑，更没找到任何一具飞鸿门弟子的尸体，反倒发现了魔修出没的痕迹，好似跟控尸门有关。而鹤老还去打听过洛樱的情况，得知洛樱逮回孽徒青河后就闭关了，她好得很，压根没受过伤，好似他所经历的只是一场梦，什么凶剑，什么洛樱，都不是真的。

但长宁村的毁灭是真的，自那以后，曾经开朗热情的秦川就消失了，他变得沉闷，只知道埋头练剑，短短几年的时间，修为突飞猛进到了筑基期，云霄宗的沧澜剑诀他修炼到了第四重，还隐隐有领悟出自己剑意的迹象。另外，他在门派的剑法比试中胜过了云霄宗年轻一辈风头最盛的大师兄许凌风，虽然当时许凌风是压制了修为的，但单单比剑术，是他赢了。

待他修为精进，剑道有成，必定下山历练，除魔卫道，将那些残害无辜的魔道邪修绞杀干净，为长宁村村民报仇。

而此时，听到面前女子是洛樱的弟子，秦川终于忍不住再次问道："你就是洛前辈收的弟子？可是十年前入的门？"

苏竹漪嗯了一声。

洛樱收的徒弟！她真的是十年前拜在洛樱门下的！

秦川还记得小师父的脸，唇红齿白，冰雪可爱。他记得小师父掉下裂缝时候的样子，这十年来，他有好多次梦到过小师父，每一次梦醒，他都是一身的冷汗。

那条银龙载着他飞出裂缝，而抓着他的小师父却没能出来。如果洛前辈还活着，跌下去的小师父是不是也有活着的希望？

年少时他很崇拜小师父，觉得小师父特别厉害，等进入云霄宗，踏上了修真路之后，他才明白，小师父一点也不厉害，小师父掉下去了，活下去的希望微乎其微，小师父死了。

秦川素来心善，小师父对他又有救命之恩，因此小师父的死一直是他的心结，让他难以释怀。

前些日子，身边的师兄都在说洛樱新收的徒弟也会参加这次的剑道比试，那徒弟神神秘秘，一直没传出什么消息，此刻突然冒出来，恐是一个劲敌。

云霄宗看重这次的剑道比试，立刻找人打探敌情，结果没打听出什么确切的消息，收集到的消息都叫人无语。

什么长相极美、极度怕死、剑心难成……

越离谱，越叫人心生警惕，故而时不时有人过来提醒，叫他提防这个女弟子。然而秦川并未将这些放在心上，敌人无论强与弱都影响不了他的心境，手中有剑，一往无前。

然而此时见到真人，秦川感觉自己心跳都快了几分！那隐隐约约的熟悉感，让他生出了一个荒唐却又充满希望的念头。

等到她说认错人，再加上确定了她是十年前拜在洛樱门下的，这几个条件联系在一起，让秦川的呼吸变得急促。

本来苏竹漪松开了他，这时他反而伸手抓住了苏竹漪的胳膊，神情激动地道："是你吗？你是长宁村的小师父吗？你……你是女孩子？"

旁边的男子是秦川的师兄方越然，此刻看到素来冷淡的师弟露出了这样激动的神情，惊得目瞪口呆："这两个人，居然是旧识？"

本来准备把苏竹漪叫回房间的柳如眉也皱了卜眉头，既然两个人认识，看起来还关系匪浅，你拽我，我抓你的，看来没什么大问题，刚刚可能是一场误会。

苏竹漪笑了一下，她眼珠一转，眸子里水光潋滟，顺着秦川的话说了下去："我还以为我认错了呢。原来真的是你啊，好久不见，我们找个没人的地

方单独叙叙旧？"她微微侧头，将散落的发丝轻轻地别在耳后，举手投足间显得十分优雅，让人忍不住多看几眼。

秦川自然点头答应，在前方带路。

苏竹漪跟在后头，心思千回百转。

上辈子的秦江澜果然没了。他以身祭了流光镜，而他是这几千年来最惊才绝艳的人物，最后修为还成了天下第一，这样的人消失，影响是巨大的，所以，就出现了一个"小三阳"，秦川无声无息地取代了秦江澜的位置。

若天道那般容易就改得面目全非，那也不能称为天道了。

流光镜是道器，回溯岁月，使得她重回千年前，她的举动，会让很多事情的发展偏离原来的轨迹，然而会有一双无形的手，拨乱反正，查漏补缺，至少不能让历史轨迹偏离太远，一些微不足道的人自然无所谓，然而历史长河中那些惊艳了岁月或是遗臭万年的人，不能缺失，就只能想办法替代。

然而她不能忍！

不能容忍秦川变成秦江澜！

哪怕秦川对她心存愧疚，哪怕他们早已结了善缘，哪怕他看她的眼神里，多了一些说不清道不明的东西，也有被她征服的可能，她依然忍不了。

苏竹漪走在秦川身后，呼吸逐渐加重。现在的秦川只有筑基期，他对自己完全没有任何防备，她之前压下心头的杀意，是因为身边有那么多修士，还有青河和柳如眉这两个强者，她动手肯定不能成功，然而现在……

苏竹漪体内灵气运转，掌心有了淡淡火焰，然而就在这时，一只手搭在了她肩膀上，凉意瞬间涌向了她全身，将她掌心烈焰掌那微弱的火焰浇灭了。

而这么一盆冷水泼下，苏竹漪立刻反应过来。其实她不是冲动的人，只是刚刚一下子被心中的怒火迷了眼，被刚刚得到的消息乱了心。这时候她在云霄宗里，杀了秦川，她也跑不掉。

她倒是不在意古剑派跟云霄宗会不会打起来，会不会因此连累古剑派，她只在乎自己杀了人能不能顺利脱身。

好不容易重活一回，要是因为这件事而死，就太搞笑了。

秦老狗只怕死了都能气活。想到这里，她嘴角微微上翘了一下，要是气活了还挺好，若非这一次希望落空，苏竹漪自己都想不到，原来秦老狗在她心里占据了一个挺重要的位置。

重要到刚刚那一瞬间，她险些失去了理智。瞟了一眼身侧面色阴沉如水的青河，苏竹漪努嘴，示意他到一边去。

青河凝视着她，她也回望，眼神平静了许多。见状，青河才渐渐隐匿了身形，而秦川都不知道刚刚身后多了个人，自己在鬼门关前走了一遭，他推开一扇门，道："这里是我们松鹤谷的鹤园，我平时在这儿练剑，没有外人会过来。"

门后就有一只仙鹤单脚站在正中央，看到秦川，那仙鹤换了只脚站着，又低头啄草地上的虫。

园子里灵气充盈，绿树成荫，远处还有一片碧湖。垂杨柳围着湖种了一圈，风一吹，柳絮就犹如雪花一样翩翩飞舞，落入湖心，偶尔也能激起涟漪。

秦川把苏竹漪带到凉亭中，他没有用法宝携带灵果美酒的习惯，此时有些尴尬，但因着有许多话想说，他也就没想那么多，直接问："小师父，你当初是被洛前辈救了吗？这些年你过得好不好？你没死，我真是太高兴了。"

平素只知道埋头练剑，神情清冷，看着极难亲近的秦川，此刻恨不得拉着苏竹漪的手问，他那双眼睛里都有泪光闪烁，若不是一直憋着，这会儿眼泪都要掉下来了。

他哽咽道："小师父，长宁村被屠了，我爹我娘他们都死了。"

听到这话，苏竹漪倒没有什么惊诧的，既然老天硬塞了个秦川过来，长宁村被灭倒也在她意料之中，不过转念一想，长宁村的村民有那么重要？属于天道要拨乱反正的？这怎么可能，那不过是一群凡人。

她面露伤心之色，眸子里也有了盈盈水光，惊呼道："怎么会这样？你知道是谁干的吗？"

秦川便把当时他跟师父查到的情况细细说给了苏竹漪听。

她一边听一边想，长宁村被灭了，血罗门依然会选一些童男童女训练，这次没了她，也没有秦老狗去救人，那活下来的就只能是张恩宁了吧。也就是说，苏晴熏就这么死了？

等听到当年飞鸿门死掉的修士的尸体秦川一具也没看见，有些痕迹显示好似跟控尸门有关的时候，她心里头又起了疑，上辈子屠杀长宁村的可不是什么控尸门，这时，她猛地想到了一个人。

张恩宁！

得到了姬无心的修炼功法，又被她传授了修炼心法，能够引灵气入体的张恩宁！张恩宁会不会没有被血罗门抓走，所谓的控尸门跟他有关？！

姬无心的控尸术可谓是到了登峰造极的地步。

他是五千年前当之无愧的魔道至尊。

姬无心留下来的秘籍必定十分厉害，但再厉害，在长宁村那个灵气贫瘠之地，只能靠吃树根增加微弱灵气，张恩宁的修行在一年内完全不可能有多大进步。他的资质根本没法跟秦川相提并论，能有炼气一层都算他走运。

而炼气一层的张恩宁是逃不掉的，除非血罗门屠村时他刚好不在场。

苏竹漪想了想，又问："村头那棵老树呢，你看到的时候是什么样子？"

秦川仔细回忆，老老实实地回答道："老树也没了，那一片地成了个大坑，像是地陷了一样。"

苏竹漪听得这话，眉头顿时紧紧蹙起，眉心处有了一点小褶子，叫人心痒又心疼，恨不得替她将焦虑抚平。秦川幼时对小师父极其崇拜，认为小师父虽然年纪小，却有盖世神功，比村长还厉害，拯救了长宁村。哪怕后来飞鸿门的弟子说小师父在暗中使坏，他也并不相信，因为他记得那时候小师父浑身是血，腿都站不直，依旧在跟活尸对抗，还为了救村子里的一个小孩而奋不顾身。

当时大人们都不敢上前，连自己的孩子都不管了，是小师父引开活尸，才让小孩得救的。

等到在封印之中再次被小师父搭救，在秦川的心里，小师父的好人形象就难以逆转了。那个好人救了他的命，自己却永远留在了地底深渊。

而现在，他变成了她。

从小就长得好看的小师父，长大后美得惊人，她穿得稀松平常，乌发如云，没有半点装饰，跟他云霄宗的同门师姐妹完全不一样，不是那种明媚耀眼的艳，而是那种烟笼寒水月笼沙，朦胧清雅的美，勾得人心没来由地突突跳。

他从未有过这种感觉，心跳加速，面红耳赤，想看她，但不敢看她，又想偷偷看她。

心里像是揉了一团麻线，缠得紧，又扯得乱。

苏竹漪将这一切都看在眼中。

她以前是妖女，挺享受男子用迷恋的眼神看自己，然而如今秦川只不过像愣头青一般初显爱慕，她就觉得浑身不舒服，沉下脸，面若寒霜，很有威慑力地瞥了他一眼。

那一眼看得秦川心惊肉跳，心头起来的一点涟漪直接被冻结成冰了。他清楚地感觉到她刚刚的不悦，顿时自觉唐突，默默垂下头。

"老树那里是地陷了，不是老树被烧成了焦木？是不是好似被人连根拔起听到苏竹漪的描述，秦川一想，还真是那么回事，于是他点头，慎重地问道："的确如此，小师父如何得知的？莫非其中还有什么关键点我与师父都忽略了？"

苏竹漪撇嘴，叹息一声。"没，我只是想，它不是神树吗？希望它能逃过一劫。"她眼神一暗，"要是能长脚自己跑掉就好了。"

心头却暗骂自己嘴贱手贱，她恨不得抽自己一巴掌。老老实实地做个恶人就好了，走之前干吗得意扬扬地去多说一句话，还在树上刻个名字，做得那般招摇。

那神树八成是真的跑了！

它长脚跑了！

但是才那么短的时间，它怎么可能长脚跑了？草木修行比人更难，没个十万年难以见多大的成效……

神树成精长脚跑掉，明明不可能，却偏偏出现了。

张恩宁实力那么低，明明不可能逃掉，偏偏他似乎也逃掉了。

苏竹漪惊得猛抬头，难不成，神树察觉到了危险，为了长脚跑掉，认了长宁村唯一踏上修行之路且天天啃树根的张恩宁做了主人？

她突然好想骂娘，不行，得回去问问飞鸿门灭门是不是青河做的了。

"小师父，小师父？"秦川看苏竹漪脸色不对，有些关切地叫她。

苏竹漪摇摇头："我没事，明天还要比试，我先回去了，改日再聚。"

啊？秦川刚刚才偷偷翻出了储物袋里的一点果酒，没想到还没派上用场，她便要离开了。

秦川微微遗憾地道："好，我送你。"

苏竹漪出了鹤园，就直接回了云霄宗给古剑派的人安排的房间，刚进屋她就发现里头坐了个人。

"哟，师兄，你在我房里是要做什么？"若说苏竹漪在其他人面前还要装装样子，在青河面前就尽显本色了，反正他们俩差不多，没必要在同类面前还端着。

"明天的比试，对上秦川的话，别想着失手杀人。"青河凝视着苏竹漪，冷冷地道。他是知道秦江澜那块石碑的，还曾询问过那人是谁，也记得苏竹漪的回答，很明显，云霄宗这个同名的人，不是那个刻在碑上，刻在她心上

的人。

苏竹漪嘴角一抽，青河这厮还真是看得清楚明白，他们果真是一路人。

她今天忍着没动手，就是因为考虑了一下自己能不能跑掉的问题，但在比武台上不一样，刀剑无眼，她要是失手杀了人，云霄宗的人哪怕气得跳脚，恨不得把她大卸八块，然而作为正道名门，又能把她怎样？她是魔修，一辈子都在魔道摸爬滚打，哪怕最后六百年待在云霄宗，却哪里也没去，只待在望天树上，因此观念并不曾转变，还是老一套。

在她看来，比武中出个岔子简直再轻易不过，血罗门弟子比武，从来都只能活一个，她想办法把修为不如她的秦川弄死，并非难事。

"比武台上有结界，不可能让你失手杀人。"

苏竹漪想：正道就是么蛾子多！

"秦川出生时三阳聚顶，千年难遇，资质绝佳，性格刚直，是天生的剑修。若无意外，数百年后，他的剑道修为就会超过我。"青河冷冷地道，"我能看出来，云霄宗的修士肯定早就看出来了，自然把他当宝贝一样培养，希冀他日后能胜过他师父，绝对不会给你失手杀人的机会。"

这话说得苏竹漪眉头深锁，沉默不语。

"退一万步讲，就算真让你得逞了，你也只能以死谢罪。"

"剑道比试上，失手杀人者，轻则废除全身修为，重则以命抵命。是你的命重要，还是一个人名重要？"

苏竹漪沉默一瞬，虚心请教："那师兄你觉得我应该什么时候动手？"

"若是单纯因为名字，你可以跟他约斗，在比武台上，你赢了就让他把表字改了。"

青河不愧是跟邪剑融合了的人，丝毫没觉得苏竹漪要杀人有什么不妥，还合理地给了建议。"若是看他不顺眼一定要杀，在剑冢里可以一试，不过最好等到了秘境之中再动手，特别是那种可以隔绝外界的秘境。"秦川身份特殊，被云霄宗那般看中，没准已经点过魂灯，他死前的画面会通过魂灯传递给门中长老，因此杀他必须小心谨慎。

青河说完，起身欲走，苏竹漪连忙阻拦："师兄师兄，别走啊，难得今天你跟我说这么多话，咱们好好聊聊。"

"我杀秦川做什么？师兄你想多了。"她见青河不理她，迈开长腿就要出门，又道，"我就问一句，飞鸿门是不是你灭的？"

青河此前十年都不在落雪峰，如果他因为洛樱的事情而迁怒了飞鸿门，倒也并非没可能。只是他要压制凶剑，如果灭了飞鸿门，他身上的煞气只怕也除不掉吧。

"不是。"青河冷冷地回答。

他那么辛苦才勉强将邪剑压制下来，想到压制龙泉剑时的情形，青河神色有些微妙。

目前他和龙泉剑维持了一个微妙的平衡，若他一个不小心，就会再次引动龙泉剑，届时师父又该难受了。洛樱为何要把自己当作祭品祭剑？以至于现在，只要龙泉剑不灭，她的身体就难以复原。

可是龙泉剑灭了，他就再也看不到师父了。

说到底，他其实也是自私的吧。想到这里，青河眼中阴寒乍现，他大步跨出房门，就听身后苏竹漪又问："当赶往封印之地后，你杀了飞鸿门的那些修士？"

他身形一顿。"是！"

他们出来后毫不犹豫地往外跑，没有一个人回头看过一眼。师父……就是救了那群狼心狗肺的东西。

"处理尸体没？"

"没！"他当时牵挂师父，又气愤难当，理智全失，哪里还记得杀人了要善后。

说完之后，青河离开了。

苏竹漪又开始动脑筋，青河当时杀完人根本没善后，他名气很大，剑意其实也挺好分辨的，一个懂行的高阶剑修肯定认得出来。若是杀人的时候没掩饰，杀人后又没处理尸体，那有心去查，肯定能查出是谁做的。

飞鸿门那么多弟子失踪了，不可能没人去查。那一队人里头有个叫刘真的，大家都围着她，看她穿戴不似凡品，在飞鸿门地位肯定不低，所以飞鸿门肯定要去查，但是没传出青河杀人的事，就说明飞鸿门没查到他身上。

她整理了一下时间线，这一世，飞鸿门灭门是在长宁村惨案过后两三年……

这是不是说明，青河杀了人之后，就有人动了那些尸体，将修士的尸体拿来练习控尸术？

如此就可以解释，为何青河杀人一事没暴露出来，秦川他们回去也没看到任何人的尸体，反而发现魔修出没的痕迹了。

如果假设成真的话……

苏竹漪很快在脑子里整理了一条线。

"小三阳"秦川，机缘巧合拜入了云霄宗，成了秦江澜。

张恩宁收了老树做灵宠，实力大增，成了魔头，取代了不再杀人的青河。

血罗门掳走的那几个童男童女谁会胜出，难不成是苏晴薰？

而她苏竹漪，反而成了古剑派洛樱的弟子。

这是不是说明，过不了多久，洛樱和青河其实还是会死的呢？

包括小骷髅，也会消亡？

这么想着，苏竹漪忽然有些不寒而栗。

好似有一只无形的手，在下一盘玩弄人心的棋。

它不会直接让谁生让谁死，而是安排种种机缘巧合，引导他们走上了命定的轨迹。让他们以为，主宰命运的是他们自己。

因为流光镜出了些微的差错，可又有什么关系呢，总会有合适的棋子，走上合适的位置。

苏竹漪的心突突地跳，好似要蹦出胸腔，紧接着，胸口一阵剧痛，她险些昏了过去。

是逐心咒？

苏竹漪疼得蜷缩起来，那一瞬间，恨不得将自己的心给挖掉。

意识渐渐模糊，然而恍惚之中，她看到自己丹田识海内有一个朦胧的东西出现了一瞬，好似一面镜子，那镜子支离破碎，她从镜子里看到了许多张自己的脸。

本来存于识海的小锄头光辉渐淡，那微弱的神魂联系宛如绷紧的丝线，最终承受不住压力彻底断裂了。

轰隆一声惊雷炸响，苏竹漪猛地惊醒，她住的房间的窗户被风吹开，左右两扇窗拍打着窗棂，啪啪地响，狂风卷着落叶进了屋子，把桌上的灯盏打翻了，片刻之后，倾盆大雨从天而降，苏竹漪坐在桌边的凳子上，那斜飞的雨水都溅到了她脸上。

她脸色惨白，嘴唇乌紫，浑身冰凉。

一道闪电撕裂天幕，好似劈到了她头上，这让苏竹漪想到了上辈子望天树上出现的雷劫。她感觉到了死亡的威胁，就好像头上悬着一柄利剑，距离头皮只有一步之遥。金色闪电形成的剑，被上天握在手中，切开夜幕，和着疾风骤雨，向她的头颈劈下。

是雷劫？她的金丹劫？

也就在这时，识海之中，那面镜子消失了，本来就支离破碎的镜子化作万千流光沉入她识海，而下一刻，悬在头上的危机感消失了。

苏竹漪捂着胸口难受地闷哼，忽然瞥见窗口出现了一抹黑影。

青河站在那里，问："让你在落雪峰冲击金丹境，你不答应，现在在这里渡劫？"

话音落下，天上劫云消散，风停，雨歇。他皱眉问道："感觉怎样？"

"还行。"苏竹漪勉强出声应道。

"劫云已散，不要被小事乱了心神而产生心魔。"他顿了一下，"我现在不能杀人。"

虽然话只说了一半，但苏竹漪倒是理解了青河的意思。

青河以为她因为想杀秦川而乱了心神，他现在不能杀人，若是能，没准会出手把秦川给杀了……

杀人方面，师兄在行。

等青河走了，苏竹漪起身关了窗户，随后她检查了一下房中的阵法禁制，发现这客房的禁制都被风雨雷电给破坏了，这得多大的威力，说出去都没人信。

她把阵法重新弄好，又自己布了个结界，接着才坐到床上，把身上的外衣除去，只留了个肚兜。

胸口上的逐心咒还在，刚刚的疼痛跟逐心咒没有关系。

她用灵气在胸口附近探测，也没有看到流光镜。可她刚刚迷糊的时候真的看到流光镜了，那流光镜在她身上，随她回到了一千三百年前。刚刚的雷劫也并非她的金丹劫，而是流光镜现身带来的雷劫。

她眼神一暗，随后发现锄头已经掉到了床前的地上，苏竹漪心念一动，一招手，锄头并没有像往常一样飞到她跟前。她和它之间的心神联系已经消失了。

如果锄头还是她的本命法宝，哪怕不用灵气，她一个念头，就能让锄头移动，或者攻击敌人。然而现在，她必须用灵气施展擒拿术才能把锄头抓过来供自己驱使，这就是本命法宝和非本命法宝的区别。

锄头已经不是她的本命法宝了。

她的本命法宝是流光镜？可她根本感觉不到流光镜的存在，也就是说，这面镜子目前不能给她任何帮助。

锄头还能锄地、挖坑，甚至杀人，那流光镜有了跟没有一样，反而一出现

就会引雷劈。

不过想这些也没什么意义，她当初选锄头是迫不得已，身边只有锄头可用，现在倒也不可惜。将锄头放进储物袋，苏竹漪在床上休息，她没睡着，睁着眼睛到了天亮。

第二日，长老一早抽了签，苏竹漪第一场对的是瀚海剑派的一个弟子。

他们比试是按年龄分段的，在修真界，一百岁以下的修士就算很年轻了，而对剑修这种前期很弱的修士来说，一百岁以下的剑修还是需要呵护的幼苗，对苏竹漪来说，这些幼苗的对敌经验少得可怜。

跟苏竹漪比试的那个剑修是个女修，骨龄二十七岁，筑基一层修为，在瀚海剑派那种三流门派能有这样高的修为，足以说明她资质很好，算是宗门的希望。只可惜，她第一场就碰到了苏竹漪。

云霄宗的比武台悬浮在空中。

比武台的外形是翠绿的荷叶，苏竹漪过去的时候看那瀚海剑派的女弟子穿一身粉色长裙，足踏一双白靴，明眸皓齿，模样看着清纯可人，乍一看，就像是荷叶上娉娉婷婷开着的一朵娇滴滴的粉莲。

可惜苏竹漪不是惜花人。

她一夜没睡，本来修士有灵气，不睡觉也不会憔悴，然而她因为流光镜和险些被雷劈的事有些神伤，看着就有些没精气神，她脸色苍白得几近透明，在阳光照射下，看着好似玉人一般，实在是惹人怜爱，结果众多的视线就聚在了看起来虚弱，好似都能被一阵风刮走的苏竹漪身上，那朵粉莲瞬间就被忽略了。

底下还有人喊："师姐，点到为止，剑下留情啊。"

很显然，大家都觉得瀚海剑派的女修能赢。毕竟苏竹漪的名头这一晚上也传了出去，古剑派刚刚养出剑心的剑修，若她不是洛樱的徒弟、青河的师妹，压根轮不到她上台。

玉钟敲响，剑道比试开始。

对面的粉衣女子像模像样地挽了个剑花，微微鞠躬，道了一声："请。"不料再抬头时，眼前人影都没了，就见一阵风吹到眼前，与此同时，一个掌印着火光落到身上，瞬间击溃了她的护体灵气屏障，直接打到了她左肩上。

速度太快，根本避无可避。

她直接被苏竹漪一掌打到了荷叶下，爬起来的时候满脸震惊，完全没反应过来。

这不是比剑吗？

"这……"

"刚刚那是高阶步法无影无踪，快若无影无形，怕是修炼到了最后一层。她不是筑基期大圆满，竟然都把无影无踪完全学会了？"

"以她筑基期的实力，能瞬间击溃瀚海剑派女弟子的灵气防御，并将其击倒，使其飞出荷叶，她的烈焰掌怕也修炼到了极致。"

她一个年纪轻轻的剑修，竟然把那些乱七八糟的功法修炼到了极致。对剑修来说，年轻的时候就该苦练剑法才对啊！十几岁的年纪，既练剑诀，又练其他高阶功法，岂不是耽误了剑道的提升？

底下修士纷纷交流，这时有修士出来宣布古剑派苏竹漪获胜，有人不服地问："这不是比剑吗？"

苏竹漪循声望去，许是因为动了一下，她苍白的脸上有了一抹潮红，好似朝阳给白云染了胭脂，一下子又有了不一样的韵味。只可惜，她说话可是讨打得很。

只听她冷冷地道："还不值得我出剑。"

青河："……"

他就懒得揭穿她了。上台前剑都忘了带的剑修，也是前无古人后无来者了，只怕她连上次随便选的剑的名字都忘了。

这个人根本不爱剑，志也不在剑道，因此，剑道难有成就。

真灵界。

雨下得很大。

秦江澜周身有一层灵气屏障，雨淋不到他身上，他行走在雨中，步伐不快，蒙蒙的雨雾在他周身形成了迷蒙的光晕，将他一袭冷色的青衫都滋润得柔和许多。

小骷髅喜欢雨，这会儿没遮挡，淋着雨跑来跑去，他那身衣服是用修真界很普通的布做的，还是他自己缝的，像是在身上套了个麻袋。这会儿衣服浸水，就贴在了骨头架子上。

秦江澜稍稍加快步子，在他头顶撑了一把伞。

他很单纯，在体验生活。雨中打伞，也是一种生活。

"小叔叔，为什么这次我还没回去啊？"

"因为你更强了，能停留的时间也变长了。"秦江澜抬头看天，他觉得这次

的雨下得有些奇怪，毫无征兆，明明刚刚还是艳阳天，突然就阴云密布，好像天空被直接震碎了一样。

他在这里生活了很久。

越来越觉得有些奇怪，可他目前说不出到底哪儿奇怪。秦江澜每日都在修炼，要不就是在赚灵石，看书，学习真灵界的历史，他是个散修，跟其他修士接触得不多，因着从前的修行经验，实力进阶得很快，加上这里随便一个地方都灵气浓郁，十年的时间他已经恢复到了元婴期的实力，并且剑意比从前更强。

他只在悟儿过来的时候才会稍稍松懈。

秦江澜会陪着悟儿到处走走看看，因为悟儿说小姐姐答应过他，他想看天底下的风景，既然这里跟那边不是同一片天地，秦江澜理应带悟儿去看不一样的风景。

到底是哪里不对呢？看着头顶好似碎裂了的天空，秦江澜如墨染的眉微微皱起，清冷的眸子里多了一丝忧郁。

悟儿说他们在落雪峰生活。

苏竹漪没有进入血罗门。他想重回过去给她一个不一样的人生，然而如今，她的幼年不再有那么多的不幸，却没有他的参与了。

元婴期还不够，还要修炼得更快一点啊。

距离剑冢开启还有两个月，因此他们现在的剑道比试并不赶时间。

苏竹漪今天只有一场比试，瞬间比完了，苏竹漪优哉游哉地下了场，朝着师兄青河走了过去。

青河就跟个冷面罗刹鬼似的，周围三尺以内没有人敢站着，她过去往青河旁边一杵，一些想过去搭讪的年轻修士都不敢靠近了。

搭讪的不敢靠近，找碴的也有些怂了。

瀚海剑派有几个修士不服气，嚷嚷着要过来讨说法，明明是比剑法，她怎么能连剑都不出，瞧不起人，没准是剑法太差拿不出手呢！这时候美人美则美矣，但还是门派利益为大，哪怕知道结果已定，但他们心中仍是不服气的，总想讨个公道，毕竟，刚刚被比下去的是他们瀚海剑派最招人喜爱的师妹。

结果青河往那儿一站，不怒自威，惹得那几个修士一惊一乍的，最终还是快快地走开了。

如今苏竹漪倒是觉得，当初青河说服她拜师的时候说的话并不是诓她的。

204

"不管从前你经历过什么不幸，以后都不会了。"

青河对她不冷不热，教她练剑的时候也没好脸色，没有丝毫耐心，但是在外边的时候，只要不会牵连到师父，有损师父声誉，若是有人想欺负她，或者她想欺负谁，青河肯定会站在她这边。

既然如此，苏竹漪觉得，她也没必要跟青河这个大魔头死磕，好好相处还能得到不少帮助。

回去的路上，青河冷冰冰地道："明天你的对手是拭剑阁的楚飞羽。筑基中期，他已经将拭剑阁的青竹剑法修炼到了第五重，单纯比剑法的话，你不是他的对手。"

苏竹漪了然地点点头。"我知道了。"她笑得张狂，神情倨傲，"还不值得我出剑。"

青河没点头，也没摇头，沉默地继续往前走，苏竹漪走在他身侧，快要到房间的时候，听得身后一声轻唤。

她回头，就看到"小三阳"秦川步履匆匆地走了过来。

他应该也是刚刚比试过，比她只稍微慢了一些，且看他灵气充裕，面色红润，显然是赢得十分轻松。

"小师父，恭喜你。"秦川道。他其实在云霄宗素来老成，严肃得很，但一到了苏竹漪面前，就跟个二愣子似的，如今走路都轻快得多，差点就跟儿时一样一蹦一跳的了，就像是变了个人。

苏竹漪却是不待见他的。

"何喜之有？"她呵呵一笑，"理所应当的事。"不过苏竹漪也没走，她挑了下眉。"我们打个赌，若是比试的时候我赢了，你就答应我一件事，我师兄做个见证人。"

不料秦川直接道："不用赌啊，你现在告诉我，我立刻答应你。"

苏竹漪也懒得磨叽和客气，直接道："那好，你别叫秦江澜了。"

秦川一愣，这表字是入门后他师父替他取的，若是改了，岂不是辜负他师父的一番心意。他稍稍犹豫道："那我先禀明师父……"

话没说完，他就见面前的女子掉头就走，她步履如飞，弟子服掀起一角，好似仙子临风而去。想到苏竹漪救了自己的命，只提了这么一个要求自己都游移不决，他脱口而出："我答应你。"

他期待苏竹漪能回头，却不料她只是脚步一顿，随后将手抬起，在耳边摆了摆，接着就步入竹林小道，返回了古剑派修士居住的房间。看着她的背影，

秦川莫名觉得有些失落，连迎面走来的同门师姐齐月他都没注意。

齐月银牙一咬，回头剜了离开的苏竹漪一眼。

秦川天资卓越，深受门中长辈看重，而他本身长得极为清俊出尘，哪怕平时高贵清冷得很，好似冬日里浸在凉水里的月影，一副淡漠疏离的模样，仍有很多女修心系于他，齐月就是其中之一。

秦川看那女子的眼神齐月怎么会看不懂，哪怕如今还不算是含情脉脉，他却也是因为那女子的离开而怅然若失，这就说明那古剑派的女修对他来说与旁人不一样，思及此，她心头有些慌了。

明天那女子跟谁比试来着？嗯，拭剑阁的楚飞羽，若是那女子能胜出，后日便会对上宜宁师妹，以宜宁师妹的脾气，若是得知她跟秦川有什么牵扯，出手必定狠辣。想到这里，齐月微微一笑，看来，得去跟宜宁师妹谈谈心了。

苏竹漪不知道自己已经被人惦记上了。

不过哪怕知道了，她也半点不惧。她这会儿回了房间，将随手扔在桌上的飞剑拿了起来，比起飞剑，还是她以前的玲珑金丝网用起来顺手得多，只可惜玲珑金丝网是她上辈子两百余岁的时候在秘境里得到的，秘境开启的时间可不是她能掌控的，现在想用也用不了。

她将飞剑拿起来随意挥了两下，觉得没什么意思，又扔进了储物袋，随后坐在床上想：这次小骷髅怎么三个多月还没回来，难不成见了他小叔叔之后，又见了其他的三姑六婆？

脑海里浮现出一排骷髅手拉手的模样，苏竹漪笑出了声。

笑过之后心中倒也有了一丝担忧，相伴十年，那小骷髅不用她怎么养，也不用她操心，没事还能逗一逗，让她想起了以前做魔头的时候养过半年的那只鸟。

闲着无事逗一逗小骷髅还是有些乐趣的，如今小骷髅没在身边，她还有几分想念了。坐了一会儿，苏竹漪开始修炼润脉诀，她不敢从外界吸收灵气，而只用体内的灵气温养经脉，免得一不小心就压制不住修为引来金丹劫。

身上可能还藏着个流光镜，她难以想象那雷劫会厉害成什么样，在准备充分——有超过七成的把握之前，她还是暂时压着吧，一来，她的确怕死；二来，那雷劫确实威力十足。昨天夜里的惊雷，如今想起来她都有些心有余悸。

因为惜命，此时的苏竹漪险些忘记了从前的自己在某些方面有惊人的毅力，至少在冲击修为境界之时，有一种一往无前的孤勇，敢与天搏命。

次日，苏竹漪跟拭剑阁的楚飞羽比试。

这次他们比试的地方换了，不是在荷叶上，而是在竹林之中。

他们的解释是剑诀的施展跟周围的环境也有一些联系，所以每次比试的比武台都会有变化。一百岁以下的弟子还轻松一些，年长的一些战斗经验丰富的弟子，很有可能在冰天雪地、狂风暴雨之中，甚至在更加恶劣的环境中比试。三十年前，青河与人比了一场，就在死海之中。

所谓死海，就是没有丝毫灵气的深海，不仅如此，那海水里有一种独特的剑鱼，能够化身为剑攻击修士，若是被刺伤，修士的灵气便会被剑鱼吸走一些。

这一次，楚飞羽一上台，在古剑派修士还未敲钟宣布比试开始的时候，就先跟苏竹漪打了招呼，并道："不知今日是否能逼得仙子出剑。"

苏竹漪斜睨他一眼："等下你就知道了。"

玉钟敲响，楚飞羽大概是想到了昨天瀚海剑派那女修失败的原因，没有礼让，直接抢先出剑，他的剑法是青竹剑法，周遭又恰好是竹林，完全是连老天都在帮他。

随着他一剑刺出，飞剑犹如一根柔软的绿竹，微微弯曲，然而飞剑被压迫后反弹的力量，比他直接刺出的要强大数倍。不仅如此，周围的竹子好似受到了剑气指引，齐齐弯曲如弓，朝着苏竹漪的身上抽了过去。

苏竹漪直接施展了大擒拿术。

她的大擒拿术也修炼到了极致，这么出其不意地一出手，竟徒手抓住了楚飞羽的剑尖。

那是一柄软剑，意识到这一点，苏竹漪没有继续攻击，反而运转灵气，施展烈焰掌将剑往下重重一拍，她力量太强，使得楚飞羽的飞剑都险些脱手，虎口被震得发麻，然而更让他吃惊的是，他那犹如绿竹的飞剑反弹回来，啪的一下抽到了他眉心正中。

那飞剑中了烈焰掌，剑身上有火苗，加上青竹剑法本身反弹的力量，这一下，直接击溃了他的灵气屏障，在他脸的正中央留下一道红痕，将好好一张脸分隔成了两半。

楚飞羽怔怔地站在原地，片刻后，身子重重往后倒下了。

因为知道不能下死手，苏竹漪只使出了五分力量，不过也把楚飞羽打晕了过去，她再次轻松胜了一场，不过这次倒没说什么嚣张的话，面无表情地下了比武台。

她跟青河站在一处，两个容貌极好却冷冰冰的人，愣是将三丈内的修士都给逼走了。

洛前辈那般侠义心肠的人，怎么就收了这样两个徒弟？

被洛樱帮助过，见过洛樱真人的人则心中感叹：可不就是洛前辈的徒弟嘛，脸上的表情都一模一样，冷冰冰的，极难亲近，还是远远看着就好。

有什么样的师父，就有什么样的徒弟哟。

"不是说那苏竹漪是个绣花枕头吗？入门仅仅十年，几天前才感悟出剑心，一个人用的资源可以供养其他峰上千个弟子，才堪堪堆出了筑基期大圆满的修为，怕死怕得要命，每月都要领取很多炼制替身草人的材料……"一个鹅蛋脸、樱桃唇，模样娇憨的女子此时气得满脸通红，双眉紧锁，还用力地拍了桌子。

她皮肤雪白，手生得格外漂亮，手指修长，指甲染了朱红色，就像是雪中傲然的红梅一般，亮眼又漂亮。她手腕上只戴了串银铃，这么重重一拍，铃铛摇动，使得她面前低着头被训斥的弟子脸色发白，额角上渗出了汗。

"你就在古剑派打听了一下，古剑派弟子说的能尽信？你还信誓旦旦地说肯定没问题！"女子眉毛生得也好看，不是那种柳叶细眉，而是显得颇有英气，此时眉头竖起，气势就更凶了。

"出去出去，看着就烦。"

待人走后，一直立在她身侧不语的齐月终于开了口："宜宁师妹，不要生气了，谁叫那苏竹漪那么有心机，先示敌以弱，让人掉以轻心，结果是扮猪吃老虎呢。"

此女正是花宜宁，是云霄宗一位丹药长老的爱女。修真界修士结为道侣的不少，不过通常会晚一些，至少在三百岁以后了。花宜宁今年骨龄六十六岁，也是极为年轻的，而她的修为是筑基期大圆满，距离金丹仅有一步之遥。她平日里眼高于顶，没想到会对入门仅十年，年纪更是不到二十岁的秦川动了心，还曾央着父亲给他们订下婚约，只不过鹤老当时没有同意，云霄宗那些长辈觉得不能让好苗子这么早就耽溺于情爱，虽然没同意，却也没拒绝。

不过在花宜宁心里头，秦川已经算是她夫君了，她自然不能容忍他对别的女人有情。

偏偏那女人长得貌美，身份地位还很高，是古剑派洛樱的弟子，要教训她自然不能做得太刻意。那女人的师兄青河的实力如今更是叫人看不透，两人还成天黏在一起，花宜宁都找不到机会去警告一下她，只能在比武台上给她点教训了。

她也不蠢，若是她亲自出手在比武台上教训苏竹漪，肯定会让秦川对她有意见，日后就算做夫妻，心中也有隔阂，所以她本不打算亲自出面，查到苏竹漪的对手是楚飞羽，便派人私底下跟楚飞羽联系，许诺了他不少好处，让他不要怜香惜玉。

而且她知道楚飞羽使的是青竹剑法，特意做了点手脚，给他挑了个竹林的比武台，想做到万无一失，哪儿想到，还是竹篮打水一场空。

听得齐月柔声相劝，花宜宁心头冷笑，脸上却是不动声色，道："那齐师姐能有什么办法？"

"修真道侣嘛，必定得资质差不多，修为相当，才能长长久久，若是那苏竹漪的修为止步于筑基，寿元便短了，哪儿能跟秦师弟有什么纠葛？"

"秦师弟是绝对能突破元婴期的。"她叹道，"若是谁能在比武台上废了她的经脉就好了。"

花宜宁皱眉："那古剑派岂不是要大闹一场？"

"她心高气傲，不愿出剑，若是对方易怒，拼尽全力逼她出剑，结果一不小心没收住剑势呢？古剑派肯定会闹，但我们若是好好赔礼道歉，古剑派总不能撕破脸。再者，云霄宗才是天下第一宗呢，古剑派近百年实在是嚣张了一些。"

一百岁以下的剑修修为最高的也就是筑基期大圆满，能够废掉苏竹漪经脉的人自然是屈指可数，花宜宁虽然知道齐月那点心思，但她觉得，自己明知是套，也得伸头去钻了，毕竟这样的机会可不多。

次日，苏竹漪跟青河同一时间比试。

临走时，苏竹漪还道："今天看你快还是我快。"

"你的对手是云霄宗的花宜宁，她爹是云霄宗的丹药长老，为她提供了很多修炼资源，根基牢固，她的修为跟你一样，也是筑基期大圆满，剑法算是同龄人中可以看的，你……"

青河面无表情地说了这么多，末了提醒了一句："记得带剑。"

他是不指望她的剑法能有多精妙，但有个武器抵挡，总比用手去抓剑来得好。花宜宁的冬雪剑是高阶灵剑，听说已经养出了剑灵，日后还有渡劫成为仙剑的可能，是少有的好剑。苏竹漪的清风剑虽然最后可能会被斩断，但挡上几剑还是没问题的。

"你的对手是谁？"苏竹漪看着青河的背影，好奇地出声询问。

"不知道。"青河头也不回地答了，继续朝前方走去。

苏竹漪到的时候，花宜宁已经站在台上了。

花宜宁长得十分高挑，穿着浅碧色百褶长裙，腰镶桃红色暗花纱缘，纱上缠枝菊花层层叠叠，从腰间一直缠到了胸口处，衬得酥胸更加饱满，轮廓姣好，彩织裙摆上绣了云纹，间饰翔凤、牡丹、茶花、菊花、荷花、梅花、水纹、江崖图案，纹饰繁复，更显贵气逼人。

这样的裙子，就是从前的妖女苏竹漪比较喜欢的。

低头一看自己身上的小白菜打扮，她有点头疼。这次的比武台看着是朵金莲，那花宜宁站在金莲上，真是人比花娇。

苏竹漪轻轻一跃，上了比武台，就见对面的花宜宁斜睨她一眼："来了？"

她没理。

"今日，我要好好努力，逼出道友真功夫才是。"

苏竹漪点点头，依然没说什么话。她喜欢花宜宁身穿的裙子，以她上辈子那脾气，看到别人有而自己没有又想要的，肯定上去给人抢了，还会张狂地说一句："这裙子穿在你身上浪费了。"然而现在，她只能当没看见了。

玉钟敲响，花宜宁手中飞剑霎时一分为三，从三个方向刺向了苏竹漪。

实力确实不算差，苏竹漪心中有数，她身子压下避开其中一柄飞剑，随后在离地仅三尺的低空扭转身子，仰面朝上，一脚踢出，将另外一柄幻化出来的飞剑踢向了花宜宁的方向，接着反手撑地往空中一弹，直接跃到了花宜宁背后，一掌往前拍出。

她的一系列动作行云流水，快得底下那些修为在金丹期以下的弟子压根没看清她到底是如何动作的，只知道花宜宁的飞剑都落空了，一眨眼，古剑派的苏竹漪已经飞到了花宜宁背后，而她的烈焰掌好似都不需要运转心法就能直接施展似的，白嫩的手掌上突现火焰，直接拍向了花宜宁后背。

总不可能又一掌把人拍出比武台吧？

底下围观的修士的心都提了起来，而古剑派的修士越看越呆滞，实际上，受冲击最大的，反而是古剑派的弟子，毕竟原先根本没她的名额，她是顶掉了一个师兄的位置来的，所以虽然人美得很，但还是有几个弟子心头不是很待见她。一个贪生怕死，连剑心都刚刚感悟出来的人，为何要占去一个名额？比试的结果可是关系到日后进剑冢的各门派的弟子人数的，再者，她才十六岁，每三十年比试一次，一百岁以下的弟子还能参加几次，为什么要夺走别人的名额？！

本以为她就是来拖后腿的，哪儿晓得她连胜两场，连剑都不用出，就能把别人打下场。

花宜宁是在百岁以下的剑修中实力最强的，秦川也强，但他年轻些，修为也弱了一点，本来大家都以为最后的胜者会在花宜宁和秦川二人中决出，哪儿晓得，古剑派的苏竹漪竟然也这么厉害！

轰！苏竹漪一掌拍出，火光撞上了一层无形的结界，她嗤笑一句："身上还有高阶防御法宝，家底丰厚嘛。"

这一掌没把防御结界打破，苏竹漪借力往后一飘，身子轻盈地退到了两丈外，直接立在金莲的一朵花瓣尖上。比试禁止用剑以外的任何攻击法宝，但对防御法宝却没啥限制。他们的说法是，以后出去打斗的时候，别人身上有防御法宝，难不成还会摘下来再跟他们打？如何用自己的剑攻破别人的防御法宝，也是他们需要考虑的。

但谁会身怀高阶的防御法宝啊，这要怎么打？筑基期的修为，打到灵气耗尽，都不可能破开高阶防御法宝的结界。

苏竹漪斜睨一眼比武台外云霄宗的修士，冷笑一声，朗声道："百岁以下年轻弟子的比武台上，云霄宗弟子身怀高阶防御法宝，这我可打不了，既然云霄宗这么财大气粗，给所有弟子一人发一个啊，压根不用打了，我们都直接认输就好。"此前花宜宁的对手根本没挨到花宜宁的边，因此压根就不知道花宜宁身上有这样的防御法宝。

这话说得云霄宗修士皆是面色一红。高阶防御法宝，哪怕是金丹后期修为的修士，要攻破都极为艰难，更何况是他们这些年轻弟子。虽说没有规定不能携带防御法宝，但真带了高阶的，还真是有些说不过去。

这时，花宜宁也笑了一下："这是我爹送我的护身符，自小戴在身上从未摘过，一时忘了，还请道友见谅。"说罢，她直接将脖子上戴的一颗平安扣给解了下来，扔到台下一个云霄宗弟子手中。

"请！"话毕，花宜宁使手中飞剑挽了个剑花，只见金莲上突然飘起了雪，雪花纷纷扬扬地从天空落下，眨眼间就在地上铺了一层薄薄的雪。

这是冬雪剑作为灵剑本身的威力，若是花宜宁修为更高，冬雪剑威力也更强。

寒意逼人。

那些飘在空中的雪花都成了缩小的冬雪剑，朝着苏竹漪飞了过去。

万剑齐动！

"让我见识一下你的天璇九剑吧，听说洛樱的徒弟都是寒霜剑意，不知是你们的寒霜厉害，还是我的雪境厉害！"花宜宁娇叱一声，身子犹如离弦之箭，朝被雪花围困的苏竹漪刺了过去。

花宜宁这霸道的一刺却落了空。

苏竹漪好似未卜先知，提前预判了她的动作。

就见苏竹漪脚下一个挪移，闪身躲到了金莲花瓣之后。

只是那些密密麻麻的飞剑到处乱窜，她动作再快也会有闪躲不开的时候，此时她身上被割了数道口子，也见了血，苏竹漪心头的戾气自然起来不少。她知道在这比武台上不能下死手，一直压制自己的力量，然而现在，她足下用力一蹬，竟将那金莲花瓣蹬了起来，与此同时，识海震荡，元神威压直接朝对方碾压过去。

都是筑基期修士，年轻弟子比试的时候，修为相差不了多少，元神强度自然也是如此，因此大家都不会施展威压，根本没效果。但苏竹漪不一样，她的元神封印虽然还未彻底破开，却远远比一般人要强。此时威压一出，花宜宁动作一滞，本来花宜宁是以迅雷不及掩耳之势刺出那一剑的，哪儿晓得身子在半空停住，被苏竹漪踢飞的金莲花瓣一撞，直接像断线的风筝一样落了地。

她翻滚两下才起身，摔得十分狼狈。然而她刚起来还未站稳，身子就又被一股大力拖拽过去。她心一紧，再次喝道："起！"

冬雪剑早已经被她炼制成了本命飞剑，此时一剑劈下，将苏竹漪大擒拿手的灵气绳索直接劈断，还震得苏竹漪往后退了三步。花宜宁那柄厉害的飞剑还真是有些难处理。

可惜她没什么称手的兵器。现在那飞剑在花宜宁周围转得密不透风的，她想要近身已经不容易了，但她天璇九剑只练了第一重，用剑气肯定破不开那飞剑屏障的，思及此，苏竹漪索性施展大擒拿术把那金莲花瓣抓到手中，当作盾牌。

"别以为用比武台上的金莲花瓣就能挡住我的剑！"花宜宁虽然稍显狼狈，但此时求胜心更盛，她疯狂运转灵气，输入冬雪剑，那冰雪直接覆盖剑身，使得飞剑成了一柄冻剑，若是被这寒气侵入，苏竹漪的经脉必受重创。

比武台上冰雪一片，整朵金莲好似被冰雪覆盖，底下观战的修士都十分震惊，也有些忧心忡忡起来。

"那冬雪剑占了大便宜，小师妹不会出事吧？"古剑派的一个修士道。这

212

会儿青河不在，否则的话他肯定脸都青了。若小师妹出事，青河怕是会发飙。

"云霄宗的比武台都是有结界限制的，受伤肯定会的，但不会伤及根本，看到没，那里还站着个金丹后期的剑修，若真出了事，他也会出手阻止。"说话的人伸手指着半空中飘着的一叶轻舟道。此时有数个比武台一起进行比试，那轻舟飘在高空，更方便掌控全场。

台上，冰雪之中，苏竹漪用烈焰掌打在了金莲花瓣上。她将灵气缓缓注入，将金莲花瓣彻底熔炼，却又用薄薄的灵气将它冻住，使人乍一看它没有任何不同。

炼制这金莲模样的比武台的材料是金陨石，色泽光亮，看着非常美，因此会被人用来做装饰。花宜宁在云霄宗地位不低，特意选了这漂亮的莲台，那足下的金色，衬得她更加娇艳高贵。

然而金陨石用特殊手法熔炼后，那液体有腐蚀作用。这一点，却只有炼器师才知道了。偏偏苏竹漪什么都会，而且对很多术法都挺精通的，因此这会儿，她冷笑一声，不闪不避，将那金莲花瓣做盾，迎上了花宜宁的剑。

金莲花瓣外那层薄薄的灵气层被一剑刺破，大量金色液体飞溅，花宜宁长期有高阶防御法宝傍身，又有灵剑剑影飞旋于周围护体，刚刚她把所有的灵气注于剑中，催发冬雪剑的阴寒之气，击出一剑，连个灵气屏障都没给自己罩，瞬间，金色液体飞溅到了她的脸上和身上，疼得她发出一声惨号，直接伸手捂脸。

而苏竹漪早就给自己罩了灵气屏障，那金色液体自然一滴都没溅到她身上。

不过那阴寒之气倒有些棘手，哪怕电光石火间她已经施展无影无踪飞出很远，依旧被寒气伤到，感觉到寒气开始往经脉侵入，苏竹漪眼神变得阴沉至极。

若非她从小就修炼润脉诀，此番寒气侵入，经脉只怕会严重受损，这女的倒是心黑，想要废了她的经脉。既然如此，就别怪她下手狠辣无情。

她将灵气注入手指，五指成爪，随后识海翻腾，语速飞快地念了几句咒语。

离心咒。失魂离心，中此咒者，会有短时间的意识模糊，魂不守舍，下意识地听命于下咒之人。这咒法算是苏竹漪能想出来的最不血腥诡异的了，没有明显的正邪之分，她是在花宜宁受创捂着脸情绪激动的时候下的咒，一次便成功了，随后苏竹漪飞身上前，在花宜宁耳边道："脱衣服！"

主人意识模糊，本命法宝会自动护主，但苏竹漪只是凑上去说了句悄悄话

就跑了，本命飞剑要护在主人身边，不能去追，只能任她退到了比武台的另外一端。

而此时，花宜宁已经动作迅速地解了束腰，看得底下的人目瞪口呆。

"宜宁！"半空中的金丹后期修士一声喝道，花宜宁顿时回神。

毕竟离心咒也不算什么阴邪的咒法，只能短时间起作用，现在被修为远高于她的人一句呵斥，直接就解了咒法，花宜宁瞬间反应过来，一张原本如花娇艳，现在却有些泛红并带有伤疤的脸霎时变得更加扭曲起来。

她还不知道现在自己的脸是什么样子，也根本没有心思去管。

她以为自己在百岁以下的弟子比试中绝对是第一，她觉得自己要战胜苏竹漪轻而易举。

她素来自负，觉得自己最多两年就能结出金丹，一个不满七十岁的金丹期修士，在云霄宗内也是极为少见的，年轻一辈中，她已经鲜有敌手，就连古剑派那个所谓的青河，也不过是百岁结丹，如今已过了三百岁，他还是金丹期。

然而现在，她被一个十六岁的女修戏要捉弄，甚至没有逼得对方出剑，这对她来说，简直是奇耻大辱。同样，她也深受教训，脸上感到火辣辣的疼，好似被人打了一个耳光。

这天底下还有比她资质更好、修炼更刻苦的人。她不能再那么骄傲自大了。

如果说花宜宁一开始想要教训苏竹漪是因为苏竹漪跟秦川关系匪浅，而此时，却是为了她自己而战，为了她的剑道，为了她的尊严而战。

她要赢，要赢得漂漂亮亮。

花宜宁抬手，将冬雪剑握在手中，然而这一次，她身上的气息已经完全变了。

周围的灵气纷纷涌到她身边，在她身边形成了一个灵气旋涡。而她手中的冬雪剑发出一声欢快的长鸣，好似清风穿过竹林，泉水叮咚作响。

"这是……这是心境突破，花师姐要在战斗中结丹了吗？"

"快看，比武台上空有了金丹劫云！"

苏竹漪这会儿都想骂娘了。

有没有这么巧？！

花宜宁居然会在这个时候渡劫！说起来金丹劫的威力不大，毕竟这是修士修为进阶后遇到的第一个小雷劫，轻轻松松就能挨过去，也不会祸害到别人，

214

所以这时候那些人看到花宜宁在战斗中突破，都只是惊叹于她的实力，却不怎么担心她的安危，然而苏竹漪却是担心自己的小命！

如今这贼老天是长了眼睛的，专门逮着她劈！

"不能让她突破！"苏竹漪将灵气运转到极致，脚下施展无影无踪，同时手上催发烈焰掌，在用无影无踪快速地移动时，烈焰掌残影连成一线，犹如一条火龙，朝着花宜宁呼啸而去。

"烈焰掌最后一重焚天怒焰居然被一个筑基期的修士领悟了？"看到那火龙，许多人都傻眼了。其实这个年龄段的比试观战的修士不多，且今天有青河的比试，九成的人——特别是那些实力强的修士，包括长老们，都去那边观战了，剩下的人却连连惊叹，今天真是没白来。

花宜宁本是闭目运转心法，此时猛地睁眼，心中冷笑："区区火焰，也妄图与我的冬雪剑争锋。"她不怕金丹劫，她怕的是心境不稳，金丹劫迟迟不来，然而现在，就让她在比武台上凝结金丹，大放光彩！

像是为了附和她，冬雪剑寒意凝结成霜，与火龙撞在了一处。

与此同时，天上劫云凝聚而成，隐隐有电闪雷鸣，众人看到苏竹漪做了个抬手抓取，好似从储物袋拿东西的动作。

终于……终于有人逼得古剑派的苏竹漪出剑了啊。

"她到现在才拔剑，或许剑法真的出神入化，现在胜负还说不准呢！"

然而下一刻，众人哗然。只见台上的苏竹漪手中抓的不是剑，而是一个扎得十分精致、栩栩如生的替身草人……

围观修士看到这一幕都呆了，台下一片死寂，久久无语。

而更让他们无语的是，头上劫云一道金色闪电劈下，却是落在了距离花宜宁很近的苏竹漪身上。

这……天雷也有劈歪的时候？

就连花宜宁自己都愣了，她如今斗志满满，跟冬雪剑人剑合一，本来体内灵气不多，但因为突破已经在疯狂吸收灵气，根本不惧头顶天雷，做好了被天雷淬炼的准备，哪儿晓得，天雷居然劈歪了？

劈！歪！了！

金丹期的雷劫威力并不算太夸张。贼老天虽然坑人，但实际并非不给活路。它不会太离谱。

天道自有规则，若它自身打破了规则，又有什么理由去干涉道器，干涉苏

215

竹漪呢？

这次花宜宁跟苏竹漪修为境界一模一样，都是只差一点就能进阶金丹的，在比武台上她们又离得近，雷劈歪虽然让人震惊，但也不是难以接受。历史上也出现过劈歪的情况，通常旁人会说多行不义必自毙，天道难容，天打雷劈。

苏竹漪手中的替身草人碎裂，替她分担了部分伤害，若是没有这个替身草人，她这会儿怕是不死也残。

饶是如此，那天雷劈在身上仍然让她浑身都疼，头发也好似烧焦了一样。自从上次被劈了之后，苏竹漪就想到了一个叫天罡五雷诀的修炼功法，不过是个残篇，她看到的时候只有前面部分，但她也没管那么多，先修炼了再说。如今被雷劈后，她忍着疼将丝丝雷电吸收，并且在修炼的时候猛地抬头，冲近在咫尺已经怔住了的花宜宁咧嘴一笑。

通常情况下，金丹期的雷劫只劈一次。但上次古剑派那个弟子的雷劈歪了以后，紧接着又落了一道雷，因此苏竹漪明白，花宜宁还得被劈一次，但花宜宁这会儿心神不定，刚刚那种要与天争的气势散去，只剩下了一脸茫然。

看到苏竹漪咧嘴一笑，花宜宁更觉心慌意乱。

她觉得荒谬，简直荒谬！

然而片刻后，雷电再次落下，苏竹漪借着那雷电之光，将自己刚刚吸收的那一点雷电之力化作天罡五雷诀，和天上那道雷一齐落在了花宜宁身上……

花宜宁没有替身草人。

天上神雷落下，她的本命飞剑比她反应快，催动她施展剑诀与雷劫相抗，然而另外一道雷电出其不意地落在了花宜宁身上。花宜宁没有灵气屏障，防御法宝平安扣也摘了，这雷电威力虽不大，却让她受了伤。她气息一滞，灵气紊乱，刺出的那一剑失了许多力道。

被天上神雷劈中，她整个人倒退数步倒在金莲台上，此前身上节节攀升的气息逐渐减弱，体内的力气好似消散了一样。

"噗！"花宜宁喷出一口鲜血，苏竹漪因为离得近，鞋面上都染了血。

苏竹漪眼睛一眯，心头冷笑："想废我经脉，我让你进阶失败，修为倒退，好好养个十来年，以后再冲击金丹吧，只怕失败过后心性受挫，以后的雷劫更加难过。"

苏竹漪用袖子擦了一下脸，随后走到一动不动的花宜宁面前，在那修士宣布结果的时候，嘴角含笑，抬脚把躺在地上跟烂泥一样的人踹下了金莲台。

将一方打下比武台才算赢，那她把人踢下去也没什么不对。

底下有人大吼："你这人怎么这样？小小年纪如此蛇蝎心肠！"

苏竹漪厉声道："她能用高阶灵剑的寒气废我经脉，我踢她一脚还算轻的。"她此时浑身是伤，经脉里寒气乱窜，说话时还有白雾，是以其他门派修为高一些的修士都能看出不妥，却也不好多说什么，一边是云霄宗，一边是古剑派，随便哪边他们都得罪不起，唯有沉默。

也就在这时，将花宜宁扶起来的齐月惊呼出声："宜宁师妹，你的脸！"

花宜宁此时修为跌落，虚弱无比，喃喃道："我的脸怎么了？"她没灵气了，索性直接将冬雪剑拿到面前当镜子照，待看到脸上好似被火烫了的红疤，她惨叫一声，眼泪瞬时涌了出来。她之前因为浑身都疼而忽略了脸上的疼痛，她体内没灵气，恶狠狠地问身边的人要了一颗灵气丹，随后发现没有丝毫作用，便指着苏竹漪质问："你……你往我脸上洒了什么？"

"抓住她，别让她走！"眼看苏竹漪转身要走，齐月也尖声叫道。

云霄宗的弟子立刻冲了过去，而古剑派的弟子自然不会让自己门中的小师妹被别人欺负了去，眼看两边要起冲突，那个飞在空中的金丹后期修士的声音犹如一道惊雷炸开："放肆，云霄宗岂能容你们聚众闹事！"

随后他将威压施加在了苏竹漪身上。"宜宁脸上的伤势有些古怪，比武台上禁止用毒，你如何解释？"

苏竹漪本身挨了雷劈，体内还有寒气，受伤不轻，被那威压一压，嘴角溢出血丝。她低哼一声，艰难地转头，单薄的身子摇摇欲坠，柳眉微蹙，冷笑一声，倔强道："原来云霄宗就是这么霸道，小辈在比武台上用灵剑废人经脉，长辈不分青红皂白就含血喷人，真不愧是天下第一宗！"

"还敢狡辩！"双方起争执的时候，古剑派已经有弟子私底下通知了柳长老，那柳长老心急如焚地赶过来，远远传音道："你说她下毒，可有证据?！而你那弟子用冬雪剑伤人却是证据确凿，她经脉里寒气乱窜，就是最好的证明！"

这种时候，谁都会偏袒本门弟子，更何况，苏竹漪还是洛樱的徒弟，青河的师妹！

"我已派人去请花长老过来查看，用没用毒，用的什么毒，稍后就见分晓，此时我只是将她暂且留下，有何不妥？"飞在半空的金丹后期修士冷哼一声，反问道。

然而下一刻，他脸色一变，只觉得脚下轻舟一晃，哗啦一声断成了两截。

而他腰间的玉佩也啪的一下裂了，惊得他出了一身冷汗。好似天外飞来一剑，将他的轻舟斩断，将他的灵气屏障撕裂，将他腰间象征云霄宗身份的玉佩劈成两半，使得他的腿都在微微发颤。

"谁？"他缓过神来，故作镇定地大喝一声。

"我。"青河冷冰冰地回了一句，也没看苏竹漪伤势如何，直接走到了花宜宁面前。

花宜宁身边本来有很多云霄宗弟子的。

然而青河气势太强，身上好似有冰霜覆盖，他走过来的时候，好似冬日寒风刮了过来，他们实在受不住，纷纷让出一条路，于是，青河就在没人阻拦的情况下走到了花宜宁跟前。

旁边挽着花宜宁的齐月的手都在发抖，她想松手，奈何花宜宁半个身子都靠在她身上。"花长老他们马上就过来了，撑住。"她给自己打气道。

"冬雪剑？"

"呵。"

一声微不可闻的冷笑从青河口中发出，然而他嘴唇都没动一下，让人觉得刚才那微弱的笑声好似错觉。

"你……你想干什么？"花宜宁虚弱无比，都没力气说话。齐月紧张得都结巴了，她往四处看，心中骂道："人呢，云霄宗的其他人呢？"

就在这时，一个焦急的声音响起："宜宁！"

花长老和云霄宗另外几个长老赶了过来，见到青河，花长老厉声道："青河，你想对我女儿做什么？"

威压立时压下，青河却轻飘飘退开数丈，直接退到了苏竹漪身边，冷冷地瞥了一眼看似气若游丝，满脸悲愤，眸中含泪，睫毛上挂着悬而不落的泪珠的苏竹漪。

苏竹漪脸上表情一滞，微微低头，一眨眼，就让那颗挂了很久的泪珠子功成身退地滴落了。

"她脸上是什么？"青河问。

"她用冬雪剑的寒气攻击我，我就拿了一瓣金莲花瓣当盾牌，我想着火能融化冰雪，就拼了命用烈焰掌与其对抗，把金莲花瓣都烧化了，有些金色液体溅到了她脸上。"苏竹漪一脸委屈地道。

一同过来的长老里有个高阶炼器师，他仔细检查之后方道："确实如此，这是被金陨石液体腐蚀的，难以用丹药灵气恢复，但养个十来年，能自然

218

好转。"

听得这话，云霄宗的修士自然不好再说什么，只道一场误会，还请见谅。就是那之前飞在空中的金丹后期修士，也只能过来给苏竹漪道了歉。

而古剑派柳长老适时道："毒药是误会，那这寒气侵入经脉呢？"

花宜宁她爹只能道："宜宁修为不足，无法完全掌控冬雪剑，想来她也是无心的，这里有一瓶高阶润脉丹，还请小友不要责怪宜宁。"

"爹！"花宜宁声音沙哑，她不服气，她的脸毁了，反而要给对方道歉？

然而花长老却是有苦说不出，那青河的威压加在他身上，让他骨头缝跟渗了冰水似的，他心头大骇，三十年不见，古剑派青河竟然有了如此实力？他不可能只是金丹期，他一定是压制了自己的修为，而大家都看不透，足以说明他修为胜过自己，也比在场其他人都强，至少是元婴后期了。

这事本身就是他们理亏，苏竹漪经脉里的寒气就是最好的证据，因此，他也只能认了。

"我还准备了一些疗伤丹药，待会儿命弟子送到苏小友房间。"花长老见青河不应声，又道。

"嗯。"青河点点头不再吭声了。

寻常人这时候起码得说句"那就多谢好意"了，他倒好，直接嗯一声了事。云霄宗弟子气得吐血，然而此时长老都应了，他们还能说什么，只能恨恨地瞪着古剑派弟子。

宗门内禁止打架，两边的年轻弟子就眼刀子乱飞，好像要用眼神打架一样。

苏竹漪被热心的同门师姐搀扶着回了房间，等进了房门，她立刻生龙活虎了。

疼还是疼，她的确受了伤，但更疼的伤女魔头都能咬牙忍住，现在身上的伤对她来说根本算不得什么，更何况花宜宁十多年都不会消停了，她还白得了丹药，心头高兴得很，哪里顾得上伤口疼。

她服了丹药开始修炼，第二日便恢复了七七八八，早上刚出门，就有古剑派的弟子围了过来。"听说没？昨晚出事了！"

出什么事了？

"那冬雪剑，灵散了！"

"灵散了？"冬雪剑之所以被称为高阶灵剑，是因为它有剑灵，而一夜之间，冬雪剑剑灵消散，沦为普通的飞剑了。

众人议论纷纷，却都说不出冬雪剑为何会灵散。

然而苏竹漪心头清楚得很。

青河跟龙泉剑合二为一，可以说他现在就是龙泉剑，是热衷吞噬与杀戮的邪剑，虽然煞气化了，但本身威力却没多大变化。

青河原本那柄剑的剑灵都被龙泉剑给吃了，要吃掉冬雪剑的剑灵也是轻而易举。

青河帅兄很有本事嘛。

如今，苏竹漪觉得，加入古剑派倒是她重活一回做得最正确的决定了，有靠山的感觉还挺舒爽的。

她咯咯笑了两声，随着同门弟子一起去了比武台。

连续三场比试下来，苏竹漪的威名已经传出去了。

接下来她上台，赢得更轻松。那对手没等她的烈焰掌拍出去，就自己倒飞出了比武台，能够在正道门派见到这么识相的人，苏竹漪还在心头暗暗称赞了一下他的不要脸。

这一场比完就剩下了最后一场，最后一场是她跟秦川比，苏竹漪觉得一点压力都没有，第一名已是囊中之物。

剑冢每三十年开启一回，每回只有一百个骨龄百岁以下的弟子进去选剑，这名额分配跟剑道比试的结果有关。第一名的宗门能有十个名额，苏竹漪拿了第一名的话，就能给古剑派争取十个名额，青河得第一名也不会有问题，也就是说，这次古剑派至少能有二十个弟子进去选剑，算得上古剑派的最好成绩了。

苏竹漪也要去剑冢。她虽然对剑道没什么兴趣，但对里头的一柄剑志在必得。

现在的秦川还没得到松风剑。

她不想让跟秦江澜形影不离的松风剑落到秦川手中。虽然那个人已经没了，天道还塞了个秦川过来替代他，但在苏竹漪心中，秦江澜是无可替代的存在。

所以，她想拿到他的剑。

曾经有人说秦江澜只爱他的剑，爱剑成痴呢。苏竹漪心中得意，她可是把那松风剑给比下去了，抱着冷冰冰的剑，哪儿有抱着身姿妖娆的美人舒坦，就算是秦江澜那个人人称颂的临江仙，也逃不出红尘情爱。

回去的路上，苏竹漪又遇到了秦川。

"师父已经同意了，以后还是让他们直接叫我秦川。"秦川有些拘谨地站在苏竹漪面前，忐忑地问，"我就叫秦川，可以吗？"

他告诉他师父自己见到了儿时故人，再次想起了长宁村惨死的父母，他想就叫秦川，让父母取的名字能够为人所知，被更多的人甚至天下人知道。秦川也不笨，他这么一说，倒是没费什么力气就让他师父同意了。

苏竹漪点点头，淡淡地说："明天比武台上见。"

哪怕他是个好苗子，比什么古剑派古飞跃等男子都值得勾引得多，苏竹漪依旧不愿意搭理他。

这种莫名其妙的坚持，大概是源于她心里头对秦老狗的感激和喜欢吧。

还有，对天道的不忿。

女魔头本来是不能放任自己的内心有喜欢这样的感情的，不过既然喜欢的对象是个死人，还是在他死后才真正喜欢上的，她也就默默忍了。

秦川本想带苏竹漪到处走走看看，领她参观一下云霄宗，但苏竹漪似乎有些不待见他，对他十分冷淡，他感觉得出来，心头有点不安。

小师父讨厌他？为什么呢？

他怔怔地站在原地，看着苏竹漪远去的背影，心中微涩，明亮双眸里的光好似都被阴云笼罩，不复光亮。

次日，苏竹漪跟秦川的最后一场比试，没过几招，秦川就被苏竹漪打下了比武台。

秦川并没有尽全力，苏竹漪感觉得到，不过她不会把这种鸡毛蒜皮的事放在心上，下了台，估摸着师兄那边的比试刚开始，她就打算过去看一眼。

她离开了比武台，跟几个同门一起去了青河比试的场地，秦川看她见着其他人脸上都是笑吟吟的，心里更难过了。

小师父是他年少时最崇敬的人，也是他的救命恩人，再见时，还是让他心跳加速的人。

但她讨厌他。

秦川默默地往鹤园方向走，打算回去练剑，只有练剑的时候，他才会忘记世间烦忧，只是没走几步，就听到一个声音道："秦师弟，事关宗门声誉的最后一场比试，你竟然不全力以赴，你……"

他转头，看到一个同门激动不已地看着自己，一副痛心疾首的模样，好似

输了比赛的是她，委屈得都快掉眼泪了。

"齐师姐，是我技不如人。"秦川不欲多说，转身便走。

不料那齐月又道："你真是太让我们失望了。"她说话的时候，在场的云霄宗弟子都看着秦川，心头揣摩他是不是真的没尽力，不过苏竹漪很厉害的想法已经深入人心，所以他们刚才的确没那么想。毕竟秦川虽然天赋高、资质好，但他现在的修为是筑基中期，比苏竹漪要差了点境界，会输也很正常，只是听到齐月的说法，弟子们又有了一些怀疑，刚刚那场比试，打得实在是太不精彩了。

秦川脚步一顿，用凉凉的目光看着齐月，缓缓道："跟我有什么关系？"

她失望，关他屁事？

那齐月被他这一句话噎得脸上一阵红一阵白，而秦川回了这一句后，头也不回地离开了。

此刻，苏竹漪已经跟同门到了青河的比试场地上方。

青河他们在一个幻境当中。

三百岁以上弟子的比试场地充满了陷阱和变数，此时青河所在之处像是个乱葬岗，那里原本有很多房舍，现在都已经成了废墟。

"这比试场地怎么看着这么瘆人？"苏竹漪旁边一个弟子道。

这时，早就在观战台上的柳长老解释了一下："云霄宗想赢，但是也知道自己门下弟子的实力比不上青河，就只能在比武环境上耍点小手段了。这次的比武台里头有幻境，能影响人的心神，心神一乱，剑法也会杂乱无章。就看谁能快速看破幻境，谁胜算就大一些。不过这次的对手不是云霄宗的人，他们应该是在为最后那场比试做准备。"

此前青河上场，只出一剑就能击败对手，对手根本看不透他的深浅。如今弄出个幻境，再有个剑道高手试探他，总能让青河露底了。

知己知彼，才能百战百胜。

看到幻境中的青河，苏竹漪感觉到了一丝不妙。

青河现在就是龙泉剑，若那幻境是什么血腥煞气的环境，会不会让龙泉剑再次出现问题？想到这里，苏竹漪立刻打量起了比武台，用神识一点一点地扫了过去。

比武台内的幻境是通过阵法来布置的。这种阵法名为屬景，里面出现的情境都是真实存在过的，身处幻境之中，就好似身临其境。云霄宗好大的手笔，不过一次弟子比试，都用了屬景阵法。苏竹漪绕着观战台转了一圈，趴在那观战台边缘，冲着里头的青河大喊："师兄，师兄，那人在你左前方三丈处，快劈了他！"

她今日依旧未施粉黛，只是头发没有简单束起来，而是绾了个凌虚髻，上面没什么别的首饰，只有一朵粉嫩的花朵镶嵌于发中，她肌肤白嫩，发髻上的粉花跟脸颊上的绯红相映，加上此时她撑着观战台的石栏杆，身子前倾，脚微微翘起，更显出了一派天真，明明五官耀眼夺目，犹如牡丹一般艳丽高贵，但那神情动作，又好似清水出芙蓉，是一种介于艳和纯之间的美，犹如天上那耀眼的光，被云遮了一半，轻轻柔柔地透出来，让人只觉赏心悦目，移不开眼。

本来，围观的修士是不能靠近观战台边缘，把手撑在石栏杆上的，但苏竹漪因担心师兄而站在那里，声音又悦耳，也就没人那么不长眼，呵斥她离开了。还有人笑着提醒："你师兄在幻境里头，他听不到你说话的。"

苏竹漪用手指悄悄在石栏杆上画符，她只能通过这样的方法，给里头的青河传一句话。

传什么话才好，能让他反应过来呢？

眼看青河神情似乎有些不对，眸子微微泛红，苏竹漪就紧张起来，她心念一转，在阵符画完的一瞬间，大喊："师兄，快打完了出来，师父给我们传来了传讯玉简，说她很想我们呢！"

柳长老："……"

柳长老绝对不信洛樱会说出这样的话。

偏偏这话有用得很，青河脚一动，一剑刺出，速度极快，那剑影都无法捕捉，在飞剑刺向对方心窝的时候，青河眸光清明，手往一侧移动，刺在了对方肩膀上。

随后，没等别人解除幻境，他足尖一点飞向空中，竟从幻境之中一跃而出，破了那屦景幻境。

他落到苏竹漪旁边，问："玉简呢？"

他气势惊人，好似她不拿出来就会被他直接一剑斩了一样。周围的人都被那威压波及，觉得难受，偏偏苏竹漪还看着他笑："幻境里头啊，玉简肯定也是假的。你觉得师父会给我们传讯？"

他神色一黯，转身离开，走了两步又停下，转头示意苏竹漪一块走。

等回到了苏竹漪暂住的房间，他沉声道："龙泉剑的煞气除不尽，消失后会重新滋生，除了……除了……"

说到这里，青河脸色就不对了，他顿了一下，才继续道："除了那个法子，

还有没有别的办法？"

毕竟剑身里头有他祖先的血肉元神，有无数冤魂怨气，煞气就算一时被压制，也会重新生出。他本以为浸泡十年后煞气消失了，没想到又来了。刚刚在幻境中，他险些让龙泉剑得到机会，大开杀戒。

"不知道。"苏竹漪摇头。

"小师妹，你为何懂那么多？"青河知道在幻境里是苏竹漪帮了自己，他一直都挺好奇，不过也懒得过问，但昨日连天雷都劈歪到了她身上，而她准备的替身草人也派上了用场，这让青河越来越诧异，终于没忍住问了她。

"天雷为什么会劈你？我看这好似在你预料之中，你早早做了准备。"

苏竹漪斜睨了他一眼，呵呵笑了两声："因为我美得天怒人怨，因为我不仅美，还聪明。"她先是用双手捧了下脸，接着又用手指了指头，一脸得意。

青河淡淡地瞥她一眼，轻哼一声，一脸不屑地走了。

苏竹漪："……"

她说的都是实话啊，她难道不美不聪明？什么眼神？喊！

第七章

剑冢

两天后，剑道比试的最终结果出来了。

古剑派拿了两个第一名和一个第四名，等到剑冢开启时，他们门派一共有二十四个弟子可以进入剑冢。当然，进入剑冢不一定就能挑到好剑，毕竟剑冢是剑的坟墓，里头破剑凶剑都有不少，进去之后还是要小心行事，每次进去，都有弟子被里头的飞剑伤到，更有甚者，剑道都会中断。

苏竹漪和青河比试完就回了古剑派落雪峰。

她跟青河一起去给师父请安，随后苏竹漪就特别懂事地离开了，剩下青河在那儿请教师父剑道上的问题，她退出房间，想到青河刚刚那张阳光俊俏的脸，心道她师兄在师父面前戴着张面具也不嫌累。

她在秦江澜面前就不需要任何伪装。

她就是个蛇蝎心肠的妖女，可他依旧中了她的毒。

回去之后，苏竹漪炼制了两个替身草人，依旧没草心，都是中阶草人，她叹息一声，把草人随手扔在了储物袋里。

她不可能为了躲避雷劫，一直把修为压制下去，连那个花宜宁都有仗剑而立，傲然迎接雷劫的勇气，她这个前世修为到了元婴后期的魔道大能，居然会因为金丹期的雷劫而裹足不前。

怕死不可耻，苏竹漪一直觉得保护好自己再正常不过，她本想着炼制出具有高阶能力的中阶替身草人供自己渡劫的时候驱使，尽量保证渡劫不出意外，但因为几年来都没成功，她的斗志都被消磨了不少。

一个魔头要成长，要活得长，不仅要心狠手辣，还要多学多看，更要时刻

深思，反省自身，她在落雪峰安逸地过了与世无争的十年，重回战场虽然风采依旧，但也再次意识到，恶人无处不在，一刻都不能懈怠。同样，在名门正派里做个暗地里阴险的恶人，好似比在魔门里光明正大地作恶更爽，她以后得更阴险一些才行。

等这次去剑冢拿了松风剑回来，她就冲击金丹境。想到渡劫，苏竹漪又想到了小骷髅，这家伙怎么去了那么久？该不会觉得跟亲戚住一块更舒服，乐不思蜀，连他那条形影不离的狗都不要了吧？

不知道那条狗死没死。普通的低阶灵犬，在有很多高阶灵兽的落雪峰乱窜的话，一不小心就会送命。她起身打算出去看一眼，转念又觉得它的死活跟她没关系，就此作罢，盘膝坐下，开始修炼起天罡五雷诀来。

这个功法残篇修炼起来特别难，心法口诀晦涩难懂，念起来十分拗口，她如今第一重都没完全学会，这是她见过的最难的功法了，既然决定了从剑冢出来就去冲击金丹境，她最近得好好努力，争取把第一重给学会了。

她每日闭关修炼，转眼就到了剑冢开启的日子。

"你自己去，我有要事要做。"青河看着苏竹漪，扔了个传讯玉简给她，"师父最近伤势反复，必须静养，若是有收拾不了的敌人，叫我。"

说得真含蓄。

师父伤势反复，肯定是龙泉剑煞气又起，所以她师兄的要紧事就是去泡粪坑吗？苏竹漪心想，决定从剑冢回来突破金丹期了就去藏峰找点材料，看能不能做个蜃景幻境，到时候让他觉得自己在抱着师父泡温泉，似乎也挺不错？就是那阵法布置起来很难，金丹期修为的修士都可能完成不了，她也只是试试，不能保证成功。

剑冢所在的剑山很偏远，从古剑派乘灵舟过去要三天时间，每次剑冢开启时，掌门段林舒都会一同前往，此次同行的还有三位长老，足以说明他们对此有多重视。苏竹漪上了灵舟，她师父、师兄都没来，掌门段林舒就把她叫了过去，让她一道坐在灵舟的船舱内，还给她倒了灵茶。

"胡玉和秋霞这两位长老你都见过，这位是灵峰峰主易涟，他为了捉一只毕方鸟，在一片林子里蹲了二十年，前些日子才回来。"

古剑派其他长老苏竹漪都有印象，上辈子她还跟其中几人交过手，而那灵峰的易涟，她却未曾接触过，如今看到他，只觉这灵峰峰主生了张娃娃脸，他眼睛灵动，睫毛纤长，看起来像是个十六七岁的少年郎。

"可别被他那张脸骗了。"旁边的胡长老一捋胡子，哈哈一笑道，"这家伙都一千五百岁了，年纪比我还大。"

"竹漪喜欢什么样的灵兽？若是想养灵兽做帮手，可以去灵峰看看。"掌门又道，"灵峰的灵兽都是他捉回去的，虽然我们剑修最好不要过于依赖外物，但有帮手总比没有好，万一哪天在外头受伤调息，也有个能帮忙把关的。"

一般来说，修士只能和一只灵兽订立契约，御兽宗的修士除外，因为灵兽认主要跟主人建立神魂联系，若是同时和几只灵兽订立契约，修士的丹田识海会承受不住。苏竹漪有小骷髅了，虽然那小骷髅的认主是最简单的、没有任何约束的，但在小骷髅离开之前，苏竹漪也没办法再和另外一只灵兽订立契约。当然，寻宝鼠那样的灵兽除外，那种灵兽不需要神魂契约都可以，好吃好喝地喂着，寻宝鼠也不会跑掉。

"嗯，多谢掌门。"苏竹漪笑着答应，随后看着灵峰峰主，笑得更甜了，"要是以后我想养灵兽了，就能去您那里挑选吗？"

这灵峰峰主倒是不错，长得好面嫩，实力又强，若是能把他迷住，她能获益不少。

"掌门都答应你了，我能不答应吗？"易涟笑着应了，他笑的时候，脸颊上还有两个甜甜的酒窝，看着更年轻了。

之后他唤出了几只灵兽，都是幼兽，灵兽们围着苏竹漪转了几圈，没想到这一转，易涟露出一副疑惑的表情："你有灵兽了？"

"咦，这也能看出来？"苏竹漪愣了一下，随后道，"上次机缘巧合和一只不知名的小兽订立契约了，是最普通的契约，他随时都能离开，我没办法约束他，现在他已经消失半年了，我以为他不见了呢。"

"丹田识海内没反应？"易涟有些好奇。

"没有。我都感觉不到他的存在。从订立契约之初就很难察觉。"听得这话，易涟的眼睛都在发光，他显然充满了兴趣。苏竹漪顿时明白，这易涟怕是很难得手，因为他最爱的恐怕是灵兽！美人对他笑，他很平静，眼睛里没起什么波澜，但一说起灵兽，一双眼睛就好似在发光！

"那你的灵兽肯定非常高阶，它在你身上留下了淡淡的气息，所以我这几只灵兽都能感觉得到。"易涟十分欣喜，"不知道你的灵兽是什么样子，可以给我画出来吗？我这几只是高阶灵兽啊，它们对你身上的气息既敬畏又忍不住亲近，你那只怕是仙兽了。"

苏竹漪："……"

　　她被易涟灼热的眼神盯着，被逼无奈，终于潦草地画了几笔，一个圆头，加一个圆身子，再画了四只圆圆的手和脚，圆脸上画了三个圈代表眼睛和鼻子，然后就这么递给了易涟。

　　掌门凑过来一看，扑哧一声笑了出来。

　　另外两位长老也没忍住笑出了声，而易涟拿着画，手都在抖："这……这……"

　　这画技实在是惨不忍睹。

　　苏竹漪呵呵一笑："别人是画皮画骨，我画的是灵魂。"

　　易涟无奈，只能道："若是下次你的灵兽出现了，记得叫我，让我欣赏欣赏。"

　　"好。"苏竹漪点头答应，只是她也不知道，小骷髅到底什么时候回来。

　　还是他跟叔叔伯伯生活在一起，再也不回来了？

　　真灵界。

　　小骷髅盘腿坐在地上，跟对面盘膝坐下的秦江澜大眼瞪小眼。

　　"小叔叔，我想小姐姐了。"

　　"嗯，我也想。"

　　这样的对话，每天都会重复一遍。

　　"记住要对小姐姐说什么话了吗？"秦江澜又问。

　　小骷髅眼眶里出现了两簇绿油油的小火苗，像极了坟头上飘的磷火，他眼眶里的火苗闪了几下。"小叔叔，你说了几百次了，我怎么会忘？"

　　说罢，他像背书一样摇头晃脑地说了起来："小叔叔叫秦江澜。秦江澜在真灵界，流光镜回溯岁月天道不容，小姐姐不能随心所欲地杀人，特别是那些会在历史上留下名字的人物，否则的话可能会被天道不容。"

　　秦江澜曾给苏竹漪下了逐心咒。

　　下逐心咒本来的目的是留下松风剑气保护她，同样有个条件，就是不能杀了苏晴熏。不杀苏晴熏并不只是因为苏晴熏是他的徒弟，实际上，主要原因是他担心苏竹漪一回到小时候就对苏晴熏下毒手，会引来天罚。

　　献祭之时，秦江澜的想法是回到她小时候。这个具体时间是他不能掌控的，但他希望是在她还没有进入血罗门之时，更早都可以，而她对苏晴熏的怨念很深，一旦回去，肯定第一个对最近的苏晴熏下手，偏偏苏晴熏不算无名之人，苏晴熏是秦江澜唯一的关门弟子，天赋也高，修为不俗，死后还有很多人记得苏晴熏，因为苏晴熏阻止了女魔头复原逆天法宝，为了天下人除魔卫道而牺牲自己，就连在云霄宗内，都有很多人挂着苏晴熏的画像祭拜苏晴熏。

所以一旦她设计害死了幼年的苏晴熏，历史改动太大，只怕后果不堪设想。而等到她回去待的时间久了，她肯定也会知道天道规则不会让她胡乱更改他人的命运轨迹。不过即便此时的苏竹漪已经明白了，秦江澜还是让小骷髅传话，提醒她小心一些。

"还有呢？"秦江澜又问。

就见小骷髅将挂在脖子上的蝴蝶坠子取下来。"蝴蝶坠子是小叔叔送给我的，里头的灵石一半是我的，一半是小姐姐的，丹药是小姐姐的，发簪、玉镯、玉璧、大红的裙子都是小姐姐的……"说完之后，他得意地看着秦江澜，"看，小叔叔，我没忘吧。"

秦江澜微微一笑，勾起嘴角，酒窝浅淡，犹如清风拂过柳梢，垂在湖面的柳梢一晃，在湖面上留下浅浅涟漪。他双目清澈，好似两泓清泉："还有呢？"

"哦哦，还有个玉简，有小叔叔想跟小姐姐说的话。"他伸出双手捂住耳朵，"我不偷听。"

秦江澜伸出手，轻轻摸了摸小骷髅的头。"嗯。"

"那我什么时候能回去呢？"

"快了吧。"

"那小叔叔记得以后也接我过来玩，能不能把小姐姐和笑笑一起带过来呢？"

"暂时不能，不过我会尽快过去看你们的。"秦江澜想了想，又说，"这山上有种灵兽的肉很香。"

小骷髅立刻说："我不吃肉，只吃糖。"

"也得给你的笑笑准备礼物。"他起身，喃喃道，"没想到，噬心妖女狗见愁身边也会养一条狗。"

其实，她已经变了。

在灵舟上待了足足三天，苏竹漪他们终于抵达了剑山。

剑山名副其实，锋芒毕露，一眼看上去就是一柄直指苍天的利剑，只是远远看着，就能感觉到惊人的气势，好似手握此剑，便能睥睨天下。而看得久了，只觉心神荡漾，恨不得仰天长啸。苏竹漪他们到的时候，就听到了许多像狼嗥一样的长啸声。

这些人，真是疯了。

不过苏竹漪看到这剑山还是很高兴的，剑指苍天，岂不是对老天挥剑？那贼老天，就该被好好捅捅。

上辈子她没来过剑山。

这里是全天下剑修心中的圣地，守卫十分森严，她不会不要命地跑这里来送死，所以此番得见剑山，她还有些感触，据说剑冢会形成，起初是因有人将心爱的宝剑埋藏在山中，那这剑山的形成，是天生的还是人为的？若是人为的，那人向天挥剑，倒是有些气魄，而此剑山屹立千万年不倒，说明那人不仅有气魄，实力还很强，也是敢于对抗天道规则之人，不知道他最后有没有得道飞升，跳至天道之外？

若真的跳至天道之外，那此人走的路，就是苏竹漪必须为之奋斗的路了。她被天道不容，成长的每一步，都是在与天争命。

"明日就是剑冢开启之时，这几天我交代你们的都记住了吗？"掌门段林舒在训话，他之前说了什么苏竹漪没注意，最后这句她倒是听清楚了，跟着点了点头，同时有些忧心忡忡。

她现在才知道，剑冢在山巅，他们不是直接到了剑冢入口，剑修要上剑山也是要经历考验的。

那剑山上有一条盘山小径蜿蜒如蛇，从山脚一直盘旋到山顶，他们这些要前往剑冢的修士不能飞上去，只能一步一步地往上爬。

据说这条盘山小径每一步都踏着一柄剑，因此被称为剑道，只有剑道天赋高、剑术强的修士，才能在短时间内登顶。若是天赋不高、剑心不坚定的修士，就会被困在剑道上，在那石阶上晾三天后才会被传送进剑冢，不过即便进去了，也难以寻到好剑。

苏竹漪有点担心。

她觉得自己是会被困在剑道上三天的那种人，用掌门的话来说，如果剑心不稳，就会变成挂在剑道上暴晒三天的咸鱼。

苦苦思索无解之后，苏竹漪便换上了那条看起来最好看的红裙。既然要在剑道上困三天，被人围观三天，那她还是美美地被看三天吧。

哪怕是做咸鱼，她也要做最美的那条咸鱼。

至于耽搁三天，松风剑会不会已经落到了秦川手中，苏竹漪倒是不惧的，若松风剑真的落到秦川手里，她就是杀了秦川，也要把松风剑夺过来。

次日清晨，苏竹漪穿着她的织金缠枝菊花缎面曳地红裙，火红的裙上有着

暗金色的花纹，裹着那年轻妖娆的身体，衬得她有一种别样的美，不似从前那般清丽，而是一种摄人心魄的惊艳。她站在那山道上，像天边的霞光披在山涧，又好似夜空中绽开的绚烂烟火，让天幕变得流光溢彩，使得那看着庄严的剑山都变得旖旎了几分。

"小师父。"秦川远远看着那道身影，忍不住轻唤了一句。

苏竹漪回头，嘴角噙着一抹浅笑，那抹艳丽的红就那么突兀地撞入了在场很多人的眼睛，笑容好似凝固在画中，让人忍不住心中感叹，此女真是钟天地之灵秀，美得叫人很难用语言去形容，只是大家都明白，在那一群俊俏的男男女女中，她是最耀眼的那一个，好似聚拢了所有的光，其余人本来也是姿色姣好的，这时候却都黯然失色。

秦川上前几步，跟苏竹漪一前一后站着，他们现在还没踏上真正的剑道，大家都站在同一个起点。

"祝小师父寻得好剑。"秦川道。

苏竹漪点点头："彼此彼此。"

说完之后苏竹漪转过头去，没有跟秦川继续交流的意思了。秦川有些失落，他不知道小师父为什么这般冷淡，是因为当年他逃出去了，却没去寻过她吗？

秦川垂头，看着脚下的剑道，他的眼神渐渐坚定起来。小师父救命的恩情他一定会报，长宁村的仇他也要报，不管是报恩还是报仇，都需要强大的实力，而脚下的剑道是他喜欢的，也是能替他实现心愿的路。

他抬头，看向剑山山巅，目中满是敬畏和向往，而眼前的红裙女子，也曾是少年时他所敬仰的人呀。

此番看到秦川上前，围观的各派修士心中感叹，这真是一对璧人，俊男美女站在一处，倒是格外养眼。队尾有个女修戴了面具，她看着站在一起的两人，心中好似在滴血一般。

她是花宜宁。

冬雪剑剑灵散了，沦为一柄普通的飞剑，而冬雪剑是她的本命飞剑，虽然飞剑只是剑灵散了，剑身并没有受损，但灵散之后对她本身的剑道有很大影响，好在她不足百岁，还有再入剑家的机会。其实她容貌已毁，本不欲出门，但这个机会是她爹替她争取来的，而她也不能放弃剑道。

然而此时看到那两人，花宜宁恨得都快将牙齿咬碎了。

在剑道上待了一刻钟后，剑山突然晃动两下，与此同时，朝阳从东方一跃而出，清晨的第一缕阳光洒在了剑山上，好似一道银亮的剑芒从剑尖传递到了剑柄，紧接着，一阵风刮过，好似狂风穿过了山谷，呼呼风声回声阵阵，犹如龙啸，引得在场修士的飞剑都随之震动，犹如万剑朝宗一般。

他们的飞剑要么背在背上，要么拿在手中，此时飞剑都在轻鸣，附和剑山的啸声，唯有苏竹漪的飞剑在储物袋里，想回应都回应不了……

而等到剑山异动过后，一百名弟子就开始爬山了。

虽然只有一条一人宽的剑道，但实际上踏上去后，他们每个人都在属于自己的剑道上，所以不会存在堵在剑道上的情况。不过他们虽然处于自己的剑道上，却能看见别人爬山的情况，这能让他们清楚地认识到彼此的差距，也能刺激他们追随着前方的人一路向前，或者因为对手遥不可及而最终放弃。

苏竹漪看了看脚下的石阶，抬脚迈了一步。

好似没什么考验啊，她踏上去后觉得有些不真实，不过看到其他弟子已经快速地走了好几步之后，她便知道前期的路应该特别好走，会使剑的都能上去。因此她也没有迟疑，快步前进，很快就越过了很多人，走在了前头。

等到了半山腰的时候，苏竹漪的步子就缓了下来。

眼前好似有无数剑影在晃动，拦住了她的去路。她施展烈焰掌，发现根本没有任何效果，无影无踪步法也躲不开，剑道上的是剑意剑影，她也只能用剑意去对抗，万般无奈之下，苏竹漪终于把她的清风剑给拿了出来。

自从得到清风剑后，这还是她第一次使用这剑。

天璇九剑第一重苏竹漪是会的，她施展出天璇九剑，顺利劈开剑影，再次往前走去，这么一路劈过去，在距离山顶还有近百步时，苏竹漪发现自己已经快斩不开那些剑影了。

她越来越累了。

体内灵气因为不停地施展剑招而变得十分稀薄，她的手臂都快抬不起来了，握剑的虎口被震得裂开，有鲜血溢出来。苏竹漪觉得自己大概是没办法继续上去了。

因为她不是那种爱剑成痴的人，哪怕此时站在剑道上，她心中也无剑道。

这样一个心无剑道的人，如何走得完剑山的剑道呢？她本来就打算美美地站在这里等三天，只是若不尝试一下就放弃，不是她的作风，故而她才会尽力攀爬，但在意识到自己确实不行的时候，她也会很果断地放弃。

这是心境的问题，她不爱剑，就注定无法在剑道上走得长远，强求不得。

她停下来，站在剑道上努力让自己的姿态看起来更优美，没想到正想应该如何站的时候，就听到一个人冷笑道："废物。"

身旁，一个女子越过了她。

那女子面容刻板，眼中无神，应该是戴了面具的，需要戴面具的人，苏竹漪立刻想到了花宜宁。

花宜宁一直控制着自己的速度，她一步一步地缓缓前行，虽然起初落在后头，现在却赶了上来，不仅赶了上来，还走得很稳。这说明她剑道造诣确实不错，稳扎稳打，根基很牢。

居然被一个跳梁小丑骂是废物。

苏竹漪眼睛一眯，冷笑一声，心道："等入了剑冢，我再教你做人。上次在大庭广众下不能废你修为，等进了剑冢，就是你的死期。"苏竹漪心中戾气陡生，不过她脸色倒是没变，然而下一刻，她就变了脸。

本来悬在身前的剑影突然凝结在一起，形成了一道雪亮剑光，竟朝着她直劈过来。

难道说在这剑道上还不能起害人之心？

怎么这么关键的事情掌门都不提醒一下他们？！

她就在心里想了一下要杀人，面前的剑影居然暴动了！

苏竹漪挥剑去挡，那剑光哐的一声撞在了她的清风剑上，巨大的冲击力让她足下一滑，险些从狭窄的剑道上飞出去，同一时间，苏竹漪觉得脚下的鞋子磨破了，又好似她的鞋子本身已经不存在了，此刻她光脚踩在剑道上，滑动时好似削了她脚底一块肉，疼得她眉头紧蹙，咬牙忍着没哼出声。

低头一看，脚下的剑道已经成了名副其实的飞剑，寒光闪烁，雪亮的光芒欺霜赛雪，尤其刺目，她脚底在流血，就那么流到了剑刃上，一阶一阶地滴落下去。

好似一树红梅被寒风吹打，在雪地上落了一地残花。

"苏竹漪她……"掌门和三位长老都看出不对劲，心头着急得很。

一百名百岁以下的修士中，修为最高的就是筑基期大圆满的苏竹漪了。

本来云霄宗有个跟她修为相当的花宜宁，但花宜宁渡金丹劫失败，修为不进反退，好在花宜宁她爹是高阶丹药师，调养三个月使得花宜宁的修为境界稳定下来，却跌回了筑基八层。

她修为最高，是洛樱的徒弟，剑道天赋必然也高，这次古剑派能不能多出一柄灵剑，甚至是一柄仙剑呢？他们把希望都寄托在苏竹漪身上了。一路看着她上去，她倒是没让人失望，然而现在，很明显出了意外……

那一袭红衣的女子，赤足站在剑刃上，足下鲜血滴落，顺着剑刃一路滴下去，在剑道上蜿蜒成了一条血线，又像是一条红色绸带，从那红衣女子脚下延伸而出，氤氲开，透出一种妖艳的美。

"不管修剑的人有没有风骨，这剑道却是有其风骨的。"易涟漫不经心地逗弄肩膀上的一只金丝雀，"剑道上比的是剑，哪怕天赋不高，只要一心向前，也能一步一步地缓缓向上，以朝圣的心态向前，即使最后没有登上剑山，坚持三日依然能够进入剑冢。"

"会出现现在的情形，说明苏竹漪在剑道上失了风骨吧。"他常年在外，看灵兽比看人顺眼，平时看着和煦如阳光，像个俊俏少年郎，实际上遇到问题的时候最严格的就是他。本来对苏竹漪挺有好感的，如今看到她在剑道上受磋磨，易涟神色不悦了几分，这说明她亵渎了剑道。

掌门神色凝重，没有吭声。

胡玉长老瞪了易涟一眼："胡说八道，要相信门中弟子。那可是洛樱的徒弟！"

"你就是太护短。"易涟看着他道。

"你就是太较真。"胡玉也道，"事情没弄清楚，就乱下结论。"

"我看得清楚。"易涟停下了逗弄金丝雀的手，抬头再看了一眼剑道，坚定地道。

"就你，你也就看得清楚灵兽在想什么。"

两人还要斗嘴，被一旁的秋霞长老制止，他们几人说话是用的传音，然而下一刻，旁边瀚海剑派的一名剑修突然出声，跟身侧的同门道："本以为这次古剑派的那女弟子会是最强的对手，没想到啊，实在是没想到……"

他抬手一指，笑道："珠珠距离剑山山顶只有十步，仅仅落在云霄宗那两人之后，我们也能保三争二了。"至于三阳聚顶、资质绝佳的秦川，他们倒是有自知之明，没想过能胜他。

"是啊，珠珠第一场比试落败后剑心反而坚定起来，她的心性最适合练剑。"旁边那中年女修道。

"恭喜你，收到了这么个好徒弟。"

两人的对话传到古剑派弟子的耳朵里，怎么听都不对味。但现在大家的心系在苏竹漪身上，也没心思跟他们扯皮，其中一个弟子挤到前面，将双手拢在嘴边，喊："小师妹，脚疼就别走啦！"流了那么多血，他看着心疼。

他刚喊完，就被旁边的长老重重呵斥了一声，脑袋瓜还吃了个爆栗子，疼得他倒吸一口凉气，又缩头回去了。

苏竹漪站在剑上，脚好似踩着火苗，又好似站在钉板上。

剑影形成狂风，吹在她脸上和身上，狂风如剑，刮得她脸疼，她那条裙子不是什么高阶法宝，只是好看而已，现在红裙子上都被剑影刮出了一些细细的口子，口子很小，却很密集。剑影成风，风折红花，苏竹漪发丝飞扬，她不得不侧过脸颊，衣袂翻飞，若非脚下淌着的血，她看起来好似要乘风飞去一般。

说好的不能上去就在剑道上暴晒三天当咸鱼呢？现在这剑影明显是想把她掀翻，让她滚下剑道！

她偏偏要站稳。

苏竹漪握紧了左手中的剑，她右手五指成爪，抠住石壁，此时手指上也满是鲜血，有血聚在手心，好似握着一块血玉一样。

她突然松开了抠着石壁的手，将剑握到右手里，脑子里回忆看了两遍的天璇九剑第二重剑法，手随心动，将天璇九剑第二重的剑招施展出去，这是她第一次用这一招，但她没有失误，手中的清风剑化作一道寒光，斩断狂风，好似将风都撕裂了一个口子，与此同时，她顶着那些剑影的压力，重重地跨了一步阶梯。

两个血脚印就落在了剑道上，在上面潦草地画了两朵红花。

"我志不在剑道，但我必须踏上剑道。

"我不能被推下去。"

苏竹漪凝视前方，眼睛里闪着耀眼的光，好似有两簇火苗在眸中点燃一样。

"我不爱剑。"

她再次往前踏上一步。

"但我爱过一个爱剑的男人。

"直到他死了，我才明白自己的心意，也才在心里给死人留一个位置。

"他没了，被人取代，所以，我必须拿到他最爱的剑。

"这样，他最爱的女人和最爱的剑，就在一起了呢。"

苏竹漪咧嘴一笑，她艰难地抬脚，脚抬起的时候，鲜血滴下，犹如血线，然而她却咬紧了牙，继续踏上一步剑道阶梯，就在落脚的那一刻，剑山好似

微微一震，紧接着一声长啸犹如龙吟，一道寒光从剑山山头落下，刺向了苏竹漪。

一直没说话的掌门这会儿终于没忍住，喝骂了一声："这死丫头站在剑道上到底想些什么？竟触怒了剑山！"

"难不成她觉得练剑没用，修剑比不上其他的修真之道？"就连胡长老都不知道该说什么了，他算是古剑派里头护短的长老了，但这苏竹漪好似太离经叛道了。

那可是天下剑修心中的圣地啊，她在剑道上不一心求剑，反而激怒了剑山？

掌门骂后又叹息一声，传音过去道："竹漪，下来吧。"

看来她比试的时候不用剑，并非对方不值得她出剑，而是她自己不喜欢也不擅长用剑。想来也是，入门短短十年时间，那么多功法她都修炼到了极致，哪儿有时间练剑啊？如今踏上剑山剑道，她对剑道的不在意就暴露出来，惹怒了剑山万千剑灵吧。虽然可惜，但还是弟子的身体要紧，段林舒不想苏竹漪有什么闪失，故而想把她唤下来。

虽然古剑派是剑修门派，但她实在不喜欢，也不能强求。

"竹漪，下来吧。"

苏竹漪听到了掌门的声音。

那剑影如风，呼呼风声里好像也夹杂了无数个声音："你不属于这里，下去吧。"

雪亮的剑光刺向她心窝，剑意犹如惊涛骇浪，要将她彻底淹没，将她打到海底，将她推到山下，她的手都抬不起来，没办法用清风剑去抵抗，也根本没办法抵抗，她的天璇九剑只修炼到第二重，她还没有自己的剑意，根本无法跟这一剑对抗。然而她只要挪步，就真的只能下去了……

可她真的很想拿到松风剑。

很想很想。

在那一刻，拿到松风剑成了她最大的执念，比前世最后时刻的念想——成为魔道至尊，称霸天下都要强烈，所以，她脚下好似生了根，竟然没有挪动步子。

她都不知道自己为何没有挪动，也很惊诧，身体和心灵都好似跟理智不再同步，从来只用大脑思考，素来理智的苏竹漪，也有了一次因心而动的时候。

她万分艰难地抬起手，出剑，打算做最后的挣扎。

就在这时，胸口逐心咒微微一烫，一道碧绿剑气从她身前飞出，迎向了那雪亮的剑光。

松风剑气。

大雪压青松，青松挺且直。

此时，剑山上那雪亮的剑光犹如皑皑白雪，而松风剑气，就是那棵傲雪而立的青松，松风剑气让她手中刺出的清风剑都微微一颤，松风剑气在前方开路，而她的清风剑紧随其后，好似一剑将面前的剑影向左右劈开，又仿佛有一股清风拂过她的脚底，让她顺着松风剑气劈出来的道路往前。

剑影如瀚海，松风剑气就是那柄劈海的剑，她前方本来有近百步剑道阶梯，但现在，那些阶梯好似变成了平坦的路面，剑影被挤压在了两边，中间是松风剑气开辟出来的路。

苏竹漪下意识地运起灵气，直接足尖一点，轻跃而出。她不是一步一步地走上去的，而是直接飞上去的。

很快，苏竹漪就超过了花宜宁。

她没有骂花宜宁废物，只是在超过花宜宁的一瞬间，蓦然回首，嫣然一笑。

对花宜宁来说，刺激她心神的不是骂她，而是在剑道上比她快，更重要的是，长得比她美……

苏竹漪回首微笑，眉宇间有一股睥睨天下的气势，让那艳丽的脸又多了英气，真是美得张扬，美得夺目。

一剑西来，天外飞仙。

有松风剑气开路，苏竹漪越过了一个又一个对手，第一个到达了终点。山巅就是剑山的"剑尖"，那"剑尖"上很冷，堆着积雪，这才使得遥遥看去"剑尖"雪亮有光。

剑冢其实是在整座山中，苏竹漪现到了山巅，就可以进入山的内部选剑。她到了雪地里，看到了一扇古朴石门，伸手一推，径直入了门。

苏竹漪最后这近百步剑道阶梯上得太快了，比云霄宗的秦川都快，以至于她进了剑冢之后，其余人还在剑道上，就连秦川都还差最后一步。更有许多弟子连山腰都还没到。这差距，让有些人咬紧牙关奋起直追，也让有些人觉得差距太大，一时有些气馁。

她对剑道上的弟子影响很大，对围观修士的冲击更大。

苏竹漪犹如一团火红的云闯进了剑冢的大门，而等她的身影消失了，底下围观的修士才缓过神来。

"刚刚她……她是飞上去了？"

一个修士有些夸张地揉了下眼："真的飞上去了？云霄宗秦川都还差了一步呢！"

秦川站在倒数第二步剑道阶梯上，他神情严肃，额头上起了一层薄汗，手中的剑不停颤抖，而他的脚缓缓抬起，却未彻底放下。

他距离登上剑道终点还有一步，苏竹漪却已经入了门，一下子，谁强谁弱，高下立判。

古剑派内，胡玉长老如蒲扇一样的大掌拍在易涟肩膀上，惊得易涟肩头的那只金丝雀簌簌拍动翅膀，随后它身子一僵，直接装死，翘着脚硬邦邦地倒了下去。易涟伸手将金丝雀接住，放回了灵兽袋中。

他做这一切的时候，动作僵硬麻木，脸上还有点臊。

他此前说苏竹漪失了风骨，所以会被剑道排斥，引得剑山剑灵不满，然而刚刚那剑意，那剑意……

那剑意充满生机，犹如红梅报春，青松傲雪，迎难而上，披荆斩棘，一往无前。好似春风拂过，轻柔又坚韧地把冬日阴寒驱散，那红影从底下飞上去，好似在春风的抚慰下，在冰冷孤寂的剑道上开出了满山坡的花。

哪怕她已经进了剑冢，那抹红依旧镌刻在人眼中，久久不曾消散。

那剑意好似一巴掌打在他脸上，啪的一声，响亮无比，好叫他把自己说的话都给吞回去。

掌门哈哈笑了两声："不愧是洛樱挑的徒弟，我们眼光都不如她啊。"

古剑派这边其乐融融，其他门派的剑修倒也说不出什么反驳的话，毕竟这也太出乎意料了，这么强的剑意，总是让人钦佩的，便是句酸溜溜的话，他们此刻都说不出口。

倒是有些修为低下的弟子看不出那剑意到底有多精妙，只是一个劲地在说："你看到了吗？"

"看到了，真好看。"

剑意什么的不重要了，重要的是她长得太好看了，特别是那回眸一笑……

其中一个弟子喃喃道："可惜不是对着我笑的，若是能冲我一笑……"

她是冲谁笑的？众人视线此时才转到了那人身上，结果不看不知道，一看还真是吓了一跳，只见那人用一只手捂着胸口，另一只手撑着石壁，身子摇摇晃晃，好似站不稳了一样。

"那是……是云霄宗的人。"那人身上穿的是云霄宗弟子服，但脸却没人认得出来。不过也有眼尖的认出了她手里的剑，道："是花宜宁。"

"花宜宁以前上过剑山啊，还得了冬雪剑，这是第二次了吧，怎么好似上得非常艰难？"

"因为她心乱了。"一人故作高深地回答。

就在话音落下之时，花宜宁脚下一滑，竟直接往下倒了下去，好在她用手死死地抓着剑道阶梯，倒也没有真的掉下去。

花宜宁仰头看着前方的剑道阶梯，其实她还差不到十五步就能登上去了，她从没觉得自己会登不上去，如果不是苏竹漪，她哪怕不是第一，也会是第二。她对自己的剑道天赋有信心，哪怕修为跌了，冬雪剑剑灵散了，花宜宁也没有被击倒，她只是……只是因为面容毁了不愿出门，不愿面对旁人的目光，宁愿整日跟剑待在一起，从早到晚练剑。

她骂苏竹漪废物，但那废物却轻轻松松地超越了她，还第一个登顶。

苏竹漪回头的时候没有骂她，但那个讥诮又艳丽的笑容她看了比被骂还难受，苏竹漪那双眼睛明明在说："你说我是废物，那你岂不是连废物都不如？！"

那笑容如此刺目，让她心神一晃，被剑道剑影伤到，更让她在心神不宁的情况下，对自己的坚持、自己的剑道都产生了怀疑。苦修几十年，她居然比不过一个十六岁的女修！

此前看到苏竹漪走得那么艰难，看她足下全是血，花宜宁觉得苏竹漪不出剑是因为她不会使剑，所以信心倍增，然而之后发生的一切好似当头一棒，打得花宜宁晕头转向，以至于在剑道上胡思乱想，最终险些掉落剑山。

她站不起来了，死死地抓着剑道阶梯，哪怕手被割破，也不愿意放弃，她看着前方那个已经到达终点，即将跨入剑冢的清俊背影，深吸了一口气。"剑道是你的道，也是我的道。我要和你一起，执剑并肩于高山之巅，因此……"她喉咙里发出坚定的声音，"剑道不能中断。"

若是就这么跌下去，那她这一辈子可能都没办法再用剑了。她用手用力抓住阶梯，缓缓往上爬，咬紧牙关，就算爬也要爬上去。

这般毅力，倒叫有些看笑话的人也噤了声，唏嘘不已。

苏竹漪可不知道她进来之后剑道上发生了什么。

　　她入了剑冢，并没有径直往里冲，而是先检查了一下自己血肉模糊的脚，她的鞋子已经完全破了，袜子跟血肉都粘在了一起，本来她还以为那剑道上的考验是幻象，毕竟她明明穿了鞋的，哪儿能走着走着就光脚丫了，没想到居然是真的。

　　低头看的时候，她一阵眩晕，这到底是流了多少血？

　　要用灵气疗伤也得把袜子和血肉分开，她小心翼翼地处理伤口，疼得倒吸了几口凉气，左右无人进来，又或是因为松风剑气刚刚就在身前，好似那人出现过，苏竹漪便没忍得那么辛苦，哼哼了两声。

　　等把伤口处理好了，苏竹漪又服用了丹药，接着才打量四周。

　　这里看起来有点像个溶洞，洞顶挂着钟乳石，地上到处都是石笋、石花，而她以神识一扫，就知道那些钟乳石里头都藏着剑，不过被石灰岩覆盖，还真看不出来飞剑好坏。

　　剑冢入口的剑通常情况下是很差的，越深入其中，飞剑就越好，而传说中的灵剑和仙剑，则藏得更深，静待有缘人。

　　不只是修士挑剑。剑也会挑人，哪怕看对眼了，说不准还有剑道考验，所以当剑修还是挺烦的，其他法宝要认主也要接受考验，但通常情况下是实力强、威压厉害，能制住法宝就好，而不是需要特定的某个条件。

　　苏竹漪要找的是松风剑，她知道松风剑长什么样子，剑长、剑宽、剑柄上的暗纹，她都一清二楚，现在那些飞剑藏在钟乳石里头，感觉不到有没有灵气、飞剑品质如何，但还是能用神识看到的，所以苏竹漪首先想到的是通过外观来判断。

　　她没在溶洞留多久，就继续往前，掌门说过溶洞内最多能出现高阶宝剑，灵剑从未出现过，更不用说仙剑了。虽说他们往前走了就不能回头，但苏竹漪本来就不是来选一柄适合自己用的剑，而是来找松风剑的，因此根本没什么可顾虑的，直接迈开腿大步往前走。

　　走出溶洞，又到了一个很封闭狭窄，让人头皮发麻的地方。

　　这里是四面山。

　　说是四面山，倒像是一口井。进去之后就到了"井底"，抬头望天，头顶上是碗口大的天空，周围是四面山壁，山壁上密密麻麻地插满了剑，这些剑没有被石灰岩覆盖，暴露在人眼前，能感觉到飞剑是否有灵气、品阶如何。

　　高阶的、低阶的、断的、生锈的、完整的，密密麻麻的飞剑随处可见，或插在石壁上，或随意地躺在地里，被黄沙掩埋半截，或被丝线吊着，垂在半空，好似风铃一样，风一吹，那些垂着的飞剑互相撞来撞去，发出叮叮当当的声响。

脚下是剑，四周是剑，头顶上还悬着剑，苏竹漪觉得头皮发麻，胳膊上起了一层鸡皮疙瘩。

这四面山是出过灵剑的，据说还曾出过仙剑，所以等其他人上来了，停留在这里选剑的人会很多。苏竹漪想，松风剑气好歹是松风剑施展出来的。

她一边揉胸口，一边问胸口的逐心咒："哎，松风剑气，你知道你爹在哪儿吗？

"是不是在这儿？

"松风剑气，快出来找你爹！"苏竹漪不耐烦地催促。

然而胸口的逐心咒没有半点反应，松风剑气也没有出现。

一般来说，只有当她遇到生命危险的时候，松风剑气才会有动静，所以现在它没反应，在她意料之中，却也让她有些遗憾。

密密麻麻的飞剑有极强的压迫力。好似被一双双眼睛打量着一样，苏竹漪觉得心里有点发毛，身上也凉飕飕的。这些飞剑里可能确实藏着灵剑，哪怕飞剑没有完整的剑灵，也有一些残剑上有上一任主人的执念，所以她这会儿能感受到无数窥视的视线也并不奇怪，因为真的有剑灵或残剑的执念在审视她。

之前掌门讲过，若一个剑道天赋极高，在剑山的剑道上剑心稳固的弟子进了剑冢，没准会出现好多柄飞剑环绕其身的情况，苏竹漪在原地站了一会儿，发现并没有一柄飞剑上前，她扯了扯嘴角，这些飞剑都不看脸的？

随后苏竹漪将神识分出许多缕，打算看看松风剑有没有藏在这里。

或者说她可以不用自己找。

既然天道安排了秦川来填窟窿，那她就跟在秦川后头，等他找到松风剑时来一个螳螂捕蝉黄雀在后？这么一想，好似这个方法还靠谱点。不过现在秦川还没进来，苏竹漪打算先看看再说。

哪儿晓得神识刚落到剑上，就感觉到飞剑嗡嗡震了一下。

这些飞剑密密麻麻地插在山壁上，你挨着我，我挨着你，一柄飞剑震动，便引得另外的飞剑震动，四面墙壁的飞剑齐齐震动，整座剑山都在震动……

震动的幅度越来越大，一时间，苏竹漪下意识地以为是有飞剑看上她，要飞到她身边了。

只是那些震动引得一些飞剑发出轻鸣，而轻鸣又合在一起犹如龙啸，苏竹

漪莫名觉得眼皮一跳。

此前在剑道上，她遇到的剑吟龙啸，就是这些飞剑一齐震动吗？当时就因为她在剑道上想着杀人，不在乎剑道，不爱剑，结果剑影狂暴，剑山震动，发出长啸，差点让她跌落剑道，而现在，她就在剑山之中，这些飞剑就在她面前，头顶上悬着的那些飞剑向左右转动，好似马上就要掉下来了一样……

苏竹漪头皮一麻，这……这……这是剑崩？

她要往哪儿躲？

眼看有几柄飞剑坠落，苏竹漪心一寒，四面山壁和脚底都没出路，那她只能从那碗口大小的"井口"飞出去了！她踩着清风剑想冲出去，哪儿晓得脚底下的清风剑好似不受她控制了，清风剑不是她的本命法宝，且没有剑灵，一时不知道出了什么岔子。想来到了这剑冢之中，它遇到了自家亲戚，都开始不听主人话了。

御剑飞行不行，苏竹漪唤出锄头，脚踩在锄头上，一只手扶着锄柄，随即她发现想依靠法宝飞上去行不通，任何法宝在万剑齐鸣之下，都变得难以控制。或许只有与主人心意相通的本命法宝，才能抵挡这些汹涌而来的剑意。

眼看那些飞剑要掉下来了，苏竹漪不再迟疑，用右手握着清风剑，左手捏着替身草人，足尖一点跃到空中，踩着那坠落的断剑，借力一蹬，又往上飞出几丈远。

既然飞行法宝不能用，那她就踩着飞剑，一路飞上去！

头顶上有飞剑坠落，石壁上有飞剑射出，她握着清风剑左突右挡，将迎面袭来的飞剑挑开，聚灵气于足下，在往上飞的同时施展无影无踪步法，成功避开了不少飞剑的袭击。

只是飞到一半，就见那些剑密集如雨地坠落下来，苏竹漪登时就觉得，这么一扎下来，她真得被戳成筛子了。

"不就是说了我不爱剑，志不在剑道吗?！"她心头骂娘，"我现在喜欢还不行吗？"

很显然，这种临时抱佛脚的喜欢并不能让这剑山的剑灵满意，眼看飞剑劈头盖脸地砸了下来，既然避无可避，那她就只能冲上去了。

苏竹漪一声长啸，将手中飞剑舞得密不透风，打算冲过那面剑墙。

就在即将碰撞到的一刹那，苏竹漪发现那些飞剑的速度缓了下来，它们在空中停滞片刻，安安静静地飘在了空中，有一些甚至又回到了墙壁上，那些飞剑好似规矩矜持起来了。

她不知道发生了什么，也不敢分神去看发生了什么。

苏竹漪将灵气运转到极致，拼尽全力越过剑墙，没有片刻停顿，犹如一只火凤一般飞出了四面山，飞出了那碗口大的"井口"，而直到这时，她才低头看了一眼。

秦川站在井底，仰头看着她。他双目明亮，眸子里好像聚拢了星辰之光，就算隔得那么远，依旧清澈明亮。此次剑道考验，他一步一步踏踏实实地上来了，她的领先，并没有影响到他。因为他在踏足剑道的时候，眼中就只有剑了。

这就是上辈子一开始的秦江澜啊。他走的是秦江澜的路，所以，秦川肯定也是极为优秀的，只是，他不是他。

此时，秦川的周围环绕着一些闪着灵光的飞剑，正冲着他左右摇晃，好似在等待他挑选一样……

就好像凡间帝王，后宫佳丽三千，那些飞剑都等待他翻牌子宠幸……

人和人的差距怎么那么大啊？

苏竹漪恨不得吐口唾沫下去。她这个女魔头上辈子幼时是跟野狗抢食的，年幼时太弱，被人欺负了只能在背地里吐唾沫，她从来不优雅，因为没人教过她优雅。而后来成了魔头，也是随心所欲惯了，虽然为了美，很少做这样的动作，但不爽又一时奈何不了对方的时候，她仍会生出这样的想法。

嘴唇动了动，苏竹漪又想，算了，好歹她出来了。然而这时，苏竹漪猛地想起，若是底下就有松风剑怎么办？她已经飞出了四面山，而剑冢里有个规矩就是，一旦走过了，就无法回头。

若是松风剑就在那底下，而秦川得到了松风剑总不可能继续往前，要是他自行离开了剑冢的话，那她岂不是就没办法了？

想到这里，苏竹漪立刻反手去抓，想要攀住四面山那"井口"，然而她回头的时候震惊地发现，身后已经没了四面山。

而她正在悬崖边。

她飞出了悬崖，正往悬崖底下坠落。

苏竹漪心头一慌，然而下一刻，一团青绿就那么撞进了她眼睛里，让她眼前一亮。

她手上用力，将清风剑重重插到悬崖峭壁当中，使得下坠的速度稍减，只是那悬崖底下好像有一股力量在拉扯着她，像在与她拔河一样，她运转灵气想

要往上飞行，却依旧抵挡不住那股力量。

手中清风剑在峭壁上摩擦出了火花，依旧没有阻止她继续下坠，摩擦了将近一丈的距离，苏竹漪看到清风剑剑身上出现了裂纹，那裂纹迅速扩大，好似下一刻剑身就会碎裂一般。

太快了，虽然清风剑不是灵剑，但好歹是柄高阶宝剑！居然这么脆弱！

啪的一声脆响，她好似听到了一声剑鸣，清风剑被拦腰折断，而她身子后仰，直接摔了下去。

情急之下，苏竹漪施展出大擒拿术，她运用手中灵气抓住了悬崖边青松的树干，随后松开剑，借着大擒拿术的力量，身子往上一跃。

那棵在悬崖边傲然挺立的松树就是松风剑。

明明不是一柄飞剑的模样，可直觉告诉她，那就是松风剑。

松风剑就立在悬崖边，巍峨不倒，自是不惧崖底那股神秘力量，问题就在于——它愿不愿意帮她。

它现在是一棵树。

但它是仙剑，是有剑灵的。

苏竹漪大声叫道："你肯定感觉到我的剑了，我的剑意叫松风剑意，跟你是不是很有缘？拉我一把！"

她恨不得让逐心咒里的松风剑气快点冒出来。"儿子，快叫爹啊！"

难道是觉得现在她的处境不够危险，所以松风剑气不出现？就在千钧一发之际，苏竹漪感觉自己使用大擒拿术抓着的青松树干动了，它只是轻轻地抖了一下，就有一些绿色的松针落了下来，落了她满头满脸，微微扎人。

她都快睁不开眼了。

然而就在这时，苏竹漪觉得底下拉扯的力量减弱了许多，与此同时，那微微弯曲的青松树干好似有一股拖拽的力量，将她往上一拉，苏竹漪心头大喜，顺着那力量往上弹出，稳稳地落到了悬崖边。

这就是松风剑。

她没想到松风剑在剑冢里头会是一棵松树。

想来大部分的人想不到吧，若非如此，这么醒目的一棵青松，为何每三十年都有人进入剑冢，却只有秦江澜能将它带走呢？

看着面前的青松，苏竹漪脸上露出了一个淡淡的笑容，好似周身的疲惫都一扫而空。

她是为了松风剑而来的，现在，她找到它了。

苏竹漪将手轻轻地按在树干上，轻轻摩擦，神情也显得十分温柔，她眸子里好似有秋水潋滟，那温润柔和的光里，有了从未有过的别样柔情。

"秦江澜。"苏竹漪仰头，看着头顶那苍翠绿意，呵呵笑了两声，"我找到你的剑了。"

"这天道想要秦川取代你的人生，我只能用这样的方法记着你。"她想。

她的手指微微合拢，曲指一抓，想把松风剑握在手中，然而这么一抓，没抓动。

青松依旧是那棵青松，挺拔地生长在悬崖边，临风傲雪。

哪怕它救了她一命，将她从悬崖底下拖上来，却也没想过要跟她走。因为它知道，那松风剑气，根本不是她手中的剑发出来的。

她或许可以瞒过外界那些围观的修士，却瞒不住万千剑灵。所以没有一柄剑选她。

它也一样。

它会一直屹立在这里，等待心意相通的有缘人。

哪怕长眠剑冢千年、万年、千万年，它也会一直等下去。

如何才能收服一柄剑？

掌门说过，要跟飞剑沟通，用自己的剑法、剑诀去得到它的认可，用自己的剑道、剑心去跟飞剑剑灵共鸣。如果真碰上了仙剑，不要想着把神识注入仙剑与其沟通，而是展示自己，等它来找你，否则的话，你的神识一进去，就会被仙剑剑灵的剑气绞杀，它或许是无意的，但修士的意识相对仙剑剑灵来说太微弱，双方差距太大，你若贸然侵入，对方一个念头，你的意识就可能湮灭了。

剑有灵，亦有它自己的想法和希望。

随主人一起，或征战天下，或杀伐四方，或守护信仰，或追寻大道。

对剑修来说，飞剑就跟人一样。它们的性格不同，追求的东西也并不相同。想要得到仙剑剑灵的认可，要么就用剑意彻底碾压它，要么就只能想办法得到其认可了。然而进入剑冢的剑修都不能超过百岁，所以第一种情况在剑冢里是不可能出现的。

也就是说，只能想办法得到它的认可了。

一般的飞剑对自己看不上的主人很凶，就好似苏竹漪志不在剑道上，那些飞剑就恨不得把她扎成筛子，若不是秦川出现，而它们又喜欢亲近秦川，想让

秦川把自己带走，苏竹漪这会儿肯定受伤不轻。

但松风剑不一样。

这棵青松没有为难她，甚至拉了她一把，剑灵的性格应该是很沉稳包容的，想到这里，苏竹漪心头微微一暖，只是再包容又怎样呢，它不愿意跟她走。

等一会儿秦川会不会过来？

秦川现在还没领悟自己的剑意，是不是他在悬崖边站着，看到了悬崖边的青松，所以有了一些体悟？

剑冢是剑的坟墓。这里最多的是残剑、断剑……

这里的天也是灰蒙蒙的，这里的尘土都有锈色，可是在这一片沧桑沉寂之中，却有一棵苍翠的青松立在悬崖边，那绿意撞到人眼底，又暖入人心。

苏竹漪脑子里浮现出了一个画面，秦江澜在崖边静静站着，许久之后，他开始挥动手中的剑。

松风剑法，苍劲有力，宁折不弯，刚直不屈。

他以为是自己一个人在舞剑，实际上，那棵青松一直看着他，簌簌的松针如绵绵细雨，落在他发上，落在他肩头，像是在给他喝彩一样。

秦江澜的松风剑法在这里有了雏形，他在这里领悟了松风剑意。

他在这里，得到了松风剑。

如疾风，如劲草，如青松傲雪，如枯木逢春，不是龙泉剑那样毁灭一切的剑意，而是守护，是新生。

"我不知道在剑道上我心里头想的那些你们都能感受到。"苏竹漪的手依旧轻轻放在青松上，她笑着道，"我说出来你可能不会相信，但是，我摸过你。"

以手指轻轻摸着树干，她又抬手，捏了捏一根小小的松针。"就像这样。"

"松风剑，剑长三尺三寸三分，宽两寸三分，柄长六寸，通体碧绿，在阳光的照射下，剑身好似化为灵气，与天地灵气融为一体，散在风里，无影无形，所以被称为松风剑。"说到这里，苏竹漪眼睛微微一眯。"剑柄上有棵小松树。"她伸出手，用食指叩了一下拇指的指甲盖，比画道，"就我指甲盖这么大。"

等说完这些，她才道："剑修前期实力很弱。"

"我做过一个梦，在梦里，若是一个不小心，我就会看不到明天的太阳。我拼命地修炼，什么功法短期提升更大，什么功法能让自己保住性命，我就修炼什么。剑修多好啊，风度翩翩，气度不凡，可几乎每一个剑修，前期实力都很弱。他们要养剑，要苦练剑诀。他们每天想的是提升自己的剑心，走自己的剑道。他们有师门长辈指点，不用担心时刻有人偷袭，能不能活着看到明天的太阳。"苏竹漪静静地看着松风剑，"而在梦里，我不可以。"她幼时就到了血罗门，没几天就开始经历杀人和被人追杀，每天都担惊受怕，所以整个魔道修剑的都不多，正道修剑的门派大大小小那么多，还有云霄宗和古剑派两个大派支撑，魔道之中，好似稍有名气的剑派，就只有一个独孤剑了。

以至于一说到剑修，大家对其的印象都是高高在上的，在凡人心中，剑修就代表着斩妖诛魔的仙人。

稍稍停顿片刻，苏竹漪又道："哪怕梦醒了，梦里面的紧张感和危机感也不曾消失，就好像刻在了我骨头里，刻在了心上。"

或许她现在看起来是有条件了，但习惯和想法都难以更改，且在她的思维中，洛樱和青河实际上也是靠不住的，毕竟他们前世都死了。她要抢夺资源，要进入秘境，必须尽快强大起来，而不是慢慢养剑心。十年，她可以把烈焰掌、无影无踪练到顶层，但剑诀能练到三四重已经不错了，更别说什么养剑心，领悟剑意了。

"小树苗要长成参天大树才能遮蔽风雨，我怕我活不到那一天。"她将脸贴在树干上，"所以我并非真的不喜欢剑道，而是没有办法，不敢去喜欢。"

"我不喜欢剑，不喜欢剑道，但我喜欢你，喜欢松风剑。"她凝视着面前的青松，"我是为你而来的。"

苏竹漪身上没有剑了，刚刚清风剑已经折断坠下了悬崖，她从地上抓了一柄长满绿锈的半截断剑，那柄剑只露了半截，另外半截埋在土里，她用灵气擦拭干净，随后开始在青松下舞剑。

苏竹漪一开始施展的是天璇九剑第一重和第二重，等她展示完毕，看到松风剑依旧没反应，苏竹漪想了想，回忆了一下秦江澜的剑法和剑意，开始模仿起来。

她跟秦江澜虽然一起在望天树上生活了六百年，但那六百年里，秦江澜并不曾舞过剑，毕竟那就是个小木头屋子，他不可能在里头挥剑。而六百年前，苏竹漪见到他出剑的机会也不多，他通常是没几下就把人收拾了。

她模仿得有些吃力，只能尽力将自己的姿态弄得优雅一点。~~等~~舞了大概一刻钟，松风剑依旧没反应的时候，苏竹漪沉默了。

看来温情路线也走不通啊，难道就要这么放弃？

苏竹漪眼神一凝，随后她想了想，分出一缕神识，轻轻地落在了松树上。她有点紧张，毕竟掌门说过，若是侵入仙剑，一个不小心，神识就会湮灭，但

她想到松风剑刚刚好歹救了她，应该不至于那么凶残吧？

即便有这样的想法，她此刻的行为依旧算得上大胆。神识落在松树上，苏竹漪感觉神识所见是一片绿莹莹的天地，其他什么都瞧不见，就在她有些诧异的时候，一个声音道："你走吧，你不是我要等的人。"

那声音很温和，让苏竹漪紧张的心安定下来，她沉声道："可是我知道你要等的人在哪儿。你此前不是感受到我施展出的剑意了吗？你觉得，有那样剑意的人，是不是你要等的人？"苏竹漪又诚恳地道："我可以带你出去找他。"

说完之后又莫名有点心虚，她是说惯了谎话的，骗人从来都不会脸红心跳，然而此时此刻，被忽悠的对象是一柄剑，竟然让她有些没底气，一时间，她都不敢直视树干，而是低头看着自己的手。

松风剑又沉默了。

苏竹漪忽道："要不，你这次谁也别选，再等我三十年。"

"三十年后，我再来找你。"她抬头，长睫颤动，眸子里光亮溢出，好似明珠映霞，熠熠生辉，"三十年后，我领悟了松风剑意，再来找你。"

"我现在不求你跟我走，只求你不跟别人走，好吗？"她用亮晶晶的眼睛看着松风剑，就差明确说出，别跟那个秦川走了。

松风剑还是没反应。

苏竹漪："……"

她只能咧嘴一笑："你不说话我就当你是默认了，你是仙剑，说话要算话的，那我们就这么定了，三十年后再相见，不见不散。"说罢，她拍了拍松树，转身离开。

她走了没几步，就挪不动腿了。

布个阵法守在这里，让别人都看不见它。苏竹漪这么一想，开始在松风剑前布阵，忙活半天，就看到秦川从前方走了过来。他不是从天上掉下来的，想来通过那四面山，除了从天上飞过去外，还有别的方法。

"咦，秦川，你也过来了，你挑到合适的剑了吗？"苏竹漪看到秦川，心里头咯噔一下，然而脸上表情镇定，还浅浅一笑，直接迎了上去。

"小师父。"看到这么热情的苏竹漪，秦川心头错愕，但面上也有了一丝欣喜，不过在快要接近她的时候，他后退了一步，喃喃道，"莫非又是剑心考验？"

刚刚他在四面山遇到了一柄灵剑，那灵剑剑灵直接弄了个幻境来考验他，他通过了，却不想要那柄剑。那柄剑很凶，煞气有些浓，不是他心中想要的剑。

苏竹漪："……"

"我也没选到合适的剑，不如我们结伴前行吧，走这边怎么样？"苏竹漪打算引开秦川，哪儿晓得他傻愣愣地站在原地不动。

"你愣什么愣！"苏竹漪见状，又喊了一声。

秦川这才回神，有些尴尬地道："没想到在这剑冢里还能看到如此绿意盎然、苍翠欲滴的青松，我一时惊讶，就多看了几眼。"他笑了一下。"小师父，这青松是长在悬崖外的呢。"它大半个树身和树冠都在悬崖外，想来幼时成长极为艰难，若是有一丝松懈，就会坠入悬崖，而它没有，它扎根在了峭壁之上，长成了参天大树。

苏竹漪的心都凉了一半。

她刚刚布置的隐匿阵法居然没有丝毫作用，秦川一来，就注意到了松风剑。

难道说，松风剑最终还是会落到他手中？就好似，重活一回，许多人的命运哪怕偏离少许，最终也会回归正轨。

心中突然不忿，苏竹漪扭头看了一眼那松树，随后拽了秦川的胳膊，拖着他往前走。

"小师父，你怎么握着一柄断剑？"秦川被苏竹漪拖着，他有些不明所以，却不知道要说什么才好，故而找了个话茬，想多说几句话。

"哦，从地上随便捡的。"苏竹漪道。

"可是入了剑冢，只能取一柄剑啊。"秦川有些惊讶地道。

一旦错过了，就不能回头。

苏竹漪猛地顿住，她居然把这事忘记了。

她看了看秦川，再看了看手里长满绿锈的断剑，又看了一眼就在身后的青松，忽然……

眼角好似有了泪。

心里有多苦，简直说不出……

她没有说服松风剑，所以才剑走偏锋，想了另外的方法。

松风剑在剑冢里以青松的样了待了那么多年，不可能有别人知道它的剑身是什么样子，然而她知道。她为它而来，她解释自己为什么在剑道上会有杂七杂八的想法，而同样，她也想证明自己剑道天赋不差，她如今才十六岁，天璇九剑前两重她看一两遍就会了，她还会一点点松风剑法，哪怕里头并没有那么刚直的剑意。

苏竹漪迫切地想证明自己，想把松风剑带走，哪怕它并不认主，只要把它带在身边就好。

她说那个梦境的时候，自己的思绪都引于其中，以至于后来没有多想，手里没剑，便从地上捡了柄断剑，小心擦拭干净，展示自己的剑诀。

她只是想告诉它："其实我没那么差，我真的很想把你带走。"

然而现在……

苏竹漪不知道说什么才好。

在剑冢之中不能回头，她去到了四面山，就无法返回溶洞，她离开了四面山，彻底飞出那里后，回头就看不到四面山，而现在，她若是离开了这片悬崖，也没办法再回来。但刚刚她只是拽着秦川往前走了几步路，还在悬崖边，因此还是能看到青松的。

只是手里握着断剑，还用断剑使了剑招，所以，这柄断剑就成了她在剑冢里挑的剑？

可是她连神识都没注入啊，不能随便拿起来一下就能认主吧。

但也有个说法，剑冢是飞剑的坟墓，被拿起来就证明它愿意被带走，其实很多飞剑并不愿意在坟墓里腐朽，它们想遇到新的主人，想再次出现在天地间，就像是重活一回一样。

所以，在剑冢里，只要将飞剑拿起来了，就代表已经挑选好了剑。

这剑破得不知道在这里头埋了多少年头，只剩下了一尺长，上半截都不见了，缺口处锈迹斑斑，扔在地上都没人要。可既然它被拿起来了，大约就证明它不想一直待在坟墓之中，苏竹漪想了想，既然拿都拿了，那就带回去给小骷髅玩吧。

只是松风剑……

苏竹漪有些心神不宁。剑到手是要被传送出剑冢的，但她现在还没被送出去，既然如此，她还想挣扎一下。如果她再次引出松风剑气呢？那松风剑气跟松风剑密不可分，那剑气一直在守护她，难道松风剑真的不会因此而意动？

她一直想一直想，好似嗅到了一股异香，人也仿佛入了魔障，周身的灵气异动起来。

苏竹漪站在原地，她的样子落在秦川眼里，就好似她看着青松在思索一样，而她身上有灵气光晕，像是在与谁共鸣一般。莫非那断剑另有玄机，也是，小师父眼光独到，岂能选柄断剑？

秦川进剑冢前稍微了解过这里面的构造，这里不远处有一条剑河，残剑、

250

破剑最终都会落入剑河中，从此以后天地间再也没了那些剑，而那断剑就在剑河附近，破成了那副模样却没有落入剑河，想来有其不凡之处，只是，他剑道修炼还不够深，现在看不出来。

而小师父站在那里不动，难不成是因为断剑而顿悟了？秦川没有打搅苏竹漪，既然这里是她的机缘、她的剑道，那他就不能停留在此，得去寻找自己的机缘了。

秦川继续往前，每走一步，都好似有个声音在轻唤着他，叫他有些恋恋不舍。

是因为小师父还在那儿吗？

可是正因为小师父已经找到了她自己的机缘，他才更应该往前走啊。秦川稳住心神，坚定地走到了悬崖尽头，而悬崖边已没了路。正踟蹰间，他发现面前出现了一座吊桥。

而这时，等他回头，身后的悬崖已不知去向了。

第三个过来的人不是瀚海剑派的女弟子，而是花宜宁。

她在剑道上攀爬，在剑刃上攀爬，被割得浑身是血，手上鲜血横流也没放弃，她咬牙坚持，明明血肉模糊，眼神却越来越坚定了。

结果爬了几步剑道阶梯后，那剑道好似平坦了不少，剑影也变得稀薄，阻力渐小。这使得她前进的速度加快，最后她站了起来，比其他几个弟子更快地上了山顶。在溶洞稍做休息，花宜宁就过了溶洞，又直接过了四面山。

她来过这里一次，所以对剑冢还算熟悉。

过了四面山后是剑崖，剑崖过后是吊桥，吊桥过了是洗剑池，她的冬雪剑就是在洗剑池里拿的。而洗剑池过后是一座缩小版的剑山，相传曾有人爬上剑山，经过一路心境考验后攀上山顶，看到满山桃花争艳，手里多了一柄桃花剑。

那人所征服的剑山就是一柄剑，一柄仙剑。

这一次，花宜宁想过剑山。

因此她前面过得很快，结果过了四面山后，就发现苏竹漪正站在悬崖边。苏竹漪站在那里，神情有些不对头，身上灵气也有些不稳，周身气息节节攀升，这样子，好像是要渡金丹劫了！

渡劫要先稳住心神，坚定信心，而苏竹漪很可能道心不坚定，所以现在周身气息有些紊乱。想到这里，花宜宁眸子一亮，脸上露出一抹冷笑，天道轮回报应不爽，这么快，报应就来了！

251

她暗想："你毁了我的金丹劫，今日，我要将我所承受的全部还回去。"

手中冬雪剑出，花宜宁毫不犹豫地一剑斩向了苏竹漪。

苏竹漪呼吸有些急促，她神识有些恍惚，好似被什么东西给魇住了。那梦魇在她思考问题的时候悄然而至，一点一点地侵入她心扉，好似蒙住了她的眼，遮住了她的心。

她无法睁开眼，神识都模糊成了一团，她拼命运转灵气想要与之对抗，没想到，体内的灵气却变成了一条条丝线，紧紧束缚住了她，勒紧了她的喉咙，捆住了她的身体，让她快喘不过气来。

她只能继续运转心法，下意识地冲击，结果灵气越来越狂暴，让她体内经脉都有些承受不住了。

也就在这时，一道剑光从外界刺来，好似将缠住她的梦魇戳了一道口子，而苏竹漪猛地清醒过来，她看到花宜宁，直接神魂威压碾压过去，随后直接抬手打算拍出烈焰掌，等手抬起，她才发现手中还握着那柄断剑。

断剑跟冬雪剑撞在一处，冬雪剑哐的一声响，竟然缺了一个口子，而她手中断剑却纹丝不动。这一下，倒是让苏竹漪惊呆了。

花宜宁也是一愣，她见苏竹漪眼神已经恢复清明，立刻知道苏竹漪心神已经稳固，此时想要偷袭已经失去了时机。

而苏竹漪手中那剑有古怪，让她心生忌惮。

花宜宁偷袭不成，也不愿过多牵扯，既然苏竹漪要在剑冢里渡劫，那就有万千飞剑来收拾她，现在，万万不能跟她待在一处，因此，花宜宁一剑未中后直接退开，飞速朝吊桥的方向跑。而花宜宁要跑，苏竹漪却没办法去追，因为她发现，自己好似摊上大事了。

她一直压制修为，没有去冲击金丹境。

最近她连心法都没修炼，最多只修炼一下润脉诀，利用体内本身的灵气滋养经脉，都没从天地间吸收过灵气，然而刚刚被梦魇缠住了，她下意识地运转心法，想着突破那梦魇，冲破束缚，哪儿晓得，灵气吸收入体，又要冲破束缚，梦魇是破了，瓶颈也快破了……

头顶天空阴云密布，厚厚的云层好似干棉花吸满了墨水，就连下的雨都是墨色的。

她本来打算离开剑冢后回去就渡劫，现在，金丹劫竟然出现在了剑冢之中，且不说金丹劫她渡不渡得过，就算渡过了，在这神圣之地闹出这等动静，这里头的万千飞剑，也得把她给活埋了。

她为什么会被梦魇缠住？难道是……难道是手中那断剑……

想到这里，苏竹漪心抖了两下，然而，现在她已经没时间想别的了。

头顶乌云聚集，狂风呼啸，电闪雷鸣。

轰隆一声巨响，闪电落下，苏竹漪运转天罡五雷诀，本以为能勉强吸收点雷电分担压力，却没想到，只是这一道雷劫，就直接把她的灵气屏障击碎，身上佩戴的高阶防御法宝损毁，手里捏着的替身草人也粉身碎骨，而她的无影无踪步法根本没有任何帮助，那雷劫落在她身上，直接把她轰趴下了。

只是一瞬间，她便皮开肉绽。没死，幸好她有随身携带替身草人的习惯。想到这里，苏竹漪松了口气。

然而下一刻，她的心再次绷紧。

金丹期的雷劫明明只有一道，现在居然会出现第二道！眼看头顶电光再现，苏竹漪脸色大变。她趴在地上，后背都快焦了，替身草人不能连续使用，灵气屏障都施展不出来，她拼命挣扎想要爬起来，效果却是微乎其微。

身上湿透了，然而胸口出现了一阵灼热，逐心咒有动静了吗？松风剑气会再次出现吗？感觉到了这样的动静，苏竹漪忽然觉得头顶的雷劫好似也没那么可怕了。

那一瞬间，温暖心安。

倾盆大雨落了下来，苏竹漪浑身湿透，她抬头看天，又看了看青松，雨水模糊了视线。

而真灵界里，同样在下雨。

小骷髅在此界停留的时间到了，他的身体在慢慢消失。

"小叔叔，下次我给你带好吃的好玩的哟。"

"要不你早点过来，我把你介绍给笑笑认识。"他一边说话，一边挥爪。

正乐呵呵地道别，小骷髅忽然觉得有些不对劲。他是认主了的，而他的实力远远强过苏竹漪，所以苏竹漪感觉不到他的状况，但他却知道小姐姐是不是受伤了。现在虽然隔得远，完全感受不到小姐姐的气息，但他直觉有些不对。

"你小姐姐出事了。"秦江澜神色凝重。

"嗯，我走了。"本是依依不舍地离开，现在变成了急不可待。他在原地跳脚，恨不得蹦回小姐姐面前。

终于，他的身影变淡，先是他的脚，接着是身子，头还留着，脖子上挂着个漂亮的小蝴蝶，而最后，头和小蝴蝶也彻底消失不见。

他回到了苏竹漪身边。

而秦江澜却还困在真灵界里。

她处于极度危险之中，他却丝毫没有办法，猛地攥紧拳头，秦江澜那双平静如湖水一般的眼睛里，也有了深海里才有的汹涌波涛。

眸中猩红，一闪而逝。

松风剑气从逐心咒内飞出，迎向了空中劈下的雷电。

在看到松风剑气从体内冲出的一瞬间，苏竹漪觉得那一片绿意将雨水都冻结了，她浑身上下的骨头咯吱咯吱地响，她用双手撑地，慢慢地爬了起来。

她有点站不稳。

身子摇摇晃晃的，好似下一刻就要跌倒，可明明这样摇摇欲坠的一个身子，没有任何支撑，脚步凌乱，找不到重心，好似一阵风都能将其吹倒，她愣是坚持着没有倒下。

那雷电来势汹汹，犹如一柄金色巨剑斩断了松风剑气的绿意，朝着苏竹漪劈了下来，她手握断剑，天罡五雷诀徐徐运转，此刻的她没有力气施展任何剑招了，直接像挥菜刀一样将断剑挥出，斩上了那天雷劫。

"我心性不稳？

"我不够吃苦？

"我基础不够好？

"区区一个金丹劫，我会渡不过？凭什么我渡不过！哪怕你劈两次，劈三次，我也不应该输，不会输！

"去你的天道规则，自己都不守规则，还敢叫我受你限制！"断剑与雷电相撞，苏竹漪只觉得浑身好似麻木了，那雷电之力勉强顺着天罡五雷诀的引导有一丝一缕进入了血肉经脉，而更多的，则在重创她的同时，犹如一座大山一般压在她身上。

天上有只无形的手，借着这金丹雷劫，想要将她抹去。

头顶上雷声滚滚，声威阵阵，明明已经没有雷电劈下，那雷声的力量却犹如击鼓一般，一锤接一锤重重地击打在她身上，好似要将她的骨头血肉一寸一寸压碎，将她的雄心壮志一点一点地碾碎成粉末。

她咬牙撑着，手中的剑好似有千钧重，那力量却没有压在她身上，而是在跟雷劫对抗，也就在这时，头顶上松针簌簌落下，落在她发梢肩头，落在她眉梢眼角。

淡淡绿意涌出，好似一阵清风，吹斜了雨幕。

松风剑在帮她。

这一下，苏竹漪更不会放弃了，她的身子已经大半截入了土，然而此时她双手合力，高举那断剑，对抗天道雷劫的力量。她的身子一点一点地下沉，明明是埋在湿泥里，脚却好似踩到了滚烫的岩浆，又像是飞剑熔化后的滚烫液体……

脑子都有些蒙了，她好似感觉到了万千飞剑的怨气。

"为什么，为什么，为什么没人选我？"

"带我走吧……"

"我不想待在坟墓里。"

"我不想坠入剑河，我不想化成水，我不想剑身被熔炼，寸寸成灰……"

"为什么不带我走？那你也下来，下来陪我。"好似有一股强大的力量拽住了她的脚踝，拖着她往下拉扯，这力量苏竹漪很熟悉，就是之前坠落悬崖时，悬崖底下的拖拽力量。

这里是剑的坟墓。

有一些飞剑始终没有等到主人，它们在进入剑家时就已经是断剑、残剑了，根本比不过那些好剑，不会引起那些剑修的注意。

三十年，又一个三十年，一个又一个三十年，它们每一次都在期待，每一次期待都会落空，而它们也越来越破旧，剑身或是化成灰，或是落入剑河熔化，哪怕曾经是天下人竞相追逐的名剑，也因为漫长岁月的流逝，消失在了剑河里，无声又无息。

然而飞剑有灵，终究意难平。

"你不选我，就下来陪我。"剑灵其实已经消散了，但那些熔入河水的剑灵生前只有这么一个意识，所有剑灵的这个意识聚在一起，哪怕剑灵早已消散，怨气也一直存在。

头上的压力渐渐减小，乌云逐渐散开，透过那云层，透出了一线天光。

然而，苏竹漪的身体被巨力拉扯，脚面、小腿、膝盖，一点一点地浸入了剑河，哪怕松风剑气又飞出了一道斩入地下，依旧于事无补。她的双手高举在外，手指微动掐诀，想要再次施展大擒拿术。

像此前坠崖一样，抓住青松。青松微微抖动，苏竹漪便看到了希望。

然而她没注意到，自己手中的断剑也发出了一道不明显的光，在这道光出现后，青松都静止不动了。

苏竹漪不知道原因，她用一只手扒住土壤边缘，拼命地挣扎，想要出去，她没有放弃求生的希望，然而底下那力量太强了，强得她的大腿、腰腹、胸口、肩膀、脖颈都一点一点地没入土中，只剩下了一颗头和高举的手。

剑冢里也会有弟子遇险，苏竹漪没想到她真的会陷落在剑冢之中，她来这里只是为了一柄剑。

为了松风剑。

为了秦江澜的剑。

后悔吗？

她不知道。只是这时候，她忽然看到了自己手里握着的断剑，底下的怨气那么浓，如果没人带它出去，它迟早也会坠入剑河吧？所以她才能捡起它。

她其实没打算丢下它的，拿回去给小骷髅玩也好。虽然很憋屈，可是她捡起来了，也就是她的了。就好像那小锄头，她没丢，还在储物袋里装着。

可现在，她可能没办法把它带出去了。

苏竹漪手腕用劲，将手中的断剑朝着远离悬崖边的方向扔了出去，心中喃喃："或许你还能等个三十年，但如果被我握在手中，你就只能被拽下剑河了……"

她的下巴、嘴唇缓缓没入了土壤，她仰头看向头顶的青松，喃喃道："我真的，是为你而来的。"

话音落下，好似有一阵风吹过，又有丝丝绿意坠落，也就在此时，苏竹漪发现那柄断剑好似闪了一下光。

这时，一个周身发光的身影出现在了空地上。

紧接着，一个声音惊呼道："小姐姐，你怎么埋在土里了？"

此时此刻，苏竹漪只有头和高举的手在外头，小骷髅看见之后又急又慌，直接用双手抱着苏竹漪的头，将她往外拖……

小骷髅力气不小，实力又强，好歹是五千年的鬼物，当山河之灵来养的，哪怕最终未成功，却也实力非凡。他咬着牙使出了吃奶的劲，这么一拖一扯，像拔萝卜一样把苏竹漪扯了出来。

接着小骷髅胡乱拍打她身上的泥土，眼眶里已经有泪涌出："怎么了，怎么了，小姐姐，你没事吧？"他抬头看天，天上乌云还没有完全散开呢。

"是被雷劈的吗？"意识到这一点，小骷髅哇的一下哭了出来，"我说我要替小姐姐挡雷的，你怎么能趁我不在偷偷劈呢？"小骷髅冲着头上的乌云大声喊。

"我……"他捡起一块硬东西，直接砸向了天空，当然，那东西砸不到天上已经渐渐散开的乌云，又落回了小骷髅手中。

那是一柄生锈的短剑，一共也就一尺多长，就跟匕首差不多……

苏竹漪出来之后躺在地上喘了几口气，她浑身都是伤，衣服破破烂烂，都成了布条，根本遮挡不住身体。不过她那身子如今也是皮开肉绽的，还有焦黑的地方，丝毫没什么美感可言。

金丹劫是渡过了，本来渡劫成功会有灵气汹涌而来，神识也会恢复，修为会更上一层，但因为被剑河里的怨气那么一拽，她虽然感觉到自己的经脉更加坚韧，能够容纳的灵气也更多，伤势却完全没有恢复，体内经脉扩大了，消耗的灵气依旧没补回来。

苏竹漪伸手去摸储物袋，结果她发现系在腰上的储物袋不见了，很有可能是坠入了剑河……

丹药没了，灵石没了，阵盘、符咒、替身草人、小锄头都没了……

苏竹漪微微发了下怔，接着打起精神，缓缓地坐起来，她让小骷髅扶着她到青松底下坐下，也算是把半边身子藏在了松树背后。

在剑冢里头选了剑就可以离开，她不知道自己为何没被送走，但这会儿衣不蔽体，总不能躺在大路上，一百名修士里总有一些会突破四面山前往这里，这么落魄的样子被看到就可笑了。

她得坐在树后打坐调息，恢复一点实力。

苏竹漪希望下一个过来的是个女修，若是女修，她还能管她借几颗丹药和一身衣服。这一刻，苏竹漪很庆幸自己现在是正道，并且还是古剑派弟子，若是找人借，九成能借到，若是魔道人士，别说借东西了，她只要被人发现，肯定会被折磨得生不如死，最后落得个尸骨无存的下场。

"小姐姐，你痛不痛……"小骷髅看到苏竹漪浑身是伤，眼泪吧嗒吧嗒地往下掉，他哭着哭着才想起来，"啊，小姐姐，我有药。"说罢，小骷髅低头去拿挂坠，待看到自己的小蝴蝶时，小骷髅表情错愕，他受了惊吓，下颌骨都掉了。

"我……我……我……"

"小叔叔送我的小蝴蝶，怎么变成了这样？"

那明明是嵌玉镶珠、栩栩如生的一对小蝴蝶，好似随时都会扇动翅膀飞走一般，翅膀都是活动的，一摸还能微微颤动，他跑得快点，蝴蝶就振翅欲飞，现在怎么……怎么变成了这样？

苏竹漪勉强抬头看向了小骷髅脖子上的挂坠。

小蝴蝶？

好似翅膀断了，看着也很破旧，玉色很古旧，且像是被巨力压过，要碎了一样，小骷髅从哪儿淘到这么一个破破烂烂的古董挂坠？

正疑惑间，就见他握住蝴蝶的一边翅膀，随后往下一抖，就抖出了一条红裙。

看到裙子，小骷髅哭得更凶了。

"小叔叔送给小姐姐的漂亮裙子，怎么也这样了？"

那裙子红一块污一块，破破烂烂的，同样像是被风暴摧残过，好似只要稍稍用力，裙子都能化成灰，被一口气吹走一样。

小骷髅继续从里头掏东西，一边掏一边哭："灵石也碎了，丹药瓶子也碎了……"

倒出来的丹药都成了黑黢黢的药渣，他又摸了半截玉简出来。"玉简都碎了。"

下一刻，他将脑袋直接伸到了那个破旧的蝴蝶储物法宝里。"给笑笑的肉和骨头都没有了！"他接着又掏出了一块玉璧和一根玉簪，那两样东西，玉簪看着还算完好，环形玉璧上却也满是裂痕，看着就像是被摔过一样。

"只有玉簪稍稍好些。"他委屈得声音都哽咽了，"这是小叔叔自己打磨雕刻，亲手做的玉簪，小姐姐，这是他送给你的。"

小骷髅颓然地坐下。"现在怎么办呢？我把东西都弄坏了。"

苏竹漪很累，她背靠着青松，明明后背皮开肉绽的，但抵着那粗糙的树干却也不觉得有多疼，反而好似有丝丝凉气进入她的身体，让她好受了一些。

她一边打坐调息，吸收灵气温养伤口，一边分出一缕心神听小骷髅讲话。

听他絮絮叨叨说那么多话，苏竹漪大概了解发生了什么。

这次小骷髅从他亲戚那边回来，给大家都带了礼物，只不过礼物毁了，所以他很难过。也不是多大的事，想到这里，苏竹漪随口安慰了他一句，就收敛心神，专心致志地疗伤了。

等到稍稍恢复了一些精神，身上的伤口也不再流血，疼痛减轻之后，苏竹漪睁开眼，看到小骷髅还垂着脑袋，坐在那里吧嗒吧嗒掉眼泪，这才抬了下手，摸了下小骷髅的头。

"可能传送阵有风暴和压力，把东西都压坏了，又不关你什么事。你小叔叔不会怪你的。"

小骷髅抬起头，把手里捏着的玉簪举起来给苏竹漪看，又把自己的衣服扒拉开，指着打着蝴蝶结的绿丝带道："可是为什么绿丝带和玉簪没破，其他的都坏得那么厉害呢？"

他想不出原因。

"小姐姐送的小红花我也给了小叔叔啊，也没坏。"他一只手托着下巴，不仅把之前掉了的下颌骨接回去了，还很认真地托着下巴思考问题，"红裙子是去那里的什么珍宝楼买的，花了好多好多灵石，小叔叔说你喜欢穿漂亮的红裙子。"

苏竹漪心尖一颤，觉得有些奇怪，小骷髅的小叔叔难道认识她吗？他怎么知道自己喜欢穿漂亮的红裙子？

她的确最喜欢的就是正红色，红得越艳越张扬越好，就好似幼时长宁村那场大火，烧红了整片天空，红得灼眼，红得刺目。当年她被困在云霄宗的望天树上，秦江澜给她准备的裙子里头，也数红色的最多。其中有一条上面还绣了凤羽，嵌了宝石，她当时十分中意，把曳地长裙斜着剪短，短的那边撕到大腿根，凤羽却还留着，在大腿上扫来扫去，而长的那边还在脚踝处，有一种十分不对称的残缺美感。

裙子领口也被她撕开，露了半边酥胸，本来是华贵的凤羽金丝长裙，看着高贵典雅，愣是被她弄得魅惑妖娆。

然后她就整天穿着那条被她改过的裙子，在秦江澜眼皮底下晃，也是那条裙子，让秦江澜最终没有把持住，着了她妖女的道。

那羽毛挠得他心痒。

想到这里，苏竹漪下意识地低头看了一眼地上那破旧的红裙，随后视线落在那红裙裙摆处的一截凤羽之上，眼珠都好似转不动了。那凤羽依旧是火红的，算是红裙上最亮眼的颜色了，只是那羽毛上布满了裂纹，根根细羽像被折断了一般，她颤巍巍地伸手过去，用手指轻轻触碰了一下，结果，碰到了满手的灰烬。

好似有一簇火苗燃起，被她手指碰过的那根羽毛彻底燃烧成灰。

心尖蓦地一疼，有一个大胆的念头在脑中浮现。

那不是什么好念头，让苏竹漪在震惊欣喜之余，又有些恼。

对她这样的人来说，有些人，只有活在回忆里才是最好的。

小骷髅没注意到苏竹漪的异样，自顾自地说了下去："玉镯跟红裙子一起

买的，发簪是用我们在灵山里挖到的一块玉做的，我发现的玉石，小叔叔打磨过后，在上面雕了花纹，还炼制成了法宝，里头有阵法的。"他做了个抹眼泪的动作，手指骨都擦不掉眼泪，那俩眼眶里不停地冒水，就跟灵气泉眼似的。

小骷髅说完接着抬头看天。"我们还一起捉了好多萤火虫呢。"

跟小叔叔在一起的日子特别好玩。因为小叔叔会整天陪着他玩，但是小姐姐不会。不过不知道为什么，他还是更喜欢小姐姐，回来哭得这么厉害，其实不仅仅是因为东西都坏了，更重要的原因是，他不在的时候，小姐姐被欺负得遍体鳞伤的。

他这么一想，眼泪更止不住了。

"别哭了。"苏竹漪道。

"忍不住。"小骷髅答。

不过他不能只顾着哭，把正事忘了。

"玉简里有小叔叔对你说的话。"小骷髅一边抽噎，一边将那半截玉简连同玉簪一起递给了苏竹漪，他紧张兮兮地问，"小姐姐，你听听看，玉简里还有声音吗？"

既然是留声的玉简，里面刻的就是留声阵法，玉简都毁成这个样子了，里面的声音自然留不住了。不过苏竹漪接过玉简，仍旧下意识地注入了神识和灵气，果然，玉简里没有任何声音传出来。

她把玉簪拿到手里，轻轻摸了一下玉簪上雕刻的花纹，将神识注入其中，很轻易地让玉簪认主，接着，她将玉簪插在发髻上。玉簪没入乌发的那一瞬间，有星星点点的光出现在了玉簪上，好似她发间有萤火虫一样，数量不多，只有两三只，绕着玉簪飞舞。

"小姐姐，小叔叔说到了晚上玉簪会更好看哟。"小骷髅盯着苏竹漪头上的玉簪，"他还说小姐姐爱美。"

爱美……臭美还差不多。

苏竹漪神情有点发愣，她咧了一下嘴角，想要冷笑，然而情绪犹如潮汐一般起起落落，让她冷不下去，潜意识里又觉得热不起来。视线落在小骷髅身上绑着的发带上，她伸手将发带轻轻地拽了下来，用手指捏着发带，送到鼻尖，轻嗅一下，随后看似平静地问："你小叔叔有告诉过你，他叫什么名字吗？"

"有啊，他叫秦江澜。"小骷髅连忙道，"我和小叔叔都很想你，他说会尽快修炼飞升，飞升了就能越什么界，然后来找我们了。每次我说想小姐姐，他都要陪我一起想。小叔叔真是好人。"

"他还送了好多礼物，连笑笑都有肉骨头，可是都坏了。"本来说得很兴奋，好似忘记了难过，但一说到这里，小骷髅又沮丧起来。

捏着发带的手微微一顿，苏竹漪将手捏紧，握成拳，将那发带攥在手心，此刻她的心情，简直可以用一团乱麻来形容。

刚刚她脑子里冒出来的念头，居然这么快就应验了。

秦江澜还活着？

不对，苏竹漪转头问小骷髅："你小叔叔是不是跟你一样……"苏竹漪比画了两下。"也没长肉？"

"没有啊，小叔叔很高大，有很多肉，我以后也要长成他那样的。"小骷髅盯着苏竹漪，"小姐姐，你不是说过，小叔叔是很好看的人吗？"

"嗯。"苏竹漪点了下头，她理了理思绪，明明此时心里头惊涛骇浪，脑子却很清醒，清醒得好似头顶灰蒙蒙的天都明朗了起来，她逐字逐句地斟酌小骷髅的话，最后问，"绿色发带是秦江澜自己做的，他戴在头上的，发簪也是他自己做的，但是小蝴蝶、裙子、玉镯、玉简都是买的，对不对？"

"对呀。"小骷髅知道小姐姐在找原因了，很配合地回答道。

"自己做的东西带过来毁坏不大，但买的东西却破损成了这样，不仅是因为被风暴挤压，也好像在地里埋藏了太久，所以破损了一样，就跟这里头的很多飞剑一般，被岁月侵蚀了。"

这是为什么呢？

"他到底在哪儿呢？"

苏竹漪觉得好似有点眉目了，就差一点点，就差一点点，她皱眉思索，忽地伸手按在了自己胸口上。

她想到了。

她想到秦江澜上辈子最后时刻是祭了流光镜的，如果他还存在，跟她一起回来了，这天地间就不应该有秦川出现。曾经的秦川，只怕早就死在了长宁村或者飞鸿门，但因为天道变数，他活了，还成了云霄宗弟子，所以有些差池，年龄上也不对，但他以后要走的路，就是秦江澜曾经走过的路。他不仅是取代那个人，他取代的也是那一段命运。

天地之间没有秦江澜，反而出现了个秦川，这不就说明，真正的秦江澜并没有在天道之中。

不在天道当中，那就只能是在道器里面了。

也就是说，秦江澜祭了流光镜，他现在在流光镜里。也不知道是肉身和元神都在，还是只有一个单纯的元神，不过苏竹漪相信是前者，小骷髅跟他有过接触都没发现问题，那应该是肉身和元神都存在。

秦江澜在镜子里头，然而他并不知道自己在流光镜里，反而说什么越界飞升？这天底下还有别的修真界吗？修为到了一定境界之后，就会遇到更广阔的天地？

还有，秦江澜一开始是不是想把她唤过去，结果机缘巧合之下唤走了小骷髅？

小骷髅是骨头架子，他本身是没有生气的，也就是说，小骷髅相当于一个死物，一件物品，所以他才可以被秦江澜唤进流光镜的世界，能够在镜子的世界里穿梭，而他是半个山河之灵，意识强大，也不会因此而意识湮灭，换作其他生灵，肯定会直接被碾压成灰。

苏竹漪对这些一无所知，这都是她的推测。

她低头，默默地看着手中玉简。

她喜欢看书，喜欢吸收各种各样的知识，喜欢了解历史，也对一切未知的东西感兴趣。以秦江澜对她的了解程度，玉简里肯定有提关于其他界的一系列问题，给她答疑解惑，然而现在，那玉简坏了。

玉简里头压根没有一丝声音。

苏竹漪捏着玉简，皱着眉头仔细看，心道回去之后好好琢磨一下，看能不能把阵法修补一下，能听到几句话，甚至一两个字也好。

"秦老狗啊秦老狗……上辈子，你把我困在望天树上六百年，这辈子，你困在我心上还不自知。"

"你求我，我就放你出来……"她嘴角微微勾起，下一刻又直接紧紧抿住，"你求我，我也帮不了你。"

"因为流光镜在我身体里，我却感知不到。"

"就好像你一直在，我直到现在才知道。"

"白给你立碑了呢。"

"上辈子你困了我六百年，现在算是风水轮流转了？"

其实，苏竹漪现在是感觉不到流光镜在哪儿的。她前世是将其藏在胸口的，便认为现在大概也在胸口处吧。

不过流光镜作为道器，刚刚突破金丹期修为的她肯定不可能驱使得动，更别提放出秦江澜，所以她现在要做的，还是先提升实力。

索性不去想那么多，还是关注一下现在的处境。

"秦老狗，你慢慢等着去，我一点也不着急。"

"对了，小姐姐。小叔叔还说……"

"说什么？"苏竹漪有些迫不及待地问。

"说你不能胡乱杀人，特别是在历史上留下名字的人，不然……不然天道伯伯会惩罚你的，天道不容。"

苏竹漪撇了下嘴。她早就知道了。

还以为他能说几句好听的呢，叫人传个话，都是叫她不要乱杀人。就跟上辈子一样，他念了六百年的静心咒，细数她那些罪状，真是想着就心烦。

苏竹漪不耐烦地看了一下四周，将秦老狗抛在了脑后。

她现在要考虑的是她的剑，她如何才能体面地离开剑冢。

储物袋毁了，衣服破破烂烂，脚丫还光着，身上还幸存的法宝就是小骷髅的无定葫芦，然而那葫芦她又用不了，所以并没有往里头装过自己需要的东西。掌门明明说选好剑了就会自动被传送出剑冢，但是她现在还待在剑冢里头，这到底是为什么呢？

既然没离开，那还有一件重要的事也是得做的。离开之前，她想把仇给报了。

苏竹漪属于看谁不顺眼都能连眼睛都不眨一下就把人杀了的，那花宜宁敢偷袭她，她要其死无全尸。

苏竹漪想了一会儿事情。

再抬头时，苏竹漪发现小骷髅还眼泪汪汪的，便道："看到没？那里有柄断剑，长满绿锈的那柄，去给我捡过来。"

苏竹漪指着那被她扔开的断剑道："就在那里。"

"哦，好的。"有事做了，小骷髅也顾不得伤心了，他嗒嗒嗒地跑到断剑旁边，把断剑捡起来拿到了苏竹漪面前，"小姐姐，给你。这剑怎么断了？能修好吗？"

"不知道。"苏竹漪把断剑抓到手里，道，"之前好似拿它跟天雷对劈，这剑居然没有毁掉，想来曾经是一柄好剑。剑身这么宽，还是柄阔剑，原来的主人应该是个男的吧。"

"以前的铸剑师都比现在的厉害，估计补不好了。"她也没多想，在险些被扯入剑河的时候，苏竹漪脑子里感受到了万千怨气，在连头也快要没于其中的时候，她一时大发慈悲把断剑给扔了出去，但即便如此，她的善心也是有限的，她既然捡到这柄断剑，就把这柄断剑带走，剑冢里还有万万千千的残剑，她才懒得管。

"为啥拿到这剑了还没被传送走呢？是不是意味着我还能拿一柄剑？"苏竹漪想到这里，将手又贴在了青松上，她注入一缕神识，问："我真的认识那个会松风剑气的男人，他才是最适合你的，你跟我走，我带你找他。"

"我不需要你认主，我只是带你离开坟墓，去外面找你的主人。"

松风剑依然无声无息。

不过她也不着急了。

现在她对松风剑的需求已经没有之前那么迫切。原以为秦江澜死了，她不想秦江澜被取代，不想他的剑落到秦川手中，这才想把松风剑留在身边做个纪念，如今秦江澜还活着，她还要剑干什么？

而且现在冷静过后，苏竹漪的心态也有了些许变化。

以为秦江澜死了，她就觉得他千好万好，是床前的白月光、心头的朱砂痣，回忆里只剩下了他的美好。

现在他活了，激动和欣喜过后，冷静下来的她还挺想把人再弄死一回呢。

秦江澜因为看不穿红尘情爱，上辈子到死都没有飞升。

而她，是想追寻大道长生的人。在苏竹漪的心里，爱一个死人可比爱一个活人轻松多了，随着时间的推移，往事种种如同抽丝的织锦，不管多瑰丽的图案，终将散落成凌乱的丝线，而他也终究会被她遗忘。

可是现在，他居然还活着。

费尽心思折腾了那么久，结果全是瞎忙活。

苏竹漪甩甩头，打定主意暂时不再去想秦江澜。

这剑冢里头已知的最好的剑就是松风剑了，若是能带走也挺不错的，现在秦川不能回头了，他拿不到松风剑，总不能白白便宜别人。苏竹漪本身是个黑心的人，过河拆桥的事情没少干，她看了一眼小骷髅，眼珠一转，道："这棵树快要掉到悬崖底下去了。"

"啊，真的吗？"小骷髅仔细看，发现大半个树身都在悬崖外，顿时有些担心地点点头，"啊，会掉下去摔死吗？"

"你把它拔起来，我们把它种到落雪峰，好不好？"小骷髅刚刚都把她从剑河里扯了出来，他那么强，虽然不能指望他干坏事，但是拔棵快要掉下悬崖的树总没问题吧？不管拔不拔得出来，总得试试再说。

小骷髅一愣，随后点点头："好的呀。"他现在心里头难过，就得找点事情做来分分心，小姐姐不生气，吩咐他做事，他就特别高兴。松树很大，但是树干却并不是很粗，小骷髅伸出双手，刚好箍了个满怀，他用力往上一拔，就见簌簌松针抖落，像是钢针一样扎了下来，苏竹漪早就躲得远远的了，没有被松针扎成马蜂窝，而小骷髅如今骨头很硬，一时没被扎伤。

他松了手说："我再试试。"

说完他扎个马步，呸呸两声，往左右手手心各吐了口唾沫，接着又吆喝一声，搂住树干再次用力往上一拔。

青松抖了几下，悬崖边不少碎石滚落，都往下塌了一块。

小骷髅继续用劲，忽然觉得怀里抱着的松树变细了，他整个人倒飞出去，骨头架子摔得咔咔咔地响。

刚刚明明抱着树啊，怎么变成了一柄剑？

小骷髅看着怀里的剑，愣了片刻，又道："小叔叔的剑，这是小叔叔的剑啊。"他一骨碌爬起来，把松风剑举着给苏竹漪看："小姐姐，小叔叔也有这样一柄剑，这里的花纹都是一样的，这样的剑是一对吗？"

苏竹漪稍稍一愣："你是说秦江澜手里有这样一柄剑？"

总觉得似乎有哪里不对劲，但一时又想不出原因，苏竹漪把松风剑接过来握在手里，就听到松风剑道："我跟你出去。"

这就对了嘛……

看来一开始她就走错了路。来软的不行，得来硬的。

当然，若是没有小骷髅的话，她压根来不了硬的。

"我把松风剑放在无定葫芦里，我要的时候你拿给我。"苏竹漪道。她虽然拿不了无定葫芦里的东西，但小骷髅是可以的，只要不是无定葫芦内的石莲台就可以。

"嗯。"小骷髅点头。

苏竹漪把松风剑放到了无定葫芦当中，结果她就听到了松风剑一声轻鸣，显然是无定葫芦里灵气太浓郁，让仙剑兴奋得轻鸣了一声，那里头可是养山河之灵的灵脉和灵泉，它在死气沉沉的坟墓里待了这么多年，如今这反应倒也说得过去。

苏竹漪放了松风剑，又打算把手里的断剑扔进去，然后等一会儿，若是一

直没人过来，她就只能衣不蔽体地去找花宜宁麻烦了。

结果不知为何，断剑根本没有办法被放入无定葫芦里，这叫她微微惊异，而这时候，苏竹漪才逐渐想起断剑的不寻常来。

她此前握着断剑，好似着了梦魇，这才疯狂吸收灵气想要突破，结果引来了雷劫。

所以她会遇到那么多麻烦，实际上是断剑害的？

这断剑是邪剑？

之后因为渡劫，以及小骷髅回来后带来秦江澜的消息，她都把罪魁祸首给忘了，如今想起来，想起自己此前一瞬的心善，苏竹漪觉得好似脸上被打了一耳光。

苏竹漪冷笑一声："不想进葫芦？我倒是想到了一个好地方。

"最适合你的地方。"

她大步走到悬崖边，将手中的断剑举起，高高抛掷出去。

那一道青光在空中画出一道弧线，高高飞起，又落到了悬崖底下。苏竹漪转身往小骷髅身边走，就见小骷髅眼眶里燃起了两簇小火苗。"小姐姐，当心！"

当心什么？

顺着小骷髅的视线，苏竹漪抬头看。

天上断剑坠落下来，来势汹汹，竟然有一股无法抗拒的威压，好似此前的雷劫！苏竹漪连忙运转无影无踪步法，她速度那么快，却仍旧没有躲过断剑。

就这么一下，苏竹漪额头上被砸了个包，鲜血直流。

就在这时，她听到了一声冷哼，好似一声闷雷在她脑海之中炸开，把她的识海震得波涛汹涌起来。

"哼！"

是断剑的剑灵！

这断剑居然还有剑灵！

然而它哼完了就再无声息，而苏竹漪还发现，眼前的景色扭曲起来，居然要被传送出去了，断剑染了她的血，侵入她识海后她就要被传送出去了？

就在她要被传送出去的时候，苏竹漪看到一个女修来到了悬崖边……

她明明可以体体面面地借了衣服美美地被传送出去！哪怕暂时报不了仇也没关系，她怎么能在这么落魄浑身破破烂烂的状态下出去呢？

抬手想要抓住什么都是徒劳的，苏竹漪只来得及叫小骷髅回葫芦里，接着她眼前一黑，耳边好似响起无数剑啸声，待再睁眼之时，她已经出现在了剑冢外。

众人的眼神跟她想象的似乎有些差距。苏竹漪定睛一看，发现自己周身笼着一层淡青色的光。

美人一身青光，好似笼在一层水幕里，又仿佛藏在氤氲青烟中，隐隐约约看不真切，却更叫人挠心抓肺，恨不得离得更近一点。

"竹漪竹漪，你得了什么剑？"掌门见苏竹漪出来，极其紧张地问。

"我哪儿知道是什么剑！"苏竹漪想。

掌门的问话简直戳到了苏竹漪的肺管子上。

苏竹漪也不知道那是什么剑。

然而不管它是什么剑，有多厉害，它都是苏竹漪不能随心所欲掌控的剑。

虽然识海之中察觉不到断剑的存在，但她隐隐约约感觉到有点微弱的神魂联系，证明它确实是认主了。

这断剑认主，跟小骷髅的情况一样。大概就是只要断剑和小骷髅一个不高兴要走，她跪着都拦不住。断剑和小骷髅认主都属于单方面的神魂契约，也就是说，她对断剑和小骷髅都是没有任何约束力的。

苏竹漪是实用派，对她来说，可以随心所欲施展的法宝比那些不能被掌控的仙宝要好得多，她不过是想要个称手的武器而已！

说起来，现在的苏竹漪有两个法宝和一个灵宠。

一个是本命法宝，道器流光镜。

一个是一柄无名断剑。

还有一个是小骷髅。

其中道器她根本感知不到，感知得到飞剑，却使用不了，小骷髅听话，却不杀生……

苏竹漪："……"

还不如以前的农家锄头呢，点头哈腰的，又蠢又听话。

可惜小锄头已经和储物袋一起沉入了剑河。

她站在原地没吭声，掌门心头着急得很，面上倒显得很淡定，一脸殷切，目光灼热地看着她。而胡长老已经到了苏竹漪面前，直接伸手，险些触到了

267

那片青光，然而就在手靠近苏竹漪的一刹那，他感觉到了一股凉意，腰上本命飞剑发出铮的一声响，使得他心头一抖，下意识地缩回手，按住了腰上的飞剑。

飞剑轻颤，是一种有些惊慌的颤抖，让他莫名有些心慌，他用力按住剑身，才让自己的飞剑平复下来。

"那青光，非比寻常！"

苏竹漪不知道她那断剑叫什么，长满锈，又难看，还断了半截，虽然是柄很凶很邪的剑，可外形着实不够美观，就这么拿出来肯定会被耻笑，没准还会让青河觉得丢了师父的脸面……

苏竹漪这般想着，索性叫小骷髅把松风剑递出来。

小骷髅抱着松风剑趴到葫芦口，将剑柄朝外，送到葫芦外头，那松风剑就好像有了个剑鞘，而她则把松风剑从葫芦形的"剑鞘"里抽出来，且不用施力，自有小骷髅在里边递剑。

姿态优雅，一派从容。

她抽出剑，将松风剑刺到青光外，手腕一翻，利索地挽了个剑花，朗声道："松风剑。"

那一刻，她声音拔高，响彻山谷，好似豪情万丈意气风发。

众人就看那青光之中隐隐约约有一棵青松立于其内，一派生机盎然，郁郁葱葱。

松风剑出，发出一声轻啸，引得在场修士的飞剑齐鸣，震动不停，好似在为其合音。

"出剑则有意境，万剑为其合音，这……这是仙剑？"

苏竹漪话音落下，还没来得及欣赏众人反应，脑子里又炸了声雷。

"哼！"那断剑一声怒哼，让她耳朵里渗出了血，好似耳朵都被震聋了一样。

小骷髅在她识海里传音道："你哼什么？有话就说，爹爹说了，猪才哼哼。"

断剑："哼！"

除了御兽宗的弟子，一般来说，一个修士只能与一只灵兽订立契约，而且灵宝灵剑也不能太多，太多太强的后果是修士元神无法承受的，当然，实力越强，元神也就越强，等到了元婴期，限制就会小很多。

就好比现在，小骷髅跟断剑这么短暂地交流了两句，就让苏竹漪气血上涌，头痛欲裂，她咬牙忍住，别说欣赏别人震惊羡慕的表情，她连掌门的道贺都没办法去回应了。

"我很累。"苏竹漪勉强开口道，"我们的灵舟在哪儿？"

掌门也瞧出苏竹漪身体好似有些不舒服，立刻道："我送你过去。"

灵舟飞在天上，上头也有古剑派修士在打坐修行，因此灵舟并没有收起来。

掌门发现苏竹漪身上的青光有些古怪，他靠近后感到了威慑力，也就没有去拎她上灵舟，而是在前方给她引路，等到了灵舟上，苏竹漪才道："掌门，我衣服破了，劳烦给我一套弟子服，我受伤，丹药没了，也需要一些丹药。"

如今做了正道弟子就是好，这些东西都能够开口跟门中长辈要。苏竹漪现在倒是对自己这一世的身份越来越满意了。

衣服破了啊，难怪身上一片烟霞笼罩，好似还有几只萤火虫在头上飞。

掌门段林舒看着青光里的苏竹漪，心道收服仙剑肯定不容易，这丫头吃了不少苦。

"弟子服我没有，我有件金丝软甲，不太适合女弟子，本来打算放到宗门里当奖励给弟子的，你看要不要将就穿穿？"说将就好像不太合适，那可是件灵宝。

不过苏竹漪得了仙剑，给古剑派长了威风，奖励一件灵宝也是应该的。

"多谢掌门。"她将手伸了出去，然而伸到半空又顿了一下，"灵宝里头没器灵吧？"

小骷髅元神比她强得多，断剑也远超过她，这两个她都压不住，要是再来一个，头都要炸！

掌门摇头。"这金丝软甲刚刚炼制出来不久，若是你穿戴百年，好好养着，养出个器灵不是难事，这是……"他本来想说这是范大师炼制的灵宝，以后有很大的希望能养出器灵，结果话还没说完，就见苏竹漪已经毫不犹豫地把金丝软甲给接了过去。

就好像她不是希望有器灵，反而是希望没器灵，正疑惑间，就听苏竹漪道："多谢掌门，我先回房间换衣服，休息一会儿再出来。"接着眼前那一片青光匆匆进了灵舟舱内，掌门见状也没多想，返回了剑山脚下。

古剑派这次进剑山的有二十四个弟子，现在出来的只有苏竹漪一个，还得了柄仙剑，开了这么个好头，叫他高兴得合不拢嘴，不知道接下来会不会有惊喜呢？云霄宗的那个好苗子，能拿到什么剑？

苏竹漪回了房间，她把金丝软甲穿到身上，那软甲穿到身上就是一身金丝

劲装，虽说她喜欢亮眼的颜色，但这一身金灿灿的，没有一点装饰花纹，且身前身后都有一片一片像金属片一样的东西，看着……

实在说不上好看，好似把一沓金箔片穿在身上了。

若是穿到别的人身上，指不定就万分俗气了，苏竹漪看了一下水镜中的自己，无奈地撇了下嘴。

这一身金闪闪的，肯定是那姓范的炼制的。

修真界有个炼器大师叫范金鑫，自称五行缺金，便取了个这样的名字，后来还特意学炼器，就是为了跟金属打交道，他炼器天赋极高，七八百岁的时候就已经成了炼器大师，能够炼制出灵宝，但他炼制的法宝有个很致命的缺点。

那就是丑。

上辈子苏竹漪成名过后最看不上的就是范金鑫炼制的法宝，曾有个自命风流的男子拿着范金鑫炼制的灵宝讨她欢心，想跟她一夜风流，结果她直接把那人给杀了，后来因为这事，她还得罪了范金鑫，当年围攻她的人里头，就有那个姓范的。

没想到这一世，她竟穿上了仇人炼制的金丝软甲……

换好衣服，苏竹漪尝试着联系断剑，没反应，她索性把神识注入松风剑，问道："哎，那断剑跟你离得挺近的，是什么来头啊？"

松风剑也没反应。

就在苏竹漪以为它不会回答的时候，松风剑说话了。

"曾经有个人，埋了一柄剑。后来就有了剑冢。我不知道它叫什么，我只知道，它是剑冢里的第一柄剑。"

苏竹漪："……"

实在没想到，断剑来头这么大。它离开之时，苏竹漪好像听到了万剑齐鸣，难道它们是在说："啊，老祖宗被人带走了？"

"飞剑进入剑冢后会渐渐失去从前的记忆，忘记从前的主人，一心等待新的主人。"松风剑轻声道，"这就是剑冢存在的意义。但是等待太久的话，我们会连自己的名字都忘掉。所以，它没有名字。"

松风剑的声音很温和，但它说的话让苏竹漪微微怔了怔，也就在这时，她听到悟儿道："呀，你没有名字啊，我叫你小青好不好？以后我带你跟笑笑玩。"

啪的一下，一道青光拍在了小骷髅头上，拍得他用双手抱头，眼泪汪汪。

小骷髅一脸委屈地站到苏竹漪身边，捉着她的袖子。"小姐姐，它打我，呜呜……"

"嗯。"苏竹漪十分坦然，"我要是敢多说一句，它也打我。"

小骷髅："哦。"那就算了吧，省得他们一起挨打。

灵舟飞在天上，此时已是傍晚，透过舷窗往外看，晚霞满天，映得灵舟上的桌椅都红彤彤的。

远方青色剑山笼罩了霞光，也失了几分锐利，多了几分柔情。

苏竹漪看了一眼身披红霞的剑山，犹豫地试探道："要不，我叫你青霞？"

说完，她心头一跳，只觉一股凉意从脚底升起。于是苏竹漪也飞快地用双手抱住了头……

跟小骷髅保持了同样的姿势。被断剑砸过头的才知道，那到底有多疼。

断剑："哼！"

苏竹漪不太关心别人能拿到什么剑。她不想去山脚处等着看结果，有这时间，不如干点正经事。

何为正经事？

既然命运轨迹最终会向前世靠近，那她想知道，现在苏家的人死了没，若是没死，她好去补上几刀，同样，她也想知道张恩宁是不是真的收服了老树，掌握了姬无心的控尸法术，暂时取代了青河。

她还想知道，苏晴熏有没有在血罗门活下来。

本来古剑派弟子入门百年内是不能下山的，既然现在有机会下山了，她怎么着也得出去打探打探，不能把这次机会白白浪费掉。至于那个敢偷袭她的花宜宁，本来剑冢是最好的报仇地点，但被断剑给破坏，如今花宜宁若是从剑冢出来，怕也会一直被她爹守着，苏竹漪不一定能找到下手的机会，她不会去冒险，等回去了，给青河提一句好了。

他不是说有对付不了的人，直接告诉他嘛。

想到青河，苏竹漪眼前一亮，接着她内心翻腾，情绪也激动起来，她问断剑："你既然活得那么长，你知道龙泉剑吗？还有，你听说过流光镜吗？"

断剑没回应她，哼都懒得哼一声。

松风剑也没吭声，倒是小骷髅用小手指捏着苏竹漪的手。"小姐姐，它连自己的名字都忘了。"

苏竹漪："……"

271

她知道它忘了，只是心里头总还抱有一丝不切实际的期待，万一它还记得一些，或者这么多年中这么多弟子进入剑山，它能听到一点点关于龙泉剑、流光镜的事呢？

譬如某个人在剑道上想："我要拿到一柄仙剑，诛灭邪剑龙泉……"

好吧，确实是胡思乱想。

苏竹漪觉得自己这两天受到的冲击太大，得念段静心咒，静下心来好好缓缓了。不过她转念一想，又问松风剑："你们是不是都挺怕它的？本来每个人进剑家只能带一柄剑出来，但是我却能把你也带出来，是因为它的关系吧？"

因为它是剑家里最早的剑，这坟墓是为它而建的，所以它能做出决定和更改决定，那它岂不是比其他所有飞剑都厉害，能不能号令其他飞剑呢？

"如果……"苏竹漪皱着眉问，"如果里头的人选出来的剑有剑灵，那它能不能叫那剑灵不听主人的话？"

老祖宗说话，总有剑灵得听吧？据说剑灵大多是很单纯天真的。

苏竹漪又补充道："之前我渡金丹劫，有个女修趁机想要偷袭我，我又没有证据，现在没办法报仇了，可是我差点被她害死，我不甘心。"说着说着，苏竹漪眸子泪光盈盈，好似快哭了。

小骷髅愣住，呆呆地问："有人要害小姐姐吗？"他神情挣扎的时候脸上的骨头都能移位，这会儿颧骨动了动，好半晌才道："那……那……那我也要打她。"

"杀"字，他始终说不出口。

松风剑："……"

断剑："……"

苏竹漪："……"得，她以后就是演给瞎子看，也不会在这两柄剑前浪费表情！

她决定静下心来，不再胡思乱想，反正想也是白想。

她把松风剑递给小骷髅。"我最近要去外头转转，你拿着剑回落雪峰，笑笑想你了。它每天茶饭不思的，都瘦了一圈。"

笑笑想他了？他也好想笑笑呢。

不过小骷髅还是愣愣地问："那小姐姐不回去吗？"

"嗯，我有点事，过几天再回去。"

"那我拿剑做什么呢？"

"拿着练剑啊。落雪峰的弟子都要会用剑啊，大姐姐会，青河会，我也会，就你不会呀！"苏竹漪觉得头疼，哄孩子什么的太麻烦了，见小骷髅还欲提问题，她就有些不耐烦了，冷声道，"叫你先回去你回去就是了，连我的话都不听了？"

这半年他去秦江澜那里学了些什么？

以前她在小骷髅面前都是说一不二的，除了那黄狗的事情上小骷髅坚持了一下，其他事情，往往她一说，他立刻就会乖乖地执行，如今居然知道反问了。

就见小骷髅默默地把背在身后的一只手拿出来。"可是……可是我也有剑了呀。"

那是一柄通体漆黑的短剑，说是剑，其实看着更像是匕首，他有些怯怯地看着苏竹漪："我有剑，它说它叫逐影。"

苏竹漪一直都没注意，小骷髅也从剑冢里拿了柄剑出来，而且这剑还有剑灵，剑灵已经跟小骷髅沟通过了？

"那你帮我拿回去，就跟秦江澜那石碑放在一起。"

"小叔叔的剑，就要跟小叔叔待在一起吗？"小骷髅又问。

"嗯。"说完，苏竹漪摸了两下小骷髅的头，"回去的路上小心点，把自己捂严实一些。"

"哦。"

等送走了小骷髅，苏竹漪才松了口气。

把小骷髅和松风剑送走也是逼不得已，小骷髅纯真善良，松风剑脾气温和，她如果去杀人，没准会被小骷髅阻止，也会让松风剑对她产生坏印象。

松风剑可没认主，她只是把剑带出来了而已。

这样的仙剑哪怕没有主人，都是可以诛邪除恶的，她带着小骷髅揣着仙剑去杀人，没准刚动手，就被小骷髅给拦腰抱住不许她去，要不就是被松风剑直接给剁了。

所以她绝对不能把这两个家伙带在身边。至于断剑，一开始还坑她来着，肯定不是什么好东西，她也就不打算避着它，再说想避也避不了，她现在都不能把断剑拿出来，只知道那断剑变成了一片青光，她去哪儿抓那片光？

杀人都不能随心所欲，还得避着自己的灵宠和法宝，她如今这一世，活得真是表面风光无限，实际憋屈不已啊。

低头看了一眼自己胸口的位置，那金灿灿的金箔片闪得她眼晕，她闭目轻声问："你呢？

"你那里又是怎样的一个世界?

"你在那里,是如何生活的?"

流光镜是道器,也就是可以跟天道媲美的,里面有一方小世界,还生活着其他人也不奇怪,那个世界就好似一个小小的世外桃源,他们知道自己是活在镜子里的吗?

又或者,其实还有别的她想不到的可能性?

等把正经事干完,回到落雪峰,她再好好地跟小骷髅打听吧,让他把这半年生活的细节一点一点掰碎了讲给她听,看看能不能发现什么。

苏竹漪一边走一边想,刚刚走出船舱,她稍稍一愣,明明告诫过自己把秦老狗抛到脑后,怎么不知不觉又想到了他!

意识到这一点,她身上戾气都重了几分,这世上有那么多因为耽溺于情爱而放弃大道长生的例子,每一个都没有好下场。大魔头姬无心本可以称霸天下,可他却把自己活祭了,上辈子秦江澜本能飞升,但他为了她也没落得半点好,所以,她怎么能用情太深?

要不这次出去,找个容貌出尘的美男子转移一下注意力?身边有个鲜嫩可口的活人陪着,总不会一直想那家伙了吧?

苏竹漪又想到了秦江澜头上的绿色发带,忽地咯咯笑出了声。她笑吟吟地走到了山脚处,来到掌门面前,说出了自己要离开几天,晚几天回门派的想法。

"古剑派弟子百年内不得私自下山,这是从开山建派以来,我们所有人都要遵守的规矩。"在这一点上,素来好说话的掌门十分坚持,因为古剑派弟子前期都是要养剑心的,实力很差,若是一不小心出了什么差池,那就太可惜了。

"可落雪峰不是可以不遵守任何规矩?"

"这一条却是连落雪峰也要遵守的。你师父洛樱五百年才下落雪峰,你师兄前面三百年也基本没出过山,你现在骨龄才十几岁呢,若是把你弄丢了,回去你师兄不得把我们这些老骨头都拆了。"胡长老笑呵呵地道。

"我知道长辈们也是担心弟子的安危。"苏竹漪道,"可是我已经金丹期了,有自保之力,不会有危险的。"她低着头,眼眶微微泛红。"我……我只是想去看看,还能不能找到亲人。"

金丹期!

之前苏竹漪从剑冢里出来的时候全身笼罩在一片青光里,人都看不真切,更不用说修为。现在大家虽在跟她说话,但神识却是牢牢地锁定剑冢出口,都过去一天了，除了苏竹漪没有一个弟子出来，这种情况以前从未有过，实在有点叫人担心，以至于他们压根没注意，她居然已经突破筑基，凝结金丹了？

"没瞧着雷劫啊。"胡长老纳闷道。旁边的易涟瞪大眼睛，他肩膀上依然立着那只金丝雀，这会儿，它大张着嘴巴，一副惊呆了的模样，就听易涟道："难不成你在剑冢里渡劫了？"

"嗯。"苏竹漪点头。

"在剑冢里渡劫！"他一边问，一边抬手罩了个结界，接着才道，"你真是在剑冢里渡劫的，没遇到剑崩？"

剑冢那种地方，闹出天雷，那么大的动静，那些飞剑岂不是跟雪崩一样？那里头的各派弟子就危险了啊……

秋长老忧心忡忡："这下糟了，不知道里头情况怎么样了。"

"没有剑崩啊。"她渡劫之后并没有任何异常，她还在松树底下休息了那么久呢。

就在这时，两个人相继出现在了剑山脚下。见他们出现，许多人都凑上去询问了。古剑派的掌门和长老们都稍稍松了口气，看来是他们担心太多了。

而在苏竹漪脑海之中，断剑久违的哼声终于再次出现了。

断剑："哼。"

有它在，谁敢崩？

苏竹漪有金丹期修为了，她要离开几天，回去出生的地方走走看看。

本来古剑派弟子到了金丹期后就可以下山历练，掌门段林舒见她很坚持，跟几位长老商量了一阵，最终还是答应了她，只是叮嘱她要小心行事，一定要注意安全。

掌门还拿了个一指来长的古朴小剑递给她："这是我们古剑派弟子随身携带的高阶传讯符。若是遇到危险，将灵气注入一丝在其中，或者直接捏碎它，附近的古剑派弟子就会察觉并赶来相助，我们也会尽快派人过去。"

苏竹漪是知道这玩意的，很多正道门派都有，她前世还针对这个研究了许久，最后利用玲珑金丝网和阵法阵盘成功将这样的传讯符给拦截住，也就是说，那些名门正派的落单弟子若是被她盯上，很有可能来不及传讯，又或者根本发不出传讯符求救。

没想到，她现在也能得到这么一个别具一格的传讯符。

"你的储物法宝在剑冢里丢了吧？"掌门一边说，一边用目光扫过身边的

几位长老。

被他看到的易涟猛摇头："我只有灵兽袋。"

秋长老倒是摸出了个荷包，向苏竹漪递了过来："这是我年轻的时候用的，后来换了更高阶的法宝也一直小心保存着，送给你了。"

那荷包绣样精致，上面绣的是连理枝，连理枝底下是对戏水鸳鸯，秋长老看着那荷包时神情有些落寞，想来也曾有过一段故事，不过她既然拿出来，苏竹漪也就不客气地收下了。

接下来几位长老各自贡献了点东西，就连易涟都很大方地表示要把肩头上的金丝雀送给苏竹漪，苏竹漪把其他的都收了，却不要金丝雀，那只鸟一看就不是什么好鸟，她现在只想一个人好好静静，一点也不想再跟任何灵物打交道。

第八章

再回长宁村

搜刮了一些灵石丹药后，苏竹漪独自离开了剑山。

几位长老没给她飞行法宝，她也没提，如今想叫断剑出来，御剑飞行前往永安镇，没想到断剑压根没搭理她，于是她就只能运转心法踩着树梢一路飞行，飞了整整三天，才渐渐有了人烟，又过了半日，她入了个修真小镇，花灵石买了个中阶的飞行法宝和一件鲜嫩的鹅黄色衣服，换掉金丝软甲后，才继续赶路。

等她快要到永安镇的时候，这次进剑冢的结果已经出来了，并且消息好似长了翅膀一样，迅速传遍了天下，短短几天时间，世人皆知。

此次进剑冢寻剑，共出了两柄仙剑，分别为古剑派苏竹漪和云霄宗秦川所得。

其中苏竹漪的仙剑名为松风，秦川的仙剑名为辟邪，两柄绝世好剑出世，天底下那些妖修魔修以后肯定不敢再出来害人！

苏竹漪一路飞得有些累，她渐渐越过了那些灵气浓郁的修真地界，靠近了凡间城镇。

凡间城镇里的灵气少了太多，她身上灵石丹药也不多，不能浪费。

好在苏竹漪不赶时间，便没飞得那么拼命，索性走走停停，看看风景，顺便沿路打听些小道消息。

这日，她在距离永安镇还有一千里路的福全镇稍做歇息，在路边茶棚里坐着喝茶的时候看到有一群小童在玩耍，他们每人都握着一根长木棍，当作飞剑舞来舞去，口中还念念有词。

"妖怪，吃我一剑！"一个流着鼻涕的小童将手中木棍刺了出去，"辟邪剑出，妖邪退散！"

哟，消息传得比她飞得还快呢！

那个扮妖怪的孩子用泥巴抹了个大花脸，这会儿正冲他们龇牙，他动作灵活，左躲右闪，倒是没被刺中。这时，又一个女童娇叱一声："秦川，你不行，看我的松风剑法！"

苏竹漪抬了抬眼皮，看了一下那女童，登时有些无语地扯了下嘴角。要扮她苏竹漪，能不能找个模样稍微好看点的？

女童皮肤黑黑的，脸蛋上有两抹红，这会儿将手中木棍横着刺出，啪的一下打着了那扮妖怪的小童的手，就见那小童喝道："你们等着，我叫尸王爷爷来收拾你们。"

"我们手里有仙剑，尸王来了也不怕！"话音落下，就见旁边有个穿着黑衣服，脚踩着个麻袋，脑门上贴了张黄纸的小孩一蹦一跳地过来了，他张大嘴怒吼了一声："我要吃了你们……"

结果拿着"仙剑"的两个孩子还没来得及出手，就听不远处大人一句怒喝："别扮了，别扮了，惹怒了那家伙可怎么办哪？"

也就小孩子不懂事，不知道害怕，最近世道不太平，听说好几个地方都有死人诈尸呢。喝止这几个小童的是个中年男子，他瞧见茶棚里坐着的苏竹漪后，犹豫片刻，朝着苏竹漪走过去了。

"阁下可是修仙之人？"这女子身着黄衫，脸上罩了层面纱，静静地坐在茶棚里，明明看不见全脸，但那一双眼睛极为灵动，看着怪叫人心动的。

当然，他也不敢多看，只是偷偷瞄了一眼。

此时天气已经有些热了，大家都是满头满身的汗，但那女子周围却好似有阵清风似的，越靠近越清凉，他心头就肯定她是修仙之人，只是她手里头没个法宝武器，不知道实力到底如何。

等走到苏竹漪跟前时，他心一横直接跪下，恭恭敬敬地磕了三个头，这才道："这位仙子，您是为了附近那几起僵尸杀人的祸患来的吗？"

福全镇周遭的两个小镇出了几起僵尸杀人的惨案。

福全镇暂时还没有，但大家都很担心，昨日已经派人去请了清风观的道长，现在道长还没来，倒来了个仙子，这可把他高兴坏了。

僵尸杀人？

苏竹漪淡淡地瞥了他一眼："说说。"

现在都快靠近永安镇长宁村了，如果说僵尸杀人，不知道是不是跟张恩宁有关。

若是张恩宁收服了老树，那他现在的实力应该不会太弱，没道理还在这里杀什么凡人啊，难不成，那张恩宁还收徒弟，打算开宗立派了？

她那随意的一眼看得中年男子骨头都冷了，看着娇滴滴的仙子，眼神怎么那么冷？好似被她看一眼，浑身都浸在了冬天的冰河里，骨头缝里都生了寒意。这……这该不会是魔修吧？

他一摸脑门，摸到了一手的冷汗，好似身上汗毛都根根竖立起来了。

中年男子战战兢兢结结巴巴地道："也就四五年前吧，永安镇出了个很可怕的灭门惨案，最惊悚的是过了一夜，那些尸体都不见了，所以闹得很大。那次灭门惨案过后，每年都会出些怪事，在路上横死两三个人，本来大家虽然害怕，但那灭门惨案过去几年了，也就慢慢淡忘了，然而最近出了几起僵尸杀人事件，其中有个人侥幸没死，回来后说见到了之前被灭门的苏家人，于是就闹得人心惶惶的。

"我们镇虽然距离永安镇还有一千里路，但对那些僵尸来说可不算远，大家都挺担心的，就怕僵尸跑到这边来，所以就想去请道长下山驱邪，没想到会遇到仙子云游至此，还请仙子救救我们吧。"虽然害怕，心头疑惑，他却还是叫了几声仙子。

毕竟若是魔修，想来也不会听他说这么多话。这里这么偏僻，也没啥灵气宝物，魔修都不屑来！

一口一个仙子，叫得苏竹漪倒足了胃口。

不过刚刚这人说的这些消息倒是让苏竹漪惊喜不已，她本就打算打听永安镇苏家的消息，现在都不用她打听，消息自动送上门了。

永安镇苏家果然被灭门了。她没有动手，苏家依然在那时候被灭，会是谁做的呢？

是张恩宁，还是苏晴熏，或者说跟他们两人并无关系？

不管是谁杀的，苏家人都死了。

她上辈子很恶心那家人，如今倒是不用她亲自动手，就解决了他们。只是听到这消息的苏竹漪心头高兴不起来。

头顶上那天道真是有些手段，叫人不寒而栗。

天底下这芸芸众生，都是它手中的棋啊，而她如何才能摆脱既定命运，跳到天道之外？

长宁村。

距离长宁村覆灭已经过去了这么多年，当年那片废墟上长了很高的荒草，有一些野兽隐藏在荒草之中，伺机而动。

张恩宁手里拿着个古旧的破铃铛，一边走，一边摇铃。他身后跟着两个僵尸，这两个是他目前炼制得最好的，从表面上看，已经看不出是尸体了。

他们瞧着很正常，走路也挺灵活，除了面色惨白一点，嘴唇红了一些，就跟一般的活人没有多大区别。

两个僵尸一男一女，其中那女僵尸，赫然就是当年破开了龙泉剑封印的飞鸿门弟子刘真。

张恩宁走到了以前老树所在的位置，现在那里是个大坑，因为连着下了几天雨，坑里蓄了水，看着就像是个小池塘一般。

他站在坑边，一边摇铃铛，一边笑，笑容看着有些阴森，只听他道："苏竹漪拿了松风剑。秦川拿了辟邪剑。"

当年一起捉跳尸的三个人，现在的变化可不是一般大呢。

"苏竹漪……"再次念到这个名字，张恩宁的眼中出现了一片火光，火光里头，有掩饰不住的恨意。

"你明知道你离开不久之后长宁村会出事，为什么，为什么不提醒一下大家，反而只告诉了老树？"偏偏那老树灵智太低，很久之后，事情已经发生，无法逆转了，他才知道苏竹漪预知了长宁村的毁灭。

若是他提前知道，他的娘就不会有事了啊……

福全镇上，苏竹漪喝完了一盏茶。

她用手指在桌子上敲了几下，说："你们这儿距离素芳城不算远，怎么素月宗的修士没动静？"

从长宁村翻过七连山，再过两个小镇就到了素芳城，这福全镇不在那条线上，但离得也不算远，几千里，寻常凡人觉得遥不可及，修士飞行却用不了多久，因此这一片范围，实际上都可以算在素芳城的管辖区之内。

中年男子哆哆嗦嗦地道："小的也不知道。只是素芳城离得太远，一路过去翻山越岭的，山上猛兽还多，我们想过去求助也是不成的，只能请清风观的道长们。"

素月宗的女修本身就不是什么正道之人，她们不插手这些事情倒也说得过去。如今既然来了，她肯定是要过去看看情况的，起码得确定是不是跟张恩宁

280

有关，苏竹漪离了茶棚往永安镇的方向走，又前行了一日的工夫，她便到了幼时曾生活过的永安镇了。

在永安镇外的青冈坡上，苏竹漪发现了一些蛛丝马迹。

现在是正午，头顶上太阳很烈，然而在太阳暴晒下的永安镇却显得阴气沉沉，城中寂静无声，连一声蝉鸣、犬吠都听不到。她脚下的泥土颜色发黑，上面一根草都没长，苏竹漪用指头挖了一点泥巴，放到鼻尖嗅了一下，就感觉到了一股尸气。

不只是尸气，里头还掺杂着煞气，偏偏这煞气她还有几分熟悉，跟龙泉剑有些相似。

苏竹漪眉头深锁，她没有急着进去，而是绕着镇外转了半圈，这么兜兜转转看过来，苏竹漪便明白了，有人把永安镇的风水格局给改了，如今这里居然成了个养煞养尸地，难怪大白天正午时分，这永安镇却这么阴气沉沉的，就连那日光都显得惨白惨白的了。

这一看就是姬无心的手法，也就是说，她想得没错，张恩宁还真活着，且走上了姬无心的成魔之路。

不过张恩宁还真是个好苗子，居然能在短短十年间做到如此地步。

她有整个落雪峰的修炼资源，加上上辈子的经验，所以重活一回，才能在十六岁就凝结金丹。张恩宁能做到这一步，修为只怕也是不俗，收服了那棵老树能有这么厉害？就算老树树根缠的那些灵石都被张恩宁拿去用了，他在短短十年后就能这么厉害？还能灭掉飞鸿门？实在叫人捉摸不透。

莫非，他还有什么别的奇遇？

事出反常必有妖，若实力提升太快，必定会产生很严重的后果，张恩宁既然替代的是灭门狂魔，那他就很可能活不长，再联系到刚刚泥土里跟龙泉剑相似的气息……

苏竹漪立刻想到了魂石。

秦川说他们回去的时候根本没看见飞鸿门修士的尸体，如今可以确定尸体是被张恩宁带走了，而青河杀人后就只捡了一个储物袋，其他的都没碰，也就是说，那些东西都落在了张恩宁手中。

魂石是龙泉剑里头怨灵凝结的石头，看着有灵气，却是不能用的。

若是用了，就会变得戾气深重，逐渐丧失神志，最后还会去祭龙泉剑，如果她的推测是对的，现在的张恩宁可能很可怕，不管是性格还是实力，就好似上辈子到处灭人满门的青河一样，张恩宁也算是个人形兵器傀儡了，而他的结

局也逃不开死亡。想到这里，苏竹漪又看了一眼永安镇，随后便打算离开这里，去别的地方转转。

她来这里的目的就是确认苏家有没有被灭门，张恩宁是不是还活着并且继承了姬无心的功法，如今这两个目的都已经达到了，她自然得离开，难不成真留下来替村民降妖伏魔？

永安镇上的人是死是活跟她没有半点关系，她才懒得管呢。

她转身打算离开，不料就在她准备离开这养尸地的时候，两道黑影一左一右，从两个方向扑了过来。苏竹漪眼皮一跳，居然是两具飞尸。

整个永安镇都在张恩宁掌控之中。

永安镇外来了个修士，他第一时间就知道了。

他要炼制出一具火魃，用来屠杀血罗门，是以他将整个永安镇都布置成了养尸地，为的就是炼制一具火魃，如今被人撞见，定要杀人灭口才行。永安镇原本只有一个苏家是修真家族，但也没什么根基，苏家灭门后，镇上就已经没有会修炼的了。

这附近除了每年三月会有商队过来，其他时候根本不可能会有修士出现，所以他等商队一走就开始布置，却没想到，会在这时候遇到一个修士。

还是个金丹期的修士！

本来若是她入城的话，张恩宁要对付她会更轻松，没想到，她只是在镇外观察了一会儿就打算离开，而她在观察的时候还用手挖了泥土，一看她的神情就是个懂行的，肯定发现了他的目的，却又不敢轻举妄动。

因此张恩宁绝对不能放她离开，免得她回去搬救兵过来。目前金丹期修士他制服得了，但若来了元婴期修士，他便只能放弃这养尸地逃跑了，所以，一定不能让她离开。

张恩宁控制两具飞尸，打算先下手为强。

他摇动手中铃铛，驱使两具飞尸一左一右攻向了青冈坡上那个黄衫女修！

看到攻过来的两具飞尸，苏竹漪觉得自己后槽牙有点疼。她不打算坏他好事，可他居然敢偷袭她！这两具飞尸藏得如此隐蔽，看来张恩宁的手段比她想象中要高一些啊，不过，苏竹漪也浑然不惧就是了。

她闪身避开攻击，还有空仔细打量两具飞尸。

两具飞尸一男一女，女的她认识，是飞鸿门的刘真，也就是当初装了一储物袋魂石的那个女修，如今尸体被炼制，脸色惨白，指甲尖利，攻击力十分不俗。见到刘真，苏竹漪就更加肯定张恩宁用过魂石了，也不知道张恩宁那小子还能清醒几天。

男的是个中年男子，看着有些面熟，苏竹漪一时没想起来，她将烈焰掌拍出，打在了女飞尸身上，随后脚下施展无影无踪步法避开了男飞尸的攻击，与此同时，她将威压施展开，怒喝："以为两具飞尸就能制住我？简直是笑话！"

苏竹漪手中烈焰犹如火龙，将逼近的飞尸烧得嗷嗷乱叫，随后她盯着不远处永安镇城墙外的一处阴影，冷声道："我懒得多管闲事，你倒好，自己过来招惹我。"

张恩宁穿一袭黑袍，全身都罩在斗篷里，他站在阴影之中没出去，只是道："金丹期修士？既然来了，就别走了，我正缺一个好的引子。"

敢情张恩宁是打算把她杀了用功法炼制，苏竹漪都气乐了，这小子简直不知天高地厚，以为自己学了点皮毛，就敢在太岁头上动土了！

"张恩宁，就你那点道行，想在我面前班门弄斧，你活腻了。"苏竹漪足尖一点，跃入空中，落下之时重重地踩在了女飞尸头上，踩得她脖子都折了，而苏竹漪咬破指尖于虚空画符，接着从指尖射出一道红芒，刺入脚下泥地，那青冈坡好似裂开了一道缝，有一些凶煞之气从土坡中涌了出来，被正午的阳光一晒，就化作青烟散去。

"信不信我立刻破了你的养尸地？"苏竹漪露了这一手后，看着张恩宁冷声道。

张恩宁看着那个黄衫女修，忽然深吸一口气，好似嗅了嗅空气中的血腥，沉默片刻后，他忽地咧嘴一笑。

"难怪它说觉得你熟悉得很呢。"这个"它"自然指的是长宁村的神树。"长宁村苏竹漪。"张恩宁叫了苏竹漪的名字，随后走出阴影，站在了阳光下。

苏竹漪这才看清他的脸。

他身形瘦削，脸色惨白，眉骨上那道细长的疤十分明显，好似还在渗血一般，瞧着有些诡异，且他整个人看起来异常虚弱，好似一阵风就能刮倒他。

张恩宁看着苏竹漪，道："小师父，昨夜我还在长宁村想你，没想到，今日我们就见面了。"

直到这几日，他才知道，苏竹漪还活着，入了古剑派，得了仙剑。

苏竹漪就是当年的小和尚，在老树身上刻字之人。

　　她在某个夜晚偷偷地离开了长宁村，而在离开之前，她告诉老树大概一年半后会有恶人害它，一把火把它烧得精光，她明明知道些什么，可她却不愿意告诉任何人，反而告诉了一棵树。

　　她的不告而别曾让他伤心了一段时间，而那时候，他每天都在苏竹漪曾经待的小庙里修炼。也就在那段时间，老树认他为主。然而那时候老树灵智很低，没提一年半后要发生的事，而他也只知道，小师父在老树身上留了一行字，且留名为苏竹漪。

　　血罗门屠村的时候他不在。他按照修炼功法所讲，找了个很隐蔽的聚阴之地炼制捡来的修士尸体。等他炼制成功出关，满心欣喜地回家去的时候，就发现自己的家没了。

　　从小生活的村子也没了。

　　娘也没了。

　　从很小的时候开始，张恩宁就一直在保护自己的娘，他想快点长大，变得更厉害一些，那样就无人再敢欺负他娘，欺负他。然而等他好不容易学了点本事，能够带娘过上不受外人欺负的好日子时，他的娘却没了。

　　后来他一直追查，多年后终于查到灭了长宁村的是一个叫血罗门的门派，他要屠了血罗门为娘报仇，然而据传血罗门最强的修士有元婴后期修为，他还做不到。

　　这些年他拼命修炼，炼制更强的活尸，就是为了复仇。

　　本来，他的仇人只有血罗门。可自从听到了苏竹漪的名字再次出现在世间，他心中的戾气陡升，原来她活着，还得了仙剑，她活得那么好，被天下人称颂，而他像是坟地里的蛆虫，只能跟尸体打交道，活得人不人鬼不鬼。

　　她明明什么都知道，为何不说，为何不说?!

　　她若是说了，他就可以带自己的娘躲起来!

　　别人的死活跟他没关系，他只要他娘，和他相依为命那么多年的他娘，他想，若是他娘还活着，他必定不会走上这条路的，他原本只是想养一具活尸保护自己和自己的娘啊。

　　然而他的娘没了……

　　愤怒犹如火烧，焚得他连理智都快丧失了，若不是有老树的陪伴，他可能已经疯了，或者说已经走火入魔。张恩宁也清楚地意识到自己的身体越来越诡异，所以，他不能再拖了。

　　他看着苏竹漪，眼睛里好似有热泪涌出，又哭又笑的，情绪显得异常激动。

"小师父，这些年你去哪儿了？"

苏竹漪："……"

这张恩宁跟她还真是一条道上的。

一个人喜欢一个人或者讨厌一个人，哪怕掩饰得再好，眼神里或者动作里都会透露出一些蛛丝马迹来。

而张恩宁说到底年纪不大，因为魂石的戾气，身上的杀气和恨意也掩饰得不够好，因此哪怕他现在是笑吟吟的，眼睛里又蓄了泪，一副很高兴再见面，要拉着她的手叙旧的模样，苏竹漪也知道，张恩宁恨她。

他看着她的时候，眼睛里有掩饰不住的杀意。

"小师父，你知道吗？长宁村被灭了。"他声音低沉，往前走了好几步，"你想跟我去废墟看看吗？"

苏竹漪一直警惕着他，因此地上突然冒出来想要缠住她的腿的树根并没有让她惊慌失措，她犹如大鹏展翅一般飞到空中，随后直接施展天罡五雷诀，打出一道雷电落在老树之上，道："十年不见，你还真长脚跑掉了，我难得发一回善心，结果就遇到你这样忘恩负义的，自作孽不可活！"

她说话的时候看着张恩宁，也不知道是在说老树，还是在说张恩宁。

张恩宁见瞒不过苏竹漪，便直接动了手。

见老树偷袭不成，张恩宁立刻摇晃手中铜铃。

铃声急促，若骤雨打芭蕉，噼啪作响！

就见城中的百姓一个接一个排队走出来，个个眼神呆滞，动作迟缓。

这些人都是活人。其原理跟当年她在水井里下失魂咒差不多，只不过，苏竹漪当年只下了个咒，便于有需要的时候控制他们，没需要的时候大家都是正常人，生活不受影响。

而张恩宁是把他们当活尸养，每日消耗他们的生气，如今这些人跟活死人差不了多少，等到阴气最重那日，他便放两具飞尸进去进食，以阵法结界秘术刺激，让两具飞尸自相残杀。

最后活着出来的唯一一具飞尸，就有极大的可能进阶为火魃。姬无心这方面的本事不小，按照他的功法秘籍去养尸，成功的可能性会更大。而一具火魃的实力跟人类的元婴期修士差不了多少。加上火魃不怕疼不怕伤，战斗力比普通的元婴期修士更强。

这已经算是高阶养尸术了，张恩宁在十年时间内能成长到这样的地步，真

是叫人吃惊啊。

苏竹漪瞧着那些只剩一口气的活人排着队出来，有些摸不清楚张恩宁的意思了，多大的仇？火魃都不炼了，也要先置她于死地？

飞尸很难打，毕竟他们本身就是死物，哪怕伤得再重也能爬起来，而她现在没有称手的兵器将飞尸的颅骨击碎，将里头跟主人神魂相连的灵晶捏碎，所以只能用别的办法。

苏竹漪将女飞尸踢飞后，曲膝一蹲避开头上劲风，随后冲到男飞尸背后，直接五指成爪，利落地把他的双臂卸掉，接着又卸了他的双腿，随后于虚空画符，打在散落在四周的四肢上，那飞尸登时就不再冲了，也不听张恩宁号令，只是在那里蠕动，想要捡回自己的四肢。

她做这一切的时候，动作快若疾风闪电，好似一眨眼的工夫，就已经废掉一具飞尸，张恩宁面色微变，他冷笑道："对自己亲爹都如此狠心，还说自己发善心，你有善心吗？"

亲爹？

难怪苏竹漪会觉得那中年男尸看着有些面熟，原来是她爹啊，别说，五官的确有点相似。

那人渣活着的时候坏事做尽，死了也不消停，一个没多少修炼资质的人都能进阶成飞尸，他倒是真的大奸大恶。

苏竹漪冷笑一声："我这是大义灭亲。"

张恩宁看到一时没办法将苏竹漪拿下，立刻命令女飞尸将其缠住，而他自己则再次遁入阴影，也就在这时，走出城的百姓已经逐渐靠近了苏竹漪，并欲将她包围起来。

同一时刻，一棵老柳树从地底冒出，柳条密接成网，竟在天上形成了如蛛网一般的阵，且树根往四周铺开，形成了一个困阵，将苏竹漪所在的那一片区域都封锁起来了。

明明是白天，在这柳树所形成的阴气牢笼里却黑漆漆的，光线十分暗淡。

张恩宁在阴影里发出桀桀怪笑："苏竹漪，你现在已经是名门正派的弟子了，这些人，你杀还是不杀呢？"

苏竹漪："……"

用柳树结阵束缚住她，阵中又有幻境和吸灵阵法，再派上一些活死人进来攻击，飞尸隐藏于其间伺机而动……

若这里头关的是秦川，估计秦川会因为阵法误以为这些村民都是飞尸，然后混乱之下把他们全杀光，清醒过后痛苦不已。这样的情况，苏竹漪曾经遇到过，然而她是谁？

她把人全宰了，眼睛都不会眨一下，更何况，这些她也会。

她抬手，掌心火焰飘出，正欲将面前那些失魂的人拍飞，她冲到阵眼附近，却在抬起手的那一刹那，又收了回来。

周围有星星点点的淡绿色光辉，一闪一闪地绕着她飞舞。

她身上好似披了一层月华，她的脚下竟然还有淡淡的水波和一轮月影。而伸手的一瞬间，那些星星点点的光就落在她手上，好似在亲吻她的指尖一样。

"小姐姐，小叔叔说到了晚上玉簪会更好看哟。"

耳边响起了小骷髅说的话，她伸手摸了一下头上的玉簪，忽然有些不愿动手了。

好似想到了秦江澜跟小骷髅一起抓萤火虫，他端坐在那里认真打磨玉簪，一点一点地刻下阵法的样子，犹如一幅干净美好的画，惊艳了时光。

而她此时不想让画沾染一点血腥。

苏竹漪站在原地没动，她身上出现了一个灵气屏障，暂时阻止了那些活死人靠近自己。

而这树笼里有吸灵阵法，也就是说，她如果使用灵气，就会快速地消耗灵气，而一个修士若是没有灵气了，那她的战斗力就会下降，张恩宁要对付她就轻松至极。

"啧啧，没想到，小师父还真不忍心对这些凡人动手了。难不成入了正道名门十年，就真的改邪归正，重新做人了？可是，你以为你洗得干净？你还记得陆老太吗？还记得那几个被陆老太咬死的村民吗？"张恩宁声音拔高，"他们都是因你而死的。"

柳条簌簌抖动，幻境的力量也在增强，苏竹漪依旧没说话，她看起来神情痛苦，一双美目里已经有了盈盈泪光。

其实张恩宁是通过血液和老树的提示才确定她身份的，毕竟现在的苏竹漪实力是金丹期，她戴面纱掩饰容貌，张恩宁也无法看清她的脸。而当年年幼时大家都以为她是小和尚，等到老树认主，他才知道小和尚是女儿身，毕竟老树虽然灵智不高，却是能分辨男女的。

那张脸被面纱遮着，眼睛里蓄着泪水，身上好似披了层月光，周围还有星星点点的光点围着她飞舞，那一刻的苏竹漪，在张恩宁眼里美得惊心动魄。

而他内心有戾气，积攒了万千怨气的他，心理早已经扭曲了，对一切美好，都忍不住要去毁灭和破坏。

快了，她入魔障了。

快了，她的灵气也要消耗干净了。

快了，他的火魃这次百分百能够炼制成功了，将苏竹漪炼制成火魃去毁灭血罗门，这对他来说是最畅快的复仇方式。他施展隐匿之术，藏在那些活死人的影子里，快速地靠近了苏竹漪，他要用手拧断她纤细的脖颈，将柳条插入她的太阳穴，毁去她的丹田识海，将她炼制成最厉害的火魃……

张恩宁在影子里移动，朝着苏竹漪靠近。

就在这时，苏竹漪五指成爪，施展大擒拿术，从身边阴影中扯出个活死人来！随后苏竹漪将灵气分成一缕一缕，直接将张恩宁一圈一圈死死捆住。

"影遁法术，学得还不错。"她目色清明，哪儿有一丝被幻境迷惑的模样。

"中计了！"张恩宁想要脱身，那老树也飞快地抽动枝条，然而苏竹漪用手指直接划破了张恩宁的脖子，并用蘸了他血的手指在他脸上画了个印记，随后冷声道："老树，再动一下，我就叫你这主人爆体而亡。"

簌簌抖动的柳条立时不再动弹，苏竹漪如今是金丹期，以前施展不出来的法术现在也能顺利施展了，她捆住张恩宁用的是缚灵索，现在把他结结实实地控制住了，还给他下了个咒。

"把笼子撤了。"苏竹漪吩咐道。

见张恩宁不肯，她直接伸手夺了他手中的铜铃，瞅了两眼，便有规律有节奏地摇晃了几下铃铛，就见那些活死人一个挤着一个让开了一条路，女飞尸更是完全不动了，而苏竹漪则拖着他大摇大摆地走到阵眼处，三两下捣毁阵眼，把幻境和吸灵阵法都破了，接着又说："老树，自己识相点。"

片刻之后，头顶上柳条缠绕而成的笼子消失，一棵只有一人高的柳树出现在了苏竹漪面前，它的树根只留了两条，像两只脚一左一右地立在地上，站了个八字步，此时柳条抖动着，好似在瑟瑟发抖一般。

抓了张恩宁，要如何处理呢？

张恩宁是天道弄出来代替青河的，她要是把张恩宁杀了，那贼老天会不会大发雷霆，想着法子把她弄死啊？

这么一想，还挺叫人担心。

那贼老天好不容易找了个替补，又被苏竹漪给宰了，这梁子不就越结越深了！

秦江澜也说要她好好活着，尽量不要去更改什么历史轨迹，她瞅着手里头抓着的张恩宁，还有面前那棵战战兢兢的柳树，一时拿不定主意。

于是她随口问："剑祖宗，你觉得应该怎么办啊？"

断剑："哼！"

打架的时候不找它，现在问它做什么？

就在这时，异变陡生，苏竹漪发现张恩宁双目变得通红，身上煞气涌出，漆黑的煞气在他周身环绕，好似有了龙泉剑的雏形，这等样子，浑然一个缩小版的青河。

而那柳树也抖得更厉害了，大半个树身直接藏到了土里。

看来，龙泉剑里的亡魂怨气，都被张恩宁吸收了。

他现在濒临失控，身上的煞气疯狂地增强，苏竹漪都有点担心缚灵索捆不住他。但她现在又没想到应该如何处理……

略一思索后，苏竹漪提着张恩宁快速飞行，在天上找了一圈后，她落到地面，隔得老远，将张恩宁扔进了一处农家粪坑。

还好这附近就是凡人村镇，虽然一时找不到那种千百年老坑，但几十年的还是有的，那股恶臭熏得她立刻用灵气屏障把自己牢牢裹住。

既然对青河都有效果，那张恩宁进去也能暂时压住那些煞气。

为了能压制住张恩宁的煞气，苏竹漪还用灵气屏障在那粪坑上罩了个盖子，她瞧着老树也跟着张恩宁过来了，捉了老树也要一并扔进去，就听一个弱弱的声音道："对不起，你……你能救我们吗？"

每天被无数怨气吞噬撕扯，它跟张恩宁都快坚持不住了，等到理智丧失，他会忘记一切，包括他的娘、他的仇，成为一个只知道杀人的傀儡。

它不想这样的。

主人……他一定也不想的。

"救你，等你再反咬我一口？"苏竹漪斜睨它一眼，嗤笑一声道。

"你要杀我没成功，现在落到我手里，不赶紧求饶，反而求救，真当老娘是菩萨呢？"

嘿嘿，还真是她这种魔头的行事风格，当年苏竹漪要是·不小心栽了回，也会装可怜骗同情的，她长得美嘛，又会那么一点点魅惑之术，还有几次当真把人给迷惑了，化险为夷保住了小命。

当初，她好像也是用这个手段，从秦江澜手里顺利脱身过一次？

张恩宁和他这棵老树，真是有她上辈子的风范啊，只是现在缺了点火候，

或者说运气不好，遇到了她这个铁石心肠的噬心妖女。

柳树被她噎得不说话了，它本身也不怎么会说话，这会儿只是默默地站在那里，许久之后才道："在这里泡着好像有一点点效果。"

张恩宁体内的凶煞气太重了，老树虽然修炼了这么多年，但本身只是棵普通的柳树，机缘巧合之下才有了灵气，开了微弱的灵智，哪怕它原本心善如山河之灵，在十年的凶煞气影响下，变化也不小。再者，它跟张恩宁是神魂认主的，它不能违背他的命令，所以之前张恩宁要它攻击苏竹漪，它没有任何办法。

然而现在，那些凶煞气好似收敛不少，连它都觉得好受了一些。蹲在粪坑旁边，柳树悄悄把树根扎了进去，它是树，对这种东西不怎么排斥，以前还有村民往树根处浇粪水，有很多野狗撒尿来着，它都习惯了。

此时树根深入进去，它还觉得戾气都收敛了一些，身体好似轻松多了。

苏竹漪："……"

她跟柳树说话的时候，粪坑里的张恩宁拼命挣扎，那屎海翻腾的画面实在令人不忍直视，偏偏她还不能不看，这般除煞短时间内难有效果，毕竟青河是主动浸泡的，他沉在里头了就一直闷着，而这家伙则拼命反抗，弄得到处都怪恶心的，因此效果虽有，却不多，她那灵气屏障都快被顶开了，这么下去也不是办法。

只是到底应该怎么处理张恩宁才合适呢？

直接杀了，她担心天道作妖，而且青河那个靠山还是很靠得住的，她跟他相处了这么久，倒是不希望青河又走回老路。青河和洛樱都因为她而有所改变，她也因为这些变化而被天道视为眼中钉，多挨了很多次雷劈。如果他们当真回到原点，她会觉得自己白被劈了。

放任不管？这家伙都要杀她了，恨她恨得咬牙切齿的，放虎归山必留后患。这不是她的行事风格。

她转头，指着张恩宁问柳树："他怎么这么恨我？我们好歹也有师徒之缘，当初要不是我教他引气入体，他现在不早死了？"

柳树有些犹豫地答："他娘死了。"

"又不是我杀的。"苏竹漪撇嘴，心想："谁杀你娘，你就杀谁去，血罗门动的手，你就去把血罗门的人全杀了，连门派养的猫啊狗的都不放过，一锅端都没问题，找我麻烦做什么？"

苏竹漪上辈子也是杀人如麻，不过她都会找个由头，哪怕看你不顺眼，嫌你长得丑也能算是原因，后来为了修复流光镜，她也杀了不少生灵。她可以随心所欲地杀人，但这种没来由的恨倒是有些不可思议，若是因为恨而杀人，那就找仇恨的源头去啊，干吗恨她？

就好像她恨她爹，就能灭了永安镇苏家满门，但是当时永安镇的其他百姓，她可是一个没碰的。

"你当时告诉我大概一年半后会有恶人……"柳树说到这里，声音更低了。

"哦，原来是你把我卖了。"苏竹漪呵呵一笑，"你知不知道泄露天机是会被天打雷劈的？"

"嗯，用凡人的话来说，泄露天机逆天改命是要折寿的。"

"如果不是我，你不会活下来。"她转头看张恩宁，"你连替你娘报仇的机会都没有。因为你没办法修炼，就不可能收服老树，不可能避开灾祸，你会跟你娘一起死在那里。"

"现在你反而恨上我了？"苏竹漪蹲下身，看着粪坑里不停挣扎的张恩宁，一字一句地道，"我要是你呀，早带着娘离开长宁村了，毕竟天天都有村民对她动手动脚。你明明有一点实力了，还收服了老树，当时的老树可是纯真善良还憨傻的，你有它帮忙，走出长宁村去个小宗门拜师完全没问题，干吗不带着你娘远走高飞呢？"

苏竹漪呵呵笑了两声，自顾自地说道："因为长宁村偏僻啊，修炼邪魔外道的功法不容易被发现，你还发现了好多具修士的尸体，可以用来修炼，捡了魂石，能够试验那秘籍上所教的功法喽，等成功后，还能把以前侮辱过你娘的村民都杀了……"

她斜睨了柳树一眼："你说是不是啊？"千错万错都是他人的错，而他只是一个万分悲惨的受害者，可是，真的是这样吗？

"自私，懦弱，恶毒……人性之恶倒是在你身上体现得淋漓尽致。等到了地下，你可有脸见你娘？"

柳树呆呆地站着不动弹了，就连粪坑里的张恩宁的挣扎都减弱了几分。

苏竹漪呸的一下往粪坑吐了口唾沫，然而她自己之前设了个灵气屏障，那唾沫就没掉到粪坑里去。

张恩宁其实有过选择的机会，只是他走错了路。或许天道并非完全不可逆转，如果张恩宁当时放弃了姬无心的传承，放弃炼制那些活尸，而是带着他娘离开长宁村，去其他宗门拜师学艺，结果会不一样的吧。毕竟老树认了他为主，他已经有了别的机缘。

张恩宁曾经有过选择的机会，但他沉浸在姬无心的修炼功法里无法自拔。

而上辈子，她其实也有过一次选择的机会，仅有那一次而已，之后，她在成长的过程中就再无选择，不是你死，就是我活。

她选择了让秦江澜带走苏晴熏。

她以为自己还有机会，等他再回来救她。

他说过："别怕，你等我。"

但是苏竹漪没等到他来救，她什么都没等到，从此走上了一条沾满血腥的路。不过她也没有多后悔就是了，她爹就是个穷凶极恶之徒，死了都能进阶成飞尸，她这个做女儿的，恐怕本质也是个黑心的，否则不会在短短时间内，就变成血罗门里最利的刀了。

想到这里，苏竹漪下意识地抬手抚了一下发上的玉簪。

"秦江澜，上辈子你叫我等你，结果你还没来，血罗门的人就把我带走了。"

"现在你让小骷髅传话，让我等你越界过来，这一次，你又打算让我等多久呢？"

"你到底是在流光镜里，还是在其他什么地方？"

稍微走了下神，回过神来的时候，苏竹漪看着浑身黄黄白白的张恩宁觉得头疼。

她想了想，掏出传讯符，问："师兄，你现在是龙泉剑了，你知道魂石吧？"

"嗯。"青河回应得很快。

"我抓到了龙泉剑的祭品，他吃了很多魂石，现在气息都跟龙泉剑相似了。"苏竹漪道。她话还没说完，就听青河语气急促了些："他在哪儿？"

"被我扔到粪坑里了。"苏竹漪道，"要怎么处理他啊，直接杀了吗？"

"不要动手，若是他死了，魂石里那些冤魂怨气会回到龙泉剑内，我会尽快跟你会合。"

听到青河这么说，苏竹漪懂了，还好问了一下青河。

魂石就是龙泉剑弄出来给自己找祭品的。它剑身被封印住了，所以把怨气弄出去，弄成魂石，吸引修士靠近，送上门给它吃，那些修士还去杀人给它吃。现在有很多怨气留在张恩宁体内，那青河的压力就小了许多，若是张恩宁死了，怨气就会回到青河身体里，那样一来，青河跟龙泉剑的微妙平衡就会被打破，青河很有可能会失控。

这么说来，这家伙还不能随随便便死了。

那在青河来之前，她就只能在粪坑边上守着他。

　　大约过了半个时辰，张恩宁的挣扎减弱，他脸上的表情恢复了正常，神志也渐渐恢复过来。他看到自己的处境，红着眼道："苏竹漪，我杀了你！"

　　"闭嘴！"苏竹漪白了他一眼，骂道，"口臭！"

　　张恩宁是个沉得住气的性子，骂完一句后就不再开口。

　　他沉默地低下头，心中思索着应该如何脱身。虽然有一股恶臭味折磨着他，但张恩宁觉得他的意识从来没有如此清醒过。

　　苏竹漪很强，强到连姬无心的那些功法她都能破解，要知道，他当初就仗着这一身本事端掉了几个修真小门派，里头也不乏金丹期修士，但是他们都拿那些诡异的阵法秘术没办法，可这些手段，偏偏她全都能看穿。

　　苏竹漪是永安镇苏家的人，从前，苏家修为最高的人也就是炼气期，虽然幼时永安镇苏家在长宁村村民眼里就是宛若神明一样的存在，但实际上等踏上修炼一途，张恩宁就明白他们根本没有什么根基底蕴。

　　这样的苏家，怎么可能养出一个那么厉害的苏竹漪？

　　苏竹漪是死掉的原配的女儿，被赶出了苏家，苏竹漪在镇上活不下去，就一路往人少的地方躲，误打误撞地到了长宁村，明明路途挺远，她居然没死在路上。

　　而那时候村民们觉得她是得罪了苏家的人，根本没人愿意帮她一把，任其自生自灭，或者说巴不得她早点死，结果某一天，她出了村子，就再也不见了，村民们都以为她被野兽给吃了，也不觉得奇怪，没准心里头还松了口气，等到小和尚出现，也没人把俊秀灵气的小和尚跟那个蜷缩在地上，只知道挖虫子、抠泥巴、扯树皮吃，全身肮脏无比根本看不出样子的女童联系起来。

　　苏家的女儿怎么可能会那么多秘术？

　　常年被欺负，瘦得只剩下皮包骨的苏竹漪为何会突然像变了个人一样？

　　张恩宁看着不远处站着的苏竹漪，眼珠一转，道："不知道是哪位魔道前辈夺舍，占了小女孩的躯壳？如今还拜入了名门正派，你说若是古剑派的修士知道了你真正的身份，会把你怎么样？虽说你现在困住了我，但我有办法将你的秘密昭告天下，到时候，不知道你通不通得过鉴魂石的考验呢？"

　　苏竹漪没理他。他十年前就威胁过她，现在居然又来这么一遭。十年前她还有点忌讳，如今拿夺舍来说事，她压根不会放在心上。

　　修真界的确是可以夺舍的，不过这种夺舍重生的风险和限制都很大，成功的可能性微乎其微，不到万不得已，谁也不会想到这一步。鉴魂石就是能照出

修士元神的一个法宝，若是夺舍的，被鉴魂石一照就原形毕露了。

见苏竹漪不为所动，张恩宁沉了沉心，又道："我的目标是找到血罗门的老巢，为我娘报仇，你既然会被迫夺舍，肯定亦有仇敌，不若我们联手，如何？"他眼睛暗了暗。"我可以做你杀人的刀。"

苏竹漪这时候才偏过头看了他一眼。

也真是难为他了，这么短的时间，在那种恶臭的环境下，他能够想到那么多。

"血罗门行踪诡秘，根本无人知道他们的老巢在何处，就凭你如何能查到？"狡兔尚有三窟，上辈子血罗门藏得特别深，就算是云霄宗，当年都没把血罗门真正的老巢给挖出来。

"我在他们门派的一个弟子身上下了咒。"张恩宁抬头，道，"那人你也认识，是苏晴熏。永安镇苏家灭门一案不是我做的，但尸体是我带走的，因为他们死得挺惨，怨气很重，远远超过了一般的尸体，我正好有大用。"

"好似当年村长苏翔早就发现了一些异常，跑到永安镇上找苏家求助，结果苏家的人置之不理，后来，长宁村就被一把火烧了个干干净净。"不过他却没说，当时苏翔发现不对劲，倒不是因为村里有魔修出现的迹象，而是村口的老树一夜之间不见了，弄得人心惶惶的，苏翔便去请镇上的修士，他一个人风尘仆仆地赶过去，又一个人垂头丧气地返回了村子。

或许这就是苏晴熏灭了苏家满门的根源。

当年苏家被灭门，在永安镇算是个大事，但仅限于在附近几个镇子上流传了，张恩宁知道人横死后怨气很足，特别是一家人一个活口不留，故而他过去看了两眼，看杀人的手段，他揣测那凶手也就炼气后期修为，因此就存了把这狠人捉来炼制的心思。

他顺着蛛丝马迹跟踪到凶手，结果发现那女子有几分面熟，竟然是幼时一起长大的苏晴熏。

苏晴熏没死，还成了一个魔修。于是他怀疑苏晴熏就是血罗门的弟子，故而偷偷在她身上下了个咒，那是姬无心秘籍上传授的咒法，极难被发现，这些年，那咒法依旧完好，他也能通过咒法感觉到苏晴熏大概的位置。

所以，血罗门的位置他也能估个大概。

听到了张恩宁的话，苏竹漪久久没有言语。虽说早就有了这样的猜测，可是现在证实了，依旧让人觉得心情微妙。没想到，苏晴熏也能从血罗门弟子的试炼当中脱颖而出，她那时候可是个心慈手软的小姑娘，后来，也是降妖伏魔的名门侠女。

更没想到的是，灭掉了苏家的，居然是苏晴熏。

难不成，命运的轨迹最终会跟上一世一样，她最后还会因为对付苏晴熏而死在苏晴熏的手中？

秦江澜在她的身上下了个逐心咒，她是不能杀苏晴熏的，想到这里，苏竹漪心跳骤然加快了许多，她能清楚地听到自己突突的心跳声。那颗心好似要从胸腔里蹦出来，哐哐哐的声音犹如重锤击鼓，她呼吸也随之急促起来，宛如飞快拉扯的风箱。

她手足冰凉，额上渗出薄汗，背后更是凉飕飕的，好似被什么东西盯上了一样。

苏竹漪仰头看天，此时已是黄昏，那天上的光线并不灼目，她却觉得眼睛刺痛，神思恍惚。

仿佛有人在地上画了个圈，任凭地上的人如何蹦跶，如何身份互换，都跳不出这个圈。

流光镜是道器，若是仍旧跳不出这宿命，那回溯岁月又有何用？

不应该是这样的。

她错了。

她得了流光镜，本来就是与天道相争，结果重回一千多年前，她反而一步一步走得小心翼翼，就怕触怒了天道规则，引来天道惩罚。这样的她不过是换了个身份，却依旧逃不出既定的结局。

不管是黑子还是白子，她依旧是棋盘上那颗任人拿捏的棋子。

她不要做棋子，她要打破这宿命！

心中有了这样的念头，苏竹漪觉得她胸口好似热了许多，滚烫得有些吓人，与此同时，天色渐暗，乌云滚滚，好似下一刻便有雷电劈下来。

流光镜！

苏竹漪感觉到了流光镜的存在，只不过它只出现了一瞬间，眨眼又消失不见，而头顶上闷雷轰隆隆炸响，不多时，暴雨就从天上砸了下来。

豆大的雨点打在她身上，她没有用灵气去遮挡，而是任由那雨水淋在身上。

她不知道自己在雨中站了多久，只是忽然感觉到雨水消失了，抬头一看，头顶上空出现了一把扇子，挡住了倾盆暴雨。

"怎么站在这里淋雨？"青河站在扇上，冷冷地问道。

苏竹漪怔怔地站着没说话，许久之后，她笑道："去一下咪。师兄，那祭品在那里！"说完伸手指向了粪坑里的张恩宁。既然她想与天道相争，那她可以试试，保住青河和洛樱的性命！

此时的张恩宁满脸惊骇，看着青河的眼神格外惊惧。他好似控制不住自己了，脑海中只有一个念头："去吧，去他那里，为他死也心甘情愿……"

他嘶吼着，挣扎着，明明拼命想要抗拒，却仍旧疯狂地想要冲破缚灵索和灵气屏障，为青河献祭！

青河的脸色也变了，他身后有了一团黑色的虚影，那是龙泉剑现出了剑形。

在龙泉剑现出来的那一刻，苏竹漪只觉得浑身一寒，却是断剑突然现身，涌出一片青光，将她整个人彻底笼罩于其中。这剑祖宗平日都不知道藏哪儿去了，现在居然主动现身了？

苏竹漪抬头，就看到青河面色古怪地退后一丈远站定，皱眉问："松风剑？"

苏竹漪得了仙剑松风剑他是知道的，却没见过，如今看这片青光，威力确实不俗。但这剑，怎么说呢，跟他有些势如水火的感觉。他眉头微蹙，看向粪坑里的张恩宁，随后往前迈了一步。然而就是这一个小小动作，苏竹漪的断剑青芒闪现，飞到空中，斩出了一道华光，与此同时，还发出了一声长啸。

只不过不知道是不是断剑的缘故，啸声短促，好似喊了一半，嗓子就哑了一般。

青河没有硬接那道剑芒，他闪身极速退开，饶是如此，还是被那剑芒削去了一片衣角。

"那是我师兄。"苏竹漪足尖一点，轻跃起来，将飞在空中的断剑用双手握住，"剑祖宗，那是我师兄。"

"邪……剑……吞噬……剑灵……斩……"

断断续续的话传入苏竹漪脑海，这是她第一次听到断剑说其他话，以前断剑只会哼来着。

龙泉剑不仅杀人，还吞噬剑灵，所以此刻断剑见到了龙泉剑才会有这么大的反应。

"我对敌的时候你不出来，现在我师兄过来，你反而蹦出来了？是他暂时压制住了那柄邪剑，若你伤了他，让邪剑掌控了他的身体怎么办？"苏竹漪抓住剑柄，手都被剑柄磨破了皮，她喝道，"要是你有本事斩了龙泉剑你就去，我不拦你！"

断剑微微一顿，终于不再发出慑人的青光，它剑身颤了颤，道："哼！"

"你打算怎么处置他？"苏竹漪问。

"带回去，关起来，除煞。"青河简短地道。

杀是杀不得的，放更不能放，免得他继续为祸，所以就只能关起来了。

"你什么时候回去？"青河问。

"过些时候。"她才出来没几天，刚把这一团乱麻理清楚，还有些事情没处理，不急着回落雪峰。

"年前记得回去。"

"年前？有什么重要的事？"苏竹漪有点奇怪，难道今年门派有比武？

"除夕。"说完，青河带着被灵气清理干净的张恩宁走了，苏竹漪摸了摸自己的鼻尖，一个修真的，学什么凡人过除夕？凡人命短，多活一年是一年，而他们修士命长，有时候闭关，几年几十年都过去了，还过什么除夕？过什么新年？！

她在古剑派倒是看到过弟子挂红灯笼，但落雪峰往年都不曾有过，都是她一个人，她压根没在意。不过转念想到也许是因为此前十年青河都不在，洛樱也在昏迷，今年大家都在，才打算师徒三人一起聚聚。

等青河走后，苏竹漪就开始追问断剑了。

"你认识龙泉剑吗？知道如何破除龙泉剑的煞气吗？"

如今青河跟龙泉剑绑在一起，剑毁人必亡，所以除了压制住龙泉剑的凶性和煞气，苏竹漪都想不到别的处理办法，问题是，靠污秽除煞，治标不治本，收效甚微，他浸泡十年出来，在外头没潇洒几天就得回去，跟师父也是聚少离多，若是长久下去，难免会出现意外。

苏竹漪如今心态转变，她要与天争命，就从他俩身上开始好了。这两个都是修真界里很有名的人物，一个流芳百世，一个遗臭万年，若是他们不死，就证明天命是可以逆转的。

她要跳出那个圈子。既然流光镜能够现世，能够存于天地之间，就证明宿命是可以打破的，而要救青河、洛樱，最关键的就是龙泉剑了。

见断剑不吭声，苏竹漪又追问了一次："那邪剑本身也是有剑灵的，只不过是万千冤魂的怨气凝聚而成的，现在就是青河的元神和那剑灵在争夺身体的控制权，你是剑冢里的万剑之祖，那些飞剑剑灵好似都听你的话，你有没有办法对付邪剑剑灵呢？"

在她喋喋不休的再三追问下，断剑终于再次开了金口："斩！"

"青河他跟龙泉剑已经融为一体了，直接斩剑，他恐怕也活不了，更何况，谁斩得了龙泉剑啊?!"苏竹漪有些无奈地道。

断剑："我！"

青光乍亮，将黑夜都驱散了，苏竹漪看到青光之中有一柄完好无损的长剑，剑身是靛青色，蓝得好似雨后天空，没有一丝杂质，干净透彻，就好像于黑夜里劈出了一片蓝天。

它曾经很强。

但现在它只是一柄断剑而已。

苏竹漪伸手去碰它，用手指触摸到剑柄时，断剑剑身一颤，随后又恢复成了半截，周身都是绿锈，看起来残破不堪。此前她说要是它有本事斩了龙泉剑它就去，但是断剑没去，现在它又说它可以，所以，说的是曾经的它吧。

这剑是什么材料打造的，当今世上，有人能将此剑重铸吗？她仔细想了一圈，愣是没想到一个可以尝试的人，这世上的炼器师连一柄仙剑都铸不出来，别说重铸剑祖宗了。

苏竹漪在原地坐了一会儿，之后慢腾腾地去长宁村看了一眼。

到长宁村的时候，雨已经停了，她坐在长宁村满是荒草的土坡上发呆，哪怕心中想法改变了，仍觉得有几分迷茫。她想逆天改命，却不知道如何着手，曾经想避开一切，让该死的人都死，如今的想法却有了不同，但一时又不知道如何去操作，还是顺应本心，不管他天崩地坼？

她重活一回不就为了活得恣意潇洒吗？怎么还越来越束手束脚了？心上、眼前好似蒙了一层雾，而现在，这层雾渐渐变得浅淡了，苏竹漪一抬手把金丝软甲拿出来，却没穿，而是直接铺在了草地上，随后她仰面躺下，看着雨后天空的闪闪星辰，看着绕着自己飞舞的点点星光，她眯着眼，好似快要睡着了。

然而就在这时，苏竹漪听到一个人在喊她。

"竹漪……苏竹漪……"

她怎么听到秦江澜的声音了？苏竹漪迷迷糊糊地睁开眼，神识往周围一扫，并没有遇到任何问题，怎么会突然入了魔障？连幻听都出来了。秦江澜以前可是叫她妖女的！难不成断剑又开始折腾了？

她低头，看到断剑没藏起来，在她旁边平躺着，身上也没发出青光，不确定是不是它在捣鬼。

就在苏竹漪觉得有些古怪，打算离开长宁村的时候，她又听到了那个人的声音，这次是："妖女……小妖女……"

苏竹漪这次确定了声音来源，她把储物荷包拿出来，把里头装的东西一股脑倒了出来。

东西不多，她这次出门身上带的灵石丹药都是掌门他们给的，小荷包里统共就几件东西，那发声的东西自然一下子就确定了。

那块环形玉璧。

当时从剑冢里出来，秦江澜给的那些东西苏竹漪都拿出来了，哪怕坏得不成样子。玉簪是里头保存得最好的，其次就是玉璧，上面虽然有很多裂纹，但是没有坏，只是不知道这东西到底是干吗用的。

苏竹漪自觉见多识广，却也不知道这么一块玉璧是干什么的，她还以为是个装饰品，只能摆在房间里呢，没想到，这东西还能发声。

"妖女……"玉璧上的声音断断续续的，但苏竹漪确定，那是秦江澜的声音，她立刻把灵气注入玉璧，没有任何反应，神识注入其中，也没有感觉到什么，末了她想了想，直接咬破指尖将血甩在了玉璧上，等到那滴血沁入玉璧裂纹时，苏竹漪听到里面的声音道："……元婴……飞升……"

他的声音好似从很远的地方传出来，悠远空灵，断断续续的，好似说一句话都费尽了力气，苏竹漪竖着耳朵仔细听，都没听清楚他到底说了什么，只捕捉到了"元婴""飞升"两个词。

"秦江澜？秦老狗！"

待她还要追问的时候，玉璧不再发光，又恢复了此前的古旧残破模样。

而她继续滴血注入灵气，什么方法都用过了，依旧不见玉璧有反应，登时，苏竹漪又急又烦，恨不得把玉璧直接砸碎了。她沉下心，捧着玉璧仔细查看，这似乎是个沟通两界的类似传讯符的法宝，那它的阵法刻在哪里呢？

苏竹漪捧着玉璧仔细钻研的时候，秦江澜正端坐在一块同样的玉璧前面。

只是这一块玉璧完好无缺，上面还能映出他的脸庞，这玉璧是一对，名为咫尺天涯，他的这一块叫天涯，给苏竹漪的那一块叫咫尺。这是他上次在拍卖行里花并不高的价钱买到的，买来的时候，两块玉璧都是破损的，他收集了材料将其修复，使得咫尺天涯恢复了彼此沟通的功能。

在真灵界十年，秦江澜此前少与人接触，所以并没有感觉到任何不妥，

然而近半年带悟儿四处游历，购买法宝礼物，兑换灵石，他发现了很多古怪之处。

他去了同一家珍宝楼三次。

买小蝴蝶、红裙，兑灵石……

每一次，珍宝楼里的掌柜都是以同样的姿势坐在那里，只有很细微的改变，他做任何事情都很顺利，隐隐有一种感觉，他就是真灵界的中心，不管做什么，都能够心想事成。

还有一个古怪之处在于，他有时候会忘掉一些事情，就好像记忆在一点一点地被吞噬，他一点也想不起小时候的事情了，而之后的记忆也在渐渐缺失。

一百岁，两百岁，三百岁……

在云霄宗练剑的日子他想不起来了，师兄弟们一起比剑是什么样的情形，他也丝毫不记得，就连手里的松风剑是如何取来的，他都忘记了。秦江澜担心，在这里继续待下去，他会遗忘更多的事。

所以他必须尽快修炼，不管这里有什么古怪，他都得出去，飞升之后就有越界的能力，既然他在书上看到的召唤阵是真的，其他很多术法是真的，那越界出去也应该是真的。

他现在已经元婴后期了，实力进阶很迅速，想来是因为前世的经历，加上此地灵气浓郁，还有他虽然重回一千多年前，骨龄回到了三百岁，元神却没有变化，所以距离渡劫飞升应该快了。

此前逐心咒有异动，秦江澜担心苏竹漪受伤，没有立刻联系她。同样，他想，等她听了玉简里的内容，如果伤好了想跟他联系的话，她肯定会按照他所授的方法联系他的，若她不联系他，就说明她今生今世大约是不想再与他有任何纠缠了。

她巴不得离他远远的，如今这距离大概是她梦寐以求的了。

可因为她给他立了碑，她对悟儿说他是个很好看的人，所以秦江澜还是存了一丝希望，忍了两天，他主动用了天涯。只可惜，苏竹漪手里的咫尺根本没有认主。

咫尺天涯，一个人的天涯，永远也无法拉近彼此的距离，也正是这个原因，为了将声音传递出去，他才会变得脸色惨白，虚弱无比。

不过，他好似听到她的回应了。

是幻听吗？

"秦老狗"，也只有苏竹漪才会这么叫他了。

明明是辱骂他的称呼，他听了六百年，早已习惯。如今一声幻听都叫他欣喜若狂。

用手指轻轻摩擦光滑的玉璧，许久之后，秦江澜才恋恋不舍地将玉璧轻轻放下。

接下来，他服下丹药打坐调息，恢复了整整一日后，气色才缓过来，这样的伤，在从前的话，没三五个月不能恢复，但真灵界灵气浓郁，他修为进阶快不说，连伤势也很容易恢复。

换了一身衣服，秦江澜收拾好东西，走出了自己暂时居住的修真客栈。

他刚出了房间，客栈的小二就很热情地跟他打招呼。

他微微颔首，继续往下走，客栈很清静，里头修士不多，大厅里坐了三个修士，有一男一女，皆是金丹后期，两人坐在窗边，见到秦江澜，也冲他点头微笑。

角落里坐了一个黑衣剑修，看不出他实力深浅，这足以说明他实力比自己要高，秦江澜只是淡淡一扫，并没有将注意力停留在黑衣剑修身上，以免引起对方不悦，却没想到，那看着十分冷酷的剑修也抬起头来，淡淡瞥了自己一眼，随后点点头，露出了一个算是和煦的笑容。

秦江澜没有回应，他本来就不是一个热情的人，更何况，现在他对这个世界有了疑虑。

他走出客栈，发现是个难得的好天气，碧空如洗，凉风习习。

他沿着青石街道一直往前，沿街叫卖的摊贩很多，显得极为热闹，再次走到珍宝楼门口，在那屋子里坐着的掌柜见到他，直接起身相迎，问："秦道友，最近我们店里收了一条镶嵌了一百零八颗火鹤石的凤尾裙，您要不要进来看看？"

他见秦江澜停住脚，补充道："还有相配的簪花步摇，都是灵宝，是炼器宗师元大师炼制的，相传本是要赠予佳人的，只可惜……"他摇摇头，没接着说，而是把秦江澜请进了屋子，命店中小厮把灵宝取来，摆放在了秦江澜面前。

"凤尾裙是高阶灵宝，距离仙宝一步之遥，不仅样式好看，防御力也特别强，哪怕是渡劫期修士的全力一击，这灵宝也能抵挡。若是拿去拍卖，保管会叫无数女修抢破头。"掌柜指着裙子问，"秦道友觉得如何？"

秦江澜心一跳。

他每次进这种地方，都会看一眼外面标注的价格，也会注意沿街小贩叫卖的价格，加上平日里经常看书，了解这一界的信息，因此秦江澜估算这些法宝的价格八九不离十，通常情况下，双方都显得十分满意的样子。而现在，他淡淡道："一块上品灵石。"

一块上品灵石，买一颗火鹤石都不够。

掌柜听到这个价格，好似愣了一瞬。秦江澜微微皱眉，正欲解释一下，随后离开，就听那掌柜说："一块上品灵石肯定是不行的，秦道友若是缺灵石，可在我这店里做帮工，只需半月时间，这些东西都归你如何？"

掌柜笑容和善，一副十分好说话的模样，然而正是这样的一些细节，让秦江澜觉得格外古怪。

他说考虑看看，然后离开了珍宝楼，继续往前走了没多久，秦江澜就出了城。等到了城外，再仔细去看那他生活了近半个月的城池，他发现，那座城笼罩在云雾之中，根本看不真切。

他忽然想起了此前跟小骷髅在山里的一段经历。

小骷髅在山上飞奔，没过多久捡回来了一只兔子，他抱着兔子喊："小叔叔，为什么这兔子一动不动的？"

然而就在小骷髅靠近秦江澜的时候，那兔子两腿一蹬，跑了。

虽然两件事好似没什么联系，但秦江澜脑子里却一直浮现出这一幅画面，他看着脚下的草叶，看着头顶的天，看着那些叽叽喳喳在天空飞过的小鸟，眸子里的光明明灭灭，眼前的山山水水，都好似变得虚无缥缈起来。

他踩着松风剑继续往前飞行，瞬息间已至千里之外，而他现在已经是元婴期了，神识能够看得很远，如果说此前那座城有阵法防御，使得他的神识无法看透，那其他地方呢？

秦江澜御剑飞行，他不眠不休地飞了整整两天。而两天之后，他又原路返回。

一路看过来，秦江澜发现了一个让他万分震惊的现象。

一路过去的时候，那些人和物是什么样子，回来的时候，似乎没有太大变化。这就是他一直觉得古怪的地方，但从前醉心于看书修炼的他并不曾跟其他人过多接触，一般就打过一两次交道，因为要买东西，他才去了三次珍宝楼。而跟他接触得多的人，变化也会大一些……

秦江澜脑子里有了一个念头，这个真灵界真的是真灵界吗？

为何好似只有他在的地方，那些人才能正常地与人交谈，才能称之为活着？而他离开了，那些人和物又会静止下来？秦江澜抬头看天，他一直觉得自己来到了一千多年前的另一个界，所以希望能早日离开这里，然而他似乎忘了，他是祭了流光镜的。

他本以为一千多年后的秦江澜祭了流光镜，但岁月既然回溯到从前，那时候的他应该还在才对，现在，秦江澜却有了一丝不好的预感……

想到这里，他眉头深锁，只觉冷风萧瑟，寒意逼人。

这里或许的确是真灵界。

却是流光镜里的真灵界了。

小骷髅是死物，他本身没有生气，所以他过来没有任何影响，他单独跑开，跟秦江澜离得远了碰到的兔子都不动弹。而秦江澜现在还是活的，有生气，所以他不管去哪儿，都能在那里提供生气，供养那些所谓的人和物？

他祭了流光镜，所以才没有和苏竹漪一样回到一千多年以前的同一片天地当中，他来到了这里。

他就像是这真灵界的中心，为其他生灵提供养料，直到他彻底失去记忆，什么也不记得，成为这真灵界的一部分，成为这流光镜的一部分，然后，和他们一起，等待新的养分。

这整个真灵界里，都是流光镜曾经吞噬的祭品吗？

想到这里，秦江澜觉得不寒而栗。

他得想办法布阵，把小骷髅召唤过来，验证这个猜测是否属实，他需要小骷髅去看，是不是没有跟他在一起的时候，这里的整个世界都是静止的。

不过不管怎样，他都得尽快出去，他得离开这里。

第九章

又熬过了一关

　　长宁村，苏竹漪发现玉璧没声音了，还把玉璧往胸口的位置贴了贴，她此前猜想秦江澜可能在流光镜里，流光镜又好似在她身体里，这样贴近点，不知道会不会有动静。她把玉璧贴身放着，把冰凉的玉都焐热了，也没再听到一丝声音，苏竹漪扯了扯嘴角，把玉璧拿出来放回了储物荷包。

　　秦江澜刚刚说的话她就听见了两个词——"元婴""飞升"。

　　小骷髅也说秦江澜有元婴期修为了，显然秦江澜大概说的是他已经元婴期了，会尽快渡劫飞升过来找她。他怎么修炼得那么快呢？这渡劫飞升能说渡就渡？

　　苏竹漪心头旖旎没生出多少，倒是觉得有了很大的压力，等秦江澜飞升越界过来，她还是个金丹期修士，岂不是会被吃得死死的？

　　上辈子一开始他们实力差距很大，可后来她努力追上来了许多。她在秦江澜面前勉强能撑上几招，若是他真的飞升过来，那她可真是一点还手之力都没了。所以现在想那么多没用，还是努力提升实力要紧。横竖记忆中这百年时间，天下没发生什么了不得的事，也没什么有吸引力的法宝秘境，至于那些无关紧要的人，是死是活也没有多大关系。如果拘泥于前世，今生又如何能打破束缚？

　　她不如回去闭关修炼，早早把实力提升上去。

　　上辈子她是在元婴后期的时候拿到的流光镜残品，那时候她能感知流光镜的存在，如今感知不到，肯定是因为她实力太低，所以归根结底，还是得好好修炼。

苏竹漪本来打算去修真界走走看看，免得回去之后，百年内又不能下山，如今却是打算回落雪峰闭关了，顺便看着她认为的关键人物洛樱，免得洛樱一个人待在落雪峰上，突然出事都没人知道。

她打定主意后，就随手捡起金丝软甲往荷包里一丢，开始往古剑派的方向走，没走多远，忽觉身后一片青光乍现，寒意逼人。

刚刚断剑也平躺在草坡上，就在她旁边，她起身离开，捡了当垫子用的金丝软甲，却把断剑给忘得一干二净，结果，现在剑祖宗发怒了……

她被那青光削了一缕头发，只觉得剑气擦着耳朵飞过，她僵在了原地，迈出半步的脚又直接缩了回来。

她刚刚确实把断剑给忘了，等好不容易缓过神来，正要回去把剑祖宗捡起来，就见断剑一跃而起，砸到她头上后，就消失不见了。

而这时，她听到断剑说出了一句完整的话。

"剑心稳固之时，断剑重生之日。"

它并非不能制服龙泉剑，只是现在的它做不到而已。

苏竹漪回了古剑派。

她刚刚上落雪峰，就看到小骷髅牵着黄狗飞奔过来，在快要靠近她的时候脚步一顿，用灵气把黄狗直接包裹住，然后苏竹漪就看不见那条摇着尾巴的狗了。

那狗长得很好，本来是最低阶的灵犬，现在好似进阶了，骨架很大，皮毛顺滑，站在那里跟只大老虎似的，看着更讨厌了。像她这种讨厌狗的人，会觉得大狗更可怕，因为大狗力量更强，牙齿更利，不过小骷髅护着它，她也只能睁一只眼闭一只眼。

"小姐姐，你回来啦。"小骷髅很开心地抱着几枝红梅，"我每天都给大姐姐房里换花哟。"

以前小姐姐吩咐过的事情，哪怕去真灵界待了半年，他也全部记得，每天都会认真去完成。这会儿把花都给了苏竹漪，他道："等会儿我再去摘。"

苏竹漪接过花，就看到洛樱站在不远处，洛樱穿着白色大氅，领口一圈白毛，整个人都好似融入了背后的雪山。

洛樱脸上依旧没有表情，她的脸色很苍白，白得病态且透明，皮肤好似特别轻薄，底下的淡青色血管露出不少，站在风雪之中，像是下一刻就会被吹倒一样。

"回来了？"洛樱轻声询问，声音很平静，没有什么起伏，却让苏竹漪莫名觉得有些心暖。

有人在等她。

以前从来没有人等她。

这种心情是她以前没体会过的，一个杀人如麻的女魔头，不信任任何人，年少时在血罗门，若是在自己的房间门口看到其他人，苏竹漪的第一反应就是警惕，屏息杀人，因为在血罗门里头，除了那些长老和高阶强者，同为弟子的每一个修士都是竞争对手，他们出现在自己的房间附近，必然不会有好事。而等她修为有所成，出去闯荡后，她的洞府自然隐秘得很，那是她修炼养伤的地方，不可能叫任何人知道。所以，不会有人等她。

不会有人说，回来了。

她想起了年幼时吃在嘴里的糖，甜得她差点把舌头都咬掉。此时虽然没那么明显，但她觉得心尖上好似有一股淡淡的甜意，这种陌生的感情在她心中萦绕，让她有些不自然地微微侧了头，没有去看洛樱和小骷髅。

而这时，小骷髅又捉了她的衣袖。"小姐姐，我把松风剑插在了小叔叔的石碑前哟，我带你去看。"

苏竹漪没直接走掉，而是走到洛樱面前，行了个礼，喊了一声师父。

洛樱点点头："他们说你收服了松风剑，但小骷髅把松风剑带回来了，那你拿的是什么剑？"

"是一柄断剑。"苏竹漪对剑道了解得实在不多，她想了想，问，"师父，断剑可以自己重铸吗？它说剑心稳固之时，断剑重生之日。"

洛樱点点头，她一抬手，向虚空一抓，手里就出现了潜龙剑。

"像是我的潜龙剑，若是受损，也是能自行恢复的，但是这个过程需要我这个主人的帮助。我的剑心越稳，剑意越强，它恢复得就越快。"洛樱说到这里，顿了一下，又道，"你说你手里的断剑能重生，那它至少也是仙剑了。这次你去剑冢，得了两柄仙剑？"

说到这里，洛樱又摇摇头："三柄。"

她抬手指了一下小骷髅。"他那柄逐影剑也是仙剑。"

苏竹漪稍稍一愣："我都是在悬崖边捡的剑，难道说那里仙剑最多？"

洛樱沉默片刻。"我没去过剑冢，我下山的时候，已经过了能够进入剑冢的年纪。"她看向苏竹漪，"你师兄说你剑道天赋极高，只是心思不在这上面，我想你是觉得剑修前期实力太弱，所以才主修其他的，对吗？"

"你想学什么，我都不干涉。"洛樱停顿了一下，忽然足下一点，手中长剑已然出鞘，发出一声清脆鸣叫，声音空灵，响彻雪山，那剑飞到空中盘旋，却没回到洛樱手中，而洛樱则伸手一抓，从苏竹漪手里夺了一枝红梅。

"我把修为元神压制到金丹，天璇九剑只用前两重，你使出全力，与我切磋。"洛樱说完，退后一丈远，手持红梅为剑，淡淡道。

苏竹漪："……"

金丹期，以红梅为剑，独臂，洛樱如此自信？她无非是觉得自己多了几百年的战斗经验，哪里知道，苏竹漪也不是真的十六岁啊。

"好，请赐教！"觉得自己其实占便宜了，苏竹漪难得说了句客气的开场白。她立刻施展无影无踪，随后身形变幻，肉眼只见残影。

她会的功法特别多，这会儿看到洛樱手里拿着一枝梅花，她连烈焰掌都不打算用，决定让洛樱这个只知道练剑的剑痴也感受一下博学之人到底能掌握些什么，在任何时候，她都能利用一切有利条件创造赢的机会。

比如现在，她就可以用一招移花接木。这门功法相当于一个幻术，可以将洛樱手中的红梅变成其他灵植，一瞬间具备其他灵植的效果，虽是幻觉，却能对人造成同样的损伤。用的机会不多，但凡用到，就效果显著。

苏竹漪肯定不能让洛樱受伤，否则的话，青河不得打死她？所以她施展移花接木让洛樱手里拿着当剑的红梅变成了一条藤蔓，直接缠在了洛樱身上。

洛樱元神也被压制了，那一瞬间，她发现自己手里的红梅变成了藤蔓，犹如蛇一般缠绕全身。她手里没剑了。

然而洛樱连眉头都没皱一下，她手中什么都没抓，就那么做了个握剑的姿势，虽然手臂被缠住，但她的手还能动弹，她手腕一翻，便有一道剑气直接绞碎了身上的藤蔓。本来苏竹漪已经在虚空画符，打算施个定身咒，定身咒一般都是提前画好的，临时画会很慢，所以战斗中基本用不上，但这次情况不同，她先用移花接木出其不意地缠住了洛樱，这样一来就完全能争取到足够的时间画定身咒来将洛樱控制住了。

既赢得漂亮，又不会伤到她。

结果符咒才起了个头，洛樱就已经将藤蔓绞碎，而在苏竹漪眼里，就是那红梅被绞得支离破碎，撒了一地。

明明洛樱手里什么东西都没有，苏竹漪却好似感觉到一柄雪亮的剑刺了过来，寒意逼人，眼前万千剑影，是天璇九剑第二重的剑式，她无法硬抗，只能躲！

苏竹漪反应奇快，脚步虚晃出去，在闪开的瞬间也施展出了烈焰掌，然而那剑气刺穿烈焰掌后，直接贴在了她脖颈处，且她脚下的积雪都被寒意冻结成冰，双腿都有点木了。

跑不掉了……

她前世跟秦江澜的修为境界其实差不了多少，但是她有自知之明，知道自己不是秦江澜的对手。但她实力并不差，自认为在修真界正魔两道只是稍稍逊色于秦江澜，她只要避着秦江澜就好，再者，秦江澜对她有愧，当真遇上，也只是想活捉她，不是想要了她的命，所以她也从秦江澜手里成功脱身过。

但其他剑修，她当真不惧，更是觉得前期的剑修弱得可怜，只有元婴期以后，才稍微能看一点。当年秦江澜金丹期的时候，不也没办法直接救走两个人？虽然这么想牵强了点，因为当时血罗门有个元婴期且神识厉害的长老在，金丹期的秦江澜在他神识范围内能保住自己并带走一个人已经十分不错，但苏竹漪觉得如果那时候的秦江澜能多点别的手段，没准能将她一并救走。

等他联合师门长辈再赶回来救人的时候，血罗门的修士已经撤得干干净净，没有留下什么蛛丝马迹了。

青河厉害吧？但他是融合了龙泉剑之后才厉害的，前世也是如此，洛樱死后，他才成了灭门狂魔。

洛樱厉害，她在山上苦修了五百年，元婴期后才下山。

现在洛樱压制修为和元神，本来还是受伤之身，苏竹漪以为自己能赢得漂亮，没想到，居然输得这么快。

洛樱手中没有剑，但她做了个收剑的动作。"人剑合一，以你的资质，金丹期的时候已经能够做到了。"

"你不喜欢，我不勉强。"洛樱脸色更白了，在阳光照耀下，她整个人看起来有些透明，"只是，它不比其他的道法差。你可以不学它，但不能看不起它。"

洛樱对自己的剑道有着近乎固执的坚持。

苏竹漪沉默片刻，出声询问："可是剑并非我的本命法宝。"

洛樱抬头，道："这样的话，学剑倒是适合你了。用别的法宝，若不是本命法宝的话，控制起来没有那么顺手，但飞剑不一样，若你剑心稳固，人剑合一，哪里还需要缔结本命法宝的神魂契约呢？"

她看了一眼飘在空中的潜龙剑，脸上依然没什么表情，但眸子里好似盛满了天上的暖阳，眼神里有了暖意。"我就是剑，剑就是我。"

话音落下，那潜龙剑忽地跃入高空，犹如银龙飞舞，发出了轻快的剑鸣。

苏竹漪有点动心了。

她旁边一直傻愣愣看热闹的小骷髅也把自己的逐影剑拿了出来，在空中比画了两下。"是这样吗？还是这样？"一个旋转，做了个往前刺的动作，小骷髅由于用力过猛，整个人扑到了雪里，啃了一嘴的积雪，但因为是骨头架子，那雪又从嘴巴里漏了出去，他没觉得有什么不对，咯咯地笑个不停。

"大姐姐、小姐姐都用剑，小叔叔也用剑，青面獠牙也用剑，我也用剑！"

好像用剑也不是不可以，苏竹漪心想。

而且若她剑心稳固，剑意提升，就有机会制住龙泉剑，救回青河和洛樱，扭转天命。

等等，小骷髅说的青面獠牙是什么鬼，说的是青河？

他在洛樱面前可是阳光俊俏的翩翩公子，若是被他知道了，他能把小骷髅的骨头架子一根一根拆了！

苏竹漪跟洛樱一块回了山脚处的屋子。她跟洛樱的房间被青河的房间给隔开了。

等洛樱进房间了，苏竹漪才跟小骷髅继续往前走。

走着走着，她回头，看那地上的两行梅花印。

小骷髅登时一慌，连忙用灵气把黄狗笑笑在雪地上踩出来的两行脚印抹去，接着抬头冲苏竹漪傻笑。

苏竹漪没说什么，走到秦江澜的石碑前，看到石碑前面还点着三炷没烧完的香，淡淡地笑了一下。她抬脚要把香踢了，再踹了石碑，只是脚尖快碰到石碑时又收了回来，修真界并非死人才能立碑立牌位，很多人给那些德高望重的修士立下长生牌位或长生碑，心里记着他们，为他们乞求长生。

好似前世的洛樱。

她虽然死了，却活在很多人心里，一代一代地传承下去，一直被记得，就好像一直活着一样。

想到这里，苏竹漪就没把秦江澜的碑毁了，她回了屋子，开始修炼起来。古剑派养剑就是先抱着剑培养感情，于是苏竹漪在打坐的时候，把剑祖宗放在了膝盖上，灵气每运行一个周天，就往断剑上注入一些，就好似修炼一圈就摸断剑一下，一开始的时候老摸空，因为断剑悄无声息地消失了，后来摸到的次数多了一些，灵气运行一个大周天，共计一百零八次，其中估计摸到了断剑五

十次，也算是不错了。

一个大周天运行完毕，苏竹漪呼吸吐纳，只觉得神清气爽。

她修炼了十多年润脉诀，经脉比大部分修士要强韧，承受的力量也更强，因此灵气在经脉内运行得更快。同等金丹期实力的人需要运行九天，而她加上前世的经验，取长补短，精简修炼之法，只用了三天便将心法运行了一个完整的大周天。

修炼完毕，苏竹漪睁开眼，活动了一下手脚，她闻到房间里有花香。

这屋子不大，里面的摆设也简单，窗前有张桌子，上面有个花瓶，花瓶里头插的也是梅花，却不只有红梅，还有白的、粉的，满室淡淡花香。她起身，就见窗户外伸了个小手指进来，接着那窗户啪的一下开了，小骷髅的头伸了进来："小姐姐，你醒了啊？"

小骷髅一直没长个子，他怎么会这么高？用神识一扫，她就发现他并没飞起来，只是脚踩着狗头。

他左手抓一块红石头，右手抓了块绿的："你看，我找到这样的石头了，下次我带过去送给小叔叔，他最喜欢红的绿的了。"

苏竹漪："……"

秦江澜的审美已经无法扭转了，他这一辈子唯一一次眼光没问题，就是看上了她吧？

苏竹漪打开房门出去，正打算去瞅瞅洛樱，就发现有人正往落雪峰过来，好似掌门回来了？她瞟了一眼插在石碑前的松风剑，直接抬手把剑握在手中，随后嘱咐小骷髅把自己藏好，接着往落雪峰的入口走去。

说起来，她回来的时候掌门他们都还没回来，她也就没主动给谁打过招呼，直接回了落雪峰。

掌门脸色有点不好，难道是除了她，古剑派的其他弟子都没拿到好剑？苏竹漪这般想着，就看到掌门已经飞上了落雪峰。

"苏竹漪，你师兄去哪儿了？"掌门沉声问道。

看掌门脸色，苏竹漪就觉得有点不对劲，心头暗自琢磨："到底发生了什么事，会让掌门脸色如此难看？难不成师兄没忍住把张恩宁这个祭品给啃了，在外面大开杀戒了？"

"段兄，你说洛樱在闭关休养，现在我们都等了三日，你打算叫我们等多久？"就在这时，又一个人御剑飞了过来，但落雪峰是不能擅闯的，因此他停在了外头，面带笑容地道。

居然又是东浮上宗的修士，这次来的是那个素月宗曲凝素的老情人，也就是东浮上宗四大长老之一的东方耀阳。其实他年纪已经不小了，这个时候有一千八百多岁，元婴期修士寿元一般来说也就两千岁出头，此时他身形外貌已是中年，虽然看着年长一些，但依然俊逸潇洒，看着笑容满面，却是个笑面虎，擅长背后阴人。

看到东方耀阳亲自来了，苏竹漪心头不好的预感更强了一些。

"洛樱，十年前你徒弟一剑斩断素月宗曲宗主的飞剑，那一剑煞气极浓，但我们上门查证，被你们巧妙地掩饰过去，然而如今却是证据确凿，你莫非还打算避而不见？"

居然是十年前的那一剑之仇？

她这次本来想过去找素月宗麻烦的，又觉得还是修炼要紧，反正这宗门就是只秋后的蚂蚱，也蹦跶不了多久，东方耀阳一倒下，素月宗就撑不住了，到时候，整个宗门就会被瓜分一空，没想到他们居然有脸上门。

东方耀阳说完之后，扭头看了曲凝素一眼，那曲凝素一抬手，她门下弟子便扛着一个黑木箱上前。

待到箱子打开，苏竹漪眼神一凛，随后不动声色地垂下了头。

箱子里是那具女飞尸，也就是被张恩宁捡走，被炼制的飞鸿门刘真。苏竹漪随心所欲惯了，她本身也没存降妖除魔的心思，自己不害人就已十分难得，因此她捉了张恩宁就带着他去除煞，至于那具女飞尸，她压根没放在心上。

她那师兄对救人也没啥兴趣，想来也没处理那具在神识范围内的女飞尸。

现在，这飞尸居然落到了素月宗手里，又被交给东浮上宗的修士了。

"这具女飞尸是在西北素月宗附近的城镇发现的，素月宗弟子怜悯百姓横死，便前去除尸，却发现这女飞尸是十年前失踪的飞鸿门掌门之女刘真。"当年飞鸿门失踪了一些弟子，因为是在素月宗附近不见的，那掌门过来寻找的时候，特地拜访了素月宗，因此现在见了女尸，素月宗的女修便把人给认了出来！

"她死于十年前，被人一剑穿心后炼制成飞尸。"东方耀阳指着女飞尸胸口，哪怕被炼制过，修为进阶，但她的致命伤口不会消失，东方耀阳一剑挑开女飞尸胸口的衣物，凝视那伤口，喝道，"洛樱，你来看看，这是不是天璇九剑的寒霜剑意？"

随后，他拿出一块莹白透明的石头，捏成粉末后，一剑劈过去，那粉末化为雾状，便有丝丝黑气从伤口涌出，看得周围修士都倒吸一口凉气。

"煞气停留在尸体之内，说明在挥剑那日，使剑之人便已有残虐凶煞之气，对待正道同门如此残忍，想必已经堕入魔道。"东方耀阳说到这里，看了一眼古剑派掌门段林舒，"十年前，我们和云霄宗的修士一起过来讨个公道，哪儿晓得被你们设法瞒了过去，这次，你们还有何话说？"

击杀了正道道友，并炼制其尸体，这等行径，简直禽兽不如！

"仅凭你们一面之词，不能断定此事乃青河所为，我会尽快让他返回门派，将此事查个水落石出，给大家一个交代。"段林舒沉声道。

"将天璇九剑练出了寒霜剑意的人有几个？你们古剑派自己心里头清楚，明明事情已经清楚明白，还要查什么？"东浮上宗一个修士不满地道，"当年青河正好在那附近出现过，还一剑斩了曲宗主的飞剑，若不是他做的，还能有谁？"

"飞鸿门也算是个不错的修真门派，结果一夜之间被灭门，本以为是魔道中人下的手，却没想到……"又一人摇头叹息，"青河已入魔道，你们古剑派却一心护他，莫非古剑派……"

他话没说完，但意思大家心里都清楚。

古剑派那本身对青河十分不满的云峰主，此时厉声道："古剑派乃名门正派，若门下弟子堕入魔道，必定严惩不贷。"说完，她看向苏竹漪："把你师父喊出来，让她把青河叫回来！"

古剑派青河谁都叫不动，他去了哪儿，什么时候回来，也根本没人知道，要找青河，只能洛樱出面才行。

就在这时，洛樱从山脚处飘了过来。她很瘦削，看起来就像是一阵风一样，轻飘飘无声无息地过来了。

除了掌门，这些年，其他人都没见过洛樱。

就连古剑派的那几个长老这几年都没见过洛樱，此时看到独臂、面色惨白、看起来虚弱无比的洛樱，很多人都愣了一愣，就连东浮上宗的东方耀阳也稍稍一怔，才道："原来小友当真在闭关养伤，我东浮上宗有处上等灵泉，对养神养伤有奇效，洛小友若是不介意，可以去东浮上宗小住一段时间。"

他眸子里闪过一丝耀眼的光，那眼神看似干净，但苏竹漪上辈子跟形形色色的男人打过交道，对他那眼神里潜藏的心思一清二楚，苏竹漪知道他寿元将尽，为了延寿做了不少龌龊事，用年幼女修当修炼炉鼎，却没想到，这人能把算盘打到洛樱头上。

这时，云峰主道："洛樱，你的徒弟是你教的，只有你叫得回来，你把他

312

叫回来吧。"

洛樱的视线落在那女飞尸身上，眉头微微皱起。

她还记得刘真，当时在封印底下，她救出去的飞鸿门弟子之一，原来，刘真已经死了十年。那剑意，那伤口，的确是青河做的。

"叫回来了怎么处置呢？"

"莫非关个百年禁闭？"东浮上宗有个修士道，"本来你们宗门如何处置弟子我们干涉不了，但若是处置不当，传出去怕是会遭人笑话。"

"再过三年就是流沙河千年灵泉出水的日子，古剑派是不是舍不得这么一个实力强大的优秀弟子啊？"

流沙河灵泉？流沙河是哪里？苏竹漪上辈子未曾听说过。

"听说此前青河就违反了门规，但是一直未曾受到处罚。"曲凝素呵呵一笑，"古剑派作为四大派之一，门规是摆设吗？"

她说的是青河盗走剑心石的事情。

因为掌门一直说落雪峰的弟子应该由洛樱自己来处理，而洛樱这十年一直在养伤，青河也在外头，所以掌门就一直压着此事，没想到，现在会被一个外人给挑出来。

云峰主面露不悦，看向洛樱，问："把青河叫回来。他此前所犯之事，应如何处理？"

洛樱面无表情："主动归还，情有可原，炼神鞭鞭笞一百。"

"若是堕入魔道，杀人如麻，灭人满门呢？"曲凝素又问。

洛樱微微抬眸，面无表情地扫了曲凝素一眼："废其修为，将其逐出师门，取其性命。"

那轻飘飘的一眼看得曲凝素浑身发凉，她想要再说什么，却不敢开口了。

眼看洛樱取出传讯符，苏竹漪扑通一声跪下，将洛樱整个人抱住："师父，人不是师兄杀的啊！"

若是被洛樱逐出师门，青河肯定会崩溃的，青河发狂，洛樱怕也活不成！苏竹漪心乱如麻，她一定得阻止洛樱，她不能让历史重演。

洛樱低头，就看到苏竹漪满脸是泪，她捏着传讯符的手微微一顿。

苏竹漪哭着道："您……您不记得了吗？"

她扭头看了一眼掌门，这才哽咽地道："十年前，我在七连山遇到师父，飞鸿门的弟子为了一己贪念，触动了七连山的邪剑封印，师父为了镇压那邪剑，自断一臂，如今十年过去了，伤势没有任何好转。"她吸了吸鼻子，"人不

是师兄杀的。"

"云霄宗的秦川可以做证！当时飞鸿门的弟子为了抢夺一种魂石都疯了，"苏竹漪又搬出来一个人证，秦川当年还带师父返回七连山寻人，"你们不信，可以询问云霄宗鹤老。"

"人不是师兄杀的……"苏竹漪又重复了一遍，却是看着掌门，不敢再说话了。

人不是青河杀的，那就只能是洛樱杀的。

可洛樱是为了天下人而杀的人，为了镇压邪剑而杀的人，现在浑身是伤，只余一臂，所以，别人会怪她吗？

现在，端看洛樱会如何处理了。

苏竹漪死死地抱着洛樱，泪眼婆娑地看着她，她真的没心吗？

十年前，洛樱和青河带着苏竹漪回来的时候，掌门段林舒就察觉到了些许煞气，他的飞剑还有了一丝异动，因此起了疑心。

后来看了洛樱身上的伤，煞气入体，深入内腑。

对那伤他也束手无策，只能叮嘱洛樱好好休养。当时的他就猜测那一剑是洛樱斩的，不过斩就斩了吧，洛樱的品性他完全信任，她出剑必有原因，绝不会随意伤人。

段林舒那时候也私下将这个消息透露给了古剑派另外两个长老，不过没说太多，只是提了两句而已。

此时看到苏竹漪眼泪汪汪地看着自己，掌门段林舒觉得自己明白了苏竹漪的意思——人不是青河杀的，而是洛樱杀的。

他站出来道："当年洛樱为了镇压凶物，煞气入体，受伤极重，直到现在也没有恢复，这些年我为她四处寻药，易峰主和胡峰主也知情。"

说到这里，掌门段林舒又道："前段时间，我还从云霄宗丹药长老那里以重金求了一粒神丹，也是为了替洛樱治伤。"之前苏竹漪得罪了云霄宗丹药长老的女儿花宜宁，大家都知道，那粒丹药掌门求得可是十分闹心，费尽了心思不说，还花费不菲，原来是用在了洛樱身上。

话说到这里，大家心里头都清楚苏竹漪没说完的是啥话了。

飞鸿门的弟子经过七连山时因为贪念而触动了七连山的凶物封印，结果死在了洛樱剑下。

众人都看向了洛樱，苏竹漪也看着洛樱。

314

她紧张得浑身都在冒冷汗，用双手揪着洛樱的裙子，手上的汗把攥着的裙子都弄湿了。

洛樱思绪飘远，她想起了小时候的事。

"洛樱，你喜欢剑吗？"

"喜欢。"

喜欢是一种什么感情呢？就是每天都期待着练剑，那时候手里拿着根木棍比画，她都觉得高兴。对，是高兴，开开心心地咧着嘴笑。

那时候她会笑，也会哭，就像现在的小徒弟一样，哭得满脸是泪。

"我们古剑派落雪峰的弟子，都是爱剑成痴的人。"师父牵着她的手，走到了古剑派的剑心石旁，"你愿意将心交给它吗？"

没有人知道为何古剑派会有一块剑心石，大家也不知道为何剑心石会帮助古剑派弟子提前养出剑心，即便是落雪峰的弟子也不知道，他们只知道，每一代落雪峰的弟子都会常伴剑心石，他们用一颗赤诚之心，守护剑心石，守护整个古剑派。

她答应了。

并没有剜心，她也没觉得自己身体里少了什么，只是渐渐觉得，好似除了手中的剑，没有任何人、任何事能让她心动。喜怒哀乐渐渐从身体里抽离，五百年后，她就成了面无表情、不悲不喜的洛樱。

什么时候心中又微有波澜了呢？

在青河偷走剑心石之后，那剑心石是被他放在怀里的吗？所以，她那颗心才会感觉到暖意，才会有了波动？

此刻看到泪流满面的小徒弟，胸腔里那微微的不适感，是否叫作不忍？

又或者叫心疼？

不忍心那个陪伴了她三百年的青河死掉，不忍心看着苏竹漪哭。

不知道是不是因为剑心石，洛樱多多少少会感受到他人的一些心思。所以一开始，她就说苏竹漪心术不正，然而现在，这个小徒弟是真心不想青河死，不想她出事。

青河会杀人，是她没教好他。

洛樱长睫微颤，她垂下眼眸，道："是我杀的。"

"既然残害了正道同门……"

她用独臂一撩衣摆，白衣翻飞，好似掀起了一片云，干净得有些刺目。

她唰的一下跪倒在地："洛樱甘愿受罚！"

苏竹漪也连忙跪在一旁跟着认罪："弟子也愿意受罚，掌门，弟子这次提前离开剑冢，本是想回出生地看看的，结果到那边发现有魔修出没的痕迹，有个镇上的百姓请弟子前去除僵尸，弟子便去了，结果遇到了女飞尸和一个擅长控尸术的魔修，弟子当时制住女飞尸了，那魔修想要逃跑，弟子立刻去追，哪儿晓得中了计，叫他给跑了。

"弟子初次下山没什么经验，中了尸毒，又追不到那魔修，所以就连夜赶回落雪峰祛毒疗伤，是弟子不好，没考虑周到，鲁莽行事，让那周边的百姓遭殃了！"

"那周围城镇临着素月宗，关你何事？"胡长老听到这里已经气得抖胡子了，"你素月宗不是自诩正道？在自己管辖范围内有魔修混进去屠戮凡人逞凶作恶，连飞尸都养出来了，你们还不知情，还有脸怪我们的弟子！"

"还想把养尸的罪名栽在青河身上！"

"这短短十年就养出了飞尸，你们那一带的百姓过得可真够苦的！"

"就是！就是！若不是我们小师妹过去，还得死更多的人呢。"古剑派这会儿也围了一些弟子过来，七嘴八舌地道。

"难不成素月宗跟控尸门关系匪浅？"

曲凝素被众人说得面色一滞，看着跪倒在不远处的两个女修，心头简直窝火得很。

一个娇艳犹如海棠，哭得梨花带雨的模样，又让那娇艳中多了柔和媚，跪在那里让人心疼。

一个清冷犹如白梅，在冰天雪地里绽开，透出来的风骨让人忍不住钦佩，好似能闻到她灵魂深处透出来的清香。

她引以为傲的绝色美貌，跟面前这两个人一比，就好似田野里的大白菜一样了。就连东方耀阳都一直忍不住打量这师徒二人，他那眼神，曲凝素岂会不懂。

直到这时，东方耀阳才出来打圆场："洛樱为了天下大义，出手杀了不知天高地厚放出邪剑的飞鸿门弟子，因此受了重伤，怎么还能受罚呢？"

他上前两步要去搀扶洛樱，苏竹漪伸手就要去拦，却见洛樱抬头，直视东方耀阳的双眼。

仅仅一个眼神便叫他动作一僵，伸出的手顿了一下。

洛樱别过头，淡淡地道："东方前辈代表不了天下人。"

"起来吧，你没有做错，不应该受罚。"掌门道，"哪怕让天下人评说，你也没错。”

洛樱依旧跪地不起，她说谎了。

她不在意外人眼中自己的名声，但她在意自己的心，在意自己是否能做到问心无愧。

“你这丫头还倔上了！”掌门去拉洛樱，却发现洛樱脸色苍白，嘴唇毫无血色。

他只不过轻轻碰了她一下，结果洛樱身子一晃，竟直接昏了过去。这……他碰的是个人，不是张纸啊……

苏竹漪眼疾手快地将洛樱抱住。

“师父伤得太重了！”她一边抹眼泪，一边道。

段林舒催促：“快，赶紧把人送回去休息。”

苏竹漪一直紧绷的神经直到此时才松懈下来。

她长舒一口气，心道：“真好，又熬过了一关啊。为了这师徒俩，我可真是操碎了心啊。”

掌门段林舒让苏竹漪好好照顾她师父，接下来的事情就交给他们处理。

苏竹漪表面上应了，心里头还是动了点别的心思。

她要灭了素月宗。尽管素月宗是秋后的蚂蚱，蹦跶不了多少年了，但她真是看不得曲凝素几次三番欺负到她头上，曲凝素不是最在乎那张脸吗？不是曾想对她用红颜枯吗？她就以彼之道还施彼身，让曲凝素生不如死！

还有东浮上宗那老不死的，他上辈子走火入魔，修炼歹毒功法一事被爆出来大概是两百年后，现在她要想办法把事情提前。

苏竹漪眼珠一转，这事情，怕是要跟合欢宗那位联手才行。

上辈子，合欢宗的宗主寻欢跟苏竹漪有点交情，她知道一些寻欢的秘密。

合欢宗早期只是一个单纯的女修宗门，好似因为一个女修被道侣欺骗，伤心之下斩断青丝，建立了一个只收女弟子的宗门，她实力不错，在凡间搜罗了一些有资质的女童，又救了一些被男子欺压得走投无路的女子，凑在一起互相疗伤取暖。

后来宗门发展，渐渐有了点名气，吸引一些女子主动投到其门下。她们不参与正魔两道之事，非正非邪，一个宗门也就几百人。

宗门里头的女人对男人多多少少都是怨恨的。

但也有人依旧憧憬人间情爱，那时候她们还没那么偏激，对此也不阻拦，直到开山立派的女修陨落，掌门之位传了两代后，当时，一个女修爱上了一个男人，邀请自家好姐妹一起去参加一个宴会，赏个什么灵珍奇花，结果着了道，一起去的六个女修都被当作修炼炉鼎。

她那情郎还道："合欢宗一脉修炼玉虚心法，是不是很适合当炉鼎？我没骗你们吧?!"

那男子是个散修，没什么根基，尝了好处后就想爬得更高，他没什么路子，就联系了商盟里的管事，打算把合欢宗里的女修捉了送给那些有需要的大能。那时候的合欢宗只是个不足千人的小门派，也没找过什么靠山，掌门实力也不怎么样，即便把门派灭了也掀不起什么风浪，所以那管事直接就拍板了，带了几个修士就去捉人。

刚好那六个女修里有个体质特殊的，中毒之后醒得比较早，她没管其他姐妹，而是先回去给师门报信，然后合欢宗的其他女弟子就进入了祖师爷当年留下来的禁地躲避。

禁地的存在只有历代掌门才知道，没想到才传了两代就用上了。她们人不多，几百个而已，待在禁地里面十年二十年都没问题。

禁地里面能看到外面，禁地外头却看不到里面。

她们看到那些恶人在没抓到人后，拿那五个姐妹泄愤，将她们折磨得生不如死。

于是那群合欢宗女修彻底恨上了男人。

"他们不是想把我们当炉鼎，吸取我们的修为灵气？那我们也可以。"

于是，在女修的群策群力下，采阳补阴的功法出现了。当时逃走的女修有了身孕，生下的是一个男婴。他从小被当作女孩养，所以骨子里透着阴柔脂粉气。

他就是现在的合欢宗宗主寻欢。

他被自己的娘恨着并爱着，因为是男儿身，自小受到了一些排斥和虐待，长大后性格就有些扭曲变态了。

简而言之，就是一群在禁地里待了很久、仇视男人的女人，养出了一个性格扭曲的男人，而这个男人，最后成了合欢宗的宗主。

上辈子合欢宗把东浮上宗的东方耀阳搞得身败名裂，虽然那桩丑事被东浮上宗尽力压下去了，但很多人都知道，东方耀阳抓小姑娘练功，走火入魔，其中一个还是名门正派的女弟子，被发现的时候身体赤裸，身上满是伤痕，下半身更是惨不忍睹，这一切暴露得那么突然，很显然是合欢宗宗主精密设计的。他这么做是为了报仇吧？

那时候苏竹漪对这些事情不上心，如今想来，那个东方耀阳很可能就是最

初迫害合欢宗女弟子的那个散修。

寻欢做那一切都是为了替他娘报仇！

既然这样，她帮他把复仇的计划提前，寻欢肯定不会拒绝。

但现在她自己去合欢宗跟寻欢谈条件肯定行不通。

上辈子寻欢就要她加入合欢宗，只不过因为奈何不了她而不了了之，若是现在她过去，绝对会被限制人身自由。

苏竹漪提笔唰唰写下一个丹方，又取出一个玉简，将丹方的使用方法和她要跟寻欢合作的内容输入其中，接着，苏竹漪想了想，本打算让小骷髅跑腿，反正寻欢也抓不住他，又觉得合欢宗那地方小孩子去了不太好，会长针眼，便打算等青河回来了让青河送过去。

不管青河用什么方法，让寻欢看了并应承下来就好。

之后，苏竹漪得知掌门派了十来个古剑派弟子大大方方地去西北素芳城所辖区域内降妖除魔了。

古剑派弟子们，男的俊俏，挺拔如松，女的娇美，笑容如花，一路过去不像其他修士那般高贵冷艳，不容接近，反而和和气气的，降妖除魔不说，连祈福求雨都做了，甚至还有人替农家治疗生病的鸡鸭……

这就叫那些受了恩惠的凡人心中感叹："同为正道门派，差距怎么那么大呢？"

"那个……那个戴面纱的仙子，就是……就是拿了仙剑的苏女侠？"福全镇的老张愣了，他都不知道，自己那天跪着求的仙子，居然是前些日子得了仙剑松风剑的古剑派苏竹漪。

"永安镇上的人差点被魔修害了，苏女侠孤身一人闯进魔窟除僵尸，结果中了尸毒！"

"对，她当时就是一个人去的。"老张说到这里，眼里都有了热泪，"不愧是洛神仙教出来的徒弟啊……"

"那素月宗的人怎么说是她们抓了飞尸？还让我们立长生碑！"

这天地间，修士命长，但成长起来很艰难，一不小心就可能送命，且修士哪怕有了双修道侣，也很难有子嗣。修为越高，子孙缘就越淡薄。

所以他们还是很看重凡间的。凡人虽然命贱，但繁衍能力强，小两口生三五个孩子完全没问题，几百上千个孩子里头，总能出现几个有仙缘的，有很多修士并非出身名门，父辈也都只是凡人。

最近的例子也有，云霄宗的秦川就是从凡间找去的，听说他那村子没什么灵气，一个修士都没有。

古剑派的苏竹漪好像也是从山沟里捡的，那些大能为何总爱去凡间转悠，何尝不是想挑个资质好的弟子，万一遇见了呢？

一个宗门在凡间的地位高不高，也在某些方面决定了他们以后收徒是否顺利，就好像同一个资质绝佳的弟子，被两个正道宗门看上了，都是正道，不可能撕破脸来争，那就得端着，看弟子自己的意思了。

他会选哪个？

自然是名声佳的那一个宗门胜算更大。就好比现在碰上了个资质优秀的女娃娃，问她愿意加入古剑派还是素月宗，若是从前，她觉得素月宗好，都是漂亮姐姐，离家又近，门中每月还发那么多修炼资源，古剑派虽然名气不小，但是多远啊，没准都不用考虑，直接答应了素月宗。

现在的话，她肯定更愿意去古剑派了啊。素月宗十年都没处理魔修，还把除掉僵尸的功劳揽在自己身上。这样的门派，百姓心里自然是不喜的，不仅不喜，恐怕还有埋怨，毕竟这些年，他们活得担惊受怕的，也有亲人被僵尸害死。

古剑派的一群弟子在这边当真发现了两个资质不错的童男童女，就做主将他们带回了师门，连带两个孩子的亲人也一并被送到了古剑派附近的城镇，素月宗能怎么办？

曲凝素气得咬牙切齿，然而现在她不能去干预什么，完全是哑巴吃黄连，有苦说不出了。

苏竹漪去藏峰领月例的时候，正好听到弟子在谈论此事，她心想正道就是爱面子，争口气也搞这么多弯弯绕绕，她的想法就是毁了曲凝素的脸，灭了她的宗门，结果掌门他们却是用了这样的方法……

不过别说，听他们讲起来，也是很解气的。

"之前那曲凝素诓人建了个什么仙女庙，里头塑着她的金身，每日香火不断……"

"还赠了许多画像，让百姓带回家呢。"

"结果这次你猜怎么着？"

"金身被毁了？"

"那倒没有，他们胆子没那么大，毕竟曲凝素是一宗宗主。不过那金身上

被人砸出了个坑，还有野狗去撒了尿。"

没人敢毁仙女庙，但不去祭拜总行吧？家里的画像不挂起来，拿来垫桌脚没问题吧？

要挂就挂洛女神的，镇邪！

那古剑派弟子说得正高兴，转头看到苏竹漪，又道："要不就挂小师妹的画像，还有人画了你的画像呢，我取了一幅回来。"那弟子说着就从储物法宝里掏了幅卷轴画，唰的一下打开，就见画上女子蒙了脸，只露了一双眼睛，手里倒是拿了柄剑，大概是他们想象中的松风剑吧。

苏竹漪眼角很诡异地抽了一下。

她无法形容自己的心情，也无法想象自己被人膜拜寻求庇护的情景。

凡尘烟火，哪里洗得净她满手血腥，哪里熏陶得了她那颗黑透了的心？

苏竹漪无奈地笑笑，返回了落雪峰。

苏竹漪在藏峰领了丹药灵石和一些材料，她打算回去后就着手炼制替身草人，再绘制一些符咒阵盘，将当初在剑冢里丢的东西都补回来，保命的手段，自然是越多越好。

她进房间的时候看到小骷髅鬼鬼祟祟地在那儿绣东西。

苏竹漪凑过去看，小骷髅连忙把手里的东西藏到了背后，但他是个骨头架子，透的，又忘了用灵气屏障遮挡，因此他手里拿的东西不用灵识都能看到。

一方帕子？

"你哪儿来的这个？"苏竹漪指着帕子，有些疑惑地问。

这是冰蚕吐丝织的银月丝绢，一匹完整的银月丝绢价值堪比一柄仙剑。当年修真界有件仙宝叫花好月圆，是一个数万年前陨落的修士的洞府中保存的，几经辗转后，花好月圆不知所终，但苏竹漪知道它是银月丝绢炼制而成的一朵绢花，也就是说，银月丝绢是仙品炼器材料，小骷髅手里那一块虽然很小，但是换个高阶灵宝没问题。

见没藏住，小骷髅只好把帕子拿出来："山上的蚕蚕吐出来的丝，它自个儿还织成了布。"

小骷髅虽长得很磕碜，但他身上的气息很纯净，受灵兽欢迎也是正常的，苏竹漪只是没想到，这落雪峰上还藏着冰蚕，这么小的一块帕子，那冰蚕得织一百年，现在主动送给了小骷髅，倒是很舍得了。

只不过这么一小块，小骷髅打算做什么？缝个裤衩都不够呢。

"你打算做什么啊？"

小骷髅忸怩两下："手帕，小姐姐经常哭，可以擦眼泪。"

话音落下，苏竹漪就听到身后传来一个冷冷的声音："下次她再哭……"

小骷髅看到窗外站着面色阴沉的青河，好似梦中青面獠牙的恶鬼一般，吓得他浑身一哆嗦，骨头都发出咔咔的声响。

"下次谁让她哭，就杀了让她哭的人。"青河一脸煞气地站在窗外，声音冷得跟冰锥子一样，能刺到人心头，冻得人牙齿打战，遍体生寒，他盯着小骷髅，一字一句道，"一方手帕有何用？"

小骷髅好似骨头都软了，可怜巴巴地靠着她站，若不是靠着苏竹漪，这会儿怕是吓得跌坐在地上了。

苏竹漪："……"

难怪小骷髅一直怕他。见过小骷髅的洛樱和漫山遍野的灵兽都喜欢他，喜欢他的纯净无瑕，唯有青河，好似一直对小骷髅十分冷淡，这算是正邪不两立吧。

青河又深深看了小骷髅一眼，然后才转头轻飘飘地扫了一眼苏竹漪。

他师父和师妹的事情他在外头都听说了，他连夜赶回来，从掌门那里得知了那日发生的事的细节，青河险些压制不住自己的杀意，回落雪峰后没直接见师父，先是在雪地里静了会儿心，之后又去师父门前端坐了半夜，等到天亮，才往苏竹漪这边来。

当时他不在，他师父身受重伤，苏竹漪只有金丹期，所以她们没办法，险些被东浮上宗的人欺负了。

但是小骷髅在，而且小骷髅非常强。可他不杀生，不对任何人动手，这在青河看来简直可笑至极。这也是青河一直都不喜小骷髅的原因，比起这个纯净善良的鬼物，他更欣赏小师妹一些，只不过这次，她把污水泼在了师父身上。

而师父，还替他扛下来了。

说不清楚是高兴还是生气，青河不喜任何人说他师父半点不是，但他也没理由责怪苏竹漪，这时候心头有一股邪火在烧，想立刻去灭了素月宗，屠了东浮上宗，叫他们死无全尸，灰飞烟灭。

眼看青河身后黑气涌现，冷冷盯着小骷髅，一副快要失控的模样，苏竹漪定了定神，将手搭在小骷髅颤抖的肩胛骨上，轻轻往下按了按，又朝窗外语气

欢快地喊了一声："师父，你来了？"

青河稍稍一怔："师父未醒。"他没有回头看，压根不可能上这么简单的当！

"是啊，可她还是会醒的，随时都会。"苏竹漪笑了一下，挥了挥手，"快进来，我正好有事找你商量。"

"我知道你想灭了素月宗，"看青河那神情，苏竹漪就明白他心中的想法，她呵呵笑了两声，眼睛一眯，眸子里寒光乍现，"我也想。"

"但是你不能杀人，否则，你身上的煞气和怨气会更浓，要是你控制不住龙泉剑的话，师父会更痛苦，我也没那本事。"苏竹漪说到这里，勾了勾手指，"但我想了个法子。"

她把自己的计划告诉了青河："所以你现在只要去合欢宗，把玉简交给合欢宗的宗主寻欢，并让他答应就好了。"

青河沉默片刻。"你的信心从何而来？"他静静凝视苏竹漪，"连合欢宗那宗主爱待在哪里都知道，你是夺舍的魔修？"

他捉了张恩宁，张恩宁就一直说这个，他其实也信了。毕竟苏竹漪现在才十六岁，不可能懂那么多，原本是个快活不下去的小女孩，人嫌狗欺的，却陡然变了一个人，让尸体诈尸，杀人不眨眼，用锄头砸尸体脑袋跟捣蒜一样。

苏竹漪倒是不慌不忙的，她挑了下眉，邪邪一笑："有关系吗？龙泉剑？"

青河看着苏竹漪。

苏竹漪也看着青河。

对视许久之后，青河脸上露出了一个淡淡的笑容，那笑容一闪而逝，堪比昙花一现。他点头，冷声道："嗯，我会让他答应的。"

苏竹漪被他那笑容惊到了。

总觉得那笑里好似藏着冰刀子，比不笑更吓人。苏竹漪心头默默给合欢宗的寻欢宗主上了炷香："好歹曾经打过交道，希望你识相一点，那样就不会被虐得太惨。毕竟，青河那家伙是人形兵器龙泉剑啊。"

青河答应过后，就去找合欢宗的寻欢宗主了，等他离开后，小骷髅才捏着自己的手指头，低声问苏竹漪："小姐姐，我是不是没保护好你？"

其实在那天的情况下，小骷髅不露面更好，毕竟他是个鬼物，哪怕气息纯净，他依然是个鬼物，到时候出来了，有口说不清，再被他们扣上养尸炼尸的帽子就麻烦了。

不过苏竹漪也不指望小骷髅能帮上什么忙，他连蚂蚁都不敢踩死一只，他能有啥用？就在家里绣绣花缝缝裤衩算了，反正她也没怎么操心过他，现在灵石都喂得少了，山里头那些灵兽跟他关系好，都好吃好喝地供着他。

养只小骷髅，起码比养易峰主那只金丝雀好多了。

"没有。"苏竹漪摇摇头，"你还小，现在不用你保护我们。"

"我答应过小叔叔的。"小骷髅低着头，"可是我没做到。"

他眼眶里出现了两簇绿幽幽的小火苗。"再有下次，我……我一定把他们揍趴下。"小骷髅语气坚定地道。

苏竹漪拍拍他的头，没说话。

她真不需要别人保护，所以不会把这些话放在心上。

傍晚的时候，青河回来了。他说事情已经办好，寻欢答应了，接下来，他们只需等待即可。

师兄和师妹在房间里商量干坏事，忽觉师父醒来，于是青河嗖的一下化作一道光芒消失不见，苏竹漪也起身，把之前见青河现身就躲到被子里的小骷髅给扯了出来，带他一起去看洛樱。

他们在屋里收拾了一下，出门还跟秦江澜的石碑打了声招呼，扔了个果子，苏竹漪道："想不到吧，现在还有人替我画像祈福。过几天我也画画你，挂房门口肯定能驱邪。"

"嗯，把小叔叔挂上去，不让青面獠牙进门！"小骷髅握着拳头道。

"呵呵，你对你小叔叔可真有信心。"

慢腾腾地走了一会儿，等到了洛樱房间，苏竹漪就看到青河已经跪在了门外头。

"师父？"苏竹漪有些诧异，就见洛樱披着披风走了出来，她看了一眼苏竹漪，又看了看青河，缓缓道："去刑堂吧。"

"刑堂？"

"盗走门中至宝剑心石，炼神鞭鞭笞一百。"洛樱眉头微蹙，淡淡道。

青河归还剑心石已十年，一直还未受罚，如今洛樱醒来，想到的第一件事，是处置青河，也要惩戒自己。

青河跪在原地一声不吭，身上的煞气也完全收敛，只是不知为何，苏竹漪觉得此刻的青河有些可怕。具体表现在于，小骷髅本来好好地牵着她的手，现在却藏在了她身后。

小骷髅之前对付过龙泉剑，对那邪气一直很抗拒，觉得可怕，在他眼里，

青河青面獠牙，看着很吓人，所以一般青河在的时候，他都很胆小，而青河煞气越浓，他感觉得越清楚，表现得也越害怕，因此，此时苏竹漪觉得青河有些不对头，也不知道洛樱刚刚跟青河说了什么。

苏竹漪担心青河露馅，让小骷髅再次用灵气把青河给裹了一层。

炼神鞭是古剑派很重的刑罚了。

抽的不仅是肉身，还有元神。一百鞭下去，一个元婴期修士元神都要受重创，得养数十年才能恢复过来。不过洛樱这处罚也是公正的，因为剑心石对古剑派来说太重要了，盗走剑心石简直是罪大恶极，若不是他将剑心石完好无损地送了回来，死一万次都不够，千刀万剐都算轻的。

青河承受一百鞭肯定没问题，死不了，但如果他硬生生受了一百鞭，元神受损，那他跟龙泉剑之间好不容易维持的平衡就会被打破，到时候，小骷髅都掩饰不住他身上的煞气，最要命的是，如果青河失控，暴起杀人的话……

苏竹漪觉得脑仁疼。

她每次拼了老命地想把命运扭转，怎么刚刚拉偏一点，就又有回归原位的趋势呢？

洛樱十年前自愿献祭，此后伤势从未恢复。

她觉得自己本是要死的人，明明好似踏上了鬼门关，却又被一只手给硬生生拽了回来，吊着最后一口气。

这十年的时间里，洛樱昏睡的时候多，清醒的时候少，元神更是虚弱无比，神识基本没有任何用，精神好点的时候，勉强可以听到屋外的动静，知道有人来了。若来人有心隐藏，她就发现不了。

正是这个原因，苏竹漪和青河商量事情的时候并不担心会被洛樱的神识捕捉到，他们都知道，现在的洛樱有多虚弱。

也正是这个原因，洛樱并不知道青河收服了龙泉剑，他就是龙泉剑。

但她看到青河，会下意识地觉得不舒服。

这种不舒服很古怪，她觉得这个徒弟虽然脸上带着笑，连眼睛里都有笑意，心里却好似冷冰冰的，身上给人一股寒意，让素来没什么情绪的洛樱都会觉得有些淡淡的不喜。

偏偏这种不喜又是矛盾的，她本身不喜他，潜意识里却很想看到他。

睁眼看到他时，她会有一种很奇怪的心思，她不懂，但就是那种"我应该跟他在一起"的念头。这种念头让洛樱很惊讶，只是她素来面冷，脸上情绪不显罢了。

此时她还不知道，之所以会这样，是因为她曾自愿献祭龙泉剑，哪怕最终中断了，她的血肉和元神修为都在龙泉剑里，也就是在青河的身体里。

曾经的那些祭品大都死了。只有她是例外的。

青河对她有莫名的吸引力。

青河是个心思深沉的人。一开始，洛樱还能感觉到幼时的他心有怨恨，他长大在剑心石边感悟过后，心思越来越沉静了，洛樱感觉不到他有小时候那样的对外界的恶意，而他长大之后，洛樱也很少能看到他的心思。

可现在，她看到了。

在她被青河莫名吸引，神情恍惚靠近他的时候，素来沉稳的青河慌了，他手足无措，而明明十分虚弱的洛樱在那一瞬间感受到了青河的心意。

被层层寒冰包裹，藏在内心深处的那团火把洛樱的神志都烧得清醒了。又好似深海里纠缠成团的海藻，一旦陷进去，就被缠绕于其中，再也无法脱身。

她以前没有心，所以她感觉不到。

可后来她的心有了波澜，她感觉到了这个陪伴了她三百年的徒弟内心隐藏得最深沉的炙热情感。

他对她有了大逆不道的念头。

他喜欢她。

意识到这一点之后，洛樱没有像以前一样问青河最近在做什么，剑法练到了第几重，剑道上有没有遇到什么问题，有没有好好教导小师妹，她只是说："你犯错了，十年前我没清醒，不能罚你，现在，你去刑堂接受鞭刑吧。"

她好似听不到他的心跳声了。

她看着他眸子里的光彩和笑意微微收敛，随后他又笑得一脸阳光。"师父，炼神鞭抽一百下可不可以更换一下？刺我一百剑都好，我们这些剑修犯错，当受剑罚。"

"你心不正，德不修，当受鞭笞。"

洛樱眼神清澈，她那双眼睛静静凝视人的时候，总让人有种好似心底深藏的秘密都被戳穿了一样的感觉，青河原本习惯了，在那样透彻的眼神下也能镇定自若，可是那一刻，他慌了。

他应该拒绝的，因为他害怕，他惶恐。

他不怕疼不怕死，只怕自己受了炼神鞭鞭笞后，控制不住龙泉剑，从而伤了师父。

那一瞬间，他脑子一片混乱，下意识道："若是徒弟不从……"

"废除修为，逐出师门。"

苏竹漪来的时候，青河已经跪在了门外，他堵在门口一声不吭，心绪纷乱，却不知道应该说什么，欲言又止，仍是一个字都没吐出来。

苏竹漪一时半会儿想不出别的办法，只能跟着跪在洛樱面前。"师父，师兄他重伤未愈，受不得一百鞭刑。"她心念一转，又说，"过几年不是有那个什么流沙河灵泉？掌门也说了，师兄要替宗门出战，要是现在受了鞭刑，他恢复不过来。"

对这流沙河灵泉苏竹漪本来并不知情，只是上次东浮上宗来的人提了一句，她便记下来了，此时抛出来给青河当挡箭牌。

"重伤未愈？"洛樱看了青河一眼，"虽然我元神虚弱，却也知道，他身体好得很，且修为大进。"

"师兄伤在元神。"苏竹漪道。

洛樱也不搭理苏竹漪了，只是看着青河道："元神可曾受重伤？"

青河嘴唇翕动，几乎没有犹豫地回答："不曾。"只是等说完后，他心中才有了一丝悔意。

他从不曾对洛樱说过谎话，哪怕此时，也忘了撒谎。

洛樱听到回答，默默看了苏竹漪一眼。

苏竹漪都想撂挑子了，明明洛樱刚刚有松口的意思，青河偏偏不肯说句软话，她又是哭又是跪，天天操的哪门子闲心。

让一个无恶不作的狠人天天担心这个死那个死的，她都想直接把他们两个给一剑劈了算了！

苏竹漪心头火气噌的一下上来了，真不想管这对师徒，尽给她添乱。她唰的一下站了起来，就听洛樱道："那走吧。"

青河动作僵硬，缓缓地站起身，他攥紧拳头，一声不吭地跟在洛樱身后。

苏竹漪心头冷笑，她主意已定，打算跑路了。等会儿青河受了鞭笞，压制不住龙泉剑，来场大屠杀把古剑派血洗一通，她趁早滚了，省得被牵连。她一边走还一边想，若是古剑派因此而覆灭，岂不是历史也完全改了，那她还纠结什么，反正结果都是一样的。古剑派这么一个大派被抹去了，那这发展变动可不就大了，得让全天下人震惊。

她回到自己屋子，拔了松风剑，将屋子里用得上的东西一股脑塞进了荷包，打算拍拍屁股走人。

"小姐姐，你去哪儿？"小骷髅跟在苏竹漪屁股后头，一脸不解地问。

"离开这里。"

"去哪儿啊？"小骷髅脖子上挂着蝴蝶挂坠，虽然破得不成样子，但他还宝贝得不得了，这会儿听说要离开，他也去拿了些东西放进挂坠，有针线啊，没缝完就扔在床上的衣服布料啊，还有几个小草人，他不会扎替身草人，但看得多了，也能用草编娃娃了。

"去多久啊？我给笑笑说一声什么时候回来。"

"小叔叔的碑谁上香啊？我们都走了，大姐姐也经常睡觉，要告诉青……青河大哥哥吗？他会帮我们给小叔叔上香吗？"小骷髅怯怯地问。他可是只要在家，每天都给小叔叔点香放果子的。

回来？不回来了。

等龙泉剑发起狂来，这古剑派指不定被毁成什么样子。

转念一想，苏竹漪却又不确定了，古剑派这种传承悠久的大派，还是剑道门派，未必没有自保的本事，譬如说，承载着整个落雪峰的古剑和至宝剑心石。

而洛樱还在，青河哪怕拼着剑毁人亡，也要护着她吧。

或许，这里还会完好无损。

死的只有他们而已。

如果是这样的话，她还可以回到古剑派过安稳日子，毕竟她是洛樱的徒弟，掌门待她也不错。

只不过，她忽然觉得，若是没有一个人等在落雪峰上，她回来也没有任何意义了。

"嗯……"

耳边好似听得一声闷哼，苏竹漪脚步一顿。

小骷髅的神识比她更敏锐，他也听话，还一直用灵气裹着青河，此刻惊道："啊，青面……青河大哥哥在挨鞭子！他看着好痛苦，怎么办怎么办？"小骷髅急得团团转了。

苏竹漪问："你不是很怕他吗？"

"可他是带我们回来的大哥哥啊，小姐姐不是很喜欢大姐姐和他吗？现在大姐姐看着也好虚弱啊。"

苏竹漪："……"

她不是喜欢他们，只是觉得，跟他们相处的这十年，是她一直所向往的岁

月静好吧。

这种牵绊，与她跟秦江澜之间的感情是不一样的，也是她从前不曾接触过的，她其实有些在意，不仅是因为天道宿命，还因为喜欢。

就连小骷髅都感觉到了。

她嘴唇一抿，随后飞向了刑堂。

青河已经挨了几鞭，后背被抽得皮开肉绽，而刑堂里已经站了几个长老，那个云峰主赫然在其中。

看到行刑的是洛樱本人，苏竹漪更是恨不得把他们掐死算了，她飞过去拦在青河面前，替他挨了一鞭子，她疼得叫了一声，随后道："师父，我愿为师兄受刑！"

随后传音给青河："你能受几鞭？"

"至多六十。"青河用晦涩不明的眼神看了苏竹漪一眼，传声道。

苏竹漪一咬牙，抱着洛樱道："弟子愿受五十鞭笞。"怕他逞能，苏竹漪便欲多挨十鞭。

"与你何干?!"洛樱挥动炼神鞭也是要耗费精力的，此时的她，比之前更虚弱了。

苏竹漪不知道如何回答，索性抱着洛樱不撒手，眼角的余光扫到旁边的易长老，看他那微微惊讶的眼神，还有他肩上那只金丝雀不断打量着她和青河，明明是只鸟，眼神却颇为暧昧，真是叫苏竹漪恶心坏了。

糟了，这些家伙该不会误以为她喜欢青河吧……

洛樱允了。

她觉得自己活不长了，两个徒弟能够有这么深厚的同门情谊，她也放心一些，青河对同门情谊看得十分淡薄，她原本是有些担心的。

她持鞭抬手，正欲继续，就听苏竹漪又道："师父，你累了，不如让……"瞧见胡长老也在，他还一脸担忧，苏竹漪立刻道："不如让胡长老代劳。"

胡长老长得高大魁梧，却是个护短的热心肠，也对资质优秀且修为高的弟子格外看重，他下手肯定会轻一些。

刑堂处于戒峰，峰主是个元婴期女修，大家都称其为云峰主，也是她，对落雪峰凌驾于门规之上一直颇有不满。

她听到苏竹漪的话后，不动声色地上前一步："落雪峰的事情我们刑堂本不好干预，但洛樱身体不适，这鞭刑就由刑堂来执行吧。"

胡长老不满地上前，正要说话，就听易涟沉声道："我来吧。"

云峰主稍稍迟疑，瞥了易涟一眼，随后道："那就劳烦易长老了。"

易涟经常躲在深山老林里蹲点灵兽，一蹲蹲几十年，常年不在古剑派，但他还是一峰之主，他的实力和手段都是让人有些忌惮的。

易涟接过鞭子，啪的一下抽在了青河身上。苏竹漪发现易涟抽得中规中矩，每一鞭都好似用了全力，但看青河的反应，却又好似没有此前痛苦。当然，青河的痛苦不会表现在脸上，他最多闷哼一声而已，基本上看不出来疼不疼。

炼神鞭的威力跟持鞭者的修为境界和元神本身的强度有关。

洛樱现在虽然身受重伤，但她修为本身是在场最高的，她的元神虚弱，就好像识海之中完全干涸，但那识海本身却是十分辽阔的，只是里头没神识了而已，境界还在。她抽青河，既伤青河，又伤自己。

而现在，明明易涟是用了全力的，为何小骷髅偷偷告诉她，青河要轻松多了？

苏竹漪觉得有古怪，她思索的时候，瞧见易涟肩上那只金丝雀忽然转过头来瞅她，小眼睛闪着光，眼神显得十分狡黠，跟此前那只傻鸟有些不同。

下一刻，苏竹漪想到了上辈子听说过的一个秘术。

乾坤挪移，移形换位。这比替身草人厉害多了，就是人在出生之时便有个灵物与其一起成长，朝夕相伴，等气息相近后，施展某种秘术，使得人与那灵物能够共通，随时互换，等于一个人有两条命、两个身份了。

上辈子苏竹漪只是从书上看过，未曾见有人用过，所以一开始没想到，如今想到了，感叹易涟果然有些本事，当然，更多的感叹在于，他移形换位的对象居然是只鸟。

还是只金丝雀……

金丝雀有什么用？

这么说来，这只金丝雀也得有一千五百多岁了，果然是只老鸟啊。

既然换了位置，那现在抽青河的就是那只金丝雀了，金丝雀能有什么力量，估计打在青河身上就跟挠痒痒一样，想通这些关节，苏竹漪顿时松了一口气，这下，他们算是欠了易涟一个人情，也不知道他有何目的，所求为何。

反正是他主动帮忙的，小事的话，她心情好还搭理一下，若是太麻烦就算了，反正她脸皮厚，也不在乎。

等抽完青河，就轮到她了。

易涟笑呵呵地走到苏竹漪面前，亮了亮鞭子。

他说："你那只灵兽回来了吧？"

苏竹漪："……"

不待苏竹漪狡辩，易涟又道："我闻到你身上有灵兽的气息了，比上次更浓。"

小骷髅就在她旁边站着，能不浓吗？

"什么时候带出来给我看看？"易涟又道。

他甩了下鞭子，抽得啪的一声响。这是打算吓唬她了，她若是不答应把小骷髅带出来给他看，他就要动真格的了？

小骷髅是绝对不能放出来见人的，他是个鬼物。洛樱当初之所以会要求她拜入古剑派，原本的目的在于把小骷髅带在身边，哪怕小骷髅现在看起来气息干净，但这样的鬼物在外人看来是很容易被外界影响的。苏竹漪知道小骷髅其实有自己的主意，他在不杀生、不干坏事这两方面挺坚持，但是别人愿不愿信，敢不敢信就是问题了。

鬼物，本就不为世人所容，在世人看来，鬼物就不应该存在于天地间，哪怕从不曾害人。

圈养鬼物，就是邪魔外道。

同理，青河不是被邪剑控制，他现在本身就是邪剑，骨连着骨，肉连着肉，他既是人也是剑，一柄随时会疯狂、煞气冲天的剑。如果告诉洛樱，告诉同门，他现在就是那曾让天下大乱、生灵涂炭的龙泉剑，不管他们如何纠结，内心如何挣扎，青河的下场都只有一个——由洛樱出面，想尽办法，哪怕同归于尽，也要将龙泉剑毁灭，如果毁灭不了，就将其再次封印。

"快叫出来给我看看。"易涟的眼睛像在发光一样，他对奇珍异兽特别痴迷，这些日子一直记挂着苏竹漪上次说的那只灵兽，但苏竹漪画的那张画很明显就是忽悠他的，她一副油盐不进的样子，让他着急，他也不能逼着小辈，现在却是个机会。

"他神识比我强大，我叫不出来。"苏竹漪道。

易涟脸上仍有笑容，他没多说什么，只是耸了下肩。"那真是可惜了。"说罢，他抬手欲挥鞭时手腕一抖，随后转身把鞭子递给旁边的云峰主，"我手抽筋了，就麻烦云峰主了。"

那只金丝雀瞅了苏竹漪一眼，眼珠转了一圈，爪子向左右挪动两下，转了个身，背对苏竹漪，还突然张开翅膀，好似做了捂眼的动作。

云峰主接了鞭子，直接扬手就是一鞭。

她素来严厉，对落雪峰颇有不满，对青河盗走剑心石一事更是耿耿于怀，但对入门仅十年就得了仙剑的苏竹漪倒还算得上和颜悦色，她没有刻意使坏下毒手，但也不会心软。

云峰主是管刑堂的，她心里头有数，分寸掌握得恰到好处，这炼神鞭打不死苏竹漪，却会让她疼，五十鞭打下去得躺上一年半载，教训有了，规矩也立了。就是那青河素来目中无人，此番便宜他了。

苏竹漪如今是金丹期修为，她元神比修为强，一鞭子挨了，元神还好，肉身却疼得厉害。

以往受多重的伤她都能忍着，浑身上下没一块好肉，也能淡定自若地与人说话，虚张声势，没想到重活一回，忍痛的能力都变弱了。好似最近这些年过得太顺遂，养了一身细皮嫩肉，以至于这会儿挨了鞭子，眼睛里都有了泪。

她假哭的时候多，随时都能哭得梨花带雨楚楚可怜，像是这般当真滚泪珠的时候几乎没有过，自己都没有疼哭了的记忆，因此苏竹漪怔了一下，强忍着没让眼泪掉下来，死死憋回去了。

她没哭，小骷髅倒是哭了。好在有神魂联系，她一边挨着鞭子，一边跟小骷髅说话，免得小骷髅真的忍不住露面。

"小姐姐，为什么要挨鞭子呢？"

"因为青河犯错了。"

"青河犯错了，小姐姐帮他受罚，那我也可以帮忙啊。"他站在苏竹漪背后，不敢看她的鞭痕，伸出手臂想替她挡鞭子。但这炼神鞭本身是捕捉元神，落在人身上的，所以挡也压根挡不住，完全不会落在他身上。

"我说了要保护小姐姐的。"他眼眶冒眼泪，憋着口气提着拳头要打人，苏竹漪把他喝住了，倒是没想到，小骷髅真的有了揍人的勇气，只是现在不是时候，她自己揽的破事，这会儿要是小骷髅冒出来把云峰主打了，就不好收场了。

又挨了二十来鞭，苏竹漪有点忍不住了。本来为了不给师父丢脸，她跟青河一样跪得笔直，这会儿一鞭一鞭落在身上，她有些撑不住，往前面倒，小骷髅见状立刻跑到前面去给她抵着，众人压根看不见小骷髅，却总觉得苏竹漪的样子有点怪怪的。

青河一直闭着眼睛。

炼神鞭对他的元神有损，所以他刚刚一直在压制龙泉剑，他此前高估自己

了，若不是刚才易长老帮忙，他恐怕连五十鞭都熬不住，这会儿压制住了龙泉剑的邪性，他才睁眼，看到苏竹漪跪在那里，后背上全是血。

师父静静站在一侧，眸子里好似没有神采。

他知道师父没有错，师妹是代他受过的，可是心中仍有些不甘。

师父能为天下人牺牲自己，为了陌生人献祭自己的身躯，为什么就不能护着自己的徒弟？

青河跟洛樱不是一样的人。他不在乎其他人，不在乎什么规矩，不在乎什么正和邪，不在乎是非对错，他只在乎自己在乎的人。

他觉得自己天生就适合魔道。善恶不明，是非不分。

若不是当初被洛樱挑了去，他肯定已经入了魔道。

可偏偏，洛樱选了他。

而他，又爱上了她。

啪的一声响，随后又是小师妹的一声闷哼，好似从牙缝里挤出来的痛苦的声音，一点一点传到青河的耳朵里，侵入他的识海。

从前，苏竹漪在他眼里就是师父收的徒弟，是师父要他照顾的人。

一切以师父为重。他护着她，因为师父所托。

而现在，小师妹，是他的师妹。

眼看那鞭子又被高高举起，青河望向持鞭者的眼神阴寒至极，云峰主被那眼神激得心尖一颤，随后她眼神一暗，本来还算公正的她手上直接加了几分力道。

苏竹漪感觉到那鞭子的劲风袭来，比之前几次好似更强，她猛地抬头，心头倏地一跳。

她好像忘了什么。

好不容易才说服小骷髅不要打人呢。结果，管住了一个，没管住另外一个！

她体内飞出了一道惊鸿剑光……

逐心咒啊！

松风剑气……

这个，她控制不了啊！

松风剑气出现得太快了。

电光石火之间，一道剑气从苏竹漪身上飞出，那云峰主手中的炼神鞭被一剑破开，而松风剑气去势不减，刺向云峰主眉心。

这逐心咒里的松风剑气好似比以前强了几分！

强得真不是时候！

好在大多数修士有罩一层防御屏障的习惯，再加上护体法宝，还有洛樱和易涟反应极快出剑一挡，云峰主虽被剑气逼得踉跄后退几步，人受了点伤，但伤得不重。

反倒是洛樱，面比纸白。

"你！"云峰主厉声道，"苏竹漪，受刑时竟敢以下犯上，罪加一等！"

苏竹漪："……"她把松风剑取出来。"仙剑护主，弟子惶恐。"

幸好刚刚她把松风剑拔出来放在身上了，不然一时不知道如何解释。

刚刚那二十几鞭，仙剑都没护主，现在却突然跳出来，应该是感觉到了主人有生命危险。易涟刚刚阻了一下那道剑光，心头清楚那一剑有多厉害，他的剑现在还颤个不停，差点被那一剑斩出裂纹，存了几分疑惑。苏竹漪有这么强的剑道实力吗？否则的话，哪怕是仙剑，才认主没几天，也不可能发出如此强的剑气。不过他还是看着云峰主道："苏竹漪只有金丹期，刚刚你那一鞭使了全力，若落到她身上，怕是会伤到她的根本，重则丧命，难怪仙剑会主动护主。"

云峰主下意识想反驳，刚一开口，就听到一个声音道："我才闭关几天，你们就闹出这么大动静。"

是掌门段林舒来了。

"罚也罚了，洛樱，你带着两个弟子回去，别杵在这里了。"

"鞭笞未满……"云峰主皱眉道。

"苏竹漪得了仙剑，又救了福全镇那么多百姓，自己还中了毒，身子都没养好，这么大的功劳还抵不过那几十鞭？"掌门面含怒色，也不等洛樱同意，左手拎一个，右手拎一个，带着苏竹漪和青河就走，小骷髅眨巴眨巴眼睛看着掌门，只觉得这叔叔真是好人，心里头喜欢的人又多了一个。

还排在了青河前头。

洛樱精力不济，此时见掌门都拎着人走了，嘴唇微抿，也不再坚持，跟了上去。回到落雪峰，掌门就把两个人放了。"好好休养，知错就改便好，云峰主素来严厉，她自幼就在刑堂长大，对犯错的弟子都没有好脸色，但处事十分公正严明，你们不要对其心生不满。"

掌门这话是看着青河说的，青河那眼神真是冷得跟冰窖一样，掌门看着都发寒，这小子如今看着是金丹期修为，但大家都觉得不是，总感觉他的修为深不可测，比从前的洛樱还要强，偏偏他是个冰坨子，独来独往的，就连掌门的

面子都不给，于是他们都不知道他的真实实力到底是什么境界。

"是。"青河硬邦邦回了一个字，就不再说话。他看着慢慢走过来的洛樱师父，还有跟在师父旁边的易涟长老，眸色又深了。

不过易涟却看着苏竹漪，他这会儿也不威胁她了，直接拿了丹药送过来，就地坐下，觍着脸道："你不把那只灵兽拿出来给我看，我就不走了。我蹲灵兽能蹲百八十年。"他呵呵一笑。"不管多艰难凶险的环境，我都能撑过去，头一回在自家门派里蹲，蹲千年都没问题。"

青河冷冷地道："你还能活千年？"他也知道小骷髅不能见人，但以前从来不会过多关注洛樱以外的人和事，此番开口之后，视线往苏竹漪旁边的空地一扫，而后面无表情地移开了。

小骷髅被他看得一抖，他觉得自己明明裹得密不透风，为何青面獠牙好似看得到他呢？

不知为何，青河的语气让人感觉到了刺骨的寒意，易涟肩膀上那只金丝雀身子僵硬，往他肩膀上一倒，他讪笑两声，把金丝雀装进灵兽袋，道："蹲到我岁月尽头也是值得的。"

这不要脸的，难不成真要一直蹲在落雪峰？

想到这里，苏竹漪轻哼一声，指着面前的空地："我又没藏着，你自己看呗。"

易涟脸上笑容一僵："在这儿？"

他用神识扫了又扫，看了又看，压根什么也没看见。

苏竹漪便道："小骷髅，叫人。"

她联系小骷髅，让他不避着其他人，说句话。

就听小骷髅脆生生地道："小姐姐，他怎么坐在地上？"

易涟先是一愣，随后看向声音来源，伸手去摸，摸了个空。

"真的在这儿？"

"真的啊，你自己看不见，怪我喽？"苏竹漪又道，"我累了，回房间休息了。"转身欲走，却被易涟拉住。"看不见摸不着，还能说话，难道是雾魅，还是九阶的？"

苏竹漪皱眉："我怎么知道，我不认识灵兽，只是机缘巧合遇到的。"

"你是灵兽主人，能看见吧？"易涟眼神热切，"你画给我，我确认一下。"

苏竹漪眉头收拢了，眼神也冷了不少，明明只是金丹期，此时却眼神锐利，给人一种盛气凌人的气势，倒叫易涟稍稍被镇住，缓缓松了手。

就听苏竹漪语气冷冷地道："我不是画过了？"

一想到上次那幅画，易涟就脑仁疼，只是他这会儿也不好追问。被两道冰冷的视线盯着，他感觉自己前胸后背都凉飕飕的，不只两道，而是三道，剩下的那道，不用想，应该是那只高阶雾魅吧。

无影无形、实力强大的雾魅，没想到他居然有幸得见。

问不出什么了，易涟垂头丧气地离开，掌门也跟着走了，洛樱站在原地没动，她看着两个弟子，声音难得温柔了一些："以后莫再犯了。"

苏竹漪点点头就回了房间，她趴在床上，让小骷髅在她背上擦灵药，等抹了药膏之后再开始调息疗伤。

刚趴了没多久，苏竹漪就感觉玉璧动了。

连忙拿出来，她终于再次听到了秦江澜的声音。

"又受伤了？"

咦，这次好像没像上次那么断断续续的，难道是因为没打雷下雨？苏竹漪微微一愣，心想。她还没回话呢，小骷髅已经蹲到了玉璧前，把玉璧拿到了手里。

苏竹漪："……"

突然觉得小骷髅有点碍眼怎么办？

听到小叔叔的声音，小骷髅高兴得不行："小叔叔，小叔叔，你什么时候过来啊？"

秦江澜着一袭黑衣，他身处荒漠，周围是漫天黄沙，没有任何生灵。

他想，没有生灵，就不需要消耗他的生气。

如今的秦江澜，修为已经到了元婴期九层。从前历经一千多年才跨越的境界，如今短短十年就达到了。还有很多疑惑未解，他无时无刻不警惕着，在修炼的同时不断回忆往事，并将上一世发生的那些事情记载在玉简、竹简、白纸上……

可是他发现，很多事情依旧被他缓缓遗忘，而记录在玉简、竹简、白纸上的字迹，也会一并消失，就好像上面从未写下过任何东西一样……

他是怎么认识苏竹漪的呢？

他已经忘了。

可他没忘，他爱她。

逐心咒的再次异动让他惶恐不安，他得离开这里，他必须尽快离开这里，他要去到她身边，他怕她受伤，他更怕遗忘。每一次催动天涯，秦江澜的神识

消耗都极大，他害怕神识的损耗会加速遗忘，所以此前神识恢复后也没有尝试联系她，直到此时逐心咒再次异动，他实在忍不住了。

"快了。"秦江澜答。

苏竹漪捧着玉璧趴在床上，本来是不疼的，现在听到秦江澜的声音，忽然觉得后背火辣辣地疼，疼得她轻哼了一声。

对面秦江澜的声音传过来："怎么了？疼？"

刚刚逐心咒动了，她肯定受了伤，也不知道伤得如何。

"是啊，好疼。"她懒洋洋地道，声音都柔媚了一些。好似回到了望天树上，她柔若无骨地趴在床榻上，用一层薄纱裹着身子，冲在那边打坐的剑修说一声："哎，秦老狗，我老毛病犯了，疼，来给我捏捏肩。"

一百次里有九十九次他都不会理她。

剩下的那一次就是真的疼，因为她当年伤得太重，经脉尽断，骨头都被碾碎了，经脉断了就完全不能容纳灵气，而没有灵气，平时可轻易恢复的伤就如不治之症一般。断骨重塑的痛苦，她都不记得自己是怎么熬过来的。

大概是因为她从来都不愿放弃，也是因为有个人一直陪在身边，不舍得她死吧。

思绪瞬间飘远，在听到秦江澜的声音时，苏竹漪又瞬间回神，她听到秦江澜问："哪里疼了？"

声音里透着关切的味道，这是从前那个假正经声音里从来没有过的。

那时候的秦江澜说话就跟念经似的，语气平静，波澜不惊。

苏竹漪眼睛一眯，她是趴着的，这会儿胸口本身就被压得有点难受，她顺手抽了枕头垫着，这才语气轻佻地道："胸口疼，你来给我揉揉？"

她以前在秦江澜面前说些挑逗的话可是信手拈来，不承想这话说出口，自己面皮倒是一红。

对面没吭声，气氛稍稍一凝。

就在这时，小骷髅凑过来："小姐姐，你疼啊，我来给你揉啊。"

看着那只伸过来的手，苏竹漪脸上媚态横生的笑容直接僵掉了，她将一只手撑在小骷髅头上，道："一边儿玩去。"

同一时刻，玉璧那边传来一声轻笑。

那笑声轻柔宠溺，犹如羽毛拂过，撩得她心湖荡漾。"等我过来给你揉。"

苏竹漪本来微微泛红的脸颊瞬间发烫，她怎么都没想到，那个高贵冷淡的秦老狗，居然会变成这样……

她眉头收拢，一句话把所有暧昧都给打破了："哎，秦老狗，你是不是被什么脏东西附体了啊?!"

秦江澜脸上笑容一凝，秦老狗这个煞风景的称呼，又从她嘴里冒出来了。

其实他本就笑得艰难，维持咫尺天涯让他元神剧痛，但听到她说话，哪怕她喊他秦老狗，他都觉得亲切，好似痛苦会减轻一样。

秦江澜想了想，道："过几天我还会把小骷髅叫过来一趟。"他想证实自己的猜测，但是叫小骷髅过来，就必须收集足够的阵法材料，那些材料也是真的，但是要去修真城镇里买，也就避免不了跟这里的那些奇怪生灵——或者说死灵打交道了。

秦江澜潜意识里觉得越少接触越好，所以他才会选了一片灵气匮乏的荒漠，但灵气稀少，他修炼的速度也会降低，这就进入一个怪圈了，所以在修为没有突破，没有实力越界之时，他还想叫小骷髅过来验证一下。

说到过去，苏竹漪脸上的笑容僵了，她抱着玉璧坐起来，说："秦江澜，小骷髅上次带过来的东西，除了你亲手做的玉簪是完好的，其他的都破损得很严重，好似过了上万年一样，都快化成灰了。

"绿色的发带也是好的，不过你干吗在头上系个绿带子?"因为小骷髅当时是往头上缠发带的，苏竹漪就以为秦江澜把那绿丝带当抹额，系在额头上。

苏竹漪倒没过于纠缠这个问题，又一脸严肃地道："我有个猜测……"她顿了一下："你现在会不会在流光镜里?"

"如果是真的，你会不会有危险?"苏竹漪没意识到，自己声音里透着一丝紧张，"还有，东西破得很厉害，不仅是被阵法挤压，还有一种时间流逝的破损感，就好似上万年前的老古董一样。"这些秦江澜肯定是不知道的，不然他也不会准备那么多礼物，让小骷髅带过来，连黄狗的肉骨头都有，他肯定没想到东西会坏成那样!

她越说越心惊。

秦江澜眉头稍紧，他现今的想法跟苏竹漪不谋而合，但苏竹漪的话，仍让他心一沉，只不过，他不想把这种紧张和困境告诉她。

"你担心我?"他没回答，反问。

元神越来越疼，头都要炸开了，他握着玉璧的手捏紧，手背上青筋迸了起来。但他的声音温润清亮，穿过遥远的距离，透过那湛蓝的天空，蹚过时光的河流，送到了她耳边，更显空灵轻柔。

"喊。"苏竹漪嗤笑一声，既没承认，也没否认。

339

"我心甚悦。"他其实不知道苏竹漪对他是什么心思，现在发现她似乎很担心他，已经足够高兴了，高兴到连疼痛都可以忽略，明明满头汗，却浑然不觉，顿了一下，他说，"如果是在流光镜里的话，东西会坏倒很好理解，应该没什么大事，下次，我炼制新的东西带过去。"

他确实很高兴，但对现在的处境更忧虑了。

这个真灵界，莫不是数万年前的真灵界？突然遭遇了什么，时间凝固，所有生灵失去生气，等他进来后，以他为中心的地方，时间才会短暂流逝，那些人和物才会活动，宛如活着一般。也正是这个原因，他买的那些物品在苏竹漪那边才会破损严重，而他自己做的东西，重新炼制过，经过他的手获得新生，不似从前那些老物，时间变得跟他一致？

一切都是猜测，需要他去一一验证。

思绪稍稍一转，下一刻，注意力又集中在玉璧之上，他听到苏竹漪的轻笑声，那带着戏谑的声音，让他想起了她那张艳若桃李的脸、她妖娆的身子、她妩媚的眼神、她狡黠的笑容……

勾人的妖女……可不是嘛。

"嗯，要是你自己出不来……"苏竹漪咧嘴一笑，"我现在感应不到流光镜，不过我觉得等我修为上去就能感应到了，到时候沟通一下器灵，确定你在里头，再把你救出来。"

说到这里，她咯咯笑两声，声音和从前一样，脸上的笑容却有些勉强："秦老狗，你也有等我来救你的时候，若是我救你出来，你打算怎么感谢我？"

他面有赤色，心想：以身相许够不够？

这句话没说出口，秦江澜再也坚持不住，直接昏了过去。

苏竹漪等了一会儿，对面却没了声息，她看到玉璧渐渐失去光泽，便将玉璧小心收好。不知为何，她心头有些忧虑，若真是在流光镜里，他的状况会不会跟洛樱类似？

身体虚弱，逐渐被流光镜吞噬。

但小骷髅跟秦江澜相处过，他说小叔叔一天比一天厉害。

苏竹漪一时想不出个所以然，她还是打定主意先把伤养好，然后好好修炼，争取早日突破元婴期，沟通流光镜，把秦江澜救出来。

苏竹漪本身就是个狠人，上辈子修炼起来简直不要命，现在认真起来也十分惊人。

她修炼心法，在神识消耗完毕、识海枯竭、头部剧痛、彻底透支时才会停下，而停下来不是为了休息，而是为了修炼剑诀，没人的时候她就握着断剑练习天璇九剑，剑招倒是能使出来，但一直未有自己的剑意出现，也就是空有其形，而无其神。不过她也不在意，如今最重要的是提升修为境界，剑意倒是其次，练剑为的是洛樱和青河二人，但跟秦江澜一比，他们的地位就要低得多了。

明明要为自己而活，恣意潇洒地活，结果偏偏为了别人而努力，然而她好似已经不排斥这个了，反而觉得挺有动力的。

转眼三年过去，苏竹漪的修为到了金丹期五层，这样的速度，是前世的她也望尘莫及的。

纵观整个修真界，也找不出第二个人。当然，除了青河那突然变成了龙泉剑的怪物。

洛樱四百岁结婴，已是现在修真界的奇迹。而上辈子秦江澜三百五十岁结婴，超过了洛樱，成为天下第一剑。苏竹漪觉得以她现在的发展趋势，百岁以内结婴的可能性很大，到那时，她也能名扬天下了吧？

三年的时间，苏竹漪每天忙着修炼，给石碑上香的任务就落在了小骷髅头上，他知道小姐姐忙着修炼，便没怎么打搅她，而且自个儿也努力修炼，想变得强大，更想长出一身肉来，可惜一直没什么效果。

他是小孩子心性，修炼的时间没那么长，一天有三四个时辰用来修炼，其他的时间就采花扑蝶、缝衣服、陪灵兽玩，日子过得不错。

小骷髅跟蚕蚕的关系越来越好了，得知他想长得胖胖的，蚕蚕还帮了他点忙。

它吐了很多蚕丝，把小骷髅的骨头给裹了起来，就跟长了很多肉一样，如今穿上衣服的小骷髅看着肉乎乎的，身子跟寻常的小孩没什么两样。

就是脸上没裹丝，还是个骷髅头。

这天，苏竹漪神识耗尽，出房间准备练剑，就见小骷髅抱着衣服过来："小姐姐，小叔叔怎么还没叫我过去啊？"

这三年，苏竹漪一直将玉璧贴身放着，然而那玉璧却再也没亮过。她尝试过注入灵气神识去沟通，但灵气神识注入玉璧就好似石沉大海，毫无效果。

此番听得小骷髅询问，她的心有些沉。

"我把衣服都做好了。"他抱着自己做好的衣服，"小叔叔是那么高吗？尺寸真的合适吗？"

小骷髅的针线活越来越好，他想送小叔叔自己做的礼物，就偷偷瞄青河的衣服，打算照着青河身上的衣服来做，布是小姐姐去藏峰领的，但缝补都是靠小骷髅自己完成的。历时两年，他偷看青河无数回，还偷偷凑过去量了好多次尺寸，总算是完成了。

可小叔叔一直没叫他，他就开始在衣服上绣花，开始绣些花啊草的，后来绣小人，绣了小姐姐、他自己，还绣了笑笑，哪儿晓得小叔叔依旧没叫他，衣服上就多了洛樱，后来他还加上了掌门和青河⋯⋯

估计之后还得多出易涟和金丝雀了。

男男女女都是很简易的样子，但男的是用青色的线绣的，女的是用红线和白线绣的，几个男人围在用红线绣的苏竹漪旁边，也不知道秦江澜看到这衣服会脑补出什么奇奇怪怪的东西。

他天天在那衣服上缝缝补补，三年时间，把衣服都弄得有点脏了。

这会儿他用灵气洗干净了衣服，挂到树上晒了太阳，闻着有花香和阳光的味道。礼物准备好了，却一直没等到小叔叔叫他。

"尺寸肯定合适的。"苏竹漪道。她都跟他朝夕相处了那么多年，还能不知道他穿多大的衣服？

曾经用手一一丈量过，如何会不清楚呢？

"快了。"她道。

然而没想到的是，她话音落下，小骷髅就"啊"了一声："小叔叔叫我了！"

苏竹漪一开始的时候没给秦江澜带东西。

虽然想过准备点啥，但又觉得她能看上他就已经是他的荣幸了，还需要准备礼物吗？只是时间一天一天过去，她修炼得精疲力竭，躺在雪地上，看头顶星空的时候，也会回忆起望天树上的蓝天白云，还有仿佛伸手可摘的漫天星辰。

秦江澜跟其他剑修不一样，他常年穿的衣袍颜色都较为暗沉，以青绿、墨绿居多，若是别人穿在身上会有一种暮气沉沉的感觉，但他那皮相太过俊逸出尘，好似周身自带光辉，再暗淡的颜色也无法遮掩他身上的光，反而更突显出

他那张被上天眷顾、精雕细琢过的脸。

浓墨重彩，人在画中。

苏竹漪觉得自己就是喜欢他那张脸，天天看，那好颜色看了六百年也没厌，不过倏地想起他鬓角银丝，又想起他束发的绿丝带，苏竹漪琢磨了几天，到底还是亲手做了根白玉螭龙发簪，簪身是浮雕龙纹，线条连绵自如，本来这类玉簪上若是刻字的话，一般会是"言念君子""温其如玉"之类的，苏竹漪在上面刻了句"美人如玉"，还刻了自己的名字，也不知道是夸她自己还是夸别人了。

她做的只是普通的发簪，玉是上等的玉石，但没有炼制，连法宝都算不上，并没有耗费苏竹漪多少时间，她早就给了小骷髅，让他随身带着，这时候，小骷髅要消失了，她也没着急，叮嘱了句早去早回，末了还拿出一个高阶替身草人塞在小骷髅手里，让他交给秦江澜，小骷髅点头应了，接着彻底消失不见。

那就是当年青河从藏峰给她要的两个高阶替身草人之一，她一直用不上，这会儿临时起意，分了一个给秦江澜。

等小骷髅走了，苏竹漪把玉璧掏出来，等了一会儿发现没动静，冷哼一声，将玉璧放在了储物法宝里。

把小骷髅都接走了居然不跟她说一句，真是……

她踢了门口的石碑一脚，这才拿起断剑开始练剑招。苏竹漪这次没让小骷髅将松风剑带过去，她还是有点担心的，那边的秦江澜已经有一柄松风剑了，不知道贸然拿过去会不会出现问题，好在松风剑现在也没提找主人的事，它每天都变成一棵松树，立在苏竹漪房门外，如今长得很高，把苏竹漪那房门都堵了一半，透过窗户往外看，便是满目苍翠，绿意盎然。

练了一会儿剑，苏竹漪看到青河过来了，她把剑一收，问："什么时候回来的？有事？"

"昨天夜里。"

青河因为龙泉剑，一年到头在落雪峰待不了几天，有限的几天也大都坐在师父房门外，这三年来，苏竹漪跟他没说过几句话，现在他主动过来，多半有事。

"有结果了。"

青河淡淡道："我们现在去一趟素月宗，正好……"

苏竹漪笑了，点点头："趁火打劫，浑水摸鱼。"

上辈子素月宗被瓜分的时候她没去成，如今抢先得到消息，还有青河压阵，必定能捞到不少好处。合欢宗那寻欢宗主也是厉害，居然用三年就把这事给办妥了？

苏竹漪一直以为要十来年才能办成。

事不宜迟，苏竹漪打算立刻出发，临行前问了一句："哎，你有没有什么隐匿身形的法宝？"

她是去趁火打劫的，如今身份不比上辈子，她那张脸又太引人注目了，修为虽然不差，但比她高的也不少，若没有什么遮挡容貌的法宝，肯定会暴露身份，到时候丢了洛樱的脸，青河还得劈她。

青河硬邦邦地回了一句："小骷髅。"

有小骷髅的灵气屏障裹着，谁都看不见苏竹漪。

"小骷髅走亲戚去了。"苏竹漪也没隐瞒，老老实实回答。

青河也听小骷髅念叨过小叔叔，他这会儿没多问，掏了个黑漆漆的面具递给了苏竹漪，道："走吧。"

洛樱依旧是睡着的时候多，因此苏竹漪和青河没去打搅她，把屋子外的结界仔细地检查了一番，又把落雪峰古剑上的结界打开之后，他们才下山，赶往了素芳城。

另外一边，小骷髅到了真灵界，刚落地，看到不远处坐着的人，就高兴地喊了一声："小叔叔。"

然而下一刻，他身子一僵，站在阵法中央，丝毫不敢乱动。

秦江澜抬头，他身着一袭黑衣，神情清冷，眸色暗沉，眼神显得有些阴郁。

"悟儿，你来了。"看到阵法里出现的小骷髅悟儿，秦江澜声音里有了三分笑意，他虽疲惫，但还是抬手招了两下，"给你准备了几个小玩意，你看喜欢不喜欢。"

他手里拿着个面人，捏的是金猴子，还有一串糖葫芦，身边还摆了一个蝴蝶风筝，都是小孩子喜欢的。

的确是小叔叔。

小叔叔准备的都是小骷髅很喜欢的小玩意，小姐姐不会给他准备这些，所以他很期待跟小叔叔一起玩。

可是，小叔叔怎么会变成这样了？

身上的气息为何跟青河大哥哥那么像呢？

这样的气息让小骷髅很害怕，但他看着小叔叔的笑容，鼓起勇气，慢慢地走出阵法，靠近了秦江澜。

小骷髅一步一步走出阵法，他走得很慢，一点一点像蜗牛似的往外挪。

越靠近，小叔叔身上那煞气越浓，好像比青河更可怕，明明他身后没有青河那样狰狞的黑气和剑影，可是那种凶煞之气却从他骨子里透出来，好似还有一股淡淡的血腥味，那味道让小骷髅浑身不舒服，好像周围的空气都变得更加沉重黏稠了。

小骷髅觉得自己腿软，下颌骨都咔嗒咔嗒地响。他将步子迈得更小了，就好像小碎步似的。

秦江澜脸上笑容渐渐凝滞，他的眼神本就有些阴郁，此时眉头微微拢起，哪怕目光并不慑人，也让小骷髅觉得头皮发麻，小骷髅甚至伸手挠了两下头盖骨。

"悟儿，你怕我？"秦江澜眸子本就暗沉，说话的时候，一双眼睛暗淡无光，不复往日清澈。他声音很轻很低，显得有些失落。

小骷髅稍稍一愣，他也老实，动作僵硬地点了点头。

看到小叔叔神情落寞地低下头，小骷髅一咬牙，嗒嗒嗒地小跑几步，在小叔叔身边坐下，将手里的替身草人放到他眼皮底下给他看："喏，小叔叔，你看，这是小姐姐给你的。"

那是个高阶替身草人。苏竹漪这是担心他，怕他在这里遇到危险？仅仅一个草人，就将秦江澜身上的戾气揉散了几分。他看着小骷髅，眸子里重新有了光彩。

小骷髅又低头在破破烂烂的小蝴蝶挂坠里掏了掏，把束发的玉簪拿出来："小姐姐说头发上不要绑绿丝带了，这是她亲手雕刻的哟。"

把玉簪递给小叔叔后，小骷髅又把自己做的衣服拿了出来："这是小姐姐选的布，我缝的衣服，你快试试合身不？"

挨着小叔叔，哪怕隔了一尺远的距离，小骷髅还是觉得自己的骨头都快被冻僵了。

他说话的时候，上下牙齿磨得咯吱咯吱响，浑身的骨头也在颤，发出咔咔咔的声音，若不是被蚕丝裹着，小骷髅觉得自己肯定已经散成了一堆骨头。然而即便很害怕，他依旧没挪远，还是挨在小叔叔身边，怯怯地问："小叔叔，你是哪儿不舒服吗？"

"我好想你。"

"小姐姐她也想你。"

秦江澜用一只手紧握玉簪，另外一只手伸出，想像从前一样摸摸小骷髅的头，但他的手在靠近小骷髅的时候又缩了回去，接着把手里的面人直接递到了小骷髅手中。

他上次用天涯跟苏竹漪通话后直接昏迷了，苏醒过后都不知道过了多久。

毕竟，这个世界里的时间本身就是诡异的。而他发现，昏迷的那阵子，兴许是元神受损，他丢失了很多记忆。所以在那之后，他更不敢用天涯了。

后来因为躲在灵气荒芜且没有什么生灵的区域，修为进阶缓慢，记忆的消失速度却没有减缓多少，他遗忘的东西越来越多，心中的慌乱也越来越大。他的人生原本好似一匹绢帛，不知何处有了破口，有人顺着破口抽走丝线，他的人生也随着被抽走的丝线一起消失。

他迫切地想离开这里。

他想，既然待在有生灵的地方，那些生灵会汲取他的生气，那他把那些生灵杀了不就好了？

这个念头生出之后，就再也无法从脑海中抹去。

他忍耐许久，最终还是没忍住。上辈子，他背着天下人，救了噬心妖女，把她藏在了望天树上。

上辈子，他明明可以渡劫飞升，却放弃了大道。

红尘情爱才是他渡不过的劫。

那个妖女，或许从初次相遇，就成了他的劫。

秦江澜杀了人，他修了魔道。

他的修为已经到了元婴期大圆满，比前世要强一点，可他依旧出不去，甚至他都没有引来雷劫。他想，是不是因为他属于这里，他自己祭了流光镜，所以会渐渐变成流光镜的一部分，流光镜本身就是违背天道规则的产物，所以，已经属于流光镜一部分的他怎么可能引来天劫呢？

没有天劫，他怎么渡劫？

不能渡劫，如何越界？

他让她等他，他说自己很快就能出去了。哪儿晓得会变成这样。

甚至，他都不敢再次催动天涯告诉她。因为他害怕再次昏迷，害怕再醒来的时候，记忆遗失得更多，到最后，望天树上的六百年都化作青烟，他会记得

的，可能就是在流光镜里认识的小骷髅了吧。

于是，他叫来了悟儿，他想把以前他们之间的故事都讲给悟儿听，哪怕最后只记得悟儿了，也能由悟儿讲给那时候的他听，他想，他会记得更久一点，哪怕多一天也好。

只是他入了魔道，杀了那么多真灵界的生灵，悟儿也怕他了。

将手中的面人递给了悟儿，秦江澜没有说话，而是将玉簪握在手里，轻轻抚摸上面的每一道花纹，用手指摩挲着那个名字，一下一下地反复摩挲，好似想把那个名字镌刻在心上。

旁边的小骷髅看着手里的面人，又看了一眼小叔叔，他不抖了，好像也不怎么怕了，凑过去紧紧挨着秦江澜，说："你怎么只看小姐姐的玉簪啊，也看看我做的衣服呀！

"我缝了好久，绣了好多花呢！小叔叔。"

他把衣服扒开，指着上面绣的图案问："好看吗？"

衣袍上绣了大片的花，上面还有很多小人，有男有女，红衣服的小人是苏竹漪，她身边围了好几个男人……

就好似前世的她一样。

秦江澜："……"

心头似有戾气生起，他的手骤然捏紧，左手牢牢捏着的玉簪掉了，顺着膝盖落到草地上他都未曾发觉。

然而许久之后，心尖上的刺痛化作了唇边一丝叹息。他感觉左手手心空落落的，连忙去拿，脸上再镇定也不能掩饰心中的慌乱，还有胸中翻腾的戾气。等到握着那玉簪，秦江澜才稍稍定下心神，却觉得，玉簪的触感好似有些不对。

就听小骷髅可怜巴巴地道："小叔叔，你抓疼我了。"

他稍稍错愕，哑然失笑。

刚刚握住的哪里是什么玉簪，分明是小骷髅的手指骨……

他真是魔怔了。

只是几个人而已，还未确定到底是什么人，跟她有什么关系，他都无法控制住自己的情绪，果然是入了魔道。

轻念静心咒，却再也无法静心了。

"悟儿。"

"嗯？"

"我讲小姐姐的故事给你听好吗？"

他心念一动，又问："你会写字吗？不会的话我教你。"既然他写下来的人生会消失，那让小骷髅写下来呢？

希望到那时，他依然会愿意，依然有机会，读这一段故事。

苏竹漪和青河赶到了素芳城。

这时候的素芳城跟从前没什么两样，城门口依旧有修士在收入城费，只不过进城的人不多，都用不着排队。

青河穿了一身黑衣，他修为高，面具都不用戴，直接施展了个简单的易容术，让自己的脸变得极为刻板普通，就像是一张僵硬的僵尸脸一样，一眼看过去就知道是张假脸，偏偏大家修为比他低，看不穿他真正的容貌。

苏竹漪穿了一身红衣，脸上罩了个黑色面具，两人轻易穿过了素芳城的结界，直接从上空入了城，压根没想过要付什么入城费。进了城，他们也没在城内停留，而是直接去了素月宗。

他们来得有点早，合欢宗和素月宗还没打完……

打斗的地方在闻香岭，也就是当时苏竹漪等的那个大院里，院子里有两面浮生镜，此时镜子上都染了血。

苏竹漪跟青河隐匿了身形，还在周围罩了个结界，她坐在屋顶上观战，青河则站在她身旁，静静地看着远方，也不知道在看哪儿。

"那两面浮生镜挺好的，"苏竹漪道，"等会儿我们搬回去放在落雪峰上，每天进出都能照照镜子。"

"掌门看到如何解释？"青河冷冷回应。

"那就搬到我屋里去。"苏竹漪漫不经心地答。

"掌门没去过你屋？"

苏竹漪抬头瞥了青河一眼。"那就放你屋里。"

青河轻哼一声，不说话了。

他没反对，苏竹漪就直接当他默认了。

她继续看院中，素月宗的女修死了不少，现在宗主曲凝素浑身是伤，脸上更是青筋密布，那鼓起的青筋跟蚯蚓似的，极其丑陋。苏竹漪看到曲凝素那张脸，心头冷笑一声，曲凝素这贱人当年敢对她用红颜枯，如今这张狰狞鬼脸正适合曲凝素。

此时曲凝素面前还撑着一个防御法宝，圈住了一小片安全区域，合欢宗的

修士暂时无法攻破，双方僵持着。

素月宗资源丰富，法宝也多，曲凝素手段不少，但素月宗气数已尽，她身后也就十来个女弟子，一个元婴期、两个金丹期，其他的小角色根本没多少战斗力，多撑一会儿又有何用？反正都逃不掉。

苏竹漪懒得继续看了，她神识没青河高，直接问青河素月宗哪里灵气最浓郁，青河抬手指了指海边，苏竹漪嘀咕一句"不早说"，直接往海边去，而青河依旧站在原地，只不过片刻之后，他转了个方向，面向海边。

此前他好似在眺望远方，实则什么都没看，天地万物皆不在眼中。

而现在，他眼里只有那个钻到海里的小师妹。

三年前，若不是苏竹漪，一切都会不同。

虽然这三年青河没说过一句感激的话，但他心里已经把她当作了真正的亲人看待。

是除了他师父之外，最重要的人。

海面上风平浪静，颜色各异的仙竹花一朵一朵漂浮在水面，沉沉浮浮，被水润得晶莹透亮。

苏竹漪给自己罩了个灵气屏障就入了海，这海水里仙竹花太多，使得听海阁周围的灵气分外浓郁，倒有几分掩饰作用。仙竹花价值不菲，她之前来到这里的时候还惊叹了一下素月宗实在是财大气粗，如今想来，她们的目的是掩饰海里的东西，却不知道是何物，值得她们用这样的方法。

苏竹漪有点兴趣，难不成是仙宝？

她放开神识仔细感应，随后往听海阁那亭子底下走去。

素月宗分为闻香岭和听海阁两部分。听海阁看着好似直接浮于海面，但实际上这里的亭台楼阁是建在一座小岛上的，苏竹漪到了海面下，就看到沉在水里的岛屿，还有很多青色苔藓，深褐色的海藻一根一根竖着垂下去，又细又长，好似直接扎到了海底淤泥里。

苏竹漪绕着这听海阁转了一圈，发现整个听海阁底下都是这样的海藻，密密麻麻的，形成了天然屏障，连神识都探不进去，也不知道里面藏了什么东西。

她伸手想将海藻拨开一点缝隙，手快触到海藻的时候又缩了回来，在心头默喊了一下剑祖宗，待将断剑握在手里时，苏竹漪满意地笑了一下，这几年剑祖宗没以前那么冷淡了，十次有五次她还是能把它叫出来的。

用断剑将海藻拨开一点，苏竹漪闻到了一股淡淡的血腥气。

她眉头一皱，神识顺着拨开的缝隙往里看，结果就看到了一只血淋淋的手。

一具女尸被海藻缠绕着，因为海藻太密集，根本看不清她的脸和身体，唯有那只手比较明显，看样子刚死不久。

素月宗好歹有成千上万的女修，跟合欢宗打得只剩下那十来个人了，其他女修去了哪儿？活着的应该是被合欢宗带走了，但总有死的吧，然而苏竹漪在听海阁可是一具女尸都没看到，难道说尸体都被扔到海里，喂了这恶心的海藻？

她转了个方向，又用断剑挑开一些海藻往里瞅，这次又看见了一具尸骨，这人应该死了很久，只剩下了骨头架子，因此在深绿色的海藻中显得有几分醒目，莹白色的骨头在海藻堆里发出幽冷的光，那一双空洞的眼窝里好似透出无穷的怨气一般。

收了剑，苏竹漪面露鄙夷，素月宗以正道自居，结果宗门底下还有个这么恶心歹毒的地方，跟那合欢宗比起来半斤八两，但人家合欢宗好歹是明着恶，这素月宗就是阴着邪了。

这海藻堆里头应该有个聚阴阵，将女尸抛到其中，根须吸食其血肉，然后养出个什么美容养颜的圣物，估计就是曲凝素的目的，她那人只对修为和容貌执着，苏竹漪虽然不确定阵法目的到底是什么，但能揣摩出一二来。

灵气最浓的地方是这里，但要怎么去找呢，难道要她钻到那海藻堆里？想想也是怪恶心的。

苏竹漪施了烈焰掌，烧断了几根海藻，没起到什么作用。

她想了想，又施展了剑招，倒是割断了一些海藻，还使得一具尸体掉了下来，缓缓沉入海底，但那些海藻的生命力有点出乎苏竹漪的意料了，她惊讶地发现，被割断的海藻不到片刻就重新长了出来，且裹得更严实了。

这到底是什么海藻啊，苏竹漪自认为见多识广，此番却不知道这玩意到底是什么东西。上辈子有人发现听海阁海底的秘密吗？好似未曾听说过有这方面的传言啊，当时她在秘境里，没赶上分块肉，出来之后，素月宗已经四分五裂了，里头的东西被洗劫一空，宗门都被一把火烧得干干净净，她当时来看过一眼，连听海阁都没瞧见，所以现在心头也没谱。

包里还有一些爆裂符，苏竹漪想了想，拿出三张阵盘，取出爆裂符，布置在海藻根周围，又准备在根须附近弄个阵法出来增强爆裂符的威力，就在她布

阵的时候，传讯符响了，苏竹漪听到青河问："没找到？"

叫青河过来帮忙肯定要快得多。

但是这下头怨气颇深，血腥味也浓，这海藻里还不知道藏着多少具尸骨，苏竹漪想了想，还是道："你别下来了，这下头有个很恶心的阵法，里头应该死了不少人，我想想办法，要是弄不出来就算了，你别在上面傻站着，去捞东西啊，记得把浮生镜搬走啊。"

"嗯。"青河瞄了一眼院内的浮生镜，淡淡应了一声。

现在两边还在僵持，他直接施展擒拿术将浮生镜抓到了手中，随后一剑劈出，劈裂了曲凝素的防御法宝。森然剑气已经到了曲凝素眉心，使得她浑身发颤，喉咙发干，一丝声音都发不出来，好似身体被万千蚂蚁啃噬，恐惧让她的脸更扭曲，脸上的青筋里都好似要溢出脓水来。

"谁？"素月宗的修士又惊又怒。就在这时，一个声音道："管他是谁，是友非敌，素月宗气数已尽，你们宗主的命我答应过别人绝不能留，但你们的命我倒是看不上，放弃抵抗，加入合欢宗，饶你们不死。"

说话的是合欢宗的寻欢宗主，他穿一身藏青色绲边袍子，以方巾束头，手里还拿着把鹅毛扇，说话时摇着扇子挡了半张脸，露出的一双桃花眼睫毛浓密，眼线黑亮犹如被墨染过，眼尾狭长上挑，显得十分妩媚风流。他说话时瞄了一眼房顶，刚刚那剑气好似从房顶挥出，如今再看，那里却是声息全无，出剑之人显然已经离开房顶了。

寻欢眉头微蹙，随后视线又落在了素月宗弟子身上。他话音落下，就有几个素月宗的修士放弃抵抗了，而曲凝素一直表情呆滞，眼神无光，好似已经彻底麻木。

那剑气停留在了她眉心，将她的经脉寸寸震断，却没有取她性命。可现在的曲凝素已经离死不远了。

为什么，为什么会这样？

短短时间内，就变成了这样？

靠山没了，她的脸也毁了……她用双手捧着脸颊，曲凝素像疯了一样去抠脸上的青筋，抠得满脸血水混着脓水，看起来恶心至极。寻欢用扇子遮了眼，喝道："还傻愣愣站着做什么？"

就见身侧一个合欢宗女修直接抬手扔出一枚银梭，银梭化作寒光没入曲凝素眉心，曲凝素的动作僵住，随后重重往后倒下，哐的一声摔倒在地。

房间内，正面无表情地往储物袋里装灵石法宝的青河手一顿，随后又拿起一件法宝，随手丢进了储物袋。然而就在这时，海底一声巨响，让青河脸色微变。

他立刻化作一道黑色剑光，飞向了听海阁。

海底，苏竹漪引动了阵法。

然而就在阵法引动的那一刹那，苏竹漪感觉到海藻内突然出现了一点红光，那红光飞速射来，苏竹漪不敢硬接，更不敢将红光挑开，只好拿断剑一挡。

红光落在剑上，啪啪啪啪，像是烟火一样炸开，无数根银针受了断剑的阻挡，倒飞出去，密密麻麻地刺到了海藻之中。若她刚刚挥剑去斩，那些银针爆开的方向就不受控制，那样一来，她就很容易被银针刺到。

每一根银针上都有剧毒，一旦被刺中，她就危险了。

海藻内藏着个活人，正躲在暗处准备杀她。她准备的爆裂符虽然厉害，但里头那个人恐怕暂时死不了。

没想到，她前脚离开落雪峰，后脚就遇到了血罗门的杀手。难不成是苏晴熏？转念一想不可能，现在的苏晴熏最多是凝神期或者筑基期修为，哪怕苏晴熏已经开始执行任务了，也断然不可能接暗杀她的任务，要知道，苏竹漪三年前就已经结丹，成为金丹期修士了。

血罗门是魔道，到处掳掠孩童进行血腥残忍的试炼，为的是培养杀手，而杀手之中，有一批死士。修真界有很多大能会给自己的爱徒和亲人点上一盏心血魂灯，若是点了这种魂灯，这个人生命尽头最后的画面，还有杀人者的神魂气息就会被记录下来，也就是说，只要你杀了人，就会被他的长辈追杀到天涯海角，所以一般情况下，大家都不会对这样的弟子轻易动手。

而血罗门的死士，就是为杀这些人而存在的。

他们一生中只有一次任务。

杀了对方，自己也会死。

这样，死者的长辈哪怕想要给死者报仇，也无济于事，因为凶手已经死了，且死得干干净净，不会留下一丝线索。刚刚偷袭她的人，有九成的可能是血罗门的死士，没想到，居然有人找上血罗门来取她的命。还真是看得起她呢。

上辈子，苏竹漪就是长宁村被抓走的那一群孩子里唯一的幸存者，最后，她成了血罗门里最利的那一柄刀。

她对血罗门的攻击手段了如指掌，刚刚射出的那个法宝叫梨花烟雨，这法

宝威力极大，一共能施展三次，现在已经用过了一回，那人还能施展两次。

他藏在海藻当中。刚刚的爆裂弄出了那么大的阵仗，可这海藻居然还是没有多大的毁坏，也就最外层断裂了许多，然而现在开始缓缓恢复了。

那人以为躲在这海藻里就安全了？就可以寻找机会偷袭她了？

"天真。"苏竹漪冷笑一声，正要拿出传讯符让青河在听海阁内找一找有没有什么诡异的植物，就看到一道黑影出现在她旁边，而就在那道黑影出现的一瞬间，那些海藻都好似被海浪冲得往后漂了很远，本来竖着垂落的海藻，愣是斜斜地飞了一片。

哟，这阴森东西还有灵智了。本以为里头的怨气会主动靠拢青河，没想到，它们居然懂得避开了……

那些海藻懂得避开是好事，省得它们往青河身上扑，让青河失控。

苏竹漪转头，就见青河眸子里泛着绿幽幽的光，一副看到了美味却又极力克制自己的模样。

她嘴角一抽，出声道："刚刚有个人偷袭我，藏在这海藻里头了。"

青河默默收回视线，手一抬，一道剑光从他掌心飞出，瞬间削断一片海藻，只是下一刻他就皱了眉头，接触到海藻之后，便有怨气溢出，他迅速后退了数丈远。

"这海藻能屏蔽神识，连我都看不清楚里头有什么。"远远站在一边，青河冷着脸道。

苏竹漪点头称是，随后道："你站在那里，别让里头的人跑出来，顺便看着这海藻。"

"你呢？"青河问。

"我上去看看。"

说罢，苏竹漪往水面上去，结果她发现那海藻突然簌簌抖动，无数条根须好似长了脚要逃跑一样，她便道："镇住它！"

青河点了点头。

他威压施展开，那海藻就立刻不动了。

苏竹漪放心地飞出水面，落在了听海阁内。听海阁内没人，合欢宗的修士也没过来，她感觉到有人在看自己，抬头就看到那寻欢宗主站在香山山巅，正看着她。

他手里拿的还是那把鹅毛扇，依旧挡了半张脸，只露出一双桃花眼在外

354

头，此时，那双眼睛微微弯着，似在对她笑。

苏竹漪没理他，直接闪身进了一旁的房间。

寻欢是个有眼色的人，青河在那里杵着，周身威压那么强，他不会蠢得下来跟他们打。毕竟，合欢宗能在这么短时间内把东浮上宗弄得焦头烂额，又吞掉了素月宗，都是靠着他们。苏竹漪不信寻欢认不出青河身上的气息，而只要他认得出来，就不会轻举妄动。

她大可放心进去寻找。

听海阁内植物太多了。

传送阵都是芙蓉花，房间里头也有很多睡莲，还有各种各样的灵植漂浮在水面上，一时感觉不出来哪一个有问题。苏竹漪将整个听海阁转了一圈都没发现什么异常，她静静站在原地，屏息凝神许久之后，才犹豫地往一个房间去。

她隐隐觉得那东西就藏在这房间里。

但一时又感觉不出来到底是什么。

苏竹漪不敢自己去碰。那海藻那么诡异，上头的东西肯定更危险，因此苏竹漪进了房间后连神识都不用，直接拿断剑在房间里左碰碰右碰碰，把房间里的东西敲得叮叮当当响。

断剑："……"多损啊！

桌上摆了一盆水仙。

小案几上有一盆墨竹，房间内还有一个青花瓷鱼缸，里头有嫩绿的水藻，还有几条小鱼，房间中间有个圆形的小池塘，是地板被挖了个圆坑，坑底下直接是海水，里头躺了两片莲叶和一朵睡莲……

苏竹漪用断剑在房间里的瓶瓶罐罐上敲来敲去，却没怎么碰那几样植物。而且，她也并非胡乱行走，而是以特定的步伐在房间内挪动，等到转了三圈之后，隐隐有几块地板高高凸起，好似地板上的木料被顶开了一样。

果然是这个房间，这里头还布了个杀阵。若是她碰错了东西，杀阵启动，她就危险了。

苏竹漪走到了水仙旁边，喃喃道："这水仙的根倒是有些像。"随后她伸手，将要触到水仙的嫩苗……

眼角的余光扫到鱼缸里的那小东西，苏竹漪在虚握住水仙的一刹那，直接将断剑扔出，插到了鱼缸当中。

断剑虽然只有半截，但它是阔剑，剑身很宽，此时落在那小小的鱼缸里，就跟一座山似的，却是一座歪山，断开的剑身卡在了角落里。

苏竹漪这才走到鱼缸旁边，冲角落里那个小白点道："别装了，就是你。"

她一开始以为是植物，但植物要养出些许灵智太难了，素月宗根基很浅，曲凝素就是素月宗第一任宗主，如今这宗门也就建了三五百年的样子，不可能养出个有智慧的植物，还是个凶物，所以应该是动物，她假装去抓水仙，果然看那只小蚌壳露了点破绽，微微张了下嘴，这才用断剑插入鱼缸，用剑身卡住了想要闭合的蚌壳。

"你吸食了那些女尸，然后呢？"苏竹漪问完，就见那蚌壳索性张开嘴，吧唧一声吐出了一颗黑珍珠。它张嘴了就想跑，但鱼缸小，断剑卡着两头，将它抵在缸壁，且那断剑威力无穷，它根本就跑不掉。

苏竹漪拍了拍鱼缸，又道："别挣扎了，知道这是什么剑吗？上古神剑，就你这只小蚌壳，还想跑？"

苏竹漪感觉到断剑快不耐烦了，神色自然地把它夸了一通，随后才继续道："来，来，我不知道你是怎么控制底下那海藻的，你知道里头有个活人吧？"

苏竹漪轻笑一声："先把那人弄死，我们接下来再谈其他的。"

苏竹漪对血罗门的了解太深了，她知道哪怕留个活口，也不可能把幕后买凶杀人的那个人给抓出来。一来他只是血罗门里的一个死士，压根不知道雇主是谁；二来只要他一失败，落到对方手里，就会自爆身亡。所以苏竹漪在知道对方是血罗门的死士之后，就没想过要从他嘴里套出什么消息。而他藏在海藻里头，苏竹漪杀不了他，但又不想放过他，既然这蚌壳跟底下的海藻有关系，她自然不会放过这个机会，先把人杀了再说。

那蚌壳身子动了动，随着它的晃动，整个听海阁都晃动了几下，随后它白色的蚌壳上渐渐出现了一圈一圈的黑色花纹，片刻后，它又自觉地吐出了一颗黑珍珠来，隐隐有讨好苏竹漪的意思。

那黑珍珠不是凡物，灵气分外浓郁，更有趣的是，那黑珍珠或许是因为吸收了太多怨气，上面的光晕好似有一种很奇特的神魂暗示，就是通过服食这样的黑珍珠，人能够变得更加貌美，青春永驻。

"你不爱美吗？你不想变得更美吗？"苏竹漪脑子里突兀地出现了一个声音，"将我养起来吧，我可以让你变得更美，并且，我还可以将你的容颜定格在最美的时候，时光不会在你脸上刻上任何痕迹。"

"你想不想变得更美？"

那声音一遍一遍在脑海中响起，影响人的心神。然而苏竹漪倏地一笑："可我觉得自己这张脸恰到好处，著粉则太白，施朱则太赤，已经没办法更美了呢。"

曲凝素那个蠢货，居然被这样的引诱迷惑了心神？

只可惜，苏竹漪对这蚌壳和珍珠都没兴趣。

"底下那海藻里头藏着什么？"

苏竹漪问出这话，那蚌壳就意识到她不会被迷惑了，于是它拼命震动，想要挣脱断剑的束缚，周身还出现了黑色煞气，一副要跟苏竹漪拼死一战的模样。传讯符上青河的声音响起："底下海藻有异动，上面什么情况？"

想来是青河在下头，将这蚌壳的根基给镇住了，所以它现在明明很想撕了苏竹漪，奈何受制于青河，没什么攻击手段。

苏竹漪手腕一翻，灵气注入断剑，接着断剑一转，将蚌壳直接绞碎，在蚌壳碎掉的一刹那，青河的声音也传了过来："那些根须断了，我暂时避开。"

"嗯。"苏竹漪应声，随后直接潜到海底。

一具接一具的尸体随着断裂的根须一起沉到海底，周围的海水都从湛蓝色变成了墨绿色，水面上的仙竹花也瞬间枯萎，足以说明，这里头怨气有多浓。等到根须断裂得差不多了，苏竹漪就看到那听海阁底下有个亮晶晶的东西。

那是个戒指，看着应该是魂器。

实力强大的修士寿元将尽，又不想自己彻底灰飞烟灭，泯于天地，临死时便将自己的元神一点一点分割剥离，一边炼制法宝，一边将自己的元神注于其中，法宝炼制成功之时，也是他肉身生机全无，元神彻底进入法宝之时。这样炼制而成的法宝就是魂器。

魂器炼制的要求太过苛刻，很难成功，古往今来，苏竹漪翻看了那么多书，知道的魂器也就一两件，绝大多数想用这样的方法让自己的元神存活的修士，元神都比肉身先湮灭，自己把自己给弄死了。

没想到，在这里还能遇到魂器。成功炼制这魂器的修士活着的时候必定是名震一方的大能，但如果人死了太久，元神也会逐渐消失，哪怕魂器也是一样，既然它已经引诱其他人作恶了，证明这魂器的主人不管生前是正是邪，如今已经成了邪物。

不过看它只能这么小范围地引诱和控制别人，足以说明这魂器在天地间的时间太久，元神已经十分虚弱。

如果就是在听海阁上那点神魂引诱的程度，根本迷惑不了她。

不过即便如此，苏竹漪依然没贸然伸手去拿戒指，她素来挺谨慎的，这会儿自己没伸手，而是拿断剑去拍那戒指，将那戒指敲打了几下之后，这才割断那一团海藻，让戒指直接落在了剑上。

断剑也有极强的威压，它确实超过了仙剑，用它来镇一个看似古朴、没多少灵气的魂器戒指最好不过。

"好好压住戒指啊，剑祖宗！"

断剑："哼。"

苏竹漪平平地端着剑，慢腾腾地往外挪，她走了没几步，就发现那戒指居然飞了起来，径直撞向了她胸口，却连她的防御屏障都没有撞破。

剑祖宗居然没镇住一个破戒指！

就在此时，苏竹漪听到了一个声音："流光镜，流光镜……"

连续念了两声之后，戒指光芒暗淡，直接坠到海中，苏竹漪愣在原地，这魂器里的修士元神也知道流光镜？

他还感觉得到流光镜在她身上？

他到底是谁？跟流光镜有什么关系？

苏竹漪回过神来，直接施展大擒拿术，将那缓缓沉向海底的戒指抓到了手里。

她原本是担心魂器里的元神害人，故而没有直接接触戒指，但现在也顾不得那么多了。苏竹漪小心翼翼地分出一缕神识注入戒指，想跟戒指里的元神取得联系。

"剑祖宗，若是我受了他的引诱，一时沉浸其中，你一定要打醒我！"苏竹漪将神识往戒指内注入的同时，不忘叮嘱剑祖宗，一旦发现她神志不清，别不忍心，一定要拿出原来砸她头的气势，狠狠地拍她脑袋。

剑祖宗也不哼了，而是很高兴地嗯了一声，显得极为兴奋。

苏竹漪："……"

神识一点一点往内延伸，然而戒指里一片混沌，苏竹漪没感觉到混沌之中有任何东西，仔仔细细里里外外地扫了一圈，依然没有任何发现。

苏竹漪收回神识，一脸沉重地出了海。

流光镜是道器。

那个魂器里头的元神知道流光镜，他是炼制出了流光镜的人，还是曾经利用流光镜重生过的人呢？

　　既然流光镜一直存在于天地间，那很多很多年前，或许也有人尝试利用流光镜重生过，他重活一回，有没有得偿所愿？

　　不知为何，苏竹漪心情莫名沉重，好似刚那戒指往胸口上一撞，撞得她胸口又闷又疼，然而实际上，那戒指连她的防御屏障都没撞开。她捏着戒指，不甘心地问："你是谁？你知道流光镜？

　　"你知道流光镜里的世界吗？若有人被困在里面，该如何放他出来？"

　　苏竹漪一连问了几个问题，然而，对方在喊了两次流光镜后，就没有了半点声息，就连原本还亮晶晶的古朴戒指，现在也暗淡无光了。

　　这个魂器里的元神应该是极为虚弱的，所以他才会用那样的办法来吸收死者怨气和残魂，从而达到维持自己元神不灭的目的，难不成刚刚被流光镜刺激了，本来就微弱的元神现在更是支离破碎，所以她找不到他，而他也没办法应答？

　　还是说，他能够窥探人的内心，知道她现在最想知道的是关于流光镜的信息，所以才故意喊了两次流光镜，等她找元神去喂他？

　　苏竹漪有些心神不宁，她慢腾腾地往海面上走，等站到海面上时，本来已经避远了的青河已经回来了。

　　"那底下是什么？"青河问。

　　"一个魂器戒指。"苏竹漪将手摊开，把手里的戒指露了出来。

　　不料青河摇头："不是魂器，里头没有元神。"

　　"没有？"苏竹漪愣了。

　　"没有。"青河点头。

　　"刚刚这里头的元神还说了话的，喊了几个字……"苏竹漪确定此前是有元神的，她皱眉，"会不会是我们元神不够强，所以感觉不到里头的元神？"

　　青河没答话，只是面无表情地看着苏竹漪。他神情有一丝倨傲，身后黑气腾腾。

　　他现在是龙泉剑，如果连他都看不出来，那这魂器里的元神得有多强？若是那么强的话，他们能那么轻易地对付听海阁下头的鬼东西？

　　那戒指撞向了她的胸口，然后里头的元神就没了……

　　真没了？

　　苏竹漪心头一跳，难不成那元神被吸入了流光镜？那他岂不是跑进去跟秦江澜做伴了，可惜她压根联系不上秦江澜，苏竹漪心头着急，连青河接下来

的问话都没听清。

"偷袭你的人是谁，你知道吗？"他本想把人揪出来的，哪儿晓得海藻断裂之时，他神识侵入其中，就发现里面已经没了活人的气息。

偷袭她的人死在了海藻里头，他就不知道那人是谁，为何要杀苏竹漪，只是因为抢夺宝物，还是有别的原因。

青河问了过后却没听到苏竹漪回答，他注意到苏竹漪这会儿有些心不在焉，也就没继续问了。

真灵界。

小骷髅一脸惊恐地跑回了秦江澜身边，一边跑一边喊："小叔叔，小叔叔，他们都不动，一动不动。"

他用手捂着眼睛，好似不敢看了，深一脚浅一脚地跑，还踩到石头险些摔倒，好在秦江澜及时抓住了他，才使得他没跌倒在地。

小骷髅仰着头，眼泪汪汪地道："那城里雾蒙蒙的，里头的人一丝人气都没有，全部一动不动，就好像……就好像……"他从小蝴蝶里摸出了那个面人："就好像捏的面人一样。"

那些人全部一动不动，身上还一丝生气都没有，把小骷髅吓坏了。他本来就怕鬼，现在死死搂着秦江澜的腰，浑身都在哆嗦。

秦江澜安抚地拍着小骷髅的背："别怕，小叔叔在这里。"

虽是在安慰悟儿，但秦江澜的内心十分沉重压抑。

果然如此。

原本心里还存着一丝侥幸，然而现在他的猜测都成了事实。这里哪里是什么真灵界，他在流光镜里，他祭了流光镜，所以他成了祭品，逐渐变成了流光镜的一部分。

等到他的记忆、他的人生完全被抹去，他就会跟其他的人一样，长眠在镜子里，等待其他祭品的出现。

秦江澜看着手里的松风剑，忽地苦笑了一下。

他轻声道："悟儿。"

"嗯？"

"你是不是说，你们家门口也有一柄松风剑啊？"

"是啊，它长成了一棵大松树呢，绿油油的，可好看了。"提到别的东西转移了注意力，小骷髅的情绪就稳定多了，他身子也不颤了，而是兴致勃勃地讲

360

了起来，"是小姐姐在剑冢里发现的，它可厉害了，长在悬崖边一直没掉下去，还高大挺拔，小姐姐说松风剑青松苍翠，历久弥坚，哪怕经历风雪的涤荡与洗礼，依旧宁折不弯，就跟小叔叔是一样的。"

秦江澜脸上没什么表情，他轻轻拍着小骷髅，淡淡道："松风剑是柄好剑，悟儿也是个好孩子，天真善良，小叔叔教你松风剑法，以后你也像青松那般刚直挺拔，回去后用松风剑保护你小姐姐，好不好？"

然而小骷髅却摇了摇头。"可是，小叔叔，我有剑了啊。"他把自己的逐影剑拿出来比画了两下，"我很喜欢啊。"

接着小骷髅又道："松风剑是小叔叔的剑啊。"

秦江澜稍稍恍神，他伸手，向虚空一抓，便将一柄绿莹莹的飞剑握在了他手中。

以前怎么一直没发现呢？

剑修是不需要将飞剑变成本命法宝的，他们修炼到剑道巅峰，可以做到人剑合一，但人剑合一是剑修在驱使飞剑之时的状态，而不是剑修自己变成了剑。在望天树上，秦江澜把自己祭了流光镜，而祭品只是他，并不包括松风剑。

他希望自己能回到一千多年前，苏竹漪还没进入血罗门的时候，甚至更早一些也好。但实际上，他也不想重回到过去太久，万一回到自己一两百岁的时候，苏竹漪岂不是还没出生。

所以，他觉得自己应该在三百岁的时候。

所以，他觉得三百岁的自己手里应该有了松风剑。

他在流光镜里是什么样子，只是取决于他想象自己是什么样子。

如果松风剑是真的，他都入魔了，如何还能驱使这柄剑？苏竹漪手里的那柄松风剑才是真的松风剑，而他手里的这柄，其实只是流光镜为了满足他而形成的幻象。

这面镜子，希望他在这个世界里浑浑噩噩地活着，浑浑噩噩地遗忘，等到记忆彻底消失，他被彻底抹去，就再也掀不起什么风浪了。他之所以能够坚持这么久，是因为外面那个世界里还有人记得他，否则的话，他早就跟其他生灵融合在了一起。

还有，这里多了小骷髅这个变数，秦江澜终于清楚地意识到自己正在经历什么，没有浑浑噩噩地遗忘，反而逐渐知道了事情的真相。

手中的松风剑渐渐消失，秦江澜看着自己手中空无一物，神色有些怅然。

难道说，他真的再也出不去了吗？

就在这时，秦江澜忽然听到背后有人声，那声音虚无缥缈，好似离他很遥远，一时听不清在说什么……

秦江澜凝神细听，然后浑身一震，他听到那个声音在说："流光镜，流光镜！"

他猛地转头，就看到身后不远处有一个虚幻的身影，那人跌跌撞撞地往前走，一边走一边念叨："流光镜，流光镜……"

小骷髅呆呆地看着那人走近，片刻后尖叫出声："啊啊啊啊啊，鬼啊啊！"

被他的神魂威压一震，那跌跌撞撞的人更是不成人形，好似直接被震散了一样。秦江澜立刻捂住了小骷髅的嘴，那人是个魂体，跟镜子里的其他人完全不同，那人知道流光镜，或许也知道应该如何出去！

"别怕，那不是鬼。"秦江澜轻拍小骷髅的背，声音很轻，"那人只是元神不稳，我们要帮他。"

小骷髅是个心善的，这会儿听到别人需要帮忙，也不是特别害怕了，他在秦江澜的安抚下镇定下来，躲在秦江澜背后，歪着头去看，看到那人好似已经不完整了，一阵风都能吹散似的，他有些着急地问："那怎么办呢？"

秦江澜便道："悟儿，你灵气干净，先将他裹住，免得他元神四溢。"虽然不知道有没有效果，但那人的元神太虚弱了，刚刚还能念叨几个字，现在就像是一阵烟似的，若是不想办法，他肯定会消散。

本身这里就是流光镜内部，恐怕他散得会更快一些。

"哦。"悟儿点头，应承下来。他做这种事情熟练得很，长年累月都在用灵气裹着笑笑，免得被小姐姐看见，时不时小姐姐还让他裹住青河，因此用灵气包裹东西是他最拿手的。

他施展灵气，将那个人的元神一点一点包裹起来，他浑身支离破碎，小骷髅细心地裹好了那些残片，一点没落下。

真灵界虽然是有问题的，但这里头的东西却是真实存在的。想来就是炼制或者祭祀之时，将整个界面都收在了流光镜里？这里头的法宝丹药什么的都可以用，也可以带到外界，只不过拿出去的话，就会变得很破旧。

想了想，秦江澜又道："我去城里找找看，看有没有能够聚魂养神一类的东西。"哪怕他明知道进去会被吸食生气，此时也管不了那么多了。

小骷髅听到秦江澜说这话，顿时一愣，踌躇道："可是里头那些人都是死气沉沉的啊，他们都不动，像面人。"他拳头捏紧，用脚尖在地上画圈，显得十分紧张，片刻之后才低着头道："小叔叔，我去吧。"

他眼眶里有了泪水，因为低着头，那泪珠子直接滴落在了草尖上。

悟儿能去自然是好的，秦江澜进去的话，里头的人会活过来，虽然他们一般会满足秦江澜的条件，但那些人也是有意识有想法的，要顺利拿到想要的东西要花费不少的时间，但悟儿不同，他进去可以随便拿。

可悟儿胆小。

而且他可能分辨不出什么是聚魂养神之物，因此秦江澜微微摇头，让小骷髅看着那人快要散掉的元神，他转身欲走，却被小骷髅抓住了袖子。

"小叔叔，我去。"小骷髅昂着头，他的眼眶里有两簇幽绿的火苗，嘴咧开，好似在笑，"你跟他们不一样。"

小叔叔身上还有生气。

小叔叔有血有肉，跟他们不一样。而这几年不见，小骷髅感觉得到小叔叔身上有变化，此前他不知道那种变化是什么，但这次看见了那些"面人"，小骷髅觉得，小叔叔开始有些像那些"面人"了。

他嘴咧得更开了，好像笑容更深了一些，他用左手拍了拍自己的胸膛："我跟他们是一样的。"

虽然一直待在落雪峰，没怎么出去过，但小骷髅神识那么强，哪怕他在落雪峰上，只要有意识去看，也能看到古剑派的其他峰，还有他们新收的弟子。

前些年，古剑派收了一个男孩和一个女孩。那些弟子说那两个小孩是从福全镇那边带过来的，资质不错，他们也很崇拜小姐姐和大姐姐。

那两个孩子跟小骷髅差不多大。他偷偷听到了，他们一个叫王宝璐，一个叫李锐锋。

他们身上有肉，脸也是白白嫩嫩的，特别是那小女孩，脸圆圆的，跑得急了就红通通的，像红苹果似的。

小骷髅想过去跟小孩子玩。

以前小姐姐说他太瘦了，怕他吓着别人，不让他露面，他一直很听话，不敢在别人面前露面。可是那几天，他偷偷着那两个小孩，偷偷看他们玩，看他们吃饭，看他们修炼……

看了很久，小骷髅实在没忍住，在某天晚上，他偷偷过去找那个小女孩玩，带上了心爱的小玩意、自己编的草人，还拿了一枝漂亮的花……

然而他刚刚露了个脸，那小女孩就吓哭了。

她眼泪鼻涕都流出来了，惊恐万分地冲他喊："鬼啊。"

就跟他害怕那些鬼一样。

小骷髅先是一愣，随后反应过来，慌慌张张地遮住自己。他消失的话，就没人察觉得到他，于是大家都只当小女孩做了个噩梦，最后那小女孩也以为自己是做了噩梦呢。

但小骷髅什么都明白了。

他一点都不蠢，一下子就明白了。

他身上也没有生气，只有灵气。

他没有血肉，是个骨头架子，也不能长高，因为他是鬼物。

只有小姐姐他们不怕他。所以小姐姐让他藏起来，不要被别人看到。

他越来越怕鬼，何尝不是因为害怕这样的自己。

可是，他是个懂事的孩子，他知道小姐姐养他是不对的，所以，他什么都没说，每天仍是无忧无虑的模样，实际上，他心里已经有了小小的忧伤，只是被他悄悄隐藏起来了。

一开始他还担心小姐姐看出来什么不对，但小姐姐每天修炼那么辛苦，见她没有注意到，他才放下心来。等到后来，蚕蚕给他裹了丝，他看着好多了，也就渐渐忘记了当时的忧愁和不愉快，此刻入了鬼城，曾经的烦恼再次浮上心头。

他想，自己最后会不会也只能待在那样死寂的城池里，跟那些没有生气的"面人"待在一起，再也见不到小姐姐和笑笑了呢？

他真的好害怕有那么一天。

"小叔叔。"小骷髅扯了扯秦江澜的袖子，"我跟他们是一样的。你不能变得跟他们一样……我知道什么是聚魂的、滋养元神的，我们后山有好多灵兽教我东西呢，山上有种养神花，可好看了，蛇蛇和花花为了争那朵花，天天打架。"他说完之后，眼睛里两簇火苗陡然变得明亮耀眼，随后他一跺脚，攥着拳头大喝一声冲进了那座死城，小骷髅实力很强，他这么一冲，连秦江澜都拉不住，且他速度极快，犹如一道白光，眨眼间就出现在了城内，而城内迷雾重重，秦江澜在外头都看不清里头到底是什么光景。

跟小骷髅相处的这几天，秦江澜觉得自己心中的戾气减少了很多。

他想，苏竹漪此生肯定也有很大的改变吧，因为有这样一个善良的孩子陪伴在她身边。

"谢谢你。"秦江澜看着那模糊不清的城镇，看着迷雾之中那一点忽闪忽闪的白光，心生感激。

"谢谢你，替我陪在她身边。

"谢谢你，明明那么害怕，却仍想着为我分忧。"

苏竹漪心情不太好。

明明碰到了个知道流光镜的人，结果那人却不见了，也不知道是不是到镜子里去了，真是怪事。

她现在没什么线索，多想无益，秦江澜不联系她，她也没办法，好在小骷髅现在跟他在一起，等小骷髅回来了也能问个清楚，于是苏竹漪也就不多想了，而是在周围转了转，把一些看得上的东西给收走，接着才乘上了青河的飞行法宝，打道回府。

在飞行法宝上，青河又问了一次，这次苏竹漪才道："是血罗门的死士。"

"应该是有人出钱请血罗门的死士杀人，我唯一得罪的人应该是那个花宜宁吧？花宜宁被我毁容了，她那张脸短短几年哪里好得了，现在每天看到自己的脸估计恨不得把我给生吞活剥了。"苏竹漪冷笑了一声，"也就她有那财力，请得动血罗门的死士出手。"

花宜宁的爹是云霄宗的丹药长老，上次为了找他买养神的丹药给洛樱师父，掌门都被狠狠敲了一笔。

"血罗门？"

如今的血罗门至多算个二流门派，青河不知道也正常。

血罗门虽是魔道，但他们在外头并不曾干出什么轰轰烈烈的事，他们一般是从凡间偏僻的小村里头挑选弟子，而且毁尸灭迹的本事极高，出了事基本查不到他们头上，凡人命贱，若住得太偏僻，距离修真门派特别远的，那真是死了也就死了，就算周围有修士去查，也查不出来是谁做的，最后不了了之。

因此这血罗门在前期是籍籍无名的，上辈子若不是秦江澜碰巧撞上他们，血罗门还能藏得更深，都无人知晓，这辈子没有秦江澜，无人知道血罗门就再正常不过了。

但血罗门内部却是个修罗场，一百个弟子，十年内能活着出来一个就已经算不错的了，当年的苏竹漪，就是从尸山血海里厮杀出来的，她杀过的同门怕是有上千个之多。所以那时候，她怎么可能有什么同门情谊，每一个同门，对她来说都是敌人。

"是啊，血罗门。"苏竹漪本来心情有些不好，这会儿提到血罗门眼睛倒是

亮了下，"一个专门培养杀手的魔道门派，我估摸着这次就是花宜宁找血罗门死士来杀我的……"

她这会儿歪歪斜斜地坐着，用一只手撑着下巴，冲青河眨了下眼，轻笑道："血罗门里头好东西不少，我们要不要去端了？"

苏竹漪当惯了魔女，将自己的娇美展示在男人面前也是她的手段，抛媚眼完全是下意识的行为，她说完之后，眉眼含笑地看着青河，就见青河冷冷瞥了她一眼："我不能杀人。"

"也是，真是可惜。"苏竹漪心道。血罗门等级森严，修为高深的天罗都是元婴期强者，数量不少且藏得很深，上辈子，她到最后都没把那个门派摸透。说起来，血罗门只是那把刀，她目前要对付的是买凶杀人的那个人，还有古剑派那个隐藏在暗处的眼线。

若无人通知，他们怎么知道她和青河下山，并往素月宗的方向去了呢？

苏竹漪一边想着，一边撩了下鬓角凌乱的碎发，正要换个斜躺的姿势，就听青河冷冰冰地道："坐有坐相。"

他这师妹真是不像个剑修，简直是师门不幸。

杀人不杀人对青河来说无所谓，但她那副合欢宗女修的姿态实在有些不堪入目。现在青河倒不会动不动就说丢师父的脸了，他只会觉得是自己没把师妹带好，打算回去认真教导一番。

苏竹漪："……"

苏竹漪他们这次下山是没避着人的。

古剑派有阵法，弟子们进出山门都要登记，这规则也就落雪峰的人不用遵守。

他们还有个规矩，就是新弟子百年内不得下山，苏竹漪下山原本算是违规了，不过她之前就已经去了一趟长宁村，也征得了掌门同意，她出去那一趟还制服了飞尸，传了古剑派美名，所以大家也就默认已经金丹期的她可以下山，守门的人见她出去不会拦她，反而笑呵呵地冲她挥手道别。

最重要的是，苏竹漪是跟青河一道走的，大家看到青河那冰坨子都恨不得离得越远越好，压根不敢拦。

"知道我下山的人不少，会是谁传了消息出去呢？"

依照她以往的德行，发现哪个门派里有人暗中害她，她又找不出目标，就会把整个门派的修士都给剁了，但现在肯定是不行的。

实力不够，只能憋着。

她出了古剑派是戴面具隐匿了身份的，青河也易了容，并且他们这次乘坐的飞行法宝并不是青河那招摇的红云扇子，而是把暗沉沉的黑色古琴，结果还是被血罗门的死士给盯上了。

这样的追踪秘法倒是有，不过得有她的头发或血肉气息才行……

她上辈子在血罗门里熬了那么久，在这些方面格外注意，一根头发丝都不会落到别人手上，这么一想的话，好像只有之前那炼神鞭能够沾染她的血肉气息了，毕竟，她可是被炼神鞭抽过的。

如此想来，范围就缩小了许多，但那几个人的身份却麻烦了点。

云峰主？

云峰主一直对落雪峰不满，上次还被苏竹漪的松风剑气伤到，会是云峰主吗？

苏竹漪坐在飞行法宝上想事情，一边想，一边从储物法宝里掏出面小圆镜，把发髻打散了，重新绾了个飞天髻，又取出从素月宗顺手拿的胭脂水粉，给自己描了眉，还抹了胭脂口红，本来就很娇艳的姑娘，稍做打扮，就变得张扬夺目了，美得极具侵略性和攻击性，好似有她在的地方，其余人都只能退避三舍，暗淡无光。

似望天树上，黑暗的小屋子里，唯一明亮的那颗鲛珠。周围的一切都隐于黑暗，唯有鲛珠熠熠生辉。

青河看她坐在那里涂涂抹抹，索性闭眼，眼不见为净。

苏竹漪打扮完，看到青河闭着眼睛，她冷哼一声："宗门里有人给外人通风报信，泄露我的行踪，那人以为我必死无疑，我肯定要艳光四射地回去，到时候，你以神识锁定四周，仔细看着，若是谁行为有异，一定别放过那人哟。"

现在想找到线索很难，倒不如这么试上一试，没准能发现点什么呢，就算什么都发现不了，她也没任何损失。

回到宗门，青河隐匿了身形，苏竹漪则大摇大摆地在各处转了一圈，她走路的时候嘴角含笑，若是有人打招呼，也会笑着回应，一圈逛下来，苏竹漪问青河："感觉到有谁不妥了吗？"

青河："……"

他闷声答："没有。"

几乎所有人都露出一副看傻了的表情，这些人真是肤浅。

等回了落雪峰，青河拿出一个储物袋递给苏竹漪，递过去的时候，他冷着脸问："你是不是背地里修习了合欢宗的媚术？"

苏竹漪接过储物袋，下巴微抬，盛气凌人地反问："我需要学那个？"

青河扫了她一眼，没跟她起争执，直接转身走到了师父洛樱的房门前。苏竹漪见状，喊了一声，回了房间，她在房门口的石碑旁站了一会儿，一只手扶在了石碑上，轻声道："你说，我需不需要学媚术？"

在望天树上的时候，她经脉尽断，身上一丝灵气也无，就算那时候她学过一点媚术，也是完全施展不出来的。可是她不用媚术，不也把那天下第一的秦江澜给勾到床上去了吗？

想起从前，苏竹漪脸颊微微泛红，她倒不是害羞，只是……

忽然有些想念秦江澜了，毕竟那个兄弟天赋异禀，滋味着实有些销魂。用手指轻轻敲击石碑，苏竹漪嘴唇微抿，声音婉转低哑："秦江澜，你说是不是？"

在石碑前站了片刻，苏竹漪才慢腾腾地回了房间。

她有些心浮气躁，索性念了两遍静心咒，才稍稍镇定了一些，倏地想起从前，那时候秦江澜天天念静心咒，当真是念给她听的吗？

他会不会是念给自己听的？毕竟一个妖女整日在他眼皮子底下晃，还随时随地无时无刻不在挑逗他，他能坚持那么久，也算是有几分本事了。

苏竹漪甩甩头，不能再想那些破事，她收敛心神，把神识探进青河给的储物袋，发现里头有很多法宝，那两面浮生镜也在，看来青河虽然嘴巴讨嫌得很，但该做的事情还是不会落下的。

把青河拿的东西清点了一下，苏竹漪发现灵宝有四个，高阶的炼丹炼器材料都有好几种，上品灵石用专门的灵箱装着，一个四四方方的小灵箱内就是一万块上品灵石，这里一共有十五个灵箱，也就是有十五万块上品灵石，她可以用这些灵石布个聚灵阵，让落雪峰的灵气更加浓郁，到时候，他们的修炼速度会加快一些。

四个灵宝里头有面小圆盾，那盾牌看着很小，颜色也鲜亮，苏竹漪倒是觉得给小骷髅用正好。其中还有个金色铃铛，一看就是挂在狗脖子上的，估计跟那个金丝软甲一样，都出自范金鑫之手，真是丑得可以。

剩下的是一个飞行法宝和一个炼丹炉，飞行法宝苏竹漪正用得上，至于炼丹炉，苏竹漪也是会炼丹的，不过她上辈子炼毒的时候更多，现在是提升修为境界要紧，想办法感应到流光镜，因此她暂时没有炼丹的打算。

从前的她看到这么多修炼资源会很高兴，如今得到了却没觉得有多兴奋，想来是因为如今她什么都不缺。她一个人几乎得了整个落雪峰的修炼资源，差什么可以去藏峰领，这么一想，好似没什么必要去洗劫别人了。

真的是跟从前不一样了。

她意兴索然地把东西扔到一边，开始打坐修炼起来，等到神识耗尽才停下，又开始到外面练剑。

过了两天，掌门出现在了落雪峰，他还带来了流沙河的消息。

流沙河其实不是一条河，而是一个灵气泉眼，却与一般的灵泉不同。

那泉眼每过一千年才会出水，一夜之后将将能装满一个小池塘，等装满之后，泉眼就会干涸。修士浸泡在灵泉之中可以滋养元神，且用那灵泉水炼制而成的丹药，也能改善修炼资质，洗髓淬体，是不可多得的珍贵之物。

这灵泉被发现之后，大家都想占为己有，到后来，云霄宗和四大派的修士达成一致意见，流沙河被他们联手封锁，每一次出水都将通过比试来决定泉水的分配量。

"浸泡过灵泉的修士，如今都是元婴期修为，俨然是各门各派的掌权人物。"掌门笑呵呵地道。

"所以你是想说只要泡过灵泉，就能突破元婴期，还是说能成为一派掌门？"

苏竹漪在心头呵呵了两声，她上辈子压根没听说过流沙河，看来他们对这个流沙河确实看得极重。

"千年出水一次，那师父肯定没泡过。"苏竹漪淡淡道。

然而洛樱是古剑派最厉害的剑修。

"灵髓丹原来洛樱可没少吃。"掌门瞪了苏竹漪一眼，佯怒道，"别打岔，等我说完。"

"本来我们是打算让青河去的。"他看着苏竹漪道，"但是我们仔细琢磨了一下，觉得你去或许会更好。"

"为何？"

"流沙河是养神的，但也不是谁都可以一直泡在里头，每次能进入流沙河的只有五个人，云霄宗和四大派各出一个人，正好围一圈。

"这么多年来，我们发现年纪越小、元神越强、修炼资质越高的修士，在

流沙河里头浸泡的时间也就越长，而浸泡得越久，就说明潜力越大，日后的前途不可限量，所以等五个人都从河里出来之后，我们会按照浸泡的时间长短来分配那一池泉水。"

"所以那灵髓丹其实是用别人的洗澡水炼制的？还是五个人共浴的水？"苏竹漪有些吃惊地问道。

洛樱师父竟然是吃那样的灵髓丹长大的！

掌门："……"

段林舒虎起脸，喝道："专心点，你脑子里成天想些什么乱七八糟的！"

弟子的关注点总是跑偏，好想敲她脑瓜！

"反正这次我们决定让你去，你年纪小，修为又到了金丹中期，这样的修炼速度连你师父都比不上你，我相信你能坚持到最后。"掌门拍了拍苏竹漪的肩膀，"古剑派是万年老二，这次能不能赢就看你了。"

苏竹漪："……"

她才感慨可以一个人享用整个落雪峰的修炼资源，现在就到了要为宗门效力的时候。倒是不怎么令人讨厌，看来她对古剑派还算有几分好感。当然，那个透露她行踪的人，她也绝对不会放过。

"行吧。"反正能提升自己的元神力量，不去白不去啊。

三日后，掌门领着苏竹漪前往流沙河。

流沙河地点隐秘，云霄宗宗主和四大派掌门各持有一把钥匙，每位掌门都仅带了一个要泡汤的弟子前往，不得不说，他们这保密工作做得极好，将关于流沙河具体位置的信息牢牢控制在少数几个人手中，以至于上辈子的苏竹漪完全不知道有流沙河这么个地方。

云霄宗和四大派能够凌驾于其他修真门派之上，果然是有些隐秘资源的，而这些是魔道妖女根本无法接触到的东西。

流沙河并不算远，从古剑派飞过去仅仅花了一天时间。

苏竹漪他们到的时候，云霄宗、东浮上宗、丹鹤门的修士都来了，还剩下寻道宗的人没到。

"老段，你来了啊。"说话的是丹鹤门的掌门丹青山，他头戴玉冠，身穿白色道袍，看着十分儒雅。

丹鹤门的修士喜穿白色道袍，宽大的琵琶袖，交领右衽，两侧开衩，接有暗摆，以系带结，领口和下摆用黑线绣上丹鹤，从表面上看倒是仙风道骨，实际上是一群炼丹卖药的，个个都精明得很。苏竹漪以前跟丹鹤门的修士打过交道，她上辈子被坑过的次数不多，但在丹鹤门栽了两回，没办法，有的丹药，不买不行。

丹青山身边站的是个年轻女修，有些面善，苏竹漪仔细一想，倒是想起了这人是谁。

丹如云。

上辈子她跟苏晴熏关系十分要好，两人还一同闯过秘境，在秘境中一起出生入死，情谊颇深。苏竹漪之所以会记得她，是因为当年正好碰上苏竹漪心情好，放过了苏晴熏和她身边那几个人，其中就有丹如云。

"嗯，你们这么早就到了啊。"几个掌门寒暄起来，苏竹漪站在原地没动弹，但是她感觉到了好几道窥探的视线。

云霄宗来的是秦川，这在她预料之中，三阳聚顶的资质，可不是一般人比得上的。

对东浮上宗的那个弟子，她没什么印象，不过东浮上宗的宗主也没有要介绍的意思，那宗主沉着脸，显然是被目前东浮上宗爆出来的丑闻整得焦头烂额，心情有些不好。

秦川有心跟苏竹漪打招呼，但是他看见苏竹漪一直闭目养神，没有要跟他说话的意思，他眼神暗了暗，最终还是没有开口。

大家等了一刻钟的工夫，寻道宗的人也来了。五位掌门取出钥匙，合而为一，打开了一处结界，而结界打开之后，苏竹漪才发现，这看似光秃秃的山头竟然藏着一处人间仙境。

那是一片山谷，山谷里云雾环绕，将红叶林遮得若隐若现，一阵风吹过，红叶漫天飞舞，像是一只只翩翩飞舞的蝴蝶，在轻纱掩映里时隐时现，好似在跟人捉迷藏一样，又好似繁星眨眼一般。

"哇，好漂亮。"丹如云忍不住惊叹出声，不只是她，另外那三个年轻男子也是一脸惊喜，唯一没有什么表情、显得十分淡定的只有苏竹漪。

她心想，望天树上的云海和星辰比这里更漂亮。

"流沙河就在山谷中。"云霄宗的宗主率先走进了结界，他进去之后，其他几位掌门也一一跨过结界，接着才是弟子们，苏竹漪没急着上前，等到别人都进去了，她才慢腾腾地跨入了结界。

踩着落叶，一行人缓缓走进红叶林，不多时，便来到了一个池塘前。

这池塘周围都是红枫树，此刻水面上已经漂浮了一层红叶，那红叶落入水

后，仿佛变成了红玉一般，看着十分晶莹剔透。

"浸泡了灵泉的叶子也是不可多得的炼丹材料，今年的叶片如此多，到时候该仔细分一分。"

"规矩你们应该知道了，我也不多说了，进去之后严禁打斗，坚持得越久，好处越多，你们五个进去吧。"

池塘不大，池水也不深。

五个人挨着坐进去，刚好人和人能相隔半臂的距离。

他们进去之后，就脱了衣服扔出去，苏竹漪这才知道原来浸泡灵泉是要脱衣服的，他们五个，三男两女，居然就这么混在一起浸泡灵泉？

看其他四人都一副心里有数的样子，苏竹漪意识到他们的掌门肯定讲过，然而段林舒丝毫没提这方面的事情，苏竹漪简直不知道说什么才好。难道他担心说了之后她不愿意来？她可不是那么忸怩的人。

苏竹漪发现水面这一层晶莹剔透的红叶有隔绝神识的作用，也就是说，哪怕她脱得干干净净的，身子藏在水下，也没人会看得到，所以她也没什么不好意思的，把衣服脱掉扔了出去。不过苏竹漪倒是有观察那个丹如云，她发现丹如云那堆衣服里没有肚兜和亵裤，于是她也没脱，就穿着肚兜和亵裤盘腿坐在了池子里。

泉水是温的，苏竹漪运转心法调息，她发现这里头灵气确实浓郁，比落雪峰甚至望天树上的灵气更浓，果然是个好地方，因此她收敛心神，全神贯注地投入了修炼。

修炼运转心法，就会吸收池子里的灵气，而资质好不好，谁的资质更好，在这个时候就会很直观地显示出来了。

资质越好的人，吸收的灵气越多，身边聚集的红叶数量也就越多。

苏竹漪有一个习惯，她能够一心二用。也不是说完全一心二用，只是她在修炼的时候，哪怕全神贯注，也会分出一缕神识去关注周围的动静，这是上辈子练出来的，她不管何时何地，在何处修炼，都不可能完全不关注外界环境，否则的话，怎么死的都不知道。

若是有人偷袭，她却进入了浑然忘我的修炼境界，在血罗门那样的环境之中，只有死路一条。虽然在落雪峰上她没有那么小心谨慎了，但此刻周围还有外人，苏竹漪不管怎样都会提防一下，于是她就看到本来浮在水面上的那层红叶开始逐渐向池子里的修士靠拢，秦川和她周围的红叶数量差不多，共占了池中红叶的四分之三，而其余的红叶则分别围绕在另外三个人周围，其中东浮上宗那小子稍微多些，其次是寻道宗那个男修，最差的就是丹如云了。

这就有点尴尬了。

寻道宗的男修和丹如云周围的红叶数量不多，都快遮不住他们的身体了。丹如云还好，穿了肚兜和亵裤，那寻道宗的男修却是赤身裸体地坐在池水里，那几片零星的叶子环绕在他身边，基本挡不住多少……

眼不见为净，让她完全收回神识不提防别人却也不可能，苏竹漪继续修炼，她发现浸泡在池水中后，随着心法的运转，丹田识海里有了一层氤氲的雾气，她的识海是被封印了的，好似有一大半的识海无法控制，但此时那雾气飘浮在识海之上，使得她被封印的识海微微泛起波澜，好似封印有所松动了一样。

这流沙河的灵泉，果然有滋养神识之功效！

封印松动，识海泛波，那封印虽未被破除，却让她神识短暂恢复，随着灵气在体内流转，苏竹漪好似感觉到了流光镜的存在。

她上辈子就能够感觉到流光镜，重生之后之所以感觉不到，是因为元神被封印。只要她解开元神封印，流光镜与她的神魂联系必然存在。

想到这里，苏竹漪觉得自己心跳都好似加快了一些。她捕捉到了流光镜的踪迹，立刻将一缕神识注入流光镜，问："秦江澜，你在里面吗？"

流光镜内，一个声音突兀出现，犹如闷雷炸响。

秦江澜和小骷髅都呆怔当场。

一双眼睛和一双眼眶对视，两人同时道："你听到了吗？"

"小姐姐！"

"苏竹漪！"

图书在版编目（CIP）数据

从善 / 定离著 . -- 长沙：湖南文艺出版社，2023.10
ISBN 978-7-5726-1325-8

Ⅰ. ①从… Ⅱ. ①定… Ⅲ. ①长篇小说–中国–当代
Ⅳ. ①I247.5

中国国家版本馆 CIP 数据核字（2023）第 132902 号

上架建议：畅销·青春文学

CONGSHAN
从善

著　　者：定　离
出 版 人：陈新文
责任编辑：吕苗莉
监　　制：毛闽峰
策划编辑：张园园　史振媛
特约编辑：赵志华
营销编辑：刘　珣　焦亚楠
封面设计：@Recns
版式设计：梁秋晨
拉页绘画：张　渔
拉页题字：张建平
插图绘制：秃颓颓　舟行绿水　正版青团子　衿　夏
书名题字：仓仓仓鼠
出　　版：湖南文艺出版社
　　　　　（长沙市雨花区东二环一段 508 号　邮编：410014）
网　　址：www.hnwy.net
印　　刷：北京天宇万达印刷有限公司
经　　销：新华书店
开　　本：680 mm × 955 mm　1/16
字　　数：440 千字
印　　张：24
版　　次：2023 年 10 月第 1 版
印　　次：2023 年 10 月第 1 次印刷
书　　号：ISBN 978-7-5726-1325-8
定　　价：55.00 元

若有质量问题，请致电质量监督电话：010-59096394
团购电话：010-59320018